M. F. W. CURRAN

Die Dämonen des Feuers

Buch

Captain William Saxon hat eine Mission. Zusammen mit einer Armee aus Mönch-Soldaten soll er die Welt vor dem Untergang retten. Schon seit Tausenden von Jahren wird ein geheimer Krieg ausgefochten, doch jetzt bricht er offen aus. Wenn nicht bald gehandelt wird, versinkt die Erde in Finsternis. Die Mächte des Bösen stehen kurz davor, die Herrschaft zu übernehmen. Mit Hilfe Mhorrers, der eigentlich als Diener Gottes die Ankunft des Herrn vorbereiten sollte, haben die Dämonen des Teufels ihren Weg auf die Erde gefunden. Mhorrer errichtete Portale zur Hölle und rief außerdem eine Gefolgschaft zusammen, die die Menschen dazu bringen sollte, nicht mehr an Gott zu glauben. Die Macht des Bösen soll auf Erden so weit verbreitet werden, dass die Dämonen die Herrschaft an sich reißen können. Doch einer aus dem Gefolge Mhorrers hat seine eigenen Pläne. Graf Ordrane will die Macht für sich. Wenn er den dunklen Schatz des Mhorrer in seine Hände bringt und die Portale für sich selbst nutzt, kann er die Herrschaft über die Menschheit an sich reißen. Doch bevor es dazu kommen kann, soll Saxon diesen Schatz finden, ihn aus der Wüste Ägyptens, wo er vermutet wird, in die Kammer der Zerstörung nach Rom bringen. Nur so kann verhindert werden, dass die dunklen Mächte ihren Plan vollenden können. Aber so einfach ist das nicht, denn weder der Graf noch die finsteren Wesen wollen sich die Grundlage ihrer Macht entziehen lassen. Und so beginnt ein brutaler Kampf gegen die Dämonen der Finsternis …

Autor

Matt F. W. Curran wurde 1974 in Essex, England, geboren. Schon seit seinem zehnten Lebensjahr schreibt er regelmäßig Geschichten. Trotzdem hat er nach seinem Studium in Sheffield für eine Bank, die Regierung und ein lokales Musikmagazin gearbeitet, ehe er sich ganz dem Schreiben widmen konnte. Er lebt mit seiner Frau Sarah in Sheffield. Mehr Informationen zum Autor und seinen Romanen unter www.mfwcurran.com

Außerdem bei Goldmann lieferbar:

Wächter der Schatten. Roman (46546)

M. F. W. Curran

Die Dämonen des Feuers

Roman

Aus dem Englischen
von Joachim Körber

GOLDMANN

Die Originalausgabe erschien 2009 unter dem Titel
»The Hoard of Mhorrer« bei Macmillan New Writing,
an imprint of Pan Macmillan Ltd, London.

FSC
Mix
Produktgruppe aus vorbildlich
bewirtschafteten Wäldern und
anderen kontrollierten Herkünften

Zert.-Nr. SGS-COC-1940
www.fsc.org
© 1996 Forest Stewardship Council

Verlagsgruppe Random House FSC-DEU-0100
Das FSC-zertifizierte Papier *Super Snowbright* für dieses Buch
liefert Hellefoss AS, Hokksund, Norwegen.

1. Auflage
Deutsche Erstveröffentlichung Februar 2010

Umschlaggestaltung: UNO Werbeagentur, München
Umschlagfoto: Krasny, Jan Patrik via Agentur Schlück GmbH
Redaktion: Sigrun Zühlke
NG · Herstellung: Str.
Satz: omnisatz GmbH, Berlin
Druck und Bindung: GGP Media GmbH, Pößneck
Printed in Germany
ISBN: 978-3-442-47151-5

www.goldmann-verlag.de

Für Sarah

KAPITEL EINS

Die Jagd

1
Prag, 26. März 1822

Der Eindringling saß gelassen im Rauch der Pfeifen und Kerzen, der sich in der Luft des Gasthauses kräuselte. In seiner schlichten grauen Jacke mit dem dazu passenden Beinkleid wirkte er vor seiner Zeit gealtert; die Krone grauen Haares und der dunkle, silbermelierte Bart wollten nicht recht zu dem jüngeren Gesicht passen.

Die Gäste im Schankraum, Aristokraten in prächtigen Röcken, teuren Schals und Zylindern, vertieft in ihre eigene kleine Welt aus Eitelkeit und Klatsch, schenkten dem Fremden keine Beachtung. Und wenn sie doch einmal einen Blick auf ihn richteten und den Herrn missbilligend betrachteten, dann vielleicht aus reiner Neugier, was ein Bursche wie er ausgerechnet in so einem Gasthaus zu suchen haben mochte.

Die Kundschaft hier unterschied sich nicht von jeder anderen, die der Eindringling in anderen Gasthäusern angetroffen hatte, sei es in Paris, Madrid oder Rom. Sie erzählten Witze in einer Sprache, die er nicht verstand, sie gingen mit verschlagenen Mienen ihren Geschäften nach und verbargen heimliche Händel in ihrem Geplapper, und dann war da natürlich noch der kleinkarierte Klatsch und Tratsch (der Klatsch und Tratsch, der in jeder Sprache gleich war).

An so einem Ort vergaß man ein unscheinbares Äußeres schnell wieder; bald schon beherrschte der Klatsch wieder ihre Unterhaltungen, bewunderten die eitlen Gecken sich selbst und würdigten den Eindringling keines weiteren Blickes. Möglicherweise hätte sie freilich amüsiert, dass dieser unscheinbare Mann ein Assassine war, dessen Schwert bislang über dreißig Leben genommen hatte.

Sein Name lautete Peruzo.

Gelächter und Tabakrauch stiegen von Tischen, Tresen und Nischen auf, der Rauch kräuselte sich über den Zechern und Tratschmäulern, während Peruzo stumm mit dem Rücken zur Haupttreppe saß, die zu den Erkern und der Galerie hoch oben führte. Nicht einmal blickte er von dem Krug vor sich auf oder ließ den Blick durch den Raum schweifen, auch dann nicht, als ein ganz ähnlich wie Peruzo gekleideter Mann zwischen den Einheimischen auftauchte, die sich am Tresen drängten.

In anderer Hinsicht freilich unterschied sich dieser andere Mann deutlich von ihm. Er gab sich entspannt, fühlte sich offenkundig wohl unter den Gästen an der Theke; einige Frauen sahen abschätzend in seine Richtung. Seine Jacke war oben aufgeknöpft, sodass man den perlweißen Kragen hervorlugen sehen konnte. Er war glattrasiert und makellos und deutlich jünger als Peruzo.

Der zweite Mann kam mit einem Krug in der Hand langsam herübergeschlendert und nahm gegenüber von Peruzo Platz.

»Sie fühlen sich offenkundig nicht wohl in Ihrer Haut«, bemerkte er.

»Unter diesen dekadenten, schamlosen Menschen in dieser Stadt sicher nicht«, stimmte Peruzo ihm zu. »Sie etwa?«

»Sie vergessen meine Herkunft, Peruzo. Diese Dekadenz ist mir nicht gänzlich unbekannt«, bemerkte der Mann gegenüber beiläufig.

»Und doch wirken Sie jetzt so schlicht auf mich«, spöttelte Peruzo. »An diesem Ort gibt es keine Schicklichkeit. Fast kommt es einem unnatürlich vor. Wie die Dirne dort in der Ecke.«

Der Mann sah über Peruzos Schulter und erblickte eine junge Frau, nicht viel älter als zwanzig; auf ihren Schultern lag ein roter Schal, und darauf wiederum ein Herr. Peruzos Gefährte lachte. »Man sollte jedem Mann und jeder Frau ihr Vergnügen gönnen, Peruzo. Sie sind dem schönen Geschlecht gegenüber immer so streng.«

Peruzo grunzte. »Sollte ich doppelt so lange leben, ohne jemals einem dieser Dämonen in Kleidern über den Weg zu laufen, kann ich mich glücklich schätzen. Und sollte jemals wieder eine Frau in meinem Beisein weinen, glaube ich ihr nicht. Sollte sie mir ihre Liebe gestehen ... nochmals, auch *das* würde ich ihr niemals glauben.«

»Gilt denn das für *alle* Frauen?«, fragte der Mann.

Peruzo sah mit einem stechenden Blick der glänzenden blauen Augen zu ihm auf. Er begriff, dass er zu weit gegangen war, und hob beschwichtigend die Hand. »Ich bitte um Verzeihung, William ... ich meinte nicht Adriana ... sie ist unter allen die Erhabenste ...«

Der Mann namens William lachte erneut und zog eine schlanke Pfeife aus der Innentasche seiner Jacke. »Sie müssen sich nicht entschuldigen. Sie sind zu zynisch, um sich von nur einer Frau eines Besseren belehren zu lassen.«

Peruzo nickte ernst. »Mein Captain kennt mich zu gut.«

»Mich überrascht nur, dass Sie einen Mann ertragen, der sich so widerstandslos verliebt hat«, sagte William versonnen.

»Sie sind mein Captain. Darüber kann ich nicht hinwegsehen«, entgegnete Peruzo.

Peruzo und William hatten sich vor sieben Jahren kennengelernt. Anfangs hatte Peruzo wenig von diesem Sohn eines britischen Aristokraten und Offizier der britischen Armee gehalten. Zu der Zeit geriet William in einen Krieg hinein, von dem die meisten Menschen nicht einmal etwas wussten; einen Krieg infernalischer Verdammnis und grenzenloser Schrecken. Dass dieser Mann sieben Jahre später immer noch unter den Lebenden weilte und seinen heimlichen Konflikt obendrein immer noch austrug, grenzte an sich schon an ein Wunder. Aber dass dieser Mann, William Saxon, für die meisten Siege verantwortlich war, die sie in dieser Zeit errungen hatten, ging in Peruzos Augen schon weit über ein Wunder hinaus. Captain Saxon hatte in den vergangenen sieben Jahren seiner Dienstzeit das Gleichgewicht im Krieg zwischen Himmel und Hölle wiederhergestellt, und Lieutenant Peruzo hätte ohne zu zögern sein Leben für ihn gegeben.

Nicht zu vergessen die Frage der Engel. Dass der Captain sich mit Seraphim und Cherubim verbündet haben sollte und in der größten Gefahr selbst die Erzengel zu seiner Unterstützung herbeigeeilt sein sollten, war ein hartnäckiges, allerdings von Augenzeugenberichten gestütztes Gerücht. Doch Peruzo, ein pragmatischer Mensch, glaubte nur, was er mit eigenen Augen sah. Eine Charaktereigenschaft, die er durchaus mit seinem Captain teilte …

William sah Peruzo angewidert an. »Wie können Sie *das* nur trinken?«, fragte er und zeigte mit der Pfeife auf Peruzos Krug.

Peruzo betrachtete den Inhalt, der gegen den Steingutrand schwappte; die dunkle, trübe Flüssigkeit roch nach Erde und Dung. Er zuckte die Achseln. »Ich habe schon Schlimmeres getrunken.«

William sah auf seinen Krug hinab und schob ihn hastig von sich, da ihm der Appetit vergangen war.

Während zwei Höflinge ein Geschäft abschlossen und ein bärtiger Mann seiner Begleiterin einen besonders zotigen Witz erzählte (ihrer schockierten Miene und seinem brüllenden Gelächter nach zu urteilen), trat ein Mann vor die Tür der Schänke und stieß sie langsam auf. Er trug eine schwarze Jacke und Beinkleider, die ein wenig abgenutzt wirkten. Sein Gesicht wirkte hager und blass, und als er eintrat, musterte er den Raum mit unsteten Blicken, ohne sich dabei auf jemand Besonderen zu konzentrieren. Er schien aufgeregt und kratzte sich auf dem Weg zur Theke ununterbrochen den kurzen Bart.

Peruzo sah ihn sofort, seine Pupillen wurden groß.

»Ist er da?«, fragte William, dem die Nervosität des Italieners nicht entging.

Der nervöse Mann trommelte mit den Fingern rastlos auf dem Tresen, während er darauf wartete, dass der Schankwirt zu ihm kam. Er murmelte ein paar Worte auf Deutsch, der Schankwirt nickte und schenkte ihm etwas Bronzefarbenes in ein Glas, das der nervöse Mann mit zitternder Hand hochnahm. Er führte das Glas an die Lippen, was ewig zu dauern schien, trank einen Schluck und drehte sich dann zum Schankraum um.

Er blickte Peruzo in die Augen. In die müden, ängstlichen Augen.

Der Mann trank den Rest des alkoholischen Getränks aus und nickte knapp zu der Treppe hinter Peruzo. Dann stellte er das Glas auf die Theke und verließ das Gasthaus ohne einen weiteren Blick.

Peruzo senkte den Kopf und betrachtete seine Hände vor dem Bierkrug. »Mein Verdacht hat sich bestätigt«, murmelte er.

William sah ihn schweigend an.

»Diejenigen, die wir suchen, sind über uns«, sagte Peruzo gerade laut genug, dass William es hören konnte.

»*Diejenigen,* die wir suchen?«, wiederholte William. »Es ist nicht nur einer?«

Peruzo nickte. »Gestern Nacht sagte er, es könnten zwei sein.«

»Zwei. Verstehe. Und Sie vertrauen ihm?«, fragte William.

»Er ist das Gesetz hier«, legte Peruzo dar. »Vor vier Nächten verlor er einen seiner Miliz, der unser Ziel in diesen Bezirk verfolgte. Als sie es fanden, hatte es ein zwölfjähriges Mädchen getötet, und beinahe auch dessen Mutter. Es floh, und sie folgten ihm, doch ein Milizionär wurde von den anderen getrennt ...«

»Und ermordet«, beendete William seinen Satz, da er nur zu genau wusste, wozu der Widersacher fähig war.

»Wie sollen wir es angehen?«, fragte Peruzo, als William vorübergehend in einer Tabakrauchwolke verschwand.

»Ich habe einen Plan«, sagte William und tippte sich an die Schläfe, »aber einen hastig zusammengestückelten.«

»Ein hastig zusammengestückelter Plan ist besser als gar kein Plan.«

»Was meinen Sie, wie würden diese netten Leute wohl reagieren, wenn unser Gegner nach hier unten gejagt würde?«, fragte William.

»Nicht gut, Captain«, antwortete Peruzo. »Was glauben Sie denn?«

William lachte verhalten. »Ich hatte Todesangst, als ich das erste Mal einen Vampyr sah, und ich war Soldat. Diese unbekümmerten Zecher wären starr vor Angst!«

»Damit würden wir unserem Gegner nur in die Hände spielen«, beklagte sich Peruzo.

»Nicht, wenn wir uns seiner da oben annehmen«, schlug William vor und klopfte den noch rauchenden Inhalt seiner Pfeife auf den Tisch. »Wenn wir den Vampyr auf dem Balkon stellen, bleibt ihm nur ein Fluchtweg.«

»Das Fenster«, sagte Peruzo.

»Das Fenster«, stimmte William zu und steckte die Pfeife wieder in die Jackentasche. »Behalten Sie die Treppe im Auge, den Rest erledigt Marresca.«

»Sie lassen Marresca los?«, fragte Peruzo entgeistert.

William lächelte grimmig. »Würden Sie anders handeln?«

»Er ist noch sehr jung …«, begann Peruzo.

»Jung hin oder her, auf sein Konto gehen zwei Vampyre und drei Dämonen in fünf Monaten«, legte William dar. »Er ist der vortrefflichste Soldat, der je unter meinem Kommando stand. Ja, er ist jung und erst seit sechs Monaten Mönch. Aber es lohnt sich, das Risiko einzugehen.«

Peruzo gab nach und wünschte sich für einen Moment, er hätte einen vollen Bierkrug. Etwas in Steingut gefüllter Mut hätte bestimmt geholfen, das kalte Gefühl in seinem Bauch zu vertreiben. Heute Nacht würde getötet werden. *Ausgiebig* getötet.

William stand auf und strich geistesabwesend mit den Fingern über den Griff des Schwerts, das er unter der grauen Jacke verborgen trug. »Achten Sie auf die Treppe und seien Sie bereit, falls sie vom Balkon fliehen«, sagte er. »Benutzen Sie Ihren Verstand, mein Freund, und zögern Sie nicht.«

»Denn das werden die auch nicht«, bekräftigte Peruzo. Er stand von seinem Stuhl auf und sah die Treppe hinauf.

»Viel Glück, Lieutenant«, sagte William zu ihm.

»Weidmannsheil, Captain«, antwortete Peruzo.

II

In der frischen Kühle des Vorfrühlingsabends versorgten Jericho und Anthony in der Gasse hinter dem Gasthaus die Pferde. Bruder Jericho, ein inbrünstiger Mönch, blickte erwartungsvoll über die Schulter und registrierte die bunte Schar der Höflinge und Einheimischen, die vom Reigen der Geschäfte kommend am Fuß des Hügels die Kopfsteinpflasterstraße entlangschlenderten. Bruder Anthony hüstelte leise und machte ihn auf einen Mann aufmerksam, der gerade durch das Licht ging, das die Kerzen im Fenster des Gasthauses auf die Straße warfen.

»Captain«, begrüßte Jericho ihn.

William nickte ihnen schweigend zu und blies sich in die kalten Hände.

»Haben wir unseren Gegner gefunden?«, fragte Bruder Anthony.

William betrachtete sie über die hohlen Hände hinweg und bemerkte, wie begierig die beiden Mönche waren. Er zeigte stumm zu einem Fenster im ersten Stock des Gasthauses. Ein trübes Leuchten erhellte es, Schatten verrieten Bewegung darin.

William hob den Saum der Jacke und tastete nach dem Schwertgriff. Er legte die Hände um das kalte Metall und spürte das glatte Leder an Fingern und Handfläche. »Sorgt dafür, dass die Kreatur hierherkommt, wenn sie versucht, durch dieses Fenster zu fliehen. Ihr wisst, wie verschlagen Vampyre sind; und wie gefährlich ... Ich möchte nicht, dass sich so etwas wie in Wien wiederholt, verstanden?«

Die Ordensbrüder nickten nervös, da sie sich unbedingt in einem vorteilhaften Licht präsentieren wollten.

William wandte sich zu den Schatten um. »Marresca«, sagte er.

Ein athletischer junger Mann trat aus den umliegenden Schatten. Mit dem kurzen blonden Haar und dem fast kindlichen Gesicht wirkte er zu jung für diesen gnadenlosen geheimen Krieg, den sie führten, doch aus seinen Augen sprach die Erfahrung eines doppelt so alten Mannes mit Erfahrung im Töten. Marresca war, wie es Engrin Meerwall einst ausgedrückt hatte, »eine Killermaschine ... eine Waffe des Ordens ...«

Er trat kühn vor und zückte im Halbdunkel der Gasse das Schwert. »Wie lauten Ihre Befehle?«, fragte Marresca und kam damit wie immer ohne Umschweife zur Sache.

William zeigte zu dem Fenster. »Ich möchte nicht riskieren, dass der Vampyr aus dem Gasthaus entkommt«, sagte er, dachte einen Moment nach und biss sich dabei auf die Unterlippe. Er betrachtete die Mauer des Gebäudes, die Unebenheiten der Ziegel, die unfertigen Balken, die hier und da herausragten wie bei einem entzweigeschnittenen Haus. »Können Sie da raufklettern?«, fragte er den jungen Mönch.

Marrescas Blick glitt an der Mauer hinauf, als würde er im Geiste bereits hochklettern und überlegen, wo er mit Händen und Füßen Halt suchte. Er nickte.

»Los«, sagte William, »und seien Sie vorsichtig.«

Marresca nahm die Schwertscheide ab und schnallte sie sich auf den Rücken. Er steckte das Schwert, ein Kurzschwert, aber messerscharf, wieder in die Scheide und begann mit dem Aufstieg.

»Haltet euch für alle Fälle bereit«, murmelte William den Ordensbrüdern zu.

Als sie beobachteten, wie Marresca die Mauer erklomm, sahen sie einen grellen Lichtblitz hinter dem Fenster oben. Wie bei einer Schießpulverexplosion, doch nach dem ersten grellen Aufleuchten leuchtete und prasselte etwas im Inneren. William trat zurück, damit er besser sehen konnte. Von seiner Warte aus war er nicht sicher, was da vor sich ging.

Plötzlich ertönte ein Heulen, als würde ein grässliches Tier vor Schmerzen aufschreien, das das Gasthaus bis in die Grundmauern zu erschüttern schien.

William wusste sofort, wer dafür verantwortlich war.

Wie konnte ich mich nur so irren?

»Marresca!«, rief William. »Ein Dämon!«

Marresca sah in dem Moment nach oben, als das Fenster über ihm barst. Glasscherben regneten herab, einen Moment verschwand der junge Mönch hinter den herabfallenden Trümmern. Dahinter folgte eine riesige, in Rauch und Feuer gehüllte Kreatur.

William sah den Dämon kommen, warf sich zur Seite, rollte sich auf dem Boden ab. Bruder Jericho stolperte und blieb starr vor Angst auf dem Kopfsteinpflaster liegen, wo ihn der Dämon, der funkenstiebend mit knirschenden Knochen und schwelendem Fleisch landete, deutlich sehen konnte. Die Kreatur setzte sich auf die Hacken und streckte lange, klauenbewehrte Arme nach dem erstarrten Mönch aus. Mit zwei glühenden Augenschlitzen in dem gebrochenen schwarzen Schädel, in dem unbarmherzig Flammen prasselten, sah sich der Dämon um. Als er das riesengroße Maul aufriss und mehrere Reihen spitzer und abgebrochener Zähne entblößte, entströmte ihm ein schrecklicher Geruch nach Schwefel und verbranntem Fleisch; Bruder Jericho musste würgen. Zitternd richtete er sich auf und blickte dem sicheren Tod ins Auge.

Doch dann schlug Bruder Anthony der Bestie die Axt in die Seite.

Der Dämon heulte, als er spürte, wie die Klinge sich durch den Panzer aus versengtem Fleisch und Knochen bohrte. Er wirbelte zu Anthony herum und schwenkte die Arme, während der Bruder mit aller Kraft versuchte, die

Axt wieder an sich zu reißen, die Klinge aber nicht frei bekam. Als Anthony verzweifelt mit beiden Händen an dem Griff zog, erwischte ihn die Bestie mit der aufgedunsenen Klaue. Sie riss den Mönch von den Füßen und schleuderte ihn mehrere Yards weit auf die Pflastersteine.

William zuckte zusammen, als Bruder Anthony hart auf der Straße aufschlug und er Knochen brechen hörte. Fluchend stürzte er sich auf den Dämon und ließ einen wahren Hagel aus Hieben auf die Kreatur herabregnen. Der erste und zweite prallte nutzlos an der Armpanzerung der Kreatur ab; mit dem dritten Hieb schlug William eine klaffende Wunde ins linke Handgelenk des Dämons, mit dem nächsten schlug er ihm die Hand in einem Blitz von Feuer und Asche ganz ab.

Der Dämon heulte wieder. Doch statt sich dem Angriff zu stellen, fegte er William beiseite und floh, wobei er mit dem massigen Körper auf dem Kopfsteinpflaster aufstampfte und eine Spur aus Rauch und Schlacke hinterließ. William fluchte lautstark, als er mit ansehen musste, wie die ungeschlachte Kreatur in einer nahegelegenen Straße verschwand.

»Anthony!«, rief Bruder Jericho und betrachtete die reglos am Boden liegende Gestalt.

William zauderte. Sein erster Impuls war, dem Dämon zu folgen, doch möglicherweise lebte Bruder Anthony noch und benötigte Hilfe.

Über ihm klammerte sich Marresca an der Mauer fest, an die er sich gedrückt hatte, um dem Trümmerregen zu entgehen. Auch er sah die Bestie fliehen und war fest entschlossen, ihr zu folgen. Er stieß sich von der Mauer ab und landete direkt auf dem Rücken eines Pferdes, das unten angebunden war. Ehe sich das Tier versah, hatte Marresca den Zügel durchgeschnitten und trieb es zum Galopp an; William hatte keine Chance mehr, ein Wort des Zuspruchs oder der Warnung auszusprechen, bevor der junge Mönch sich an die Verfolgung des Dämons machte.

III

In dem Moment, als der Dämon die Flucht ergriff, kam Peruzo zur zweiten Tür am Balkon. Er wich hastig vor der Kakophonie atonalen Geheuls und Kreischens zurück. Wie oft hatte er solche Geräusche schon gehört, wie oft den Kreaturen entgegentreten müssen, die sie hervorbrachten? Normalerweise waren seine Instinkte ausgeprägt genug, um es mit allem aufnehmen zu können, was durch diese Tür kam, doch heute Nacht war er nicht auf einen Dämon gefasst. Er wich zur Treppe zurück, und sein Herz klopfte so heftig, dass er es im Schädel spüren konnte.

Ein plötzliches Krachen ertönte, als würde im Inneren eine Wand einstürzen, gefolgt von klirrendem Glas und polternden Ziegelsteinen. Peruzo begriff, dass die rasende Bestie jeden Moment durch die Tür kommen und sich auf ihn stürzen konnte, daher hob er das Schwert in Schulterhöhe und merkte gar nicht, dass es im Gasthaus totenstill geworden war. Aller Aufmerksamkeit galt dem Lärm, der aus dem Zimmer am oberen Ende der Treppe drang.

Es folgte ein weiteres Geräusch, ein Brüllen von der Straße, gefolgt von einem neuerlichen Trümmerregen; Peruzo fürchtete um seinen Captain, als er verzweifelte Rufe und Kampfeslärm vernahm. Der Dämon wütete draußen, und Peruzos Kameraden, *seine Freunde,* standen ihm allein gegenüber.

Peruzo traf hastig eine Entscheidung, die mehr auf Verzweiflung denn Strategie basierte, und ging zur zweiten Tür. Dünne Rauchfahnen kamen unter dem Spalt und zwischen den Ritzen hervor, während neu entstandene Risse in dem ächzenden Holz immer breiter wurden. Er hielt die Hand nur noch einen Zentimeter von der Klinke entfernt, als die Tür plötzlich aufgerissen wurde und ein Mann mit weißem Gesicht und gelben Augen aus dem Zimmer stürzte. Er hatte schulterlanges schwarzes Haar, das sich um seinen Hals zu schlingen schien, als er herausgelaufen kam und beinahe frontal mit Peruzo zusammenstieß. Als der Mann zusammenzuckte, bemerkte Peruzo etwas in seiner linken Hand: eine Pyramide aus Stein, die in einem schwachen, cyanfarbenen Licht erstrahlte.

Peruzo wusste sofort, um wen es sich bei diesem Fremden handelte und was er da in der Hand hielt: um einen Vampyr mit einem Scarimadaen.

Der Lieutenant wich zurück, als die Kreatur wieder zur Vernunft kam, mit einer Hand die Pyramide in dem langen, pechschwarzen Mantel verschwinden ließ und mit der anderen ein kurzes schwarzes Schwert zog. Der Tausch vollzog sich beängstigend schnell, aber Peruzos Instinkte waren ebenso schnell, und so stürzte er sich mit der Klinge auf den Vampyr. Doch die Kreatur wich zurück, und das Schwert des Lieutenants stieß ins Leere.

Als Peruzo die Waffe ein zweites Mal schwang, ging der Vampyr in die Knie und strich mit dem schwarzen Schwert über Peruzos Bein. Der schrie auf und schlug rasend vor Wut mit seiner Waffe um sich. Der Vampyr, der nicht mit einem so ungestümen Angriff gerechnet hatte, schickte sich zum Rückzug an, wobei Peruzo der Kreatur mehr aus Versehen denn aus Kunstfertigkeit die Kehle aufschlitzte. Der Vampyr taumelte, er schlug mit den Armen um sich, und fluoreszierende Gallerte quoll aus der Verletzung an seinem Hals. Er prallte so hart gegen das Balkongeländer, dass er zusammenklappte und sein Kopf so heftig nach hinten geschleudert wurde, dass die letzten

Sehnen und Hautfetzen, die ihn noch hielten, endgültig durchtrennt wurden.

Peruzo sah den Kopf unter den Schreien der Umstehenden in den Schankraum fallen, während ein grelles Licht den Leichnam verzehrte und den schwarzen Mantel in Brand setzte. Der lichterloh brennende Torso zappelte noch einen Moment, dann fiel er steif wie eine feurige Statue über das Geländer, landete unten auf den Bänken und zerschellte in einer Explosion aus Asche und Glut.

IV

William kniete neben Bruder Anthony. Er legte dem Mönch eine Hand auf die Brust und hielt die Wange dicht über seinen Mund. Und er spürte den Atem auf der Haut.

Er lebte.

William drehte ihn langsam um und sah die schlimme Kopfverletzung. Die linke Wange sah eingedrückt und völlig zertrümmert aus, eine Wunde klaffte am Ohr. Das linke Auge war von einer aufgequollenen Masse aus blutigem Fleisch und Gewebe umgeben, der rechte Arm stand in die falsche Richtung ab. William verzagte. Wenn das die Verletzungen waren, die er sehen konnte, wie schlimm mochten dann diejenigen sein, die er nicht sehen konnte?

Bruder Jericho stand zitternd über den beiden. Er empfand Todesangst und schämte sich, dass er im Angesicht des Dämons versagt hatte. William wusste es, doch dies war nicht die Gelegenheit, dem jungen Mönch eine Strafpredigt zu halten.

»Ist er …?«, begann Bruder Jericho.

»Er lebt«, antwortete William. »Helfen Sie mir.«

Der Mönch kniete nieder, dann hoben sie Bruder Anthony langsam auf und trugen ihn in die Schatten. Jetzt hörte William Schreie – scharenweise flohen die Gäste aus dem Schankraum.

»Captain!«, rief Jericho erschrocken, als die panische Menge an ihnen vorbeiströmte.

»Oh Gott ... *Peruzo*«, keuchte William geistesabwesend. »Bleiben Sie bei Anthony!«, befahl er Bruder Jericho und lief ins Gasthaus zurück.

V

Peruzo lag auf der Seite, und die Schmerzen seiner Verletzung rasten in Übelkeit erregenden Wellen durch seinen Körper. Er konnte nicht sagen, wie tief sie ging, doch er war in seinem Leben schon oft verwundet worden und wusste, dass es keine tödliche Wunde war. Dennoch reichten die Schmerzen aus, dass ihm das Schwert aus der Hand glitt, klirrend zu Boden fiel und über die Dielen des Balkons schlitterte. Ehe er danach greifen konnte, kippte es über die oberste Stufe und rutschte polternd die Treppe hinab.

Die zweite Tür öffnete sich erneut. Ein weiterer Vampyr kam heraus.

Peruzo wischte sich die Augen ab, sein Herz pochte, als er diese deutlich eindrucksvollere Kreatur erblickte. Der zweite Vampyr war dreißig Zoll größer als der erste. Eine große Zahl dicker goldener Ringe zierten seine Ohren, das blasse Gesicht war verschmiert von Blut, dessen rote Tropfen fast schwarz aussahen. In seinen Augen blitzte und knisterte Licht, das von den schwarzen Pupillen in die gelbe Iris ausstrahlte. Doch Peruzo erkannte ihn am Haar, flammend rotes Haar mit schwarzen Strähnen, so unverwechselbar wie damals, als er diese Kreatur im Park von Schönbrunn verfolgt hatte. Peruzo hatte nicht die Absicht, den Vampyr abermals entkommen zu lassen, doch die Schmerzen in seinem Bein waren überwältigend, und er hatte kein Schwert mehr.

Der Vampyr sah auf Peruzo herab, und seine Augen loderten vor Hass noch heller. *»Du!«*, zischte die Kreatur, die Peruzo augenblicklich erkannte. *»Du wirst die Vernichtung von Ferdinand büßen!«* Er griff unter den Mantel und zog ein schwarzes Breitschwert mit gezackter, stacheliger Klinge hervor. Das hob er vors Gesicht, wo das Metall wie feucht glänzte, lächelte kalt und fletschte die spitzen Zähne zwischen den weißen Lippen.

Peruzo hielt sich das verletzte Bein und kroch in Richtung der Treppe.

»Ich werde das genießen, wie ich es genossen habe, deinen Freund in Wien zu töten«, spöttelte der Vampyr, der über Peruzo stand und die Spitze des Schwerts wenige Zentimeter vor dem Gesicht des Lieutenant tänzeln ließ.

Peruzo schob eine Hand in die Jacke. »Zum Teufel mit dir!«, knurrte er, zog die Hand heraus und streckte sie dem Vampyr entgegen, der die Schusswaffe zu spät sah. Peruzo drückte ab, ein Blitz leuchtete auf, Rauch quoll aus der Pistole. Aus dem Lichtblitz schoss die Bleikugel der Kreatur entgegen, traf sie an der Hand und riss drei Finger an den Knöcheln ab. Kreischend taumelte der Vampyr rückwärts, und das schwarze Schwert fiel mit der Spitze zuerst auf die Galerie und blieb nur wenige Zentimeter von Peruzo entfernt stecken.

Die Kreatur fluchte gequält, Asche spritzte aus den abgetrennten Gliedmaßen. Peruzo nutzte die Gelegenheit und kickte das schwarze Schwert fort, sodass es sehr zum Missfallen des Vampyrs klirrend über den Boden rutschte und durch eine Lücke zwischen den Geländerstäben nach unten in den Schankraum fiel. Der Lieutenant lud die Pistole nach.

»Ich verfüttere deine Eier an meine Hunde! Sohn einer Hure!«, fluchte der Vampyr und hielt sich die verstümmelte Hand.

»Aber vorher schieß ich dir *deine* Eier weg!«, fauchte Peruzo zurück und machte sich mit Kugel und Schießpulver zu schaffen. Der Vampyr zischte abermals und wog gerade seine Chancen ab, als von unten eine Stimme ertönte. Der Vampyr sah hinab und erblickte einen zweiten Mann, der mit dem Schwert in seine Richtung zeigte.

»Du!«, brüllte William trotzig. *»Du gehörst mir!«*

Der Vampyr stieß einen Schrei aus; unvorstellbar, dass ihn diese beiden Narren bezwingen sollten! Er fauchte Peruzo an, sprang auf das Balkongeländer und von da ins Leere, sodass sein Schatten dunkel über William fiel, der das Schwert hochriss, in der Erwartung, dass der Vampyr ihn direkt angreifen würde. Doch die Kreatur hatte nur einen einzigen Gedanken: Flucht. Die Kellnerin, die einsam hinter der Theke ausharrte, schrie schrill auf, als der Vampyr durch die Luft und direkt zum nächstbesten Fenster hinausschoss, das er dabei vollkommen zerstörte.

William lief zur Tür und sah den Gegner, den die Nacht bereits verschluckte, den Hügel hinauf Richtung Burg flüchten.

»Captain?«

William drehte sich um und sah Peruzo, der versuchte, die Treppe herunterzukommen. Er ging stolpernd einen Schritt, dann fiel ihm die halb geladene Pistole aus den blutigen Fingern.

»Wenigstens leben Sie noch«, sagte William und lief zu ihm.

»Gerade so«, entgegnete Peruzo schwach. Sein Gesicht war aschfahl, das Bein blutverschmiert.

William stützte Peruzo, steckte sein Schwert ein und half dem stolpernden Lieutenant die Stufen hinunter.

»Da war ein Dämon ...«, stöhnte Peruzo.

»Marresca hat die Verfolgung aufgenommen«, beruhigte William ihn.

»Und der Vampyr ...? Einen konnte ich töten, aber der andere ist geflohen ...«, begann Peruzo.

»Ich weiß, ich weiß«, sagte William und half ihm durch den Schankraum zur Tür.

Das Gasthaus sah vollkommen anders aus als William es Minuten zuvor verlassen hatte. Stühle und Tische umgestürzt; in ihrer Hast hatten viele ihre Habseligkeiten bei den Getränken zurückgelassen: ein teurer Hut lag neben einem Glas Rotwein, ein edler Mantel auf dem Boden, darunter ein roter Schal. Sogar eine Geldbörse lag auf einem der Tische, den jetzt eine dünne Schicht Asche bedeckte.

»Captain«, brachte Peruzo heraus und nickte zu einem Haufen Asche und Kleidungsfetzen. »Da ...«

»Der Vampyr?«, riet William.

»In dem Mantel«, fuhr Peruzo fort und zeigte auf das aschebedeckte, zerfetzte Kleidungsstück, »ist der Scarimadaen.«

William bekam große Augen. Er setzte Peruzo auf einer Bank in der Nähe ab und ging zu dem schwarzen Bündel, von dem ein Geruch nach Schwefel und Verwesung aufstieg. Mit einer Mischung aus Hochgefühl und Abscheu stocherte er in den Überresten des Vampyrs und zog den Mantel heraus. Der Scarimadaen fiel heraus und kullerte über die Holzdielen des Bodens. William hielt den Atem an, bückte sich mit dem Mantel in der Hand und hob die Pyramide auf, wobei er sorgfältig darauf achtete, sie nicht mit bloßer Hand zu berühren.

Dann kehrte er zu Peruzo zurück, stützte den Lieutenant wieder und zog ihn auf die Füße.

»Können Sie gehen?«

»Ich denke schon ...«, stöhnte Peruzo.

Halb trug William den Lieutenant in die Nacht hinaus und spürte, wie der Scarimadaen sanft in seiner geschützten Hand pochte.

Draußen herrschte eine unheimliche Stille. Die Einheimischen waren längst geflohen, nur Bruder Jericho und Bruder Anthony waren noch auf der Straße, die Pferde standen nicht weit von ihnen entfernt.

William winkte Bruder Jericho zu sich, damit er Peruzo stützen konnte. »Kümmern Sie sich um beide«, begann er. »Peruzo ist verletzt, also verbinden Sie die Wunde.«

Bruder Jericho nickte.

William zog die Jacke aus. »Ich lasse diese unheilige Kreatur nicht ein zweites Mal entkommen. Die Jagd ist noch nicht vorüber.«

Genau in diesem Moment kamen ein Dutzend bewaffnete Männer, Soldaten und Ordnungshüter, aus den Schatten am anderen Ende der Straße. Sie umzingelten William und dessen Gefährten und richteten Musketen und Pistolen auf die Männer in Grau. William sah sie fassungslos an und überlegte kurz, ob er den Weg freikämpfen sollte.

»Halt!«, rief Peruzo und hielt eine blutige Hand zu William hoch. »Captain, das sind die Männer des Landvogts! Die werden uns mit Sicherheit erschießen!«

William sah in die flehenden Augen von Peruzo und begriff: die Jagd war doch vorbei.

VI

Wind wehte durch Marrescas Haar und peitschte es ihm ins Gesicht, während er den Weg entlanggaloppierte. Er ritt eines ihrer besten Pferde, und dennoch hatte es Mühe, den Anforderungen des Mönchs zu entsprechen. Marresca trieb das Tier noch härter an, als er den Dämon am Ende einer Straße auftauchen und in der nächsten verschwinden sah.

Marresca, der in seiner rasenden Hast fast einen Einheimischen niedergetrampelt hätte, bremste sein Reittier und dirigierte es eine Nebenstraße hinab. Ein riskantes Manöver, aber Marresca glaubte, damit eine Abkürzung zu seinem Gegner gefunden zu haben, einem Gegner, der Richtung Fluss floh. Marresca musste die Kreatur einholen, ehe sie zur Brücke gelangte, was immer dort auch ihrer harren mochte.

Trotz des Lärms der donnernden Hufe hörte Marresca Schreie, als er den Weg verließ und auf die Straße dahinter einbog. Tagsüber diente sie als Marktplatz; noch immer waren einige Händler anwesend, die ihre Waren wegpackten, als Marresca lospreschte und durch einen leeren Verkaufsstand brach. Der Mönch achtete gar nicht auf die erbosten Schreie des Besitzers, da er die schwelende Gestalt des Dämons erblickte, der sich von einer Gruppe zu Tode erschrockener Einheimischer entfernte, die das Pech gehabt hatten und ihm in den Weg geraten waren. Zwei hatte er erschlagen, die anderen kauerten kreischend und schluchzend in der Spur der Verwüstung, die er zurückgelassen hatte.

Der Dämon stieß gegen einen Karren voller Töpferwaren, der umkippte, sodass die irdenen Krüge in tausend Scherben zerschellten. Er verweilte nur ganz kurz, dann hörte er das Pferd, das ihn verfolgte, und floh auf seinen unförmigen Beinen, die sich anhörten, als würden Baumstümpfe auf Stein poltern, bar jeder Anmut eine weitere Seitenstraße entlang.

Marresca konnte den Schwefelatem des Dämons ebenso riechen wie den Rauch seiner schwelenden Haut und des brennenden Fleisches. Er trieb sein Pferd weiter, zog das Schwert aus der Scheide und stellte sich in die Bügel.

Der Dämon schien Marresca mit einem schrillen Heulen zu verspotten, ehe er in das nächstbeste Gebäude sprang, eine elegante Halle mit zwei Eichentüren, die barsten, als er sie durchbrach. Marresca zögerte nicht, sondern folgte ihm und führte sein Reittier durch den zerstörten Eingang.

Die Halle dahinter mochte vor wenigen Augenblicken noch einem friedlichen Zweck gedient haben, doch jetzt herrschte hier das Chaos. Essen und Wein waren in alle vier Himmelsrichtungen verstreut, das Monster hatte mehrere Gäste mit seinen langen Klauen aufgeschlitzt, als es sich seinen Weg bahnte.

Inmitten von Trümmern und hysterischen Gästen rief Marresca nach ihm und lenkte die Aufmerksamkeit des Dämons damit wieder auf sich. Der musterte ihn finsteren Blickes, als wüsste er genau, wer der junge Mönch war, dann wich er zurück, heulte verzweifelt auf und fuchtelte wütend mit seiner Klaue und dem Armstumpf. Am Ende der Halle angekommen, sprang er auf einen Tisch, der jedoch augenblicklich unter seinem Gewicht zusammenbrach. Der Dämon verlor das Gleichgewicht, stürzte, dass der gesamte Boden erbebte, und sprang sogleich wieder auf. Er stolperte schwankend über Trümmer und Bruchstücke und stieß unbeholfen mit einem Kandelaber zusammen, der umkippte und den Wandbehang dahinter in Brand setzte. Der uralte Stoff ging im Handumdrehen lichterloh in Flammen auf, wenig später fing der nächste Wandteppich Feuer, dann der nächste.

Marresca ließ auch dann nicht zu, dass sein panisches Pferd den Rückzug antrat, als die Flammen in die Höhe loderten und die Deckenbalken in Brand setzten. In der Mitte der Feuersbrunst taumelte der Dämon geblendet umher und suchte einen Ausweg. Flammen züngelten zwischen ihm und Marresca; der Mönch sah, wie die Bestie hinter dem gleißenden Schleier und dem intensiven Hitzeflimmern an der Wand entlangstapfte und Flammen auf die heulende Gestalt herabregneten. Er hatte es auf das größte Buntglasfenster am anderen Ende des Raums abgesehen.

Marresca gab seinem Pferd die Sporen und lenkte es zu dem zertrümmerten Ausgang zurück. Hinter ihm stürzte das Dach ein, der Lärm der herabfallenden Balken übertönte die Flucht des Dämons, der sich durch das kunstvolle Fenster stürzte.

Während Marresca die Distanz zwischen ihnen verringerte, nahm er die Zügel in eine Hand und zog mit der anderen wieder das Schwert. Mühelos hielt Marresca die Balance, derweil das Pferd von einer Seite zur anderen sprang und Gebäude nur wenige Zoll von Mauern und Ecken entfernt umrundete, und der Mönch sich unter schwingenden Ladenschildern hindurchduckte, gegen die der Dämon bei seiner Flucht gestoßen war.

Voraus schimmerte der Fluss, eine schwarze Leere, die zwischen den beiden Hälften der Stadt dahinfloss. Vor dem Nachthimmel ragte der gigantische Bogen der Karlsbrücke auf, wo auf beiden Seiten Öllampen brannten. Marresca war jetzt dicht hinter dem Dämon und trieb sein erschöpftes Pferd zu noch größerer Anstrengung an. Der Dämon zögerte nicht einen Augenblick und schleppte den brennenden Leib unter dem Bogen hindurch; im Lichtschein der Öllampen verschwand er abwechselnd und tauchte wieder auf. Marresca hielt das Schwert in der linken Hand und wartete darauf, dass er ausholen und dem Monster den Kopf abschlagen konnte. Mit kaltem Blick fixierte er den Nacken des Dämons und überlegte schon, wie er die Klinge schwingen und an welcher Stelle sie in den Leib des Monsters eindringen würde.

Im Geiste hatte Marresca den Dämon bereits getötet.

Das Monster zertrümmerte Pflastersteine mit den klobigen Füßen, während es sich der Mitte der Brücke näherte und dabei manchmal desorientiert und verwirrt zur Seite taumelte, Laternen in den Fluss stieß oder einer der Statuen auf der Brücke dahinstolpernd das Gesicht wegriss.

Als der Dämon das Pferd herangaloppieren hörte, blieb er unvermittelt stehen und drehte sich um. Diese plötzliche Wendung hatte Marresca nicht vorhergesehen; er zog die Zügel an, während der Dämon herumwirbelte und das Bruchstück einer Statue in seine Richtung schleuderte. Nur wenige Zoll fehlten und der schwere Stein hätte Marresca im Sattel den linken Fuß zerquetscht.

Als Marresca sich erholt und das scheuende Pferd gebändigt hatte, war der Dämon längst weitergeschlurft und verließ gerade die Brücke Richtung Innenstadt.

VII

Marrescas Reittier stand inzwischen kurz vor dem Zusammenbruch, und auch Marresca selbst wurde allmählich müde. Voraus stolperte der Dämon auf den großen Platz. Er schleppte sich vom Läuten der Orloj untermalt über den großen, freien Platz vor der Teynkirche. Doch Marrescas Beute hatte keinen Blick für die Ringe der astronomischen Uhr übrig, denn der Dämon hatte es auf die gewaltige gotische Basilika und die Geistlichen abgesehen, die gerade herauskamen.

Marresca preschte aus der Nebenstraße heraus und folgte dem Schatten des Dämons, der über das Kopfsteinpflaster glitt. Der Dämon hatte die Geistlichen fast erreicht, die panisch um ihr Leben liefen und sich teilten wie das rote Meer, als das Monster zwischen sie stapfte und die Kirche betrat. Ein Priester kam nicht mehr heraus und rannte vor ihm her. Unter schluchzenden Gebeten floh er den Mittelgang entlang. Der rauchende Dämon folgte ihm und schleuderte mit seinen affenartigen Armen Bänke zur Seite.

Der Priester erreichte den Altar, wo er vor Entsetzen schlotternd und Gebete murmelnd Schutz suchte. »Dämonen auf den Straßen, Dämonen auf den Straßen!«, rief er.

Die Kreatur blieb stehen, und in ihren glühenden Augen stand unversöhnlicher Hass. Normalerweise hätte das letzte Stündlein des Priesters geschlagen, wie so vielen anderen in dieser Nacht, doch Marresca zauderte nicht und preschte in die Kirche hinein. Der Priester nahm den Klang der Hufschläge kaum wahr, die bis unter das Dach hallten, und er sah auch nicht, wie Marresca den Dämon niederritt. Das Monster blickte zu spät auf und bekam gerade noch mit, wie Marresca mit dem Schwert nach ihm schlug. Das Kurzschwert aus der Manufaktur des besten Schmieds Italiens glitt durch die spröde schwarze Knochenplatte im Nacken des Dämons in das faulige Gewebe darunter. Fast ungehindert schnitt der Stahl durch das Fleisch, der Kopf des Dämons schoss davon wie ein Korken aus einer Flasche, eine Eruption von Asche und grellblauem Licht ergoss sich aus der Wunde.

Der enthauptete Leib kippte seitwärts gegen die Reihen der Holzbänke, wo saphirfarbene Flammen ihn vollständig verzehrten, während ein Beben die Kirche erschütterte. Wenig später hüllte eine Wolke winziger Splitter den Dämon ein, der grässliche Schreie von sich gab, die wie vielfache Stimmen überall widerhallten. Hundert. Tausend. Die Kakophonie eines höllischen Chors, die den Priester veranlasste, sich wie ein Embryo zusammenzukrümmen.

Als das schlimmste Inferno verklungen war, implodierte der enthauptete Leib des Dämons, seine gesamte Brillanz schrumpfte zu einer Kugel aus Licht zusammen, dann schoss er durch eines der großen Fenster aus der Kirche hinaus. Die Wucht des Windstoßes hätte Marresca um ein Haar vom Pferd gerissen, er konnte sich gerade noch im Sattel halten, als das Tier scheute und stolperte. Der Priester spürte die gottlose Macht, die durch seine Haare fuhr, und betete mit einer Stimme, die man durch die brüllende Austreibung der dämonischen Seele nicht hören konnte, um Erlösung ...

... Und dann war es vorbei.

Zwischen den Fingern hindurch spähte der schluchzende Priester zu dem blonden Krieger hinauf, der hoch zu Ross im Mittelgang der Kirche stand.

»Wer sind Sie?«, fragte er flehentlich.

Der junge Mann antwortete nicht, sondern betrachtete den schwelenden Leichnam auf der Reihe zertrümmerter Bänke. Unter dem Rauch erkannte man bereits erste Spuren blutiger Haut, als der geköpfte Torso des Wirtskörpers seine ursprüngliche Gestalt wieder annahm, abgesehen vom Kopf, der unter die Trümmer im Mittelgang gerollt war.

Allmählich gewann der Priester die Fassung zurück, stand auf, lehnte sich an den Altar und wandte sich an seinen schweigsamen Retter. Er versuchte sein Glück erneut, diesmal auf Lateinisch.

»Wer *sind* Sie, mein Sohn?«, fragte er.

Der junge Mann richtete den Blick auf ihn. »Ich bin Marresca«, antwortete er.

»Marresca? Ein Heiliger, ein Sendbote ... Ein Engel?«, fragte der Priester.

Marresca lächelte. »Weder noch. Aber beten Sie für mich, Pater, dann werde ich später mal einer«, entgegnete er, machte mit dem Pferd kehrt und verließ die Kirche mit ihrem allmählich schwächer werdenden Schwefelgeruch.

VIII

»Peruzo, sagen Sie ihnen, dass wir keine Feinde sind«, bat William, der das Schwert langsam auf den Boden legte und die Hände hob. Die Mündung einer Muskete war für seinen Geschmack etwas zu nahe auf ihn gerichtet, der Schütze wirkte jung und nervös. Bei den Jungen und Nervösen kam es häufig zu Unfällen, daher wich William langsam und vorsichtig zurück.

Bruder Jericho hatte die Waffe ebenfalls abgelegt. Peruzo schien zu seinen Füßen gegen eine Ohnmacht anzukämpfen, während Bruder Anthony totenstill am Boden lag.

Einer der uniformierten Männer brüllte sie an, was den jungen, nervösen Musketier offenbar noch mehr erschütterte.

»Was sagt er?«, wollte Bruder Jericho wissen, aber Peruzo, einer der Wenigen, die Deutsch verstanden, antwortete nicht. Er hatte das Bewusstsein verloren.

William verspürte den Drang, den Scarimadaen zu schützen, der in der Tasche seiner Jacke pochte. Stadtmilizen waren übereifrig, aber zugleich überaus abergläubisch. Da der Dämon befreit worden war, konnte die Pyramide keine zweite Seele enthalten, doch sie war immer noch alles andere als ungefährlich. Wann immer etwas auf Teufelei oder Vampyre hindeutete, trugen stets Hexen die Schuld. Und häufig unterstellte man William und seinen Männern, dass sie selbst mit diesen Hexen im Bunde stünden; und der Scarimadaen war mit Sicherheit ein Zeichen für »Hexerei«.

Der Milizionär wurde aggressiv, und William bemerkte am Rande, dass seine Tasche zu leuchten anfing. Er sah mit aufgerissenen Augen nach unten, als auch schon der Vorwurf laut wurde: »Hexerei!«

»Wir sind keine Hexer!«, schrie William zurück. Er zeigte auf sich und die anderen Mönche und schüttelte nachdrücklich den Kopf. »Wir kommen aus Rom. Aus dem Vatikan. *Von Papst Pius!*«

Der wohlgekleidete Anführer bedachte William mit einem bösen Blick. Dann zeigte er auf den Boden, und William folgte der Speerspitze zu der Stelle, wo der Dämon seine Klaue verloren hatte. Auf dem Boden lag die Hand eines Unglücklichen mit aus dem Fleisch gerissenen, schrecklich schiefen Knochen. Die Manifestation hatte ihre ursprüngliche Gestalt wieder angenommen, was nur bedeuten konnte, dass Marresca inzwischen erfolgreich gewesen war.

Doch das half ihnen kein bisschen weiter, die Milizionäre starrten William und dessen Männer immer noch mordlüstern an.

Er wollte gerade abermals ihre Unschuld beteuern, als ein grässlicher Schrei ertönte und ein greller Lichtblitz die Straße entlang auf sie zugerast kam. Es war die Seele des Dämons, die zu dem Gegenstand zurückkehrte, aus dem sie befreit worden war: dem Scarimadaen. Die Druckwelle ließ in mehreren Yards Entfernung Fensterscheiben bersten. Voller Grauen sah William wie das blaue Licht unter ohrenbetäubendem unmenschlichem Schreien und Kreischen auf ihn zuraste.

Das Licht traf William frontal, fuhr durch den schwarzen Mantel in seiner Hand, der daraufhin in Flammen aufging, während die Wucht des Energiestoßes William von den Füßen riss und gegen die Mauer des Gasthauses schleuderte.

William wurde in einen blendend grellen Blitz und eine fahle Rauchwolke gehüllt, mit denen ein unerträglicher Schmerz einherging … und dann verlor er das Bewusstsein.

KAPITEL ZWEI

Konsequenzen

1

William hielt sich stöhnend eine Hand an den Kopf. In seinem Schädel pochte es, und unter dem von geronnenem Blut verklebten Haar spürte er eine enorme Beule, wo er gegen die Mauer des Gasthauses geprallt war.

Er fror; eine beißende Kälte drang durch seine Haut bis in die Knochen. Von einem Fenster hoch oben in der Ecke des Raums tröpfelte es stetig. Den langen Kalksstreifen auf den verkrusteten Steinen nach zu schließen, lief dort schon seit Jahren Wasser herab, und man sah deutlich die Spuren, wo frühere Insassen gezwungen gewesen waren, die Feuchtigkeit von der Wand zu lecken.

Selbst in seinem benommenen Zustand hatte William eine ungefähre Vorstellung davon, wo er sich befand. Die Umgebung und das leise Tröpfeln des Wassers in der Ecke verrieten ihm, dass er seiner Freiheit beraubt worden war. Es gab nichts zu essen oder zu trinken, nur eine Reihe von Gitterstäben zwischen ihm und der Freiheit.

»Sind Sie wach?«, ertönte eine Stimme aus dem Halbdunkel.

William wollte antworten, doch sein Hals war zu trocken. Er hustete abgehackt und sog Feuchtigkeit in seine ausgedörrte Kehle. Als er sich umsah, stellte er fest, dass er einen Zellengenossen hatte, der stumm in einer Ecke kauerte. Aber nicht diese Gestalt hatte sich geregt.

»Captain, sind Sie das?«, fragte ein Schatten in der Nachbarzelle.

»Jericho?«, krächzte William.

»Ich bin hier«, antwortete Jericho und schob die Finger am anderen Ende der Zelle zwischen den Gitterstäben hindurch, die die einzelnen Zellen voneinander trennten.

William kroch hin und nahm Jerichos kalte Hand.

»Ich habe mir schon Sorgen gemacht, Captain«, sagte Jericho.

»Mir geht es gut«, entgegnete William und sah zu dem anderen, im Dunkel verborgenen Gefangenen. Er wollte nachfragen, wer sein Zellengenosse war, doch ein Husten in unmittelbarer Nähe erinnerte William an einen anderen. »Peruzo? Sind Sie da drin, mein Freund?«

»Guten Morgen ... oder Abend ...«, sagte Peruzo nicht weit von Jericho entfernt. Er klopfte mit den Fingern gegen die Metallstäbe, um zu zeigen, wo er sich befand, dann seufzte er gequält.

William tastete zwischen den Gitterstäben, bis er die Quelle des röchelnden Atmens gefunden hatte. »Wie geht es dem Bein?«, fragte er.

»Es blutet nicht mehr«, antwortete Peruzo schwach.

»Wenigstens dafür können wir dankbar sein. Was ist da vorhin eigentlich passiert?«, fragte William und rieb sich den schmerzenden Kopf.

»Die Seele des Dämons ist in den Scarimadaen zurückgekehrt«, informierte ihn Peruzo. »Sie haben das Bewusstsein verloren.«

»Die halten uns für Hexer«, sagte Jericho.

»Wie sie wohl darauf kommen!« William lachte bitter. Ein hohles, hallendes Geräusch in ihren feuchten Zellen. »Wenigstens wissen wir, dass Marresca den Wirt des Dämons vernichtet hat, richtig?«, fügte er hinzu und runzelte die Stirn. »Wo *ist* Marresca eigentlich?«

»Hier«, antwortete Williams Zellengenosse im Schatten.

William drehte sich um. »Kommen Sie ins Licht«, befahl er.

Marresca schlurfte in die Mitte der Zelle, wo ein wenig Licht der Fackeln hinfiel.

»Sind Sie verletzt?« Marresca schüttelte den Kopf. »Wenigstens etwas.« William seufzte. Er blies die Wangen auf und sah zur Decke. »Wo ist Anthony?«

»Sie haben ihn weggebracht«, stöhnte Jericho.

»Wohin?«, beharrte William.

»Ich habe ihn gesehen, Captain«, murmelte Peruzo. »Als sie mich versorgten, konnte ich einen Blick auf Bruder Anthony werfen. Es ging ihm gar nicht gut.«

William stützte den Kopf auf die Hände. »Ist er tot?«, murmelte er.

»Wir wissen es nicht«, antwortete Peruzo.

»Hat jemand eine Ahnung, wo wir sein könnten?«, fragte Willliam nach einigen Minuten des Schweigens verzweifelt.

Jericho schilderte William, wie man sie in die Zellen gebracht hatte. Bei ihrer Ankunft herrschte längst nächtliche Dunkelheit, die Reise ins Herz der Finsternis ihres Zielorts dauerte lang und führte mehrere Treppenfluchten nach unten, jede kälter als die vorhergehende, bis sie schließlich an einen Ort gelangten, in dem alle Geräusche unterirdisch widerhallten. Jericho beendete die Schilderung mit der Ankunft Marrescas und der Festnahme des Lieutenants, der auf dem Rückweg über die Karlsbrücke von den Milizen umzingelt und in den Kerker gebracht worden war.

William hörte zu und kam zu der Schlussfolgerung, dass sie sich tatsächlich an einem unterirdischen Ort befinden mussten und das Fenster hoch über ihnen wahrscheinlich eher einen Weg nach draußen bieten würde als einen Ausblick auf das Gelände ihres Gefängnisses. Peruzo fügte hinzu, dass es gewiss zu einem blutigen Kampf mit der Miliz kommen würde, sollte ihnen eine Flucht gelingen. Was ohnehin keine leichte Aufgabe wäre, sollte sich eine ganze Garnison über ihnen befinden (was wahrscheinlich schien). Es würde bedeuten, dass sie gegen Zivilisten kämpfen und im Lauf der verzweifelten Flucht zwangsläufig welche töten mussten, für den Orden ein unverzeihliches Verbrechen.

Schlimmer wäre jedoch ihr Schicksal, falls ihnen die Flucht *nicht* gelingen sollte. Dann würde man sie bei lebendigem Leibe als Hexer verbrennen, sobald es dem Vogt genehm wäre. Und wenn man sie nicht verbrannte, würde man sie als Mörder hängen.

»Was haben sie mit dem Scarimadaen gemacht?«, fragte William.

»Wer weiß«, murmelte Peruzo.

»Ob sie es benutzen?«, flüsterte Jericho.

»Wenn ja, müssen wir uns keine Gedanken über unsere Flucht machen«, antwortete William. »Wenn sie einen Dämon herbeirufen, dann sind die Milizionäre und jeder Gefangene in diesem Kerker so gut wie tot.«

II

William dachte lange darüber nach, welche Möglichkeiten sich ihnen boten, und das mangelnde Licht machte es fast unmöglich, die verrinnende Zeit zu schätzen. Er hatte keine Ahnung, ob es Tag oder Nacht war.

Seit er wieder bei Bewusstsein war, hatte er nicht geschlafen, sah jedoch, dass Bruder Jericho sich in der Nachbarzelle in einem unruhigen Schlummer hin und her wälzte, während Peruzo den Schlaf reiner Erschöpfung schlief. Man musste ihren Häschern immerhin zugute halten, dass sie Peruzos Verletzung versorgt hatten, wenn auch hastig, sodass die Binde sich bereits ablöste und man einen rostroten Fleck auf dem Verband sehen konnte. Williams erster Lieutenant benötigte dringend eine intensivere medizinische Behandlung. Er war überzeugt, dass er Peruzos Bein mit den richtigen Salben retten konnte, allerdings hatte er auch schon unbedeutendere Fleischwunden als diese brandig und schwärig werden sehen, wenn sie in Regen und Kälte auf dem Schlachtfeld zu lange unbehandelt blieben. Wenig später hatte der Feldarzt diese Beine dann meist amputieren müssen.

Marresca, Williams anderer Lieutenant, ruhte ebenfalls, allerdings konnte man nicht sagen, ob der junge Mönch schlief oder nur mit geschlossenen Augen dalag. Auch wenn Marresca kaum etwas zu der Diskussion über ihre Flucht und ihr Schicksal beigesteuert hatte, war es tröstend zu wissen, dass der Lieutenant bereit war, sollten sie doch einen Fluchtversuch unternehmen.

Bruder Anthony stellte hingegen ein ganz anderes Problem dar. Von tiefer Traurigkeit erfüllt vermutete William, dass die Behandlung des Bruders wohl kaum besser war als ihre eigene. Im Herzen wusste William bereits, dass der Mönch tot war, aber er wollte es, jedenfalls bis ihn der Anblick des Leichnams vom Gegenteil überzeugte, einfach nicht glauben.

William hörte, dass Marresca sich regte. Er schaute auf und stellte fest, dass der junge Lieutenant ihn mit in der Dunkelheit leuchtenden Augen ansah.

»Können Sie nicht schlafen?«, fragte William.

»Können Sie es denn?«, antwortete Marresca kalt.

»Ich suche nach einer Möglichkeit, wie wir hier rauskommen«, entgegnete William.

»Haben Sie einen Plan?«

»Noch nicht«, gestand er seufzend.

Bei früheren Missionen in Spanien, Frankreich und im verschneiten Norden hatte in vergleichbaren Situationen wenigstens eine gewisse Hoffnung bestanden, dass Verbündete zu ihrer Unterstützung kamen. William verbrachte nicht zum ersten Mal ein, zwei, drei Nächte im Kerker. Aber zum ersten Mal würde gewiss niemand kommen, um sie zu retten. Mitten in dieser bevölkerungsreichen Stadt waren sie ganz allein.

In der Nachbarzelle erwachte Peruzo und klopfte mit der Hand an die Gitterstäbe.

»Noch da, alter Freund?«, fragte William.

»*Noch,* Captain«, hauchte Peruzo in den Schatten, und William spürte regelrecht das trockene Lächeln, mit dem er es sagte.

»Sie sollten alle schlafen«, beharrte William.

»Nach unserem Abstecher zum Galgen haben wir alle noch genügend Zeit zum Schlafen, Captain«, erwiderte Marresca unverblümt.

William sah Marresca an und schüttelte den Kopf. »Ich schwöre Ihnen allen, wir sind noch nicht am Ende«, verkündete er. »Man wird uns nicht hängen, und wir verrotten ganz bestimmt nicht im Gefängnis.«

»Das wissen wir, Captain«, sagte Bruder Jericho zuversichtlich. »Sie retten uns.«

William zögerte überrascht, dass seine Durchhalteparolen die Männer so schnell aufmunterten. »Schlafen Sie. Alle«, sagte er endlich. Einen sicheren Plan musste er noch ausarbeiten, aber wenigstens konnte er der Unterstützung durch seine Männer sicher sein.

Peruzo stöhnte wieder; William ging am Gitter in die Hocke und sah sich die Verletzung an. »Es sieht nicht gut aus, mein Freund«, sagte er, als er den blutigen Verband sah.

»Ich überlebe, wenn wir hier rauskommen«, antwortete Peruzo.

William lächelte und sah an ihm vorbei zu Jerichos Umriss an der Wand gegenüber.

»Was sollte das?«, flüsterte er Peruzo zu.

»Was, Captain?«

»Jerichos Bemerkung, dass ich uns retten würde«, sagte William, den es insgeheim freute, dass der junge Mönch ein solches Vertrauen in seine Fähigkeiten setzte.

»Urteilen Sie nicht zu hart über sein Vertrauen«, scherzte Peruzo und gab ein leises Kichern von sich, das umgehend in ein raues Husten überging. »Er ist nur naiv. Und …«

»Und?«

»Na ja, es kursieren Gerüchte, Captain.«

»Gerüchte worüber?«

»Über Ihre Freunde. Ihre Verbündeten.«

William sah verwirrt drein.

»Die Engel, Captain«, sagte Peruzo so leise wie möglich.

William reagierte fassungslos. »Was reden Sie da, Peruzo?«

»Alle Mönche des Ordens denken es, Captain«, erklärte er. »Alle sind davon überzeugt, dass Engel über Sie *und* die Männer unter Ihrem Kommando wachen. Alle haben die Gerüchte über die Vorkommnisse in Aosta gehört. Dass Engel zu Ihrer Unterstützung geeilt sind. Und dass sie Sie auch bei anderen Gelegenheiten unterstützt haben.«

»Anderen Gelegenheiten?«, keuchte William. Er schüttelte den Kopf. »Das ist eine Geschichte, die maßlos aufgebauscht wurde, Peruzo. Es gab keine *anderen* Gelegenheiten.«

»Dann stimmt es also. Engel haben Sie unterstützt?«, fragte er.

William verstummte. Ihm war klar, dass Marresca und möglicherweise Jericho zuhörten. Er drückte das Gesicht an die kalten Gitterstäbe.

»Nur dieses eine Mal. In Aosta«, flüsterte er. »Aber das

ist Jahre her, und seither sind sie nicht mehr zu mir gekommen.« Er versuchte, das Missfallen in seiner Stimme zu verbergen.

»Aber was ist mit Ihrem Freund Lieutenant Harte? Wurde er nicht von Engeln geholt?«, flüsterte Peruzo.

»Stimmt«, antwortete William geistesabwesend. »Doch inzwischen ist viel Zeit vergangen. Ich habe ihn und die Engel seit fast sieben Jahren nicht mehr gesehen.«

Peruzo seufzte.

»Lieutenant«, begann William, »was wir erreicht haben, *jeder* Sieg war unser eigener. Wir haben nie die Hilfe von Engeln gebraucht.«

»Nicht einmal jetzt?«, fragte Peruzo.

William biss sich auf die Unterlippe. Er streckte die Hand durch das Gitter und hielt Peruzo behutsam an der Schulter. »Nein. Nicht einmal jetzt.« Er erhob sich. »Höchste Zeit, dass wir uns davonmachen, meine Herren.«

»Haben Sie einen Plan?«, fragte Jericho voller Hoffnung.

William schob eine Hand in sein Hemd und zog eine Kette heraus, die immer an seinem Hals hing. Am Ende dieser Kette befand sich ein silbernes Medaillon, in das auf einer Seite einige Worte in Latein und auf der anderen Seite ein Porträt von Papst Pius eingraviert waren. Er hielt es so, dass alle es sehen konnten.

»Das päpstliche Siegel«, flüsterte Peruzo.

Plötzlich verspürte Jericho wieder Hoffnung.

»Wir dürfen den Papst nicht in unsere Probleme hineinziehen …«, sagte Peruzo.

William runzelte die Stirn. »Warum nicht? Wir bitten die Kirche nicht oft um Hilfe, haben aber im Lauf der Jahre viel für sie getan. Der Papst *schuldet* uns etwas«, flüsterte er und schob den Anhänger wieder unter sein Hemd.

»Daran zweifle ich nicht, Sir«, entgegnete Peruzo, »aber

unsere Befehle verpflichten uns, so anonym wie möglich zu bleiben ...«

»Um unsere Anonymität war es in dem Moment geschehen, als die Vampyre einen Dämon in der Stadt freigelassen haben«, antwortete William brüsk. »Anonymität ist sinnlos, wenn der Krieg bereits auf offener Straße geführt wird. Die Männer des Grafen werden immer unverfrorener. Unsere Siege haben ihn ins Freie getrieben, und da findet unser Kampf jetzt auch statt. Ich habe es satt, unter Mantel und Degen zu kämpfen. Wir sind keine Geheimagenten. Wir sind Soldaten, richtig?«

Niemand antwortete, aber Peruzo gab ein leises, gequältes Stöhnen von sich. Es genügte, dass William seinem Lieutenant wieder die Hand reichte.

»Mein Bein schmerzt, das ist alles«, ächzte er.

»Verflucht, Peruzo! Ich bleibe nicht anonym und tatenlos hier, während mein erster Offizier verwundet in einer Zelle sitzt! Während ein Bruder irgendwo in diesem Gefängnis liegt und an seinen Verletzungen zugrunde geht! Der Teufel soll die Kirche holen! Ich werde nutzen, was ich muss, um uns hier rauszubringen!«

»Ich weiß, Captain, ich weiß«, murmelte Peruzo pflichtschuldig. »Aber was würde Kardinal Devirus dazu sagen?«

William berührte die silberne Scheibe um seinen Hals und tastete sie ab, während er darüber nachdachte, ob er darauf zurückgreifen sollte. Selbst wenn ihre Häscher sich davon beeindrucken ließen, würde es mit ziemlicher Sicherheit das Ende ihres Dienstes für den Orden des heiligen Sallian bedeuten, möglicherweise das generelle Ende für diese geheime Brüderschaft. Der Orden existierte nur im Verborgenen. Etwas anderes würde die Kirche niemals zulassen.

Müde unter der Last seiner Aufgabe und der Notwendigkeit, unbedingt entkommen zu müssen, lehnte William sich schwer gegen die Gitterstäbe. In der Nachbarzelle kam Jericho zu Peruzo gekrochen, setzte sich neben ihn und begutachtete das Bein des Lieutenants im spärlichen Licht.

»Ich glaube, die Wunde ist wieder aufgebrochen, Captain«, sagte er nach einer gründlichen Untersuchung.

»Wir haben lange genug gewartet.« William stieß sich von den Gitterstäben der Zelle ab. »Ich nutze jede Unterstützung, die wir haben. Wollen wir doch mal sehen, wie diese Männer im Angesicht der Kirche im Staub kriechen. Wachen! Wachen!«

Zuerst geschah gar nichts, keine Antwort, als wären sie die einzigen Häftlinge in diesem feuchten Keller des Verlieses. William rief erneut. Immer noch nichts.

»Haben die uns hier unten vergessen?«, fragte Jericho.

William blickte stumm zu dem Loch in der Decke hinauf. Was brauchte es, damit ihre Häscher aufmerksam wurden? Konnten sie es riskieren und einfach hinausklettern?

Ganz in der Nähe erklangen Schritte auf einer Treppe. *Viele* Schritte. Das päpstliche Siegel, das er trug, kam William mit einem Mal ziemlich albern vor. Er bezweifelte, dass sie ihm zuhören würden. Würden sie ihm überhaupt glauben? Und schließlich – wie viele päpstliche Gesandte liefen schon herum und enthaupteten unbescholtene Einheimische?

»Marresca …«, hauchte William, als er sie kommen hörte. »Machen Sie sich bereit.«

»Was ist mit dem päpstlichen Siegel?«, flüsterte Peruzo.

»Ich habe beschlossen, es nicht einzusetzen«, sagte William verzweifelt.

»Wir erkämpfen uns den Weg hinaus?«, fragte Jericho mit bebender Stimme.

»Wenn es sein muss«, antwortete William. »Bereit, Marresca?«

»Bereit«, antwortete der junge Mönch leise.

»*Erst* auf mein Zeichen«, beschwor William ihn, »vorher nicht. Und versuchen Sie, niemanden zu töten.« Er kannte Marrescas Fähigkeiten. Der blonde Mönch konnte einem Menschen mit bloßen Händen das Genick brechen und mehrere Männer entwaffnen, ehe auch nur einer von ihnen Luft holen konnte. Im Ernstfall wäre Marresca ihr einziger Garant für eine sichere Flucht.

Aus der Richtung, aus der die Schritte erklangen, näherte sich ein Licht, ein sanftes Leuchten, das immer heller wurde. Als es auf der gegenüberliegenden Seite der Zellen die Treppe hinter sich ließ, ertönten Stimmen darin, manche leise, manche aufgeregt.

William wich von den Gitterstäben zurück und gesellte sich zu Marresca in den Schatten, als die Männer näher kamen.

»Können Sie stehen, Peruzo?«, flüsterte William.

Peruzo zog sich stöhnend vom Boden hoch. »Gerade so ...«, sagte er.

Die Stimmen erklangen jetzt unmittelbar vor den Zellen; der Anführer hielt eine Fackel, die beide Kammern erhellte und deren grelles Lodern in Williams Augen schmerzte.

Wieder wurden aufgeregte Worte gewechselt, als wäre zwischen ihren Häschern Streit ausgebrochen.

»Was sagen sie?«, fragte William.

Peruzo hörte zu, antwortete aber nicht. Die Männer sprachen nicht nur Deutsch, sondern eine andere Sprache, die der Lieutenant nicht verstand.

Einer der Häscher schloss mit linkischen Handbewegungen die Tür von Jerichos Zelle auf.

»Bleiben Sie bei mir, Marresca«, murmelte William und hörte, wie der junge Lieutenant sich Schulter an Schulter neben ihn stellte. »Peruzo, was sagen sie?«

»Ich glaube, sie entschuldigen sich«, antwortete er hämisch.

»*Was* machen sie?«

Einer der Männer betrat die Zelle, ein Mann, der William bekannt vorkam. Derselbe Mann, den sie in der Taverne gesehen hatten. Der Verbindungsmann, der zur Treppe im Schankraum gezeigt hatte; der Mann des Gesetzes. Er brüllte die Wachen an, von denen ein Mann sich eiligst entfernte, während der andere wie vom Donner gerührt an der Tür stehen blieb, wo die Fackel flackernde Schatten warf.

»Er entschuldigt sich dafür, wie man uns behandelt hat, Captain«, übersetzte Peruzo. »Hätte er früher davon erfahren, hätte er unverzüglich unsere Freilassung befohlen.«

»Lieber eine verspätete Entschuldigung als gar keine«, sagte Jericho glücklich.

Mit einem Klicken und dem Klirren von Ketten auf Metall wurde Williams Zelle geöffnet, und ein argwöhnischer Wachmann, der Distanz zu ihnen wahrte, führte sie hinaus. Peruzo, von Jericho gestützt, stand bereits draußen auf dem Gang bei dem zerknirschten Kerkermeister, der sich entschuldigte, ehe er die Häscher abermals verwünschte.

»Peruzo, sagen Sie ihnen, dass ich Bruder Anthony sehen möchte«, meinte William niedergeschlagen. Aber er wusste bereits tief in seinem Inneren, dass den Bruder ein schlimmeres Schicksal ereilt hatte als ihres.

III

Draußen war die Luft geschwängert von Rauch und feuchtem Dunst, ein klammer Geruch, der so viele Städte auf dem Kontinent auszeichnete. Bei William weckte er Erinnerungen an London, wo, als er noch ein Knabe gewesen war, die ersten Fabrikschornsteine gerade die Silhouette der Stadt zu beherrschen begannen und enorme Wolken wallenden Graus in den Himmel spien.

Das leichte Nieseln machte ihre Kleidung, Haar und Haut glatt; ein heimlicher, stiller und lautloser Wolkenbruch, den sie sehen, aber kaum spüren konnten, bis ihnen das Wasser von den Brauen auf die Wangen tropfte. Als sie den Fluss schließlich überquerten, hatte der Nieselregen nachgelassen, zurück blieb lediglich ein Duft nach Frühling, vermischt mit dem Industriegestank von brennendem Holz und Kohle.

Seit ihrer Entlassung aus dem Gefängnis hatte sich Williams Stimmung kaum gebessert. Auf seine Bitte hin hatte man sie zu Bruder Anthony geführt, und sie hatten den Mönch halb nackt und kalt auf einem Schlächtertisch in der Leichenhalle des Verlieses liegend gefunden, wo er mit blinden Augen in das Reich sah, in das seine Seele geschickt worden war. Offenkundig hatte sich niemand um ihn gekümmert.

William war außer sich vor Wut und stellte seine Forderungen unvermittelt und ohne Raum für Verhandlungen: die Kerkerwachen sollten Bruder Anthonys Leichnam in ein Leichentuch hüllen und ihnen den Scarimadaen unverzüglich aushändigen. Der Vogt sollte ihnen auf eigene Kosten einen Wagen zur Verfügung stellen, der Bruder Anthony fortbrachte, und ihnen darüber hinaus unverzüglich ihre Waffen und Pferde wiedergeben.

Die Kerkerwachen ihrerseits wollten William und seine Männer schnellstens aus dem Kerker haben. Sie waren immer noch der Überzeugung, dass es sich bei diesen Fremden um Hexenmeister oder Zauberer handelte, deren Gegenwart ihnen Angst einjagte. Der Kerkermeister, der als Peruzos Ansprechpartner und jetzt als ihr Befreier fungierte, sorgte dafür, dass sämtliche Forderungen umgehend erfüllt wurden, und betrachtete sie als Gegenleistung für die Vergeltung, die William und seine Männer an denen üben würden, die einen Angehörigen seiner Miliz ermordet hatten. Sie mussten versprechen, dass sie Prag umgehend verlassen würden, und damit waren alle Beteiligten einverstanden.

Innerhalb einer Stunde waren sämtliche Vorbereitungen getroffen, und William führte sie zu ihrer einzigen sicheren Zuflucht in der Stadt.

Die Kapelle in Stare Mesto war älter als der größte Teil von Prag und kleiner als die meisten umliegenden Gebäude, so klein, dass sie kaum auffiel, und nur die efeuberankte Fassade wies darauf hin, dass sie überhaupt existierte. Doch die Gläubigen kannten sie, ebenso wie die vier verwegenen Gestalten, die gerade vor der Tür eintrafen und in ihrem verwahrlosten Zustand, mit der schmutzigen oder zerrissenen Kleidung, wie Ausgestoßene oder Bettler wirkten. Doch die Passanten, die an diesem Sonntagmorgen vorbeikamen, bemerkten lediglich den Wagen mit dem verhüllten Leichnam darauf. Neugierig fragte man sich, wer wohl unter diesem weißen Leinen liegen mochte, und manche blieben stehen und unterhielten sich in dieser seltsamen Mischung aus Deutsch und irgendetwas anderem.

William hätte vielleicht etwas zu sagen gehabt, war jedoch zu erschöpft und konnte nur mehrmals ungeduldig an die dicke Holztür der Kapelle klopfen. Da niemand antwortete, wurde jedes Klopfen ungeduldiger und frustrierter. Er wollte ins Innere, heraus aus der beißenden Kälte und seinen gefallenen Mitstreiter in den Schutz der Kapelle bringen.

Schließlich wurde die Tür einen Spalt geöffnet.

»Pater Gessille?«, bellte William.

Die Tür ging weiter auf. »Captain«, begrüßte ihn der Mann. »Sie kommen so spät zurück … Was ist passiert?«

William drängte sich an ihm vorbei. Die Zeit für Höflichkeit war vorbei; der Charme der Stadt war so dünn geworden wie sein Geduldsfaden. Pater Gessille betrachtete die drei anderen Männer: Peruzo hinkte von Jericho gestützt ins Innere, Marresca folgte ihnen so gleichmütig wie immer. Dann fiel der Blick des Paters auf den Wagen.

»Wer ist das?«, fragte er.

»Bruder Anthony«, antwortete William und hielt die hohlen Hände ins Weihwasserbecken. Er führte sie an die Lippen und trank. Es war eine gottlose Tat, aber er hatte Durst und fand, dass Gott in seiner Schuld stand. Als er die Tropfen von den Händen geschüttelt hatte, stapfte er wieder zu dem Pater zurück. »Ich brauche Hilfe beim Tragen.«

»Gewiss«, antwortete Pater Gessille.

Sie bahnten sich durch die stetig wachsende Menge der Schaulustigen, die den Wagen umringten, einen Weg; Pater Gessille kletterte hinauf und schob den Leichnam behutsam auf den Brettern zum hinteren Ende, wo William wartete. William ergriff Bruder Anthony an den Knöcheln, zog den Leichnam zu sich und ließ ihn schließlich auf seine Arme und Schultern gleiten.

Der Pater stieg von dem Wagen herab und nahm seinen Teil der Last, dann schritten sie mit dem verhüllten Leichnam zwischen sich zu der Kapelle zurück.

Als sie eingetreten waren, verschloss Bruder Jericho die Tür fest hinter ihnen, während William den Leichnam auf einer der Bänke ablegte und sich schwer atmend aufrichtete, als die Last von ihm genommen war.

»Darf ich ihn sehen?«, fragte Pater Gessille.

»Bitte«, stimmte William zu. »Immerhin werden Sie die Trauerfeier bei seinem Begräbnis abhalten.«

»Begräbnis?« Pater Gessille blickte auf. *»Hier?«*

»Wir sollten ihn mit nach Hause nehmen, Captain«, sagte Jericho, »damit er in Villeda begraben werden kann.«

»Keine Zeit«, sagte Lieutenant Peruzo hinter ihnen. Er saß gebückt und erschöpft einige Reihen vor Bruder Anthonys Leichnam auf einer der Bänke. »Der Leichnam verwest vor unserer Rückkehr.«

Jericho sah mit gerunzelter Stirn zu seinem Captain, doch der nickte zustimmend. »Wir begraben ihn hier, Jericho. Mit aller Würde, die wir aufbringen können.«

»Und wann soll es geschehen?«, fragte Pater Gessille, der langsam das Leichentuch aufschlug.

»Heute Abend. Wir brechen morgen früh im Morgengrauen auf«, sagte William und streckte sich müde. Mit gesenktem Kopf schritt er den Mittelgang entlang und begab sich durch einen Nebeneingang zu ihren Unterkünften.

IV

Schweigend löffelte William seine Brühe. Er konnte nicht schlafen, wogegen die anderen dösten und Peruzo schnarchte wie ein Trunkenbold oder ein alter Mann. Peruzo kam allmählich in die Jahre, und die Verletzung machte seine Gebrechen deutlich. William vertraute auf seine Erfahrung und sein Geschick mit dem Schwert, aber Peruzo blieben nur noch ein paar Jahre als Kämpfer. Der Krieg hatte seinen Tribut bei ihm gefordert, wie bei ihnen allen.

William aß die Brühe auf und trank einen Schluck Wein. Ein dickes und öliges Getränk, aber es floss durch seine Kehle und spülte den Geschmack der Brühe fort. Das Essen war so abscheulich gewesen wie der Trank, aber da er seit fast zwei Tagen nichts mehr gegessen hatte, war er ausgehungert. Während der gesamten Ruhepause beobachtete er Pater Gessille, der Peruzos Verletzung versorgte und Vorbereitungen für Bruder Anthonys Begräbnis traf.

Als die Sonne unterging, kam der Priester schließlich zu William. Pater Gessille sah zögernd auf ihn herab.

»Beschäftigt Sie etwas, Pater?«

»Ich habe mir Bruder Anthonys Verletzungen angesehen. Er hatte ein Mal an seinem Körper. Ein Brandmal. Hat die Miliz ihm das angetan?«

»Nein«, entgegnete William brüsk, da er sich nicht über Bruder Anthonys Tod unterhalten wollte.

»Wer dann?«

»Wollen Sie das wirklich wissen, Pater? Viele Männer, die ihrer Neugier über unsere Mission nachgegeben haben, wünschten sich später, sie hätten es nicht getan.«

»Hatten diese Männer ähnliche Verletzungen gesehen?«

»Manche sogar Schlimmere.«

Pater Gessille sah ihn erschrocken an. Er schüttelte verzweifelt den Kopf und wich mehrere Schritte zurück, als ginge von William eine Gefahr aus. Eine Bedrohung für Leib und Seele. »Ich würde sagen, dass derartige Male von der Folter stammen oder ...«

»... oder dass sie diabolisch sind?«

Pater Gessille sah William an, nickte langsam und verstand. »Dann ist es also wahr. Ihr seid *wirklich* diejenigen, von denen alle sprechen. Die Jäger des Infernalischen.«

William nickte zufrieden, dass die Kunde ihrer Heldentaten selbst in diese Ecke des Kontinents vorgedrungen waren. »Die sind wir.«

»Und Ihre Beute war teuflisch?«

»So ist es. Wir sind ihr bis in die Taverne auf der anderen Seite des Flusses gefolgt.«

Gessille sah mit trauriger Miene über die Schulter zu dem verhüllten Toten. »Rechtfertigt Ihre Entdeckung seinen Tod?«, fragte der Priester.

»Nur den von Bruder Anthony?« William dachte einen Moment darüber nach. »Hätte jeder Scarimadaen nur ein einziges Menschenleben gefordert, hätten wir diesen Krieg schon vor Jahren beendet. In Wien habe ich acht Männer verloren, Pater. *Acht.* Schon bevor wir hierherkamen.«

»Dann hoffe ich nur, dass Ihre Mission erfolgreich gewesen ist«, sagte Pater Gessille bestürzt, während er sich entfernte, »denn nichts würde mich veranlassen, so viele zu opfern.«

William stand auf und sah Pater Gessille vorwurfsvoll an. »Zweifeln Sie an meinen Motiven, Pater?«, rief er ihm hinterher, worauf der Priester wie angewurzelt stehen blieb.

»Nein«, rief Pater Gessille zurück, und das Wort hallte in der kleinen Kappelle. »Aber denken Sie nach, mein Sohn. Sollte ein Mann, der angeblich der Kirche dient, zu derart verzweifelten Opfern bereit sein? Begreift so ein Mann wirklich die wahren Gründe, aus denen er dient?«

»Wir sind im Krieg, Pater. Ich bin Soldat. Meine Gründe bestehen *ausschließlich* darin zu dienen und haben ehrenhafte Motive.«

»Der Krieg kennt keine Ehre, mein Sohn. Gar keine.«

William wollte widersprechen, doch seine Streitlust erlahmte. »Ein Verbannter hat keine Wahl, Pater«, sagte er abschließend, holte eine Pfeife aus der Tasche und stopfte sie mit Tabak. Er griff nach einer Kerze in der Nähe und hielt die Flamme an das Kraut in seiner Pfeife.

Die Pfeife war das Geschenk eines Mannes, an den er in kalten Nächten wie diesen oft denken musste, ein Lieutenant des Ordens, der im Laufe von Williams erster Mission vor vielen Jahren ums Leben gekommen war. Dieser Mann – sein Name lautete Cazotte – hatte William anfangs feindselig gegenübergestanden, doch am Ende kämpften sie Seite an Seite als Freunde. Eine Freundschaft, die in einer blutigen Schlacht ihr Ende fand.

William zog die Kapellentür einen Spalt auf und schlüpfte hinaus. Er warf sich die Jacke über, stand im Schatten des Efeus auf der obersten Treppenstufe und horchte in die stille Nacht, während er seine Pfeife rauchte.

Lieutenant Cazotte hatte viele Härten von Williams erster Mission überlebt, war dem Tod mehrmals von der Schippe gesprungen und hatte William mehr als einmal das Leben gerettet, bevor es zu der letzten Schlacht im Valle d'Aosta kam. William hatte den Lieutenant nicht fallen gesehen, wusste aber durch Berichte aus erster Hand, dass er einen »guten Tod« gestorben war – falls es so etwas gab. Einen Heldentod.

Aber ein Heldentod bedeutete wenig, wenn man keinen mehr hatte, mit dem man reden oder in kalten Nächten über einen Witz lachen konnte, während man in der Dunkelheit stand und Pfeifenkraut rauchte.

Der Himmel über ihm war klar, die Mondsichel und viele Sterne leuchteten. Wolken zogen keine vorüber, und dennoch lag ein Grollen wie von Donner in der Luft. Vielleicht wurde weit entfernt auf einem Übungsplatz Mörserschießen geübt. Vielleicht ein Gewitter, so weit entfernt, dass man es zwar nicht sehen, wohl aber hören konnte.

Plötzlich liebkoste ein sanfter Windhauch Williams Haut. Der Luftzug nahm rasch zu und zerzauste ihm das ungekämmte Haar. Am anderen Ende der Straße sah er mehrere Männer und Frauen zur Kirche flüchten. Eine Frau schien in Tränen aufgelöst zu sein, während eine andere sich nun von Grauen gepackt umdrehte, zum Himmel zeigte und möglicherweise ein Gebet murmelte. William folgte ihrer zitternden Hand und sah, wie plötzlich dicke Wolken rasch am Himmel aufzogen und Sterne und Mond verbargen.

William sah mit zusammengekniffenen Augen in die Böen, die ihn plötzlich schüttelten, hielt eine flache Hand an die Stirn und beobachtete, wie Blitze aus den Unterseiten der Wolken zuckten. Ein greller Lichtstrahl, der hinter einer Häuserzeile in der Ferne einschlug, blendete William einen Herzschlag lang. Ein zweiter Blitzschlag traf dieselbe Stelle, und William war fassungslos. Fassungslos, dass die Nacht sich so schnell verändern, dass binnen weniger Augenblicke so ein Gewitter aufziehen konnte ...

Noch fassungsloser freilich machten ihn die Erinnerungen, die das feurige Schauspiel in ihm weckte. Eine Erinnerung an die Zeit vor sieben Jahren, als der Blitz in die Fregatte *Iberer* einschlug, die von ihren Feinden angegriffen wurde. In dieser Nacht hatte ihnen ein Blitzschlag die Haut gerettet. Einer Nacht der Vampyre.

Einer Nacht der Engel.

»Ist es möglich ...?«, murmelte William bei sich. Er wurde aufgeregt und stolperte in seiner Hast fast die Stufen hinunter.

In dem Kampf auf der *Iberer* hatte er zum ersten Mal einen Engel auf einem Blitz reiten gesehen. Und zum letzten Mal, als sie einen engen Freund, in jeder Hinsicht einen Bruder, von Blutsbanden abgesehen, geholt und mitgenommen hatten. Dass er Kieran Harte zum ersten Mal seit so vielen Jahren wiedersehen würde, bot allein schon Anlass zur Freude; dass der zusammen mit diesem heiligen Schrecken erschien – einem Dar'uka –, trübte diese Freude freilich ein wenig durch den Beigeschmack des Unbehagens.

William spürte, wie sein Mund vor Erwartung trocken wurde. Am Ende der Straße schienen die Schatten aufzureißen. Wo sie lang und dünn sein sollten, wurden sie dicht und flackernd, als zwei Gestalten auftauchten. In mittlerer Entfernung klemmten Hunde die Schwänze ein und winselten ängstlich im Angesicht der Besucher.

William erstarrte, gleichermaßen freudig erregt wie nervös, und sah zu, wie sie die Straße entlang auf ihn zukamen. Die Gestalten erstrahlten in einem saphirblauen Licht, das knisternd um ihre Beine und Arme leuchtete. Als sie näher kamen, spielte das Licht auch um ihre Gesichter und das Haar. Dasselbe Licht umschwirrte Dämonen, wenn sie herbeigerufen wurden, oder die Augen und Verletzungen von Vampyren. Doch die beiden, die da zu ihm kamen, stammten nicht aus der Hölle, sondern kämpften auf der *anderen* Seite.

Denn dies waren Dar'uka. Die Männer aus dem Flachland. Für alle anderen waren sie schlicht und einfach Engel, Fleisch gewordene Seraphim, aber weit entfernt von Visionen pausbäckiger Kleinkinder mit Schwingen oder anderen Engelsdarstellungen.

Sie erfülltem William trotz seiner wacker zur Schau gestellten Tapferkeit mit Bangen. Er fühlte sich unbeholfen wie ein Kind und durch und durch demütig und klopfte hastig die Pfeife an einer Hand aus, als sie näher kamen. Beim Ersten handelte es sich um einen großgewachsenen Albino mit langem Haar und einem Mantel aus Wolfsfell. Ein Zweihänderbreitschwert ragte unter dem Pelzmantel hervor; dasselbe ätherische Licht flackerte die Klinge hinauf und hinab.

Der zweite Mann hatte kurzes, schwarzes Haar. Er war kleiner als der Albino, aber auch er trug unter einem langen, schwarzen Mantel ein Breitschwert an der Hüfte. Der Albino war gekleidet wie ein Barbar aus alten Zeiten, der zweite Mann dagegen trug eine modernere Kluft, in der er auch in einer höfischen Gesellschaft als normal hätte durchgehen können.

William kannte den ersten Mann nicht. Den zweiten dagegen durchaus.

»Nach all den Jahren!«, stieß William hervor. Er grinste,

und sein Herz schlug schneller. Plötzlich übermannte ihn die Wiedersehensfreude, und er trat vor, weil er den zweiten Mann umarmen wollte. »Kieran! Ich wusste, dass du zurückkehren würdest!« Doch als William näher kam, zögerte er und sein Lächeln verschwand. Der Kieran Harte, den William einst kannte, hatte sich verändert. Sein Gesicht sah blass und hager aus, die Haut hatte den Farbton von Elfenbein. Seine Augen waren vollkommen schwarz, und eine kleinere Version des Gewitters, das am Himmel tobte, spiegelte sich darin; Blitze zuckten über die Lider wie Tränen aus Licht, die ihm über die Wangen liefen. Seine Hände waren vernarbt und von Symbolen und Linien überzogen, die William nicht verstand. Und die Narben zuckten in diesem azurblauen Licht, das manchmal aus den Vertiefungen über Finger und Daumen züngelte und zarte Fühler in die Luft streckte, die rasch vergingen und wenige Augenblicke später von Neuem emporstiegen.

»Mein Gott, Kieran«, murmelte William und betrachtete das Spiel der Blitze um den Mann herum, »was haben sie dir angetan?«

»Wir kommen wegen Marresca«, sagte der Albino. Kaum hatte er den Mund aufgemacht, da strömten die Worte über William hinweg und ertränkten seine Ohren mit einer Kakophonie gebrochener Stimmen, die sich vor ihm teilten und im Inneren seines Schädels schmerzhaft wieder vereinigten.

William wich zurück und hatte die Worte nicht einmal ansatzweise begriffen. »Ich verstehe nicht«, stöhnte er mit gequält verzerrtem Gesicht.

Kieran trat vor. »Wir kommen wegen Marresca, William Saxon.«

William sah seinen Freund an. Ein Mann, den er sein ganzes Leben lang gekannt hatte. Doch dieser Mann war *nicht* Kieran. Dies war nicht der Mann, der ihn vor sieben

Jahren verlassen hatte. Der Kieran, den er kannte, wäre nie und nimmer so schroff und unhöflich gewesen.

»Sieben Jahre, Kieran«, sagte William schließlich. *»Sieben verfluchte Jahre?* Und das sind die ersten Worte, die du für mich übrig hast?«

Kieran sah ihn nur an.

»Ich habe dich nicht mehr gesehen, seit du dich in Villeda verabschiedet hast. Ich dachte, du wärst tot. Manchmal hoffte ich es. Das linderte den Schmerz ein wenig. Und jetzt sehe ich dich wieder …« William rang mit seinen Empfindungen, mit Verzweiflung und Fassungslosigkeit. »Wie kannst du mir unter die Augen treten und so etwas sagen! Dass du es wagst, mich solchermaßen zu begrüßen! Nach den vielen Jahren unserer Freundschaft!«

»Wir sind nur wegen Marresca gekommen, William«, sagte Kieran und sah an ihm vorbei zur Kirche.

William wandte sich ab und schüttelte den Kopf. »Warum?«

»Einer von uns ist gefallen«, antwortete der Albino.

»David«, ergänzte Kieran, »wurde vor der Höllenpforte vernichtet. Wir brauchen Ersatz.«

»Ersatz?«, fragte William erschrocken. »So wie *du* diesen Dar'uka in Aosta ersetzt hast?«

Kieran neigte fast unmerklich den Kopf.

»Immer sind wir fünf. Die fünf Dar'uka. Nicht mehr, nicht weniger Kämpfer in diesem Krieg«, sagte der Albino.

William schüttelte abermals den Kopf, diesmal nachdrücklicher. »Nein.«

»Nein?«, wiederholte der Albinoengel. Das Wort schien William anzugreifen; es prallte gegen seine Schläfen und bohrte sich in seine Ohren.

Er wich wieder einen Schritt zurück. »Nein«, bekräftigte William und hielt sich den Kopf mit den Händen. »Er ist zu jung.«

»Das Alter spielt keine Rolle, William Saxon«, antwortete der Albinoengel.

»Marresca ist stark genug für einen Dar'uka«, sagte Kieran. »Wir haben gesehen, was aus ihm geworden ist. Wir haben gesehen, was er kann.«

»Und das alles hat er ohne euch getan«, gab William zurück. »*Jeden* unserer Siege haben wir ohne euch errungen. Wir brauchen euch nicht.« Er wandte sich an Kieran. »*Ich* brauche dich nicht.«

Kieran erwiderte seinen Blick mit starrer Miene. »Das ist nicht deine Entscheidung.«

William spürte, wie sein Zorn wuchs. »Zum Teufel mit dir!«, brüllte er. »Er steht unter *meinem* Kommando!«

»Aber es ist seine Entscheidung, nicht deine« entgegnete der Albinoengel ungerührt.

»So, wie es meine war, William«, sagte Kieran mit fast verklärter Stimme, und einen Moment kehrte der alte Kieran zurück. Das nahm William den Wind aus den Segeln, es sah aus, als gäbe er mit einem Schluchzen nach.

»Aber ich habe dich *verloren*«, klagte William. »Du hast unsere Freundschaft absichtlich zerstört, Kieran. Begreifst du das denn nicht? Du hast mich im Stich gelassen.«

»Freundschaften zählen nicht«, antwortete Kieran kalt. »Einzig und allein der Krieg zählt.«

»Ich warte sieben Jahre auf deine Rückkehr, und jetzt, wo du zurückkehrst, kennst du mich nicht einmal mehr«, beklagte sich William.

»Wir kennen dich, William«, versicherte Kieran ihm. »Wir wissen alles.«

»Du kennst mich *nicht*«, wandte William ein. »In sieben Jahren passiert viel.«

»Ich weiß, dass du ein Mann der Ehre bist, William Saxon«, entgegnete Kieran. »Und ich weiß, du wirst es Marresca sagen. Es ist nicht deine Entscheidung, sondern allein Marrescas. Nur er kann entscheiden, ob er ein Dar'uka werden möchte oder nicht.«

»Und so wird wie du, Kieran? Unmenschlich?«, spottete William. Er hoffte auf irgendein Zeichen, auf etwas, das diese schreckliche Fassade kalter Ruhe durchbrechen konnte.

»Du wirst ihm sagen, William«, fuhr Kieran fort, »dass wir seine Antwort beim dritten Vollmond haben müssen. Dann kommen wir ihn holen.«

»Das kann ich nicht guten Gewissens tun«, fuhr William ihn an.

»Möchtest du, dass wir ihn sofort fragen?«, wollte Kieran wissen.

William überlegte, was das bewirken könnte. Wenn er seinen Männern und Pater Gessille die Dar'uka in der Kirche präsentierte, würde das alles nur noch schlimmer machen. »Nein«, gab er klein bei.

»Dann sag es ihm«, befahl Kieran und wandte sich mit dem hünenhaften Albino an der Seite ab. William sah ihnen nach, wie sie in die bruchstückhaften Schatten am Ende der Straße zurückkehrten, wo sie wieder verschwanden, und empfand fast gegen seinen Willen so etwas wie Ehrfurcht. Ehrfurcht, dass jemand so unvermittelt sein Leben stören und ihn dazu bringen konnte, seine Gefühle und Überzeugungen zu hinterfragen.

Ein neuerliches Grollen ertönte, die Welt schien zu beben, Licht flutete aus dem Boden hinter den Häusern, ehe das Beben nachließ. Als die Dar'uka verschwanden, verzog sich das Gewitter am Himmel und die Sterne funkelten wieder. Wenig später ertönte ein ganzer Chor von Gebell, als die Hunde in der Gegend ihren Mut wiederfanden und dem Sturm nachheulten, der so schnell verschwand, wie er gekommen war.

William kehrte nicht sogleich in die Kapelle zurück, sondern dachte über die Ereignisse nach, diese Begegnung mit den Dar'uka, die ihm das Herz gebrochen hatte. Einen Augenblick hasste William Kieran. Nicht das, was aus ihm geworden war, sondern Kieran Harte selbst; ihn, der ihre Freundschaft so unbekümmert verraten hatte. Er betrachtete seine Hände und öffnete die geballten Fäuste. Wo er die Fingernägel ins Fleisch gedrückt hatte, waren Abdrücke zu sehen.

In der Kapelle kochte Pater Gessille Tee für Peruzo. Er schenkte auch William einen Becher ein, der ihn dankbar, aber stumm entgegennahm.

»Ich habe Stimmen gehört«, sagte Peruzo. »Wer war es?«

»Niemand«, log William mit zitternden Händen.

»Es hat gedonnert ...«, fügte Peruzo hinzu.

»Das Gewitter ist über uns hinweggezogen«, sagte William zwischen zwei Schlucken, konnte aber Peruzo nicht in die Augen sehen. Einen Moment blickte er zu Marresca hinüber, der schlafend auf einer der Bänke lag. Seine Hände bebten noch mehr vor Wut.

Pater Gessille bemerkte das Zittern und sah ihn an. »Quält Sie immer noch etwas, mein Sohn?«

»Nein. Danke, Pater. Jetzt ist alles ziemlich klar für mich«, sagte er, trank erneut aus seiner Tasse und konnte nicht verhindern, dass seine Hände weiterhin zitterten.

KAPITEL DREI

Eine weitere Heimkehr

I

Das Begräbnis von Bruder Anthony aus Turin gestaltete sich als bescheidene Angelegenheit. Peruzo bot von sich aus an, einige Worte zu sprechen, da er Bruder Anthony seit der Weihe vor acht Jahren kannte. Während der Trauerfeier schweiften Williams Gedanken immer wieder zu dem Scarimadaen ab, das sie erobert hatten, und er musste gegen die Frustration darüber ankämpfen, dass ihr Widersacher, der rothaarige Vampyr aus Wien, abermals entkommen war. Es war ihm fremd zu scheitern. Aber nicht nur die Enttäuschung nagte an ihm.

Einst hatte William die Hoffnung gehegt, Kieran würde zurückkehren, und die Engel würden in einem herkömmlichen Krieg auf ihrer Seite kämpfen. Dass es dazu nicht kam, und schlimmer noch, dass Kieran bei seinem ersten Besuch nach sieben Jahren solche Forderungen an ihn richtete, erfüllte William mit Fassungslosigkeit. Wenn den Dar'uka so wenig daran lag, was die Kirche tat, warum gaben sie sich dann überhaupt mit ihr ab? Warum das Risiko eingehen? Warum die vielen Opfer, darunter auch Bruder Anthony?

Diese Gedanken quälten William während der langen Heimreise von Prag, einer Reise, die länger als erwartet dauerte. Die Alpen überquerten sie unter widrigstem Wetter, dann saßen sie zwei Wochen in Innsbruck fest, einem kleinen Kaff unmittelbar hinter der österreichischen Grenze, wo die Straßen häufig ruhig und die Abende eiskalt waren. Während des ungewollten Aufenthalts ließ sich William einen Bart stehen. Stundenlang saß er in ihrem einfachen Quartier und dachte über seine Motive nach.

Diese Überlegungen waren eine Ablenkung, auf die er verzichten konnte. Einst hatten ihn simple Gründe bewegt. William kämpfte wegen dem Fünkchen Hoffnung, dass Graf Ordrane von Draak, die verhasste Kreatur, die die Vampyre und Kafalas befehligte, eines Tages besiegt werden und Williams Verbannung enden würde. Er hatte seine Eltern und seine Schwester seit über sieben Jahren nicht mehr gesehen, obwohl er ihnen in seiner Abschiedsrede eine baldige Rückkehr versprochen hatte. Natürlich handelte es sich im Lichte der anschließenden Ereignisse um ein vergebliches Versprechen, aber natürlich hatte William die Umstände nicht vorhersehen können, die ihn und seinen verlorenen Freund Kieran am Ende von England aus quer über den Kontinent nach Rom geführt hatten, wo seine Verbannung begann.

In den vergangenen Jahren hatte William häufig nach Hause geschrieben, wenn auch nur, um seine Familie zu beruhigen, indem er sich eine Geschichte ausdachte und ihnen vorgaukelte, dass er auf einer Mission für die britische Armee wäre und nach Hause kommen würde, sobald es ihm möglich wäre.

Einmal spielte er mit dem Gedanken, ihnen zu sagen, dass Kieran tot war, wusste aber nicht, wie seine Schwester die Nachricht verkraften würde. Elizabeth liebte Kieran von Herzen und wollte ihn heiraten, wozu es jetzt mit Sicherheit nicht mehr kommen würde.

Jetzt, da Kieran ein Dar'uka geworden war.

Und so schützte William weiterhin vor, dass Kieran an

seiner Seite kämpfte und erfand Geschichten, bis es selbst ihm unerträglich wurde. Schließlich ließ er es sein, da er nichts anderes mehr schreiben konnte als ausufernde Lügen über Transaktionen und Reisen und abgedroschene Schilderungen von Orten, an denen er nie gewesen war. Inzwischen hatte William seit fast einem Jahr nicht mehr nach England geschrieben.

Nach einer Mission in Spanien änderten sich seine Motive, aus denen er in diesem Krieg kämpfte. Er errang Siege, doch sie wurden teuer erkämpft. Aber als sich der Krieg gegen die Handlanger von Graf Ordrane aus den Schatten auf die Straßen von Städten wie Paris, Wien und Prag verlagerte, begrüßte William diese neue Form der unverhohlenen Kriegführung begeistert. Wichtig war nicht Anonymität, sondern den Gegner zu vernichten, und als sich der Schleier der Geheimniskrämerei über ihrem heimlichen Krieg lüftete, kursierten in zunehmendem Maße Gerüchte.

Der Vatikan gab sich größte Mühe, den Krieg geheimzuhalten, da man befürchtete, die Monarchen und Regierungen dieses empfindlichen Kontinents könnten sich gegen die Kirche wenden, sollte bekannt werden, dass der Vatikan auf ihrem Hoheitsgebiet gegen Teufel kämpfte. Die Kirche fürchtete die Folgen, sollten Doktrin und Unglaube aufeinanderprallen. Doch am meisten fürchtete sie die Rückkehr der Inquisition, einer Institution der Kirche, die auch in den vergangenen hundert Jahren noch nicht vollständig aus den Köpfen verschwunden war. Viel wäre gewiss nicht erforderlich, damit die Inquisition wieder eingeführt wurde, besonders wenn die Staatsoberhäupter es verlangten.

Doch obwohl sich der Vatikan alle Mühe gab, die Gerüchte einzudämmen, wurde William zu einer Legende innerhalb der Kirche, von der Bischöfe und Kardinäle hinter vorgehaltener Hand flüsterten und über den sie manchmal wilde Geschichten erfanden, die mitunter auch der Bevölkerung von Rom zu Ohren kamen. In den Bordellen und Höfen sprach man von einem Engländer, der gegen Drachen kämpfte, und von Priestern, die dem »Teufel« trotzten und dass »der Teufel zum ersten Mal einen Gegner fürchtete«.

Handelsschiffe und Zeitungsmeldungen verbreiteten diese Geschichten in aller Welt. Einmal brachte die *Times* einen Artikel über die Legende und deutete an, mehrere Morde in Blackfriars seien das Werk einer teuflischen Kreatur gewesen, der dieser so genannte »Priesterkrieger von Rom« den Garaus gemacht habe. Welche Ironie hätte darin gelegen, hätte Lord Saxon von Fairway diesen Artikel gelesen, ohne zu ahnen, dass es darin um keinen anderen als seinen Sohn ging.

William war schon lange fort. Er wusste nichts von dem Artikel in der *Times*, kannte jedoch einige andere Legenden und Mythen, die selten der Wahrheit entsprachen; und selbst wenn, waren sie meist ungenau. Sein plötzlicher Ruf brachte ihm einen Respekt ein, mit dem er nie gerechnet hätte, und schon bald sehnte er sich danach, auch wenn ihm das nicht bewusst war. Wie Opium, verlockend und süchtig machend.

Und wenn Ruhm und Bewunderung als Motivation nicht ausreichten, so reichte Adriana in jedem Fall aus. Sie war Williams Traum, und manchmal glaubte er, seine Heldentaten hielten ihre Liebe am Leben. Jedes Mal, wenn er heimkehrte, schien er sie mit neuen Augen zu sehen.

Doch auch das hatte seinen Preis. Wie oft hatte er schon daran gedacht, dass er sie heiraten wollte? Wie oft wollte er ihr schon einen Antrag machen, nur damit wieder eine Mission, wieder ein Abschied ihm einen Strich durch die Rechnung machte? Er war sicher, dass Adriana ihn liebte und hoffte, es würde so bleiben, doch würde ihre Bewunderung schwinden, wenn er den Orden verließ?

Wenn William ehrlich war, hatte er längst schon alles, was er brauchte: Abenteuer, Aufregung, Ruhm und eine wunderschöne Frau, die zu erobern er sich in seinen kühnsten Träumen nie hätte vorstellen können. Wenn der Krieg es ihm ermöglichte, das alles zu behalten, war das allein nicht schon Rechtfertigung genug?

In Innsbruck, wo er mit seiner Motivation und seinen Zweifeln rang, wurde ihm klar, dass er diesen Krieg nicht für die Dar'uka oder die Kirche führte.

Er führte ihn für sich.

Als das Wetter es zuließ, verließen die vier Männer Innsbruck, überquerten öde Gebirgspässe und gelangten Tage später in grüne Felder und Hügel. Ein paar Nächte in Verona stärkten Geist und Seele, und selbst Bruder Jericho schien wieder zuversichtlich, obwohl sein Selbstbewusstsein nach Bruder Anthonys Beerdigung in Prag stark angeknackst gewesen zu sein schien.

William sprach ihn auf sein vorübergehendes Zaudern an, worauf sie sich lang und breit über die Angst unterhielten, die der Gegner verbreitete. Wien und Prag waren Jerichos erste Missionen als Mönch gewesen, doch nach Prag betrachtete er sich als einen Versager. William führte ihm die schlichte Wahrheit des Überlebens vor Augen: »Der Gegner setzt Angst als seine Waffe ein. Überwinde diese Angst, das schwächt den Gegner. Dies ist ein Krieg des Geheimnisvollen. Glaub alles, was du siehst, aber fürchte das Unheimliche oder Groteske nicht.«

Die Tage der Selbstbesinnung zeigten Wirkung, und schon bald brachte der junge Mönch seinen Wunsch nach einer weiteren Mission, einer weiteren Prüfung, zum Ausdruck. Bevor sie Verona verließen, versprach William ihm, dass er ihn beim nächsten Auftrag des Sekretariats und des Ordens berücksichtigen würde.

Doch Bruder Jericho war auf dem Rückweg nicht seine einzige Sorge. Während der letzten Etappe der Reise von Verona nach Rom sprach William Marresca auf das Thema seiner Rekrutierung durch die Dar'uka an. Er reagierte wie nicht anders zu erwarten gelassen darauf. Nach einem ernsthaften Gespräch, in dem William seine Meinung sagte und Marresca aufmerksam zuhörte, versprach der Mönch, über das Gesagte nachzudenken, und damit war das Thema erledigt.

Von dem Moment an fühlte sich William entblößt, ohne Kontrolle über Marrescas Schicksal. Marresca verlor kein Wort über seine Entscheidung, nicht einmal Peruzo weihte er ein, und William wünschte mehr als einmal, er hätte das Thema ansprechen können. Aber schließlich hatte er es mit Marresca zu tun, und eine Konversation mit dem Lieutenant war schon unter günstigsten Bedingungen schwierig.

II

Trotz des Nieselregens auf den Hügeln bot Villeda einen willkommenen Anblick. Die Freude über die glückliche Heimkehr ließ sich keiner der Gruppe verderben. Auf den grünen Feldern und sanften Hügeln wuchs dicht das Frühlingsgras. Die Bäume standen in voller Blüte, bedeckten die Straße zur Stadt allerdings bereits mit einem rosa und weißen Teppich.

In den Jahren, seit William erstmals einen Fuß in die Stadt Villeda gesetzt hatte, war der Ort stetig gewachsen. Familien blühten auf, Bauern kauften Land und brachten es im Kielwasser der Kriege mit Frankreich und Napoleon zu Wohlstand. Manchmal bestand die Gefahr, dass das Geheimnis von Villeda in der Region bekannt wurde (wie es eine solche Blüte erleben konnte, während der Rest des Landes noch immer unter Armut litt), doch die Bewohner Villedas waren wachsam und schweigsam gegenüber Fremden. Auf einen Außenstehenden musste die Stadt einen durchschnittlichen Eindruck machen, ein Ort, der nichts Außergewöhnliches zu bieten hatte. Niemand stellte seinen Reichtum zur Schau, Gerüchte wurden so gut es ging unterdrückt, Geheimnisse innerhalb der verschwiegenen Gemeinschaft gehütet. Villeda lag viel an Anonymität, genau wie dem Orden des heiligen Sallian, der seinen Sitz in dem Kloster kurz vor der Stadt hatte.

Doch bei allem vergaß Villeda nie seine Helden, und die Bewohner der Stadt wussten, wie man feiert. Straßenfeste gehörten fast schon zum Alltag, besonders wenn Mönche heimkehrten; manchmal drohten sie sogar, eine Mission zu überschatten.

Feste für Captain William Saxon waren für gewöhnlich die prunkvollsten, wenn auch nur, um Adriana in die Stadt zu locken (die man als die schönste aller Frauen schätzte). Anfangs war die Aufmerksamkeit überwältigend, doch im Lauf der Jahre wich sie einer gewissen Gewohnheit, eine Lebensart, die sowohl Villeda als auch dem Orden sehr willkommen war.

An dem Tag, als William und seine Männer aus Prag zurückkehrten, war es ruhig. Sie sahen nur einen Bauern, der auf seinen Feldern arbeitete, als sie sich dem Stadtrand näherten.

Als sie dann in ein Gespräch vertieft verweilten, tauchten mehrere Einheimische auf und zeigten mit lächelnden Gesichtern und unter Jubelrufen auf sie.

»Sie sind wieder da! Sie sind wieder da!«, rief eine Frau strahlend, die Gattin des hiesigen Bäckers.

William winkte zurück. »Soviel zur unauffälligen Rückkehr!«, meinte er grinsend.

»Sie erzählt es bestimmt in der ganzen Stadt herum«, sagte Jericho lachend.

»Gut möglich«, stimmte William zu. »Was meinen Sie, Peruzo? Ist denn wenigstens ein kleines Maß an Fröhlichkeit gestattet?«

Peruzo seufzte. »Wohlan.«

»Und *Sie* nehmen auch teil?«, drängte William und betonte es wie einen Befehl.

»Anscheinend habe ich keine andere Wahl, oder?«, antwortete Peruzo.

Sie winkten, während immer mehr Leute aus ihren Häusern und Geschäften kamen und die überraschende Rückkehr ihrer Helden feierten. Selbst Marresca konnte sich zu einem halbherzigen Salut durchringen.

An der Kreuzung unmittelbar bei der Piazza hielten sie an und trennten sich. Die Mönche schlugen den Weg zum Kloster San Laurenzo hinauf ein, William dagegen wandte sich nach rechts und näherte sich den offenen Feldern am Stadtrand. Und seinem Zuhause.

Unterwegs sah er weitere Einheimische, die ihm im Regen zuwinkten. Das Nieseln hatte kontinuierlich nachgelassen, bis nur noch vereinzelte Tropfen von den Terrakottadächern der Häuser herabfielen, an denen er vorüberkam. Es dauerte nicht lange, da rissen die Wolken auf, erhellte die Sonne die Straße vor William und wärmte ihm den Nacken, während er den Pfad entlangritt zu einer Stelle, wo die Felder sich teilten.

Dort lag Williams Haus in einer Mulde mit Ausblick über die Hügel von Rom. Er schloss die Augen und sog die Düfte des Frühlings in sich auf. Seit dem Winter war er nicht mehr zu Hause gewesen; als er die Villa jetzt sah, zersprang ihm beinahe das Herz vor Glück. Er gab seinem

Pferd die Sporen, und als er die Straße entlanggaloppierte, passierte er im Geiste bereits den von Weinreben überwucherten Bogen. Und als er dann tatsächlich darunter hindurchritt, sprang er in seiner Phantasie bereits vom Pferd und suchte Adriana, was zwangsläufig den Wunsch, sie zu küssen, in ihm weckte, während er das Pferd zügelte, absprang und das Tier im Hof ausruhen ließ.

William nahm Gürtel und Schwert ab und warf sie auf der Veranda neben die Eingangstür. Dann lief er mit klopfendem Herzen und einem breiten Grinsen um die Vorderseite herum und an der Seite der Villa entlang, so sehr sehnte er sich danach, seine Liebste zu sehen.

Er lief an der Wasserpumpe vorbei und hastig und lautlos durch den Garten mit den Beeten elfenbein- und goldfarbener Frühlingsblumen, deren Namen nur Adriana kannte. An der hinteren Ecke der Villa blieb er stehen und horchte. Jemand summte misstönend eine Melodie, und er wusste gleich, dass das nur Adriana sein konnte. Sie hatte überhaupt kein musikalisches Gehör, doch wenn sie summte, war das etwas anderes. Dann brachte sie stets eine fröhliche Melodie zustande, die ihn jedes Mal in eine heitere Laune versetzte.

Er blieb an der Wand stehen, lächelte und wartete so lange, wie sein Herz, das von plötzlicher Liebe erfüllt wurde, es aushielt. Sein erster Gedanke war, dass er sie überraschen, sich an sie anschleichen und die Arme um sie legen wollte, doch in seinem Eifer konnte er es nicht abwarten. William stapfte von der Ecke der Villa in den Garten und achtete nicht darauf, wie viel Lärm er machte oder ob sie ihn kommen sehen würde.

Adriana hängte Unterwäsche auf, die im ersten Sonnenschein der Jahreszeit trocknen sollte, und wandte ihm den Rücken zu. Das lange, dunkle Haar fiel ihr über die Schultern, als sie sich bückte, ein weiteres Wäschestück aufhob und dann erstarrte, als sie Schritte hörte. Als sie sich rasch umdrehte, schien sie schon zu wissen, dass es William war, stieß einen Freudenschrei aus und ließ die Wäsche in den Sand zu ihren Füßen fallen. Er nahm sie in die Arme und drückte sie fest an sich. »Oh, du hast mir so sehr gefehlt«, flüsterte er ihr ins Ohr. *»So sehr.«*

»Ich kann gar nicht glauben, dass du hier bist!«, schnurrte sie und küsste ihn immer wieder auf Hals und Gesicht.

William löste sich aus ihrer Umarmung, damit er sie wieder ansehen konnte, ihre dunkelbraunen Augen, das anmutige Gesicht. Er küsste ihre zarten Lippen, dann noch einmal, und dann fester, von einer heftigen und leidenschaftlichen Sehnsucht erfüllt.

Sie beendeten den Kuss, William drückte schwer atmend die Stirn an ihre. Es wäre einfach gewesen, sich zu vergessen, aber es sollte von Dauer sein. Er wollte jeden Augenblick mit ihr auskosten.

»Du hast mir gefehlt«, flüsterte Adriana, »jeden Tag.«

William seufzte und antwortete mit einem sanften Kuss.

»Du hast keine Ahnung, wie schön es ist, dass du wieder da bist«, versicherte sie ihm, als sie sich von seinen Lippen löste und unter sein Kinn kuschelte. Sie schob eine Hand unter seinen Mantel und legte sie ihm auf die Brust. »Es wird jedes Mal schwerer«, fuhr sie traurig fort.

»Ich weiß, Liebste.« Er küsste sie wieder. »Ich muss mich waschen und umziehen. Schweiß und Staub vieler Tage kleben an mir.«

»Das sehe ich«, sagte Adriana schelmisch lächelnd.

William grinste. »Ich nehme ein Bad«, sagte er und strich ihr über den Rücken.

»Und rasieren solltest du dich auch«, sagte sie und fuhr ihm mit der Hand über das Gesicht.

III

William ging durch das Schlafzimmer, als es draußen gerade dämmerte. Ein rustikales Zimmer mit wenigen Möbelstücken in den Ecken. Das einzig Extravagante bildete ein großes Himmelbett, das William in Rom bei einem griechischen Zimmermann in Auftrag gegeben hatte. Rechts darüber hing ein kleiner Spiegel an der Wand.

Er streifte ein weites Baumwollgewand über und legte seine Kleidung auf einen Stuhl vor dem Spiegel.

»Rasiert siehst du viel jünger aus«, bemerkte Adriana von der Tür.

William blickte voller Zuneigung über die Schulter zu ihr. Sie lächelte verliebt und mit einem tief empfundenen Ausdruck in den Augen zu ihm herüber; sie trug einen hellen Rock, und ihre Bluse wirkte ebenso rustikal wie das Zimmer.

»Findest du?«, antwortete er und rieb sich das Gesicht, wo Adriana mit zarter Hand und einer scharfen Klinge den Bart abgenommen hatte.

Sie nickte und ließ den Blick sehnsüchtig auf ihm verweilen.

William blickte in den Spiegel und sah, dass sie Recht hatte. Er wirkte wenige Stunden später wie verwandelt. Seine Haut war glattrasiert, im Kerzenschein sah er jugendlich aus; fast so jung wie bei ihrer ersten Begegnung in Aosta.

Verlangen leuchtete in ihren Blicken. Adriana schlenderte zur anderen Seite des Bettes. Mit den Händen strich sie langsam über die Pfosten, während sie zur anderen Seite ging. Sie wollte ihn, und William hatte sie die letzten zweihundert Meilen gewollt. Er liebte Adriana von ganzem Herzen und kannte in solchen Augenblicken nichts anderes als sie.

Er sah zu, wie sie die Bluse aufknöpfte und verfolgte jede ihrer Bewegungen, während ein Knopf nach dem anderen geöffnet wurde. Dann zog sie die Bluse aus, ließ ihn ihre Brüste sehen, bis sie mit nacktem Oberkörper vor ihm stand.

William spürte, wie er schneller atmete und verfolgte gebannt, wie sie das Haar löste und die schwarzen Locken über Schultern und Busen fallen ließ. Er stellte fest, dass er diese Haare am ausgiebigsten bewunderte, nicht die dunklen Ringe ihrer Brustwarzen, nicht die Rundungen ihrer Brüste, als sie sich bückte und den Rock löste. Der rutschte mitsamt dem Unterrock langsam an ihr hinab, bis sie nackt vor William stand.

Er und Adriana liebten sich zärtlich, ganz anders als ihr erstes intimes Beisammensein vor sieben Jahren. Damals war William ungeschickt gewesen, tölpelhaft und unerfahren, aber Adriana hatte ihm Stück für Stück alles beigebracht, indem sie ihn nicht beschämte, sondern ihn in seiner Zuneigung ermutigte, sanfteste Berührungen von ihm forderte und schließlich einen gemächlichen Liebesakt, was William an diesem Abend besonders schwerfiel. Er war sicher, dass er schon durch ihre zarteste Berührung explodieren würde, doch er hielt den Kurs, bis er spürte, dass auch sie sich dem Gipfel der Ekstase näherte; erst dann ließ er zu, dass er selbst kam, Lust und Erleichterung zu gleichen Teilen.

Danach lagen sie mit einem Laken über ihren abkühlenden Leibern im Bett, sie mit dem Kopf auf seiner Brust, und er strich mit den Fingern durch ihr dichtes schwarzes Haar.

»Veranstalten sie ein Fest?«, fragte Adriana.

»Tun sie das nicht immer?«, konterte William und blickte zur Decke. Adriana hatte kürzlich abgestaubt, die Spinnweben des Winters waren fort.

»Ich dachte, du würdest still und leise zurückkehren«, sagte sie.

»Ich habe es versucht«, log William. »Lucios Frau hat uns gesehen.«

»Ah.« Adriana lachte humorlos. »Die Klatschbase des Bäckers. Dann weiß inzwischen jeder, dass du wieder da bist. Sie erwarten dich.« Sie hob den Kopf von seiner Brust, betrachtete ihn mit einem traurigen Blick und ließ das Kinn wieder auf seinen Oberkörper sinken. »Oder nicht?«

»Sie erwarten uns *beide*«, antwortete William. »Wer bin ich ohne dich?«

»Du bist der Held von Villeda«, antwortete sie, aber es klang verstimmt.

»Ich dachte, ich wäre der Held von Llerena?«, spöttelte William.

»Das war letztes Mal«, antwortete Adriana kalt, setzte sich auf und zog das Laken um sich.

»Was ist los?«, fragte William, obwohl er die Antwort bereits kannte.

»Ich habe dich kaum gesehen, und schon muss ich dich wieder mit anderen teilen«, beklagte sie sich.

»Nur einen kleinen Teil der Nacht, meine wunderschöne Adriana«, sagte William und streckte die Hand nach ihr aus.

Adriana schlug die Hand verspielt weg. »Nur eine Nacht? Und dann brichst du gleich wieder auf?«

William lachte. »Es gibt noch keine weiteren Missionen«, ließ er sie wissen. »Ich bin hier bei dir in Villeda. *Ich bin zu Hause.*«

Sie betrachtete ihn einen Moment, dann schmiegte sie sich unter seinen Arm und umklammerte seinen Oberkörper. »Das freut mich«, flüsterte sie.

William küsste sie auf die Stirn. »Ich dachte, du magst die Feste«, sagte er.

»Nicht so sehr wie ich dich für mich allein haben möchte«, antwortete sie.

Nach einer Weile, als die ersten Grillen im Getreide zirpten, umarmte William Adriana erneut, ließ sie los und stand auf. Adriana hatte sich das Laken umgeschlungen und lehnte an einem der Bettpfosten.

William stand auf, streckte sich, drehte sich zu ihr um und zog das Hemd an.

»Müssen wir wirklich jetzt schon gehen?«, fragte sie.

»Je früher wir gehen, desto früher können wir wieder nach Hause«, antwortete er und knöpfte das Hemd zu. Beim letzten Knopf verweilte er und horchte angestrengt. »In der Villa ist es stiller als sonst. Wo ist Marco?«

»Bei den Maldinis«, entgegnete sie.

»Oh?«, sagte William insgeheim erfreut. Seit er Adriana und ihren Neffen in Aosta vor der Gefolgschaft von Graf Ordrane gerettet hatte, war der Junge aufsässig und geriet häufig in Schwierigkeiten, da die Erinnerungen an den gewaltsamen Tod seiner Eltern ihn quälten. Adriana gab sich große Mühe, aber dem Jungen fehlte eine Vaterfigur.

William wollte nur das Beste für Marco, war jedoch realistisch. Wie sollte *er* diese Rolle bei Marco übernehmen, wo er doch die meiste Zeit in gefährlichen Missionen für die Kirche unterwegs war? Und er war auch nicht bereit, Marco ein Vater zu sein. Er hatte sich gerade erst an das Leben mit Adriana gewöhnt und betrachtete eine mögliche Vaterschaft voller Sorge, daher erschien ihm der Gedanke, dass jemand anderes dem Dickschädel Marco etwas Disziplin beibrachte, höchst verlockend.

»Er hilft Tustio bei der Feldarbeit, daher fand ich es richtig, dass er auch dort leben sollte … Dass er aufsteht, wenn sie aufstehen, und arbeitet, wenn sie arbeiten.«

»Und wie gefällt ihm das?«

Adriana sah William einen Moment an, dann schüttelte sie langsam den Kopf.

William runzelte die Stirn. »Was ist los?«

»Er möchte Soldat werden, genau wie sein ›Onkel‹ William«, sagte Adriana spöttisch.

»Verstocktes Kind«, knurrte William leise.

»Er vergöttert dich.« Adriana kam unter dem Laken hervor und schritt nackt durch das Zimmer. Sie zog ein Kleid an. »Er will immer noch dem Orden beitreten.«

»Das habe ich schon mehrmals mit ihm besprochen«, erinnerte William sie und zog eine Hose an.

Adriana seufzte. »Er ist ein störrischer Junge.«

»Wie seine Tante.«

Adriana zeigte sich unbeeindruckt. »Ich bin also störrisch?«

»Unglaublich«, antwortete William.

»Gefällt dir das an mir?«, schmollte sie, als William zu ihr kam.

»Ich bewundere es«, sagte er grinsend und nahm sie in die Arme.

Sie stieß ihn einen Moment weg. »Du bist *so* arrogant!«

»Ich weiß.« William grinste. »Aber das magst du an mir.«

»Bist du sicher?« fragte sie, zog ihn an sich, fühlte mit der Zunge nach seiner und schlang die Arme um seinen Körper.

William spreizte mit den Fingern ihr Kleid, liebkoste die Brüste, ließ die Finger zur Hüfte wandern, und schließlich zwischen ihre Beine, zu der warmen und verlockenden Stelle. Als sie die Berührung spürte, holte sie heftig Luft und schien gegen ihn zu sinken.

»Dafür haben wir keine Zeit«, seufzte sie und küsste seinen Hals.

»Ich bin sicher, es stört sie nicht, wenn wir etwas später kommen«, flüsterte er und trug sie zum Bett zurück.

IV

Die Taverne von Villeda platzte aus allen Nähten, mit rauchenden Pfeifen und Krügen bewaffnete Stadtbewohner standen bis auf die Straße. William und Adriana wurden mit Beifall und Jubelrufen begrüßt, als sie auftauchten. Es war wie eine Prozession, und William strahlte bald bis über beide Ohren und schüttelte die zahllosen Hände, die ihm gereicht wurden.

Selbst Adriana, die während des Spaziergangs in die Stadt recht schweigsam gewesen war, strahlte und sonnte sich in der Aufmerksamkeit. Lucios Frau nahm sie in die Arme und brachte ihre Erleichterung über Williams wohlbehaltene Rückkehr zum Ausdruck. Adriana musste ihre Reaktion darauf nicht schauspielern. Mit ernster Miene erzählte sie den ortsansässigen Klatschbasen und Tratschweibern, dass sie die feste Absicht hätte, ihn an die Leine zu nehmen, bevor er zu einer weiteren törichten Mission für die Kirche aufbrach.

William begrüßte immer noch die Stadtbewohner. Eduardo den Schmied, Tustio Maldini, der Marco Arbeit gab, und Antonio, jüngst zum Bürgermeister von Villeda gewählt, der herzlich lachte, eine Hand auf dem fassförmigen Bauch liegen hatte und mit der anderen einen Bierkrug hielt. Ehe William sich wehren konnte, umarmte der Bürgermeister ihn wie ein Bär.

»Willkommen, Captain Saxon!«, rief er, damit jeder es hören konnte.

»Danke«, antwortete William bescheiden.

»Wir freuen uns so, dass Sie wieder hier sind«, fuhr Antonio fort.

»Und ich freue mich, wieder zu Hause zu sein«, sagte William genau wie der Bürgermeister zu allen in Hörweite.

Von der Theke aus sah sich Peruzo zusammen mit Jericho und einigen anderen Mönchen das alles an. Lächelnd hob er einen Becher Wein. William nutzte das als Ausrede, zu ihnen hinüber zu gehen, weg von der wachsenden Schar der Dörfler, die sich um ihn drängten und ihn beglückwünschten.

»Captain«, begrüßte Peruzo ihn und hob den Becher.

»Einen schönen guten Abend, Lieutenant«, antwortete er und sah die Mönche an. »Und den anderen Herren auch.«

Die Mönche wandten sich ihrem Wasser zu und wirkten ein wenig verstimmt darüber, dass sie nicht trinken durften.

»Heute keinen Wein?«, fragte William.

Der ältere Lieutenant sah ihn mit hochgezogenen Brauen an. »Heute fasten sie, William«, sagte Peruzo.

»Verstehe«, meinte William nachdenklich. »Sie sind sicher froh, dass Sie kein Mönch sind.«

»So ist es, Captain.« Peruzo grinste.

»Ich für meinen Teil bin froh, dass Ihre Verstimmung Sie nicht daran gehindert hat, an der heutigen Feier teilzunehmen, alter Freund«, sagte William.

»Man kann in San Laurenzo verrotten, wenn man nicht aufpasst«, sagte Peruzo augenzwinkernd.

»Gut gesprochen«, antwortete William, als ihm der Schankwirt einen Krug Bier in die Hand drückte.

»Ein Trinkspruch! Ein Trinkspruch!«, rief ein Bauer am anderen Ende des Tresens und zeigte mit dem Bierkrug auf William, was zu nachdrücklicheren Forderungen aller anderen führte, die sich in der Taverne drängten.

William hielt eine Hand hoch und bat um Ruhe. Er sah zu Adriana, die mit verschränkten Armen dastand und einen verzweifelten Ausdruck mimte. Er lachte kläglich und wandte sich an die Menge.

»Ich danke euch allen«, begann er und räusperte sich.

»Diese Feste bedeuten mir und meinen Männern sehr viel. Es gibt eine Zeit zum Feiern, genau wie es eine Zeit für Erinnerungen gibt. Wir haben auf unserer Reise neun tapfere Männer verloren, daher sollte mit so einem Fest nicht nur unser Erfolg gefeiert, sondern auch der Opfer gedacht werden. Deshalb bitte ich Euch alle, die Gläser auf unsere gefallenen Freunde zu erheben.«

»Auf gefallene Freunde«, ertönte es wie aus einem Mund in der Taverne, dann wurde es still.

»Auf Captain William Saxon!«, rief jemand im hinteren Teil der Menge und beendete das Schweigen ehe William es konnte. Die Menge wiederholte es, diesmal lauter als zuvor, und der Ruf überwältigte William.

Als der Lärm verklang, wandte sich William an Peruzo und bat mit einem Blick um Nachsicht. »Kein Problem«, sagte Peruzo. »Sie sind ein Held in Villeda.«

»Heute sind vier Helden in Villeda«, antwortete William. »Nicht nur ...« Er verstummte und sah sich um. »Wo steckt Marresca?«

»Im Kloster«, sagte Peruzo seufzend. »Er hat sich nicht überreden lassen, mit uns zu kommen.«

»Das überrascht mich nicht«, antwortete William geistesabwesend und dachte an die Entscheidung, die der junge Lieutenant treffen musste.

Der Rauch in der Taverne wurde immer dichter, daher wandte sich William nach einer Weile von der Theke ab, gab Adriana einen Kuss und ging hinaus. Es war ein kühler Abend, er spürte eine leichte Brise im Gesicht, die den Geruch von gemähtem Gras mit sich brachte. Im gesamten Hof plauderten Leute miteinander in den Schatten, andere saßen auf Bänken und Hockern. Der Hof grenzte an die rückwärtigen Fassaden mehrerer Hütten und zweistöckiger Gebäude. Nennenswerte musikalische Begleitung gab es nicht, allerdings lehnten einige Instrumente an einem Feigenbaum in der Ecke. Der Innenhof selbst war hell beleuchtet. Laternen hingen an den Ästen des Baumes, ebenso wie an Pfosten und Balkonen.

Unter einer Lampionkette sah William jemanden, der für sich allein saß und den Abend genoss. William schlenderte mit dem Krug in der Hand dorthin, verweilte aber unterwegs hier und da und wechselte ein paar Worte des Grußes. Er brachte den Spießrutenlauf höflich, aber rasch hinter sich. Einmal dachte er, ein Bauer, der in der Gegend als Unruhestifter bekannt war, würde ihn in einen Streit über die Kirche verwickeln, doch er überließ die Gruppe, die sich um den Mann geschart hatte, sich selbst.

Die Gestalt, die unter den Lampions saß, lächelte und registrierte amüsiert die viele Aufmerksamkeit, die William erhielt.

Schließlich hatte William alle hinter sich gelassen, bis sich ihm ein Junge in den Weg stellte. Seine Miene unterschied sich ein wenig von der aller anderen. Hier sah er keine Schmeichelei. William blickte auf ihn hinab. »Marco«, sagte er mit einem erstaunten Gesichtsausdruck.

»Onkel«, antwortete Marco.

Es folgten einige Augenblicke unbehaglichen Schweigens. »Ich habe gehört, du arbeitest für die Maldinis?«, sagte William schließlich.

Marco zuckte die Achseln. Mit seinen fast fünfzehn Jahren war er zu einem agilen jungen Mann herangewachsen. Er hatte die dunklen Augen seiner Familie, im Gegensatz zu Adriana jedoch helles Haar.

»Die Feldarbeit sagt dir nicht zu?«

»Ich würde lieber etwas anderes machen«, antwortete Marco verstockt.

»Bauer ist ein achtbarer Beruf. Und wenn dir die Feldarbeit nicht zusagt, hättest du dein Studium fortsetzen können«, wies William ihn zurecht.

»Ich möchte kein Bauer sein. Und ich möchte kein Student sein, Onkel!«, ereiferte sich Marco.

»Ich weiß genau, was du möchtest«, sagte William und legte dem Jungen eine Hand auf die Schulter. »Die Antwort lautet immer noch nein.«

Marco schüttelte die Hand ab. »Warum hast du zu dem Thema eigentlich das letzte Wort? Andere können dem Orden beitreten, warum ich nicht?«

»Weil ich dein Vormund bin«, antwortete William.

»Ich wünschte, du wärst es nicht«, knurrte Marco.

Überraschenderweise schmerzte William das. Er hatte sich in den sieben Jahren seit Aosta um den Jungen gekümmert, ihn unterrichtet, wenn er es konnte, und ihn von anderen unterrichten lassen, wenn er selbst nicht dazu in der Lage war. Die Bezeichnung »Onkel« traf nicht ganz zu, aber er betrachtete Marco als Familienmitglied. Ohne William wären Marco und Adriana bettelarme Flüchtlinge in Rom gewesen.

»Das ließe sich einrichten, Marco. Adriana könnte sich an meiner statt deiner annehmen, dann hätte ich nichts mehr mit dir zu tun«, schlug William vor und bemühte sich, ruhig zu bleiben. »Ist das dein Wunsch?«

Marco sah auf und schüttelte den Kopf. Das wollte er trotz allem doch nicht. »Ich will nur dem Orden beitreten, Onkel. Mehr nicht.«

William seufzte und rieb sich die Augen. Er war müde. »Wir unterhalten uns später darüber«, sagte er.

»Mit anderen Worten, überhaupt nicht«, sagte Marco verdrossen und verschränkte die Arme.

»*Später,* Marco!«, knurrte William und stapfte davon; er war so wütend auf sich selbst wie auf den Jungen.

Die sitzende Gestalt unter den Lampions schüttelte den Kopf und sah Marco nach, wie er den Innenhof verließ.

»Er ist störrisch.«

»Wie seine Tante«, antwortete William.

»Wie sein Onkel«, spöttelte der Mann.

»Sie finden, dass *ich* störrisch bin?«

Der Mann beugte sich weiter ins Licht, als er nach seinem Becher griff. Sein graues Haar umrahmte ein altes, aber nach wie vor lebhaftes Gesicht, auch wenn das Licht in den Augen trüber wurde.

»Nicht störrisch, aber vielleicht dickköpfig«, sagte der alte Mann.

William lachte. »Sie sagen immer nette Sachen über mich, Engrin.«

Engrin lachte mit ihm.

»Was trinken Sie da?«, fragte William nach einigen Augenblicken entspannten Schweigens.

Engrin sah verlegen drein. »Nur Wasser.«

William sah ihn staunend an. »Wasser? Sie? Ich glaube, ich habe Sie noch niemals Wasser trinken sehen.«

Engrin lächelte, allerdings mit einer Spur Bedauern. »Ich bin nicht mehr so jung wie einst, William«, antwortete er. »Und nicht mehr so gesund.«

William fiel auf, wie gebrechlich sein alter Freund wirkte. »Stimmt etwas nicht? Fühlen Sie sich nicht wohl?«

»Verfluchte Influenza«, antwortete Engrin. »Seit Einbruch des Winters werde ich sie einfach nicht mehr los.«

William bemühte sich, seinem alten Mentor nicht zu unverhohlen ins Gesicht zu starren. »Sie sehen …«, begann er, konnte den Satz jedoch nicht zu Ende bringen.

»Ich sehe schrecklich aus, William«, ergänzte Engrin verbittert, »machen Sie diesem alten Teufel nichts vor. Ich bin krank und alt. Zu alt, mir etwas vorzumachen.«

William hielt die Hände hoch und machte den Mund auf, weil er »Es tut mir leid« sagen wollte.

»Und zu alt für Entschuldigungen«, fügte Engrin hinzu, bevor William die Worte herausbrachte.

William machte den Mund wieder zu und nickte. »Na gut.«

»Wie waren Ihre Abenteuer in Wien?«, fragte Engrin.

»Hektisch. Ich habe ein paar Männer verloren. Wir haben einen Obervampyr und einen Dämon erwischt. Ganz zu schweigen von einem Scarimadaen.« William wollte Kierans Auftauchen erwähnen, aber die Wunde war noch zu frisch.

»Hört sich nach einer erfolgreichen Mission an«, bemerkte Engrin.

»Einer entkam. Aber das gelingt ihm nächstes Mal nicht noch einmal«, entgegnete William zuversichtlich. »Ich nehme an, dass man mich schon ziemlich bald auf die Suche nach ihm schickt. Hoffentlich in die Karpaten. Wenn ich doch nur einen Angriff auf Graf Ordrane beginnen könnte, dann wäre dieser Krieg bald vorbei.«

»In die Karpaten? Ah, dann haben Sie die Gerüchte noch gar nicht gehört?«, fragte Engrin und schien hocherfreut, dass er William wieder einmal überraschen konnte.

»Gerüchte?«

Engrin nickte und beugte sich näher zu ihm. »Vor ein paar Tagen wurde eine Kompanie Mönche nach Rosetta geschickt, oder Raschîd, wie die Einheimischen es nennen, und das Gerücht geht, dass in Ägypten etwas geschehen ist.«

William runzelte die Stirn. »Was ist in Ägypten?«

»Ich weiß nicht. Schließlich sind es nur Gerüchte, aber das Sekretariat ist *sehr* aufgeregt.«

»Und mehr können Sie mir nicht sagen?«

Engrin schüttelte den Kopf.

»Ganz der alte Engrin«, meinte William darauf. »Immer voller Rätsel. Ich nehme an, nur Sie und das Sekretariat kennen die Wahrheit.«

Engrin sah in seinen Becher und hüstelte verhalten.

»Heutzutage besuche ich Rom nicht mehr. So etwas überlasse ich größeren Männern als ich es bin.«

»Größer als Sie? Wer im Sekretariat stünde so hoch?« William verzog das Gesicht und trank einen Schluck Bier.

»Zum Beispiel Kardinal Devirus.« Engrin schüttelte den Kopf.

»Devirus?«, wiederholte William. »Ausgerechnet er sollte doch wissen, wie wichtig Ihre Kenntnisse sind und ...«

»Der Kardinal weiß nur, dass ich alt bin«, unterbrach Engrin ihn.

»Unsinn.«

»William, ich *bin* alt. Zu alt für Abenteuer. Zu alt, um meine Meinung zu sagen.«

»*Ich* schätze Ihre Meinung«, gestand William ihm unverblümt, »und wenn das für das Sekretariat nicht gilt, dann werden wir sehen, was die sagen, wenn ich ...«

»Unternehmen Sie nichts, William.« Engrin hielt abwehrend die Hand hoch. »Ein Teil von mir ist froh, dass ich keine Rolle mehr für sie spiele. Nichts mehr mit ihrer Politik zu tun habe.«

»Das ist nicht der Engrin Meerwall, den ich kenne«, bemerkte William.

»Vielleicht nicht. Aber den Engrin, den ich kannte, gibt es schon lange nicht mehr, es gab ihn schon nicht mehr, als wir uns begegnet sind. Mir fehlt die Kraft, für meine Überzeugungen einzutreten. Ich bin uneins mit dem Sekretariat, und sie hören mir nicht mehr zu. Da kann man nichts machen. So, wie ein Captain nicht mit seinem General diskutieren kann, so kann man nicht mit dem Kardinal diskutieren.«

»Ach, wirklich?«, meinte William höhnisch. »Also ich bilde mir ein, dass mein Wort im Sekretariat ein gewisses Gewicht hat.«

Engrin streckte eine Hand aus und klopfte William auf

den Arm. »Ihr Respekt und Ihre Freundschaft sind rührend, aber ganz und gar unnötig«, sagte er. »Sie sollten sich darauf konzentrieren, was bevorsteht.«

»Sie meinen diese ›Gerüchte‹?«

Engrin nickte. »Wenn das Sekretariat eine ganze Kompanie Mönche in ein außereuropäisches Land entsendet, sollte man das nicht auf die leichte Schulter nehmen.«

KAPITEL VIER

Die größte Mission

I

William stand früh auf, verließ Villeda zu Pferde und schlug den ausgetretenen Weg durch das Tal nach Rom ein. Er passierte Felder mit Kühen und Ziegen und Wäldchen, wo Vögel gerade ihre ersten Lieder anstimmten. Die ersten morgendlichen Sonnenstrahlen drangen durch die Wolkendecke, als er Stunden später durch die Vororte von Rom ritt. Wenig später trabte er zwischen den Kurtisanen und Höflingen hindurch, die die Straßen schon zu dieser frühen Stunde bevölkerten. Manche standen schon im Morgengrauen auf und kleideten sich prunkvoll und pompös, um nicht nur das andere Geschlecht zu beeindrucken, sondern alle Würdenträger, die des Weges kommen mochten. Es schien, als wären die Bewohner Roms ausnahmslos Rivalen um Gunst, Wohlstand oder Status. William war froh, dass er damit nichts zu tun hatte.

Jenseits einer Brücke über den Tiber sah man die Hauptstraße nach San Pietro zwischen dem Gewirr der Reisenden und Priester, die von einer Seite zur anderen strömten. William dirigierte sein Pferd zwischen ihnen hindurch und folgte einer kostbaren Kutsche, die ihm den Weg über die Brücke und die angrenzende Straße freimachte. In der Ferne ragte die aschgraue Kuppel von San Pietro auf; die Vormittagssonne warf lange Schatten auf sie und die Piazza darunter.

Hohe, helle Gebäude flankierten die Straße, und auf den blumengeschmückten Balkonen verlustigten sich bereits erste Bewohner und beobachteten die Schönen und Reichen, die auf der Promenade flanierten. William verglich das Schauspiel mit einer Zirkusvorstellung; aufstrebende Individuen des gesamten Kontinents schienen durch ihre eigene Selbstgefälligkeit, oder weil sie auf der Suche nach etwas waren, den Weg zum Vatikan zu finden. Manchmal ging es um spirituelle Angelegenheiten. Sehr viel häufiger jedoch um finanzielle.

William begriff, was Engrin fernhielt. In den sieben Jahren seit seinem ersten Besuch im Vatikan und der näheren Umgebung war aus der bescheidenen Anlage eine blühende, aber habgierige Gemeinschaft geworden. Etwas Ähnliches war William in jedem Land aufgefallen, das er seither besucht hatte, dieser Geruch der Korruption. Die Kirche befand sich im Niedergang, einem kontinuierlichen Prozess, der möglicherweise schon vor Jahrhunderten begonnen hatte, aber jetzt, da William die letzten großen Häuser hinter sich ließ und auf die Piazza San Pietro gelangte, ließ er sich nicht mehr übersehen. Ein neues Zeitalter dämmerte herauf, das Zeitalter des Proletariats und der Aufstände.

Auf der Piazza herrschte ein ähnlich emsiges Treiben wie auf der Promenade, Priester und Bischöfe gingen hin und her, Mönche diskutierten mit anderen, Nonnen scharten sich umeinander und zeigten zur großen Kuppel oder einer Heiligenfigur hoch über den barocken Bögen rund um den Platz.

Auch nach seinen zahlreichen Besuchen im Vatikan zeigte sich William immer noch tief beeindruckt von der Pracht. Doch angesichts der Last in seiner Satteltasche, des Scarimadaen aus Prag, schien das alles zur Bedeutungslosigkeit zu verblassen.

Er trottete mit seinem Pferd um die Piazza herum, unter

den Bögen hindurch und dann die angrenzende, dicht bevölkerte Geschäftsstraße entlang, bis er der runden Mauer um die Vatikanstadt bis zum Hintereingang folgen konnte, wo mehrere päpstliche Wachen in ihren blau-gelben Uniformen standen. Als sie Williams Uniform erkannten, ließen sie ihn zu den Stallungen durch.

Er band sein Reittier fest und ging durch den Garten zu mehreren kleineren Gebäuden, die unter Efeu verborgen waren und Kammern der Vernichtung hießen. Dies waren die Schmelzöfen des Sekretariats, die Unterkünfte, wo eine Handvoll eigens in der Kunst des Exorzismus und der Vernichtung unterrichtete Mönche lebten: perfekt gerüstet, um die Instrumente des Teufels zu zerstören.

Den Eingang des Gebäudes bildete eine schlichte Tür, die nicht verriet, was sich dahinter verbarg. William verspürte eine gewisse Befriedigung, als er den Scarimadaen in der Tasche hob. Niemals wieder würde dieses Instrument benutzt, niemals wieder sein Dämon auf die Menschheit losgelassen werden.

Mit einem leichten Taumeln riss William die Tür auf und trat kühn ein.

Lange hielt er sich nicht auf. Als William verfolgt hatte, wie der Scarimadaen durch die Rituale des Ordens vernichtet worden war, verabschiedete er sich hastig und betrat San Pietro durch die Räumlichkeiten unter der Sixtinischen Kapelle. Die Türen führten in einen kleinen Innenhof, wo eine zweite Tür zur Basilika selbst führte.

Im Petersdom herrschte Stille, doch William schritt wacker aus und ließ sich nicht durch den Klang seiner Stiefel auf dem Steinboden beeindrucken, obwohl mehrere Priester böse in seine Richtung sahen. Unter den marmornen Blicken bedeutender Heiliger und Märtyrer schritt William dahin, ohne einen Blick für die Gemälde an den

Wänden oder die vergoldeten Stuckschnörkel oder die anderen Kunstgegenstände übrig zu haben, die die meisten Besucher des Petersdoms zum Weinen brachten.

Was war schon ein Gemälde von Raphael verglichen mit dem Leben Unschuldiger, die von einem wütenden Dämon getötet wurden?

Von der Basilika ging er eine Treppe zu den Katakomben hinunter, wo der Tunnel vor ihm mit weiteren Gemälden geschmückt war, die die Wände und die Bogendecke zierten. Er wandte sich nach links und kam zu einer großen, von zwei päpstlichen Wachen flankierten Eichentür, die ihn allerdings passieren ließen, sobald sie ihn erkannten.

Er senkte den Kopf und nahm die lange, unterirdisch kühle Strecke in Angriff, die ihn an den Särgen von Heiligen und Päpsten und Alkoven mit Kerzen vorbeiführte, die jeden Morgen und jeden Abend pflichtschuldig von Novizen und Geistlichen versorgt wurden.

Die Zahl der Alkoven nahm ab. Im nächsten, tiefer gelegenen Abschnitt herrschte Kälte; William zog die Jacke enger um sich. Voraus führte der sporadisch von Laternen erhellte Tunnel abwärts. Hin und wieder konnte man das Trippeln einer Ratte oder einer anderen Kreatur hören, die davonwuselte.

Schließlich gelangte er zu einer dicken Tür. Sie wurde nicht von päpstlichen Wachen, sondern von Mönchen des Ordens bewacht.

»Captain«, grüßten sie, und William nickte ihnen zu.

»Wieder ein Sieg, Sir?«, fragte einer, als er zwischen sie trat und mit der Hand die Tür aufdrückte.

»Sie dürfen dankbar sein, meine Herren«, antwortete William.

Die Ordensbrüder wirkten erfreut und träumten möglicherweise von dem Tag, an dem sie Captain Saxon in einen Feldzug gegen den Grafen folgen durften.

William spürte, wie er leiser auftrat, als er die Tür aufstieß und den angrenzenden Raum betrat, ein kleines Vorzimmer, in dem die Aufzeichnungen des Sekretariats in hohen Regalen aus Eichenholz untergebracht waren. Zwischen zwei der eindrucksvollen Bücherregale hing ein karminroter Vorhang, den ein unterirdischer Luftzug bauschte. William zog ihn beiseite und ging langsam den dunklen Durchgang dahinter entlang. Die Decke dieses Tunnels war niedrig, doch nach seinen regelmäßigen Besuchen hier wusste William genau, wann er den Kopf einziehen musste.

Am Ende des Durchgangs lag ein weiteres, von Kerzen und Laternen taghell erleuchtetes Zimmer. Es war ebenfalls prunkvoll geschmückt, doch einem Besucher wäre wohl aufgefallen, dass die Themen der Basilika und des restlichen Vatikans hier geflissentlich vermieden wurden. Stattdessen sah man Gemälde und Objekte gänzlich anderer Art: Männer, die mit einer ganzen Menagerie mythischer Bestien kämpften, Kreaturen mit flammenden Schwingen, Monster mit Pferdehufen, feiste und aufgedunsene Wesen mit vielen Augen, Feuersäulen und diejenigen, die davor kauerten.

Nicht zu vergessen das Instrumentarium des Krieges: das Schwert des heiligen Sallian, das in seiner Glasvitrine glänzte, und daneben eine Pyramide ganz ähnlich der, die William gerade zur Vernichtung abgeliefert hatte. Diese hier bestand aus reinem Gold; William betrachtete sie einen Moment, wie so oft, und lauschte dem leisen Summen hinter dem Glas, das sie abschirmte. Einst hatte er sich verblüfft gefragt, weshalb das Sekretariat diesen Scarimadaen nicht zerstörte – eine beispiellose Gefahr ging von ihm aus. Doch im Lauf der Jahre verstand er seinen Zweck und meditierte bei jedem Besuch erneut darüber, damit er nie vergaß, was diese Pyramide bedeutete. Und wofür sie alle kämpften.

Denn dies war der grenzenlose Schrecken. Das Auge der Hölle selbst.

William hörte Stimmen jenseits der Treppe und der kreisrunden Wand. Er ging an dem Scarimadaen und weiteren Büchern und Gemälden der Sammlung vorbei, dann duckte er sich unter einem flachen Torbogen hindurch in grelles Licht.

Vor ihm lag ein Kartenzimmer, ein großer, runder Raum mit einer Galerie hoch oben. Auf dem Boden befand sich eine Karte der bekannten Welt, vollständig aus Gold angefertigt, möglicherweise das einzig Exzessive im Sekretariat und den meisten Kunstgegenständen im Vatikan mindestens ebenbürtig. Man munkelte, dass der Reichtum in diesem Raum dem eines Kleinstaats entsprach, doch allen, die im Sekretariat arbeiteten, war die Karte sehr viel teurer.

Kerzen in vielen Farben standen über die gesamte Fläche verteilt: blau, grün, rot und golden. Bei Prag stand eine einzelne Kerze mit hellgrüner Flamme, die gerade erst auf die Karte gestellt worden war und prasselte und knisterte. Nicht weit entfernt eine größere Kerze, eine rote Flamme, die über einer kugelförmigen Masse aus elfenbeinfarbenem Wachs loderte, die sich im Laufe vieler Jahre angesammelt hatte. Es war die älteste aller Kerzen, die man schon viele Male ersetzt hatte.

»Bei jedem Besuch betrachten Sie diese Flamme, Captain Saxon«, sagte jemand am anderen Ende des runden Raums.

William lächelte zurückhaltend. »Weil ich gern derjenige wäre, der ihr Licht für immer ausbläst, Eure Eminenz.«

»Darauf freue ich mich«, lautete die Antwort, »doch Ihre Begegnung mit Graf Ordrane von Draak muss noch eine Weile warten.«

Halb in den Schatten verborgen, nördlich des Kontinents, in den eisigen Regionen der Welt, stand ein Lesepult; von dort tauchte jetzt Kardinal Devirus auf und schritt über Skandinavien hinweg, bis seine Zehen die Grenze von Böhmen berührten. Er trug eine makellose scharlachrote Robe, und sein Gesicht war relativ konturlos, abgesehen von einem pfeilförmigen Bärtchen am Kinn.

Er betrachtete die grüne Flamme, die über Prag flackerte. »Ich hoffe, wir haben diese Markierung nicht übereilt angebracht und es gab *tatsächlich* einen Sieg?«, fragte er und verschränkte die Hände unter dem Gewand. Er versuchte zu lächeln, doch jede derartige Gemütsregung wirkte bei der von Natur aus sauertöpfischen Miene des Kardinals wie eine enorme Anstrengung.

William nickte. »Ich habe den Scarimadaen in den Kammern abgegeben, ehe ich hierherkam«, sagte er.

»Vorzügliche Neuigkeiten, Captain«, lobte Kardinal Devirus. »Ein weiterer Scarimadaen zerstört. Eure Erfolgsserie ist beeindruckend. Wahrscheinlich die größte, die es jemals gab.«

Der Kardinal ging um Europa herum und mäanderte dabei zwischen den verschiedenen Markierungen, die bei Städten und Dörfern flackerten, bis er den Atlantischen Ozean erreicht hatte und auf dessen leerer Weite stand. »Was gibt es für Neuigkeiten aus Wien und Prag?«

William berichtete Kardinal Devirus alles, von der Jagd auf den rothaarigen Vampyr in Wien, die ihn mehrere Männer gekostet hatte, bis zu der Begegnung in Prag und ihrer Inhaftierung.

Am Ende strich sich Kardinal Devirus über den Bart. »Ihre Inhaftierung war bedauerlich.«

William fühlte sich gemaßregelt. »Ein bedauerliches Versehen, Euer Eminenz«, sagte er.

Kardinal Devirus brachte die Hände zum Vorschein und rang sie nachdenklich. »Ich entsende einen Delegierten nach Prag, der den Schlamassel beseitigt, den Sie dort hinterlassen haben«, sagte er mürrisch, »auch wenn es möglicherweise schon zu spät ist. Ich hatte gehofft, dass derlei Zwischenfälle vermieden würden.«

»Ich ebenfalls, Euer Eminenz«, erwiderte William forsch, »aber die Taktik des Krieges hat sich geändert.«

Kardinal Devirus sah ihn an.

»Der Krieg findet nicht mehr im Geheimen statt«, erläuterte William.

»Das mag schon sein. Es war unvermeidlich, dass einer, der sich in die Enge gedrängt sieht, alle Regeln über Bord wirft. Der Graf ist verwundet und kennt seine prekäre Situation. Er verfolgt die politische Entwicklung auf dem Kontinent genauestens und fragt sich, ob er unbehelligt überleben kann«, sagte Kardinal Devirus nachdenklich.

»Sprechen Sie von Kräften, die sich *gegen* Ordrane verbünden?«, fragte William, der auf Neuigkeiten brannte.

»Graf Ordranes Einfluss im Norden schwindet. Alle, die er einst durch seine Schreckensherrschaft unterworfen hat, werden immer tollkühner. Sie gehen sogar unverhohlen auf Konfrontationskurs. Ordranes Fall kommt vielleicht schneller als erwartet. Doch das alles braucht seine Zeit, Captain, und darum müssen wir uns in Geduld fassen.« Devirus hielt eine Hand hoch, um William zu beschwichtigen. »Und was ist mit Marresca?«

William runzelte die Stirn. »Was soll mit ihm sein?«

»Sie haben mir nichts von dem Anliegen der Dar'uka gesagt. Dass sie ihn rekrutieren möchten«, wies Kardinal Devirus ihn zurecht.

William wurde rot im Gesicht. »Woher wissen Sie davon?«

Kardinal Devirus verschränkte die Arme und ging um William herum. »Lieutenant Marresca kam gestern Abend zu mir und überbrachte mir die Nachricht. Ich bin sein Gönner. Er suchte meinen Rat.«

William verbeugte sich. »Ich bitte um Entschuldigung, Euer Eminenz. Ich hatte selbst noch kaum Gelegenheit, mit ihm darüber zu sprechen.«

»Er muss seine Entscheidung heute Nacht treffen, Captain«, rief Devirus ihm ins Gedächtnis zurück. »Mir wäre es lieber gewesen, wenn Sie früher mit mir darüber gesprochen hätten.«

»Ich entschuldige mich abermals«, brachte William mühsam hervor. »Ich wollte, dass Marresca bleibt. Doch die Dar'uka ließen mir keine andere Wahl, als dem Lieutenant den Handel zu unterbreiten.«

»Von einem Handel kann wohl kaum die Rede sein«, antwortete Devirus. »Sie bieten keine Gegenleistung.«

»Wohl wahr, Euer Eminenz«, antwortete William hastig, da er Unterstützung in dieser Angelegenheit spürte. »Wir verlieren den besten Soldaten, den dieser Orden je hatte. Meiner Meinung nach könnte jeder Sterbliche ein Dar'uka werden. Marresca ist ...«

»Ist was, Captain?«

»Er ist *schon jetzt* fast ein Dar'uka, Euer Eminenz. Unsterblich mag er zwar nicht sein, doch er kämpft mit der Kraft, dem Mut und dem Instinkt eines Dar'uka. Wenn wir Marresca an Verbündete verlieren, auf die wir uns nicht verlassen können, dann verlieren wir eine mächtige Waffe ... das ist meine Meinung, Euer Eminenz.«

»Ich stimme Ihnen zu«, antwortete Devirus. »Aber es ist nicht unsere Entscheidung.«

»Nein, Euer Eminenz.«

Kardinal Devirus schüttelte den Kopf. »Ich habe Marresca beraten, er weiß, was ich denke. Sollte er dem Abkommen aber zustimmen, könnte es uns dennoch zum Vorteil gereichen. Zwei ehemalige Soldaten des Ordens unter den Dar'uka könnten sich zu unseren Gunsten auswirken.«

»Das sehe ich anders, Euer Eminenz. Aus Erfahrung

weiß ich«, sagte William verbittert, als er an Kieran dachte, »dass ihnen Freundschaft und Loyalität nichts bedeuten. Unsere Wünsche sind ihnen einerlei.«

Devirus fuchtelte wegwerfend mit der knochigen Hand in der Luft. »Wie Marrescas Entscheidung auch immer ausfallen mag, wir müssen uns noch um andere Angelegenheiten kümmern.« Der Kardinal schritt an der Küste Afrikas entlang und blieb mitten auf dem Kontinent stehen. Er zeigte auf den Abschnitt, wo Afrika an das Mittelmeer grenzte.

»Ägypten«, sagte William.

»Ja. Ägypten.«

»Soweit ich weiß, haben Sie eine Kompanie dorthin entsandt.«

»Nicht nur eine, sondern den Rest einer anderen in Spanien«, verbesserte Kardinal Devirus ihn. »Insgesamt mehr als dreißig Mann samt Proviant und Waffen. Und sie benötigen einen Captain.«

William hatte geahnt, dass es so kommen würde. »Ich stehe zu Euren Diensten, Eminenz. Natürlich führe ich sie an.«

»Sie müssen umgehend aufbrechen. Spätestens morgen früh.«

William nickte gequält und dachte an Adriana. »So bald schon?«, fragte er.

»Wir dürfen nicht einen Augenblick verlieren«, antwortete Kardinal Devirus und setzte sich wieder an sein Lesepult. »Sagt Ihnen der Begriff ›Der Schatz von Mhorrer‹ etwas?«

William nickte rasch. »Gewiss. Die sagenhafte Sammlung von Scarimadaen, die seit Jahrtausenden verschollen ist. Womöglich die größte Ansammlung von Scarimadaen an einem Ort. Zweihundert Pyramiden, wenn ich mich recht entsinne.«

»Zweihundertfünfzig, Captain Saxon«, ertönte eine hallende Stimme hoch über ihnen. William blickte in die Schatten hinauf und sah jemanden, der von der Galerie herunterschaute.

»Pater Antonio, bitte kommen Sie zu uns herunter«, rief Kardinal Devirus hinauf.

Der Pater kam die Treppe herunter und betrat den Kartenraum durch den Torbogen; seine Brille saß hoch auf der knochigen Nase, ein struppiger Bart stand von seinem Kinn und der Oberlippe ab. Er ging leicht gebeugt, und obwohl er nicht viel älter als William war, sah er hager aus und seine Augen müde.

»Pater Antonio«, grüßte ihn William, der dem Mann bei seinen Besuchen im Sekretariat schon mehrmals begegnet war.

»Captain, ich freue mich so, dass wir uns wiedersehen«, sagte er mit seiner hohen Stimme. Er sah nervös und aufgeregt zu Kardinal Devirus, der den Priester näherwinkte. Unter dem Arm trug er ein großes, dickes Buch, dessen Einbandmaterial wie Silber glänzte. Er legte es auf dem Lesepult ab, das unter der Last knarrte.

»Pater Antonio ist der gelehrteste Mann der Kirche, was Mhorrer anbelangt«, erklärte Kardinal Devirus. »Bitte erzählen Sie Captain Saxon mehr über den Schatz.«

Pater Antonios Augen leuchteten, als er den beachtlichen Folianten balancierte und an einer Stelle mit Buchzeichen aufschlug. »Wie es im *Buch der Menschheit* geschrieben steht, wurde die Geschichte des Schatzes aufgezeichnet auf den Seiten von *Gran-Man on Hu-Terra.* Durch die Übersetzungen von Nostradamus und Herakles wissen wir, dass in den letzten Jahren der Offenbarung derjenige namens Mhorrer den Auftrag erhielt, die Welt auf die Ankunft unseres Herrn vorzubereiten. Doch Mhorrer stand insgeheim mit der Hölle im Bunde und entwarf die Scarimadaen, die individuellen Tore zwischen unserer Welt und der Hölle, durch die die Seele eines Dämons immer und immer wieder in einen Wirtskörper zurückkehren kann. Mhorrer, der Architekt dieses Instruments, war Anführer einer Sekte namens Augen des Feuers oder Rassis-Kult. Deren einzige Aufgabe bestand darin, den Glauben an Gott zu unterminieren und die Menschheit auf die Seite des Verräters zu locken, des Fürsten, der da über die Hölle herrscht.

Ein Mitglied dieses Kults, ein Mann, hörte auf den Namen Ordrane …«

William sah verblüfft drein. »*Graf* Ordrane?«

Pater Antonio nickte. »Er war ein Schüler Mhorrers; ein begabter Schüler, wie aus dem Text hervorgeht. Aber Mhorrer sah auch den Ehrgeiz in dem Mann. Den Ehrgeiz, zu herrschen statt zu folgen. Es heißt, Ordrane wollte Hunderte Männer und Frauen als Wirtskörper einsperren und durch sie die Dämonen auf die Welt loslassen, um sie für sich zu erobern. Da Mhorrer fürchtete, dieser Plan könnte die Dar'uka misstrauisch machen, lehnte er ab und verbarg die Scarimadaen vor ihm. Die meisten wurden in alle vier Winde zerstreut, versteckt oder gingen verloren, doch Mhorrer selbst verbarg den größten Teil der Scarimadaen an einem unbekannten Ort, wo Ordrane sie seiner Überzeugung nach niemals finden konnte.«

»Aber ist es nicht das Ziel der Hölle, die Menschheit zu erobern und in die Knie zu zwingen?«, fragte William, den diese Enthüllungen verwirrten.

»Die Ziele der Hölle decken sich nicht ganz mit denen von Ordrane«, ließ Devirus ihn wissen. »Der Fürst der Hölle möchte die Menschheit für das bestrafen, was in der Vergangenheit geschehen ist. Nur die völlige Ausrottung der Menschheit dürfte ihn mit Wohlwollen erfüllen. Doch um das zu erreichen, muss er mehr als nur die Scarimadaen einsetzen. Sehen Sie, die Scarimadaen sind ein Werkzeug, Captain Saxon. Wie ein Skalpell. Und die Rassis sind die Chirurgen. Sie entfesseln die Scarimadaen nur zum richtigen Zeitpunkt.«

»Wann?«, fragte William.

Der Kardinal zuckte die Achseln. »Das weiß niemand. Es wurde niemals aufgezeichnet, welche Pläne der Fürst der Hölle hat, um seine Ziele zu verwirklichen. Man kann nur Vermutungen anstellen. Oder Befürchtungen hegen. Wir haben möglicherweise noch Zeit, aber wie viel Zeit, ist nicht bekannt.

Graf Ordrane verfolgt wesentlich geringere Ziele. Er möchte das Königreich der Welt für *sich* haben und die Menschheit als seine Diener. Für Ordrane ist der Scarimadaen die höchste Form der Bedrohung, ein Mittel, Gehorsam zu erzwingen. Er kann ihn nicht kontrollieren, aber er kann damit vor den Nasen von Staatsoberhäuptern herumfuchteln und an ganzen Städten Exempel statuieren. Mit dem Schatz in Händen, könnte er Länder kontrollieren. Kontinente. Die Welt würde ihn in Ewigkeit fürchten. Und dieses Ziel sehnt er voller Ungeduld herbei. Er wartet ganz sicher nicht eine unbestimmte Zeit lang. Graf Ordrane möchte uns *jetzt* in Sklavenketten sehen.«

William nickte nachdenklich. »Sein Ehrgeiz steht im Widerspruch zu den Zielen seiner Herren und Meister.«

»Korrekt«, antwortete Devirus. »Er dient nur sich selbst.«

William blies die Wangen auf; er fühlte sich ein wenig verwirrt. »Diese Rassis ... Wie werden sie auf die Anhänger von Graf Ordrane reagieren?«

»Wir glauben, aggressiv, Captain«, antwortete Pater Antonio. »Für die Rassis ist Graf Ordrane ein Feind. Wenn die Rassis den Schatz immer noch hüten, wissen sie zweifellos von den Vampyren und Kafalas. Sie dürften denen so feindselig begegnen wie Ihnen.«

»Mir?«

Kardinal Devirus nickte abermals; sein Grinsen wurde breiter.

»Man hat den Schatz von Mhorrer gefunden?«, vermutete William und flüsterte es nur, falls er sich irrte.

»Ja! Er befindet sich irgendwo auf der Halbinsel Sinai!«, sagte Pater Antonio aufgeregt und beugte sich mit verzerrter Miene über das Lesepult. »Das hat eine Bedeutung! Dass der Schatz so nahe bei Giseh liegt, wo das *Buch der Menschheit* entdeckt wurde, kann kein Zufall sein.«

»Gibt es eine Verbindung zwischen Giseh und dem Schatz?«, fragte William.

»Nicht, dass wir wüssten«, gab Pater Antonio zu. »Leute des Vatikan haben das Gebiet rund um die Pyramiden gründlich abgesucht, aber nichts weiter gefunden. Und was die Pyramiden selbst angeht, falls es eine Verbindung zwischen ihnen und den Scarimadaen gibt, hat sie bis heute noch kein Gelehrter gefunden.«

»Meine Herren«, unterbrach Kardinal Devirus sie, »das sind Themen für Philosophen und Akademiker. Könnten wir eingedenk der knappen Zeit zum eigentlichen Thema zurückkehren?«

Pater Antonio verneigte sich leutselig.

William betrachtete wieder die Karte. »Ich gehe davon aus, dass die Informationen zuverlässig sind?«

»Wir haben einen guten Mann namens Charles Greynell in Ägypten. Er ist weit gereist und hat für diese Informationen viel riskiert. Er ist Ihr Kontaktmann in Raschîd und führt Sie zu dem Schatz«, sagte Kardinal Devirus. »Ihre Mission ist ganz einfach, Captain. Sie müssen den Schatz finden, koste es, was es wolle, und nach Rom bringen.«

»*Hierher* bringen?«

»Die Scarimadaen werden ordnungsgemäß in den Kammern der Vernichtung zerstört, Captain«, erklärte Pater Antonio.

»Ich verstehe«, antwortete William, klang jedoch besorgt. »Ihnen ist natürlich bewusst, dass uns Graf Ordrane möglicherweise auf dem Rückweg vom Sinai in einen Hinterhalt lockt. Für diese Beute würde er eine ganze Armee Kafalas hinter uns herschicken.«

»Wir schicken Verstärkung nach Raschîd, sobald wir können«, versprach Kardinal Devirus. »Personell sind wir ohnehin unterbesetzt, und diese Nachricht hat uns überrascht. Es könnte uns teuer zu stehen kommen, wenn wir noch länger darauf warten, dass unsere Leute von ihren verschiedenen Missionen zurückkehren.«

»Demnach glauben Sie, dass Graf Ordrane weiß, wo sich der Schatz befindet?«

»Eine vage Möglichkeit, Captain Saxon«, gestand Devirus. »Graf Ordrane hat viele Spione, genau wie wir. Und er sucht schon länger nach dem Schatz von Mhorrer als es eine christliche Kirche gibt.«

»Was ist mit diesem Rassis-Kult?«, fragte William.

Pater Antonio blätterte den Folianten durch. »Aus dem *Buch der Menschheit* geht hervor, dass nur Mhorrer festgenommen und des Hochverrats angeklagt wurde, nicht der Kult. Die Rassis könnten immer noch existieren.«

»Mhorrer starb, ohne das Versteck seines Schatzes preiszugeben«, fügte Devirus hinzu und verschränkte die Finger ineinander. »Falls seine Anhänger überlebt haben, hätten sie diesbezüglich ganz bestimmt völliges Stillschweigen bewahrt. Wir können uns glücklich schätzen, dass wir ihn nach so vielen Jahrhunderten der Suche gefunden haben. Noch mehr Zeit dürfen wir nicht vergeuden. Sie müssen sich entscheiden und aufbrechen.«

»Ich möchte, dass Lieutenant Peruzo mitkommt«, sagte William.

»In Raschîd wartet bereits ein Lieutenant«, antwortete Kardinal Devirus.

»Und ich bin sicher, dass er ein tüchtiger Mann ist, aber Peruzo würde ich mein Leben anvertrauen«, erklärte William. »Wer, ausgenommen Engrin, hätte so viel Erfahrung im Orden? Diese Mission ist gefährlich, vielleicht die bedeutendste in den Annalen des Ordens. Ich möchte die richtigen Männer bei mir haben.«

Kardinal Devirus nickte. »Wie Sie wünschen. Peruzo kommt mit Ihnen.«

»Und was ist mit Marresca?«, sagte William plötzlich. »Seine Hilfe bei so einer Mission könnten wir wirklich gut gebrauchen.«

Devirus kniff die Augen zusammen. »Bruder Marresca hat seine Entscheidung getroffen, Captain. Er kommt *nicht* mit auf den Sinai.«

William biss sich auf die Lippen, als er begriff, dass das ganze Gerede von Überzeugung nur Lug und Trug gewesen war, um ihn zu beschwichtigen. Marresca hatte längst eingewilligt. Schon morgen würde er ein Dar'uka sein.

Devirus stand auf und gab Pater Antonio beim Pult ein Zeichen. »Antonio gibt Ihnen alle Anweisungen, Captain. Lesen Sie sie genau durch und vernichten Sie sie dann. Es darf keine Unterlagen über diese Mission geben.«

Pater Antonio holte mehrere Briefe aus dem Lesepult und reichte sie William mit hoffungsvoller Miene. William nahm sie ihm aus der Hand und versuchte, seine Besorgnis zu verbergen.

11

Zwei Stunden saß William in der dunklen, unterirdischen Umgebung der Katakomben, beschäftigte sich mit den Briefen und las sie dreimal, ehe er verbrannte, was er sich eingeprägt hatte. Der letzte Brief enthielt eine Nachricht von Charles Greynell, die William las, aber bei sich behielt:

An meine Gönner,
Dies ist ein bedeutsamer Brief, doch in aller Hast geschrieben, da ich glaube, dass ich von den Schergen des Bösen verfolgt werde. Ich kann nicht viel sagen, werde jedoch mehr verraten, sobald ich Ihren Abgesandten in der Stadt treffe.

Zu Ihrer Erbauung, denn ich bin gewiss, Sie werden diese Nachricht erfreut aufnehmen, kann ich mitteilen, dass das Geheimnis des Architekten jetzt gelüftet wurde. Seine Lage befindet sich in meinem Besitz, und wir dürfen nicht zögern, diesen Schatz zu finden und wegzuschaffen, der mehr wert ist als jede Währung dieser Welt.

Abermals muss ich zu größter Eile raten. Das Geheimnis, von dem ich spreche, wird möglicherweise verlegt, sobald auch nur das Gerücht kursiert, es könnte entdeckt worden sein. Die Rassis sind nicht verschwunden. Sollten sie mich finden, werden sie mich töten und das Rätsel anderswo in Sicherheit bringen. Ich werde alles mit meinem Leben beschützen, bitte jedoch um größte Eile. Es halten sich noch andere Agenten hier auf, die mein Geheimnis erfahren könnten. Ein Rätsel des Feuers, das Wanderer in der Wüste lösen können.

Ihr getreuer Diener,
Charles Greynell

William las den Brief mehrmals durch und fand, dass er in seiner Kürze mehr Geheimnisse enthielt als eine ganze Abendunterhaltung mit Engrin Meerwall.

Er steckte den Brief in die Tasche und verließ die Galerie lautlos. Im Kartenraum hallten die Stimmen von Pater Antonio und Devirus.

Plötzlich wirkten die Räumlichkeiten kälter; William erschauerte, als er durch den Gang und die dicke Holztür in die angrenzenden Katakomben ging. Er verweilte kurz und verabschiedete sich von den Wachen, dann schritt er den Tunnel entlang, das weit entfernte Tröpfeln von Wasser in den Ohren, das von irgendeiner verborgenen Stelle in den unermesslichen Katakomben herrührte.

Erst in den Stallungen, an der frischen Luft, dämmerte ihm die ganze Bedeutung dessen, was sich eben zugetragen hatte. Die Menschheit und ihre Nemesis suchten seit Jahrtausenden nach diesem Schatz. Bislang noch niemand mit Erfolg, nicht einmal Graf Ordrane mit all seiner Macht und seinem Einfluss. Gut möglich, dass die Mission Niederlage und Tod brachte. Aber möglicherweise auch den größten Sieg aller Zeiten, einen beispiellosen Triumph. Die Sieger würden Unsterblichkeit erlangen, vielleicht sogar in den Heiligenstand erhoben werden.

William dachte nicht einmal an die Konsequenzen für Adriana, bis er die Straße zur Brücke über den Tiber erreicht hatte. Sie würde ganz sicher verstimmt sein, dass er so schnell wieder aufbrach, und wenn sie erfuhr, dass die Mission gefährlich werden könnte, würde sie ihn dann so einfach gehen lassen? Würde sie es verstehen?

Im mittäglichen Gewimmel auf der Straße, einem prallen Potpourri von Anblicken, Gerüchen und Geräuschen, hätte William Ablenkung finden können, doch verglichen mit der Bürde, die er sich gerade freiwillig aufgeladen hatte, wirkte alles farblos. Keiner der Passanten, vom ärmlichsten Bettler, der sich vor Scham niederbeugte und jämmerlich flehend um ein paar Münzen bettelte, bis hin zum Edelmann mit Pfauenfederhut, prunkvoller Jacke und Beinkleid, der mit einem Gefolge, das ihm Respekt erwies, die Straße entlangtänzelte – keiner hatte im Vergleich zu diesem neuen Unternehmen auch nur die geringste Bedeutung.

Doch wenn er versagte, wäre dies alles vorbei.

Als er die Vororte erreichte, schlug das Wetter um. Der weite blaue Himmel wich rasch aufziehenden Wolkenbänken, die anfangs noch blütenweiß aussahen, aber schon bald grau und schwarz wurden und Regen verhießen.

Es folgte ein bitterkalter Wolkenbruch; William hätte sich vielleicht überlegt, ob er nicht besser eine oder zwei Stunden warten und vielleicht sogar in einer Taverne in der Nähe einkehren sollte, bevor er nach Villeda zurückkehrte. Doch die anstehenden Probleme ließen ihm keine Wahl.

Er musste nach Hause, und zwar schnellstens.

III

Stunden später traf er tropfnass und kläglich in Villeda ein. Nach einer Weile stieg er ab und führte sein Pferd zu Fuß durch die Straßen des Dorfs. Die meisten Dörfler hatten sich in ihren Häusern verkrochen, abgesehen von einigen Wenigen, die mit Händen voller Essen, Getränken oder Kleidung Schutz suchten. Alle waren so damit beschäftigt, trocken zu bleiben, dass niemand William bemerkte. Dem strömte das Wasser über den Kopf, sodass ihm das Haar zerzaust an der Kopfhaut klebte und ihm in die Augen und den Nacken hing.

Als er in die nächste Straße einbog, regnete es so heftig, dass er nur wenige Yards weit sehen konnte und bis zu den Knöcheln im Wasser watete. William tätschelte verdrossen sein klatschnasses Pferd und überlegte, ob er wieder aufsteigen sollte. Doch dann ertönte ganz in der Nähe das Platschen von Füßen im Wasser, und William drehte sich herum und sah etwas aus dem Regen auf sich zukommen. Er reagierte sofort, duckte sich und griff nach dem

Schwert. Der Angreifer war nicht besonders treffsicher und hätte ihn sicher nicht getötet, aber die Absicht war da, und so wirbelte er sein Schwert durch den Regenguss in dessen Richtung. Der Angreifer wich nach rechts aus, parierte und bot William keine Lücke in seiner Deckung. William führte wieder einen niedrigen Schlag, doch der Angreifer machte eine Finte nach links, hob das Schwert und traf das von William unmittelbar über dem Heft. Da der Regen den Griff durchnässt hatte, glitt das Schwert aus Williams Fingern, flog durch die Luft und rutschte in einer Pfütze fast bis zu dem Pferd.

William stand außer Atem und besiegt im Regen. Die Gestalt vor ihm, die einen oder zwei Köpfe kleiner war als er, richtete das Schwert einen Moment auf ihn. Dann ging der Mann gemächlich durch den Regen zu der Pfütze und hob Williams Schwert auf. Er steckte seines in die Scheide und überraschte William damit, dass er ihm seines fast nonchalant zurückgab.

Dabei sah William seinen Angreifer deutlich.

»Bei allen Heiligen!«, fluchte William. »Marco?«

Marco sah ihn grinsend an.

»Was zum Teufel soll das bedeuten?«, herrschte William ihn an.

»Hallo, Onkel«, begrüßte er ihn leise.

»Ich hätte dich töten können!«, brüllte William.

Marco lachte. »Aber heute nicht.«

»Hältst du das für ein Spiel?!«, fragte William fassungslos.

Marco zuckte die Achseln. »Eigentlich nicht. Ich dachte nur, dass ich mich dir beweisen müsste.«

William trat vor, packte Marco grob am Arm und zerrte ihn zu dem Pferd. »Dich beweisen?«, schrie er. »Dich beweisen, indem du dich töten lässt? Ich hätte dich durchbohrt!«

»Ich kann auf mich aufpassen!«, konterte Marco.

»*Gar nichts* kannst du«, brüllte William. »Und du hast nur bewiesen, dass du verantwortungslos bist.«

»Ich muss dem Orden beitreten! An deiner Seite dienen!«

»Wie oft müssen wir das noch durchkauen?«, knurrte William. »Das ist nicht dein Schicksal! Du wirst kein Soldat des Ordens werden. Niemals!«

»Ich kann meine eigenen Entscheidungen treffen«, entgegnete Marco.

»Du bist erst vierzehn Jahre alt ...«

»Im Sommer fünfzehn.«

»... und viel zu jung!«, brüllte William zurück.

»Marresca ist nur drei Jahre älter als ich«, antwortete Marco.

»Marresca ist ein Genie. Du nicht!«, entgegnete William darauf streng, verstummte aber, als er den veränderten Gesichtsausdruck des Jungen sah. Marco sah fast beschämt zu Boden. William hatte seinen Stolz verletzt. Er entspannte sich und ließ den Arm los. »Du kannst prima mit dem Schwert umgehen, Marco«, gab er zu, »aber nicht gut genug für den Orden.«

»Ich habe *dich* entwaffnet«, sagte er quengelnd.

William antwortete nicht, sondern stieg auf sein Pferd. »Kommst du mit mir nach Hause? Oder gehst du zu den Maldinis zurück? Du solltest so oder so ins Trockene kommen, ehe du dir noch eine Erkältung holst.«

Marco sagte nichts und stapfte verstimmt im Regen davon.

»Verdammter Narr«, murmelte William, war jedoch innerlich besorgt. Marco hatte ihn tatsächlich entwaffnet, und zwar sehr geschickt. Er gab in erster Linie seiner mangelnden Konzentration die Schuld daran. Ja, das war es. Er hatte an die bevorstehende Mission gedacht und nicht mit einem Angriff in Villeda gerechnet. Wer sollte ihn in Villeda schon angreifen?

»Eine Menge Leute«, murmelte William bei sich und dachte von seinen zahlreichen Feinden ausgerechnet an Graf Ordrane. Ihm wurde klar, dass er leichtsinnig geworden war. Der William von vor ein paar Jahren hätte sich nicht so leicht überrumpeln lassen.

In Ägypten konnte er es sich nicht leisten, so sorglos zu sein.

IV

Adriana saß auf der Veranda und kämmte ihr Haar, als der Regen nachließ, die Sonne sich wieder hervorwagte und der Duft des Regens im Gras und in den Pflanzen die Luft erfüllte. Seufzend legte sie den Kamm weg und wartete darauf, dass ihr Liebster zurückkehren würde.

William kam mit sorgenschwerer Miene dahergeritten. Kaum erblickte er sie, ließ er ein strahlendes Lächeln sehen, das in seinem durchnässten Zustand kläglich wirkte, und konnte nur halbherzig winken.

»Du bist ja nass bis auf die Haut!«, rief sie, blieb aber auf der Veranda.

»Ich glaube, bis auf die Knochen«, verbesserte er sie und wischte sich den Regen vom Gesicht. Er stieg ab und führte sein Pferd in den Stall, dann kam er zurück zum Haus.

Adriana frottierte ihn ab und half ihm, sich zu entkleiden. Sie sah, dass ihn etwas bedrückte, dennoch fühlte sie sich verspielt, als sie ihm das Hemd aufknöpfte und auszog. Dann zog sie ihm die Hose hinunter und frottierte seine Brust, den Bauch, dann den Unterleib. Die Erregung vertrieb seine bedrückten Gedanken. Das brauchte sie jetzt. Sie wollte ihn jetzt, wollte, dass er sich auf *sie* konzentrierte.

William schlief mit ihr, obwohl er in Gedanken ganz woanders war.

Draußen wurde es allzu schnell Nacht, und William lag schläfrig im Bett, hatte einen trockenen Geschmack im Mund und roch nur Adriana. Der Duft von Sex lag in der Luft, als er sich aufrichtete und die Füße über den Bettrand schwang. Er stand auf, streckte sich und bekam in der kühlen Aprilluft eine Gänsehaut.

William zog etwas über und ging den Flur hinab zur Küche, um sich Wasser zu holen. Er nahm sich eine Scheibe Brot vom Tresen und sah durch die schräg gestellten Lamellen der Läden nach draußen. Der Himmel war klar, die Sterne funkelten so klar wie seit Monaten nicht mehr. Er betrachtete sie wie in den meisten Nächten, und hoffte, er würde eine Sternschnuppe sehen, und diese Sternschnuppe würde sich als Kieran erweisen. Früher hatte er stets gehofft, diese Sternschnuppe würde ihn besuchen, aber heute hoffte er das nicht mehr.

»Du bist unruhig, Liebster«, sagte Adriana hinter ihm. Willliam registrierte ihre Anwesenheit überrascht und drehte sich um.

»Du solltest im Bett sein«, sagte er zu ihr.

»Genau wie du«, antwortete sie.

William betrachtete das Brot in seiner Hand. »Ich hatte Hunger«, sagte er. »Und Durst.«

»Ich auch«, entgegnete Adriana nur und kam zu ihm. Sie griff nach seiner Hand, und William dachte, sie würde sich etwas von dem Brot nehmen, doch stattdessen glitt sie mit der Hand an seinem Arm hinab über seine Brust und schlüpfte unter sein Gewand. Sie streckte sich zu ihm hoch und küsste ihn auf die Lippen, zuerst zaghaft, dann fordernder. Er stellte Brot und Wasser weg, zog sie fest an sich, schmeckte ihre Lippen, ihre Zunge, presste sich an ihren Körper und spürte die Erektion. Ihm schien unfassbar, wie viel Verlangen ein einzelner Mensch in ihm wecken konnte, und er spürte, wie er seine Energiereserven wieder anzapfte. Sie ließ die Hände über seinen Körper gleiten und zog das Gewand auseinander. Als sie mit den Händen über seinen Unterleib strich, stöhnte William. Sie lächelte, küsste ihn erneut und schmiegte sich an ihn.

»Du entfachst ein Feuer in mir, Adriana.«

»Das Feuer war schon da, Liebster«, flüsterte sie verspielt zurück. »Ich schüre es nur.«

William küsste sie auf den Scheitel und seufzte. »Ich wünschte, es könnte immer so sein.«

»Und was steht dem im Wege?«

»Dass …«, gestand er. »Dass ich der bin, der ich bin.«

»Ich liebe dich, William«, sagte sie. »Und ich liebe dich, was immer du bist.«

»Ich weiß«, sagte William. »Marco hat mich heute angegriffen.«

»Er hat dich angegriffen? Wo?«, fragte sie überrascht, dann erfreut.

»Gleich hinter dem Dorfplatz«, murmelte William. »Der verdammte Narr hat sich einfach auf mich gestürzt.«

Sie lachte.

»Das ist nicht komisch, Adriana!« knurrte William, dem der Schrecken immer noch in den Knochen saß.

»Mit einem Schwert?«, fragte sie.

»Ja!«, fauchte William, überzeugt, dass sie ihm nicht glaubte.

»Er wollte dich nur beeindrucken«, sagte sie gelassen.

»Beeindrucken? Ich hätte ihn um ein Haar getötet!«

»Wirklich?«

Er zuckte die Achseln. »Na ja, vielleicht auch nicht …«, gab er zu, »aber es war eine verdammte Dummheit.«

»Er übt schon eine ganze Weile«, gestand Adriana.

»Mit dem Schwert?«, fragte William. »Wer unterrichtet ihn?«

»Also ...«, sagte sie und hob den Kopf, »sei nicht böse, Will, aber ich habe ihm einiges beigebracht.«

»Du?«, fuhr William sie an. Er war wütend. Adriana wusste, wie man mit dem Schwert umgeht; ihr Vater hatte es ihr in Tresta beigebracht, bevor Graf Ordranes Männer den Ort dem Erdboden gleich gemacht hatten. Aber verglichen mit William und den Mönchen des Ordens war auch sie noch eine Novizin.

»Und Peruzo«, fügte sie mit einem verschlagenen Lächeln hinzu.

William riss die Augen auf. »Peruzo auch?! Hinter meinem Rücken ... Das ist unerhört!«

»Du hast gesagt, du würdest nicht wütend werden«, wandte Adriana ein.

»Das habe ich nicht gesagt!«, antwortete William und löste sich aus ihrer Umarmung. Er stapfte zur anderen Seite der Küche.

»Marco ist ein Dickschädel, der mit oder ohne deinen Segen Ärger bekommen wird«, rief Adriana hinter ihm her. »Peruzo hat ihm ein paar Tricks beigebracht, falls er in eine gefährliche Situation gerät. Er wollte nicht, dass der Junge schutzlos ist.«

»Er hat ihn ermutigt!«, knurrte William.

»Nein, keineswegs«, sagte Adriana tadelnd. »Er hat ihm beigebracht, dass man Konflikte friedlich beilegen soll. Wie es einen Mönch gelehrt wird. Aber Marco wollte das nicht akzeptieren. Du kennst ihn, Will ... Du *weißt*, was für ein Junge er geworden ist. Er ist von Tod umgeben. Das Böse, das du bekämpfst, hat seine Familie umgebracht. Du bist ein Held, den alle bewundern. Und Marco empfindet genauso. Er liebt dich. Aber noch schlimmer ist, er will *sein* wie du.«

William sah gequält drein. »Ich habe nicht um seine Bewunderung gebeten, Adriana«, sagte er.

»Aber du hast sie dennoch«, antwortete sie und kam zu ihm. »Ob es dir gefällt oder nicht. Sei nicht zu streng mit Marco. Vergiss nicht, du hast ihm gesagt, dass er dem Orden nicht beitreten kann. Hättest du es zugelassen, hätte er vielleicht selbst gelernt, dass es eine Wahl gibt zwischen kämpfen und nicht kämpfen.«

»Glaubst du, ein Junge in Marcos Alter könnte die Worte von Sungzi lernen? Glaubst du, ein Junge wie Marco würde angesichts der Schrecken, die ich bei jeder Mission sehe, die Nerven behalten? Das bezweifle ich doch sehr.«

»Du hast ihm diese Chance nie gegeben.«

»Ich lasse nicht zu, dass er getötet wird«, sagte William. »Ich wünsche mir, dass die Menschen, die ich liebe, nun einmal nicht mit den schrecklichen Dingen konfrontiert werden, die *ich* ertragen muss.« Er senkte den Kopf und schloss die Augen. »Ihr habt beide schon zu viel durchgemacht, ihr solltet nicht noch mehr ertragen müssen.«

»Das sieht Marco anders. Vielleicht solltest du ihn dem Orden beitreten lassen«, schnurrte Adriana und strich ihm mit ihren langen Fingern über die Brust.

William schüttelte den Kopf. »Wenn Marco beitritt, will er bestimmt unter meinem Kommando dienen. Aber ich könnte Marco nie befehligen und gleichzeitig ich selbst sein. Das wäre reine Torheit. Möchtest du das?«

»Nein«, gab Adriana nach einigen Augenblicken zu.

»Marco muss sich mit der Arbeit auf dem Bauernhof begnügen, und das ist mein letztes Wort in dieser Angelegenheit«, sagte William. »Keine Schwertausbildung mehr. Ich spreche morgen ein ernstes Wort mit Peruzo.«

»Sei nicht zu streng mit ihm, Will«, bat Adriana. »Peruzo hat nur getan, was er das Beste für meinen Neffen hielt.«

»Genau wie ich«, beharrte William. Er sah zum Horizont, worauf tiefe Sorgenfalten seine Stirn verunzierten und sein Gesicht um Jahre altern ließen.

»Ist das alles?«, fragte sie.

»Alles?«, wiederholte er.

»Da kommt noch mehr, oder nicht?«, bemerkte Adriana. »Ich kenne dich zu gut. Irgendwas ist noch im Busch.«

William wand sich, aber Adriana ließ nicht locker.

»Erinnerst du dich an meinen Freund Kieran?«

Adriana lächelte. »Den Hübschen?«

William sah sie beleidigt an.

Adriana lachte und streichelte ihn. »Ich mache nur Spaß. Ja, ich erinnere mich an Kieran. Wie könnte ich nicht? Bis zu jener Nacht in Villeda seid ihr beide praktisch unzertrennlich gewesen.«

William presste die Wange an ihren Kopf und drückte sie fester an sich. »Ich habe ihn vor ein paar Wochen in Prag gesehen.«

Adriana wich zurück und sah ihm in die Augen. »Er ist zu dir gekommen?«

William nickte mit ernster Miene.

»Du hast sieben Jahre auf seine Rückkehr gewartet, warum bist du dann so traurig?«, fragte sie, als sie seinen Ausdruck sah.

»Kieran ist tot«, sagte er, verbesserte sich aber sofort, als er ihre entsetzte Miene sah. »Ich meine, der Kieran, den ich kannte, ist tot, seit er zum Dar'uka wurde … Zu einem dieser ›Engel‹. Oh, er hat sich so verändert, Adriana. Er hat mich wie einen Fremden angesehen, Adriana, nicht wie einen Bruder. Er war so blass, und diese Augen … Er …«

Adriana legte ihm eine Hand auf die Wange. »Was ist denn?«

»Er hat mir *Angst* gemacht«, sagte William verzweifelt. »Ich habe ihn geliebt, und jetzt ist er zu einem *Monster* geworden. Seine Kräfte sind unvorstellbar. Und er ist so kalt. Einst hätte er sein Leben für mich gegeben und ich meines für ihn. Jetzt fürchte ich, er würde mein Leben nehmen, wenn es seiner Sache dienlich wäre. Ich bedeute ihm gar nichts mehr.«

»Aber ihr kämpft doch beide im selben Krieg, oder nicht?«

»Unter anderen Bedingungen«, verbesserte William sie. »Und er will Marresca zu diesen Bedingungen zu sich holen.«

»Aber Marresca ist noch ein Junge«, antwortete Adriana fassungslos. »Die können doch nicht ernsthaft ...«

»Sie können«, unterbrach William sie. »Und Marresca hat eingewilligt. Jetzt, wo ich ihn dringender denn je brauchen würde.«

»*Du* brauchst Marresca?«

William sah auf sie hinab, als er begriff, was er gesagt hatte.

Adriana verstummte. »Also gehst du wieder fort, nicht?«, fragte sie schließlich und rückte von ihm ab.

»Ja«, murmelte er.

Sie ging zur Küchentür und sah von dort zu ihm. »Wann?«

»Morgen früh«, sagte er schuldbewusst.

Adriana sah distanziert und traurig aus. »Verstehe.«

»Adriana ...«, begann William und suchte nach Worten, um ihr den Grund dafür zu erklären.

»Ich weiß, du hast keine Wahl, William«, unterbrach sie ihn. »Wir müssen einfach das Beste aus unserer gemeinsamen Zeit machen.«

William nickte, aber sie ging schweigend aus der Küche. Er betrachtete sein Brot, doch der Appetit war ihm vergangen. Er trank das Wasser mit zwei Schlucken leer, folgte Adriana ins Schlafzimmer und sah zu, wie sie wieder unter die Decke schlüpfte.

»Was wäre, wenn du gehen würdest?«, hauchte sie leise, da sie es kaum auszusprechen wagte.

»Wie war das, Liebste?«

»Was wäre, wenn du das Sekretariat und den Orden verlassen würdest? Was, wenn du hier bei mir bleiben würdest?«

William lächelte. »Du weißt, dass ich das nicht kann.«

»Ich weiß. Aber wenn du es könntest?«

William schlenderte zu ihr und strich ihr das Haar aus der Stirn. »Wenn ich es könnte, dann würde ich es, meine süße Adriana«, schnurrte er, zögerte aber ein klein wenig dabei.

»Ich glaube, das würdest du nicht«, sagte sie und wandte sich von ihm ab.

William ließ unsicher die Hand sinken. »Im Augenblick ist das Leben gut«, gestand er. »Ich habe alles, was mein Herz begehrt. Nichts soll sich ändern.«

»Das Leben ist gut, weil du am Leben bist«, teilte sie ihm mit. »Würdest du auch so denken, wenn du tot wärst?«

»Törichte Worte«, murrte William und kaschierte sein Wissen mit unbekümmertem Gelächter. Ihm war klar, dass sie recht hatte.

»Glaubst du, ich warte darauf, bis du stirbst? Glaubst du, es ist leicht für mich, dich ständig fortgehen zu sehen und befürchten zu müssen, dass du nie wiederkommst?«, fragte sie wütend.

William lachte und hielt sie, doch Adriana wehrte sich gegen seine Umarmung. »Aber ich komme doch zurück! Ich komme immer wieder zurück!«

Sie wand sich aus seinen Armen und setzte sich auf den Bettrand. »Eines Tages vielleicht nicht.«

Ihr ernster Tonfall reichte William. Er wollte sie nicht in so bedrückter Stimmung verlassen. »Vielleicht ändert es sich eines Tages«, flüsterte er ihr zu. »Dann führen wir ein einfaches Leben, und ich werde Bauer.«

»Wirklich?«, fragte sie voller Hoffnung.

Er küsste sie auf die Stirn. »Ich würde alles für dich tun. Hab nur ein wenig Geduld mit mir.«

Adriana drehte sich auf die Seite. »Natürlich habe ich Geduld«, gab sie zu. »Ich warte bis zum Jüngsten Gericht auf dich. Das weißt du.«

William wusste es und spürte den Schmerz nur umso eindringlicher.

»Leg dich zu mir«, sagte sie.

»Später«, antwortete er und strich ihr über die nackte Schulter. »Mir geht zu viel durch den Kopf.«

»Dann bleibe ich mit dir wach«, murmelte Adriana verschlafen, und ihre Worte wurden immer leiser. »Wenn dich das alles so beschäftigt ... solltest du den jungen Marresca überzeugen, dass er sich Kieran nicht anschließt. Wenn es dich so belastet, solltest du es ihm ausreden ...«

»Ich könnte es versuchen, aber würde er mir zuhören?«, flüsterte William zurück.

Er bekam keine Antwort. Adriana war schon eingeschlafen.

KAPITEL FÜNF

Dar'uka

1

Nur wenige Bande fesselten Marresca an das Leben, das er führte. Als er das Kloster in San Lorenzo verließ, sah er keine Veranlassung, sich von einem der anderen Mönche zu verabschieden oder sich die Orte nochmals einzuprägen, an denen der größte Teil der Ausbildung seiner Kindheit stattgefunden hatte, die Waffenkammer, wo man ihm sein erstes Schwert gab und er den Umgang mit fast allen Waffen, die der Orden benutzte, erlernt hatte. Er stieg einfach auf sein Pferd und ritt unter dem efeuumrankten Torbogen zum Tor hinaus und hielt nur kurz bei den beiden Wachen an, die draußen in der Kälte standen, wo der Nebel dieser Frühlingsnacht sich um sie kräuselte.

»Lieutenant«, begrüßten sie ihn.

Marresca nickte.

Der erste Wachmann sah seinen Gefährten misstrauisch an. »Es ist nach Mitternacht. Wohin wollen Sie um diese Stunde, Sir?«, fragte er.

Marresca sah lang und durchdringend zu ihm hinab. Er hatte nicht gedacht, dass Fragen gestellt werden würden, wenn er das Kloster so spät verließ.

»Er will zu mir«, ertönte eine Stimme auf der anderen Straßenseite.

Die Wachen blickten hinüber und sahen einen einsamen Reiter, der in der kalten Nacht eine graue Kapuze über dem Kopf trug. Der Reiter kam mit seinem Pferd näher und schlug die Kapuze zurück.

»Captain Saxon«, sagte der Wachmann. »Ich bitte um Entschuldigung ...«

»Nicht nötig«, versicherte William ihm. »Es ist wahrlich eine seltsame Nacht für einen Ausritt, aber dies sind seltsame Zeiten. Oder etwa nicht, Lieutenant?«

Marresca sah zu ihm und nickte knapp.

»Gute Nacht, meine Herren«, sagte William und dirigierte sein Pferd zur Seite, damit Marresca passieren konnte. William wendete sein Reittier und ritt neben dem Lieutenant her.

»Ich hoffe, es stört Sie nicht«, sagte William, »aber ich dachte mir, ich leiste Ihnen Gesellschaft.«

»Wenn Sie es wünschen, Captain«, antwortete Marresca. »Ich bezweifle allerdings, dass wir dasselbe Ziel haben.«

»Stimmt«, entgegnete William. »Aber wenn es Ihnen nichts ausmacht, würde ich Sie gern wenigstens ein Stück des Weges begleiten.«

Der Himmel war fast klar, abgesehen von einem dünnen Nebelschleier, der darunter schwebte. Der Vollmond schien diesen Nebelschleier von einem Ende des Horizonts bis zum anderen zu beleuchten, und das Licht erstreckte sich bis zu den Nebelbänken, die sich über Felder und Gräben näherten, an Mauern aus Stein emporstiegen und Bäume und Büsche einhüllten. Die Straße nach Villeda lag in dichtem Nebel; es war kalt.

William stellte den Kragen hoch und atmete seufzend aus. Sie hatten schon zwei Meilen hinter sich gebracht, aber Marresca hatte noch kein einziges Wort gesprochen.

»Warum sind Sie nicht zu mir gekommen, Marresca? Warum haben Sie ausschließlich mit Kardinal Devirus über

Ihre Entscheidung gesprochen?«, fragte William schließlich, als das Schweigen nervtötend wurde.

»Was hätte ich denn sagen sollen, Captain?«, konterte Marresca, der das Problem entweder nicht erkannte oder nicht darüber sprechen wollte.

»Ich hätte erwartet, dass Sie mich nach den Dar'uka fragen«, beklagte sich William. »Ich hätte gedacht, dass Sie wissen wollen, worauf Sie sich einlassen. Dass ich mit ihnen zu tun hatte, ist kein Geheimnis im Orden, oder? Also, warum sind Sie nicht zuerst zu mir gekommen?«

Marresca zuckte die Achseln. »Es kam mir nicht in den Sinn, Captain«, gestand er. »In die Reihen der Dar'uka aufgenommen zu werden, ist die größte Ehre, die ein Mann erfahren kann. Es erschien mir unverschämt, ihre Beweggründe in Frage zu stellen.«

»Ich spreche nicht von *deren* Beweggründen, Lieutenant«, entgegnete William bissig. »Ich habe gesehen, was aus Männern geworden ist, die ihr sterbliches Leben gegen dieses so genannte Geschenk eintauschten. Erinnern Sie sich an meinen Freund?«

»Kieran Harte«, sagte Marresca.

»Genau der«, antwortete William. »Als er vor dieser Kirche in Prag zu mir kam, sah ich endlich, was sie ihm angetan hatten. Sie haben ihn *kaputt gemacht,* Marresca. Sie haben seine Seele herausgeschnitten und nur eine tote Hülle hinterlassen.«

Als Marresca ihn anblickte, konnte William nicht erkennen, ob seine Worte den Lieutenant beeindruckt hatten. Er sah nur diesen kalten, ungerührten, gleichgültigen Ausdruck. Marresca zuckte erneut die Achseln. »Also sind Sie heute Nacht nur hergekommen, um mich zu überreden, kein Dar'uka zu werden?«, fragte er.

William sah sich in der Defensive und grunzte verneinend.

»Ich verstehe Ihre Gründe, Captain«, sagte Marresca.

»Wirklich?«, fragte William hoffnungsvoll.

»Es geht Ihnen wie immer um mein Wohlergehen«, sagte Marresca und hielt den Blick starr auf die Straße gerichtet, die schnurgerade einen der steileren Hügel hinauf verlief.

William verspürte Erleichterung. »Ganz recht. Ihr Wohlergehen.«

»Es hat also nichts mit dem Schatz von Mhorrer zu tun?«, fragte der Lieutenant unverblümt.

»Ich hätte Sie natürlich gern auf dieser Mission dabei«, antwortete William. »Sie sind der beste Soldat des Ordens. Wir werden Sie sehr vermissen.«

Als der junge Lieutenant William erneut ansah, spielte die Andeutung eines Lächelns um seine Lippen. »Danke, Captain.«

»Ich mache mir Sorgen um Ihr Schicksal, Lieutenant«, sagte William mit hängenden Schultern.

»Mein Schicksal?« Marresca hielt sein Pferd unvermittelt an. Er drehte sich im Sattel um und betrachtete William. »Oder das Schicksal von Kieran Harte, Captain?«

William sah Marresca an und staunte sowohl über den Vorwurf des Lieutenants wie über dessen Intuition.

»Es geht hier nicht um Kieran ...«

»Ich glaube doch, Captain«, widersprach Marresca. »Er hat sich verändert, und Ihnen gefällt nicht, was aus ihm geworden ist. Das ist verständlich. Er war wie ein Bruder für Sie, Captain.«

William nickte. »Ja, das stimmt.«

»Warum ist er zum Dar'uka geworden?«

William atmete aus, ein Wölkchen, das sich rasch auflöste. »Wegen einer Todsünde, Lieutenant«, sagte er nachdenklich. »Vor sieben Jahren glaubten weder Kieran noch ich an Dämonen oder Vampyre. Wir waren nur Soldaten.

Von den Angelegenheiten der Kirche wussten wir kaum etwas, und sie kümmerten uns auch nicht weiter.

Als wir unserem ersten Dämon gegenüberstanden, kamen wir nur knapp mit dem Leben davon. Aber viele andere nicht. Unter den Opfern befand sich auch eine Frau namens Katherine. Sie und Kieran waren zu der Zeit sehr ineinander verliebt. Er gab sich die Schuld an ihrem Tod. Und als er sich nicht mehr die Schuld gab, gab er sie dem Dämon, der sie getötet hatte.

Ich fand mich damit ab, was in jener Nacht geschehen war, doch Kieran konnte das nicht. Er war besessen von seiner Wut und suchte nur nach Rache. Darum wurde er ein Dar'uka. Der Rache wegen. Um seine eigene Wut zu stillen. Er würde jeden in der Hölle ermorden, wenn er könnte.«

Marresca hörte sich alles genau an, nickte bei jeder Pause, und auch wenn es schien, dass er manchmal mit den Gedanken woanders war, sah William ihm am Gesicht an, dass der junge Lieutenant sich keine Einzelheit entgehen ließ.

»Ich erinnere mich, wie wir uns das erste Mal begegnet sind, Captain«, sagte er, als William fertig war. »Sie haben im Innenhof mit Lieutenant Cazotte trainiert. Als das Training vorüber war, bedeutete Meister Yu uns, dass wir uns zurückziehen sollten. Ich sah aus der Ferne, wie Sie mit Lieutenant Harte gesprochen haben. Und ich sah, dass Sie sich nahestanden. So nahe wie Brüder.«

William spürte, wie sich ihm die Kehle zuschnürte, und blinzelte hastig, um die Tränen zurückzuhalten. Er hätte nicht gedacht, dass Marresca sich daran erinnerte, und war überwältigt, als zuerst Kieran und dann auch noch Cazotte erwähnt wurden. Er wandte sich ab. »Sie haben ein gutes Gedächtnis«, sagte er mit in der Kehle stockendem Atem. »Sie waren ein Novize. Noch ein Knabe, soweit ich mich erinnere.«

»Jetzt bin ich ein Mann«, erinnerte Marresca ihn. William hob den Kopf und sah, dass daran kein Zweifel bestehen konnte. Ein besserer Mann als viele, die er kannte. Mutig. Stark. Ein Krieger ohnegleichen. »Und ich habe meine Entscheidung getroffen, Captain. Ich hatte nie einen Bruder. Nie eine Schwester. Ich kannte meine Mutter nicht, und mein Vater … er war nur ein Reisender, der meiner Mutter ein Kind machte. Auch ihn kannte ich nie. Der Orden war meine Familie. Und jetzt werden die Dar'uka meine Familie.«

William nickte. »Aber glauben Sie nicht, dass Ihre neue Familie herzliche Gefühle für Sie hegt, Lieutenant.«

»Sicher nicht«, sagte Marresca und ritt weiter. »Aber ich bin nicht Kieran Harte. Mein Handeln wird nicht von Rache gelenkt. Ich handle rein aus Vernunftgründen. Ich bin eine Waffe. Und wenn ich zum Dar'uka werde, macht mich das zur mächtigsten Waffe gegen die Hölle, die es gibt. Das ist mein Grund – mein *einziger* Grund.«

Marresca ritt voraus und William fiel ein wenig zurück und dachte darüber nach. Der Junge hatte eindeutig gründlich darüber nachgedacht, und teilweise hörten sich seine Argumente sogar plausibel an. Er *war* ein starker Krieger und würde als Dar'uka noch stärker werden. Ein Krieger, der kaum seinesgleichen haben dürfte, selbst unter den Engeln. Würde so ein Krieger die Herzen der Hölle mit Furcht erfüllen? Könnte so ein Kämpfer diesen ewigen Krieg rasch beenden?

Doch das Problem der Mission auf dem Sinai blieb bestehen.

»Was wäre, wenn Sie Ihre Entscheidung aufschieben?«, rief William hinter ihm her und trabte bergauf wieder an seine Seite. »Was, wenn Sie vorher noch mit nach Ägypten kommen würden?«

»Gegen den Rassis-Kult kämpfen und den Schatz erobern?«

Wieder war William überrascht. »Wie viel wissen Sie über meine Mission?«

»Kardinal Devirus hat mir alles erzählt«, sagte Marresca. »Ich weiß schon seit einiger Zeit von den Rassis. Das Thema gehörte zum Unterricht des Kardinals. Und ich weiß vom Schatz von Mhorrer. Das dürfte ein gefährliches Abenteuer werden.«

»Umso mehr Grund, Ihre Entscheidung aufzuschieben und mich nach Ägypten zu begleiten«, antwortete William listig. Er lächelte, doch das Lächeln wurde nicht erwidert.

»Die Dar'uka wünschen eine Antwort beim dritten Vollmond«, sagte Marresca und zeigte zu dem strahlenden Glanz hinter dem Nebel.

»Sie können doch sicher noch etwas warten?«, fragte William.

Marresca antwortete nicht.

Nach einer halben Meile wurde die Straße wieder eben. Das Gespräch kreiste weiterhin in erster Linie um die Dar'uka, aber Marresca wich Williams Wunsch nach einem Aufschub dadurch aus, dass er Fragen nach den Engeln stellte. Nach einem kurzen Abriss der Schlacht von Aosta erzählte Marresca, was *er* wusste, und wieder standen einige Enthüllungen ins Haus, und William musste bald feststellen, dass er weniger wusste als Marresca.

»Das *Buch der Menschheit* erwähnt nur die ersten fünf Dar'uka«, teilte Marresca ihm mit, »nicht diejenigen, die die Gefallenen ersetzt haben. Wussten Sie übrigens, dass einer der ersten Dar'uka, ein Mann namens Mykael, von Ordrane getötet wurde?«

William schüttelte bestürzt und stumm vor Fassungslosigkeit den Kopf. Er schwieg schon seit einer Viertelstunde.

»Soweit ich weiß hat Graf Ordrane zwei Dar'uka auf dem

Gewissen. Einer wurde im *Buch der Menschheit* festgehalten, der andere ist überliefert. Über beide kann Ihnen Pater Antonio etwas sagen.«

»Ich weiß«, sagte William und wiederholte die Worte von Kardinal Devirus. »Pater Antonio ist der gelehrteste Mann der Kirche, was Mhorrer anbelangt.«

»Nicht nur was Mhorrer, sondern was das gesamte *Buch der Menschheit* betrifft«, meinte Marresca ehrfürchtig. »Es gibt kaum etwas in diesem Buch, das er nicht weiß.«

»Sie wissen also genug, eine Entscheidung treffen zu können, mag sie auch noch so irrig sein«, grummelte William.

»Vielleicht irrig für Sie, Captain. Sie haben nur Ihren Freund als Maß«, antwortete Marresca, als sie die Lichtung auf der Hügelkuppe erreichten. Er verweilte und sah zum Himmel; über ihnen verzog sich der Nebel. Hinter ihnen türmten sich Wolken auf, genau wie in Prag.

»Ein Gewitter?«, mutmaßte Marresca.

»Etwas Unnatürlicheres«, entgegnete William und führte sie zu einem Baum in der Nähe. Er stieg ab und band das Pferd am Stamm fest. Marresca folgte seinem Beispiel und schlang den Zügel um einen dicken Ast.

Die Wolken bauschten sich nach außen und breiteten sich wie aschgrau aufquellender Teig am Himmel aus. Wetterleuchten erhellte die Unterseiten. Ein einziger Blitz riss die brodelnde Formation entzwei, doch sie vereinigte sich wieder, als die ersten Regentropfen fielen.

William streckte die Hand aus und spürte einen Tropfen auf die Handfläche fallen, dann einen zweiten. »Sie kommen«, sagte er.

Marresca entfernte sich von dem Baum und blickte zu den Wolken hinauf, während der Regen immer heftiger prasselte. Wenig später war sein Gesicht tropfnass und der Regen lief ihm über die Wangen und am Kinn hinab. Das lange blonde Haar hing ihm über die Stirn bis in die Augen.

William beschloss, dass er unter dem Baum bleiben würde, wo die Tropfen nicht so dicht, aber größer herabfielen. Er spürte sie auf dem Kopf und den Schultern und zog den Kragen seiner Jacke so weit hoch, wie er konnte.

Nach einem tiefen Grollen erhellte ein greller Blitz die Lichtung. Marresca lächelte in den Sturm und hob die Arme himmelwärts. William konnte nur staunen, wie ruhig der junge Krieger blieb. War er so naiv, dass er die Gefahr nicht begriff, oder begriff er sie besser als William?

Ein weiteres Grollen, diesmal lauter und noch tiefer, brachte die Luft selbst zum Erbeben; es schien, als würden die Regentropfen nach Osten abgelenkt werden. Einen Moment später richteten sie sich mit einem enormen Wolkenbruch, der Marresca bis auf die Haut durchnässte, neu aus.

»Spüren Sie es nicht, Captain?«, rief Marresca.

William erschauerte. Er spürte es, hätte es jedoch nie zugegeben.

»Die Macht! Spüren Sie die Macht nicht?«

Ein weiteres Donnergrollen hallte durch die Nacht, doch diesmal klang das Geräusch unglaublich. Der ganze Hügel erbebte, die Pferde gerieten in Panik. William ergriff den Zügel von seinem, als das Tier gerade scheute und William fast zu Boden geworfen hätte. Aber Marrescas Tier riss sich los und verschwand in der Nacht.

William drehte sich um und wollte Marresca mitteilen, was geschehen war, doch in dem Moment erhellte ein Blitzschlag die Lichtung mit gleißendem Leuchten. William hielt eine Hand vor die Augen, als eine ohrenbetäubende Explosion die Welt um ihn herum zerriss. Ihre Wucht erschütterte William bis auf die Knochen; Knochen, die er im grellen Licht, das sich ganz in der Nähe herniedersenkte, fast durch die geschlossenen Lider sehen konnte.

Er duckte sich, und merkte es, was ihn mit Seelenqualen erfüllte, daher fluchte er, was die Lungen hergaben, obwohl er wusste, dass es in dem enormen Donnergrollen niemand hören würde.

»... kerle!«, lautete das Ende seiner Tirade, dann verstummte er wieder.

Sein Pferd, das einen Moment wie gelähmt gewesen war, warf sich wieder zurück, sodass der gesamte Baumstamm ächzte und knirschte. William fürchtete nicht, dass das panische Tier den Baum umreißen, sondern eher es sich den Hals brechen könnte, wenn es noch fester zog.

William sah zu Marresca und stellte fest, dass der im Schlamm kniete. Eine Wasserpfütze hatte sich um ihn herum gebildet, und darin kniete er wie besiegt und gedemütigt, hielt den Kopf gesenkt und ließ den Regen auf sich niederprasseln.

Er war nicht allein.

Links von ihm stand der Albinokrieger, den William schon in Prag gesehen hatte. Rechts davon ein Mann, der so groß wie der Albino war, aber schlanker, mit großen, schwarzen Symbolen von Tätowierungen auf den langen Armen. Abgesehen von einem Lendenschurz und einer Flagge um die Schultern, anscheinend einer spanischen, war er so gut wie nackt.

Ein dritter Krieger näherte sich aus einigen Yards Entfernung. Ein Orientale mit langem, schwarzen Haar, das eng am Schädel anlag und zu einem Zopf gebunden war. Alle drei hatten eines gemeinsam: Sie schenkten William nicht die geringste Beachtung, sondern konzentrierten sich ganz auf Marresca.

Das heißt, mit Ausnahme von Kieran, der zu William blickte. »Warum bist du hier, William Saxon?«, fragte er.

Seine Stimme schien in viele zu zerschellen. Sie schossen durch die neblige Luft zu der Stelle, wo William kauerte, und die Silben prasselten auf seine Ohren wie windgepeitschter Regen.

William wich nicht zurück. »Um zu reden. Mit dir zu reden«, antwortete er. Nach dem Schweigen und der einseitigen Unterhaltung mit Marresca in dieser Nacht rechnete er fast damit, dass Kieran ihm sagen würde, es gäbe nichts zu reden.

»Also gut«, stimmte Kieran zu.

Ja, dies *war* eine Nacht der Überraschungen, dachte William und kam unter dem Schutz des Baumes hervor. Binnen weniger Sekunden war er tropfnass, doch das war es ihm wert.

Sie gingen zu einem kleinen Bach, der vom Hügel in das Tal darunter floss. Dieses Tal konnten sie trotz Dunkelheit und Regen deutlich unter sich liegen sehen.

»Was willst du, William?«, fragte Kieran, dessen Stimme sich als beunruhigende Welle von Worten teilte und wieder vereinte. William hoffte, dass Kieran nicht so viel reden und mehr zuhören würde (er war nicht sicher, wie viel von dieser unbekannten und beunruhigenden Empfindung er ertragen konnte).

»Es geht um eure Entscheidung, Marresca zu rekrutieren«, sagte William. »Ich bitte dich, das noch einmal zu überdenken. Ich will ehrlich sein, Kieran, der alten Zeiten wegen ... ich habe versucht, Marresca zu überreden, sich euch nicht anzuschließen.«

Kieran sah William mit diesen schwarzen Augen an, über deren Oberfläche azurblaue Blitze zuckten. »Und warum?«

»Weil ich ihn mehr brauche als ihr«, log William.

»Das musst du mir erklären.«

William lächelte hämisch. »Ich dachte, du wüsstest alles«, spöttelte er, aber Kierans Miene blieb ungerührt. »Also gut. Da du es nicht weißt ... ich habe eine Mission erhalten. Eine überaus wichtige Mission.«

Kierans Gesichtsausdruck veränderte sich noch immer nicht.

»Sie haben den Schatz von Mhorrer gefunden«, sagte William schließlich.

»Mhorrers Schatz ...«, ertönte ein Chor von Stimmen nicht nur von Kieran, sondern auch von den drei anderen Dar'uka.

»Ist das möglich?«

»Der Schatz wurde gefunden?«

»Von wem?«

»Und die Rassis?«

Die ganze Welt schien in einem Mahlstrom von Unsinn zu versinken; William kämpfte gegen den Ansturm an. »Genug!«, brüllte er. »Ich kann nur ertragen, dass einer von euch spricht ... Mein Kopf explodiert gleich!«

Kieran hielt eine Hand hoch. »Ist das wahr, William Saxon? Ist der Schatz gefunden worden?«

»Ja«, bestätigte William. »Er ist irgendwo auf der Halbinsel Sinai. Ich brauche Marrescas Hilfe, um ihn zu bergen. Er ist ein großartiger Soldat, den wir ganz bestimmt vermissen werden. Begreifst du das denn nicht?«

»Wir suchen seit Jahrtausenden nach dem Schatz von Mhorrer«, sagte Kieran.

William strahlte. »Wirklich? Also *kann* Marresca bleiben?«

»Nein«, antwortete Kieran. »Das kann er nicht. Er muss ein Dar'uka werden.«

»Immer sind wir fünf. Die fünf Dar'uka. Nicht mehr, nicht weniger Kämpfer in diesem Krieg«, sagten die Dar'uka in einem hallenden Chor.

»Das habe ich schon gehört«, sagte William mit erhobener Stimme, »aber gerade eben habt ihr gesagt, dass ihr schon seit Jahrtausenden nach dem Schatz sucht …«

»So ist es«, bestätigte Kieran, »aber es steht mehr auf dem Spiel als nur der Schatz von Mhorrer.«

»Was könnte denn wichtiger sein?«, fragte William vollkommen aus dem Konzept gebracht.

»Die Schlacht um das Tor zur Hölle«, teilte Kieran ihm mit. »Dort fiel David, dort hätten wir den Krieg beinahe verloren, und dort müssen wir obsiegen. Alle fünf Dar'uka müssen gemeinsam kämpfen, um das Tor zu sichern.«

»Das Tor?«, fragte William. »Wo ist dieses Tor?«

»Das würdest du nicht verstehen«, antwortete Kieran. »Es ist jenseits dieser Welt. Und jenseits unseres Verständnisses. Wir nehmen Marresca mit zum Tor der Hölle. Als Dar'uka wird er uns helfen, dieses Tor für immer zu verschließen.«

William wurde schwindelig, was entweder an Kierans gebrochener Stimme lag oder an der Tatsache, dass in diesem Bombardement eine Enthüllung nach der anderen folgte, Schlag auf Schlag, bis nichts mehr einen Sinn zu ergeben schien. Er stolperte rückwärts, lehnte sich an den Baum und streichelte seinem Pferd den Hals, um das Tier zu beruhigen, aber auch, damit er etwas Vertrautes fand, an dem er sich festhalten konnte. Die Unterhaltung mit seinem besten Freund erforderte einen festen Glauben, den er nicht besaß, und er verstand nicht einmal annähernd alles. »Hör zu …«, sagte er, »ihr wollt den Schatz doch auch, oder nicht?«

Kieran sah ihn ausdruckslos an.

»Dann versprich mir wenigstens, dass ihr uns unterstützen kommt, wenn wir ihn gefunden haben«, flehte William.

»Das können wir nicht …«, sagte Kieran.

»Gottverdammt, Kieran!«, rief William aus. »Ich habe

dich bisher noch *niemals* um deine Hilfe gebeten. Ich hatte gehofft, ja gebetet, dass du und deine Freunde uns zu Hilfe kommen würdet, wenn die Lage schlimm aussah, aber ihr seid niemals gekommen. Jetzt frage ich dich ... *Bitte hilf mir.* Lass mich nicht betteln.«

»Das musst du nicht, William«, antwortete Kieran. »Betteln ändert nichts. Von dort, wo wir hingehen, gibt es keine schnelle Rückkehr. In der Zeit, die die Reise zum Tor der Hölle beansprucht, vergehen viele Wochen auf *dieser* Welt. Und die Schlacht vor den Toren wird lange dauern, glaub mir.«

»Dann willst du mir nicht helfen?«, fragte William wütend und schwankte zwischen Wut und Verzweiflung.

»Wir *können* nicht«, entgegnete Kieran und verstummte. »Aber wir werden es *versuchen.*«

»Wirklich?«, fragte William hoffnungsvoll.

Kieran nickte nur einmal.

»Mehr verlange ich nicht«, sagte William erleichtert. Er wollte Kieran die Hand schütteln, um die Abmachung zu besiegeln, oder seinen Freund umarmen, da er glaubte, die Gleichgültigkeit wäre von ihm abgefallen. Doch das Licht, das in Kierans Augen blitzte und knisternd über seine Hände wanderte, hielt ihn davon ab. Er blieb auf Distanz und verspürte auf einmal wieder Angst vor Kieran.

William band sein Pferd los. Es scheute, ließ sich jedoch beruhigen, als er ihm besänftigende Worte ins Ohr murmelte. Er ging mit dem Tier durch den Regen zu der Stelle, wo Marresca kniete. Dort bückte er sich und hielt dem Lieutenant eine Hand hin.

»Viel Glück, Lieutenant«, sagte er. »Es war mir eine Ehre, Sie unter meinem Kommando zu haben.«

Marresca sah mit tropfnassem Gesicht unter seiner nassen Haartracht auf. Er lächelte und schüttelte William die Hand. »Danke, Captain.«

William stieg auf sein Pferd und betrachtete die unheimliche und verwaschene Szene vor sich. Der Regen hatte nicht nachgelassen, die Dar'uka standen gleichgültig in dem Wolkenbruch; Dampf stieg von der Elektrizität auf, die ihre Körper umspielte.

»William«, rief Kieran. William reagierte so überrascht wie sein unruhig tänzelndes Pferd. »Unterschätze den Kult der Rassis nicht. Sie sind arglistig. Sie sind stark. Sie kämpfen schon länger als du in diesem Krieg. In unserer Abwesenheit solltest du Verbündete suchen, wo du sie bekommen kannst.«

William sah zu Kieran und nickte knapp. Er wollte etwas sagen, ihm vielleicht sogar danken, wusste allerdings nicht, wofür.

Kieran hatte nichts versprochen. Kieran hatte nichts geboten, aber viel genommen. William blieb nichts anderes übrig, als wegzureiten und andere über Marrescas Schicksal entscheiden zu lassen.

II

In der Villa herrschte Stille. Selbst die Grillen waren verstummt, und auf den Höfen von Villeda bellten nur einige besonders tapfere Hunde, die das ferne, längst mit dem nächtlichen Nebel verschwundene Gewitter aufgeschreckt hatte.

William stand im halbdunklen Schlafzimmer und zog das klatschnasse Hemd aus. Er trocknete sich mit einem Handtuch ab und schlüpfte unter die Decke zu Adriana, deren warmer, weicher Körper ihm nach seinem vergeblichen Ausflug Trost spendete.

Den ganzen Rückweg zur Villa waren ihm Gedanken an die Mission auf dem Sinai durch den Kopf gegangen.

Es gab viel zu tun und viel vorzubereiten, nachdem man ihm seinen wertvollsten Soldaten genommen hatte – mit den vier anderen Lichtern war er von der Hügelkuppe aus durch das Gewitter davongesaust.

William hatte beobachtet, wie sie verschwanden und einen Teil seiner Hoffnung mit sich nahmen. Doch dann fielen ihm seine eigenen Worte wieder ein, die er Kieran gesagt hatte: »*Jeden* unserer Siege haben wir ohne euch errungen. Wir brauchen euch nicht ...«

Das hatte er vor vielen Wochen in Prag behauptet, erfüllt von Wut und Ohnmacht. Doch jetzt konnte er den Wahrheitsgehalt seiner Worte nicht bestreiten.

»Will?«, murmelte Adriana, die sich an seiner Seite regte.

»Ich bin hier, Liebste«, flüsterte er zurück und küsste sie auf den Hals.

»Ist es vollbracht?«, fragte sie verschlafen.

William wusste, was sie meinte: Ob alles geklärt war. Er küsste sie nochmals auf den Hals, lächelte und drückte sie an sich. »Ja, meine Liebste. Jetzt weiß ich, was ich tun muss.«

KAPITEL SECHS

Erneuter Aufbruch

1

William hasste ausgedehnte Abschiede, daher verabschiedete er sich nach dem Frühstück knapp und zurückhaltend von Adriana. Er beugte sich aus dem Sattel, küsste sie auf den Mund und strich ihr mit einer Hand über die Wange, während er mit der anderen den Zügel hielt.

»Ich komme zurück. Versprochen«, sagte er mehr aus Hoffnung denn aus Gewissheit zu ihr.

Adriana war stark; sie weinte nicht, musste sich aber auf die Lippen beißen. Sie wusste, William sah sie ungern aufgewühlt, und sie wollte ihn nicht beunruhigen. Aber als er nicht mehr zu sehen war, begann sie zu schluchzen. Jedes Mal, wenn sie ihn aufbrechen sah, kam es ihr auf schmerzhafte Weise wie ein Abschied für immer vor.

Als er den Torbogen am Weg passierte, konnte sie sich nicht mehr beherrschen und rief ihm nach: *»Ich liebe dich!«*

William wandte sich halb um, winkte ihr und bemühte sich um Fassung, während er sich auf den Weg machte.

Villeda war bereits wach, hatte sich doch die Neuigkeit, dass Captain William Saxon wieder aufbrach, in Windeseile verbreitet. Auf dem Weg nach San Lorenzo winkte ihm ein Bauer mit mehreren Kindern; William erwiderte die Geste linkisch. Alles kam ihm, genau wie Adriana, seltsam endgültig vor.

»Du bist töricht«, murmelte er bei sich, während er die etwa eine Meile bis zum Kloster hinaufritt. Unter den Ästen von Bäumen und Efeuranken führte Williams Pferd ihn stolz zum Tor von San Lorenzo, wo eine Handvoll Mönche wartete. Er begrüßte sie der Reihe nach und stieg rasch ab.

Die Ordensbrüder drängten nach vorn, da jeder darauf brannte, Williams Pferd zu führen, und William selbst ging zu Fuß unter dem hohen Torbogen aus Stein hindurch in den Innenhof des Klosters.

Es war so still.

Er schritt den quadratischen Hof ab und betrachtete die Bänke aus Stein, die Blumentöpfe in jeder Ecke, die Windspiele, die leise auf der Galerie klimperten. Mehrere Minuten atmete er mit geschlossenen Augen die klare Luft ein und genoss den Duft der Schlüsselblumen in der Nähe.

William entspannte sich, die Zweifel fielen von ihm ab. Wie oft hatte er in diesem Innenhof trainiert? Oft, dachte er, seit Lieutenant Cazotte versucht hatte, vor Jahren im Beisein aller anderen Novizen ein Exempel an ihm zu statuieren. Eine seltsam liebevolle Erinnerung.

»Mein Freund …«, murmelte er. »Was würdest du jetzt von mir halten?«

Ein Novize – mit rasiertem Schädel und jünger als Marco – erschien auf der Galerie.

»Junge«, rief William hinauf, »bring mir Lieutenant Peruzo.«

Der Novize verbeugte sich, William setzte sich auf eine der Bänke und ruhte in der Sonne aus. Der Morgen war still, und William nutzte die Pause zur Entspannung. Wenn sie erst einmal aufgebrochen waren, blieb ihnen sicher kaum noch Zeit zum Ausruhen, bis sie Neapel verließen.

Peruzo erschien auf der Treppe zum Innenhof; er wirkte

gespannt. William spürte seine Anwesenheit und drehte sich um. »Ah, mein Freund«, sagte er.

Der Lieutenant kam mit auf dem Rücken verschränkten Händen näher. »Ist es wahr?«

»Dass der Schatz von Mhorrer gefunden wurde? Ja, das ist wahr«, bestätigte William.

Peruzo blies die Wangen auf und sah nachdenklich zum Himmel. »Die vielen Jahre, und endlich ...«

»Ja, *endlich*«, sagte William ungeduldig. »Lieutenant Vittore befindet sich bereits mit einer ganzen und einer halben Kompanie aus Spanien in Raschîd. Dennoch möchte ich, dass Sie mich begleiten.«

Peruzo lächelte verschlagen. »Mich? Aber mit Lieutenant Vittore ...«

»Vittore ist ein guter Offizier, aber ich möchte einen, dem ich vertrauen kann und der denkt wie ich. Ich wäre nicht der erste Captain, der zwei Lieutenants unter seinem Kommando hat. Natürlich nur, falls Sie nicht ablehnen.«

»Ganz sicher nicht«, antwortete Peruzo forsch und konnte seine Begeisterung kaum verhehlen. »Das wird bestimmt eine Mission, die in die Geschichte eingeht.«

»Hoffentlich«, antwortete William leise. »Und Ihr Bein?«

Der ältere Lieutenant zuckte ein wenig verlegen die Achseln. »Es ist fast verheilt. Soweit verheilt, dass ich Sie begleiten kann.«

»Ich habe Bruder Jericho versprochen, dass er auf die nächste Mission mitkommen kann, damit er seinen Mut wiederfindet«, sagte William.

»Und Sie glauben, diese wäre etwas für ihn?«, fragte Peruzo zweifelnd.

»Bruder Jericho ist ein guter Mann«, erläuterte William ihm, »wenn auch noch recht jung. Wenn Jericho überlebt, kann er nur stärker daraus hervorgehen.«

Peruzo nickte. »Ich sage ihm, dass er packen soll. Und ich wecke Marresca …«

»Das ist nicht nötig«, unterbrach William ihn.

»Aber, Captain …«

»Marresca kommt nicht mit«, sagte William. »Er wurde bereits für eine andere Mission auserkoren.«

Peruzo machte einen verwirrten Eindruck. Er sah William regelrecht nach einer Erklärung flehend an.

William hatte nicht vor, ihm eine zu geben. »Rasch. Peruzo. Wir müssen binnen einer Stunde aufbrechen. Die *Iberer* wartet in Neapel und sticht am übernächsten Abend in See«, sagte er stattdessen. »Wir haben noch einen weiten Weg bis dahin.«

Peruzo runzelte die Stirn, verbeugte sich jedoch abermals und entfernte sich hastig.

William überlegte gerade, ob er der Waffenkammer einen Besuch abstatten sollte, als Engrin Meerwall unter dem Torbogen auftauchte. Der alte Mann kam schnaufend und keuchend zu ihm und setzte sich schwer atmend auf eine der Bänke.

William ging mit ernster Miene zu ihm. Er hatte Engrin noch nie so gebrechlich gesehen.

»Ich kann Ihnen etwas zu trinken holen lassen«, bot er an.

Engrin schüttelte den Kopf. »Ich bin weder ein kleines Kind noch an der Schwelle des Todes!«, knurrte er. »Behandeln Sie mich nicht so.«

»Ich bitte um Entschuldigung«, sagte William und sah einen Moment auf ihn hinab.

Engrin seufzte. »Wenn Sie es unbedingt wissen müssen, so gut wie heute habe ich mich seit Tagen nicht mehr gefühlt. Ich bin auf dem Wege der Besserung, also behalten Sie Ihr Mitleid gefälligst für sich.«

»Das hat weh getan, alter Mann«, antwortete William

schroff. »Sie sind mein Freund. Ich mache mir nur Sorgen.«

»Das müssen Sie nicht«, meinte Engrin wegwerfend und klopfte neben sich auf die Bank. »Und jetzt setzen Sie sich, damit wir uns unterhalten können.«

William tat, wie ihm geheißen; einen Moment herrschte Stille zwischen den beiden Männern.

»Warum haben Sie mir nichts von Mhorrers Schatz erzählt?«, fragte William schließlich und bemühte sich, den vorwurfsvollen Unterton in seiner Stimme zu kaschieren.

Engrin wandte sich mit einer listigen Miene zu ihm. »Solche Neuigkeiten sollte man nicht aus zweiter Hand erfahren. Ich wollte, dass Sie alles wissen, bevor Sie Ihre Entscheidung treffen.«

»Meine Entscheidung worüber?«, fragte William verwirrt.

»Über die Mission natürlich«, antwortete Engrin. »Was halten Sie von Kardinal Devirus' grandioser Vision, diesen Krieg vorzeitig zu beenden?«

William sah Engrin lange und eindringlich an. »Ich höre aus Ihrer Stimme heraus, dass Sie skeptisch sind.«

Engrin zuckte die Achseln. »Ich habe meine Gründe.«

»Wenn es Sie interessiert, ich finde es gefährlich. Vielleicht die gefährlichste Mission, die das Sekretariat je riskiert hat. Wenn Sie fragen, ob ich es schaffen kann oder nicht ...«

Engrin sah ihn mit hochgezogenen Brauen an. »Glauben Sie denn, Sie können es?«

William nickte. »Es *ist* machbar.«

»Aber nicht ohne enorme Verluste?«

»Natürlich. Ich gehe davon aus, dass ich den größten Teil meiner Kompanie verliere«, gestand William.

»Und was ist mit Devirus' Befehl, die Scarimadaen in den Vatikan zu bringen?«

William rutschte nervös auf der Bank hin und her. »Ich

kann nicht sagen, dass mich die Aussicht erfreut, sie nach Rom zu schaffen.«

»Verstehe«, sagte Engrin zufrieden.

»Sie haben schon immer gern in Rätseln gesprochen. Was wollen Sie mir sagen, alter Mann?«

»Kardinal Devirus hat mich besucht, bevor die Ordensbrüder nach Raschîd geschickt wurden«, antwortete Engrin. »Er wollte sich über die Einzelheiten der Mission mit mir unterhalten. Ich war zwar hocherfreut darüber, dass wir den Schatz von Mhorrer finden könnten, dennoch haben wir uns gestritten.«

»Gestritten?«, fragte William überrascht.

»Heftig«, fügte Engrin traurig hinzu. »Sogar ein recht lautstarkes Wortgefecht. Ich war nicht damit einverstanden, dass er den Schatz nach Rom bringen lassen wollte. Ich hielt das für überheblich. Zu riskant.«

»Rom ist der sicherste Ort, um die Scarimadaen zu vernichten«, wandte William ein.

»Es gibt andere Mittel und Wege, wie wir sicherstellen können, dass der Schatz nie wieder benutzt wird, William«, sagte Engrin. »Soweit wir wissen, dürfte der Rassis-Kult ein überlegener Gegner sein.«

Dem stimmte William zu. »Sie konnten den Schatz viele, viele Jahre hüten, also müssen sie über eine gewisse Stärke verfügen. Ich gehe nicht davon aus, dass sie leichte Gegner sein werden.«

Engrin hustete, räusperte sich und atmete schwer. »Nein, *nein*. Sicher nicht. Ein Jammer, dass das Buch der Menschheit vor dem Neuen Testament endet. Über ihre Stärke wissen wir nur, dass es einen Rassis für jeden Scarimadaen gibt.«

»Zweihundertfünfzig Mann«, stellte William fest. »Mit Marresca an meiner Seite wäre der Kampf leichter gewesen.«

»Ah, ja. *Marresca* ... Denken Sie nicht mehr an ihn, William«, riet ihm Engrin.

»Sie haben gut reden, alter Mann«, antwortete William. »Unsere Feinde sind stark. Stärker als das Sekretariat glaubt. Wenn die Dar'uka glauben, dass die Rassis listenreich und mächtig sind, dann haben sie ihren Ruf zu Recht.«

»Das denken die Dar'uka?«

»Ich habe Kieran gestern Nacht getroffen«, gab William zu. »Ich wollte ihn überreden, dass sie Marresca in Ruhe lassen. Vergeblich, wie man sieht. Aber er hat mich vor den Rassis gewarnt. Und er riet mir, mir Verbündete zu suchen, wo immer ich sie finden kann.«

»Das ist ein guter Rat«, stellte Engrin fest.

»Und steht im Widerspruch zum Kodex des Sekretariats.«

»Auf wessen Rat würden Sie eher hören, William? Den von Kieran oder den des Sekretariats?«

»Weder noch«, sagte William verdrossen, dann verzog er das Gesicht. »Beide, nehme ich an. Aber der eine schließt den anderen aus.«

»Sie wissen so gut wie ich, dass sich dieser Krieg nicht mehr lange geheimhalten lässt«, sagte Engrin. »Die Menschen werden sich für eine Seite entscheiden müssen, um Unbill zu vermeiden.«

»Damit würden sie in den Kampf hineingezogen«, wandte William ein.

Engrin stampfte mit einem Fuß auf. »William, mittlerweile ist jeder in diesen Kampf verwickelt. *Jeder.* Denn wenn wir verlieren, dann verlieren alle. Die Zeit der Geheimhaltung ist vorbei. Das wissen wir beide. Unsere Feinde agieren nicht mehr im Verborgenen, und sie sind zahlreich; wir haben es jetzt mit einem offenen Krieg zu tun. Graf Ordrane ist in der Defensive, ergo dürfte er immer größere Risiken eingehen. Etwas anderes kann er sich gar nicht leisten.«

William nickte. »Er findet das mit dem Schatz ganz bestimmt heraus.«

»Wenn er es nicht schon hat«, sagte Engrin.

William sah ihn erschrocken an. »Doch sicherlich nicht?«

»Mallinder und Staley, unsere Agenten im Norden, sind der Meinung, dass ja. Nicht lange, nachdem das Sekretariat den Brief von Charles Greynell erhielt, ist eine Gruppe von Burg Draak aufgebrochen. Nichts ist mehr geheim, William. Vergessen Sie das nicht«, sagte Engrin. »Aber keine Bange, ich habe den Ordensbrüdern in Raschîd etwas mitgegeben, das gewährleistet, dass Sie erfolgreich sind.«

William wollte fragen, worum es sich dabei handelte, doch Engrin hielt eine Hand hoch. »Warten Sie, bis Sie dort sind …«, flüsterte er mit einem diabolischen Funkeln in den Augen. »… Es verstößt gegen Devirus' Befehle, und selbst hier könnten die Wände Ohren haben.«

»Ich verstehe«, sagte William, obwohl ihn die Neugier über Engrins Geheimwaffe fast überwältigte.

»Ich wünschte, ich könnte mehr tun«, antwortete Engrin, der wieder müde aussah. »Abgesehen von den Vampyren und Rassis dürften noch weitere Gefahren lauern. In Ägypten herrscht Aufruhr, William. Sie misstrauen Fremden, besonders hellhäutigen Fremden. Der Vizekönig des Landes führt Krieg gegen wen es ihm beliebt, ich habe sogar Geschichten über Massaker gehört. Hüten Sie sich vor dem Ehrgeiz von anderen. Hüten Sie sich vor dem Chaos, in dem Sie waten. Ein simples Missverständnis könnte schon zu einer Katastrophe führen.«

»Ich halte die Augen offen«, sagte William.

»Daran zweifle ich nicht.« Engrin schob die Hände in seinen Überwurfmantel. Er holte einen langen schwarzen Beutel heraus, den zwei goldene Kordeln zusammenhielten. Mit zitternden Fingern zog er die Kordeln auseinander und enthüllte einen Metallgriff von etwas darin.

William wusste sofort, worum es sich handelte. »Engrin, ich kann nicht ...«

»Aber Sie *müssen,* William«, sagte Engrin und zog das Schwert heraus, dessen Klinge im Morgenlicht wie neu glänzte. »Es gehört mir, und ich kann es schenken, wem ich will.«

William nahm das Schwert am Griff und hob es hoch. Es fühlte sich so leicht an wie immer, so leicht wie damals, als er dieses Schwert an Bord der *Iberer* zum ersten Mal geschwungen hatte. Die Klinge schien so scharf wie immer, die wenigen Scharten, die sie im Lauf der Jahre abbekommen hatte, waren beim Schleifen verschwunden. Es war das beste Schwert, das William je in Händen gehalten hatte, und es gehörte dem besten Schwertkämpfer, den er je gekannt hatte.

»Ich bin zu alt und kann es nicht mehr führen«, gestand Engrin. »Meine letzte Pflicht für das Sekretariat war, Sie nach Rom zu bringen. Das habe ich erreicht, doch seither wurde mir keine neue Mission mehr zugeteilt. Ich werde nie wieder kämpfen.«

»Wenn Sie glauben, dass man Ihnen Unrecht getan hat, kann ich mit Kardinal Devirus sprechen«, begann William.

»Sie missverstehen mich, William. Ich will keine neue Mission. Ich bin nicht mehr so stark und so schnell wie einst.« Engrin hustete wieder. Die Krankheit, die ihn in diesem Winter befallen hatte, heilte offenkundig nicht mehr richtig aus.

Als der Hustenanfall nachließ, kam Engrin allmählich wieder zu Atem, saß aber ein wenig gebückter da. »Der Kampf auf der *Iberer* war mein letzter«, gestand er langsam. »In jener Nacht hätte mich beinahe ein Vampyr bezwungen, der normalerweise kein Gegner für mich gewesen wäre. Ohne Ihr Eingreifen hätte mit Sicherheit mein letztes Stündlein geschlagen.«

»Er hätte jeden bezwungen«, wandte William ein.

Engrin hob eine Hand. »Nein, nein«, antwortete er. »Mich nicht. Früher hätte ich diesen Kontrahenten mühelos erledigt. *Früher.* Heute nicht mehr. Dieser Krieg ist etwas für die Jungen, nicht für einen, dessen Gelenke entzündet und dessen Lungen durch diese verfluchte Krankheit verschleimt sind.«

William gab sich große Mühe, sich weder Bedauern noch Trauer anmerken zu lassen. Stattdessen betrachtete er das Schwert.

»Solange Sie diese Waffe führen, kämpft ein Teil von mir mit Ihnen«, sagte Engrin hoffnungsvoll und nickte einmal zu dem Schwert in Williams Hand.

William lächelte. »Danke«, sagte er. »Ich verspreche, ich bringe es Ihnen zurück.«

»Daran hege ich nicht den geringsten Zweifel«, sagte Engrin herzlich. Er richtete sich von der Bank auf und streckte William die Hand hin. William betrachtete sie, grinste, schlang die Arme um den alten Mann und drückte ihn fest.

»Sie sind mein guter Freund«, sagte William.

Und das waren die letzten Worte an ihn, bevor er und die Mönche das Kloster verließen und die Reise nach Ägypten begann.

11

Adriana gehörte zu den Ersten, die die Straße in Villeda säumten. Sie stand vor der Taverne auf dem Dorfplatz und hatte wegen der frischen Brise einen dicken Schal um die Schultern geschlungen. Manchmal wurde der Wind etwas böiger und spielte mit ihrem lockigen dunklen Haar. Sie war nicht allein; viele Dorfbewohner wollten sehen, wie ihre Helden erneut in die Schlacht zogen. Nicht weit entfernt standen Maria aus der Taverne, Isabel von der Apotheke und zuletzt Tustios Frau Katrina Maldini.

»Ein kalter Tag«, bemerkte Isabel.

»Der Kälteste seit langem«, antwortete Adriana verbittert.

»Es heißt, dass sie diesmal eine ganze Weile fortbleiben«, bemerkte Maria.

Adriana erstarrte. Maria meinte es nicht böse, konnte manchmal aber schon ziemlich ungeschickt sein. »Sie *kommen* zurück«, versicherte Adriana ihnen. Aber sie richtete die Worte in erster Linie an sich selbst und murmelte ein Gebet, während weiter vorne an der Straße Jubelrufe ertönten. Kinder rannten den Weg entlang, manche vor den Pferden her, die in Richtung Platz getrottet kamen.

Adriana hörte die Pferde näher kommen, sammelte sich und murmelte leise: *»Nicht weinen. Lass ihn nicht sehen, dass du weinst.«*

Katrina musste sie gehört haben, denn sie legte Adriana einen Arm um die Schultern und hob ihren Kopf hoch. »Da kommen sie, Adriana.«

Sie richtete sich auf und spürte trotz aller Anstrengung ein Brennen in den braunen Augen, als die drei Männer um die Ecke der Taverne in Blickweite geritten kamen. William, der stolz auf seinem Pferd saß, ritt den beiden anderen voraus. Ihm folgte Lieutenant Peruzo und ein weiterer Mönch, jung, stolz und aufgeregt. William schien ihre Begeisterung zu teilen und wirkte so heldenhaft wie immer. Er sah so tapfer aus, als er allen zuwinkte und mit seinem Lächeln, seinen Augen, seiner ganzen Haltung Zuversicht ausdrückte.

Die jubelnden Einheimischen konnten sich kaum noch zurückhalten, und schließlich schüttete jemand aus dem

Fenster eines Hauses Baumblüten aus; die rosa und weißen Blütenblätter fielen wie Regen herab.

Sie blickte zu William auf und lächelte liebevoll, als er vorbeiritt. William seinerseits sah nur einmal kurz herab, und sein Lächeln erlosch. Einen Moment drückte seine Miene Zweifel aus. Oder Bedauern. Das war zu viel für Adriana, die doch anfing zu weinen. Sie betete, er möge es nicht gesehen haben, betete, dass er mit dem Bild vor Augen abreiste, wie sie ihm fröhlich zuwinkte und hoffnungsfroh lächelte.

Aber was war mit William? Einen Moment sah er so verloren aus. Er sah aus ...

»Er kommt zurück«, schluchzte Adriana. *»Er muss.«*

»Das wird er ganz bestimmt«, sagte Katrina und drückte sie fest an sich. Doch es nützte nichts. Adriana hatte sich noch nie so allein gefühlt. Etwas sagte ihr, dass dies der Augenblick war, ihre letzte gemeinsame Zeit. Trotz allen gegenteiligen Beteuerungen, trotz Katrinas Trost *wusste* Adriana tief in ihrem Innersten, dass William diesmal nicht zurückkehren würde.

William konzentrierte sich ausschließlich auf den Horizont und die Straße, die zwischen den Hügeln hindurchführte, aber trotz aller Anstrengung dachte er nur an Adriana. Er hatte sie weinen gesehen, und das war seine Schuld. Er wollte den Helden spielen, den keinerlei Zweifel plagten. Doch im Angesicht von Adriana schien das alles vergeblich. William musste sich der bitteren Erkenntnis stellen, dass diese Mission möglicherweise für alle Beteiligten kummervoll enden würde. Hier ging es weder um Bewunderung noch um Aufregung; es stand zu viel auf dem Spiel. Er musste sich jeden Gedanken an ein Wiedersehen verkneifen. Einzig und allein die Mission zählte, dass sie erfolgreich war und er möglichst überlebte.

»Wir haben eine lange Reise vor uns«, sagte er zu seinen Männern, als sie die Ausläufer von Villeda hinter sich ließen. »Seid ihr bereit für ein wenig Training?«

Peruzo nickte und sah Jericho an, der erwartungsvoll den Zügel hob. William sog die Luft von Villeda noch einmal in vollen Zügen ein, dann gab er seinem Pferd die Sporen und galoppierte die Straße hinab, die das Rapsfeld vor ihnen in zwei Hälften teilte. Peruzo und Jericho folgten dichtauf.

III

Katrina führte Adriana, die sich die Augen mit einem Spitzentaschentuch abtupfte.

»Tut mir leid«, sagte Adriana und bemühte sich, etwas fröhlicher zu wirken.

»Unsinn, du bist außer dir!«, antwortete Katrina. »Ich weiß gar nicht, wie du das aushältst, sie immer wieder so aufbrechen zu sehen.«

Adriana schniefte wieder, und eine weitere Träne lief über ihre geröteten Wangen. »Ich weiß. Und für mich ist es noch nicht vorbei. Bis ich ihn wiedersehe.«

»Du bist tapferer als ich. Ich könnte Tustio so etwas nie tun lassen. Ich weiß immer genau, wo er ist, jeden Tag und jeden Morgen.«

»Ich beneide dich«, gab Adriana zu, doch das entsprach nur teilweise der Wahrheit. Sie sah William nicht gern abreisen, aber er war der tapferste und ehrenhafteste Mann der Stadt. Er wurde von allen respektiert, und das lag nicht daran, dass er auf den Feldern pflügte oder Bier braute, sondern weil er sein Leben riskierte, um anderen zu helfen.

Adriana strahlte und stellte sich vor, wie er mit der Sonne zugewandtem Gesicht die Bergstraße Richtung Neapel hinabritt und der Wind in seinem Haar spielte. In dieser Vision sah er stets frei und glücklich aus, und Adriana gab sich große Mühe, ihn genauso zu sehen.

Doch als sich die Menge auflöste und Katrina sie in die Taverne führte, damit sie ihr etwas zur Beruhigung einflößen konnte, kam Adriana etwas seltsam vor; sie ließ das Taschentuch sinken und sah sich auf dem Dorfplatz um. Sie betrachtete die kleine Menschenmenge auf der Straße, und auch die kleinen wie größeren Kinder, die sich wieder ihren Spielen zuwandten.

»Katrina?«, fragte sie zerstreut. »Hast du Marco gesehen? *Hast du ihn gesehen?*«

Katrina sah sie überrascht an, ihr wurde klar, dass sie ihn nicht gesehen hatte.

»Marco war immer dabei, wenn William zu einer Mission aufgebrochen ist«, sagte Adriana stirnrunzelnd. »Hat Tustio ihn früh zur Arbeit geschickt?«

»Nein«, entgegnete Katrina. »Er hat ihm freigegeben.«

Adriana sah sie besorgt an. »Dann müsste er eigentlich hier sein.«

»Vielleicht war er hier und wir haben ihn nur verpasst«, schlug Katrina vor.

Ja, dachte Adriana, das wäre eine Möglichkeit. Doch es kam ihr nicht wahrscheinlich vor. Marco war nicht hier und nie hier gewesen.

»Sie haben sich gestritten«, gestand Adriana. »William war wütend auf ihn.«

»Er war schon früher wütend auf ihn«, erinnerte Katrina sie. »Das hat seiner Bewunderung nie Abbruch getan.«

Adriana machte ein bestürztes Gesicht.

Katrina legte wieder den Arm um sie. »Ich schicke meinen Mann aus, nach Marco zu sehen«, beruhigte sie sie. »Er findet ihn. Ich bin sicher, er ist nicht weit weg.«

Adriana nickte stumm und ließ sich von Katrina fortbringen.

IV

Die Tage waren kurz, und die drei Ordensmänner gönnten sich auf dem Weg nach Neapel kaum Ruhepausen. In der ersten Nacht schliefen sie zwei Stunden und ritten beizeiten wieder durch die Dunkelheit. Wenn möglich dösten sie im Sattel und kämpften ansonsten wacker gegen die Müdigkeit an, da sie wussten, dass sie während der Überfahrt nach Raschîd noch ausreichend Gelegenheit haben würden, zu schlafen.

Als sie aus Villeda fortritten, fragte Peruzo nach der Entscheidung, Marresca anderswo hinzuschicken. William verschob die Diskussion auf den frühen Morgen, als Jericho noch schlafend im Sattel saß.

»Er ist der beste Soldat des Ordens, Captain«, sagte Peruzo. »Er sollte hier sein. Mir ist unbegreiflich, wie das Sekretariat ihn anderswo hinschicken konnte. Könnte es eine wichtigere Mission geben …?«

»Das Sekretariat hat ihn nicht geschickt, mein Freund«, sagte William leise.

Peruzo verzog das Gesicht.

»Er hat sich den Dar'uka angeschlossen«, erklärte William.

Als der Name fiel, bekam Peruzo große Augen. *»Den Engeln?«*

William nickte und sah zu Jericho, der zusammengesunken vor ihnen im Sattel saß und schwankte, während sein Pferd dem Bergpfad folgte.

»Wann?«, fragte Peruzo, aber ihm gingen eindeutig noch mehr Fragen durch den Kopf.

»Gestern Nacht«, sagte William. »Er gehört nicht mehr zum Orden.«

»Haben Sie sie gesehen?«, fragte Peruzo ihn.

Und wenn nicht?, fragte sich William. Würde das etwas ändern? Vielleicht hätte er lügen sollen, konnte es aber nicht. Peruzo kannte ihn viel zu lange, und gegenüber seinen Freunden war William kein besonders überzeugender Lügner.

»Ja. Ganz kurz«, fügte William hinzu und hoffte, das würde weitere Fragen ersticken. Es funktionierte nicht.

»Wie viele waren es?«, fragte Peruzo. »Werden sie uns helfen?«

William hielt eine Hand hoch. »Ich habe sie nur *kurz* gesehen, Peruzo. Sie sprachen kaum mit mir. Ich war nur da, weil ich mit Marresca reden wollte, bevor ... Bevor er mit ihnen fortgegangen ist. Ich habe den Schatz von Mhorrer erwähnt.«

»Was haben sie gesagt?«

»Sie haben nichts versprochen«, antwortete William.

»Aber sie sagten, sie würden kommen?«

William zuckte die Achseln. »Wenn sie können.«

Peruzo sah grinsend zum Himmel. »Dann haben wir nichts zu befürchten.«

»Ich hätte nicht erwartet, dass mein bester Lieutenant so töricht ist«, schimpfte William.

Peruzo sah ihn betroffen an. »Tut mir leid, Captain. Es ist schwer, beim Gedanken, dass Engel über uns wachen, nicht ins Schwärmen zu kommen.«

»Das tun sie nicht, Lieutenant.« Vor ihnen ertönte ein Schnarchen und Jericho regte sich im Sattel. »Sie dürfen den Ordensbrüdern nichts davon sagen.«

Peruzo runzelte die Stirn.

»Das würde ihnen nur falsche Hoffnungen machen und sie ablenken«, erklärte William. »Sie glauben ohnehin schon, dass ich mit Engeln im Bunde stehe, und das würde sie nur in ihrem Glauben bestärken.«

»Aber es stimmt doch, Captain«, sagte Peruzo flehentlich.

William schüttelte den Kopf. »Nein, Lieutenant«, sagte er ernst. »Seien Sie versichert, dass dem nicht so ist.«

Als sie in Neapel eintrafen, führte William sie zum Hafen und den Reihen großer Schiffe, die am Kai vor Anker lagen. Ringsum herrschte ein chaotisches Durcheinander auf dem Hafengelände: Jede Ecke, jedes freie Fleckchen an den Straßen und Kais hatten Händler, Reisende, Matrosen und Stauer mit Beschlag belegt. William, Peruzo und Jericho ritten durch die Menge, bis sie vor der Fregatte *Iberer* abstiegen und Kapitän Gerard erblickten, der über die Reling des Quarterdecks zum Kai herunterschaute.

»Wir haben erst heute Nachmittag mit Ihnen gerechnet, Captain Saxon«, brüllte er zu ihnen herunter.

William lächelte verhalten. »Ich dachte mir, wir überraschen Sie, Käpt'n. Dürfen wir an Bord kommen?«

Gerard lachte schallend. »Sie dürfen, Sir. Und wie Sie dürfen!«, sagte er. »Es ist schön, Sie wiederzusehen. Sie sehen gut aus.«

»Danke, Käpt'n.« William stieg die Stufen zum Quarterdeck hinauf. »Sie aber auch.«

Gerard sah über Williams Schulter zu Peruzo, der sich über sie beide amüsierte. »Und was hat ein alter Hund wie Peruzo hier zu suchen?«

»Käpt'n«, grüßte Peruzo, und seine kühle Miene ließ nicht auf eine Freundschaft schließen, die bis in die Zeit zurückreichte, bevor William ihn kennengelernt hatte.

Gerard strich seine Jacke glatt und sah so stolz wie immer aus. »Hätte ich früher Bescheid gewusst, hätten Sie die Gästekabine bekommen, Captain«, grinste er. »Leider geht das jetzt nicht mehr.«

»Wir haben keine Kabine?«, fragte William, bemüht, sich sein Missfallen nicht anmerken zu lassen.

»Leider nicht. Ein anderer Würdenträger hat diese Ehre, und Sie wollen es sich doch gewiss nicht mit einem Kollegen des Sekretariats verscherzen?«

William runzelte die Stirn.

»Andreas, der Bote des Papstes.« Kapitän Gerard zeigte zu einem kleinwüchsigen Mann in edler Kleidung, der am Schiffsbug stand und einen Fuß auf die Reling stützte.

»Andreas?«, murmelte Peruzo leise zu William. »Was hat der hier zu suchen?«

»Ich weiß es nicht«, musste William eingestehen. Er kannte Andreas von seinen Besuchen in Rom. Als Bote des Papstes, den das Sekretariat häufig einsetzte, hatte er mehr als einmal Briefe an Williams Familie in Fairway Hall zustellen müssen. In letzter Zeit hatte sich Andreas rar gemacht, aber zweifellos die Fürsten und Staatsmänner Europas besucht. William hatte ihn nicht vermisst, da er gern lang und breit von seinen Reisen erzählte, und zwar so ausführlich, dass es nervtötend wurde.

»Wo sind *wir* dann untergebracht, Käpt'n?«, fragte William und ließ Andreas nicht aus den Augen, als der Bote sich von der Reling entfernte und nach achtern lief. Als er sie erblickte, winkte er.

William winkte zurück.

»Sie schlafen unter Deck«, ließ Gerard ihn wissen. »Es wird natürlich etwas eng, wegen der Schweine ...«

»Schweine?« William runzelte die Stirn.

»Preisgekrönte Schweine. Die Besten des Kontinents, wie man mir gesagt hat.«

»Schweine reisen in ein weitgehend islamisches Land?«, fragte William überrascht.

»Sie sind nicht für das Volk, sondern für einen englischen Botschafter in Alexandria. Ein freundlicher Bursche. Er liebt Schweinefleisch, also schickt man ihm Schweine.« Gerard gab sich große Mühe, sein Missfallen zu verbergen. William vermutete, dass die Tatsache, dass er Schweine transportieren musste, seinen Stolz empfindlich kränkte. »Ist ziemlich eng da unten. Ich musste sogar die Kanone entfernen.«

»Keine Waffen?«, fragte William besorgt.

Gerard schüttelte den Kopf.

»Aber wenn wir angegriffen werden ...?«, fragte William ernst, da er an die erste Reise an Bord der *Iberer* vor mehreren Jahren dachte.

»Ay, es ist riskant, Captain Saxon«, fügte Gerard hinzu, »aber ich werde gut dafür bezahlt. Und wir haben die *Sussex* als Geleitschutz. Sie liegt vor Neapel und begleitet uns die halbe Wegstrecke, ehe sie nach Westen patrouilliert.«

»Tja, wenn Sie sich dabei nicht unwohl fühlen, wer bin ich, dem Captain der *Iberer* zu widersprechen?«

V

Jericho hängte seinen prallen Lederbeutel über die Reling und ging an zwei Matrosen vorbei, die Peruzos Pferd an Bord brachten, zur Planke hinunter. Einer streifte ihn; Jericho blieb einen Moment stehen und drehte sich um. Der Matrose war ein junger Mann, erst vierzehn, mit schulterlangem Haar, aber er kam Jericho bekannt vor, auch wenn er nicht wusste, woher. Rom oder möglicherweise Neapel? Mit Sicherheit nicht von der *Iberer.*

Jericho vergaß sein Misstrauen, ging über das Deck und überließ es dem jungen Matrosen, auch Williams Pferd in den Pferch zu bringen.

Der junge Matrose sah nervös über die Schulter und nutzte das Pferd, das er an Bord führte, als Deckung. Voraus entdeckte er Captain Saxon und Lieutenant Peruzo und duckte sich, bis das Pferd bei der Winde angelangt war. Mit einem Blick zu dem Mönch, den er gestreift hatte, verschwand der Junge im Frachtraum unter Deck, wo ihn keiner sehen konnte.

KAPITEL SIEBEN

Raschîd

1

Die *Iberer* glitt sich wiegend über das Meer und pflügte mit geblähten Segeln durch die hohen Wellen. William hielt sich an der Reling fest und sah mit müden Augen nach vorn. In der ersten Nacht an Bord hatte er kaum geschlafen. Peruzo und Jericho ebenso wenig, da ein nächtliches Unwetter sie in ihren behelfsmäßigen Hängematten zwischen den quiekenden Schweinen in ihren Koben herumgeschüttelt hatte. Der Schweinemist roch ziemlich streng, und es kam ihnen vor, als würden sie sich nie daran gewöhnen. Bruder Jericho machte das Beste aus ihrer Lage, indem er sich um einen Wurf Ferkel kümmerte, deren Mutter gleich am ersten Tag der Überfahrt gestorben war.

Am dritten Tag änderte sich das Wetter, die Sonne kam heraus. Es war das wärmste Wetter, das William seit Monaten erlebt hatte, was die Laune der gesamten Mannschaft sichtlich hob. Kapitän Gerard munterte die Männer aus Gründen der Moral zusätzlich auf, wann immer er konnte. Der Kapitän der *Iberer* gab sich wie immer auf seine bärbeißige Art unterhaltsam. Er erfreute seine Gäste mit Geschichten, die in ihrer Aufschneiderei ans Lächerliche grenzten, aber William sagte nichts dazu und verbesserte den prahlerischen Kapitän auch dann nicht, als der ihre erste Begegnung vor sieben Jahren in voller Länge zum Besten gab: die Reise von Southampton nach Neapel, die sie beide fast das Leben gekostet hätte. Auch den Kampf an Bord der *Iberer* schmückte er nach all den Jahren ziemlich aus, doch Gerards Erzählung beim Essen erinnerte William daran, was für eine erbitterte Schlacht das gewesen war.

Andreas hörte aufmerksam, aber zurückhaltend zu, während Gerard blumig und wortreich die Scharmützel, den Vampyr und die seltsamen Kreaturen beschrieb, die daran teilgenommen hatten. Als er die Dar'uka erwähnte, sah Andreas zu William, der sich zum ersten Mal ein wenig unbehaglich fühlte.

Der Bote des Papstes hatte William zuvor schon in seinen eigenen Auftrag eingeweiht, nämlich dass er beim englischen Botschafter vorstellig werden sollte, einem Mann namens Henry Isaac, den er mit den Schweinen bestechen sollte, damit er als Spion für das Sekretariat in Nordafrika tätig wurde. Schwerlich eine würdevolle Reise, gestand Andreas, doch sie diente zweierlei Zwecken: erstens sollte er einen wichtigen Kontakt herstellen und zweitens William in Ägypten als Verbindungsmann zur Verfügung stehen. Gegebenenfalls konnten sie über Andreas weitere Mönche als Verstärkung in Rom anfordern und Meldung machen, sollten größere Streitkräfte von Graf Ordrane in den Häfen von Raschîd oder Alexandria anlanden. William akzeptierte Andreas' Auftrag zähneknirschend als Unterstützung. Andreas konnte nervtötend sein, aber als überzeugender Verhandlungsführer reichte ihm kaum jemand das Wasser.

Als Gerard am Ende seiner Erzählung anlangte, kippte er seinen restlichen Wein hinunter und sah außerordentlich selbstzufrieden aus. »Was ist eigentlich aus Ihrem tapferen Freund geworden, Captain Saxon? Diesem Kieran Harte?«, fragte er.

»Er hat einen anderen Weg gewählt«, antwortete William traurig und legte seine Serviette zusammen.

»Ah«, bemerkte Gerard. »Eine Freundschaft, die in die Brüche ging?«

»Nicht in die Brüche«, entgegnete William ein klein wenig zu schroff, »nur auf Eis.«

Kurz danach zogen sie sich zurück; Peruzo und Bruder Jericho entschuldigten sich für ein nächtliches Training im Mondschein, eine der wenigen Gelegenheiten zu trainieren, die es auf dem winzigen Schiff gab.

William beschloss, ihnen vom Quarterdeck aus zuzusehen; ärgerlicherweise verkündete Andreas, ihm Gesellschaft leisten zu wollen.

»Gute Männer, Captain«, stellte er fest, als er herübergekommen war und sich mit den Armen auf der Reling abstützte. Andreas war ein feister Mann, einige Jahre älter als William, mit einem erlesenen Geschmack, was Kleidung anbetraf. Er schien stets die neueste Mode zu tragen und sich als Höfling zu verkleiden. Das blonde Haar puderte er und band es mit einem Band aus blauer Seide nach hinten, doch sein Gesicht sah verbraucht aus, und eine Narbe verunzierte eine Wange, die er kaum zu verbergen trachtete. Den einzigen Hinweis auf seine Position bildete ein Siegelring an der linken Hand, der dieselbe Inschrift und dasselbe Symbol trug wie die Kette um Williams Hals: das Siegel von Papst Pius.

»Mir sind gewisse Spannungen nicht entgangen, als Harte erwähnt wurde, Captain«, bemerkte Andreas.

William beachtete ihn gar nicht.

Andreas wandte sich von den beiden trainierenden Männern und dem Klirren von Stahl im Hintergrund ab. »Sehen Sie ihn häufig?«

»Nein«, sagte William brüsk.

»Es muss schwer für Sie sein«, sagte Andreas nachdenklich. »Ich verfüge über eine gute Menschenkenntnis – was mir bei meiner Tätigkeit als Bote sehr nützlich ist. Seit ich Sie kenne, sehe ich stets eine große Bürde in Ihren Augen.«

»Pardon?«, fragte William, der langsam ungehalten wurde.

»Verzeihen Sie mir, Captain«, sagte Andreas und hob beschwichtigend die Hände. »Ich meinte nur, dass es schwer für Sie sein muss, nicht in England sein zu können. Nicht in Ihrem Zuhause, zumal ohne Ihren besten Freund Kieran Harte.«

William wandte sich erbost an Andreas. »Das geht Sie nichts an.«

»Stimmt, Captain«, entgegnete Andreas höflich. »Es war lediglich eine Feststellung.«

Andreas verstummte und sah wieder den Männern beim Training zu. Peruzo entwaffnete Jericho sehr zum Verdruss des jungen Mönchs.

»Sie haben schon seit geraumer Zeit nicht mehr nach England geschrieben«, sagte Andreas schließlich.

William stieß einen Seufzer der Verzweiflung aus. »Was soll das alles, Andreas?«, wollte er wissen.

»Ich habe Fairway Hall letztes Jahr zweimal besucht, Captain«, sagte Andreas unverblümt, »doch in diesem Jahr überbrachte ich nicht einmal ein Lebenszeichen seines Erben.«

William war sprachlos vor Schuldgefühlen.

»Das Sekretariat schaut wie versprochen in regelmäßigen Abständen dort vorbei und gewährleistet, dass Ihre Familie in Lowchester nicht von den Schergen des Grafen Ordrane behelligt wird. Und doch haben Sie sich nicht einmal nach dem Befinden Ihres Vaters oder Ihrer Mutter erkundigt. Nicht einmal nach dem Ihrer Schwester. Das finde ich …« Andreas machte eine Pause, »… ziemlich traurig.«

William wollte ihn zurechtweisen, konnte es aber nicht.

Er vernachlässigte seine Familie und schob seine Verbannung als Grund dafür vor. Aber es gab keine Entschuldigung dafür, dass er nicht nach Hause schrieb. Und das quälte ihn.

Andreas kam näher. »Das sollte keine Kritik sein, Captain Saxon. Nur eine Feststellung. Dürfte ich indessen vorschlagen, dass Sie irgendwann einmal zur Feder greifen und nach Hause schreiben? Für Ihre Familie ist es sicher schwer, meinen Sie nicht?«

William gab nach. »Wenn es nur so einfach wäre«, sagte er. »Was werden sie von meinem Leben halten?«

Andreas zuckte die Achseln. Er streckte die Arme und ging zu seinem Quartier. Auf der obersten Stufe blieb er stehen und sah zurück. »Wer weiß? Aber glauben Sie nicht, sie würden sich einfach über die Nachricht freuen, dass Sie noch *leben,* Captain? Wie alle Eltern?«

11

Am folgenden Nachmittag sahen William und Peruzo nach den Pferden, die im Frachtraum in engen Pferchen standen. Die Tiere machten einen recht zufriedenen Eindruck, konnten es aber vermutlich kaum erwarten, bis sie wieder festen Boden unter den Hufen hatten.

William grunzte. »Mein Pferd möchte in Raschîd und von diesem verdammten Schiff runter sein«, sagte er und streichelte dem Tier den Hals.

»Ich glaube nicht, dass es das Schiff ist, das meinem Captain missfällt«, spöttelte Peruzo.

William beachtete ihn nicht, sondern beruhigte das Pferd, das mit den Hufen auf den Boden des Pferchs stampfte.

»Wie ist die Gesellschaft von Andreas denn so?«, fragte Peruzo.

»Nervtötend«, antwortete William. »Können Sie sich vorstellen, dass er mir solche Schuldgefühle gemacht hat, dass ich mich veranlasst sehe, einen Brief zu schreiben?«

»Einen Brief?«, fragte Peruzo.

»Nach England.«

Peruzo warf William einen seltsamen Blick zu. »Darf ich fragen, was daran falsch ist?«

»Nein, das dürfen Sie nicht«, antwortete William empfindlich. Das Schiff schwankte, als der Seegang zunahm; die Pferde stampften mit den Hufen und schnaubten gereizt. William tätschelte sein Pferd wieder, um es zu beruhigen.

»Ich habe meinen Eltern seit fast einem Jahr nicht mehr geschrieben. Andreas findet, ich sollte es«, gestand er. »Und wahrscheinlich hat er recht, aber es ist nicht so leicht, wie ich gehofft hatte. Wie soll man über seine Berufung sprechen, wenn man nicht ins Detail gehen darf?«

»Das ist gewiss nicht leicht, Captain«, sagte Peruzo taktvoll. »Aber als Herausforderung sicherlich nicht schwieriger als diese Mission, oder?«

William lachte. »Ja. Sie haben recht. Ich mache eine Staatsaffäre daraus. Schließlich ist es nur ein verdammter Brief.«

Das Schiff neigte sich auf die andere Seite, etwas Schweres verrutschte knirschend. Es folgte ein gedämpfter Aufschrei.

Beide Männer sahen sich um.

»Haben Sie das gehört?«, flüsterte William.

»Jemand ist hier unten«, sagte Peruzo zu ihm. »Einer von der Besatzung?«

»Hallo?«, rief William.

Ein Fass rollte herum, und wieder ertönte ein deutliches Ächzen und das Geräusch von jemandem, der aus dem Weg sprang. William ging zwischen den Pferden hindurch und an Säcken und Fässern vorbei nach hinten. Er hob eine Laterne und erwartete, dass er ein Besatzungsmitglied sehen würde, das den Proviant wieder festzurrte. Aber da war niemand.

Peruzo trat hinter ihn. »Niemand da«, murmelte er.

William wollte ihm schon zustimmen, als er eine Bewegung hinter einigen Kisten sah. Er hielt einen Finger an die Lippen und zeigte zur Ecke des Frachtraums. Peruzo nickte, worauf beide Männer sich in Bewegung setzten.

William war wütend, dass der Mann sich nicht zu erkennen gegeben hatte, sprang neben die Kiste und leuchtete ihm mit der Laterne direkt ins Gesicht. »Du hast also gelauscht, was ...?«, knurrte er, doch dann brach seine Stimme.

Peruzo sah über Williams Schulter und sperrte den Mund auf. »Das ist doch unglaublich!«, rief er, während William den Horcher auf die Füße zerrte.

Ein vierzehnjähriger Junge mit blondem Haar bis auf die Schultern.

»Marco!«, brüllte William. »Was um alles in der Welt hast du auf diesem Schiff zu suchen?«

III

Sie warteten nervös vor Kapitän Gerards Kabine.

Marco stand zitternd neben William.

»Du hast mich in eine peinliche Situation gebracht«, sagte William. »Ein blinder Passagier.«

»Ich bin kein blinder Passagier«, widersprach Marco.

»Und was machst du dann hier?«

Marco verstummte und wurde ganz zappelig, als Kapitän Gerards dröhnende Stimme von drinnen erscholl. William packte den Jungen am Kragen und zerrte ihn hinein.

Der Kapitän sah sie beide an, aber zu Williams Überraschung sagte er nichts.

»Stimmt denn etwas nicht, Captain Saxon?«, fragte Gerard schließlich.

William sah Marco stirnrunzelnd an. »Dieser Junge ...«

»Ay, Sir. Was hat er angestellt?«

Williams Stirnrunzeln wurde noch tiefer. »Sie kennen ihn?«

»Er hat in Neapel angeheuert. Zufälligerweise am Morgen Ihrer Ankunft«, antwortete Kapitän Gerard, der sich mehr für die Papierrollen auf seinem Schreibtisch zu interessieren schien.

»Angeheuert?«

»Er gehört zu meiner Besatzung.«

William fühlte sich wie vom Donner gerührt. »Unglaublich«, sagte er.

»Weshalb?«, fragte Gerard.

William ließ Marco los und trat vor. »Käpt'n, dieser Junge ist mein Neffe.«

Gerard sah Marco an und konnte ein Lachen kaum unterdrücken. »Ihr ... Ihr Neffe!«, sagte er kichernd und lehnte sich zurück. »Stimmt das, Junge?«

Marco antwortete nicht.

»Dein Käpt'n hat dir eine Frage gestellt, Marco«, sagte William und versetzte ihm einen Rempler in die Seite.

Marco zuckte zusammen und nickte. »Es stimmt, Sir.«

»Ich glaube, Käpt'n, er ist mit der festen Absicht an Bord Ihres Schiffes gegangen, es in Raschîd wieder zu verlassen«, fuhr William fort.

Gerard wirkte plötzlich ernster und setzte sich auf. »Tatsächlich?«

»Junge«, sagte Gerard so laut, dass Marco aufblickte. »Du hast Heuer und Überfahrt auf diesem Schiff zugestimmt. Du gehörst zu meiner Besatzung und kannst diese Übereinkunft nicht widerrufen. Du *gehörst* mir«, sagte er ruhig.

Marco sah ängstlich drein.

»Hast du wirklich geglaubt, du könntest kommen und gehen, wie es dir gerade passt?«, fügte Gerard hinzu.

Marco richtete sich auf und verschränkte die Arme.

William fühlte sich ebenso unwohl in seiner Haut. Marco steckte bis über beide Ohren in Schwierigkeiten, und ihm waren die Hände gebunden, und er konnte nicht eingreifen.

Gerard lehnte sich zurück und klopfte an den Sextanten auf dem Tisch.

»Es tut mir schrecklich leid, Käpt'n«, sagte William. »Wenn ich gewusst hätte ...«

»Unsinn, Sir. Jungs in seinem Alter sind immer dickschädelig«, unterbrach ihn der Kapitän. »Aber was würden *Sie* mit ihm machen?«

»Das ist nicht meine Entscheidung, Sir. Er gehört zu Ihrer Besatzung, nicht zu meinem Kontingent«, antwortete William und hoffte, dass die Bestrafung nicht zu streng ausfallen würde.

Gerard dachte nach und studierte dabei die Pergamentrollen. »Der Junge ist im Herzen kein Seemann«, sagte Gerard, »daher dürfte es mir wenig nützen, wenn er an Bord bleibt. Aber ich kann seinen Vertrag auch nicht einfach so mir nichts, dir nichts zerreißen. Das gäbe ein schlechtes Beispiel ab.«

»Also muss er bestraft werden?«, fragte William.

»Und danach wird er in Ihre Obhut entlassen«, entgegnete Kapitän Gerard. »Ihnen ist klar, dass jeder Auspeitschen erwarten wird?«

»Wenn das Ihre Entscheidung ist, dann wird Marco das Auspeitschen *tapfer* über sich ergehen lassen«, sagte William mit zusammengebissenen Zähnen. Allein der Gedanke daran missfiel ihm.

»Es gibt eine Alternative, Captain.« Gerard sah Marco an. »Wenn er Manns genug ist, sich an Bord meines Schiffes zu mogeln, dann ist er auch Manns genug, *schwere* Arbeiten zu erledigen. Als Strafe soll er den Rest der Überfahrt ohne Lohn arbeiten. Das mag schwierig sein, vielleicht härter als das Auspeitschen, aber dafür eine Lektion, die er ganz sicher nie vergisst.«

William seufzte erleichtert. Die Strafe hörte sich gerecht an, und wenigstens hätte der Junge eine Beschäftigung.

»Danke, Käpt'n«, antwortete William. Er legte Marco die Hände auf die Schultern. »Dann überlasse ich ihn jetzt Ihnen.«

Kaum war William gegangen, lächelte Gerard.

»Warum hast du dich an Bord meines Schiffes gemogelt, Junge?«

Marco zuckte ein wenig verlegen die Achseln.

»Auf Abenteuersuche, was?«

Marco sank in sich zusammen. Und dann nickte er kläglich.

»Hoffentlich war es den Preis wert. Captain Saxon hat deine Strafe *mir* überlassen«, sagte Gerard grinsend. »Sie wird dir nicht gefallen, aber bei Gott, du wirst etwas daraus *lernen!*«

IV

Am nächsten Tag tauchte Raschîd aus dem Morgennebel auf, ein ruhiger Hafen, der schon bessere Zeiten gesehen hatte. Die *Iberer* segelte gemächlich dahin, passierte aber dennoch kleinere Dhauen und andere Handelsschiffe, die im Kielwasser der Fregatte schwankten, im ruhigen Meer.

Die Besatzung der *Iberer* machte sich sofort an die Arbeit, holte Segel und Takelung ein und traf Vorbereitungen, die Ladung zu löschen. William beugte sich weit über das Schiff hinaus und hielt sich dabei mit den Händen an der Reling fest, während er die Stadt über die ebene Wasseroberfläche hinweg näher kommen sah. Vom Quarterdeck aus sah er bis in die Vororte und zu den goldenen Minaretts der Moscheen, die über den Häusern aufragten und wie flimmernde Kerzen am Himmel wirkten.

Kapitän Gerard brüllte Befehle über das Schiff, dann wurde der Anker gesetzt und Taue zum Kai geworfen, derweil das Schiff an Fahrt verlor und langsam zum Stehen kam. Er verschränkte die Arme hinter dem Rücken und kam zu William. Beide Männer wandten sich zum Hauptdeck, wo die Matrosen die Planke herunterließen und die Fracht löschten.

Unter ihnen befand sich auch Marco, der mitgenommen aussah, trotz offenem Hemd schwitzte und vor Anstrengung ganz rot im Gesicht war.

»Ein Jammer, dass er mit Ihnen geht«, sagte Kapitän Gerard zu William. Er zeigte zu der Stelle, wo Marco sich abrackerte. »Der Junge kann tüchtig zupacken. Ich hätte seinen Vertrag nicht so leichtfertig zerreißen sollen.«

William musste Gerard ins Gesicht sehen und sich vergewissern, dass er nur scherzte. »Tüchtig oder nicht, er ist ein Problem«, antwortete er.

»Und was machen Sie mit diesem Problem jetzt, wo *Sie* dafür verantwortlich sind?«

William zuckte die Achseln. »Ich weiß es ehrlich gesagt nicht. Ich hoffe, dass ein ehrenwerter Kaufmann ihn wieder nach Neapel bringen kann …«

Gerard ging um William herum und blieb auf der anderen Seite stehen. »Und wenn nicht?«

William atmete seufzend. »Dann bleibt er bei uns.«

Gerard nickte. »Er könnte ein Vorteil für Sie sein, Captain.«

William widersprach. »Er ist ein ungezogenes Kind.«

»Aber eines, das mit dem Schwert umgehen kann«, stellte Kapitän Gerard fest.

William sah erstaunt auf. »Woher wissen Sie das?«

»Ich habe ihn allein an Deck trainieren sehen. Übrigens gestern Nacht. Er machte einen recht kompetenten Eindruck.«

»Wo um Himmels willen hat er ein Schwert her?«

Gerard heuchelte Unschuld. »Das ist ein Handelsschiff, Captain. An Bord der *Iberer* gibt es immer Schwerter.« Er legte William eine Hand auf den Arm. »Wir kennen uns ein bisschen, Sir. Darf ich Ihnen einen Rat geben, der Ihnen sicher nützlich sein dürfte?«

William zögerte, besaß jedoch genügend Anstand, dass er bejahte.

»Dieser Junge ist willensstark und tapfer. Und wenn ich in den Jahren auf See eines gelernt habe, dann ist es, dass ein guter Kapitän diese Stärke und Tapferkeit fördern sollte. Alles andere wäre eine schreckliche Verschwendung. Marco ist Ihnen mehr als treu ergeben, Sir. Er würde Ihnen bis ans Ende der Welt folgen. Unter den Menschen können sich nicht viele Anführer solcher Kraft und Treue rühmen.«

William nickte, doch ein Stein lag ihm auf der Seele. »Treue reicht aber nicht, Kapitän Gerard. Nicht auf dieser Mission.«

»Nicht einmal ein Vorteil?«

»Seine Verwundbarkeit ist mir unerträglich«, gestand William. »Würden Sie einen Verwandten mit an Bord Ihres Schiffes nehmen, wenn Sie genau wüssten, dass Sie mitten in die Gefahr hineinsegeln?«

»Nein, Captain, das würde ich nicht«, antwortete Gerard. »Allerdings habe ich auch keine Verwandten mit der Kraft und Entschlossenheit dieses Jungen.«

Andreas, der sich erwartungsvoll die Hände rieb, erklomm die Treppe zum Quarterdeck und beendete das Gespräch. »Meine Herren«, grüßte er jovial, »wie geht es den Schweinen?«

William war sich nicht sicher, ob der Bote des Papstes ihn angesprochen hatte oder nicht, antwortete aber trotzdem. »Sie sind höchst übelriechend, Andreas.«

Gerard brach in prustendes Gelächter aus. »Gesprochen wie ein wahrer Gentleman, Sir!«, sagte er und schlug William fest auf den Rücken. »Sie werden gerade entladen.« Gerard zeigte zur Planke hinunter, wo mehrere Käfige und Karren warteten. Eine Schwadron britischer Soldaten stand in der Nähe.

»Die Eskorte des Botschafters, nehme ich an«, sagte Andreas nachdenklich.

»Dann ist dies also ein Abschied?«, fragte William erleichtert.

Andreas schien es aufrichtig zu bedauern, nickte aber. »Ich fürchte ja, meine Herren. Tausend Dank für eine *ereignislose* Überfahrt, Kapitän.«

Gerard verbeugte sich.

»Und was Sie angeht, Captain Saxon ... Ich freue mich darauf, dass wir uns in ein paar Wochen wiedersehen. Hoffentlich erfolgreich«, fügte Andreas hinzu und blinzelte.

William schüttelte die ausgestreckte Hand des Boten. »Das hoffe ich ebenfalls.«

»Vergessen Sie nicht ... sollten Sie etwas brauchen, ich bin im Konsulat in Alexandria. Zögern Sie nicht, sich mit mir in Verbindung zu setzen«, flüsterte Andreas ihm zu. »Und vielleicht haben Sie bei Ihrer Rückkehr ja auch einen Brief für mich?«

»Vielleicht«, sagte William und lächelte gepresst.

»Guten Tag, meine Herren«, sagte Andreas und tänzelte das Hauptdeck hinunter zur Planke.

»Netter Bursche«, meinte Gerard versonnen.
»Na ja«, antwortete William.

V

Als die Pferde von Bord gebracht wurden, entdeckte Peruzo zwei Reiter in Grau, die den Kai entlangkamen. Sie winkten herüber, worauf Peruzo ruckartig die Hand hob und nach William rief. Während William sich bei Kapitän Gerard bedankte, trugen Bruder Jericho und Marco ihre Habseligkeiten die Planke hinunter und warteten bei den Pferden.

»Mögen Ihnen die Winde gewogen sein, Sir«, sagte William zu Gerard, als sie sich die Hände schüttelten.

Gerard lächelte strahlend. »Ihnen auch, Captain. Ich bete für Sie und Ihre Mission. Eines sollten Sie noch wissen: Einer meiner Kollegen, der Kapitän der *Vesper,* würde Ihren Jungen nach Neapel zurückbringen, wenn Sie es wünschen.«

William sah ihn voller Hoffnung an. »Ausgezeichnet. Wann?«

»In drei Tagen, wenn Sie die noch erübrigen können. Er ist ein vertrauenswürdiger Mann und dürfte höchstens etwas Deckarbeit von Marco verlangen, und darin hat er sich ja schon als äußerst kompetent erwiesen.«

William nickte, aber drei Tage konnte er unmöglich in Raschîd vergeuden. Dennoch besser als nichts.

Danach ging Gerard zu Peruzo und klopfte ihm auf die Schulter. »Passen Sie auf Ihren Captain auf, Lieutenant. Er ist ein prächtiger Offizier, der eine ganze Armee aufwiegt.«

»Worauf Sie sich verlassen können«, antwortete Peruzo fröhlich.

»Und sorgen Sie dafür, dass Sie beide heil zurückkehren,

verstanden?«, fügte Kapitän Gerard hinzu, als die beiden Offiziere die Planke hinunter zum Kai gingen.

Marco hielt die Zügel der beiden Pferde und wich Williams Blick zerknirscht aus, während Jericho die Habseligkeiten auf ihre beiden Sättel verteilte. Die Händler am Kai machten Platz, als die beiden Reiter näher kamen.

Peruzo sah zögernd zu William. »Lieutenant Vittore«, murmelte er.

William nickte und fragte sich ebenfalls, was der Lieutenant von Peruzos Anwesenheit halten würde. Die beiden Mönche stiegen ab und kamen zu William.

»Captain«, sagte der Lieutenant und verbeugte sich knapp.

»Lieutenant Vittore, es ist mir eine Freude, Sie wiederzusehen. Geht es Ihnen gut?«, antwortete William.

Vittore, ein großer Mann mit geöltem schwarzem Haar und einem dünnen Oberlippenbärtchen unter der Nase nickte als Antwort, sah jedoch unsicher zu Peruzo. »Lieutenant Peruzo …«, begann er, verstummte aber.

»Lieutenant Peruzo ist auf meine Bitte hier. Er soll Sie nicht ersetzen, Lieutenant«, erklärte William. »Da die Kompanie größer als gewöhnlich ist, habe ich dafür gesorgt, dass zwei Lieutenants meinem Kommando unterstehen. Ich gehe davon aus, dass das für Sie beide akzeptabel ist.«

Peruzo war wie immer zufrieden mit der Regelung, aber Vittore sah ein wenig verstimmt aus.

»Lieutenant Vittore, Sie befehligen das Kontingent aus Spanien. Sie kennen diese Männer besser als ich. Lieutenant Peruzo ist mit den restlichen Ordensbrüdern vertraut und übernimmt sie daher«, fuhr William fort, dann machte er eine Pause. »Ich muss Ihnen nicht sagen, wie gefährlich diese Mission ist, und überlasse es Ihnen, für das Wohlergehen Ihrer Männer zu sorgen. Was mich angeht … ich muss mich auf andere Dinge konzentrieren und zunächst unseren Kontaktmann und dann unsere Beute finden. Verstanden?«

Beide Männer nickten, doch der Mönch hinter Vittore verzog das Gesicht. William kannte den Mann nicht, ging aber davon aus, dass er zum spanischen Kontingent gehörte.

»Gibt es ein Problem?«, fragte William direkt.

Lieutenant Vittore drehte sich um und sah den Mönch an, der sich abwandte.

»Ich fürchte ja, Captain«, gab Vittore zu.

William wartete darauf, dass er es näher erläutern würde. »Und?«, hakte er nach und sah den zweiten Mönch an, da Vittore nicht mit der Sprache herausrückte.

Vittore sah sich um, ob jemand mithörte. »Es betrifft unseren Informanten ... Er wurde vor vielen Tagen aus dem Nil gefischt, noch ehe wir überhaupt in Raschîd eintrafen. Charles Greynell ist tot, Captain.«

VI

Sie bewegten sich wie Gespenster durch die Stadt und schritten ernst durch die Menge. William grübelte fast den gesamten Weg und hatte kaum einen Blick übrig für die Umgebung und die exotischen Einheimischen, die sich unterhielten, gestikulierten, rauchten und feilschten. Manche hockten in Türdurchlässen, andere standen in Gruppen beisammen und warfen den sechs Fremden verstohlene Blicke zu. Mit ihrer hellen Haut und der grauen Kleidung fielen die Mönche auf den ersten Blick als Ausländer auf, denen man mit einem fast greifbaren Gefühl der Feindseligkeit und des Misstrauens begegnete.

Unter der Besatzung der Franzosen und der Briten hatte das Volk von Raschîd ähnlich misstrauisch reagiert, aber mit einem gewissen furchtsamen Respekt. Seit Vizekönig Ali die Herrschaft über das Land an sich gerissen hatte, war es um die Selbstachtung Raschîds geschehen. Ausländern begegnete man mit Misstrauen und Hass, und Alis Intervention erwies sich als Katastrophe für den Hafen. Nach dem Bau des Mahmudijakanals stieg der Stern von Alexandria steil empor, während Raschîd einen Niedergang erlebte. Seine Bewohner sahen mit derselben Geringschätzung aufeinander herab wie auf Fremde. Es kam nur darauf an, wem man jeweils die Schuld gab.

Über ihnen ertönte der langgezogene, melodische und doch so fremde Ruf des Muezzin von einer nahegelegenen Moschee, dessen Ruf weithin über Straßen schallte, auf denen es plötzlich unheimlich ruhig wurde. Marco blickte auf, seine Umgebung, diese warme und exotische Welt, erfüllte ihn mit Unbehagen.

Schließlich hatten sie den größten Teil des Araberviertels durchquert und gelangten zu ihrer Unterkunft, einem hohen Gebäude mit Lamellenläden und Rissen in der gesamten Fassade. Es war sandfarben, allerdings zierten leuchtende, farbige Streifen den Eingang und gestalteten ihn so etwas einladender. Die Überreste faulender Nahrungsmittel und zerbrochener Kisten in der Nähe unterstrichen den Eindruck großer Armut noch.

Ein junger Bursche, halb so alt wie Marco, kam aus dem Gasthaus gewuselt, griff nach den Zügeln und sprach aufgeregt auf sie ein, als könnte er William damit überreden, ihm die Pferde zu übergeben.

»Was sagt er?«, fragte William.

Vittore hörte aufmerksam zu und runzelte die Stirn. »Ich glaube, er will unsere Pferde in den Stall bringen.«

»Aber nicht umsonst, nehme ich an«, sagte William, schwang sich aus dem Sattel und sprang auf den Boden, sodass seine Stiefel Staub aufwirbelten.

»In Raschîd ist nichts umsonst, Captain«, stellte Vittore fest. »Alexander selbst hat gesagt, dass die persischen und afrikanischen Staaten die malerischsten und gleichzeitig die korruptesten sind. Die würden ihre eigenen Familien in die Sklaverei verkaufen, wenn ein paar Goldmünzen dabei rausspringen.«

William sah Vittore an und schätzte den Offizier ebenso wie seine Bemerkung ab. Der Lieutenant war braungebrannt, die Sonne hatte seine Haut runzlig werden lassen. Sein Ruf als erfahrener Soldat eilte ihm voraus; er verbrachte so viel Zeit in Nordafrika wie in Spanien.

»Sprechen Sie Arabisch?«, fragte William ihn, während er die Kordel seines Geldbeutels öffnete.

»Ich kenne den Dialekt des Westens ein wenig, gerade genug zurechtzukommen. Aber die Sprache hier ist mir leider ein Rätsel. Bruder Leone fungiert als unser Dolmetscher.«

William sah auf den Jungen hinab, der sich abmühte, sein Pferd zu halten. William holte zwei Münzen heraus und zeigte sie ihm, doch der Junge sah unsicher drein. William legte eine dritte dazu, da grinste der Junge und riss sie ihm aus der Hand. Dann führte er die Pferde an dem Gebäude entlang zu einem Stall hinter dem Haus, wobei er ein Lied in einer unbekannten Sprache sang.

William schüttelte resigniert den Kopf. »Ich habe schon mit Bruder Leone gearbeitet. Er ist ein tüchtiger Soldat. Hoffentlich ist sein Arabisch so gut wie sein Schwertarm«, wandte er sich an Peruzo. »Wir befinden uns ohne Führer in einem fremden Land.«

»Ja, Captain«, stimmte Peruzo zu.

»Lieutenant Vittore«, sagte William und wandte sich an ihn. »Veranlassen Sie, dass Wachen vor der Tür postiert werden.«

»Das habe ich bereits, Captain, zwei Mann ...«

»Verdoppeln Sie die Zahl«, unterbrach William ihn. »Ich bezweifle, dass Greynell eines natürlichen Todes gestorben ist.«

»Wir wissen nicht, wie …«, begann Vittore.

»Bis heute Abend wissen wir es«, unterbrach ihn William abermals ungeduldig. »Sagen Sie den Männern, dass wir uns unten treffen. Gibt es einen Raum, wo ich zu ihnen sprechen kann?«

»Einen Speisesaal«, antwortete Vittore.

»Dann versammeln Sie sie in einer halben Stunde dort. Ich muss allen mitteilen, womit wir es zu tun haben.«

Vittore deutete eine Verbeugung an und entfernte sich mit einem leicht betroffenen Gesichtsausdruck.

Als Peruzo merkte, dass sein Captain nicht in der Stimmung war, sich weiter über die Situation zu unterhalten, senkte er den Kopf und trug, dicht gefolgt von Jericho, ihre Habseligkeiten hinein.

Nur Marco wartete mit William vor dem Gasthaus. »Du bleibst vorerst bei uns«, sagte William.

»Schickst du mich weg?«, fragte Marco.

»Wenn ich kann«, antwortete William knapp. »Das ist keine Umgebung für dich, Marco.«

Der Junge sah aus, als würde er Widerworte geben, aber William zeigte zu den beiden Taschen auf der Straße und dann zum Gasthaus. »Besorg mir ein Zimmer, und zwar schnell. Wenn du schon hier bei uns bist, kannst du dich auch nützlich machen.«

Marco murmelte leise etwas vor sich hin, während er die Taschen nahm und die Last mit leicht verzogener Miene schulterte. William sah ihm nach und wartete, bis der Sohn des Gastwirts das letzte Pferd in den Stall geführt hatte. Dann zog er Charles Greynells Brief aus der Innentasche der Jacke und las ihn Zeile für Zeile, Wort für Wort noch einmal durch.

»Tja, Mr. Greynell, ich hoffe, Sie haben mir in diesem Brief einige Hinweise gegeben, denn mehr als Hoffnung haben wir momentan nicht«, sagte er bei sich, dann ließ er die Straße hinter sich und betrat das kühlere Innere des Gasthauses.

Ihr Zimmer war ebenso schlicht wie das Hotel selbst, nur ein Bett, eine rostige Lampe auf einem Tisch und ein uralter Teppich auf dem Boden, der aussah, als würde er zerfallen, wenn man nur darauf trat. Durch eine Klapptür vom Boden bis zur Decke gelangte man auf den Balkon. William öffnete sie, sobald er und Marco eingetreten waren, und ließ etwas Luft herein, die den Staub zu Miniaturtornados aufwirbelte, die im nachmittäglichen Sonnenlicht kreisten und funkelten.

William hörte wieder ein angestrengtes Ächzen hinter sich und bemerkte, dass Marco sich bemühte, das Gepäck unter dem Tisch mit der Lampe zu verstauen. Er ging hin und ergriff den Arm des Jungen.

»Lass mich deine Hände sehen«, sagte er.

Marco hob den Arm ein wenig beschämt und zeigte eine zur Faust geballte Hand.

»Lass sehen«, beharrte William sanft. Marco öffnete sie, und William sah, dass man an beiden Händen rohes Fleisch und Schnittwunden sehen konnte. Er lächelte und sah Marco stolz an. »Kapitän Gerard hat dich eindeutig hart arbeiten lassen«, bemerkte er. »Frag einen der Ordensbrüder nach einer heilenden Salbe für die Haut. In ein paar Tagen ist wieder alles in Ordnung.«

»Ja, Onkel«, sagte Marco pflichtschuldig.

William betrachtete den Jungen einen Moment. Manchmal wirkte Marco älter als er war, und im Halbdunkel manchmal sogar wie ein erwachsener Mann. Doch seine quengelnde Art und der knabenhafte Schmollmund, den er immer dann zog, wenn er geschimpft wurde, straften diesen Eindruck stets ziemlich schnell Lügen. Er war immer noch ein Kind in einem fast erwachsenen Körper. Doch wenn er körperlich reif genug war, sie weiterhin zu begleiten, dann musste das auch auf seine geistige Reife zutreffen, überlegte William und war selbst überrascht, dass er auch nur daran dachte, Marco für diese Mission bei sich zu behalten. Jede Alternative hätte Zeit gekostet, da er nach einem zuverlässigen Kaufmann suchen müsste, der den Jungen wohlbehalten nach Neapel zurückbrachte, doch diese Zeit konnten sie besser nutzen, indem sie den Tod von Charles Greynell untersuchten.

Jemand klopfte an die Tür.

»Herein«, sagte William, das Schwert in Reichweite.

Peruzo erschien im Türrahmen. »Sie haben sich versammelt, Captain.«

»Ausgezeichnet«, sagte William und ging an Marco vorbei. Er blieb kurz stehen und sah dem Jungen zu, wie er ihre Habseligkeiten auspackte. »Du kommst besser mit. Wenn du bei uns bleiben willst, musst du so gut wie jeder andere Mann dieser Kompanie wissen, womit wir es zu tun haben.«

Marco ließ in seiner Begeisterung die Kleidungsstücke einfach aus seinen Armen fallen, dann sammelte er sie hastig wieder ein und warf sie achtlos auf das Bett, ehe er seinem Onkel folgte.

VII

Im Speisesaal herrschte dichtes Gedränge. Soweit Stühle und Bänke verfügbar waren, saßen die Mönche. Wenn es einen Stehplatz gab, beanspruchte ein Bruder ihn für sich. William hatte etwas Platz, damit er zu den Versammelten sprechen konnte, doch der Speisesaal war nur für zwei Dutzend Leute ausgelegt, nicht für zweiundvierzig. Neununddreißig davon waren Mönche, und William sah sich jeden einzelnen genau an. Einige kannte er; unter anderem die Ordensbrüder Gregory, Cristiano, Nico und Leone. Bruder Leone hatte mit ihm in Aosta gedient, viele andere ihn auf Missionen in Spanien und Frankreich begleitet. Von dem spanischen Kontingent unter Lieutenant Vittore kannte er kaum jemanden, aber einige Gesichter hatte er schon in San Lorenzo gesehen, und allen versammelten Männern eilte ihr kriegerischer Ruf voraus.

William räusperte sich. »Meine Herren, ich wünschte, unsere erste Begegnung würde unter erfreulicheren Umständen stattfinden. Die Zeit ist knapp, daher fasse ich mich kurz. Unsere Mission besteht darin, den Schatz von Mhorrer zu finden und zu erobern.«

Ein Raunen ging durch die Männer, aber wirklich überrascht schien keiner zu sein. Die Gerüchteküche in San Lorenzo und dem Sekretariat war einfach zu effektiv.

»Ich will Ihnen nichts vormachen. Es dürfte eine harte Mission werden, und vermutlich müssen wir viele Opfer beklagen, bis die Aufgabe erledigt ist. Doch dafür wurden Sie ausgebildet. Dem haben Sie Ihr Leben gewidmet. Wenn wir siegen, dürfte sich der Krieg dem Ende zuneigen. Scheitern wir, besteht die Gefahr, dass wir die Vernichtung von allem riskieren, was uns lieb und teuer ist.

Leider fürchte ich, dass unsere Feinde, die Diener des Grafen, sich bereits hier in der Stadt aufhalten ...«

(Erneutes Gemurmel, vielleicht etwas lauter als beim ersten Mal.)

»... und sie unseren Kontaktmann Charles Greynell ermordet haben. Das möchte ich heute Abend klären. Die Ordensbrüder Nico und Leone begleiten mich und Lieutenant Peruzo zu den Ermittlungen.« Er machte eine Pause, stemmte die Hände in die Hüften, blickte nacheinander jeden Mönch an und schätzte die Stärke seiner Kompanie ab.

»Vor uns liegen Tage der Plackerei und Härten. Die Wüste kennt keine Gnade für die Schwachen, was die meisten von Ihnen sicher schon am eigenen Leib erfahren haben. Und sollten wir den Schatz dort finden, steht uns eine neuerliche Prüfung bevor, die wir überwinden müssen: der Rassis-Kult. Sie werden alle Kraft und allen Mut brauchen, um ihm zu trotzen. Seien Sie bereit. Sowohl hier« – er klopfte sich an den Kopf – »als auch hier« – er klopfte sich auf das Herz. »Ich weiß, wir werden siegen, denn es gibt keine besseren Soldaten auf dieser Welt als die Ordensbrüder von San Lorenzo …«

Williams Worte rührten die Mönche. Ihre Mienen drückten Hoffnung aus, ihre Augen leuchteten vor Zuversicht. William sah zu Marco, der die Ansprache gebannt verfolgt hatte. Auch in seinem Blick funkelten Enthusiasmus und Bewunderung. »Lass mich heute Abend mitkommen«, flüsterte er seinem Onkel zu, »damit ich dir beweisen kann, dass ich für diese Mission geeignet bin.«

William schüttelte den Kopf. »Wenn du wirklich meine Gunst erringen willst, dann solltest du meine Befehle akzeptieren und nicht hinterfragen. Du musst hierbleiben. Sprich mit den Männern. Lerne von ihnen. Und lass deine Hände ausheilen.«

Zuerst sah es aus, als wollte Marco wieder mürrisch schmollen, aber er lernte schnell und machte ein gehorsames Gesicht, verbeugte sich und schwieg.

Auf der anderen Seite des Raums unterhielten sich die Ordensbrüder Nico und Leone mit Peruzo und gingen danach ihre Vorbereitungen treffen, während William mit Lieutenant Vittore sprach.

»Ich habe schon ein wenig über den Rassis-Kult gehört«,

sagte Vittore, »und was ich gehört habe, bringt mich zu der Überzeugung, dass wir mehr Männer brauchen, Captain.«

»Dies ist unsere Kompanie, Lieutenant«, antwortete William. »Mehr haben wir nicht. Der Kardinal war der Meinung, dass Zeit der entscheidende Faktor ist. Wenn wir auf Verstärkung warten, könnte der Schatz Ordrane in die Hände fallen.«

»Ich bin sicher, dass die Männer des Grafen noch nicht hier sind, Captain«, sagte Vittore. »Das wüssten wir doch. Ich lasse meine Männer seit fünf Tagen diese Stadt durchsuchen. Sie haben keine Spur von ihnen gefunden. Vermutlich wurde Charles Greynell von einem hiesigen Dieb getötet.«

»Wo befindet sich Greynells Leichnam jetzt?«, fragte William.

»Er wurde eingeäschert«, erklärte Vittore. »Die Verwesung hatte schon eingesetzt. Schreckliche Hitze hier.«

»Haben Sie ihn gesehen?«

»Die Ordensbrüder Filippo und Adams.«

»Was haben sie festgestellt?«

»Nichts allzu Ungewöhnliches. Er wurde mit einer Waffe getötet. Einem Messer, vermute ich.«

»Wie kommen Sie zu dieser Schlussfolgerung?«

»Seine Kehle war durchgeschnitten«, antwortete Vittore.

»Aber war das die Todesursache?«

»Bruder Filippo war sich nicht sicher. Er sagte, die Wunde sei ganz vereitert gewesen, weil der Leichnam zu lange im Fluss gelegen hatte«, erklärte Vittore, doch dann zögerte er. »Er hatte weitere Verletzungen an Armen und Schultern, aber nicht tief genug, um tödlich zu sein.«

»Bringen Sie mir Bruder Filippo«, wandte sich William an Peruzo. Der nickte und ging den Mönch holen.

Vittore seufzte laut. »Ich bin nicht sicher, ob ich Ihnen noch viel mehr sagen kann, Captain Saxon.«

»Viel haben Sie mir nicht gerade erzählt, Lieutenant.«

»Ich bin kein Arzt, Captain. Ich kann nur weitergeben, was Bruder Filippo mir erzählt hat.«

Bruder Filippo trat hinzu. »Captain«, sagte er und blieb in Haltung stehen.

»Ich möchte, dass Sie mir Greynells Halsverletzung beschreiben«, sagte William ungeduldig.

»Sie war tief und ...« Filippo zögerte.

»Und?«

»Kein gerader Schnitt. Er war ein wenig ungenau.«

»So ungenau, dass er nicht auf kurze Entfernung zugefügt worden sein kann?«

Filippo dachte darüber nach. »Der größte Teil der Kehle war zerfetzt. Die Klinge musste gezackt oder unregelmäßig gewesen sein ...«

»Also keine Klinge, wie ein gewöhnlicher Dieb sie benutzen würde?«, fragte William und sah zu Vittore, der rot anlief. »Was ist mit den anderen Verletzungen?«

»Wieder unregelmäßig, aber flach.«

»Sahen diese Verletzungen Ihrer Meinung nach willkürlich aus? Wies etwas auf den Angriff durch einen Experten hin?«

»Eigentlich nicht. Sie sahen recht wild aus, Captain. An Schultern und Armen. Eine quer über die Brust, aber auch die wiederum nicht besonders tief.«

»Nichts, das man aus geringer Entfernung erwarten würde«, deutete Peruzo an. »Schon gar nicht von einem Vampyr.«

»Wenn es ein Vampyr war«, meinte Vittore.

»Keine der Verletzungen konnte von einer Schusswaffe oder einem Wurfmesser stammen, Sir«, sagte Filippo. »Die Schnitte passten nicht zu so einem Waffentyp.«

»Was könnte einen Mann am Hals treffen und ihm über größere Entfernung ungewöhnliche Schnittwunden zufügen?«, fragte Peruzo.

Nach einigem Nachdenken antwortete Vittore: »Es gibt eine Waffe, Sir.« Er sah William demütig an. »Ich weiß nicht, warum ich nicht gleich daran gedacht habe.«

»Fahren Sie fort, Lieutenant«, drängte William ihn.

»Wir vom Orden benutzen diese Waffe nicht, da sie unser Geschick bei Weitem übersteigt. Es ist ein Sichelflegel. Eine Waffe mit einer langen Kette, fast drei Yards, die geschwungen wird, bis sie den größtmöglichen Schwung erreicht hat. Am Ende der Kette befindet sich eine sichelförmige Klinge, die etwa eine Handbreit misst. Man schleudert sie vorwärts oder seitwärts, und man kann damit eine Rüstung durchbohren. Wenn jemand sie einsetzt, der geschickt genug ist, könnte er solche Verletzungen hervorrufen.«

»Sichelflegel«, wiederholte William bei sich und versuchte, sich die Waffe vorzustellen. »Man müsste ein Riese sein, um sie zu benutzen. Oder extrem kräftig.«

»Ich habe sie nur einmal im Einsatz gesehen. Der Krieger, der sie benutzte, tötete mehrere Stammesangehörige binnen eines Herzschlags. Wir trauten fast unseren Augen nicht«, antwortete Vittore mit einem Tonfall des Grauens. »Ich möchte so etwas nicht ein zweites Mal sehen.«

William sah ihn lange und durchdringend an. »Ein Vampyr?«

Vittore nickte zerknirscht. »Ja, Captain. Der Sichelflegel ist die Waffe der Vampyre.«

KAPITEL ACHT

Das Haus der Sünde

1

Bruder Nico schob einen Dolch in das Stiefelhalfter und die Axt in den Gürtel, dann zog er den Mantel zu und wartete mit Bruder Leone in der Abendkühle vor dem Gasthaus. Sie unterhielten sich in gedämpftem Tonfall mit den Wachen an der Tür, harmloses Geplauder, wie es für alle Soldaten typisch ist, nicht nur für religiöse.

Als William und Peruzo auftauchten, verstummte die Unterhaltung, herrschte wieder Disziplin. Schweigend gingen die vier Männer ihres Weges, William voran.

»Vittore hat uns beschrieben, wo Greynell zuletzt gesehen wurde«, sagte William am Ende der Straße. »Er hat in einem Gasthaus namens ›Sonne über Kadesch‹ gewohnt. Es liegt ein paar Meilen östlich von hier.«

Sie sprachen kaum ein Wort, während sie unter dem zunehmend dunkleren Himmel dahinschritten und die verschiedenen Gebäude sich über sie zu beugen schienen, diese vier Ausländer, die durch eine Straße nach der anderen gingen und nur wenige neugierige Blicke der Einheimischen auf sich zogen, die sich für die Nacht zurückzogen.

Nach einem Fußmarsch von einer Stunde fanden sie die Straße, die Vittore beschrieben hatte, einen langen, kurvigen Boulevard mit hohen Häusern und Schuppen. Hier schienen Arm und Reich nebeneinander zu leben, eine Ansammlung der unterschiedlichsten Baustile, die von architektonischem Desinteresse und Korruption geprägt war. Hier standen Frauen, die sich an Passanten verkauften, was nicht so recht zum Erscheinungsbild der mit üppigen Vorhängen drapierten Balkone passen mochte.

Zu seiner Erleichterung stellte William fest, dass sich das Gasthaus »Sonne über Kadesch« deutlich von den anderen Gebäuden abhob – es war nicht nötig, eine der Huren oder die Bettler zu fragen. Das Gebäude lehnte förmlich am Nachbarhaus, als hätte der Architekt es absichtlich etwas windschief angelegt. Es war in einem leuchtenden Grün und Gelb gestrichen, das die umliegenden Häuser beschämte. Fremde Symbole oder Worte zierten die Fassade, sowie ein Gemälde, das, wie William erkannte, einen König von Ägypten zeigte, einen Pharao, der eine riesige Armee anführte.

»Ein schönes Bild«, stellte Peruzo fest.

»Es zeigt den Sieg von Ramses bei Kadesch«, antwortete William recht selbstzufrieden. »Ich denke, hier sehen wir nach.«

Der Schankwirt und sein Personal gaben sich alles andere als hilfsbereit. Als sie den Inhaber fanden, der in einem kleinen, dreckigen Zimmer faulenzte, reagierte der ängstlich. William fragte nach Charles Greynell, doch das Gespräch gestaltete sich zäh und schwierig. Bruder Leone gab sich größte Mühe zu dolmetschen, aber keiner verstand den anderen wirklich, und Angst und Zweifel des Wirts erwiesen sich als weiteres Hindernis.

Schließlich gelangten sie zu einem Einvernehmen, besser gesagt, William verabschiedete sich von einigen Goldmünzen und bekam dafür zu sehen, wo Greynell die letzten Wochen gelebt hatte. Der Inhaber verweilte nicht, nicht einmal, um die Tür der Unterkunft zu öffnen, sondern verschwand hastig mit einem seiner Angestellten im Schlepptau.

»Haben Sie gesehen, was für eine Heidenangst der Mann hatte?«, fragte Peruzo.

William nickte. »Hier ist etwas passiert«, sagte er und blickte misstrauisch zu der Tür. Der Wirt hatte ihm einen Schlüssel gegeben.

»Nichts deutet auf ein gewaltsames Eindringen hin«, stellte Peruzo fest, als er sie untersucht hatte.

»Vampyre klopfen nicht immer an«, entgegnete William.

»Das Fenster?«

William nickte und steckte den Schlüssel ins Schloss; die Mönche hielten die Schwerter bereit.

Er drehte den Schlüssel, die Tür ging auf.

In dem Zimmer herrschte das reinste Chaos. Papiere lagen wie zu groß geratenes Konfetti auf dem Boden, Kleidungsstücke waren vom Eingang bis zur offenen Balkontür verstreut oder hingen von den Bettpfosten und Stuhllehnen. Peruzo schritt vorsichtig zwischen allem hindurch.

»Da war jemand ziemlich fleißig«, sagte er.

William befahl Leone und Nico, auf dem Flur Wache zu stehen, dann trat er ein und schloss die Tür hinter sich.

»Was meinen Sie, was haben die gesucht?«, fragte Peruzo und betrachtete die Hemden und Hosen, die verstreut auf dem Boden lagen.

»Schwer zu sagen.« William kniete nieder. Getrocknete Blutstropfen befanden sich auf den Bodendielen. »Hier hat ein Kampf stattgefunden.«

Peruzo sah zum Fenster, wo der Laden an einem gebrochenen Scharnier hing. Die Lamellen waren zersplittert, mehrere lagen zerbrochen auf dem Boden.

»Sie sind durch das Fenster gekommen ...«, begann Peruzo und zeigte die Richtung des Angriffs in der Luft. Er bemerkte einen weiteren Blutfleck auf dem Sessel. »Greynell hat hier gesessen. Er hat sie nicht kommen gesehen.« Der Lieutenant fand mehr Blut auf den Scherben des Spiegels, die über die Tischplatte verteilt lagen.

»Hier haben sie ihn nicht getötet«, sagte er schließlich.

William stand auf. »Warum?«

»Zu viele Leute in der Nähe«, sagte Peruzo nachdenklich. »Nein. Sie haben ihn von hier weggebracht. Als sie nicht fanden, wonach sie suchten.«

»Aber wonach haben sie gesucht? Einer Karte? Einer Wegbeschreibung zum Schatz selbst?«, fragte William und seufzte. Sie suchten noch eine Weile in dem Durcheinander, fanden aber nichts.

»Und wohin jetzt?«, fragte Peruzo.

William setzte sich auf den Sessel und zog den Brief aus der Innentasche. Er las ihn abermals und hoffte, er würde ein Zeichen entdecken, jetzt, wo er sich im Zimmer des Mannes befand. Peruzo sah ihn neugierig an.

»Was steht darin?«

»Rätsel. Oder nichts dergleichen«, gab William niedergeschlagen zu. Er las Peruzo den Brief laut vor.

»Feuer? Und ›Wanderer in der Wüste‹?«, bemerkte Peruzo.

»Halten Sie das für einen Hinweis?«

»Als Rätsel bedeutet es etwas. Aber was, das weiß wohl nur ein Gelehrter oder Greynell selbst«, gab Peruzo zu.

William musste ihm zustimmen. Allein bei dem Gedanken an ein Rätsel zermarterte er sich das Hirn und verspürte einen Zorn, der zu gleichen Teilen aus Verzweiflung wie aus Ohnmacht entstammte. Er sah sich noch einmal in dem Zimmer um, ob er auch nichts übersehen hatte. Sie hatten alles ausgeleert, von den Schubladen bis zu den Taschen und Koffern, dabei aber nur herausgefunden, dass Charles Greynell einen teuren Geschmack gehabt hatte. Eventuelle Hinweise in dem

Zimmer mussten längst von anderen beseitigt worden sein.

Peruzo kickte eine Flasche auf dem Boden weg; sie rollte über die Dielen und prallte mit einem vernehmlichen Klirren an Williams Sessel. William sah nach unten, da fiel sein Blick auf etwas. Er hob die Flasche vom Boden auf und betrachtete sie eingehend: sie bestand aus schlichtem braunem Glas, aber mit einem Mond und einer Sonne am Hals. Er studierte die Symbole einen Moment, dann stand er auf.

»Erkennen Sie das?«, fragte er und zeigte auf das Symbol.

Peruzo schüttelte den Kopf.

»Ich auch nicht«, sagte William. »Ich frage mich, ob es der Wirt kennt.«

Sie gingen aus dem Zimmer nach unten und fanden den Gastwirt, der die Münzen zählte, aber immer noch diesen furchtsamen Gesichtsausdruck zur Schau trug, als würde er damit rechnen, dass ihm jeden Moment jemand oder etwas Garstiges einen Besuch abstattete.

William knallte die braune Flasche lautstark auf den Tresen, sodass der Mann erschrocken hochfuhr und die Münzen in der Hand durch den Schankraum warf. William sah ihn an und zeigte auf das Symbol.

»Leone, fragen Sie ihn, woher diese Flasche stammt.«

Der Schankwirt runzelte die Stirn, seine Hände zitterten mit einem Mal. Er schüttelte fast unmerklich den Kopf und wandte sich wieder den Münzen zu. Leone ignorierte er, als wäre der Mönch gar nicht da.

William klopfte wieder mit dem Glas auf das Holz. »Greynell ... Diese Flasche ... *Woher?*«, sagte er und holte drei weitere Goldmünzen aus der Tasche.

Der Wirt streckte die Hand danach aus, dann lächelte er ergeben. »Babel«, antwortete er.

11

Die Straßen zum Babel waren schmal und voll von verfaulendem Abfall. Hunde wühlten in den Rinnsteinen und wetteiferten mit den Bettlern, die in dunklen Hauseingängen hockten und die vier Ausländer misstrauisch beobachteten.

Die Karte, die jemand vom Personal des Gastwirts gekritzelt hatte, war primitiv, dennoch staunte William, wie es Leone gelungen war, jemanden mit Gesten zu überreden, ihnen den Weg aufzuzeichnen. Freilich hatten sie einen hohen Preis sowohl an Gold wie auch an Zeit dafür opfern müssen. Inzwischen war es Nacht geworden, in den Straßen herrschte ein gefährliches Halbdunkel.

»Ich glaube, dies ist die Straße«, sagte Peruzo für Williams Geschmack ein bisschen zu unsicher. Als der Lieutenant die Karte seitwärts drehte, wurde er richtig beunruhigt.

»Haben wir uns verirrt?«

Der ältere Offizier strich sich mit den Fingern über den graumelierten Bart und lächelte. »Das hier ist nicht gerade die beste Karte von Raschîd«, gab er zu.

»Sie muss genügen«, antwortete William. »Also, wohin jetzt?«

Peruzo studierte die Karte und sah wieder die Straße entlang. Voraus wurde sie so schmal, dass es aussah, als würden sich die Sandsteingebäude zueinanderlehnen und ihre Balkone sich fast berühren. Links lag eine Nebenstraße, in der es nach Müll roch, rechts befand sich ein Holztor, das so verrottet war, dass es fast auseinanderfiel.

»Die Karte sagt mir gar nichts«, gestand Peruzo schließlich seufzend, »aber meine Instinkte sagen mir, dass wir geradeaus weitergehen sollten.«

»Ich verlasse mich jederzeit blind auf Ihre Instinkte, mein Freund«, sagte William grinsend und führte sie den zunehmend schmaler werdenden sandigen Trampelpfad entlang. Als sie unter den Balkonen hindurchgingen, hörten sie Geräusche um die Ecke, gefolgt von lauten Stimmen und dem Kichern von Frauen.

Die vier Männer bogen in die nächste Straße ein und stellten überrascht fest, wie hell beleuchtet sie war. Es handelte sich um eine kurze Straße, aber sie war deutlich breiter als die vorherige und von zahlreichen Gebäuden flankiert. In jedem Fenster sah man Lampen und Kerzen, deren Glanz einige der Umrisse davor ausblendeten und die Silhouetten der Passanten in Schatten und Licht verschwimmen ließen.

William ließ die Gruppe stehenbleiben und blickte sich um. Ein Gebäude sah unkonventionell aus, eine schichtenförmige Monstrosität mit einer Unzahl von Balkonen, die pyramidenförmig bis in den vierten Stock reichten; der höchste Punkt schien in der Nacht zu verschwinden. Von jedem Balkon hing ein Wandteppich im byzantinischen Stil, doch alle zeigten bestialische Szenen, die im Licht der Laternen flackerten, eine Parodie von Heiligen und Märtyrern in einem Mahlstrom der Natur, die jede einzelne Gestalt mit Wurzeln und Flüssen unter Mond und Sternen erstickte.

»Babel bedeutet Chaos«, murmelte William Peruzo zu. »Welches ist das chaotischste Gebäude in dieser Straße?«

Peruzo nickte zu dem mit den Wandteppichen. Als sie näher kamen, erkannten sie den blasphemischen Charakter der Darstellungen; Peruzo wirkte nervös. »Greynell hat sich *hier* aufgehalten?«

William begutachtete den Sockel des Gebäudes und bemerkte, dass die Frauen dort in hübsche, jedoch weite und wallende Gewänder gekleidet zu sein schienen, sodass bei der geringsten Berührung oder Geste ein Schenkel freigelegt oder eine Brust entblößt wurde. Eine trug ein im Licht der Laternen transparentes Kleid, unter dem man das dunkle Dreieck ihres Schamhaars und schemenhaft die Spalte zwischen ihren Beinen sehen konnte.

»Huren«, murmelte William. »Babel ist ein Bordell.«

Peruzo grinste, aber die Ordensbrüder Nico und Leone blickten besorgt drein, was William nicht entging.

»Peruzo, Sie warten mit Nico hier draußen«, sagte William. »Bruder Leone und ich gehen allein rein.«

Peruzo nickte, aber William spürte, dass er nicht damit einverstanden war.

Als William und Leone zur Treppe gingen, beugte William sich zu dem Mönch. »Ich war nicht sicher, ob Sie das Gelübde abgelegt haben oder nicht«, flüsterte er.

»Das habe ich, Captain. Aber keine Bange, ich musste mich schon schwereren Prüfungen als dieser stellen«, antwortete Leone hastig. »Jeder Mann, der auf den Plätzen von Rom spazierengeht, kann Tag für Tag jeden Moment in Versuchung geführt werden. Darin bin ich nicht anders.«

William kicherte, der erste heitere Augenblick des Tages.

Mehrere Frauen auf der Treppe bemerkten die beiden Fremden und entfernten sich von ihren Bewunderern, einheimischen oder fadenscheinigen Kaufmännern. Die Männer wiederum betrachteten William argwöhnisch, wie Rivalen.

Die Frauen umschwärmten William und strichen an seinem Arm, der Hüfte, dem Oberkörper entlang. Eine Frau, nicht viel älter als Adriana und recht hübsch, stellte sich ihm in den Weg und gurrte ihm einige Vorschläge ins Ohr. Die Worte verstand er nicht, die Gesten sehr wohl.

Die Zuwendungen machten ihn nervös, daher drängte er sich zwischen den Frauen hindurch. Augenblicklich verwandelten sich die Damen von Miezekätzchen in Gorgonen, zischten und beschimpften die Männer, die sich nicht umsahen. Eine Frau spuckte aus und machte eine Geste mit den Fingern, die andere schmähte ihre sexuellen Fertigkeiten.

»Sehr freundlich, was?«, fragte Leone, dem mulmig wurde.

»Nur, wenn sie etwas wollen«, antwortete William, als sie den Eingang passierten und ein höhlenartiges Atrium betraten. Es war so hoch wie das Gebäude selbst, die Balkone draußen gehörten zu innerhalb dieses Atriums angebrachten Galerien. Hier führten Treppen über wahllos an den Wänden des ungeheuren Raums montierte Absätze nach oben, ein Netz aus Stufen und Balkonen ohne ersichtliche Logik oder Respekt vor der Architektur. Der Entwurf war durchaus babelesk.

Auf jedem Treppenabsatz standen Frauen und ihre Freier. Manche lachten, reizten oder liebkosten, während in den Ecken Geschlechtsakte praktiziert wurden, wenn die Freier sich entweder kein Zimmer leisten konnten oder es in ihrer Lust nicht mehr in die private Abgeschiedenheit geschafft hatten.

Inmitten dieser Akte fanden andere, gleichermaßen schamlose statt, doch als William den Blick von einem zum nächsten schweifen ließ, schienen sie mit dem Hintergrund zu verschmelzen, eine Fleischbeschau triebhafter Begierden hinter einem dichten Schleier aus Pfeifenrauch und unterlegt mit dem Geruch von Weihrauch, in den sich der Duft von Geschlechtlichkeit mischte.

Leone sah sich mit offenen Augen und fast ehrfürchtig um. »Ich habe schon mein Maß an Dekadenz gesehen, Captain, aber *das hier* …«

William nickte ebenso beeindruckt wie abgestoßen. Sie

schritten durch eine Menge von Leuten, die sich im Bann ihrer Begierden selbst vergaßen. Als William ein kopulierendes Paar anrempelte, bemerkten die beiden es kaum, so sehr waren sie miteinander beschäftigt. Einen Moment steckten die Neuankömmlinge in einem Kreis von Leuten fest; Kaufleute mit jeder Menge Geld und reichlich Frauen, die bereit waren, ihre Dienste feilzubieten; Wein lief über Tischplatten und auf den besudelten Holzboden.

Während William und Leone nach einem Weg aus diesem Ring hinaus suchten, tauchten plötzlich wie aus dem Nichts Arme auf und wanden sich wie zwei Tentakel um William. Sie unterschieden sich in Größe und Alter von den anderen Frauen, und als William das Stöhnen in seinen Ohren hörte, wich er zurück und drehte sich zu den drei Frauen um, die von kleiner, mittlerer und hochgewachsener Statur waren und mit gierigen Mienen auf ihn zukamen.

»Da lang«, sagte William hastig zu Leone, worauf sie die Flucht antraten und dabei nach außen wie weltoffene Herren lächelten, obwohl die Schamlosigkeit der Frauen sie insgeheim schockierte.

Schließlich kamen sie zu einer Theke, wo mehrere Frauen mit entblößten Oberkörpern den Gästen Getränke servierten. In der Nähe gab jemand nuschelnde, unverständliche Worte von sich. William war nicht einmal sicher, ob sie beide angesprochen wurden. Er wandte sich nach links und sah den Mann, der sprach, einen großen Burschen im Maßanzug und einem Hut mit breiter Krempe. Er hatte langes, lockiges Haar, der kurze Bart spitz zugeschnitten. Er schien betrunken zu sein.

Der Mann ergriff abermals das Wort, doch William verstand den Sinn seiner Rede nicht. Er zuckte die Achseln und schüttelte den Kopf. »Tut mir leid. Ich verstehe Sie nicht.«

Der Mann mit dem Hut nickte und lächelte verwirrt.

Leone fühlte sich bedrängt. Es gab nur eine begrenzte Anzahl von Möglichkeiten, »Nein« zu den Frauen zu sagen, die ihn umschwärmten, und er zweifelte sogar an seinen Arabischkenntnissen, als sie sich nicht einmal durch dieses »Nein« abhalten ließen. »Captain, glauben Sie wirklich, dass wir hier Hinweise finden?«, flüsterte er.

William glaubte allmählich nicht mehr daran. »Die meisten Anwesenden hier sind Fischer.«

Leone nickte. »Reiche Fischer, wie es aussieht.«

»Schwer vorstellbar, dass ein Mann wie Greynell hier ein und aus gegangen sein soll«, fügte William hinzu.

»Sprechen Sie Englisch?«, unterbrach sie der große Mann mit dem breiten Hut.

»Englisch?«, antwortete William und nickte misstrauisch.

Der Mann mit dem Hut klatschte in die Hände und lachte laut. »Wunderbar!«, rief er aus und zog das »er« mit seinem Nuscheln in die Länge. »Ich habe seit Tagen keinen mehr getroffen, der Englisch spricht«, fuhr er fort, rutschte an der Theke näher und schob dabei einen hohen Weinkrug mit.

»Mein Name ist Tom Richmond, Sir«, sagte der Mann und streckte die Hand aus. »Meine Freunde nennen mich Thomas.«

William betrachtete die Hand einen Moment, dann besann er sich auf seine guten Manieren und schüttelte sie. »William«, antwortete er.

»William? Der Name eines Gentleman, Sir.«

»Mr. Richmond«, begrüßte William ihn.

»Bitte! Nennen Sie mich ...« Der Mann machte mühsam eine Pause und schwankte ein wenig, »... wie immer Sie mögen.«

William nickte ihm höflich zu.

»Sind Sie Kaufmann?«, fragte Thomas Richmond und sah William von Kopf bis Fuß an.

Plötzlich verspürte William einen Stich, als Erinnerungen an sein Familienleben wie eine Flut in sein Gedächtnis einströmten. Die Saxons waren eine der bedeutendsten Kaufmannsfamilien in ganz England gewesen, doch William hatte mit dieser Tradition gebrochen, als er sich zur Armee meldete.

»So ist es«, antwortete er schließlich.

Plötzlich wirkte Thomas Richmond erleichtert. »Gott sei Dank. Ich habe seit Tagen keinen anderen Kaufmann mehr getroffen, Sir. Hier gibt es nur nach Fisch riechende Einheimische.«

William lächelte, auch wenn ihm verzweifelt zu Mute war. Die Zeit zerrann ihm zwischen den Fingern, und er wusste immer noch nicht mehr über Greynells Todesursache als am Anfang.

»Und wie gefällt Ihnen Raschîd?«, fragte Thomas Richmond. Bevor William antworten konnte, fügte er hinzu: »Leider ist die ganze Stadt auf dem absteigenden Ast. Die Kaufleute suchen sich andere Häfen. Alexandria, nehme ich an. Dies ist das letzte Bollwerk der Dekadenz in diesem verdammten Land. Aber ich fürchte, auch das Babel dürfte bald seine Pforten schließen. Ein Jammer.«

»Sie scheinen sich hier heimisch zu fühlen«, bemerkte William höflich und sah sich in dem Raum um.

»Wissen Sie, ich verstehe jede schmutzige Unterhaltung und jedes verkommene Versprechen in diesem Zimmer, William«, antwortete der Engländer und lehnte sich beiläufig an die Bar. Aus der Art, wie er den Kopf ein wenig schief hielt, schloss William, dass der Kaufmann angetrunken war. »Ich spreche fließend Arabisch, Sir. Das ist nützlich, wenn man mit diesen Fischhändlern verhandelt.«

Leone wurde gegen William gestoßen, als eine weitere

Hure die Arme um die Taille des Bruders schlang. Leone schob sie weg.

»Captain ...«, begann er und wünschte sich, er wäre draußen geblieben.

»Ist es zu viel für Sie?«, fragte William ihn.

»Ich komme mir wie eine Zielscheibe für ihre Zuwendungen vor, Captain«, antwortete Leone seufzend und kam sich linkisch vor.

»Es dürfte schwerer sein, ein bewegliches Ziel zu treffen«, stellte William fest und sah sich in dem Raum um. »Sie können sich vielleicht unter die Gäste mischen, während ich mit diesem Gentleman rede. Versuchen Sie, ob Sie irgendwelche Informationen aus ihnen herausbekommen können.«

Der Vorschlag schien ihn abzustoßen, doch als erneut eine Frau die Arme nach ihm ausstreckte und er sich ihrer erwehren musste, sagte er: »Ich werde mein Bestes tun, Sir.«

William wartete, bis Leone sich von der Bar entfernt und unter die anderen Gäste gemischt hatte, von denen er sich durch seine europäische Kleidung deutlich unterschied, dann wandte er sich wieder der Unterhaltung mit dem englischen Kaufmann zu.

Thomas Richmond grinste. »Ihr Freund fühlt sich nicht besonders wohl«, stellte er fest.

»Zu viel Aufmerksamkeit für einen Mann«, antwortete William. »Mein Freund ist schüchtern.«

»Er sollte sich ein Mädchen nehmen«, schlug der Engländer vor und zeigte auf die auf und ab stolzierenden Frauen, die die reichen und extravaganten Freier begutachteten. »Die können selbst einem alten Mann noch das eine oder andere beibringen.«

»Zweifellos«, entgegnete William und wandte sich einer barbusigen Frau hinter dem Tresen zu. Er hielt zwei Finger hoch, die Frau nickte und brachte eine Flasche und zwei Gläser. »Trinken Sie etwas mit mir?«

Richmonds Lächeln wurde breiter. »Es wäre mir ein Vergnügen.«

William schenkte die Gläser voll und prostete dem Engländer zu.

Richmond kippte das Getränk hinunter und hustete verhalten. Dann entspannte er sich wieder und betrachtete William von oben bis unten. »Es ist schön, einen Landsmann zu treffen«, sagte er.

»In dem Fall können Sie mir vielleicht helfen«, sagte William frei heraus.

»Natürlich. Einem Kaufmannskollegen muss man immer helfen«, nuschelte Thomas Richmond.

»Ich suche jemanden. Einen Freund. Soweit ich weiß, kam er auch hierher«, begann William. »Wenn Sie mir helfen könnten, ihn zu finden, würde ich das außerordentlich zu schätzen wissen.«

Richmond nickte hastig. »Natürlich! Immer und jederzeit. Hier ist seit Wochen nur ein einziger Engländer gewesen.«

William horchte auf. »Nur einer?«, fragte er. »Wer war das?«

»Hier nennen sie ihn ›Charlie‹. Ein guter Mann. Guter Kaufmann. Er schätzte einen guten Tropfen. Und er schätzte die Huren. Aber er ist schon seit ein paar Tagen nicht mehr hier gewesen«, lamentierte der Engländer.

William knallte sein Glas mit einem drängenden Gesichtsausdruck auf den Tresen.

Dem Engländer entging die Verwandlung nicht. »Suchen Sie nach diesem Charlie?«

»Wenn sein vollständiger Name Charles Greynell lautete, dann ja.«

»Ich muss gestehen, ich kenne seinen Nachnamen gar

nicht. Er nannte sich immer nur Charlie ...«, begann Richmond, doch William unterbrach ihn.

»Hat er über etwas Interessantes mit Ihnen gesprochen?«

»Nein. Er war ein schweigsamer Mann. Sehr wortkarg«, antwortete Williams Gegenüber. »Und sehr verschlossen. Er hat nicht einmal gesagt, wohin er ging oder wo er gewesen war.«

William sah enttäuscht drein. »Gar nichts?«

Richmond schüttelte den Kopf. »Wer weiß, wo er jetzt stecken mag?«, fügte er hinzu.

William sah nach Leone, der emsig seine Ehre verteidigte. »Mr. Richmond ...«, begann William.

»Nennen Sie mich Thomas«, unterbrach ihn der Engländer.

»Dann also Thomas ... Ich muss alles über Charles Greynell wissen«, sagte William. »Wenn Sie sich an irgendetwas erinnern, und sei es noch so nebensächlich, dann sagen Sie es mir bitte.«

»Warum? Ist etwas geschehen?«, fragte Thomas.

»Charles Greynell ist tot«, verkündete William.

Es folgte eine möglicherweise nachdenkliche, vielleicht aber auch kontemplative Pause, doch wenig später nahm das Gesicht des Engländers einen verwirrten Ausdruck an. »Das verstehe ich nicht. Sie sind hier, um Charlie zu finden. Sie haben mich nach Charlie gefragt. Charlie kann also gar nicht tot sein ...«

»Charles Greynell wurde vor einigen Tagen ermordet aufgefunden«, teilte William ihm leise mit.

»Nein ...«, murmelte Thomas, der rasch nüchtern wurde.

»Ich muss alles über ihn wissen. Ich muss erfahren, wie er ermordet wurde«, sagte William zu ihm.

»Natürlich«, antwortete Thomas geistesabwesend.

»Helfen Sie mir?«

Thomas nickte.

»Gibt es hier noch jemanden, der Charles Greynell gekannt haben könnte?«, fragte William.

Thomas zeigte über die Theke zu einem feisten Mann im langen beigen Gewand. »Das ist der Besitzer des Babel. Der kennt ihn bestimmt.«

William betrachtete den fettleibigen, kahlen Mann mit dem schrillen, fast weibischen Lachen, der einer jungen Frau die Brustwarzen massierte und sie dabei gleichzeitig auf den Hals küsste. »*Der?* Ich hielt ihn für einen Freier«, sagte William erstaunt.

Thomas beugte sich über den Tresen und rief nach dem Mann. »Khajam! Khajam!«

Der dicke Mann ließ das Küssen sein und sah auf. Er schien zu seufzen, als er zur Bar watschelte, und murmelte dabei hastig vor sich hin. Seine Stimme schwoll an, als er sich an den Engländer wandte.

»Fragen Sie ihn nach Charles Greynell«, unterbrach William.

Thomas sagte etwas, Khajam antwortete hastig und begann eine ganze Litanei.

»Was hat er gesagt?«, fragte William.

»Er möchte wissen, wo Charlie steckt«, entgegnete Thomas, »denn der Mann schuldet ihm noch Geld.«

»Sagen Sie ihm, ich bin nicht hier, um Charlies Schulden zu begleichen. Sagen Sie ihm, ich will Informationen.«

Khajam hörte in der Hoffnung zu, dass sich die Antwort als profitabel erweisen könnte. Doch dann runzelte er sogleich wieder die Stirn und wurde wütend. Er hob die Hände hoch und wandte sich ab. William griff in den Geldbeutel und zählte zwei Goldmünzen auf den Tresen. Der Bordellbesitzer zögerte.

Als William seine Aufmerksamkeit erregt hatte, sagte

er: »Wann hat er Charles Greynell zum letzten Mal gesehen?«

Khajam antwortete wie aus der Pistole geschossen, während Thomas übersetzte und der dicke Mann nur eine kurze Pause einlegte, um die beiden Goldmünzen vom Tresen zu nehmen.

»Er sagt, das war vor mehreren Tagen. Mit mir zusammen«, antwortete Thomas.

»Und davor? Wie lange kannte er Charlie schon? Hat er gesagt, wohin er gehen wollte?«, fragte William.

Thomas übersetzte, worauf Khajam die Achseln zuckte und kaum mehr als ein paar Worte von sich gab. »Nein. Charlie hat kaum über seine Geschäfte gesprochen. Er war einige Monate weg, kam aber kürzlich zurück. Jetzt ist er wieder weg.«

William fühlte sich müde. Es fiel ihm schwer, seine Frustration zu zügeln. Er kratzte sich am Kopf und wog die Börse in seiner Hand. Sein Geld wurde knapp.

Khajam war sofort wieder hellwach.

»Er möchte Geld«, sagte Thomas. »Er will wissen, wann die Schulden bezahlt werden.«

William beachtete ihn gar nicht. Hier gab es keine Hinweise mehr. Eine Sackgasse und vergeudete Zeit. Niemand schien etwas über Charles Greynell zu wissen, und es sah mehr und mehr danach aus, als wäre das Wissen um Mhorrers Schatz mit ihrem Kontaktmann gestorben.

William wandte sich an den Bordellbetreiber, dessen schrille Stimme ihm allmählich auf die Nerven ging. »Sagen Sie dem Mann, dass er gar nicht mehr bezahlt werden wird, weil Charles Greynell tot ist.«

Thomas zögerte, da Williams vehementer Tonfall ihn bestürzte. Doch er übersetzte dennoch und sah, wie Khajam die Schultern hängen ließ und anfing, bitterlich über den Verlust zu klagen.

William lehnte sich mit dem Rücken an die Theke und ließ den Blick durch den Raum schweifen. Leone bahnte sich einen Weg durch die Menge und schien immer fassungsloser darüber zu sein, welche Anblicke sich ihm boten. Das verwerfliche fleischliche Treiben in sämtlichen Ecken und Winkeln machte ihm zunehmend zu schaffen; William bezweifelte, dass er sich zusammenreißen, die Freier im Griff ihrer Fleischeslust stören und nach Charles Greynell fragen konnte. Wenn William ganz ehrlich war, fühlte er sich selbst auch vollkommen deplatziert. Keiner der anwesenden Männer würde ihnen seine Aufmerksamkeit schenken, wo es so viel Interessantes zu tun gab.

Eine eingehendere Betrachtung ergab, dass es sich bei der Kundschaft überwiegend um Araber handelte, aber er sah auch vereinzelte Europäer in zerknitterten Anzügen und mit Dreitagebärten. Die meisten Nichtaraber schienen gestrandete Existenzen zu sein, abgesehen von Thomas Richmond, der einfach nur betrunken war. Wieder fragte sich William, warum das Babel? Warum sollte jemand freiwillig so ein Etablissement frequentieren, wo die Getränke mies waren und die Klientel nicht viel besser? Auch die Frauen hatten nichts Besonderes, jedenfalls die, die William sehen konnte. Aber was war mit denen, die er nicht sehen konnte?

Er schaute auf zu dem langen Atrium jenseits der Treppen, die jeden willkürlich angebrachten Absatz mit dem nächsten verbanden. Da oben gab es noch mehr Zimmer. Vielleicht residierten in diesen Zimmern andere, besonderen Freiern vorbehaltene Huren. Freiern wie Charles Greynell.

William wandte sich an Richmond, den Khajam mit Flüchen und Vorwürfen überschüttete.

»Mr. Richmond, hatte Charlie eine Spezielle? Eine, die er häufig besuchte?«, unterbrach William.

Thomas klopfte sich an die Lippen. »Ein Mädchen? Ich weiß nicht. Sie sind alle hübsch.«

»Könnten Sie Khajam fragen?«, bat William. Thomas gestikulierte zu dem dicken Mann, dessen Toben plötzlich einen hoffnungsvollen Unterton bekam, während er wieder näher heranwatschelte. Er hörte Thomas genau zu, indem er eine hohle Hand ans Ohr hielt, aber als Thomas fertig war, sah Khajam nur William an und spuckte auf den Boden.

William holte wutschnaubend eine weitere Goldmünze aus dem Beutel und klatschte sie auf den Tresen.

»Malika«, sagte Khajam und klaubte die Münze von der Tresenplatte.

»Ich möchte sie kennenlernen«, sagte William.

Thomas strahlte. »Endlich gönnen Sie sich die Freuden des Babel!«, sagte er und übersetzte Khajam die Worte.

Khajam zeigte auf William und hielt sechs Finger hoch.

»Sechs Münzen?«, fragte William und griff wieder in den schwindsüchtigen Geldbeutel. Er betrachtete seine Münzen und schüttelte den Kopf. »Na gut ... sechs sollen es sein.«

Er stapelte die Münzen auf dem Tresen. »Sie auch, Mr. Richmond«, fügte William hinzu.

Thomas zog die Brauen hoch und klopfte sich auf die Brusttasche. »Ich?«

»Ich brauche Ihre Hilfe«, sagte William. »Vergessen Sie nicht, ich kann mich nicht mit ihr unterhalten.«

»Sie wollen *nur* mit ihr reden?«, fragte Thomas erstaunt. »Sie haben Malika nicht gesehen ...«

William zeigte auf den Engländer und gab zu verstehen, dass er ihn begleiten würde. Khajam sah ihn überrascht an, nickte jedoch, zeigte auf die Münzen und hob abermals sechs Finger. William atmete schwer, zählte sechs weitere Münzen ab und dachte sich, dass er Charlies Schulden vermutlich gerade doch beglich.

Als die Transaktion beendet war, führte Khajam die beiden Männer durch den Raum, an weiteren drastischen Zurschaustellungen von Zecherei und Fleischeslust vorbei, bis sie zur Treppe gelangten. Bruder Leone kam zu William, nachdem er ihn aus der Ferne gesehen hatte. Sein Gesicht sah gerötet aus, dicke Schweißperlen standen ihm auf der Stirn.

»Etwas erfahren?«, fragte William.

»Nein, Captain, aber ...« Leone zögerte, dann sah er Richmond und Khajam an, die zuhörten.

William neigte den Kopf. »Fahren Sie fort, Leone. Ich bezweifle, dass die beiden Sie verstehen.«

Leone nickte, dämpfte die Stimme aber dennoch. »Ich wollte sagen, dass die Einheimischen hier mich ignorieren. Sie nehmen mich nicht einmal zur Kenntnis, wenn ich sie direkt anspreche. Und die Frauen ... na ja.«

William lächelte mitfühlend. »Sie haben genug getan.« Er klopfte Leone auf die Schulter. »Warten Sie draußen bei den anderen auf mich. Informieren Sie Lieutenant Peruzo, dass wir möglicherweise einen Hinweis haben. Dieser Gentleman spricht Arabisch und kann für mich dolmetschen. Es dürfte nicht allzu lange dauern.«

Leone fasste offenbar wieder Hoffnung, nickte hastig und absolvierte den Spießrutenlauf durch die Hurenmeute. Ehe William seine Entscheidung überdenken konnte, wurden sie auf einer quietschenden Treppe nach oben auf den ersten Absatz geführt, danach eine weitere Treppe hinauf auf den zweiten. Dort zeigte Khajam auf eine Tür am gegenüberliegenden Ende des Absatzes, vor der ein scharlachroter Vorhang sich ganz leicht im Luftzug bauschte.

William hielt den Vorhang beiseite und trat ein.

Das Zimmer war lang und niedrig, die nächtliche Brise strich ihm durch ein offenes Fenster über die Haut. Mitten im Raum stand ein Bett mit vier Pfosten, von denen auf allen vier Seiten Vorhänge aus weißem Musselin herabhingen. Durchdringender Weihrauchgeruch hing in der Luft; der Duft strömte William mit jedem Atemzug wie Wein durch die Kehle.

Einen Augenblick dachte er, es wäre sonst niemand im Zimmer, dann gewahrte er eine Bewegung auf dem Bett, die Laken und Vorhänge raschelten und jemand tauchte wie ein Gespenst daraus auf. Die Frau erhob sich absichtlich langsam, und im flackernden Licht einer Laterne in der Nähe konnte man ihren Umriss und Schatten nur erahnen. Sie legte die Finger um den linken Bettpfosten und trat um die Ecke.

William hörte Thomas hinter sich aufstöhnen; er konnte verstehen, warum. Malika war fast so groß wie William und hatte langes, schwarzes Haar, so dicht wie das von Adriana. Ihr Gesicht war oval, die Augen funkelten wie die leuchtendsten Sterne und drückten ein Verlangen aus, das einschüchternd wirkte. Ihr Körper war schlank und so geformt, dass William mit beiden Händen fast ihre Taille hätte umfangen können, doch der Oberkörper sah rund und üppig aus, genau wie die wohlgeformten und schweren Brüste und deren dunkle Höfe um die Brustwarzen herum, die das durchsichtige Gewand kaum verdeckte. Selbst das Dreieck zwischen ihren Beinen wirkte makellos geformt.

Sie sah die beiden Männer an, hob die schlanken Arme und zog an der Spange, die das dünne Kleidungsstück an den Schultern hielt. Es schwebte wie Federn herab und sank leicht um ihre Füße zu Boden. Nackt und mit leicht gespreizten Beinen wartete sie darauf, dass die Männer näher kamen.

William merkte, dass er sie anstarrte, während sein Glied sich versteifte, und schämte sich.

»Thomas?«, keuchte er.

Der Engländer zögerte, so sehr fesselte ihn ihr Anblick,

und stellte sich lüsternes Treiben mit dieser Frau vor. William erinnerte Thomas mit einem heftigen Rippenstoß daran, weshalb sie hier waren. Thomas räusperte sich, während William wacker zu Malika ging, sich bückte und das Kleidungsstück vom Boden aufhob. Er richtete sich auf und drückte es ihr wieder in die Hand. »Sagen Sie ihr, sie soll sich anziehen«, befahl William und wandte ihr den Rücken zu.

Thomas gehorchte unter sichtlichen Mühen.

Sie warteten, bis die Frau sich angezogen hatte, während ihr verführerischer Gesichtsausdruck Bestürzung wich. Sie murmelte etwas, das Thomas übersetzte.

»Sie möchte wissen, wann wir ihre Freuden zu kosten gedenken, Sir«, sagte er.

»Ich will ihre Freuden nicht, Thomas«, entgegnete William resigniert. »Ich wünsche nur ein paar Antworten.«

Malika setzte sich auf die Bettkante.

»Fragen Sie sie nach Charles Greynell.«

Als der Name fiel schien Malika zusammenzuzucken. Sie sah nervös an William vorbei zur Tür und dann zum Fenster.

»Warum hat sie Angst?«, fragte William.

Thomas sagte etwas zu ihr, worauf sie einen Moment stumm blieb. Dann erzählte sie es ihnen ergeben und mit gesenktem Kopf.

»Sie sagt, ihr Besitzer würde sie auspeitschen lassen, wenn er wüsste, dass sie Charlie unentgeltlich verwöhnt hatte«, antwortete Thomas.

»Sagen Sie ihr, sie soll sich nicht fürchten«, meinte William, legte ihr die Hand unter das Kinn und hob ihren Kopf.

Malika zuckte zusammen wie ein verängstigtes Kind.

»Weiß sie, wohin Charles gegangen ist, wenn er Raschîd verlassen hat?«

Malika hörte Thomas zu, sagte aber nichts.

»Und?«, fragte William nach einer Minute des Schweigens. »Fragen Sie sie noch mal.«

Thomas gehorchte, und diesmal sah sie William an und dann seinen Geldbeutel. Sie sagte etwas zu dem Engländer, danach blickte sie William mit harter Miene an.

»Sie sagt, dass Charlie sie eingeweiht hat, und sie kann sein Vertrauen ...«

William hatte eine Ahnung, was sie wollte. »Kann man es erkaufen?«

Thomas fragte. Malika nickte. William brachte drei Goldmünzen zum Vorschein und betrachtete sie missfällig. »Diese ganze Stadt ist käuflich«, knurrte er, während er eine vierte herausholte.

»Haben Sie etwas anderes erwartet?«, fragte Thomas beiläufig. »Immerhin ist sie eine Hure.«

William legte ihr die Münzen auf die Handfläche, sie umklammerte sie fest. Sie redete auf Thomas ein, konnte aber keinem der beiden Männer in die Augen sehen.

»Sie sagt, dass Charlie manchmal monatelang fort war. Er reiste nach Süden. Er fuhr den Nil hinauf bis Kairo und Luxor.«

William sah sie an und verstand. Er nickte und versuchte, ermutigend zu blicken, obwohl er allmählich die Geduld verlor.

»Fragen Sie sie, ob Charlie ihr jemals etwas gegeben hat. Einen Brief, eine Nachricht ... irgendwas«, sagte William und entfernte sich ein Stück.

»Sie sagt ›Nein‹«, antwortete Thomas.

William seufzte. *»Nein«,* sagte er und wandte sich zum Gehen. »Na gut ...«

»Warten Sie«, sagte Thomas, als Malika noch etwas gemurmelt hatte. »Sie sagt, er hat ihr ein Geschenk gegeben.«

William drehte sich wieder um. »Und was für eines?«

Malika erhob sich vom Bett und ging zu einem Gestell, wo andere Kleidungsstücke hingen. An einem Haken hing ein Stück Schnur mit Anhänger. Sie nahm ihn vom Haken und brachte ihn her, während sie die ganze Zeit redete. »Sie sagt, es sei ein Glücksbringer, den er ihr gekauft hat«, fuhr Thomas fort.

William sah ihn an. Ein schlichtes Stück, ein geschnitztes Symbol aus Holz an einer Kordel. Das Symbol zeigte eine primitive Sonne und einen Flügel darunter.

»Was ist das?«, fragte William und zeigte es Thomas.

Der Engländer schüttelte den Kopf. »Könnte ein Stammessymbol sein.«

»Stammessymbol?«

»Beduinenstämme aus der Wüste besuchen Raschîd manchmal. Sie verkaufen so etwas auf dem Basar. Es ist wertlos.«

»Beduinen?«

»Araber, die in der Wüste leben«, erklärte Thomas. »Nomaden.«

William dämmerte etwas: Nomaden, *Wanderer.*

»Sie sagt, Sie können es ihr abkaufen«, sagte Thomas und lachte.

»Ich dachte, es wäre ein Andenken. Das Glück bringen soll«, antwortete William.

»Für sie ist es wertlos«, meinte Thomas. »Sie kann es nicht ausgeben.«

William drehte den Anhänger in der Hand. »Drei Goldstücke«, sagte er und hielt drei Finger hoch.

Malika hielt vier hoch.

William beherrschte sich, stimmte zu und gab ihr die Münzen. Er nahm ihr den Anhänger aus den Händen und ging ohne ein weiteres Wort hinaus. Thomas verweilte nur und ließ einen letzten sehnsüchtigen Blick über die Schönheit schweifen.

Auf dem Weg hinaus lachte Thomas. »Sie sind der einzige Mann, den ich kenne, der so viel Geld bei Malika gelassen hat und doch wieder so gegangen ist, wie er zu ihr kam!«

Doch William beachtete ihn gar nicht, sondern ging mit dem Anhänger in der geballten Faust die Treppe hinunter.

Auf dem Weg zum Ausgang kam ihnen ein Mann entgegen, der gebückt und gebrechlich ging, obwohl sein Gesicht wesentlich jünger aussah. William hielt ihn für einen Diener des Bordells, doch er näherte sich dem englischen Kaufmann ohne Umschweife und winkte drängend.

Thomas Richmond runzelte die Stirn. »Hammid? Was will der Narr jetzt schon wieder?«, zischte er gerade laut genug, dass William es hören konnte.

William interessierte sich kaum für den gebückten Mann, der hastig sprach und den neuen Freund des Engländers keines Blickes würdigte.

»Mein Diener«, knurrte Thomas William zu, »und ein Einfaltspinsel. Aber er hat seine Vorzüge. Ich muss Sie jetzt leider verlassen.«

»Stimmt etwas nicht?«, fragte William.

Thomas sah Hammid an, der sich noch gebückter als vorher entfernte. »Offenbar gibt es Probleme mit meiner Schiffsladung. Im Leben eines Kaufmanns wird es nie langweilig!«

»Das tut mir leid«, sagte William und schüttelte Thomas die Hand. »Ich hoffe, das Ärgernis ist nicht allzu groß.«

Thomas schien nicht übertrieben besorgt zu sein. »Raschîd ist eine Stadt der Diebe, Sir. Vergessen Sie das nicht. Trauen Sie keinem von denen, die stehlen Ihnen die Kleider vom Leib und die Stiefel von den Füßen. Gute Nacht, Sir.«

Als Thomas Richmond sich verabschiedet hatte, war

William froh, den freundlichen Kaufmann kennengelernt zu haben. Er schien ein liebenswürdiger Bursche zu sein, und vielleicht hätten sie unter anderen Umständen noch ein nettes Gespräch geführt.

Doch die Lage war schmerzlich klar: Sie hatten keinerlei Hinweise und kaum Aussichten, den Schatz von Mhorrer zu finden.

KAPITEL NEUN

Blut und Babel

1

Malikas Goldmünzen sollten für exquisite Kleidung und erlesene Speisen ausgegeben werden. Sie wollte weder die Kleidung, die ihr der lüsterne und abstoßende Herr und Gebieter Khajam zur Verfügung stellte, noch den Fraß, den man ihr jeden Morgen und Abend in ihr Zimmer brachte. Sie wollte richtiges Essen, frisches Obst und Brot. Und ein Kleid, das die Formen ihres Körpers betonte und seine Sünden verbarg. Als Malika sich in ihrem Taschenspiegel betrachtete, wurde ihr klar, dass sie nicht mehr so jung war wie die anderen Mädchen. Sie hatte Fältchen unter den Augen, ihre Brüste waren schon ein wenig schlaff geworden. Sie hielt sie mit den Händen und wünschte sich, sie wären wieder so straff wie in ihren besten Jahren.

»Ah, Perfektion ...«, ertönte ein Murmeln vom Fenster; Malika zuckte erschrocken zusammen und ließ den Spiegel fallen, der in winzige Scherben zerschellte.

»Habe ich dich erschreckt?«, ertönte die Stimme abermals hallend aus den undurchdringlichen Schatten zwischen dem Fenster und den trüben Lichtern des Gebäudes auf der anderen Seite.

Malika stand vom Bett auf, nickte zaghaft und schlang die Arme um sich.

»Was bist du doch für eine makellose Schönheit. Warum so bescheiden?«, wollte der Besucher wissen und kam näher. Dabei schälte er sich langsam aus den Schatten, die vom Fenster durch den Raum fielen und fast bis zu Malikas Füßen reichten. Dann tauchte er leibhaftig aus dem Dunkel auf, mit seinem langen, rabenschwarzen Mantel. Er schien sich aus der Nacht zu lösen, bis er vollkommen Gestalt angenommen hatte in seiner von Kopf bis Fuß schwarzen Kleidung, mit einem blassen Gesicht, das von lockigem, rotem Haar gekrönt wurde.

»Bitte …«, begann Malika und fing an zu schluchzen.

»Meinetwegen keine Tränen, Malika«, sagte der Mann, der vor ihr stand. Er schenkte ihr ein schiefes Grinsen, das Zähne enthüllte, die so spitz wie die Glasscherben auf dem Boden waren. Seine weiße Haut glich der Oberfläche des Mondes und unterstrich das Leuchten in seinen gelben Augen, in denen blaue Elektrizität funkelte und sie tanzen ließ.

»Ich habe ihnen nichts gesagt«, schluchzte Malika.

»Ich weiß, Malika, ich weiß«, sagte der Fremde, der durch den Raum zu ihrem Bett zu schweben schien. »Aber verraten wir unsere Taten nicht durch die Wahrheit? Und nicht durch unsere Worte?«

Malika kroch in ihr Bett und verstreute die Unzahl der Seidenkissen darauf. Eines schnappte sie sich, als könnte es ihr einen gewissen Schutz bieten. Der Mann mit dem roten Haar blieb am Fußende des Betts stehen, dort beugte er sich auf eine geradezu unmögliche Weise nach vorn, bis er über der Matratze kauerte und Gesicht und Hände nicht mehr weit von ihr entfernt waren. Sie gab ein Winseln von sich und suchte nach einer Fluchtmöglichkeit. Der Vorhang zum Gedränge in dem Bordell draußen schien eine Möglichkeit, doch der Mann stand zwischen ihm und ihr. Und vor dem Fenster wuchsen weitere Schatten, aus denen aufgeregtes Murmeln drang.

Einer dieser Schatten löste sich von den anderen und

schwebte herbei, eine Frau, ebenso groß wie der Mann, mit glattem schwarzem Haar. Ihre Haut hatte die Farbe von Knochen, ihre Lippen sahen dunkelgrau aus.

»Sie lügt uns an, Baron«, sagte die Frau und stellte sich neben den Mann.

»Es liegt in der Natur eines jeden ängstlichen Tieres, dass es lügt, Ileana«, antwortete der Mann, streckte die Hand nach Malika aus und berührte sie mit den Fingern unter dem Kinn, an derselben Stelle, wo William sie wenige Minuten vorher berührt hatte.

»Ich habe nicht gelogen!«, wandte Malika ein, die das Kissen unter den Kiefer zog, sodass der Mann die Hand wegnehmen musste.

»Nicht?«, fragte der Mann, richtete sich auf und strich sich mit den spinnengleichen Fingern durch das feuerrote Haar. Er legte den Kopf in den Nacken und verschränkte die Arme. »Ich hatte nur um zweierlei gebeten, Malika ... *Teuerste Malika*«, sagte der Mann, während das Licht in seinen Augen knisterte.

»Und ich habe beides getan, mein Gebieter«, rief Malika.

»Ja, in gewisser Weise hast du das wohl«, sagte der Mann auflachend. »Du hast mich Charles Greynell vorgestellt und hast keiner Menschenseele erzählt, was wir beide wissen.«

»Dann habe ich nicht gelogen?«, fragte Malika hoffnungsvoll.

»Nicht mit der Zunge ... *Aber* mit deinen Taten«, beharrte der Baron. »Was hast du dem Mann gegeben, der hier war?«

»Nichts weiter ...«, schluchzte Malika. »... etwas Wertloses.«

»Wertlos?«, entgegnete der Mann mit dem roten Haar. »Und doch hat er dich dafür bezahlt. Für *ihn* scheint es wertvoll gewesen zu sein.«

»Es war eine Halskette. Eine Stammeshalskette. Es bedeutete nichts!«, schluchzte sie.

Der Mann sah auf sie hinab und suchte in ihrer Seele nach weiteren Lügen. »Vielleicht wertlos für dich …«

Die Frau an der Seite des Mannes fauchte und zischte ihm etwas ins Ohr. Der Mann zuckte zusammen und sah sie stirnrunzelnd an. »Vergiss nicht, wo dein Platz ist, Ileana. Ich bin hier der Gebieter. *Ich!* Glaubst du, ich hätte keine Pläne?! Glaubst du …?!«, fuhr er die Frau namens Ileana an. Sie wich hastig in die Schatten zurück, als jemand anderes zu ihm trat. Es war ein kahlköpfiger, ebenfalls schwarz gekleideter Mann, auf dessen Schädel ein enormer Krähenflügel eintätowiert war, dessen Spitzen bis über den Hals hinabreichten.

»Die Männer der Kirche sind noch hier, Baron«, sagte er.

Der Mann mit dem roten Haar erübrigte nur einen beiläufigen Blick für ihn. *»Immer noch?«*

Der Kahle nickte.

»Bedauerlich …«, antwortete der Mann und zeigte zu Ileana.

»Bitte«, begann Malika, »lassen Sie mich gehen. Ich habe getan, was Sie verlangt haben. Ich möchte nur allein sein. Allein mit Charlie.«

Der Mann mit dem roten Haar grinste und sah traurig auf sie hinab. »Du möchtest zu Charlie?«

Malika nickte hastig. Charlie war ihr bester Freier und gleichzeitig ein versierter Liebhaber und reicher Kaufmann. Seit Monaten war er ihre einzige Chance, dem Babel zu entkommen und ein neues Leben außerhalb des Bordells anzufangen. Ein Leben, das er ihr einmal während des Bettgeflüsters versprochen hatte, ein Leben in prunkvollen Gewändern unter den Adligen Europas. Seit ihrer Kindheit lebte sie im Babel und musste Männern zu willen sein, die sie anwiderten, oder Schläge von Khajam einstecken. Charlie, der süße Charlie mit seinen Geheimnissen und seinem seltsamen Gebaren, war ihre einzige Chance. Und hatte er ihr nicht versprochen, dass er sie reich belohnen würde, sollte sie den Anhänger den Männern in Grau geben, und nicht den Schatten, die ihr solche Angst einflößten?

Sie hatte Charlie nicht mehr gesehen, seit er sie um diesen einen Gefallen gebeten hatte, und fühlte sich schrecklich schuldig, weil Baron Horia sie gezwungen hatte, ihm alles über ihren Liebsten zu verraten. Es kam ihr vor, als hätte sie Charlie mit einem anderen betrogen, weil sie sein Vertrauen missbrauchte. Doch der Baron gab sich ebenso charmant wie furchteinflößend. Sie konnte sich ihm nicht widersetzen.

»Sie möchte zu Charles Greynell, Ileana«, sagte der Mann, der sich Baron Horia nannte.

Ileana lächelte grausam und holte etwas aus dem Kleid. Etwas Kleines, das auf die Handfläche der Frau passte und die Form einer Pyramide hatte. Licht schien darin zu singen, ein seelenvolles Geräusch, während zyanblaue Blitze über jede Oberfläche des Gebildes zuckten. Es hätte aus schwarzem Glas bestehen können, doch schien es einen Moment die Form zu verlieren und wie Sirup zu zerfließen.

Malika ließ sich davon hypnotisieren.

»Weißt du, was das ist, teuerste Malika?«, fragte Baron Horia, beugte sich dicht zu ihr und betrachtete ebenfalls den Gegenstand auf Ileanas Handfläche.

Malika schüttelte langsam und stumm den Kopf.

Diese Musik …

»Das ist ein Scarimadaen, Malika …«, ließ er sie wissen und flüsterte mit einer Stimme, die in ihrem Schädel zu hallen schien und ihn ganz ausfüllte, bis sie fast an den Worten erstickte. Sie wurde schläfrig, gebannt, ihre

Lider bebten heftig. „... Er verleiht unvorstellbare Macht. Eine Macht, die ein so süßes Verderben bringt, dass manche vergnügt dafür sterben würden. Dein Charlie hat die Macht des Scarimadaen nie am eigenen Leib erfahren, und dennoch wollte er andere daran hindern, sie zu nutzen. Ich finde das reichlich egoistisch, du nicht auch?«

»Das ist das Schönste, das ich je gesehen habe«, murmelte Malika müde.

»Ja«, sagte der Baron, während Malika wie in Trance auf dem Bett näher zu dem Gegenstand rutschte.

»Darf ich es ... *berühren?*«, fragte sie.

Ileana schien sich angesichts von Malikas Reaktion kaum beherrschen zu können, und auch der kahlköpfige Mann an ihrer Seite, der sich Racinet nannte, wirkte gleichermaßen amüsiert. »Sie ist so hübsch, dass man sie nicht vernichten sollte, Baron«, bemerkte er.

»Ja. So hübsch. Aber ihr Aussehen vergeht mit der Zeit. Sie verwelkt, und dann ist sie nicht mehr so hübsch«, sagte der Mann mit dem roten Haar kühl.

Malika hatte kein Wort von der Unterhaltung mitbekommen, so sehr schlug das unzusammenhängende Lied der Pyramide, das dem tiefen Summen eines mehrstimmigen Trauerchors glich, sie in seinen Bann. Offenbar hörte es niemand sonst in dem Raum oder interessierte sich auch nur dafür. Doch für Malika war es das schönste Lied, das sie jemals gehört hatte. Sie musste es genießen. Bewundern. Musste es ...

Der Baron beugte sich noch dichter zu ihr und berührte mit den Lippen fast ihr Ohr. »Möchtest du es berühren?«, flüsterte er.

Malika nickte.

»Dann tu es, und du bist bei Charlie ...«, knurrte der Baron und packte sie mit erstaunlicher Schnelligkeit an den Armen. Er ergriff sie beide, Malika schrie auf, und dann biss er ihr ins Handgelenk und durchbohrte mit seinen messerscharfen Zähnen ihre makellose Haut. Blut spritzte über das Bett, das blasse Gesicht des Barons und lief an seinem Kinn hinab, während Malika vor Schmerz und Entsetzen laut schrie. Er nahm ihr blutendes Handgelenk und drückte es fest auf die Oberfläche des Scarimadaen.

Augenblicklich schwoll das Lied zu einer Kakophonie an, und Licht strömte aus der Pyramide. Ihre Wände schienen aufzubrechen.

Und dann kam das Feuer. Die Raserei. *Der Dämon …*

… der Malikas Seele restlos verbrannte.

II

Eine kleinwüchsige Hure, die ihre geringe Körpergröße durch grenzenlose Energie und Enthusiasmus wettmachte, hakte sich an Williams Arm unter und strich ihm über den Schenkel. Es gelang ihm, ihren Arm wegzuziehen, doch sie klammerte sich wie eine Klette nur noch fester an ihn, weil sie dachte, er spiele nur.

William nahm einige kleinere Münzen aus dem Beutel und warf sie auf den Boden; das Klirren lenkte sie ab und machte andere Huren aufmerksam, die sofort zwischen den Beinen der Freier herumkrabbelten. Die Gäste brüllten und johlten vor Lachen und zeigten auf die Frauen, die sich um die Münzen balgten. Es war ein jämmerlicher Anblick.

Der Wunsch, dem Bordell den Rücken zu kehren, wurde übermächtig. Hitze und Gelächter waren für William erdrückend und lähmend. Der Lärm der Verlustigungen und fleischlichen Vergnügungen schwoll auf ohrenbetäubende Lautstärke an. William fühlte sich desorientiert, nervös und in zunehmendem Maße gereizt. Wo er auch hinblickte, sah er lüstern verzerrte oder grinsende Gesichter, und möglicherweise hätte er die Beherrschung verloren, während er versuchte, dem Gedränge zu entkommen. Doch dann geschah etwas, womit er nicht gerechnet hatte.

Bei all der schrillen Ausgelassenheit und dem schallenden Gelächter hätte man den schrecklichen Schrei über ihnen nur zu leicht überhören können. Doch William hatte ein feines Ohr für solche Schreie. Er sah zu den Balkonen hinauf und hoffte, dass er sich irrte, doch seine Nackenhärchen, die sich aufrichteten, erzählten ihm das Gegenteil.

Im Babel herrschte gesegnete Unwissenheit, über hundert Männer und Frauen hatten nicht die geringste Ahnung von der Gefahr, in der sie sich befanden. Es handelte sich um einen Ort der Fleischeslust, und während in den dunklen Ecken Geschlechtsverkehr und Sodomie ungebrochen fortgeführt wurden, ertönte über ihnen ein Heulen, das in der Kakophonie von Kopulationen jeder erdenklichen Variante niemand zur Kenntnis nahm.

Plötzlich tauchte die Kreatur mit einem ohrenbetäubenden Brüllen in einer Explosion von Ziegelsteinen und Mörtel auf. Sie riss die dünnen Wände ein und warf den roten Vorhang achtlos über das Balkongeländer, wo ihn das Gewicht von Ziegelsteintrümmern rasch nach unten zog. Die Freier unten blickten amüsiert oder fragend nach oben, während Steinsplitter auf sie herabregneten und Staubwolken sie einhüllten, aber von der Gefahr ahnten sie immer noch nichts.

Der Dämon war größer als ein Bär. Seine Arme schienen so lang wie der Körper und die Beine, das Rückgrat so ausgeprägt, dass es aussah, als hätte es sich durch die schwarze Haut gebohrt. Der Kopf war riesig und stand in keinem Verhältnis zum Rest des Körpers, sodass der Kiefer fast über die gesamte Brust herabreichte, das Zahnfleisch verwüstet durch messerscharfe Zähne. Um den Kopf herum schwelten die Überreste von Haar, sodass der Eindruck einer rauchenden Korona entstand, während in den Augen der Kreatur schwarzer Dunst und saphirfarbenes Licht funkelten, das aus den Augenhöhlen des deformierten Schädels loderte. Das Ding breitete die Arme aus, ein geflügeltes Monster, und sprang vom Treppenabsatz herab. William stöhnte, als es inmitten der Leute im Erdgeschoss landete. Zwei Männer zerquetschte es unter seinem Gewicht. Einem Kaufmann zertrat es den Kopf. Eine Frau im schwarzen Kleid bekam einen Hieb mit der Pfote des Dings ab, der sie in zwei Teile spaltete.

Drei weitere Männer wandten sich zur Flucht, doch der Dämon zerfetzte sie im Sprung und schleuderte eine Gischt aus Blut und Eingeweiden durch den Raum. Der Dämon warf den enormen Kopf zurück, dehnte den Kiefer unmöglich weit und stieß ein Triumphgeheul aus, aber nicht nur wegen Tod und Verwüstung, die er gerade angerichtet hatte, sondern vor allem wegen dem, das er noch anrichten würde.

III

Peruzo hörte das Brüllen des Dämons. Nico unterhielt sich so angeregt mit Leone, dass sie nicht mitbekamen, was los war, doch der Lieutenant hob von Grauen erfüllt den Kopf, als das tiefe Geräusch die Fenster über ihnen zum Erbeben brachte.

Peruzo zückte das Schwert, als der erste Freier aus dem Babel floh. Nico und Leone folgten seinem Beispiel wenig später, dann stürmten sie zu dritt zum Eingang des Bordells. Die Huren, die vor der Tür warteten, machten ein bestürztes Gesicht, einige ihrer Freier riskierten aber sogar einen Blick ins Innere. Sie waren schon ihr ganzes Leben auf der Suche nach den zügellosesten Wonnen, daher konnten viele ihrer Neugier nicht widerstehen und wollten unbedingt herausfinden, was für ein neues Chaos dort im Babel tobte.

Peruzo bahnte sich dicht gefolgt von den beiden Mönchen einen Weg durch die Menge.

Ein Bild völliger Verwüstung erwartete ihn.

Der Dämon hatte die Mitte des Raums in ein Schlachthaus verwandelt. Überall lagen Tote verstreut, Verwundete schleppten sich auf den Ausgang zu und hielten sich halb abgetrennte Gliedmaßen oder fast weggerissene Gesichter, während Blut, ihr eigenes oder das ihrer Begleiter, ihre Kleidung besudelte.

Viele flohen, andere versuchten zurückzuschlagen. Einem Einheimischen wurden nacheinander sämtliche Gliedmaßen ausgerissen, als er versuchte, mit dem Schwert nach der Bestie zu schlagen. Ein anderer Freier schlug dem Ungeheuer einen Stuhl auf den Rücken, doch der zerbrach nur auf der Haut. Der Dämon zögerte nicht und schleuderte den Angreifer quer durch den Raum und in einen Glasspiegel hinter der Theke. Knochen und Glas brachen, dann fiel der leblose Körper auf Khajam, der die Arme über den Kopf hielt, als könnte ihn das retten.

William konnte die erste Phase des Gemetzels nicht verhindern. In dem Raum wimmelte es von panischen Flüchtigen, sodass er anfangs im Gedränge wie von einer Flutwelle von dem Dämon fortgerissen wurde. Erst als die meisten entkommen waren und nur die Betäubten und Verletzten zurückblieben, konnte sich William wieder der Mitte des Raums nähern. Er sah Peruzo, der Leone und Nico ins Innere führte, und winkte sie zu sich.

»Einkreisen! *Sofort* einkreisen!«, brüllte William den beiden Mönchen zu.

Sie nickten und liefen zur Treppe, derweil William Peruzo zur Seite der Theke winkte.

Eine Prostituierte, die sich im Schatten versteckt hatte, verlor die Nerven und floh. William hielt eine Hand hoch und rief: »Nein! Warten Sie!« ... Doch es war zu spät. Der Dämon wirbelte herum, streckte den Arm aus, und die Frau lief ihm blindlings in die offene Hand. Der Dämon formte eine Klaue und schlitzte sie mit den Fingernägeln auf, dann schüttelte er sie wie eine Flickenpuppe und warf sie durch den Raum in eine Ecke, wo sie reglos liegen blieb.

William holte den Säbel aus dem langen Mantel und suchte nach der verwundbaren Stelle der Kreatur. An dem enormen Schädel hatte das Ding eine Stelle weichen, verbrannten Fleisches zwischen Rückenpanzer und Schädel. Das war das Ziel. William zeigte die Stelle in seinem Nacken, worauf Peruzo verstehend nickte. Wenn einer die elende Kreatur ablenken konnte, gelang es dem anderen vielleicht, sie zu köpfen.

William beschloss, sich als Lockvogel anzubieten, fuchtelte mit dem Säbel in der Luft und warf eine heruntergefallene Flasche nach dem Dämon, die jedoch an seinem Panzer zerschellte. Die Kreatur ließ sich nicht verführen, sondern starrte William nur mit ihrem Flammenblick an und schätzte ab, ob er eine Gefahr darstellte, während sie auf dem Boden scharrte. Als William einen Schritt nach links machte, ging der Dämon nach rechts. Als er eine Pause machte und wieder einen Schritt zurück nach rechts ging, verspottete der Dämon seine Bewegungen mit einem Schnauben schwefelhaltigen Rauchs, der die Luft um ihn herum verpestete. William blieb stehen und fühlte sich gefangen, als er in die glühenden Augen und das aufgerissene Maul des Dämons blickte.

Der Dämon würde sich nicht bewegen, wenn er es nicht tat.

Er würde nicht angreifen ... *wenn William sich nicht umdrehte und floh.*

An der Treppe schlichen sich Bruder Leone und Bruder Nico nach oben. Die beiden Mönche bezogen unbeobachtet Stellung direkt über dem Dämon; Bruder Nico zückte das Schwert. Er hielt es mit beiden Händen fest und drehte die polierte Klinge im Licht der Kerzen, bis sie William in die Augen blitzte.

William schirmte die Augen kurz ab und winkte ihnen mit dem Schwert zu.

Auf das Zeichen hin holte Leone blitzschnell ein glänzendes Messer aus dem Mantel und hielt es zwischen den Fingern. Er hob die Hand über die Schultern und ließ die Klinge so schnell los, wie er sie geholt hatte. Mit tödlicher Genauigkeit traf sie den Dämon an der verkohlten Stelle am Hals. Ein blaues Leuchten loderte dort auf, dann quoll schwarzer Rauch aus der Wunde, und der Dämon stieß ein langgezogenes Heulen aus, während er nach dem Stahl in seinem Nacken griff.

Mit einem tiefen Gefühl der Befriedigung nahm Bruder Leone ein weiteres Messer zur Hand. Er zielte und ...

... Ein Geräusch wie tausend summende Insekten erfüllte die Luft um Leone und Nico. Plötzlich war Nico blutüberströmt und wurde von dem Strahl, der aus Bruder Leones Schlagader spritzte, beinahe geblendet. Der Mönch riss die Hände hoch, als wollte er unsichtbare Fliegen verscheuchen, während ihm das Blut über die Brust strömte. Er taumelte und stürzte an Nico vorbei polternd die Treppe hinunter.

Bruder Nico sah ihm erschrocken nach, da ertönte das Insektensummen abermals. Der Mönch sah Metall in der Dunkelheit aufleuchten, vor sich aufblitzen und spürte den Schmerz erst Sekunden später, als sein Ohr am Hals hinabrutschte, seine Lippen vertikal aufplatzten und die

Jacke in grauen Streifen von ihm abfiel, gefolgt von einem Schwall Blut, mit dem seine Eingeweide aus dem Schnitt unter dem Brustkorb herausquollen.

William sah, wie Nico vornüber fiel und ein paar Schritte rutschte, ehe er liegen blieb. Über ihm auf dem Balkon, der nur an wenigen Holzdielen befestigt war, stand ein kahlköpfiger Vampyr, der seine singende Waffe über dem Kopf kreisen ließ.

Ein Sichelflegel.

»Großer Gott«, murmelte William und drehte sich zu Peruzo um.

Peruzo sah William winken und rufen, aber die gequälten Schmerzensschreie der Bestie übertönten jedes andere Geräusch. Er konnte nicht erkennen, ob der Captain das Zeichen zum Angriff gab oder ihn vor einer Gefahr warnen wollte.

Peruzo beschloss, ungeachtet von Leones und Nicos Tod vorzurücken. Da die letzten verwundeten Gäste und Huren sich aus den Trümmern des Babel aufrappelten und zu fliehen versuchten, musste er an einigen taumelnden Freiern vorbei, um in Reichweite der Bestie zu gelangen, die mit ihren langen Krallen vergeblich nach dem Wurfmesser tastete, als wollte sie sich mit Fäustlingen einen kleinen Splitter aus dem Fleisch ziehen.

»Du gehörst mir«, sagte Peruzo bei sich und hob das Schwert.

William verzweifelte, als Peruzo aus der Deckung des Balkons trat. Er sah den Vampyr, der eben erst den sich nähernden Lieutenant bemerkte, unmittelbar über sich stehen. Mit einem schrillen, weibischen Heulen ließ der Vampyr seinen Sichelflegel kreisen und wirbelte die blutige Klinge durch die Luft.

Fluchend griff William nach einer Öllampe, die wie durch ein Wunder am Ende des Tresens stehengeblieben war. Er nahm sie in die Hand, wirbelte sie über dem Kopf und ahmte damit gewissermaßen den Vampyr und seine Lieblingswaffe nach.

»Es gelingt mir!«, beschwor er sich selbst, ließ die Lampe im selben Moment los und schleuderte sie zur Treppe. Sie flog über das Geländer und zerschellte wenige Yards von der Stelle entfernt, wo Peruzo abwartend verweilte, an der Wand. Der Lieutenant erstarrte, als Flammen an Wand und Treppe emporzüngelten, da das trockene Holz sofort Feuer fing. Die Stufen brachen in Flammen aus, eine Feuerflut, die gefräßig und unaufhaltsam alles verzehrte und vernichtete, während sie sich nach oben vorarbeitete.

Peruzo war erschrocken und entsetzt, doch dann kam er wieder zu Verstand, lief in Deckung und entfernte sich von dem Dämon, dessen Kreischen anschwoll.

Der kahlköpfige Vampyr schrie auf, als die Flammen um ihn herumloderten. In seiner Verwirrung angesichts von Feuer und Rauch konnte er die Waffe nicht mehr schwingen; die Klinge bohrte sich in Ziegelstein und Holz, als die ersten Flammen die Stiefel des Vampyrs versengten. Mit einer hastigen Kehrtwendung floh er auf den Balkon und schleppte dabei den Sichelflegel und den Teil der Wand, in dem er noch steckte, hinter sich her.

Peruzo sah den Vampyr fliehen, doch herabstürzende Trümmer, Feuer und Rauch raubten ihm die Sicht. Er taumelte rückwärts zur Bar und fast gegen William, der sich ebenfalls von dem Dämon in seinem Kreis aus Flammen, denen der verschüttete Alkohol zusätzliche Nahrung bot, entfernt hatte.

»Waren Sie das?«, keuchte Peruzo, dem noch der Schrecken im Nacken saß, dass ihm das Feuer so nahe gekommen war.

»Die beiden Mönche sind tot«, informierte William ihn.

»Und es sind Vampyre hier. Irgendwie musste ich Sie doch warnen.«

Peruzo sah seinen Kommandanten fassungslos an.

»Ich hätte nicht gedacht, dass es sich so schnell ausbreiten würde«, gab William zu und betrachtete das zunehmende Inferno voll Grauen.

Über ihnen fingen die Treppenabsätze Feuer, die sich in mehreren Etagen rund um das Atrium erstreckten, und stürzten nach und nach ein, sodass ständig brennende Balken und ein Regen aus Asche und Glut herabfielen.

Nicht weit von der Stelle entfernt, wo William vor wenigen Minuten noch Zeichen gegeben hatte, stürzte ein Teil der Treppe ein, worauf die beiden Männer benommen und verängstigt Richtung Ausgang flohen. Als William über einen umgekippten Tisch stolperte, zog Peruzo ihn wieder hoch, während gleichzeitig das Mittelstück der Decke auf den Dämon herunterkrachte.

Das Gewicht der brennenden Dachbalken zwang die Kreatur in die Knie. Ihr Panzer platzte auf wie bei einem zerquetschten Käfer, ein Balken durchbohrte den fleischigen Sack unter dem Kiefer wie ein Pfahl. Blaues Licht brannte in den orangeroten Flammen der Wunde, bis beide miteinander zu verschmelzen schienen; ein unglaublich intensiver Scheiterhaufen, der aufwärts loderte, erblühte, die letzten Reste der Balkone in Asche verwandelte und schließlich ein enormes, klaffendes Loch in die Decke riss. Die Feuersäule schoss empor und hüllte die Theke ein, die in einem Sturm aus geborstenem Glas explodierte. Ein erstickter Schrei ertönte, als er Khajam einhüllte.

William und Peruzo stürmten zur Tür und flohen vor der Feuerwalze, die in ihre Richtung raste. Das Feuer strich noch über die Sohlen ihrer Stiefel, als sie sich mit einem beherzten Sprung in Sicherheit brachten; es versengte die Härchen in ihrem Nacken und setzte Peruzos Ärmel in Brand.

William riss Peruzo den Mantel vom Leib und trat auf den Ärmel, um das Feuer zu löschen, während der Lieutenant keuchend davonkroch. Als der Mantel nur noch ein verkohlter Fetzen war, ließ William es gut sein und richtete sich auf. Um sie herum beobachteten die Überlebenden, wie die Flammen aus den Fenstern und der Eingangstür des Bordells loderten.

Doch zwischen den dichten schwarzen Rauchwolken sah William eine Gestalt auf dem Balkon unter dem Dach auftauchen. Eine hochgewachsene, fast gänzlich von Rauch und Schatten verhüllte Gestalt, doch das Gesicht war unverkennbar. Genau wie der rote Haarschopf.

Der Vampyr blickte hämisch auf William herab.

»Du ...«, murmelte William. Er spürte, wie er die Hand um den Schwertgriff legte. Und dann tauchten noch mehr Gestalten auf dem Balkon auf, genau wie auf dem Dach darüber.

Das waren Vampyre, mehr Vampyre, als William je auf einmal gesehen hatte, mindestens acht, wenn nicht mehr.

»Peruzo, stehen Sie auf!«, sagte er hastig.

Peruzo rappelte sich immer noch benommen auf die Füße.

»Wir müssen gehen«, sagte William drängend, als die Schemen auf dem Dach in die Luft sprangen. »Verflucht! Wir müssen sofort von hier verschwinden!«

Baron Horia sah, wie die beiden Männer hektisch die Flucht ergriffen und wie verängstigte Hunde die Straße entlangstolperten.

Es freute ihn, den Feind so verzweifelt zu sehen. Dieser Widersacher von Graf Ordrane, dieser Mann, der ihm von Wien nach Prag gefolgt war und ihn zweimal um ein Haar getötet hätte, verdarb ihm den Spaß schon viel zu lange.

Baron Horia grinste tückisch. »Hundert Goldstücke für

denjenigen, der Captain Saxon lebendig fängt!«, rief er seinen Anhängern zu, worauf die acht schwarzen Schemen sich augenblicklich in die Lüfte schwangen und ihrer Beute durch die Straße nachjagten.

IV

»Er ist es!«, beharrte William, während sie durch die enge Straße flohen.

Es war eine unbeholfene Flucht. Peruzo hatte immer noch ein Klingeln im Kopf und fühlte sich nach der Explosion im Babel halb gelähmt. Alle paar Schritte stolperten sie, rutschten im Staub aus und liefen permanent Gefahr, im Angesicht ihrer Feinde zu stürzen. Als sie um eine Ecke bogen, ertönten ein lautes Krachen und noch mehr Schreie, als hinter ihnen das Bordell Babel in einem Feuerball einstürzte, der hoch in den schwarzen Nachthimmel stieg.

Sie drehten sich nicht um.

Sie rannten in die nächste Straße. Peruzos Bein trug ihn nicht mehr, beide Männer stürzten und überschlugen sich im Sand vor einem Haus. William, Staub im Mund, sah Peruzo verzweifelt um Luft ringend auf dem Rücken liegen, dennoch richtete sich der Lieutenant als Erster wieder auf und schüttelte den Kopf, um ihn zu klären.

»Wahnsinn ...«, stieß er hervor, wälzte sich auf die Knie, hustete abgehackt und stützte sich mit der Handfläche an der Fassade des Gebäudes ab. Schwankend richtete er sich von den Knien auf die Füße auf, dann zog er William hoch, während im selben Moment ein Heulen in der Luft erscholl. Instinktiv duckte sich William, während Trümmer der Fassade ihm um den Kopf flogen. Er schrie auf, da zerrte Peruzo ihn weg, als die Waffe gerade abermals nach ihnen geschleudert wurde und noch ein Stück Verputz von der Hauswand absprengte. Sie taumelten ins Offene, schreckten erneut zurück und spürten ihre Herzen klopfen und so heftig Blut in ihre Köpfe pumpen, dass sie das Gefühl hatten, es müsste ihnen jeden Moment aus Ohren und Nase spritzen.

Peruzo blickte über die Schulter und sah mehrere Gestalten auf geradezu unmögliche Weise über die Dächer von Häusern rechts und links der Straße springen. »Sie verfolgen uns!«

William kam schlitternd zum Stillstand und drückte sich an die Wand des Hauses, wo die schmale Gasse zu einer anderen Straße führte. »Dorthin!«, rief er, lief los und hoffte bei Gott, dass Peruzo ihm folgen würde.

Über ihren Köpfen ertönte das Surren eines Sichelflegels, dessen Besitzer sich ihnen kreischend näherte, aber ins Leere schlug, da die beiden Männer sich auf der Straße hinwarfen und dabei über abgestellte leere Kisten und Eimer voll Abfall und Unrat stolperten.

Am Ende der Straße wandte sich William nach rechts und bog blindlings in eine Straße ein, die breiter als die vorhergehende war. Er hatte keine Ahnung, wohin sie führte, nur, dass sie ihn in die Richtung von Greynells Gasthaus bringen würde, hinter dem irgendwo ihre eigene Unterkunft und wenigstens ein gewisses Maß an Sicherheit wartete, sofern es überhaupt noch Sicherheit gab.

»Pferde!« William zeigte zu mehreren Reittieren, die unter dem Baldachin eines leerstehenden Gebäudes angebunden standen.

»Wir können sie nicht einfach stehlen!«, wandte Peruzo ein, doch die Vampyre tauchten bereits am Ende der Straße auf und glitten an den Wänden herab wie Spinnen in ihrem Netz. »Oder doch?«

William drehte sich um, stolperte fast und sah, dass hinter ihnen sechs Vampyre, deren lange Mäntel sich bauschten und um ihre Füße wallten, in die Straße eingebogen waren. Über ihnen sprang der kahlköpfige Vampyr, der so kreischend lachte, dass es fast das tödliche Surren der durch die Luft gewirbelten Metallklinge übertönte.

William zückte ein Wurfmesser und schleuderte es in die wallende Dunkelheit. Es traf den Vampyr an der Taille, wodurch die Kreatur die Kontrolle sowohl über ihren Abstieg wie auch über die Waffe verlor. Der Sichelflegel verfehlte sein Ziel und traf ein angrenzendes Haus. Racinet stieß ein Kreischen aus, das nichts Fröhliches mehr hatte, dann verschwand er in einer abzweigenden Gasse.

»Die Pferde ... keine andere Wahl«, beharrte William.

Während die Vampyre sich ihnen unerbittlich näherten, fiel eine Gestalt vom Himmel und landete vor William und Peruzo – einen Fuß nach vorn, einen nach hinten, die perfekte geduckte Haltung. Es war eine Frau mit langem, schwarzem Haar, das ihr über Augen und Wangen gefallen war. Sie strich die Locken aus dem Gesicht und richtete sich mit einem breiten Lächeln auf dem glatten, weißen Gesicht majestätisch auf.

»Sie sind derjenige namens Saxon«, stellte sie fest.

William war einen Moment wie gelähmt, als er seinen Namen hörte.

Peruzo nicht, er zückte das Kurzschwert und stürmte los. Die Vampyrin betrachtete ihn voller Geringschätzung, sprang in die Luft, drehte sich dabei im Kreis und versetzte ihm einen Tritt an den Kiefer. William zuckte zusammen, als der Lieutenant ein paar Yards durch die Luft flog, auf der Straße landete und reglos liegen blieb.

William spuckte auf den Boden und zog nervös das Schwert unter dem Mantel hervor.

Die Vampyrin leckte sich die Lippen. »Das wird ein Genuss für mich ...«

Er stürzte sich auf sie, wirbelte das Schwert herum, verfehlte sie um wenige Zoll. Die Vampyrin zischte, sprang hoch und zog dabei aus zwei Scheiden auf ihrem Rücken zwei lange Messer, ungefähr so lang wie Williams Unterarme. Dann duckte sie sich und schwang sie hin und her, ein Wirbel aus glänzendem Metall, der das Auge überforderte und erst eine Elle, dann wenige Zoll von William entfernt durch die Luft zischte. William parierte einen Hieb mit dem Schwert, dann noch einen. Sie duckte sich abermals und stieß mit beiden Klingen zu, die klirrend Williams Schwert trafen. Der Hieb vibrierte bis in seine Schulter und lähmte seinen Arm.

Jede normale Klinge wäre unter der Wucht des Angriffs zerschellt, doch dies war Engrins Waffe, und William dankte im Geist seinem alten Freund für das Geschenk.

Dennoch war er erschüttert und sank auf ein Knie, bevor die Frau erneut angriff. Er parierte eine Klinge, verkantete das Schwert am Heft und zog ihren Arm nach unten, sodass sie aus dem Gleichgewicht geriet. William nutzte die Verschnaufpause und sprang auf, aber sie erholte sich fast ebenso schnell und ließ einen Hieb nach dem anderen auf seinen erlahmenden Arm herabregnen.

Hinter sich hörte er die sechs Vampyre näher kommen.

Die Frau verhöhnte ihn jetzt und wehrte Williams Schwert verspielt ab, um ihn müde zu machen. Er seinerseits wurde zunehmend frustrierter, nutzte aber seine Gelegenheit, als sie ausholte, um sein Schwert wieder wegzuschlagen. Statt sich zu dem Angriff hinreißen zu lassen, riskierte er eine Finte, stieß dann erst zu und konnte ihr so ein Messer aus den Fingern schneiden. Sie schrie auf, ein seltsam trauriger, fast menschlicher Schmerzensschrei, betrachtete wimmernd ihre abgetrennten Gliedmaßen und sah William vorwurfsvoll in die Augen. Er hätte dranbleiben sollen, doch sie brachte ihn mit ihrem Verhalten aus der Fassung. Sie sah so hilflos aus.

Und er zögerte.

Die Vampyrin bemerkte es und sah ihn mit blitzenden Augen durch den Rauch an, der von ihren Fingerstümpfen aufstieg. Sie sprang in die Luft, wich seinem Schwert aus und trat ihm in den Unterleib. William fiel keuchend auf die Knie. Atmete röchelnd, weil er kaum noch Luft bekam, stützte sich mit den Händen am Boden ab und ließ sein Schwert los.

Ileana landete einen Yard von William entfernt und verspottete ihn sogleich wieder. »Du hast nicht einmal den Mut, mich zu töten!«, meinte sie höhnisch und spielte mit dem Messer. »Dein Ruhm ist nichts als Gerede. Was ist los mit dir, kleiner Mensch? Hast du noch nie eine Frau getötet?«

»Ich habe es«, ertönte eine Stimme neben ihr, dann wurde sie von einer Klinge durchbohrt. Diesmal gab es keine Pause für Mitleid, nur Schreie bestialischer Schmerzen, als Ileana gepfählt wurde. Als die Klinge herausgezogen wurde, taumelte sie rückwärts und hielt sich den Leib. Hinter ihr stand Peruzo leicht gebückt mit dem blutigen Kurzschwert in den zitternden Händen und schüttelte den Kopf.

William richtete sich auf und stöhnte wegen der Übelkeit erregenden Schmerzen zwischen den Beinen. Blind tastete er nach Engrins Schwert auf dem Boden.

»Ich dachte, ich hätte Sie verloren«, grunzte er, während sie sich beide mit schwindenden Kräften zu den Pferden schleppten. Jeder hievte sich auf ein Reittier, während die sechs verbliebenen Vampyre mit wütenden Schreien näher kamen.

Als William und Peruzo den Tieren in die Flanken traten, übertönte das Donnern der Hufe einen knappen Befehl hinter ihnen. Einen Befehl, den nur die Vampyre hörten.

»Ich sagte *genug!*«, rief der rothaarige Vampyr wieder. Racinet, der Williams Wurfmesser in der Hand hielt, stand an seiner Seite.

Ileana kam zu ihnen und betrachtete schluchzend die Verletzung in ihrem Bauch. »Seht, was sie getan haben! *Seht doch, was sie mir angetan haben!*«

Baron Horia sah die jämmerliche Kreatur an. »Du warst leichtsinnig, Ileana«, sagte er. »So leichtsinnig darfst du nicht sein, wenn wir es mit den Rassis zu tun bekommen.«

Ileanas Winseln ging in ein mürrisches Knurren über; sie fauchte Horia lange an. Racinet schüttelte den Kopf. »Keine Sorge, teuerste Ileana«, sagte er und presste die Hand auf die Wunde. »Das heilt.«

Ileana stieß ihn weg. »Ich will Blut!«, kreischte sie.

»Nein«, antwortete Baron Horia und packte sie am Arm. »Nicht jetzt.«

»Aber Sie wollten Saxon lebend«, beklagte sich einer der sechs.

»Ich wollte Sport«, erwiderte Horia und fing an zu lachen, »und den habe ich bekommen. Aber Saxon ist nicht wichtig.«

Der Vampyr mit dem langen, roten Haar schwebte ein paar Yards die Straße hinab und sah in den Staub, den die Pferde aufgewirbelt hatten.

»Wir dürfen keine Zeit mehr damit vergeuden, diese Männer zu verfolgen«, begann Horia und wandte sich an die acht Vampyre, die sich um ihn geschart hatten. »Ich bin ziemlich sicher, dass diese Gefolgsleute der Kirche keine Ahnung haben, wo sich die Scarimadaen befinden. Wir haben unser Ziel in dieser Stadt erreicht, jetzt müssen wir weiterziehen.«

Ileana war entzückt und klatschte trotz ihrer schweren Verletzung wie ein Kind in die Hände.

Nur Racinet schien unzufrieden. »Was ist mit Saxon?

Was geschieht, wenn er den Weg zum Schatz findet?«, fragte der kahlköpfige Vampyr.

Baron Horia lächelte dramatisch und horchte in den Wind. »Hört ihr das?«

Sie horchten ebenfalls.

»Das sind die Laute von Weinen und Wut in den Straßen von Raschîd, meine Freunde. Die Leute werden erzählen, dass heute Nacht vier Fremde im Babel gewesen sind.« Das Lächeln des Barons wurde so breit, dass es schien, als würde sein Gesicht in zwei Hälften zerfallen. »Die Menschen dieser Stadt werden nach Mördern suchen; ausländischen Männern in grauer Kleidung, die ein Bordell zerstört und viele getötet haben. Diese Männer der Kirche sind ab jetzt Flüchtlinge; dafür werde ich sorgen …«

Racinet nickte langsam und malte sich aus, was die hiesige Bürgerwehr mit ihnen anstellen würde, sollten sie erwischt werden. Die Justiz der Bürgerwehr war berüchtigt für ihre Barbarei.

»… Und wir können den Hinweisen folgen, die uns Charles Greynell hinterlassen hat«, fügte Baron Horia hinzu, was die Gruppe fast in Raserei versetzte. »In wenigen Tagen gehört der Schatz von Mhorrer *uns.*«

KAPITEL ZEHN

Die Flucht nach Osten

1

Mehr durch Glück als durch Ortskenntnis fanden sie den Weg durch ein Labyrinth staubiger Straßen und schmaler Gassen zu ihrem eigenen Gasthaus zurück. Ihre Rückkehr vom Babel war kaum mehr als eine überstürzte und kopflose Flucht in eine trügerische Sicherheit gewesen. Würdelos, aber William und Peruzo hatten gelernt zu überleben; in so einem Kampf blieb ihnen kaum etwas anderes übrig.

Als sie endlich ihre Straße erreichten, die ihnen im Gewirr der anderen Straßen bereits vage vertraut vorkam, verspürten sie eine unter den gegebenen Umständen natürliche, kurzlebige Erleichterung, aber immerhin so viel, dass William freudig lächeln konnte, als er die vier Wachen sah, die herausgeeilt kamen und sie begrüßten.

William stieg ab, band das Pferd an einem Pfosten an der Ecke des Gasthauses fest, und Peruzo tat es ihm gleich. Der Lieutenant berührte seinen schmerzenden Kiefer. Er fühlte sich geschwollen und steif an, die Schmerzen waren unerträglich, wenn Peruzo versuchte, ihn zu weit zu öffnen. Er presste die Lippen unter Schmerzen aufeinander, als hätte er den Mund voller Glas.

William wusste, die Mönche brannten darauf zu erfahren, wo ihre fehlenden Kameraden abgeblieben waren, bedrängten ihn in ihrer großen Disziplin jedoch nicht. Er wartete am Eingang des Gasthauses und stützte sich mit der Hand am Türrahmen ab. »Nico und Leone sind tot«, sagte er ernst, »nur damit Sie wissen, womit wir es zu tun haben. Machen Sie heute Nacht nicht den kleinsten Fehler, sollten unsere Feinde nach uns suchen. Es sind Vampyre in Raschîd. Viele Vampyre.«

Peruzo wählte einen der Mönche aus und gab ihm Anweisungen, die Pferde verschwinden zu lassen, da er nur zu genau wusste, was geschehen würde, sollten sie vor dem Gasthaus gefunden werden. Als er und William in ihre Zimmer gingen, presste der Lieutenant zwischen den verkniffenen Lippen hervor: »Wir können nicht in Raschîd bleiben.« Die Anstrengung schien ihm Schmerzen zu bereiten.

»Sie haben recht«, stimmte William zu. »Wir müssen im Morgengrauen abreisen.«

»Wohin?«

»Osten, zum Sinai. Das wissen wir immerhin aus Greynells Brief.«

»Ich sorge dafür, dass sie bei Tagesanbruch bereit sind, Captain«, versprach Peruzo und hinkte den schrägen Flur entlang.

»Peruzo«, rief William ihm nach. »Ich habe mich noch gar nicht dafür bedankt, dass Sie mir dort das Leben gerettet haben.«

Der Lieutenant blieb stehen und sah über die Schulter. »Ich rette Ihr Leben, Sie meins.«

»Dennoch sollte ich mich bedanken«, sagte William und lächelte.

Peruzo nickte und wollte schon weitergehen, als William noch etwas einfiel.

»Haben Sie *wirklich* schon einmal eine Frau getötet?«, fragte er.

Peruzo blieb stehen. Er kam zu William zurück, hielt

sich immer noch den Kiefer, und sein Schmerz schien fast greifbar zu sein. »Ja«, gestand er. »Ich habe meine Frau getötet.«

William war schockiert, ließ es sich aber nicht anmerken. In all den Jahren, seit er Peruzo kannte, war dieses Geständnis das erstaunlichste, aber fand er es wirklich erstaunlich, dass eine solche Last auf Peruzos Seele lag? Peruzo betrieb das Kriegshandwerk schon sehr viel länger als William sein Metier und war zu der päpstlichen Truppe gestoßen, obwohl kaum jemand etwas über seine Vorgeschichte wusste. Möglicherweise gehörte zu so einem Kriegsveteranen einfach auch ein dunkles Geheimnis.

»Sie hat mich mit einem anderen Mann betrogen«, erklärte der Lieutenant. »Ich war damals so jung wie Sie heute und ein Raubein. Ich war sicher, dass ich ihr niemals etwas antun könnte ... doch sie hat mich betrogen, und ich wurde wütend.

Ich bin ihr bis zu einer Villa in Neapel gefolgt und habe sie nackt zusammen im Bett überrascht. Ich tat, was jeder Mann getan hätte: Ich forderte ihren Liebhaber auf der Stelle heraus. Wir kämpften, eine rasende Wut erfüllte mich. Als er verwundet war und nicht mehr kämpfen konnte, wollte ich ihn nicht verschonen. Ich stach immer wieder auf ihn ein und ließ ihn verbluten, während er um Gnade winselte. Doch meine Frau warf sich dazwischen, als ich ihm den Todesstoß versetzen wollte. Ich habe sie aus Versehen getötet. Nur aus Versehen ... Sehen Sie, nicht einmal in meiner Wut hätte ich ihr etwas antun können.«

William sah Peruzo traurig an.

Der Lieutenant fasste sich wieder. »Die meisten alten Soldaten im Orden haben eine ähnliche Geschichte, Captain. Meine unterscheidet sich kaum von ihren. Wir kamen her, weil wir Absolution wollten. Es stand mir frei, in diesem Krieg zu kämpfen, aber ich entschied mich aus Schuldgefühl dafür.«

William nickte nachdenklich und dachte an seinen Weg zum Orden.

»Gute Nacht, Captain«, sagte Peruzo ein wenig unbeschwerter als zuvor, als wäre ihm durch das Geständnis eine Last von der Seele genommen.

»Filippo soll sich morgen früh den Kiefer ansehen«, antwortete William beiläufig. Er wollte mehr sagen, wollte sagen, dass sie sich gut geschlagen und überlebt und einen Dämon vernichtet hatten, auch wenn Nico und Leone dabei hatten sterben müssen. Doch das wäre ein schwacher Trost gewesen. Zum ersten Mal seit fast sieben Jahren fühlte sich William ein wenig ratlos.

11

Marco regte sich in seinem Bett und schlug die Augen auf. In dem Raum herrschte undurchdringliche Dunkelheit und Stille, abgesehen vom Schnarchen der Mönche auf der anderen Seite. Er rieb sich die Augen und versuchte, sie wieder zu schließen, doch was immer ihn geweckt haben mochte, das Schnarchen oder seine eigenen Gedanken, jetzt fühlte er sich zu wach und sah stattdessen zur Decke hinauf, bis sich sein Sehvermögen so angepasst hatte, dass er die Umrisse der Verzierungen und die eckigen Risse erkennen konnte.

Einige Minuten vergingen, dann richtete er sich auf und schwang die Beine unter der Decke hervor. Er zog Stiefel an, die ihm ein klein wenig zu groß waren, genau wie die von Bruder Jericho geliehene Uniform, und schlich lautlos zur Tür hinaus. Auf dem Flur herrschte dieselbe Dunkelheit wie in dem Raum, abgesehen von einem kleinen

Fenster am Ende, wo das Mondlicht schwach hereinströmte. Marco sah in die andere Richtung und entdeckte ein trübes Leuchten hinter der letzten Tür. Neugierig schlich er lautlos näher, hielt die Türkante mit den Fingerspitzen fest und zog sie langsam auf.

In dem Zimmer beugte sich jemand hinter einem Teller mit Käsekrümeln und einer Brotkruste über ein Stück Pergament. In einer Hand hielt der Mann einen Federkiel, das Kerzenlicht flackerte über sein Gesicht.

»Wer ist da? Marco?«, fragte William und blickte ins Halbdunkel.

Marco wurde verlegen. »Onkel«, antwortete er leise.

William sah ihn an und machte kein Hehl aus seinem Unbehagen. »Warum bist du wach?«

»Ich kann nicht schlafen«, antwortete er.

»Versuch es«, knurrte William und sah wieder auf sein Papier.

»Du kannst auch nicht schlafen«, bemerkte Marco achselzuckend.

»Nein«, sagte William. »Ich habe zu tun.«

Marco zuckte erneut die Achseln. »Soll ich wieder gehen?«

William runzelte die Stirn und wollte schon »Ja« sagen, stellte jedoch fest, dass er sich über die Gesellschaft freute. Er kritzelte jetzt schon seit einer Stunde stumm vor sich hin und konnte nur klecksige Versuche eines Briefs nach England vorweisen.

»Nein, komm rein«, bat er und winkte den Jungen heran. Marco nahm auf dem Stuhl gegenüber Platz, wobei er aus Versehen Williams Jacke von der Lehne stieß. Er bückte sich hastig, hob sie auf und hängte sie ordentlich wieder hin; seine Hände zitterten ein wenig vor Hast.

»Was hat dich geweckt?«, fragte William.

»Jemand hat geschnarcht«, antwortete Marco.

William lachte. »Das muss Jericho gewesen sein«, sagte er.

Marco lächelte, sagte aber aus Respekt vor dem Mönch nichts dazu. »Was schreibst du?«, fragte er und warf einen Blick auf die Papierbögen.

William sah aus, als hätte er die Bögen gerade eben erst gesehen. Er schob die Blätter zu einem ordentlichen Stapel zusammen, als wäre ihm die Frage peinlich. »Oh ... nur einen Brief nach England«, antwortete er. »Ich dachte mir, es wäre an der Zeit, mal wieder nach Hause zu schreiben.«

Marco nickte und riskierte einen Blick. Er bemerkte die vielen Durchstreichungen.

»Fällt es dir schwer zu schreiben?«

William wurde rot. »Sehr«, gab er zu, dann seufzte er. »Der schwierigste Brief, den ich je versucht habe. Ich habe seit so vielen Monaten nicht mehr nach Hause geschrieben, dass ich gar nicht weiß, wo ich anfangen soll.« Er verstummte und wirkte ein wenig überfordert. »Vermutlich denken sie inzwischen, dass ich tot bin. Ich habe so viele Illusionen heraufbeschworen, dass es mir unmöglich scheint, sie je wieder zu entwirren. Ich habe gelogen, wenn es um das Schicksal von Leuten ging, die mir nahestanden, und ich habe über mein eigenes Los gelogen. Ich habe meine eigene Familie so sehr belogen, dass mein Gewissen besudelt ist. Ich muss es reinwaschen, Marco. Ich muss ihnen wahrheitsgemäß schreiben, warum ich ihnen nicht geschrieben habe, und nicht wieder die Hirngespinste bemühen, die ich mir die ganze Zeit ausgedacht habe.«

»Du hast sie getäuscht?«

»Mir blieb keine andere Wahl. Ich kann mein wahres Gewerbe nicht preisgeben. Wie sollten sie das verstehen? Wenn ich ihnen zum Beispiel das Schicksal von Leone und Nico schildern würde, was würden sie dazu sagen?« Noch während er das sagte, fiel ihm ein, dass Marco gar nicht wusste, was sich vor wenigen Stunden abgespielt hatte.

»Wir haben heute Nacht zwei Männer verloren.«

»Zwei Mönche?«, flüsterte Marco, der es kaum glauben konnte.

»Nico und Leone«, weihte William ihn ein. »Leone hat mit mir in Aosta gedient. Er war ein guter Mann, zuverlässig und stark. Ich kann immer noch kaum fassen, dass wir aus Aosta entkommen sind, wo so viele ihr Leben lassen mussten. Vorsehung, nehme ich an.« Er betrachtete das Papier und zerriss die beschriebene Seite. »Aber jetzt nicht mehr«, sagte er und stützte den Kopf in die müden Hände. »Anscheinend hat uns die Vorsehung verlassen.

Man hat mir drei Arabischdolmetscher für diese Mission versprochen. Vittore hat mir gebeichtet, dass er den hiesigen Dialekt kaum verstehen kann, Leone und Greynell sind beide tot. Und da sich Vampyre in Raschîd aufhalten, bleibt uns keine Zeit, einen anderen Dolmetscher zu finden.«

»Vampyre?« Marco schien entsetzt. Vampyre waren für ihn ein vages Gerücht, Kreaturen im Schatten, die niemand in Villeda in den letzten Jahren gesehen hatte. Und doch so nahe ... Allein das *Wissen,* dass jemand von einem ermordet worden war, rückte den Mythos in unbehagliche Nähe. Marco erschauerte.

»Hast du Angst?«, fragte William.

Marco nickte linkisch.

»Der Gedanke ist erschreckend, ich weiß«, stimmte William zu. »Doch das ist eine Angst, der sich jedes Mitglied des Ordens stellen muss. Der Angst vor dem Unbekannten, Ungewöhnlichen, Makabren. Wir müssen diese Angst in unseren Herzen tragen und verstehen. Sie gegen unsere Feinde verwenden.«

»Wie?«, flüsterte Marco und schlang die Arme um den Oberkörper.

William grinste. »Der Feind benutzt Überraschung und Einschüchterung als Waffe. Wenn du dich nicht einschüchtern lässt, kannst du ihn entwaffnen.«

Marco schüttelte den Kopf. »Ich bin nicht sicher, ob ich das kann.«

»Das geht vielen Novizen im Orden so. Aber es gelingt ihnen. Irgendwann«, sagte William. »Ich hatte Todesangst, als ich das erste Mal einem Vampyr gegenüberstand.«

»Wirklich?«, fragte Marco mit etwas Hoffnung.

»Das geht allen Menschen so«, sagte William.

»Bei mir wird das anders. Ich verspreche es«, sagte Marco.

William streckte den Arm aus und legte Marco eine Hand auf die Schulter. »Das hoffst du vielleicht«, antwortete er, »aber es besteht ein großer Unterschied zwischen Hoffnung und Wirklichkeit. Ich wäre dir nicht böse, wenn du beim Anblick eines Vampyrs in Panik geraten und fliehen würdest, Marco.«

Marco schüttelte den Kopf. »Das würde ich nie tun ... ich ...«

»Oh doch, das würdest du«, versicherte William ihm, allerdings nicht auf grausame Weise. Er sagte es tröstend und mitfühlend. »Aber eben darum könnte es töricht sein, dass du auf dieser Reise dabei bist.«

Marco schüttelte Williams Hand ab. »Du schickst mich weg.«

»Nein ...«, sagte William und hielt die Hand hoch. »Ich überlege – *überlege* nur, wohlgemerkt –, ob ich dich mit dem nächsten Schiff in Begleitung eines Mönchs nach Neapel zurückschicke. Wahrscheinlich Jericho.«

»Ich laufe nicht weg!«, beharrte Marco.

William rieb sich erschöpft den Kopf, da Marcos Widerworte ihn ermüdeten. »Ich kann dich nicht beschützen«, gestand er schließlich. Er sah Marco voller Zuneigung an.

»Und wenn ich dich nicht beschützen kann, dann stirbst du hier, Marco.«

»Ich kann mich selbst ...«

»Du bist schnell mit dem Schwert, aber das allein reicht nicht aus«, unterbrach William ihn. »Man braucht Verstand, Erfahrung und Überlebensinstinkte.«

Marco sah sich in dem Zimmer um und machte den Mund auf, um zu antworten. Aber er konnte es nicht. Es gab keine schnelle Antwort auf diese Bedenken.

»Das heute Nacht war eine Falle. Die Vampyre haben auf uns gewartet, genau, vermute ich, wie auf Charles Greynell«, ließ William ihn wissen. »Selbst erfahrene Männer wie Peruzo und ich sind ihnen einfach so auf den Leim gegangen. Sie sind arglistig, hinterhältig und böse. Und es sind mehr hier als ich jemals an einem Ort zusammen gesehen habe. Ich weiß nicht, ob ich dich vor ihnen beschützen kann.«

Marco nickte. »Dann solltest du mich vielleicht nach Hause schicken. Wenn sie dir solche Angst machen, sollte ich abreisen.«

Dieser Vorwurf überraschte William. »Es geht hier nicht um persönliche Ängste ...«

Marco sah ihn traurig an. »Doch! Es geht darum, was *du* fürchtest, nicht ich!«

Jetzt blieb William stumm.

»Glaubst du, du bist der Einzige, der etwas hat, wofür er kämpft? Was ist mit meiner Familie, die in Tresta ermordet wurde? Was ist mit ihnen? Und was ist mit *dir?* Ich sehe, wie traurig Adriana ist, wenn du gehst. Sie spricht es niemals aus, aber sie hat Angst, dass du nicht wiederkommst. Ich will nicht, dass sie ständig Angst haben muss. Ich will nicht, dass du getötet wirst. Du bist unsere *Familie. Mein Onkel.*«

William sah betroffen drein. Plötzlich schnürte ihm das

Gefühl von Reue die Kehle zu. Damit hatte er nicht gerechnet. »Das hat sie gesagt?«

»Sie glaubt, dass du bis jetzt Glück gehabt hast, aber eines Tages …« Marco verstummte, als Williams Miene hart wurde.

»… Eines Tages wird mich mein Glück verlassen«, sagte William und wandte sich schuldbewusst ab.

»Ich habe keine Angst davor zu sterben«, teilte Marco ihm mit.

William schaute ihn nicht gleich an, weil er Angst davor hatte, was er sehen könnte. Wenn es nur aufschneiderisches Getue war, dann würde Marco ihm nicht in die Augen sehen können und sein großspuriges Gebaren verschwinden. Eine tapfere Prahlerei, damit William ihn in Ägypten behielt. Und dann könnte William ihn nach Hause schicken.

Aber wenn es echt war … Was dann?

William sah auf und wirkte niedergeschlagen. Marco wandte den Blick nicht ab, zweifelte nicht, behielt seine ernsthafte Miene bei. Marco *glaubte,* was er sagte.

»Verdammt«, murmelte er und stand vom Tisch auf. Marco stand ebenfalls auf; William umarmte ihn. »Du bist *zu schnell* erwachsen geworden.«

Marco gab einen Stoßseufzer der Erleichterung von sich. »Dann kann ich bleiben?«

»Du kannst bleiben«, gab William nach.

»Das wirst du nicht bedauern«, antwortete Marco voll jugendlicher Begeisterung.

William verzog das Gesicht und fragte sich, warum er so schnell eingelenkt hatte. »Geh«, sagte er. »Schlaf noch ein wenig.«

Marco stolperte berauscht von der Aussicht auf Abenteuer glückselig zur Tür. Mit einer Hand an der Klinke drehte er sich noch einmal zu seinem Onkel um. »Es war mein Ernst«, sagte er zu ihm. »Ich habe keine Angst davor zu sterben.«

William nickte. »Wir werden nicht sterben, ich verspreche es dir.«

III

Am nächsten Morgen versammelten sich die Männer in aller Eile. Ruhig und präzise reihten sie die Pferde vor dem Gasthaus auf. Peruzo überprüfte die beiden Wagen und vergewisserte sich, dass sie mit Ausrüstung und Proviant vollgeladen waren. William beobachtete alles aus der Nähe und unterdrückte ein Gähnen. Jetzt kämpfte er gegen den Schlaf, den er fast die ganze Nacht lang nicht finden konnte. So war es bei jeder Mission; sein Verstand war rastlos, andauernd überlegte er sich Taktiken und Strategien, die zum Erfolg führen könnten. Den simplen Luxus einer Ruhepause gönnte er sich selten.

Da William sich überflüssig fühlte, kam er näher und begutachtete die Wagen noch einmal persönlich. Sie hatten Gewehre, andere spezielle Waffen, Munitionskisten und noch etwas: eine kleine Kanone, auf einen Mechanismus montiert, der sich von rechts nach links und aufwärts und abwärts schwenken ließ; alles zusammen war so kompakt verstaut, dass der Raum optimal genutzt wurde.

»Eine Zwergenkanone«, sagte Lieutenant Vittore an Williams Seite. »Ich habe sie aus Spanien mitgebracht. Sie ist recht wirksam gegen Dämonen.«

William klopfte auf den Lauf. Er bestand aus gehärtetem Metall und war etwas mehr als zwei Ellen lang.

»Die brauchen wir«, sagte er ernst und dachte an die gestrige Nacht zurück. »Doch diese Kanone löst nicht unser vordringlichstes Problem: unsere Route zum Sinai und wie wir den Schatz finden sollen, wenn wir dort sind.«

»Wie groß mag der Sinai denn sein?«, fragte Peruzo, der das Gespräch mithörte.

»Es ist riesig, Peruzo, und völlig einförmig«, betonte Vittore. »Ich habe Karten der Region. Der Sinai ist eine Wüste mit Felsen und Sand und sonst so gut wie nichts.«

»Da Greynell nicht mehr am Leben ist, müssen Sie unser Führer und Dolmetscher sein, Vittore«, sagte William zu ihm. »Uns läuft die Zeit davon, meine Herren. Sorgen Sie dafür, dass wir binnen Stundenfrist aufbrechen können. Was ist das?«

Beide Lieutenants kamen zu William, der jetzt vor dem zweiten Wagen stand und auf mehrere Fässer im hinteren Teil zeigte.

Vittore zuckte die Achseln. »Sie sind mit den Ordensbrüdern aus Villeda gekommen. Niemand kennt ihren Verwendungszweck, aber es ist ein an Sie adressierter Brief dabei, Captain.« Er gab das Schriftstück an William weiter, der zur Seite trat und den Brief unbeobachtet öffnete. Er war in Englisch verfasst.

Lieber William,
ich habe versprochen, dass ich Dir eine Alternative bieten würde. In jedem dieser Fässer befindet sich eine Komponente, die die fähigsten Chemiker und die klügsten Köpfe in Rom erdacht haben. Beachte bitte, dass die Sprengkraft das Zehnfache von gewöhnlichem Schießpulver beträgt und schon eine kleine Menge ein Gebäude oder sogar einen kleinen Hügel vernichten könnte. Ich dachte mir, dieses Material könnte Dir nützlich sein, sei es im Kampf, als Tauschobjekt, sollte Geld nicht weiterhelfen, oder als allerletztes Mittel für den Schatz selbst.

Vergiss nicht, dass die endgültige Vernichtung der Sca-

rimadaen zwingend erforderlich ist. Wie das geschieht, mit wem und wo, ist eine Entscheidung, die Du ganz allein treffen musst.

Viel Glück, mein teurer Freund.

Und gute Jagd,

Engrin

William faltete den Brief mit neu gestärkter Hoffnung zusammen. Das war ein Trost, fast so, als würde der alte Mann persönlich über sie wachen, daher behielt er den Brief noch einen Moment in der Hand und kostete dieses Fünkchen Optimismus aus.

William wandte sich brüsk an die Offiziere. »Vittore, planen Sie eine Route, die uns durch Dörfer, Oasen und jeden anderen Ort führt, der uns Schutz vor der Wüste gewähren könnte. Ich möchte nicht, dass uns während der Reise Wasser und Nahrung ausgehen. Am Ende unserer Reise steht uns vermutlich ein schwerer Kampf bevor.«

»Wie Sie wünschen.« Lieutenant Vittore zog sich an ein ruhiges Plätzchen zurück, um zu planen.

Peruzo wartete geduldig.

»Diese Fässer könnten unsere Rettung sein«, ließ William ihn wissen. »Lassen Sie sie streng bewachen. Und halten Sie auf jeden Fall offenes Feuer davon fern, damit wir nicht aus Versehen die ganze Kompanie auslöschen.«

Peruzo sah überrascht drein. »Schießpulver für Vittores Kanone?«

»Nein. Etwas anderes«, antwortete William, als zwei Reiter am anderen Ende der Straße auftauchten. Sie trugen die Kleidung der hiesigen Männer, Kaftan und Turban. Zuerst rechnete William mit einem Angriff und nahm das Schwert zur Hand, doch dann streiften die Ordensbrüder Paolo und Orlando hastig die Kaftane beiseite und entblößten die grauen Uniformen des Ordens; bei ihnen angelangt, warfen sie Kopfbedeckungen und Verkleidungen zu Boden.

»Etwas Neues?«, rief ihnen William zu.

»Wir glauben, die hiesige Bürgerwehr sucht nach uns«, berichtete Paolo.

»Sie glauben?«, wiederholte William. Er wollte keine Meinungen hören.

Orlando lieferte die Erklärung nach. »Wir haben bewaffnete Männer auf den Straßen rund um das Araberviertel gesehen – Soldaten, die stärker bewaffnet sind als normale Regimentsangehörige. Sie überprüften Passanten nicht weit von der Stelle, wo das Bordell gestanden hat. Wir konnten nicht näher hin, weil wir sonst vielleicht entlarvt worden wären. Ein französischer Kaufmann sagte uns, sie suchen nach den Männern in Grau, die das Babel niedergebrannt haben.«

»Verdammt …«, fluchte William leise.

»Und wir wurden als Diebe bezeichnet, Captain«, fügte Paolo nervös hinzu.

»Diebe?« Peruzo runzelte die Stirn.

»Die Pferde«, sagte William. Noch eine Entscheidung, die ein ungutes Licht auf die Mission warf, wie so viele in den vergangenen Tagen.

»Werden sie uns verfolgen?«, überlegte Peruzo laut.

»Nur wenn sie wissen, wo wir sind«, sagte William. »Und das werden sie irgendwann. Wenn sich Gerüchte beim Babel so schnell verbreiten, dann gewiss auch hier. Die Männer sollen aufsitzen, Peruzo. Unser Aufenthalt in Raschîd ist beendet.«

IV

Die Sonne stieg im Osten empor, brannte auf die Straße herab, die aus Raschîd hinausführte, und verkürzte die Schatten der rund vierzig Männer, die gefolgt von zwei Planwagen die Stadt verließen. Die Vororte von Raschîd endeten unvermittelt. Voraus lag ein staubiger Weg zwischen grünen Ebenen und Hügeln. Hier war das Land dicht bewachsen und üppig, das hohe Gras neigte sich im Morgenwind.

William hatte sich vorgestellt, dass gleich außerhalb der Stadt diese unermessliche Wüste beginnen würde, von der er gehört hatte. Ihn überraschte, dass dem nicht so war, doch die Hitze der Morgensonne sorgte dennoch für ein Flimmern über den Hügelkuppen und am Horizont. So früh am Morgen war der Effekt noch nicht so ausgeprägt, aber später würde die drückende Hitze einen schläfrig und verschwitzt machen; und dann würde sich der Feind aller Soldaten, Lethargie, über Geist und Körper legen.

William wies Vittore und Peruzo an, dass sie die Ordensbrüder geistig und körperlich wachhalten sollten. Die Tagesritte würden sie bestimmt in eine Art Halbschlaf versetzen, da sie lediglich ihre Reittiere vor sich hintraben lassen mussten. Gegen die generelle Trägheit des Fleisches konnte er wenig ausrichten. Der Geist freilich ließ sich trainieren; William verlangte daher, dass sich jeder Lieutenant Spiele einfallen ließ, die Reaktionsschnelligkeit oder Gedächtnis der Männer auf die Probe stellten. Dabei konnte es sich um alles Mögliche handeln, sei es Bibelstellen aus dem Gedächtnis rezitieren, das Für und Wider bestimmter Waffen diskutieren oder über Tricks der Schwertkampfkunst und anderer Kampfsportarten referieren. William hoffte, dass sie sich so auf die bevorstehende Mission konzentrieren konnten.

Vittore legte anhand der Karte ihre Reiseroute fest, schätzte die Zeit bis zur nächsten Ruhestätte und achtete darauf, dass sie an jedem Abend eine sichere Zuflucht erreichen würden. Am ersten Abend war das ein Stall in einem Dorf, dessen Besitzer sie großzügig entlohnten. Obwohl sich Vittore größte Mühe gab, Williams Wünsche zu vermitteln, schien es durch die Übersetzung zu gewissen Missverständnissen zu kommen, denn der Preis für die Unterkunft stieg in besorgniserregende Höhen. Später entschuldigte sich Vittore für eventuelle Fehler, die aus seiner Unwissenheit entstanden sein mochten, doch sein Selbstbewusstsein war empfindlich angeknackst, und von dieser Stunde an sprach er nur noch höchst widerwillig Arabisch mit den Einheimischen, da er ein neuerliches Debakel fürchtete.

Von dem Geld, mit dem sie ursprünglich aufgebrochen waren, besaßen sie nur noch rund die Hälfte, ein Problem, das William nur zu deutlich bewusst war. Er beschloss, dass sie den Rest für Proviant aufsparen sollten, doch selbst derart bescheidene Ziele ließen sich nicht immer verwirklichen.

Am zweiten Tag nach Raschîd erreichte die Truppe das Nildelta. Das erwies sich als ausgesprochen breit, mit reißenden Wassern, die zur Küste strömten. Brücken gab es keine; zwei kleine Fischerdörfer erstreckten sich auf gegenüberliegenden Seiten bis dicht an die Ufer. Es hätte Tage gedauert, um das Delta zu umreiten, daher begaben sich William und Vittore in das Dorf und versuchten, eine Überfahrt auszuhandeln.

Nach zweistündigen Verhandlungen und Unterbrechungen einigte man sich schließlich auf einen Preis, worauf die ortsansässigen Fischer sie über das Wasser beförderten. Das alles zog sich quälend in die Länge. Zwei Pferde hier. Ein Wagen da. Eine Handvoll Männer dort. Es gab insgesamt nur drei Boote in dem Dorf, und jede Überfahrt nebst Rückfahrt dauerte über eine Stunde.

Als der letzte Mönch das Fischerdorf auf der anderen Seite erreicht hatte, ging die Sonne bereits unter. Inzwischen hatten sie für nicht unerhebliches Aufsehen unter den Einheimischen gesorgt, die sich am Ufer zusammenfanden und zusahen, wie die Ausländer und ihre Pferde über den Nil gebracht wurden. William drängte Vittore, dass er eine Unterkunft für sie finden sollte, doch als Bruder Paolo einen Knaben erwischte, der sie mit einem Steckbrief in der Hand beobachtete, gab er diesen Plan rasch wieder auf.

Der Steckbrief zeigte einen Europäer in Kleidung, die der der Truppe nicht unähnlich war. Peruzo witzelte humorlos, dass das Bild große Ähnlichkeit mit William hatte. Und so war es auch. Vittore musste die Worte nicht übersetzen. Keine Frage, dass die Bürgerwehr in Raschîd den Steckbrief geschickt hatte. Irgendwie war ihnen ihr Ruf vorausgeeilt.

Von diesem Abend an mied die Truppe Siedlungen und vergeudete eine Menge kostbare Zeit darauf, einen Bogen um Dörfer und Straßen am Nil zu machen. Wenn es Brücken am Fluss gab oder Furten, konnten sie ihn problemlos überqueren. War der Fluss unpassierbar, bezahlten sie für die Überfahrt und nahmen das Risiko auf sich, damit sie Raschîd möglichst schnell und weit hinter sich ließen. Und sie bezahlten teuer. Ihre finanziellen Mittel schmolzen rapide dahin.

Sie verbrachten fast jede Nacht unter den Sternen, wo die Temperaturen so drastisch sanken, dass die Männer bibbernd einschliefen, wenn sie es überhaupt konnten, oder einfach gleich wach blieben und zum unauslotbaren Himmelszelt emporsahen.

Das konnten sie unmöglich bis zum Sinai durchhalten, daher wagten sie sich am sechsten Tag, als sie das Nildelta endlich hinter sich gelassen hatten, in ein Dorf und hofften, dass die Kunde von den ausländischen Marodeuren noch nicht bis hierher vorgedrungen sein würde. Sie hatten Glück, die Dörfler nahmen sie bei sich auf, allerdings wiederum für einen nicht unerheblichen Preis. Der Geldbeutel klimperte jämmerlich, da sich nur noch wenige Münzen darin befanden. Doch verglichen mit dem Komfort an diesem Abend und der Möglichkeit, im Warmen auszuruhen, schien es ein geringer Preis zu sein.

Am folgenden Morgen brachen sie nach der wohltuenden Rast erfrischt auf, und es dauerte nicht lange, da ging das grüne Land in Sanddünen über, die anfangs erst vereinzelt auftraten, sich dann jedoch erstreckten, so weit das Auge reichte.

Am zehnten Tag galoppierten zwei Kundschafter an der Reihe der Männer entlang. Ihre Pferde wirbelten Sand und Staub auf, sodass mehrere Ordensbrüder ihnen freundschaftliche Verwünschungen hinterher riefen. Die Gesichter der beiden Reiter waren schweißüberströmt, ihre Pferde schnaubten.

Bruder Ludovico, der erste Kundschafter, wandte sich an William. »Wir haben eine Gruppe Männer gesehen.« Er zeigte westwärts. »Mindestens einhundert.«

»So viele?« William runzelte die Stirn und wandte sich zur Bestätigung an Donato, den zweiten Kundschafter. Der ältere Mönch nickte.

»Hundert. Und sie waren bewaffnet.«

Vittore hatte seine Zweifel. »Sind Sie sicher?«

»Alle waren irgendwie bewaffnet«, versicherte Donato ihm. »Musketen, glaube ich. Und Schwerter auch. Alle waren zu Pferde und ritten in Fünferreihen.«

»So breit wie diese Straße«, bemerkte Peruzo, der nach unten sah.

»Folgen sie uns?«, fragte William.

Ludovico konnte nur die Achseln zucken.

William winkte Peruzo und Vittore näher.

»Vorschläge?«, fragte er.

»Wenn sie von der Bürgerwehr sind, jagen sie uns«, antwortete Peruzo.

»Wir könnten Stellung beziehen«, schlug Vittore vor.

»Wir sind nicht hier, um gegen Einheimische zu kämpfen, Lieutenant«, wies ihn William zurecht.

»Möglicherweise haben wir keine andere Wahl, Captain.«

»Können wir einen anderen Weg einschlagen?«, hakte Peruzo nach.

Das schien Vittore zu bekümmern. »Diesen Wegabschnitt habe ich eigens gewählt ... Auf die Meile genau berechnet ... Eine Oase für jede Übernachtung ...«

»Aber *könnten* wir einen anderen Weg nehmen?«, unterbrach ihn William.

Vittore warf Peruzo einen giftigen Blick zu, dann wandte er sich liebenswürdig an William. »Ich könnte es versuchen.«

»Dann machen Sie es«, befahl William. »Ich will es nicht mit hundert Milizionären zu tun bekommen, ganz gleich, wie groß unsere Siegeschancen sind. Stellen Sie sich vor, meine Herren, wenn wir gegen sie kämpfen müssten.«

Peruzo nickte, aber Vittore nicht.

William erklärte es ihm. »Dieses ganze Land befindet sich ständig am Rand eines Krieges. Wenn nicht gegen Napoleons Armee, dann gegen die Briten. Und jetzt haben wir Vizekönig Mohammed Ali. Er ist ein Volksheld, der alle Feinde vor sich hertreibt. Und er *verabscheut* Ausländer. Wenn das Volk ihn so sehr liebt, wie man mir sagte, dann dürften die Bürgerwehrler uns hassen. Sie brennen vermutlich nur darauf, uns einzuholen und zu töten. Und wenn nicht diese Armee hinter uns, dann eine größere Armee oder eine noch größere nach ihr. Wir können es nicht mit ihnen aufnehmen, verstanden?«

Keiner konnte etwas gegen diese Analyse der Situation einwenden.

»Vittore findet einen alternativen Weg für uns, und wir verwischen unsere Spuren«, befahl William. »Auch wenn es bedeutet, dass sich der Vorsprung unserer Feinde vergrößert.«

V

Der neue Weg führte sie nach Süden. Sie verfehlten die nächste Oase um fünfzehn Meilen und waren gezwungen, unter den Wagen und den Segeltuchplanen zu schlafen, mit denen sie die Waffen schützten. Es war eine bitterkalte Nacht, keiner konnte schlafen. William saß zitternd auf einer Düne und behielt den Horizont im Auge. Bei Vollmond wirkte diese Welt enormer Sandhügel ruhig und fahl und unheimlich still. Er fühlte sich verloren in dieser Weite. Die Entscheidung, nach Süden auszuweichen, brachte Risiken mit sich, und er fürchtete, dass sich die Situation bald verschlechtern würde.

Am nächsten Morgen wandten sie sich nach Osten auf einen wenig begangenen Weg, der so weich war, dass er regelrecht an den Hufen der Pferde zu saugen schien. Vittore murrte ununterbrochen, versprach jedoch, dass sie die nächste Oase planmäßig erreichen würden.

Als der Tag zur Neige ging, erreichte die Gruppe auf einem ausgetretenen Trampelpfad eine Hügelkuppe. William sah angestrengt zum Himmel und entdeckte eine graue Wolke vor dem verblassenden Blau. Er nahm das Fernrohr zur Hand, konzentrierte sich auf die graue Wolke und sah im Dämmerlicht schwarzen Rauch. Und mehr, das orangerote Leuchten eines großen Feuers, das ungehindert brannte.

»Was halten Sie davon?« William reichte Peruzo das Fernrohr, als dieser mit seinem Pferd bei ihm anhielt.

Peruzo sah lange und angestrengt durch das Fernrohr und runzelte die Stirn. »Ein Feuer. Aber zu groß für ein Lagerfeuer. Sieht aus wie ein …« Er verstummte.

»Ein Scheiterhaufen?«, schlug William vor.

»Oder mehrere Feuer dicht beieinander, Captain. Ein Feuer, das außer Kontrolle geraten ist.«

»Was ist los?«, fragte Vittore, der an der Reihe der Männer entlanggaloppiert kam.

»Gibt es hier in der Nähe Dörfer, Lieutenant?«, fragte Willliam Vittore.

Vittore schüttelte den Kopf. »Auf der Karte sind keine eingezeichnet. Aber das bedeutet nicht, dass es keine geben *könnte*. Das ist nicht gerade die zuverlässigste Karte.«

»Wenn es kein Dorf ist …«, sagte William.

»Dann könnte es Ärger bedeuten«, stimmte Vittore zu.

»Hier in der Nähe liegt eine Oase. Das Feuer und der Rauch werden mit Sicherheit Aufmerksamkeit erregen. Ärger hin oder her, wir müssen der Sache auf den Grund gehen«, entschied William.

Eine halbe Stunde verging, der Himmel wurde noch dunkler. Der Rauch war inzwischen so nahe, dass der beißende Gestank in Münder und Nasen drang.

Als sie die nächste Düne erklommen hatten, sahen sie den Grund dafür.

Keine fünfzig Yards entfernt, bot sich ihnen ein Bild des Chaos. Das wenige Licht der Dämmerung zeigte eine

Schlachtenszene grimmiger Schatten und bedrohlicher Flecken. Mehrere hohe Palmen brannten oder schwelten. Eine dunkle Flüssigkeit besudelte den Teich selbst, Leichen trieben an der Oberfläche. Ringsum lagen weitere dunkle Gestalten, bei denen die Leichenstarre schon eingesetzt hatte, in Schatten gehüllt. Zwei Fuhrwerke lagen umgekippt in der Nähe, ein drittes stand in Flammen, die heiße Glut des lodernden Gefährts leuchtete in der Finsternis wie verstreute orangerote Augen.

Die Truppe reihte sich auf dem Dünenkamm auf wie ein makabres Publikum und unterhielt sich mit gedämpften Stimmen über das Bild des Grauens, das unten vor ihnen lag.

»Überlebende?«, fragte Peruzo hoffnungsvoll.

»Das müssen wir herausfinden«, antwortete William und setzte sich in Bewegung.

Peruzo kam näher und zog ihn am Arm. »Das könnte eine Falle sein«, warnte er.

»Vittore kann mit der halben Kompanie hierbleiben. Die andere Hälfte reitet mit mir«, sagte William bestimmt.

Die Ordensbrüder teilten sich ordentlich auf, jeder zweite Mann ritt die Sanddüne hinab. Marco wollte sich ebenfalls anschließen, doch Peruzo versperrte ihm mit seinem Pferd den Weg und schüttelte den Kopf. »Dein Platz ist hier.«

Marco wollte Widerrede geben, doch ein Blick brachte ihn zum Schweigen. Er blieb widerwillig vor Ort, während Peruzo William die steile Böschung hinab folgte.

Der Inhalt des ersten Wagens lag im Sand verstreut; kostbare Teppiche und prunkvolle Kleidungsstücke flatterten im Abendwind. Unmittelbar dahinter lag der erste Tote. William gab Bruder Caspar ein Zeichen, dass er absteigen sollte, worauf der untersetzte Mönch vom Pferd sprang und den Leichnam mit dem Fuß umdrehte.

»Seine Kehle ist zerfleischt«, rief Casper zurück und spuckte auf die Seite.

William nickte. »Wer war er?«

»Ein Bauer, Captain.« Casper ging weiter, verweilte aber bei jedem Toten einen Moment und nahm ihn in Augenschein.

Peruzo ließ den Blick schweifen und versuchte, einen Sinn hinter alledem zu ergründen.

»Die Wagen waren mit teuren Kleidungsstücken beladen. Sieht nach einer Handelskarawane aus«, bemerkte William.

»Aber wer würde Kaufleute angreifen?«, fragte Peruzo.

»Räuber und Diebe machen diese Wüstenstraßen unsicher«, mischte sich Vittore ein. »Ich sehe so etwas nicht zum ersten Mal, Captain. Hier draußen gibt es so gut wie kein Recht und Gesetz.«

»Würden Diebe ihren Opfern die Kehlen zerfleischen?«, fragte William, sah den Lieutenant an und erinnerte ihn daran, dass er schon früher manches übersehen hatte.

Sie durchsuchten das Lager weiter und untersuchten die vielen verstreuten Leichen. Einen Mann fanden sie, der noch nicht ganz tot war. Mit seinen letzten Atemzügen sprach er nur ein paar Worte, aber William verstand sie nicht. Es betrübte ihn, dass die letzten Worte dieses Mannes unverstanden blieben und niemals wiederholt werden würden.

In der Mitte des Lagers teilten sich die Mönche auf und suchten jeder für sich. William stieg ab, ließ aber die Hand am Schwertgriff. Er kam zu einem Zelt und bemerkte dessen hochwertige Qualität, doch jetzt war es zerrissen und blutverschmiert. Im Inneren fand er Körbe, die man umgeworfen, jedoch nicht geplündert hatte. Die meisten Waren in dem Lager waren durcheinandergeworfen, aber offenbar fehlte kaum etwas.

Nach einigen Minuten, in denen die Brüder suchten und sich berieten, kam Bruder Eric zu William und erstattete ihm Bericht.

»Sie sind alle tot«, verkündete er. »Wir haben insgesamt zwanzig Leichname gezählt.«

»Kann man erkennen, wer diese Leute waren?«

Bruder Eric zuckte die Achseln. »Die meisten wurden verstümmelt. In dieser Dunkelheit könnten sie jeder sein, Captain.«

»*Alle* verstümmelt?«

Der Mönch nickte.

»Schicken Sie mir Bruder Filippo her, ja?«

Bruder Eric kam mit ihrem Arzt zurück, der betroffen aussah. »Ich kann nichts mehr für diese Menschen tun«, klagte er.

»Ich verstehe«, sagte William. »Aber ihre Verletzungen ... Erkennen Sie sie wieder?«

»Ganz ähnlich wie die Verletzungen von Charles Greynell, Captain«, gestand Bruder Filippo außer Hörweite der anderen.

»Das dachte ich mir«, sagte William und atmete lang aus. Er rieb sich die Augen und nickte. »Suchen Sie nach Überlebenden oder Wachtposten auf den umliegenden Dünen. Und machen Sie Feuer. Ich möchte, dass jeder Zoll dieser Oase heute Nacht beleuchtet ist.«

Jenseits des Teichs wurden Stimmen laut; William sah durch das Dunkel zu der Gruppe Silhouetten.

»Ein Überlebender?«, fragte Bruder Filippo hoffnungsvoll.

»Lieutenant Vittore soll zu mir kommen«, sagte William und eilte zu den versammelten Mönchen. Einige betrachteten eine Gestalt, die in den Falten eines aufgerissenen Stoffballens saß. Als William näher kam, erkannte er den Mann mit dem gekrümmten Rücken und der Hakennase.

Sein Gesicht und die Kleidung waren von Sand bedeckt und klebrig von Schweiß und Schmutz. Er sah argwöhnisch und ein wenig schuldbewusst auf und wandte den Kopf ab, als William vor ihm stand.

Vittore kam herbeigeritten, hielt an und blickte auf den einzigen Überlebenden herab.

»Ich kenne diesen Mann, Lieutenant«, gab William zu, kam aber im ersten Moment nicht auf den Namen, doch dann zauberte sein Gedächtnis ein Bild aus dem Bordell Babel herbei.

»Hammid, richtig?«, sagte William, was Vittore überraschte und Hammid veranlasste, zu ihm hochzusehen. Er kniete vor dem Araber nieder. »Wo ist Thomas Richmond?«

Der Araber betrachtete William ganz kurz, doch dann wandte er sich ab und schien den Blick auf alles zu richten, nur nicht auf William.

»Mr. Richmond, wo?«, wiederholte William und breitete fragend die Arme aus.

Hammid erhob sich mühsam von dem Stoffballen und wischte sich Sand vom Gesicht. Dann stapfte er durch das Gemetzel, sah die verstümmelten Leichen nicht an und vermied es instinktiv, in die Blutlachen zu treten.

Sie kamen zu einem Zelt, und William fürchtete das Schlimmste, doch dann ging Hammid daran vorbei, passierte einen weiteren Toten, den brennenden Wagen und näherte sich den Sanddünen dahinter. William und Vittore folgten ihm zögernd, da sie dachten, der Araber hätte den Verstand verloren, als er die Oase verließ und die erste Düne erklomm, über der der gigantische Mond schien.

Vittore warf William einen misstrauischen Blick zu, doch sie folgten Hammid auf die Kuppe und ließen den Blick über die Wüste schweifen. William runzelte die Stirn, da er nicht begriff, weshalb Hammid sie hierher geführt hatte, doch dann sah er eine Gestalt im Schatten, die am Fuß eines Hangs starr aufrecht saß.

Sie ließen Hammid stehen und liefen so hastig die Düne hinab, dass ihre Stiefel tiefe Löcher im Sand hinterließen. Sie näherten sich bis auf wenige Schritte, und als die Gestalt sich immer noch nicht regte, fürchtete William abermals das Schlimmste. War dies Thomas Richmond, mausetot?

William atmete tief durch, ging um die reglose Gestalt herum und sah genauer hin. Selbst in der Dunkelheit erkannte er Richmonds jetzt sonnengebräunte Haut, den schwarzen Bart, die breiten Schultern. Und seine Augen. Die *offenen* Augen, die ins Leere starrten.

William atmete erleichtert aus und sah Vittore strahlend an, als würde der Lieutenant seine Freude teilen. Vittore blieb jedoch ungerührt, und das möglicherweise mit gutem Grund. Denn obwohl der Mann vor ihnen die Augen weit aufgerissen hatte, nahm er keinen der Neuankömmlinge zur Kenntnis.

»Mr. Richmond?«, fragte William.

Keine Reaktion.

»Thomas Richmond?«, wiederholte er und winkte mit einer Hand vor den Augen.

Wieder nichts.

Er kniete vor dem Engländer nieder. »Thomas?«, sagte er. »Erinnern Sie sich an mich?«

Langsam blinzelte der Engländer und sah ihn an. William bemerkte Blutstropfen auf seinen Wangen und der Stirn. Hemd und Jacke waren ebenfalls mit Blut bespritzt, daher dachte William schon, er wäre verwundet.

»Sind Sie verletzt?«, fragte er.

»Nein«, krächzte Mr. Richmond fast unhörbar. Er runzelte die Stirn und verdrehte die Augen in Williams Richtung. »Kennen wir uns?«

»Babel«, entgegnete William.

Der Engländer verzog das Gesicht, als würde ihm allein das Denken Schmerzen bereiten. Mit zusammengekniffenen Augen studierte er Williams Gesicht, dann schien es ihm wieder einzufallen und er packte ihn am Arm. »Natürlich! Natürlich! William, richtig?«

William nickte und lächelte verhalten. Thomas Richmonds Lächeln wurde breiter, dann fing er an zu weinen. »Danke, Sir. Gott, ich danke Ihnen …«

William hielt den Arm des Engländers und freute sich über dessen Dankbarkeit, wusste aber nur zu gut, dass immer noch Gefahr in der Nähe lauern mochte. »Was ist hier passiert?«, fragte er drängend. »Ihr Diener ist uns keine große Hilfe gewesen.«

»Machen Sie ihm keinen Vorwurf daraus«, murmelte Thomas. »Er hat Angst, das ist alles. Er hat sich versteckt, als das Gemetzel anfing.«

»Was ist mit Ihnen geschehen?«

Thomas sah zu William auf. »Ich *habe* versucht, meinen Männern zu helfen … Aber sie sind über uns hergefallen. Sie haben alle ermordet.«

»Wann?«

»Mitten in der Nacht.«

»Sie sitzen schon den ganzen Tag hier?«

Thomas nickte. »Hammid saß eine Zeitlang bei mir, aber dann kam die Nacht, und er versteckte sich wieder. Er dachte, sie kämen zurück. Wer immer sie sind.«

»Sie?«

»*Schatten.* Drei Schatten kamen aus der Nacht. Sie haben meine Diener abgeschlachtet.«

»Und gibt es außer Ihnen und Hammid noch Überlebende?«

Thomas, der mit den Gedanken woanders war, zuckte die Achseln.

»Mr. Richmond?«, beharrte William.

Der Engländer riss sich zusammen. »Möglicherweise einige Verwundete, aber die dürften inzwischen auch tot sein. Ich bin kein Arzt, Sir.«

William war enttäuscht. Der Kaufmann hatte einen Schock, doch wer konnte es ihm verdenken? Sein gesamtes Gefolge war niedergemetzelt worden. »Wir müssen mehr erfahren. Wenn dies das Werk von Vampyren ist, wo stecken sie jetzt?«, sagte er leise zu Vittore, der nickte. Er drehte sich wieder zu Thomas um und legte ihm behutsam eine Hand auf die Schulter.

»Mr. Richmond«, begann er, »weiß Hammid mehr darüber, was vorgefallen ist?«

»Warum sollte Hammid mehr wissen als ich?«, fragte Richmond und erhob sich aus dem Sand. Er strich sich automatisch den Sand von der Kleidung, so blutbesudelt sie war. Dann sah er die Düne hinauf zu Hammid, der mit fest zusammengekniffenen Augen langsam auf den Knien hin und her wippte. »Der arme Hammid weiß nichts, das versichere ich Ihnen.«

»Er wusste genug, dass er sich versteckt hat, als es Nacht wurde«, sagte William.

»Weil er sich vor der Dunkelheit fürchtet«, antwortete Thomas. »Gilt das nicht für uns alle?«

»Furcht hin oder her, Sie müssen uns zur Oase begleiten«, teilte William ihm mit.

»Zurück zum *Tod?*«, rief der andere aus und winkte verzweifelt mit einer Hand in die Richtung. Er schüttelte den Kopf. »Das kann ich nicht.«

»Die Leichen Ihrer Männer werden begraben«, versicherte William ihm, »aber hier draußen können wir Sie und Hammid nicht beschützen.«

Der Engländer kicherte, ein tiefes, schreckliches Lachen, das abgehackt vor Traurigkeit klang. »Ich fürchte, Sir, dass Sie uns überhaupt nicht beschützen können!«

»Wenn Sie hierbleiben, werden Sie ganz sicher sterben«, versicherte William ihm. »Entweder bringt die Gefahr aus dem Dunkel Sie um oder die Sonne. Sie haben einen Sonnenbrand und sehen ausgehungert aus. Wir haben Essen und Trinken.«

»Ich habe ausreichend Essen, Sir«, sagte Thomas und berührte zusammenzuckend das verbrannte Gesicht. Er schüttelte Williams Hand ab und erklomm die Düne ohne fremde Hilfe, wo er zu Hammid ging, der ein Gebet murmelte. Der Engländer legte dem Araber behutsam eine Hand auf den Kopf, worauf das Gebet sofort verstummte. Hammid blickte zu Thomas auf, der lächelte, etwas auf Arabisch sagte und dem Mann damit ein wenig Hoffnung zu geben schien.

»Glauben Sie, er hat ein Recht, es zu erfahren?«, wandte sich William an Vittore.

Der Lieutenant sah Thomas an und schüttelte den Kopf. »Nein, Captain, eher nicht. Er lebt, nur darauf kommt es an. Es ist sicher besser, ihn in Unwissenheit zu lassen, als ihm die Wahrheit zu sagen.«

»Aber sein Leiden könnte unsere Schuld sein. Er hat uns im Babel geholfen. Das könnte die Strafe dafür sein, dass er die Feinde der Vampyre unterstützt hat.«

»Mag sein«, gab Vittore zu, »aber wir müssen ihn in Unkenntnis lassen. Anonymität, wissen Sie nicht mehr?«

William gab nach und führte Thomas und Hammid zurück zu der Oase, wo die Ordensbrüder bereits Scheiterhaufen aus Zelten und beschädigten Wagen aufschichteten und verbrannten, was nicht mehr zu retten war. Eine Kette Männer zogen die Toten aus dem Wasserloch zu einer Stelle hinter den Dünen. Mit Baker-Rifles bewaffnete Wachen sicherten das Lager.

Thomas Richmond bemerkte es erst, als sie das hastig errichtete Lager betraten. Er sah nach rechts und erblickte einen Mann in grauer Uniform, der mit der Waffe in der Hand zum schwarzen Horizont sah.

»Wer *sind* Sie?«, wollte er von William wissen. »Als wir uns kennenlernten, habe ich Sie für einen Kaufmann gehalten. Aber jetzt bezweifle ich, dass Sie einer sind.«

»Wir sind Mönche, Mr. Richmond«, teilte William ihm mit. »Auf einer Pilgerfahrt.«

»Was für Mönche tragen denn Waffen bei sich?«, fragte Thomas, der nicht überzeugt zu sein schien.

»Die Art von Mönchen, die Sie heute Nacht beschützen werden, Mr. Richmond«, antwortete William ein wenig zu unvermittelt, sodass seine erste Reaktion war, sich bei dem Kaufmann zu entschuldigen.

Thomas sah entrüstet drein. »Ich wusste es!«, begann er und fing an zu toben. »Sie haben etwas damit zu tun!«, brüllte er »Ich habe gehört, was im Babel passiert ist. Bis auf die Grundmauern niedergebrannt. In der Nacht, als Sie dort waren ...«

William verzog das Gesicht unter dem Schwall der Verwünschungen und Vorwürfe. Er hob eine Hand und wollte den Mann beruhigen, doch die Geste zog lediglich weitere Vorhaltungen nach sich.

»Bringen Sie Hammid etwas zu essen und Wasser. Er muss sich ausruhen«, murmelte William Vittore zu.

»Und er?« Vittore nickte zu Thomas, der jetzt zu den Sternen hinaufbrüllte.

»Ich beruhige ihn. Sehen Sie nach, ob Sie Wein oder etwas Stärkeres finden können. Das wird er heute Nacht brauchen.«

VI

Sie saßen im Sand und sahen fasziniert in die Flammen, die immer höher loderten. Der Geruch von brennendem Fett erfüllte die Luft, die ganze Oase stank wie ein Schlachthof.

Thomas wandte sich an William, der sich neben ihn setzte und dem erschöpften Kaufmann einen Blechbecher Gin reichte.

»Leider kein Wein«, gestand William.

Thomas schnupperte misstrauisch, trank einen Schluck und kippte dann den ganzen Becher hinunter; am Ende hustete er. »Götter, wahrlich kein Wein! Gin? Mönche mit Gewehren? Mönche mit *Gin?*«

»Ich bin kein Mönch«, sagte William.

»Sie sagten ...«

»Ich sagte, diese Männer sind Mönche. Ich nicht.«

Thomas schüttelte missfällig den Kopf. »Zu viele Rätsel, Sir. Zu viele Rätsel in der Nacht. Bitte seien Sie offen und ehrlich zu mir.«

»Ich bin *Captain* William Saxon«, begann er. »Diese Männer sind Mönche und stehen unter meinem Kommando. Ich bin weder ein Priester noch habe ich das Gelübde abgelegt, und dennoch folgen sie mir, denn sie sind keine Mönche im herkömmlichen Sinne. Wir sind ... *gewaltorientierter.*«

Thomas sah William bestürzt an. »Das klingt nach Inquisitoren.«

William lachte laut auf. »Großer Gott, nein. Die Inquisition war Mittel und Zweck eines Mannes, eine paranoide und irrige Überzeugung. Unsere Ziele sind nicht so finster. Dennoch werden leider manchmal Unglückliche in unseren Konflikt hineingezogen.«

»*Unglückliche?* Das ist ein schöner Ausdruck für meine toten Diener«, sagte Thomas traurig. »Was für ein Konflikt könnte zu solchen Verheerungen führen?«

»Ein geheimer Konflikt, der seit Jahrtausenden schwelt, Mr. Richmond. Ein Krieg zwischen Himmel und Hölle«, erklärte William.

Der Engländer runzelte die Stirn und machte einen Witz, doch die Worte wollten ihm nicht so recht über die Lippen kommen. »Sie nehmen mich auf den Arm«, sagte er schließlich.

»Keineswegs«, entgegnete William schlicht und füllte Thomas' Becher nach. »Die Schatten, die Sie angegriffen haben, sind Vampyre, Halbdämonen mit der Kraft vieler Männer. Mordlüsterne Bestien.«

»Und warum sollten sie *mich* angreifen?«, wandte Thomas ein. »Ich habe ihnen nichts getan! Ich bin ein einfacher Kaufmann. Ein Kaufmann, der den Beduinen Stoff verkauft, und ganz gewiss keine Bedrohung.«

William stimmte ihm zu. Er wartete, bis Thomas den Becher abermals geleert hatte, und füllte ihn nach. Während der Engländer einen kleinen Schluck trank, verriet William ihm seinen Verdacht. »Sie haben uns im Babel unterstützt.«

Thomas sah von dem Gin auf und William an. Es war eine vorwurfsvolle Miene, eine Mischung aus tiefem Bedauern und auch Wut. »Und deswegen bin ich gebrandmarkt?«

William nickte. »Ich hätte nie gedacht, dass Ihre Dienste als Dolmetscher Sie zur Zielscheibe machen würden. Und ich wusste nicht, dass die Vampyre Sie beobachten. Sehen Sie, die Vampyre haben das Babel zerstört, nicht wir. Und diese Malika haben sie ermordet. Und sie haben auch Charles Greynell ermordet.«

Thomas sah ihn entsetzt an. »Die Bürgerwehr von Raschîd glaubt, dass Sie das Babel zerstört haben. Wussten Sie, dass zwei Armeen hinter Ihnen her sind? Eine aus Raschîd und eine aus Dumjat?«

Jetzt sah William nervös aus. »Woher wissen Sie das?«

»Ich habe die Ortschaften und Dörfer entlang des Nils bereist. Da ich Ausländer bin, haben sie mich nach ›Männern in Grau‹ gefragt«, antwortete der Engländer spitz. »Natürlich habe ich ihnen nichts gesagt.«

»Meinen besten Dank«, antwortete William murmelnd, obwohl ihn zutiefst besorgte, dass gleich zwei Armeen die Region nach ihnen durchkämmten. Dass sie die erste abgeschüttelt hatten, war schon eine reife Leistung gewesen … Aber zwei?

»Die Miliz aus Dumjat sucht die nördliche Küste ab, die aus Raschîd operiert im Süden«, sagte Thomas. »Sie wird von einem brutalen und ehrgeizigen Mann angeführt. Vizekönig Ali hat die Sicherheit Raschîds in seine Hände gelegt. Dieser Mann muss Sie unbedingt festnehmen, wenn er seinen Ruf nicht verlieren will.«

»Wer ist er?«

»Er heißt Haidar. Ein Stammgast im Babel. Für ihn ist das etwas Persönliches, *Captain* Saxon«, sagte Thomas, der den Titel unbehaglich aussprach.

William erschrak. Er hatte nicht erwartet, dass er es bei dieser Mission mit drei Gegnern zu tun bekommen würde.

»Sollten wir dann nicht sofort aufbrechen? Was immer Sie zu dieser Oase geführt hat, wird die anderen mit Sicherheit auch herführen, glauben Sie nicht?«, fragte Thomas.

»Die Vampyre könnten immer noch da draußen sein, darum müssen wir bis Sonnenaufgang warten. Vampyre mögen kein Tageslicht. Manche sind unnatürlich empfindlich dagegen. Leider ist das ihre *einzige* Schwäche«, informierte William ihn.

Thomas saß mit hängenden Schultern da und schlang die Arme um sich. »Sie haben gefährliche Feinde, Captain.«

»Ja«, stimmte William zu, war aber mit den Gedanken schon woanders.

»Und ich jetzt auch«, fügte Thomas hinzu.

William atmete schwer und stellte seinen Becher auf das Knie. »Was immer Ihr Ziel sein mag, wir eskortieren Sie dorthin. Das ist das Mindeste.«

Das tröstete Thomas offenbar nicht. »Ich akzeptiere, was immer es mir auch nützen mag. Aber ich befürchte, nicht einmal Mönche mit Gewehren können diese Kreaturen aufhalten, Captain.«

KAPITEL ELF

Die Ajaida

I

Am fünften Tag nach dem Gemetzel bei der Oase zog am Spätnachmittag von Norden her ein schwerer Sturm auf. Thomas sah ihn zuerst, eine riesige, dunkle Wand, als wären die Wolken mit dem Horizont verschmolzen, und brüllte gestikulierend.

»Ein *habub,* William – ein Sandsturm«, warnte er und zügelte sein Pferd. Das Tier wurde unruhig, genau wie die anderen Pferde. »Wir müssen Schutz suchen.«

William befahl den Männern, dass sie absteigen und mit den drei Wagen eine Palisade bilden sollten. Sie spannten die Planen der Wagen so auf, dass in der Mitte ein Baldachin entstand. Dennoch war es eine behelfsmäßige und lückenhafte Angelegenheit, und sie mussten die Pferde fest an die Wagen fesseln und ihnen die Augen verbinden, damit sie nicht panisch in die Wüste flohen.

Sie brauchten zu lange, bis sie fertig waren, und das letzte Stück Plane war noch nicht an einem Wagen befestigt, da kam auch schon der Sturm wie eine Woge heißen Atems über sie. Die Mönche duckten sich und hielten die Hände über die Köpfe, als die feinen Sandkörnchen über die Wagen hinwegfegten, unter die Abdeckungen gerieten und bis in die Mitte wirbelten. Staub und Sand hüllte die Männer ein. William hielt eine Hand vor die Augen und blinzelte, während ihr primitiver Baldachin flatterte.

Einmal wurde ein Stück Plane losgerissen, doch ein Ordensbruder sprang hoch und erwischte es noch rechtzeitig, band es wieder fest und duckte sich erneut.

So schnell, wie er angefangen hatte, ließ der Sturm nach und der Sand senkte sich herab.

Thomas richtete sich auf, schlug die Planen zurück und seufzte vor Erleichterung. »Wir hatten Glück«, sagte er. »Ich habe schon von Stürmen gehört, die Tage andauerten. Manche haben ganze Dörfer ausradiert.«

William nahm seine Worte nicht auf die leichte Schulter. »Wir müssen eine Zuflucht finden, und zwar bald«, stimmte er zu und wandte sich an seine Lieutenants. »Wo sind wir?«

Vittore studierte die Karte ein wenig ratlos und schien einen Moment lang nicht zu wissen, wo sie sich befanden. Dann zeigte er auf eine Meilen vom Sinai entfernte Stelle. In der Nähe lag eine Oase, doch auch bis dahin war es mindestens ein Tagesritt.

»Unser Wasser wird knapp«, bemerkte Peruzo leise, während die Mönche ringsum die Planen herabzogen und nach den verängstigten Pferden sahen.

»Und das Essen«, stimmte Vittore zu und sah wieder zu den Pferden.

William begriff, was er damit sagen wollte. »Das wäre eine verzweifelte Lösung, Lieutenant«, ermahnte er ihn. »Wir brauchen alle Pferde, damit sie uns zum Sinai bringen – und damit wir kämpfen können, wenn wir dort sind.«

»Captain ...«, sagte Vittore, der sich erschöpft anhörte, »möglicherweise erreichen wir den Sinai gar nicht. Wir könnten verhungern. Oder verdursten ...«

William ging zwischen den Wagen hindurch; seine Lieutenants folgten ihm auf dem Fuß. »Vieles könnte uns zwischen hier und unserem Ziel befallen«, sagte er, während er an den Pferden vorbeiging, die tänzelten und den Sand von den Fellen schüttelten, und sie beruhigte. »Wir befinden uns in großer Gefahr. Aber denken wir lieber an praktische Dinge.« Er wandte sich an Peruzo. »Wie lange reicht unser Wasser noch?«

»Wenn wir es auf ein paar Schlucke am Tag rationieren, *könnte* es reichen, bis wir bei der Oase eintreffen«, antwortete Peruzo.

»Und das Essen?«

Vittore blickte grimmig drein. »Genug für eine kleine Schale voll heute Abend. Nur Reis.«

»Dann sorgen Sie dafür, dass die Portionen rationiert werden. Wir sparen so viel Reis und Wasser, wie wir können.« Nach einer Pause fügte William hinzu: »Ich werde heute Abend nichts essen.«

Die beiden Männer erhoben Einwände, Peruzo am lautesten.

»Ich habe schon schlimmere Situationen als diese erlebt«, erklärte William, obwohl er es selbst bezweifelte.

11

An diesem Abend saß William allein, während die Mönche ihre karge Mahlzeit zu sich nahmen. Keiner beklagte sich darüber, dass er hungern musste, allerdings gab Hammid klägliche Laute von sich, bis Thomas ihn zum Schweigen brachte und er sich mit seiner kleinen Schüssel Reis in die Schatten verzog.

Wenig später kamen seine beiden Lieutenants zu William. Beide kamen mit leeren Händen.

»Haben Sie schon gegessen?«, fragte er sie.

»Wir haben beschlossen, Ihrem Beispiel zu folgen, Captain«, antwortete Peruzo. »Die Männer müssen gesund und gestärkt sein.«

»Stimmt genau«, bekräftigte Vittore und stimmte ein trockenes Lachen an. »Für die Mission.«

William entging der Sarkasmus nicht, dennoch musste er zustimmen. Sie stießen in eine Richtung vor, hatten aber keine Ahnung, ob es sich dabei um die richtige handelte.

Er griff in die Jacke und las Charles Greynells Brief nach Rom noch einmal durch. Als er ihn herauszog, fiel etwas in den Sand. Es war der Anhänger, den ihm die Frau im Babel gegeben hatte. Er hob ihn auf und betrachtete ihn im Feuerschein.

»Irgendwelche Hinweise?«, fragte Peruzo und sah seinen Captain an.

William sah den Lieutenant an und schüttelte den Kopf. »Nur noch ein Rätsel mehr.« Mit einem Seufzer beklagte er seine Unwissenheit. Er hatte den Offizieren den Anhänger schon vor einigen Tagen gezeigt, aber keiner hatte einen nennenswerten Kommentar dazu abgegeben, abgesehen davon, dass Vittore ihn als »Stammeszeichen« bezeichnete. William war nicht sicher, warum er ihn behalten hatte, ob es sich um einen Fluch oder einen Talisman handelte. Abgesehen von dem rätselhaften Brief an das Sekretariat war das auf jeden Fall die einzige Habseligkeit von Charles Greynell, die sie besaßen.

»Thomas Richmond glaubte, es könnte von Beduinen stammen. In seinem Brief erwähnt Greynell ›Wanderer in der Wüste‹«, teilte William ihnen mit und schob den Anhänger wieder unter das Hemd.

»Und Sie glauben, er meinte die Nomaden in dieser Region?«, fragte Peruzo.

»Das wäre eine Hoffnung«, antwortete William.

Vittore seufzte. »Keine sehr große, Captain.«

William antwortete nicht.

»Sie haben das Blatt schon früher wenden können, Captain, das wird Ihnen wieder gelingen«, sagte Peruzo zuversichtlich und ignorierte Vittores Zynismus.

Lieutenant Vittore lehnte sich zurück und betrachtete Peruzo. »Wenn ich die Unterstützung von Engeln hätte, würde ich mich auch zuversichtlicher fühlen, Lieutenant Peruzo. Aber ich habe auf dieser Mission noch keine gesehen. Und ich bin sicher, mein Captain stimmt mir zu, wenn ich sage, dass man sich besser auf etwas verlässt, das man kennt.«

»Dass Sie sie nicht gesehen haben, bedeutet nicht, dass sie nicht existieren, Vittore«, knurrte Peruzo zurück.

»Und Sie sagen, *ich* bin naiv?«, spöttelte Vittore.

»Ich habe nie gesagt ...«, fauchte Peruzo zurück.

»Genug!«, sagte William laut genug, dass beide verstummten, aber so leise, dass die Ordensbrüder unten ihn nicht hören konnten.

Beide Männer wirkten zerknirscht und konnten ihrem Captain nicht in die Augen sehen.

»Ich dulde solche Streitereien nicht in meiner Anwesenheit, verstanden?«, sagte William.

Die beiden Lieutenants nickten beschämt.

»Was dieses Gerede von Engeln angeht ...«

»Existieren sie denn wirklich, Captain?«, fragte Vittore.

William sah den Lieutenant an und überlegte sich, was für Möglichkeiten er hatte. Unter diesen verzweifelten Umständen würden Gerüchte über Engel sicher umgehend die Runde machen. William wollte keine falschen Hoffnungen wecken, musste aber etwas sagen.

»Sie existieren, Lieutenant. Aber ich würde sie nicht Engel nennen«, sagte er schließlich.

Peruzo verschränkte die Arme mit einem unterschwelligen Gefühl des Triumphs.

»Ich bin ihnen vor sieben Jahren das erste Mal begegnet, als wir an Bord der *Iberer* nach Neapel gereist sind«, erklärte William. »Das war vor meinem Dienst im Orden, bevor ich etwas über den Krieg zwischen Himmel und Hölle wusste. Kieran Harte und ich brachten unter dem Schutz von Engrin Meerwall einen Scarimadaen nach Rom.

Vor der Küste Sardiniens griff uns ein Schiff mit einer Besatzung aus Kafalas und einem Vampyr an. Viele unserer Besatzung wurden getötet, der Vampyr hätte den Scarimadaen um ein Haar in seinen Besitz gebracht. Hätte er es geschafft, wäre es unser aller Ende gewesen.

Aber mitten in dem Kampf griff ein Geschöpf des Lichts ein. Es fiel vom Himmel, nahm an dem Kampf teil und vernichtete den Vampyr, sein Schiff und die Kafalas. Schrecklich war es anzusehen; unmenschlich, und mit unvorstellbaren Kräften ausgestattet. Und es kannte *überhaupt keine Gnade.*«

Vittore war verstummt und hörte aufmerksam zu.

William krümmte die Schultern in der Kälte. »Mir hat es eine Heidenangst eingejagt.«

»Sind sie unverwundbar, wie es in den Geschichten heißt?«, fragte Peruzo.

William grunzte. »Sollte man meinen. Aber vor sieben Jahren sah ich einen in der Schlacht von Aosta fallen, und ein anderer ist jüngst erst gestorben, wie man mir mitgeteilt hat.«

»Was ist mit Lieutenant Harte, Captain? Sind diese Gerüchte ebenfalls wahr?«, fragte Vittore.

William nickte abermals.

»Also sind Sie *doch* mit Engeln im Bunde, Captain«, bemerkte Vittore.

»Nein, Lieutenant, keineswegs«, widersprach William. »Das würde bedeuten, dass sie kommen, wenn ich es wünsche oder ich sie herbeirufe, doch das trifft keinesfalls zu. Ich kann sie nicht rufen, wie es mir gerade in den Sinn kommt. Und sie sind ganz gewiss nicht meine Freunde.

Wir dürfen uns, was den Erfolg dieser Mission angeht, nicht auf sie verlassen.«

»Die Männer glauben, dass sie uns unterstützen kommen werden. An diese Hoffnung klammern sie sich«, sagte Peruzo.

»Dann werde ich ihnen nichts Gegenteiliges sagen«, antwortete William.

»Sie wollen sie belügen?«, fragte Vittore nervös.

»Ich gebe ihnen keinen Grund zu der Annahme, dass himmlische Mächte zu unseren Gunsten eingreifen werden«, wehrte William ab. »Die Dar'uka wissen über unseren Einsatz Bescheid, und auch sie suchen nach dem Schatz. Es *ist* möglich, dass sie uns zu Hilfe kommen. Sollen die Ordensbrüder also ruhig weiter ihre Geschichten und Gerüchte verbreiten. Ich werde diese Hoffnung nicht nähren, aber ich will sie ihnen auch nicht nehmen.«

»Und was ist mit uns?«, fragte Vittore. »Wir sind hier im Niemandsland, werden von drei Feinden gejagt, und ein vierter wartet am Ende des Weges. Die Brüder des Ordens sind die besten Kämpfer Europas, Captain, aber wir sind schwerlich eine Armee. Hunger und Durst dürften uns bald schwächen. Möglicherweise sind wir weder für den Kampf gegen Menschen *noch* gegen Bestien gerüstet.«

»Wir machen im Geiste dieser Expedition weiter, meine Herren, denn es steht zu viel auf dem Spiel.« Williams unerbittliche Entschlossenheit steckte sie an. »Mit etwas Glück erreichen wir die nächste Oase und können unsere Vorräte ergänzen. Und wenn uns das Glück bis dahin hold ist, dann bleibt uns das Schicksal vielleicht auch gewogen, wenn wir den Sinai erreicht haben. Wir finden den Schatz, besiegen die Rassis und kehren nach Rom zurück, ohne dass uns die Milizen je finden.«

Die Lieutenants nickten pflichtbewusst.

William stand auf, streckte die Arme und spürte den Schmerz in Muskeln und Knochen. »Wenn Sie mich jetzt entschuldigen würden ... ich muss schlafen. In zwei Stunden brechen wir auf.«

Peruzo erhob sich ebenfalls und begleitete William ein paar Yards. »Captain?«, fragte er brummig.

William drehte sich um.

»Glauben Sie, dass sie kommen?«, fragte Peruzo ihn. »Ganz ehrlich?«

»Sie haben sich seit einigen Jahren nicht mehr blicken lassen«, entgegnete William. »Aber sie haben versprochen, sie würden kommen, wenn es ihnen möglich ist. Mehr kann ich dazu nicht sagen.«

Peruzo sah ihm nach und kehrte zu Vittore zurück.

»Ich hätte einen Bissen vertragen können«, murrte Vittore und strich sich über den Bauch.

»Wie wir alle«, sagte Peruzo.

»Mich überrascht, dass er so ... *optimistisch* ist«, staunte Vittore.

»Darum ist er unser Captain und wir nur einfache Lieutenants«, sagte Peruzo. »Ein guter Soldat sieht einen hoffnungslosen Einsatz. Aber ein guter Captain sieht einen Ausweg.«

Vittore nickte. »Hoffentlich haben Sie recht, Peruzo. Momentan sehe ich keinen Ausweg für uns, höchstens über den Styx.«

III

Dicke Staubwolken wirbelten auf, als die Pferde hintereinander den steinigen Pfad hinabstiegen, der zwischen Sanddünen und verwitterten Felsformationen hindurchführte. Marco ließ den Kopf hängen, denn die enorme Hitze machte ihn schläfrig. Er sehnte sich nach Wasser, konnte aber nicht darum bitten. Die Mönche hatten weniger getrunken als er und hielten durch. Das Wissen, dass erfrischendes Wasser vor ihnen lag, schien ihnen Ansporn genug zu sein.

William ritt mit Peruzo an den Anfang der Kolonne und dann weiter voraus, damit sie als Erste auf die Hügelkuppe gelangten. Er grunzte ärgerlich, als die harte Kruste der Düne einfach aufbrach und sein Pferd mit den Vorderhufen einsank, weshalb er absteigen musste. Auch Peruzo schwang sich aus dem Sattel, dann führten sie die erschöpften Tiere gemeinsam weiter auf der Düne.

»Wir gehen zu Fuß weiter«, schlug Peruzo vor; William nickte und stapfte durch den tiefen Sand zum Gipfel der Düne.

Mit Sand bedeckt und mit schweißnassen Gesichtern erreichten sie die Kuppe und sahen nach Osten. Die Wüste erstreckte sich so weit das Auge reichte, lediglich am Horizont ragten schwarze Berge auf.

»Der Sinai?«, fragte William.

»Ich glaube, ja«, antwortete Peruzo.

»Dort«, sagte William und zeigte auf eine winzige Staubwolke zwischen sich und den schwarzen Schatten.

»Ich sehe es«, antwortete Peruzo. »Miliz?«

William nahm das Fernrohr zur Hand, ließ es wieder sinken, wischte sich Schweiß aus dem Auge, kniff das andere zu und versuchte zu peilen.

»Ich sehe Männer«, sagte er vage. »Männer zu Pferde.«

»Wie viele?«

»Fünfzehn, vielleicht zwanzig.« Er reichte dem Lieutenant das Fernrohr.

Peruzo verkniff das Gesicht und hielt still. »Ja. Zwanzig Mann.«

»Was halten Sie davon?«

»Weiß es nicht mit Sicherheit. Araber ... Was sie vorhaben ...?« Peruzo zuckte die Achseln.

Nach einem abschließenden Blick schob William das Fernrohr zusammen und seufzte. »Die Späher haben gesagt, mehr als hundert Mann verfolgen uns von Westen«, meinte er nachdenklich, während sie die Düne hinunterstapften, »und in unserer momentanen Verfassung könnten wir so viele nicht besiegen, das steht fest. Aber mit zwanzig werden wir fertig.«

»Bleibt die Frage der Verpflegung, Captain«, erinnerte Peruzo ihn.

William nickte nachdenklich und grübelte über dieses zusätzliche Problem nach. Er stieg wieder auf sein Pferd und winkte Vittore zu sich.

»Wo liegt die nächste Oase?«

Vittore zog die Karte aus der Satteltasche und breitete sie auf dem Hals seines Pferdes aus. »Hier liegt eine, hinter dieser langen Dünenbank, denke ich«, sagte er, dann zeigte er zu der neuen Staubwolke, die am Horizont aufstieg.

»Direkt bei diesen Reitern«, stöhnte Peruzo.

»Ein perfekter Ort für eine Falle?«, fragte William.

»Könnte man sagen«, antwortete Peruzo.

»Wie ich schon sagte, mit zwanzig Milizionären werden wir fertig«, sagte William zuversichtlich.

»Aber nur, wenn es sein muss«, ermahnte Peruzo ihn.

»Uns bleibt keine andere Wahl. Wir brauchen etwas zu essen und müssen uns ausruhen, Peruzo«, sagte William zu ihm. »Und ohne Wasser ist es bald um uns geschehen.«

Die Wasserschläuche waren so gut wie leer und die Hitze röstete die Ordensbrüder im Sattel. Mehrere Mönche sahen aus, als würden sie vor Durst gleich von den Pferden kippen.

Thomas Richmond bemühte sich, sein Wasser gerecht mit allen um ihn herum zu teilen. Er reichte Marco die Feldflasche, damit er einen Schluck nehmen konnte; der Junge hätte sich beinahe geweigert, aber sein Mund war so trocken, dass er die Haut aufplatzen spüren konnte, als er allein bei der Aussicht auf einen Tropfen Wasser erwartungsvoll die Lippen spitzte. Beschämt nahm er die Feldflasche und war versucht, den letzten Rest hinunterzukippen, doch die anderen Mönche ringsum betrachteten ihn geduldig, daher zögerte Marco, als er die Flasche zum Mund führte. Er fühlte sich auf dem Prüfstand und fragte sich, ob Bruder Jericho den anderen gesagt hatte, dass er Wasser vergeudete. In den vergangenen paar Tagen hatte er gelernt, nur zu nippen, doch das dürfte für verdurstende Männer kaum eine Rolle spielen.

Mit einem mulmigen Gefühl neigte Marco die Feldflasche gerade soweit, dass er Lippen und Zunge benetzen konnte. Er gab Thomas die Feldflasche zurück und bedauerte, dass er nicht einen größeren Schluck genommen hatte, als er sah, wie Thomas etwas gieriger trank.

William trottete neben dem ersten Wagen her, unter dessen Plane die kleine Kanone verborgen war. Zwei Ordensbrüder bemannten sie, während zwei weitere dahinter saßen und die Baker-Rifles zu ihren Füßen verborgen hatten. William sah zurück und begutachtete den Rest der Kompanie. Alle schienen kampfbereit, so sehr die Wüste auch an ihren Kräften gezehrt hatte.

Die Sonne hatte ihren Abstieg begonnen, und William hielt ihre Lage für ernst. Einerseits verfolgte eine Armee Einheimischer sie, die sie für Mörder hielten. Andererseits wurden sie von Vampyren gejagt. Doch gerade dieser andere Aspekt hielt ein Fünkchen Hoffnung bereit. William überlegte sich, dass wenn die Vampyre den Schatz bereits gefunden hätten, sie gewiss mit ihrer Beute in die Karpaten zurückgekehrt wären. Dass sie William und seine Männer immer noch jagten, konnte nur bedeuten, dass die Vampyre, was die exakte Position des Schatzes anbetraf, noch ebenso sehr im Dunkeln tappten wie sie selbst.

Eine schwache Hoffnung, aber er klammerte sich daran.

»Ich werde nicht versagen«, schwor er sich.

IV

Die Kompanie umrundete eine große, gewölbte Düne, die über ihnen aufragte und ihnen einen Moment Schatten spendete, bevor sie wieder ins grelle Licht hinausritten. In dem gleißenden Widerschein ertönte ein Chor von Stimmen; die Mönche luden ihre Gewehre. Allmählich passten sich seine Augen an, Umrisse nahmen Gestalt an ...

William erschrak.

Entlang der Düne warteten an die vierzig Reiter, alle bewaffnet. *Nicht* die zwanzig, die sie mit dem Fernrohr entdeckt hatten.

»Verdammnis!« Der Schrei entrang sich ihm unwillkürlich. Er gab seinem Pferd die Sporen, ritt zum Anfang der Kolonne, wo Peruzo und Vittore saßen und die Streitmacht der Araber betrachteten, die über ihnen wartete.

»Wo zum Teufel kommen die her?!«, rief William.

»Sie haben die Sonne ausgenutzt und einen Hinterhalt gelegt, Captain«, antwortete Vittore und lachte bitter. »Und wir sind mitten hineingeritten.«

»Die Männer sollen sich kampfbereit machen.« William zog das Schwert halb aus der Scheide und gab Marco ein Zeichen, dass er mit Thomas zurückbleiben sollte. Doch der Engländer galoppierte auf ihn zu.

»Ärger, Captain?«, fragte der Engländer und sah mit zusammengekniffenen Augen zur Dünenkuppe.

»Dies ist nicht Ihr Kampf, Mr. Richmond«, antwortete William. »Sie sind unseretwegen hier. Nur unseretwegen. Ihnen wird nichts geschehen.«

»Sind Sie sicher?«, konterte der Engländer. »Ich bin schließlich auch ein Ausländer, oder nicht?«

William kniff die Lippen zusammen. Der Kaufmann hatte recht. Im Kampf dürfte sich der Engländer kaum von den Mönchen unterscheiden, es bestand die Gefahr, dass er einfach niedergemetzelt wurde wie die anderen. William, der immer noch die Hand am Schwertgriff hatte, ließ sein Pferd herumtänzeln, als Thomas ihn an der Schulter festhielt.

»Ich fürchte den Kampf nicht, Captain, aber …«, begann er, dann sah er zu Hammid, der im Wagen kauerte und mit aufgerissenen Augen zu den Reitern auf der Kuppe sah, „… wir könnten meinen Diener Hammid vorschicken.«

»Hammid?«, sagte William.

»Als meine Karawane abgeschlachtet wurde, hat ihm keiner Beachtung geschenkt. Ich frage mich, ob er den Mut aufbringt und als Unterhändler zu ihnen geht.«

»Wenn er nicht einen Dolch ins Herz bekommt, ehe er auch nur den Mund aufmachen kann.« William grinste humorlos. »Ich begleite ihn.«

»Hammid fällt in *meine* Verantwortung«, beharrte Thomas. »Wir gehen beide, Captain.«

William lenkte ein. »Na gut. Peruzo?«

Peruzo dirigierte sein Pferd durch die beiden Reihen der Ordensbrüder, die allesamt Waffen in den Händen hielten und nervös dem Beginn der Kampfhandlungen entgegensahen.

»Wenn es schiefgeht und ich sterbe, bringen Sie die Kompanie aus Ägypten weg«, befahl er. »Irgendwohin, wo wir nicht als Verbrecher gejagt werden. Unsere Mission ist ohnehin so gut wie zu Ende. Ich glaube, der Schatz liegt außerhalb unserer Reichweite, und ich setze nicht noch mehr Leben für ein hoffnungsloses Unterfangen aufs Spiel. Wenn Charles Greynell bei uns wäre ... wenn wir nicht schon so lange ohne Nahrung und Wasser durch diese Wüste ziehen würden, dann hätten wir vielleicht eine Chance gehabt. Vittore hatte recht. Die Männer sind nicht in der Verfassung für ein Gefecht.«

»Verstanden«, antwortete Peruzo, der seine Traurigkeit nicht verbergen konnte. »Captain, ich ...«

»Kein Wort mehr, Lieutenant. Viel Glück«, sagte William unvermittelt.

»Ihnen ebenso«, entgegnete Peruzo.

William setzte sein Pferd in Bewegung, als Thomas mit Hammid hinter sich im Sattel neben ihm auftauchte. »Wollen wir gehen, William?« Es war eine unbekümmerte Aufforderung.

Sie entfernten sich von der Kompanie und schlugen den Weg zur Kuppe ein. Als sie den Fuß der nächsten Düne erreichten, sahen sie zu den Männern auf, die oben warteten. Die Araber trugen Gewänder aus Seide und Kufiyas, hatten die Gesichter verschleiert und sahen mit dunklen, unheilvollen Augen herab. Sie saßen wie herausgeputzte Henker dort oben, herrlich anzusehen, aber tödlich.

William sah nervös zu Thomas, als sie in vorsichtiger Entfernung anhielten. Der Engländer leckte sich die Lippen und sagte ein paar Worte zu dem gebeugten Mann hinter sich. Hammid betrachtete die Reiter mit furchtsamen Blicken; widerwillig stieg er ab und schlurfte an Thomas' Pferd entlang. Am Kopf des Pferdes blieb er stehen, schaute noch einmal zu dem Engländer auf, ob er ein Zeichen der Ermutigung erhalten würde, doch als Thomas seinen Blick nur finster erwiderte, schritt er langsam den Grat hinauf.

»Was haben Sie ihm aufgetragen?«, fragte William leise und wandte dabei den Blick nicht von den Reitern ab.

»Er soll sagen, dass wir ausländische Kaufleute sind, die den Beduinenstämmen des Sinai Stoffe bringen, und ob sie uns den Weg zum nächsten Stamm beschreiben könnten«, sagte Thomas grinsend.

»Subtil«, meinte William leise lachend. »Denken Sie, die glauben ihm das?«

»Sie müssen nur unsere Wagen durchsuchen.«

»Die vollgepackt sind mit Waffen und Munition.«

»Wohl wahr, Captain, wohl wahr«, seufzte Thomas.

Hammid näherte sich den Männern zu Pferde, deren Silhouetten sich dunkel im grellen Sonnenlicht abzeichneten. Anscheinend betrachteten sie Hammid gleichgültig; William hielt den Atem an und behielt die Hand am Schwertgriff, falls die Fremden den Hang herabgestürmt kamen. In der Sonne floss ihm der Schweiß in Strömen über Stirn und Hals und den Rücken hinab.

In der vor Hitze flirrenden Luft war kaum zu sehen, was als Nächstes geschah, das Gespräch fand so weit entfernt statt, dass man es nicht mitanhören konnte, und selbst wenn, wären die fremden Worte ja unverständlich gewesen. Seine Ahnungslosigkeit zerrte an Williams Nerven. Hammid kam durch den lockeren Sand zu ihnen zurückgestolpert.

William wartete, während sich die Reihe oben teilte und weitere Reiter auftauchten, die bis an die Zähne bewaffnet waren und Musketen trugen. »Verdammt!«, murmelte er. *»Das sieht nicht gut aus!«*

Hammid sank vor Thomas' Pferd zu Boden und redete hastig auf seinen Gebieter ein.

»Was sagt er, Thomas? Was sagt er?«, drängte William, während die Neuankömmlinge auf der Kuppe ausschwärmten und die Schwerter zückten.

Thomas sah mit leerem Blick auf.

»Thomas?!«, brüllte William.

Der Engländer sagte hastig etwas zu Hammid, während die Reiter mit ihren furchteinflößenden Krummsäbeln den Hang herab auf sie zukamen. Hammid rief atemlos etwas zurück.

»Greifen sie an oder ...?«, rief William und zog den Säbel.

»Nein, warten Sie!«, sagte Thomas, beugte sich zu William und drückte ihm den Arm nach unten.

Instinktiv wollte William den Mann wegstoßen, doch der kräftige Griff des Kaufmanns hätte ihn aus dem Sattel gezogen und Jacke und Hemd aufgerissen. »Was machen Sie denn, verdammt?«, verfluchte William ihn.

»Ich glaube, sie möchten reden!«, beharrte Thomas.

Hinter den Reitern ertönte eine hallende Stimme, ein Befehl, etwas zu tun, das, so hoffte William, keine Seite bereuen würde. Die berittenen Araber ließen die Schwerter sinken und ritten auseinander. In der Mitte erschienen zwei weitere Reiter, einer massig, mit einem breiten Säbel an der Seite; der andere, der ihm dichtauf folgte, trug ein blütenweißes Gewand und eine pechschwarze Kufiya. Beide Männer begannen den Abstieg zu Williams Gruppe.

Als sie näher kamen, erkannte William, dass der Araber im weißen Gewand ein schmales Gesicht und funkelnde Augen hatte. Er war glattrasiert und vermutlich ein wenig jünger als William. Seinem Äußeren und dem Krummsäbel nach zu urteilen, der an seiner Seite glänzte, schien er eine bedeutende Persönlichkeit zu sein, möglicherweise der Anführer der versammelten Reiter.

War dies ein Offizier der Miliz? Wenn ja, bekleidete er offenbar einen höheren Rang als William vermutet hätte.

Thomas machte mit seinem Pferd Platz, Hammid folgte ihm halb stolpernd. Auch William wich zurück und behielt die Hand in der Nähe des Säbelgriffs, während sich die Reiter nur wenige Yards entfernt um sie scharten. Sie hatten dunkle Haut und dunkle Augen, abgesehen von dem einzelnen Reiter im weißen Gewand, der William mit blauen Augen ansah, was ihn deutlich von den anderen Reitern unterschied.

William sah zu Thomas. »Fragen Sie, was sie wollen«, drängte er.

Thomas räusperte sich und fragte.

Der Mann im weißen Gewand betrachtete William mit einem stechenden und drohenden Blick. »Woher haben Sie das?«, fragte er und zeigte auf Williams Brust.

William war verblüfft. »Sie sprechen Englisch?«

Der andere Mann nickte. »Überrascht Sie das?«

»Sehr«, murmelte William.

»Woher haben Sie diese Halskette?«, wiederholte der Mann.

William blickte nach unten und sah den Anhänger, den man unter dem Hemd sah, da William ihn am Ärmel gezogen hatte.

»Das war ein Geschenk«, antwortete er.

»Von wem?«, beharrte der Mann in Weiß.

»Einem guten Freund«, entgegnete William.

»Einem Ausländer wie Ihnen?«

»Einem *Kaufmann* wie mir. Einem Mann namens Charles Greynell.«

Der Mann betrachtete William einen Moment, dann griff er in sein Gewand und holte einen identischen Anhänger heraus.

»Diese Halskette war ein Geschenk«, sagte der Mann. »Dass Sie sie jetzt haben bedeutet, dass Sie entweder ein Freund von Charles Greynell sind oder ein Dieb.«

William war erleichtert und erfreut zugleich. »Ersteres, das versichere ich Ihnen.«

Der Mann nickte knapp, schien jedoch nicht von der Ehrlichkeit des Fremden überzeugt zu sein.

»Sie kannten Charles Greynell?«, fragte William rasch.

Der Mann nickte.

William musste lachen. »Dann wissen Sie, was das für ein Symbol ist?«

»Gewiss«, antwortete der Mann in Weiß. »Das ist mein Stamm. *Die Ajaida.*«

V

Bruder Jericho saß bei Marco und sah zu, wie die arabischen Reiter die Wagen untersuchten.

»Wir müssen nicht kämpfen?«, flüsterte Marco.

Bruder Jericho zuckte die Achseln. »Im Moment nicht«, antwortete er. »Sie machen einen recht freundlichen Eindruck.«

»*Jetzt* schon«, sagte Lieutenant Vittore in der Nähe. »Aber die Stimmung dieser Menschen kann im Handumdrehen umschlagen, Bruder Jericho. Seien Sie wachsam. Alle beide.«

Bruder Jericho nickte, zwinkerte Marco zu und lächelte verhalten. Marco fand die Situation alles andere als amüsant, aber Jericho dachte, dass sie möglicherweise wenigstens Nahrung und Wasser von diesen Arabern bekommen würden.

Lieutenant Peruzo kam herbeigaloppiert, und Marco versuchte, seine Unterhaltung mit Lieutenant Vittore zu verfolgen. Nach einem kurzen Wortwechsel wandten sich beide Offiziere an die Kompanie.

»Aufsitzen, wir reiten los!«, bellte Vittore. »Verstaut die Gewehre und die Kanone!«

Am vorderen Ende der Kolonne unterhielten sich William und Thomas immer noch mit dem Anführer der Araber; Hammid hatte sich wieder in ein Versteck verkrochen.

»Sie sagen, Sie sind Ajaida?«, fragte William.

»Mein Name ist Scheich Fahd. Sie befinden sich auf meinem Land«, antwortete der Scheich in einem aggressiven Tonfall.

»Natürlich«, sagte William und bemühte sich, die unterschwellige Drohung zu überhören. »Verzeihen Sie mir meine Unhöflichkeit, Scheich Fahd. Wenn ich gewusst hätte, dass das Ihr Land ist ...«

»Dann wären Sie höflicher gewesen, als schwer bewaffnet hier zu erscheinen?« Scheich Fahd lächelte dünn. »Ich bin mit der englischen Etikette wohlvertraut, Mr. ...?«

»Saxon«, entgegnete William. »William Saxon.«

Scheich Fahd nickte beiläufig.

»Das ist Mr. Thomas Richmond, ein Kaufmann aus England«, fuhr William fort. Thomas nickte und schien von der jüngsten Wendung der Ereignisse noch völlig überrumpelt zu sein. »Wie Sie sehen können, sind wir Ihnen keineswegs feindlich gesinnt.«

»Wie ich sehen kann ...«, sagte Scheich Fahd und betrachtete Williams Schwert, »sind Sie ziemlich schwer bewaffnet für Kaufleute. Wir wissen, dass Sie von den Milizen verfolgt werden.«

William sah zu Thomas, der nicht so überrascht wirkte.

»Wir haben Freunde in Raschîd und Alexandria«, erklärte Scheich Fahd. »Es kann nicht schaden, seine Feinde im Auge zu behalten.«

»Wir sind nicht Ihre Feinde, Sir«, bekräftigte William. »Und wenn Sie ein Freund von Charles Greynell waren, dann sind Sie ganz gewiss ein Freund von uns. Und was die Milizen angeht ... das ist nur ein Missverständnis.«

»Es wurden schon viele Männer wegen Missverständnissen hingerichtet, Saxon«, sagte Scheich Fahd. »Doch ich bin kein Freund der Miliz und Sie sind nicht der Feind, nach dem ich Ausschau halte.«

»Nicht?«, fragte William und entspannte sich wieder.

»Wir kämpfen für die Ajaida, nicht für Mohammed Ali«, ließ Scheich Fahd sie wissen. »Wenn Sie sein Feind sind, könnten Sie uns vielleicht nützlich sein.«

Jetzt reagierte William misstrauisch. »Ich verstehe«, sagte er und überlegte. »Und inwiefern nützlich?«

»Später«, antwortete Scheich Fahd und lächelte breit. »Dies ist ein gefährlicher Landstrich, Saxon, vielleicht zu gefährlich für Ihresgleichen. Ich schlage vor, wir geleiten Sie in unser Lager. Sie eingeschlossen, Mr. Richmond?«

Thomas zuckte die Achseln. »Scheich Fahd, mit Ihrem Volk möchte ich gern Handel betreiben. Ich muss die Reise zum Sinai nicht antreten.«

»Dann ist unsere Begegnung ein Glück für alle«, sagte der Scheich. Er rief den Reitern etwas zu, und der Ruf verbreitete sich geschwind bis zu denen oben auf der Kuppe, die daraufhin langsam herabgeritten kamen.

»Sie begleiten mich und kommen in den Genuss meiner Gastfreundschaft«, wandte sich Scheich Fahd an William und Thomas. »Danach entscheiden wir, was wir mit Ihnen anfangen.«

William war augenblicklich wieder wachsam. »Ich nehme an, wir haben keine andere Wahl?«, fragte er, saß aufrecht hoch zu Ross und versuchte, sich die Bedenken ob ihrer misslichen Lage nicht anmerken zu lassen.

»Sie sprechen ausgesprochen unverblümt, Saxon«, entgegnete der Scheich. »Nein, diese Entscheidung liegt tatsächlich nicht in Ihrer Hand. In dem Moment, als Sie mein Land betreten haben, waren Ihre Entscheidungsmöglichkeiten verwirkt. Ob Sie nun Freunde von Charles Greynell sind oder nicht, ich entscheide über Ihr Schicksal, sobald wir mein Lager erreicht haben.«

KAPITEL ZWÖLF

Überfallkommando

1

Fragen …

William hatte eine ganze Menge, und doch wagte er nicht, sie zu stellen. Stattdessen gehorchte er der Bitte des Beduinenherrschers und ritt fast an dessen Seite, während der Scheich ihn gelassen, aber misstrauisch beobachtete. Scheich Fahd traute William eindeutig nicht und stufte ihn als gefährlich ein. Seine Wachen ritten dicht bei der Kompanie, flankierten sie sorgfältig und achteten auf jede noch so kleine Bewegung der Mönche. Ohne Zweifel würden sie beim geringsten Anlass angreifen.

Doch trotz dieser neuen Gefahr fühlte sich William regelrecht überwältigt vor Erleichterung. Ja, sie waren mehr oder weniger Gefangene, allerdings freiwillig. Außerhalb von Raschîd war dieser Herrscher der Wüste der einzige Kontaktmann von Charles Greynell, den sie kannten. Dass Charles Greynell beschlossen hatte, ein Geschenk der Ajaida bei Malika zu lassen, war kein glücklicher Zufall. Es war eine schicksalsträchtige Tat.

William hoffte nur, dass Scheich Fahd das ebenso sah.

Er ahnte, dass Diplomatie gefragt war, daher spornte er sein Pferd ein wenig an, bis er Schulter an Schulter mit dem Scheich ritt.

»Ich muss sagen …«, begann William, dessen Stimme nach dem tagelangen Ritt durch das heiße Land heiser klang, »Sie sprechen fließend Englisch, Sir. Darf ich fragen, wo Sie es gelernt haben?«

Scheich Fahd warf ihm einen kurzen Blick zu, antwortete jedoch nicht. Einen oder zwei Augenblicke fühlte sich William missachtet und linkisch.

»Mein Vater kämpfte an der Seite der Mameluken gegen Napoleon«, antwortete der Scheich schließlich. »Damit war er nicht der einzige Scheich. Viele Beduinen waren überzeugt, dass die Franzosen die Wüste, die Berge und unsere Frauen und Kinder stehlen würden. Daher kämpften wir, und wir kämpften erbittert. Wir erlebten Siege, aber auch viele Niederlagen. Schließlich zog sich mein Vater auf den Sinai zurück, um auszuruhen.

Und dann kamen die Briten, und die Ottomanen, und der Glaube erstarkte. Und wir vertrieben die Franzosen aus der Wüste und vom Meer. Wir erlebten mehr Siege und weniger Niederlagen«, erinnerte sich Scheich Fahd. »Als wir an der Seite der Briten gedient hatten, wurde meinem Vater klar, dass wir, wenn wir Napoleon aus Ägypten vertrieben hatten, nur noch einen einzigen Feind haben würden, nämlich unsere derzeitigen Verbündeten.«

Der Scheich schaute William durchdringend an. »Die Briten waren durch den Krieg geschwächt, betrachteten dieses Land aber dennoch mit den Augen von Eroberern«, sagte er und zuckte die Achseln. »Mein Vater war ein großer Mann. Manche behaupten, er konnte in die Zukunft sehen. Er schickte mich nach Dumjat, damit ich eine Ausbildung bei einem Engländer erhalten konnte. Ich erfuhr alles über Ihre Bräuche, Ihre Philosophie, Geschichte und Sprache. Und als ich fertig war, da wusste ich, die Briten *würden* kommen. Eroberungen sind ihre zweite Natur.«

Plötzlich wollte sich William in die päpstliche Welt verkriechen, sich in Lateinisch ausdrücken, seine britische Vergangenheit abschütteln. Er wusste aus Erfahrung, dass der Scheich recht hatte. Er kannte die Machenschaften des britischen Reiches, den Ehrgeiz, sich in alle Ecken der Welt auszudehnen. Einst hatte William geglaubt, dass lediglich Abenteuerlust und Forscherdrang diese Maschinerie antrieben. Doch da er Jahre außerhalb des Reiches verbracht hatte, erkannte er inzwischen die wahre Motivation: Habgier und den Willen, zu herrschen und zu unterwerfen.

»Vielleicht lassen sie Ägypten in Ruhe«, sagte er naiv.

Scheich Fahd sah William einen Moment an, dann wischte er das Argument mit einer wegwerfenden Handbewegung vom Tisch. »Wir fürchten die Briten nicht«, sagte er. »Ali ist jetzt unser Feind. Ali will uns aus unseren Ländern vertreiben. Die Mameluken sind so gut wie tot, Ali regiert Ägypten. Wir haben keine Verbündeten mehr.«

»Ich habe gegen Napoleon gekämpft. Bei Waterloo«, sagte William. »Einst waren die Franzosen meine Feinde, wie die Ihres Vaters. Und ich bin kein Freund des Vizekönigs, wie Sie sehr wohl wissen. Sie könnten *mich* als Ihren Verbündeten ansehen.«

Scheich Fahds Augen wurden groß. »Sie waren Soldat?«

William nickte.

»Britischer Soldat? *Sehr* interessant, Mr. Saxon. Fast hätten Sie mich zum Narren gehalten. Ich hatte Sie beim Wort genommen, dem Wort eines ›Kaufmanns‹. Nicht dem eines Soldaten«, fügte Scheich Fahd triumphierend hinzu und legte den Kopf in den Nacken. »Ich habe gut daran getan, Ihren Motiven zu misstrauen. Ihre arglistige Täuschung ist entlarvt, und es war eine lächerliche Täuschung.«

William wollte Einwände erheben, doch der Scheich hob eine Hand in die Luft, ritt weiter und ließ William mit einem Gefühl drohenden Unheils zurück.

11

Die Männer des Scheichs führten sie einen mit Steinen übersäten Hang hinab; erstaunt bemerkte William, wie schnell sich ihre Umgebung veränderte. Die Landschaft bestand immer noch überwiegend aus Sandwüste, doch als die Sonne hinter ihnen unterging, hatten sie das Hochland erreicht. Hier waren die Hügel zerklüftet, der Weg beschwerlich und gefährlich, doch ein Stück weiter gelangten sie auf eine mit Bäumen und Büschen bestandene Hochebene. Hier gab es noch einige Flächen mit Gras, in deren Mitte am Ufer eines Sees ein großes Lager lag, wo Leute emsig ihrem Tagwerk nachgingen.

Als sie näher kamen entdeckte William spielende Kinder und Frauen, die Kleidungsstücke oder Babys herumtrugen, während Wachen mit Musketen auf den Schultern und Klingen an den Hüften patrouillierten und sich dabei mit Hirten unterhielten, die müßig herumstanden.

In der Nähe sah man Unterkünfte gleich Häusern aus Stoff, die aus gestreiften Decken gemacht zu sein schienen. Das Lager wirkte wie gesponnen, wie ein Spinnennetz, in dem graue, straff gespannte Seile die Wege zwischen den Zelten markierten. Zwischen den Seilen und Pflöcken weidete Vieh, an Pfosten festgebundene Ziegen standen blinzelnd in der Sonne.

»Ist das Ihr Stamm?«

Scheich Fahd drehte sich im Sattel um und nickte. »Ja, Mr. Saxon. Willkommen bei den Ajaida. Einige von uns sind Nomaden, aber die meisten leben hier unter meinem Schutz.«

An der Ecke des Lagers befand sich ein gigantischer Baldachin, umgeben von mehreren anderen großen und prunkvollen Zelten, neben denen die anderen ringsum zwergenhaft wirkten. Das Lager schien aus mehreren Gemeinschaften zu bestehen, deren Zelte kreisförmig oder in Gruppen beisammenstanden.

Am Rand des Lagers lagen kleinere Pferche: behelfsmäßige Zäune für Pferde, Schafe und Hühner, die auseinanderstoben, wann immer jemand in ihre Nähe kam. Um sie kümmerten sich ältere Männer mit dunklen, wettergegerbten Gesichtern, die die Ausländer, die mitten in das Lager ritten, gleichgültig ansahen.

Man konnte schwer abschätzen, ob diese einfachen Nomaden die Mönche der Kompanie als Beute oder einfach aus Neugier betrachteten. Offenkundig hatten die meisten noch nie Europäer gesehen; manche blickten mit Mienen instinktiven Misstrauens zu ihnen herüber, andere regelrecht feindselig.

Peruzo, der um seinen Captain fürchtete, wollte mit dem Pferd näher zu William, doch mehrere Beduinenreiter versperrten ihm den Weg und sahen ihn warnend an. Peruzo gab nach und hoffte, dass sie nur ihren Scheich beschützen und nicht den Kontakt zu seinem Captain unterbinden wollten.

»Vom Regen in die Traufe«, murmelte Thomas bei sich.

An einem Sattelplatz hielten sie an; Scheich Fahd rief seinen Reitern etwas zu, worauf diese absaßen und recht schnell lebhaft wurden, miteinander scherzten, William und die Mönche jedoch argwöhnisch im Auge behielten.

Der Scheich lenkte sein Pferd zu dem von William. »Sie sind jetzt Gäste der Ajaida, Mr. Saxon.«

»Es ist mir eine Ehre«, entgegnete William nervös.

»Als Bedingung für meine Gastfreundschaft verlange ich nur, dass Sie Ihre Waffen abgeben«, ließ Scheich Fahd ihn wissen.

William runzelte die Stirn. »Ich bin nicht sicher, ob ich dem zustimmen kann.«

»Das haben Sie nicht zu entscheiden«, antwortete Scheich Fahd. »Ich hätte diese Bitte gleich bei unserer Begegnung aussprechen können, aber in der Wüste hat jeder Mann das Recht, sich zu verteidigen. Hier gibt es Familien und Kinder. Ich wäre beruhigter, wenn meine Leibwächter die einzigen bewaffneten Männer wären.«

William studierte Scheich Fahds Gesicht. Er machte einen aufrichtigen Eindruck, aber William traute ihm immer noch nicht rückhaltlos. In letzter Zeit war so viel schiefgegangen, dass er niemandem mehr traute.

»Sie erhalten alle Waffen zurück, sobald Sie dieses Lager verlassen, Mr. Saxon. Falls unbedingt erforderlich, gebe ich sie Ihnen sofort zurück«, bot Scheich Fahd an. »Für einen dringenden Einsatz.«

William dachte über seine Möglichkeiten nach und sah ein, dass er keine hatte. »Nun gut.«

Scheich Fahd brüllte Befehle. Die Beduinen näherten sich den Mönchen. William ließ das Pferd herumtänzeln, damit er sich an den Rest der Kompanie wenden konnte.

»Sie wollen, dass wir unsere Waffen abgeben«, rief er.

Die Ordensbrüder reagierten nervös.

»Captain?«, sagte Vittore sichtlich besorgt.

»Uns bleibt keine andere Wahl, Lieutenant«, teilte William ihm mit. »Übergeben Sie den Beduinen die Waffen. Und sie sollen die Munition verstauen. Der Scheich hat mir versichert, dass ihnen nichts geschehen wird.«

Während die Waffen zu Boden fielen, stieg Peruzo ab und kam zu William.

»Das ist keine gute Idee, Captain«, wandte er ein. »Wie sollen wir jetzt entkommen?«

»Im Augenblick gar nicht«, antwortete William. »Wir sind in schlechter Verfassung und brauchen Ruhe. Wir haben so viele Feinde da draußen, dass wir die Ajaida nicht auch noch dazu machen müssen. Und ...«

»*Und,* Captain?«

»Der Scheich kannte Charles Greynell. Bisher begegnet er uns mit Misstrauen, doch mit der nötigen Überzeugungsarbeit könnte er uns noch nützlich sein. Wissen Sie noch, was in dem Brief über die ›Wanderer‹ steht?«

»Greynell *könnte* diesen Mann gemeint haben ... Oder unsere Gastgeber könnten uns an die Milizen verkaufen«, warnte Peruzo.

William strich sich über das Kinn und spürte die Stoppeln. »Ich müsste mich waschen und rasieren, von essen und trinken ganz zu schweigen«, sagte er und wischte Peruzos Bedenken vom Tisch. »Privilegien der Gefangenschaft, würden Sie nicht auch sagen?«

»Wenn wir Glück haben«, antwortete Peruzo verdrossen und sah zu, wie die Einheimischen die Waffen einsammelten. »Selbst wenn uns dieser Scheich freundlich gesinnt ist, vergeuden wir womöglich wertvolle Zeit.«

»Im Augenblick, Peruzo, befindet sich der Schatz ohnehin außerhalb unserer Reichweite«, erläuterte William ihm. »Die Ordensbrüder sind ausgehungert und schwach. Momentan brauchen wir Glück dringender als Zeit. Und uns läuft beides ziemlich schnell davon.«

III

Ihre Gastgeber brachten sie wie versprochen zu einer Stelle, wo sie sich waschen, rasieren und umziehen konnten. Die Mönche des Ordens widmeten sich diesen Aufgaben mit Feuereifer und waren einfach nur froh, dass sie der Hitze entkommen und aus dem Sattel waren. Aber Williams Dankbarkeit war durch Misstrauen gedämpft.

Er teilte sich mit Thomas und Marco ein einfaches Zelt im inneren Kreis des Lagers, nicht weit von dem des Scheichs entfernt, was Thomas als Privileg wertete. Er zog sich feine Kleidung an und achtete auf ein makelloses Äußeres.

Marco besaß keine angemessene oder passende Kleidung, abgesehen von seinem zu großen Mönchshemd und der Hose. Thomas lieh ihm ein Ersatzhemd und Hosen, die ihm sehr zur Erheiterung des Engländers viel zu lang waren. Doch als Marco die Hosenbeine hochschlug, passte sie recht gut.

Ein Leibwächter des Scheichs kam zu ihrem Zelt und Thomas übersetzte. »Eine Einladung unserer Gastgeber, Captain Saxon«, erklärte er und strich sich mit den Fingern über den langen, spitzen Bart.

»Wir alle?«, fragte William.

»Nur Sie«, antwortete Thomas und stieß einen langen Seufzer aus.

»Eine Privataudienz«, murmelte William und studierte die ernste Miene des Beduinen, der ein ganzes Arsenal von Messern über der Brust trug. »Oder ein Verhör.« Er knöpfte die graue, von Sand und Schweiß noch schmutzige Jacke zu. Nach dem Kampf im Babel zeigte sie noch dunkle Blutflecken auf den Ärmeln, aber wenigstens das Hemd war sauber und frisch.

Thomas sah mürrisch drein, und William winkte Marco zu sich. »Und du … mach keinen Ärger, verstanden? Du läufst hier nicht herum. Dieses Lager ist gefährlich.«

Marco nickte.

William folgte dem Leibwächter hinaus. Es war ein warmer Abend, obwohl die Sonne schon vor ungefähr einer Stunde hinter den Hügeln versunken war. Es wurde dunkel, nur der Sand und die Felsen, die das Lager begrenzten, bildeten noch blasse Farbtupfer, wenn die letzten orangeroten Sonnenstrahlen darauf fielen. Da draußen gab es jede Menge Möglichkeiten, sich zu verstecken, überlegte William, hoffte aber, dass die Vampyre nicht töricht oder ehrgeizig genug waren, um sie anzugreifen, während sie sich bei den Ajaida aufhielten.

William und der Leibwächter duckten sich unter den Seilen hindurch, die die großen und eindrucksvollen Zelte am Boden festhielten, und passierten Beduinen, die den Ungläubigen in ihrer Mitte keines Blickes würdigten. Nur ein paar Kinder, die vor dem innersten Ring der Zelte im Sand spielten, riskierten einen Blick auf ihn, meist mit einer Mischung aus Neugier und Furcht, manche zeigten auch voll kindlicher Wonne auf sie.

Der Leibwächter führte ihn um ein weiteres Zelt herum zu dem größten, das gestreift und mit goldenen Litzen verziert war. Vor dem Eingang blieb er stehen, trat beiseite und winkte William stumm ins Innere.

William duckte sich unter der Klappe durch und öffnete dann einen weiteren Vorhang zum Innenraum. Dahinter lag ein großer und kühler Raum; extravagant, jedoch nicht übertrieben luxuriös. Ein Duft von Gewürzen lag in der Luft. Er stieg William zu Kopf und ließ ihm das Wasser im Mund zusammenlaufen.

Außer ihm hielt sich niemand in der Kammer auf.

Er wartete eine Weile, dann runzelte er die Stirn. »Hallo?«, rief er ein klein wenig ungeduldig.

Zuerst erhielt er keine Antwort; dann wurde auf der anderen Seite der Kammer ein Vorhang beiseitegeschlagen und der Scheich erschien in seiner makellosen Kleidung.

»Mr. Saxon«, grüßte er.

»Sir«, antwortete William und verbeugte sich.

Scheich Fahd betrachtete William eindringlich, dann griff er nach einem goldenen Krug auf einem Tisch rechts von ihm. »Möchten Sie etwas Kaffee?«, fragte er.

William nickte höflich, obwohl ihm der Sinn nach etwas Kühlerem stand. Er hatte seit vielen Stunden nichts mehr getrunken, daher fühlte sich sein Inneres so trocken an wie die Wüste ringsum. Der Scheich klatschte in die Hände; augenblicklich erschien eine Frau mit zwei goldenen Krügen, von denen Dampf aufstieg. Sie dufteten verlockend nach Gewürzen. William lief das Wasser im Munde zusammen, während er allzu gierig beobachtete, wie das Mädchen die Krüge neben Scheich Fahds stellte.

»Leider haben wir keinen Tee hier«, sagte Scheich Fahd, doch William merkte, dass er nur Spaß machte.

»Kaffee ist ausgezeichnet«, antwortete er.

Der Scheich schenkte etwas in eine verschnörkelte Tasse ein und hob sie hoch. William ging hin und bückte sich, damit er sie dem Scheich aus der Hand nehmen konnte. Die Tasse war heiß; William zweifelte nicht daran, dass er sich den Mund verbrühen würde, wenn er zu hastig trank.

»Stimmt etwas nicht, Mr. Saxon?«

William schüttelte dankbar den Kopf. »Alles bestens, Sir.«

»Hätten Sie vorher lieber etwas Wasser?«, fragte Scheich Fahd und lächelte.

William sah auf. Fahd reizte ihn. »Mir geht es gut, danke.« Er nahm dem Scheich gegenüber Platz und hoffte, dass der Kaffee schnell abkühlen würde.

»Wer ist der Knabe, der mit Ihnen reist?«, fragte Scheich Fahd.

William verzog unbehaglich das Gesicht und pustete auf den Kaffee. »Niemand Wichtiges.«

»Wirklich?«, sagte Scheich Fahd. »Das kann ich kaum glauben. Ist er Ihr … Hm, wie sagt man doch? Ihr Leibeigener?«

William lachte und verschüttete fast den Kaffee in seiner Hand. »Definitiv nicht, Sir.«

»Wer dann?«

»Er ist ein blinder Passagier. Er hat sich auf dem Schiff von Neapel nach Raschîd versteckt. Seither ist er in meiner Obhut.«

»Ein blinder Passagier …«, sagte Scheich Fahd nachdenklich.

»Auf der Suche nach Aufregung und Abenteuern«, fügte William gereizt hinzu.

»Das Gefühl kenne ich, Mr. Saxon«, antwortete der Scheich. »Meine jüngere Schwester Dschamillah ist genauso. Sie bringt sich selbst den Umgang mit dem Schwert bei und reitet, obwohl sie es nicht sollte. Sie ist wie ein wildes Tier. Nicht wie die Schwester eines Scheichs.«

»Aber offenbar *versucht* sie es«, sagte William bedächtig.

»Ich habe ihr gesagt, sie muss bald heiraten, doch ihr steht der Sinn nur nach Abenteuern.« Scheich Fahd schüttelte den Kopf. »Das Ungestüm der Jugend, Mr. Saxon.«

»Das kenne ich nur zu gut, Sir. Der Junge wird vom selben Leiden geplagt.« William lächelte.

Scheich Fahd schnaubte amüsiert und lachte leise, als er über ihre gemeinsamen Probleme nachdachte. Doch als er es sich auf einer dicken Matte zwischen großen, bestickten Kissen gemütlich gemacht hatte, wurde er wieder ernst.

»Sie sollten meine Leute Ihre Kleidung waschen lassen, während Sie hier sind«, sagte er. »Das Äußere ist wichtig, besonders wenn man sich in einer Machtposition befindet.«

»Ihr Angebot ist mehr als großzügig, Sir. Aber wir sind wohl kaum lange genug hier, um es anzunehmen.«

Scheich Fahd sah überrascht drein. »Sie wollen uns so schnell wieder verlassen, Mr. Saxon?«

»Ich habe dringende Aufgaben.«

»Immer noch auf der Flucht vor der Miliz?«

William antwortete nicht.

»Sie haben mich noch nicht gefragt, warum ich Sie und Ihre Freunde verschont habe, Mr. Saxon. Ich hätte Sie jederzeit der Miliz ausliefern oder in der Wüste sterben lassen können. Sie machen einen recht hilflosen Eindruck«, bemerkte der Scheich.

»Und warum haben Sie es nicht?«, fragte William.

»Weil ich nicht glaube, dass Sie ein Kaufmann sind.«

William lächelte. »Wofür halten Sie uns dann?«

»Gefährliche Männer, Mr. Saxon«, antwortete der Scheich und grinste.

»Gefährlich für die Ajaida?«, fragte William sichtlich nervöser.

»Das bleibt abzuwarten«, entgegnete der Scheich beiläufig. »Glauben Sie an Gespenster?«

William zuckte die Achseln. »Während meiner Laufbahn habe ich vieles gesehen, das die meisten Menschen kaum glauben würden, Sir. Aber Gespenster? Ich habe nie eines gesehen.«

»Mein Bruder wurde von Gespenstern getötet, Mr. Saxon«, sagte der Scheich, machte eine Pause und sah William durchdringend an. William ließ sich nicht den Hauch eines Zweifels anmerken, obwohl er diese Behauptung in seiner ersten Reaktion als Aberglauben abtun wollte. Der Scheich lächelte und setzte seine Geschichte fort.

»Vor einigen Monaten versuchte mein Bruder, eine Allianz der südlichen Stämme gegen Vizekönig Ali zu schmieden. Manche unter uns glauben, dass Ali sämtliche Beduinen vom Sinai ins Meer treiben möchte. Alle, die die Gefahr gesehen haben, stimmten der Allianz zu, für den Fall, dass die Armeen hierherkommen sollten. Aber es gibt andere bedeutende Familien, die blind vor Habgier oder Unwissenheit sind. Einer dieser Stämme sind die Myabela.

Die Myabela wurden dafür bezahlt, für Ali zu spionieren. Sie wussten, dass mein Bruder sich irgendwann an sie wenden würde, daher lockten sie ihn in ihr Lager und versuchten, ihn und seine Männer zu töten. Er entkam mit der Hälfte seiner Leibwache. Alle anderen wurden ermordet.

Doch die Myabela witterten ihre Beute. Sie jagten ihn nach Norden, durch die dunklen Schluchten und Täler. Und seine Leibwächter starben einer nach dem anderen. Schließlich wandte sich mein Bruder nach Osten, in einen unheilvollen Landstrich, den selbst die Myabela meiden. Sie wissen, was an jenem schrecklichen Ort lauert.«

Der Scheich holte zischelnd Luft und sah William traurig an. »Die Myabela haben meinen Bruder nicht getötet. Er geriet in einen Hinterhalt von Gespenstern, die ihn und seine verbliebenen Männer drei Tage lang in den Gebirgspässen angriffen. Einer nach dem anderen wurde getötet, bis nur noch wenige am Leben waren.

Und am vierten Tag opferten sich die Wachen meines Bruders, damit er und sein Diener Dawud entkommen konnten. Letztendlich erwies sich ihr Opfer als vergebens. Mein Bruder wurde von zwei Pfeilen in den Rücken getroffen. Dawud floh von Feigheit übermannt. Als er den Mut wiedergefunden hatte, kehrte er zurück, musste aber mit ansehen, wie die Gespenster meinen Bruder zerschnitten.«

William trank von dem Kaffee und dachte nicht daran, dass er immer noch heiß sein könnte. Das heiße Getränk verbrühte ihm die Zunge, er verzog das Gesicht. »Das ist … ist *schrecklich,* Sir«, sagte William. »Und Gespenster sind dafür verantwortlich?«

»Dawud ist davon überzeugt«, antwortete der Scheich.

William pustete wieder auf seinen Kaffee und dachte über die Geschichte nach. »Also hat Dawud überlebt?«, fragte er überrascht, dass jemand allein in der Wüste überleben konnte.

»Gerade so«, antwortete Scheich Fahd. »Eine Karawane von Ausländern vom St.-Katharinen-Kloster hat ihn gefunden. Er war fast blind vor Durst, als sie ihn fanden.«

»Scheint ein glücklicher Mann zu sein«, bemerkte William.

»Das sind wir *beide,* Mr. Saxon«, beharrte Scheich Fahd. »Der Anführer der Expedition willigte ein, nach Überlebenden des Massakers zu suchen. Als dieser Mann das Tal besuchte, konnte er den Leichnam meines Bruders bergen, seither steht meine Familie in seiner Schuld.« Der Scheich machte eine Pause, und einen Augenblick schien er mit den Gedanken weit weg zu sein. William kostete den Kaffee erneut und trank durstig, als er sich vergewissert hatte, dass er sich nicht den Mund verbrennen würde. Scheich Fahd lächelte und bot erneut den Krug an.

William sah schuldbewusst drein, ging aber dennoch zu ihm und ließ sich nachschenken. »Danke«, sagte er und setzte sich wieder.

»Der Anführer dieser Expedition war Charles Greynell«, sagte der Scheich, während William es sich gemütlich machte.

William hätte sich beinahe an seinem Kaffee verschluckt. »Greynell?«, stieß er hervor und ließ die Tasse sinken. »Wirklich? *Er* hat sie gefunden?«

William sah benommen, fast wie vom Donner gerührt drein. »Und Sie sagen, er kam vom St.-Katharinen-Kloster?«

»Das hat er mir gesagt.«

»Und er kehrte *hierher* zurück und brachte Dawud und Ihren Bruder her?«, mutmaßte William. Abermals nickte der Scheich. »Darum hatte Charles also den Anhänger.«

»Wir hätten ihm viel mehr gegeben, doch er lehnte ab«, antwortete Scheich Fahd. »Er ist ein guter Mensch. Und ein Freund der Ajaida.«

William nickte ernst und stellte den Kaffee vor sich ab.

»Und jetzt verraten Sie mir, Saxon, woher kennen *Sie* Charles?«, fragte der Scheich.

William, der die Tasse betrachtet hatte, sah auf. Er hatte gewusst, dass dieser Augenblick kommen würde. Ihm blieb nichts anderes übrig, als die Wahrheit zu sagen. »Ich kenne ihn nicht, Sir«, gab er zu. »Ich hatte keine Gelegenheit mehr, ihn kennenzulernen.«

»Erklären Sie mir das«, verlangte der Scheich.

»Sir, es tut mir leid, dass ich Ihnen das sagen muss, aber Charles Greynell ist tot.«

Der Scheich sah William an und schien zuerst gar nicht zu begreifen, doch als er den Sinn endlich verstanden hatte, schien er am Boden zerstört zu sein. »Tot?«

William nickte.

»Wie?«, fragte der Scheich.

»Ermordet, Sir«, antwortete William. »Von den Leuten ermordet, die uns jetzt jagen.«

»Der Miliz?«

»Nein. Andere«, erklärte William ihm. »Sie haben recht, wenn Sie glauben, dass ich kein Kaufmann bin. Ich bin etwas ganz anderes. In Wahrheit bin ich Soldat. Und Charles Greynell war mein Kontaktmann in Raschîd. Doch unsere Feinde erwischten ihn zuerst. Er hat es nicht überlebt.«

Der Scheich nickte, allerdings bezweifelte William, dass er alles begriff, was er ihm erzählte.

»Wie lautet Ihr wirklicher Name?«, fragte der Scheich.

»William Saxon *ist* mein richtiger Name, Sir«, antwortete er. »Allerdings bin ich Captain.«

»*Captain* Saxon«, sagte der Scheich, dem der Titel zu gefallen schien.

William rückte näher. »Sir … Charles sollte mich an einen Ort führen, der tief auf dem Sinai liegt, und ich frage mich, ob Sie jemals den Ausdruck ›Mhorrers Schatz‹ gehört haben?«

Der Scheich schüttelte den Kopf. William seufzte.

»Ist es tatsächlich ein Schatz?«, fragte der Scheich.

»Nein, Sir, keineswegs«, antwortete William. »Ich würde ihn eher als Fluch bezeichnen.« Sein Verstand arbeitete auf Hochtouren.

»Wer hat Charles getötet, Captain Saxon?«, fragte der Scheich.

»Habgierige Kreaturen der Dunkelheit, Sir«, antwortete William ausweichend. »Man nennt sie Vampyre und ich hoffe, dass Sie niemals einem begegnen. Sie haben Charles und zwei meiner Männer auf dem Gewissen, ganz zu schweigen von vielen unschuldigen Menschen in Raschîd und einer viele Meilen von hier entfernten Oase.«

»Das hört sich gefährlich an«, antwortete der Scheich. »Wie die Gespenster, die meinen Bruder ermordet haben.«

William bekam große Augen. »Ja. Das stimmt. *Genau wie Vampyre*«, sagte er aufgeregt. »Ihre Gespenster, was können Sie mir über die erzählen?«

»Ich weiß sehr wenig. Nur Gerüchte. In den Legenden heißt es, die Gespenster stehlen die Seelen der Menschen und lassen nur die Leiber zurück, die auf den Gebirgspässen verwesen. Sie greifen an, wen sie wollen. Männer, Frauen, jeden. Darüber hinaus kann ich Ihnen nichts sagen.« Der Scheich bemerkte Williams niedergeschlagene Miene. »Sie möchten mehr erfahren?«

»*Gibt* es denn mehr?«, fragte William hoffnungsvoll.

»Möglicherweise«, antwortete der Scheich und klatschte laut in die Hände. »Hischam!«

Augenblicklich trat der breitschultrige Leibwächter ein und verbeugte sich vor dem Scheich. Sie wechselten ein paar Worte, der Leibwächter entfernte sich hastig, Scheich Fahd lehnte sich zurück.

»Dawud weiß bestimmt mehr«, bemerkte Scheich Fahd. »Er war ja dabei, als mein Bruder ermordet wurde.«

»Wie heißt der Ort, an dem Ihr Bruder gestorben ist?«, fragte William, während sie auf Dawud warteten.

»Er hat viele Namen in Arabisch und Ägyptisch, doch im Englischen würden Sie ihn ›Tal des Feuers‹ nennen.«

William hörte den Namen, und dabei fiel ihm etwas ein. Der Name setzte etwas frei, Hinweise, Türen, *Worte in einem Brief …*

»Stimmt etwas nicht, Captain?«, fragte Scheich Fahd.

William strahlte, als wäre ihm gerade etwas Wunderbares widerfahren. »Ich bin nicht sicher«, antwortete er nachdenklich. »Möglicherweise habe ich einen Hinweis. Oder die Lösung eines Rätsels … möglicherweise des größten aller Rätsel.«

Zwei Wachen des Scheichs flankierten den jungen Diener namens Dawud und scheuchten ihn in das Zelt. Der Beduine verneigte sich vor seinem Scheich und warf William einen nervösen Blick zu.

Scheich Fahd stellte einige Fragen, die Dawud stockend beantwortete, und manchmal verhaspelte er sich auch und zögerte, als hätte er eine Menge zu sagen, das er sich nicht so recht auszusprechen traute.

Nach mehreren Wortwechseln wandte sich Scheich Fahd an William. »Stellen Sie Ihre Fragen, Captain. Er ist nervös und nach wie vor ängstlich, aber er wird reden.«

William war aufgeregt, was am Kaffee liegen mochte, den er getrunken hatte, oder an seiner blitzartigen Erleuchtung, und er war begierig auf die Informationen, die nur Dawud ihm geben konnte. »Was kann er mir über diese Gespenster erzählen?«, fragte er nachdrücklich und sah den jungen Überlebenden streng an.

Der Scheich fragte, Dawud wippte auf den Fersen, rang die Hände und sah kläglich und unterwürfig drein.

»Sie waren wie der Himmel gekleidet. Sie trugen seltsame Rüstungen an Körpern und Armen. Und sie hatten so gut wie keine Gesichter, nur ein Auge ...«

William runzelte die Stirn. »Ein Zyklop?«

Scheich Fahd stimmte zu. »Ja, wie in den Legenden. Er sagt, sie hatten ein einziges, mit Feuer gemaltes Auge.«

William ballte die Fäuste und suchte nach relevanten Zusammenhängen. Der Hinweis auf Feuer in Charles Greynells Brief ... Das Tal des Feuers ... Die Gespenster mit nur einem Auge aus ...

»Ein Rätsel des Feuers«, murmelte er. »Es stimmt also.«

»Captain?«, sagte Scheich Fahd, doch William war geistesabwesend. Der Scheich murmelte verhalten und schickte Dawud weg.

William stand auf und ging im Zelt auf und ab.

»Captain Saxon, was für eine Bedeutung hat das alles für Sie?«, wollte der Scheich wissen.

William überlegte einen Moment, dachte über die Konsequenzen nach, doch die Aussicht, dass dieses Tal des Feuers das Reich der Rassis sein könnte, faszinierte ihn dermaßen, dass er sich nicht beherrschen konnte. Er holte den Brief aus der Tasche und hielt ihn dem Scheich hin.

»Was ist das?«

»Das ist der letzte Brief von Charles Greynell.«

Scheich Fahd faltete ihn auseinander und las ihn mit vor Konzentration gerunzelter Stirn. Derweil dachte William über die Wendung nach, die die Ereignisse genommen hatten. Waren sie dem Schatz tatsächlich schon so nahe? Könnten sie die Mission doch noch erfolgreich zu Ende führen? Das schien jetzt zumindest wieder im Bereich des Möglichen zu liegen, und er musste sich stark beherrschen, während er darauf wartete, dass der Scheich den Brief zu Ende las.

Scheich Fahd ließ den Brief sinken und sah wieder ernst drein. »Ein Rätsel«, sagte er.

»Exakt, ein ›Rätsel‹«, bestätigte William. »Und ›ein Rätsel des Feuers‹ obendrein.«

Scheich Fahd antwortete nicht, sondern sah William an und hatte unverkennbar weitere Fragen. Zwar hatte William dem Scheich ohnehin schon zu viel erzählt, aber er sah hierin den Beginn einer tiefen Freundschaft. Er erinnerte sich an Kierans Abschiedsworte, deren Weisheit ihn in seiner Entschlossenheit bestärkte: *»In unserer Abwesenheit solltest du Verbündete suchen, wo du sie bekommen kannst …«*

»Sir, ich glaube nicht, dass Ihr Bruder von Gespenstern ermordet wurde«, sagte William frei heraus. Sein Gastgeber musste die Wahrheit erfahren.

Der Beduine, der immer noch den Brief hielt, erwiderte Williams Blick geduldig. »Und von wem dann?«, wollte er wissen.

William ließ sich Zeit mit der Antwort und hoffte, dass sich seine Mutmaßungen plausibel anhörten. »Ich glaube, er wurde von einer Sekte ermordet, die sich Rassis-Kult nennt. Die Rassis sind keine Gespenster, sondern Menschen aus Fleisch und Blut, wie Sie und ich.«

»Wenn sie aus Fleisch und Blut sind, dann kann man sie töten«, sagte Scheich Fahd. Die Aussicht schien ihn offenkundig zu erfreuen.

»Ich denke ja«, antwortete William. »Aber ich darf hinzufügen, dass das nicht Ihr Kampf ist, Scheich, sondern *meine* Mission.«

»Bei allem Respekt, Captain Saxon, ich glaube, es ist *doch* mein Kampf«, antwortete Scheich Fahd. »Ich möchte meinem Lied noch eine Strophe über Rache hinzufügen.«

»Ihrem Lied?«

»Wenn ein prominentes Mitglied meines Stammes stirbt, wird ein Lied über seinen Tod geschrieben«, erklärte Scheich Fahd. »Wenn Sie bleiben, lasse ich es Ihnen vorsingen. Meine eigene Stimme taugt nicht für Melodien, doch es gibt Mitglieder meines Stammes, deren Stimmen würden die wunderbarsten Singvögel beschämen.«

»Es wäre mir eine Ehre, es zu hören, Scheich Fahd«, entgegnete William.

»Aber das Lied ist unvollständig, Captain Saxon«, sagte Scheich Fahd seufzend. Er blickte seinen Gast so fragend an, dass William überlegte, was er sehen mochte.

»Ich habe Sie aus dem Grund nicht in der Wüste zugrunde gehen lassen, weil Charles mir versprochen hat, dass er mir eine Waffe schicken würde«, sagte Scheich Fahd schließlich. »Eine Waffe der Rache, um die Mörder meines Bruders zur Strecke zu bringen. Und ich betete zu Allah, dass diese Waffe kommen würde.« Er kam herüber und legte die große Hand fest auf Williams Schulter.

William sah zu dem Scheich auf. »Eine Waffe«, erklärte der Scheich. »Und jetzt, da Sie hier sind, *werde* ich mich an diesen Gespenstern rächen.«

IV

Marco schreckte aus dem Schlaf hoch, als er Stimmen hörte. Als er sich von der Decke befreit hatte, sah er zwei Gestalten am Zelteingang, deren Umrisse von Schatten und dem Lagerfeuer verzerrt wurden. Langsam zog er die Decke wieder über sich und lauschte.

»Ich habe beschlossen, unser Lager abseits dem der Ajaida aufzuschlagen«, ertönte eine flüsternde Stimme.

»Die Männer sind nicht gerade in Hochform. Sollten uns die Vampyre jetzt angreifen … Könnten uns die Ajaida nicht den Schutz bieten, den wir brauchen?«, erwiderte der andere Mann.

»Dass wir abseits der Ajaida lagern ist eine Bedingung

dafür, dass wir unsere Waffen wiederbekommen. Abgesehen von Thomas und Vittore hat niemand in der Kompanie die geringste Ahnung, wer diese Menschen sind. Ein diplomatischer Zwischenfall zwischen zwei bewaffneten Gruppen würde in jedem Falle zu einer Tragödie führen.

Außerdem böte ein Lager auf der Kuppe eine bessere Aussicht. Von dort überblickt man das ganze Tal.«

»Was ist mit Marco? Er sollte bei den Ordensbrüdern sein, wenn er etwas lernen soll.«

»Jetzt nicht«, lautete die Antwort. »Er ist noch nicht bereit für den Kampf. Er könnte etwas Unüberlegtes tun, und dann müssten wir alle darunter leiden.«

»Wenn Sie gestatten, Captain, Sie sollten ihm mehr zutrauen.«

»Peruzo, er untersteht *meiner* Verantwortung.«

Marco erkannte die Stimmen.

»Mich überrascht immer noch, dass der Scheich dieser Bitte zugestimmt hat, Captain«, sagte Peruzo. »Hat er nicht gefragt, warum?«

William hörte sich zurückhaltend an. »Er ist nicht mehr misstrauisch. Wir sind jetzt Verbündete.«

»Verbündete?« Es hörte sich an, als wäre Peruzo erschrocken. »Wie das? Was haben Sie ihm erzählt?«

William ging näher zu dem Mann; Marco spitzte die Ohren.

»Vertrauen Sie mir?«

»Natürlich. Sie sind mein Captain.«

»Und als Freund?«

»Sie haben mich stets vorbildlich behandelt, seit wir uns kennen, William.«

»Dann vertrauen Sie mir jetzt, mein Freund. Ich übernehme die volle Verantwortung dafür, dass ich die Vorschriften des Sekretariats missachtet habe. Wir sind auf die Hilfe des Scheichs angewiesen. Mit ihm könnten wir unsere Mission erfüllen. Ohne ihn, fürchte ich, wäre sie bereits verloren.«

»Wenn Sie diese Leute mit in den Krieg hineinziehen, wird der Papst Sie garantiert verbannen.«

»Das ist die Bürde, die ich tragen muss, Peruzo. Aber glauben Sie wirklich, die würden mich davonjagen, wenn ich ihnen den Schatz von Mhorrer bringe?«

Sie sprachen noch weiter, was Marco nicht mehr hören konnte. Er beugte sich vor und stieß dabei die Ausrüstung seines Onkels um, die klirrend zu Boden fiel.

»Marco«, sagte William. »Hast du gelauscht?«

Marco drehte sich herum und setzte sich aufrecht hin. »Was ist los?«

»Geh wieder schlafen.«

»Aber Onkel!«

William flüsterte Peruzo etwas zu, worauf dieser sich in die Nacht entfernte. Danach kam William zu Marco und stieg dabei über Thomas, der fest schlief. Er setzte sich gähnend neben seinen Neffen. »Ich verlege die Kompanie auf den Grat über dem Tal«, flüsterte er und streckte die Arme aus.

»Soll ich ebenfalls mitgehen?«, flüsterte Marco und versuchte aufzustehen.

William hielt die Hand hoch. »Nein. Du bleibst hier.«

»Aber ich sollte bei den Ordensbrüdern sein, oder nicht?«, zeterte Marco.

»Du solltest bei *mir* sein«, fuhr William ihn an und fühlte sich müde. »Ich bin für dich verantwortlich, nicht der Orden. Und ganz sicher nicht Peruzo oder Vittore.«

Marco sah aus, als wäre er am Boden zerstört. »Du willst mich hier nicht haben.«

»Ich möchte, dass du *in Sicherheit* bist«, beharrte William. »Wenn sich Scheich Fahd tatsächlich als zuverlässiger Verbündeter erweisen sollte, dann möchte ich dich hier lassen, während wir tiefer in den Sinai vorstoßen.«

Marco spürte, wie sein Gesicht rot anlief und seine Augen vor Wut brannten. »Nein!«, sagte er. »Ich komme mit dir!«

»Marco ...«, stöhnte William.

Thomas schnaubte, regte sich und murmelte etwas Unverständliches.

William sah kopfschüttelnd über die Schulter.

»Du hast es versprochen!«, flüsterte Marco so laut er konnte, ohne den englischen Kaufmann zu wecken.

»Das habe ich nicht«, knurrte William ihn an. »Diese Mission ist gefährlicher geworden, als ich es mir vorstellen konnte. Das ist kein Spiel, Marco.«

Marco sah ihn mit brennenden Tränen in den Augen an. »Ich gehe dahin, wo du hingehst.«

William schüttelte den Kopf. »Nein, Marco, ganz bestimmt nicht. Und solltest du es versuchen, lasse ich dich hier in Ketten legen. Willst du das etwa?«

Marco drehte sich weg und zog die Decke über sich. Er schniefte, wischte sich die Tränen aus den Augen und schämte sich, dass er weinte, dabei war er nur wütend, dass er so verraten wurde.

»Marco«, sagte William, doch das eisige Schweigen des Jungen sprach Bände.

William betrachtete Marco die nächste halbe Stunde, sah ihn langsam einschlafen, hörte Thomas hinter sich murmeln und verspürte doch keinen Trost. In seinem Kopf wirbelten die Möglichkeiten und Erwägungen durcheinander. So erschöpft er auch war, rechnete er nicht damit, dass er einschlafen könnte. Doch nach einer Stunde forderte seine Erschöpfung ihren Tribut, er legte sich in der Ecke hin, machte die Augen zu und genoss die wenige Ruhe, die ihm vergönnt sein würde.

V

Es dauerte seine Zeit, bis sie die Pferde und Wagen den Berg hinauf transportiert hatten. Auch ihre Waffen bekamen sie schließlich zurück, wenn auch nicht auf einmal. Die Beduinen fanden Gefallen an den Baker-Rifles und gaben sie nur äußerst widerwillig wieder her, aber letztendlich trennten sie sich doch davon.

Peruzo misstraute ihren Gastgebern immer noch, beschäftigte sich aber die nächste Stunde damit, dass er eine Viertelmeile von den Ajaida entfernt ihr Lager aufschlagen ließ. Das war in der Dunkelheit nicht ganz leicht und die Mönche wirkten erschöpft. Doch trotz ihrer Müdigkeit und offensichtlicher Konzentrationsschwäche schien die Stimmung der Kompanie bestens zu sein. Morgen konnten sie ausruhen und Kräfte sammeln.

Vittore teilte Bruder Angelo für die erste Wache ein. Der junge Mönch murrte, gehorchte jedoch und stapfte zu den Felsen, die Ausblick über das Tal wie auch die Dünen im Westen boten. Er überprüfte sein Gewehr, setzte sich an einen der Felsen und klopfte sich wegen der Kälte mit den Armen an die Seiten.

Weitere Wachtposten standen um das Lager verteilt, andere Augen, die nach angreifenden Vampyren Ausschau hielten. Angelo war nicht der Einzige. Vielleicht döste der junge Mönch deswegen ein und ließ sich nach den anstrengenden Tagen in dieser Oase relativer Sicherheit einlullen. Er kämpfte eine Weile gegen den Schlaf, doch dann erlag er der Nacht, sackte über seinem Gewehr zusammen und fiel in einen leichten Schlaf.

Angelo schreckte hoch. Bruder Tore hatte gerufen, oder nicht? War das nicht seine Stimme? Sein Schrei? Allerorten ertönten Geräusche in der Dunkelheit, daher robbte Angelo zum Felsrand. Er rieb sich die müden Augen und spähte in die Nacht. Unter ihm wimmelte es in der Finsternis von Bewegungen.

»Vampyre!« Er lud das Gewehr mit vor Müdigkeit ungeschickten Händen. Als er endlich fertig war, hob er das Gewehr und richtete es in die Schatten. Und dann teilte sich das Dunkel und mehrere Männer stürmten auf ihn zu.

Allerdings waren es keine Vampyre. Es waren Araber.

Angelo zögerte und war nicht sicher, ob er schießen sollte oder nicht. Lieutenant Peruzo hatte den ausdrücklichen Befehl gegeben, *nur* auf Vampyre zu schießen. Unter *gar keinen Umständen* auf Araber.

Dieses Zögern kam ihn teuer zu stehen. Kaum hatte er das Gewehr gesenkt, tauchten noch mehr Männer auf dem Felsensims auf. Sie stahlen sich lautlos zu Bruder Angelo und überwältigten ihn. Angelo trat um sich und brachte tatsächlich zwei oder drei von ihnen zu Fall, doch dann drückten sie ihn allein durch ihre Überzahl zu Boden. Sie schlugen auf ihn ein. Blut floss ihm in den Mund; mit jedem Faustschlag und Tritt wurden die Schmerzen, die er empfand, schlimmer.

Plötzlich ertönte ein lauter Knall, dann wirbelte einer der Araber auf Angelo in einem Schwall von Blut davon. Die anderen ließen von dem Mönch ab und zogen sich zurück, als ein weiterer Schuss durch die Luft peitschte.

»Runter von ihm, ihr Wilden!«, brüllte Lieutenant Vittore.

Angelo richtete sich auf, doch ihm war schwindelig und der rostige Geschmack von Blut füllte seinen ganzen Mund aus.

»Unten bleiben!«, befahl der Lieutenant und lud das Gewehr nach. Mit seinen breiten Schultern und der verbissenen Miene sah er aus wie ein Held. Seine Entschlossenheit übertraf die aller anderen Ordensbrüder.

Er würde sie retten.

»Wenn ich es Ihnen sage, dann müssen Sie ...«, begann Vittore, konnte seinen Befehl jedoch nicht zu Ende bringen. Es knallte mehrmals kurz hintereinander, als würden Feuerwerkskörper in ihrer Nähe explodieren. Angelo sah, wie Lieutenant Vittore grässlich zusammenzuckte, als würde er in jede Richtung gleichzeitig gezogen werden, und eine ganze Salve Kugeln sich in seinen Körper bohrten. Der Lieutenant taumelte einen Moment rückwärts und blutete aus mehreren Verletzungen, dann fiel er zu Boden.

Blut blendete Bruder Angelo auf einem Auge, als sich seine ganze Welt ein letztes Mal drehte und er das Bewusstsein verlor.

Peruzo hörte die Schüsse, als er sich gerade in seinem Zelt hinlegen wollte. Er sprang halb entkleidet auf die Füße, zog die heruntergelassene Hose hoch, schnappte sich die Baker-Rifle und lief hinaus. Andere Mönche stürmten mit der erstbesten Waffe in den Händen aus ihren Zelten, als die Miliz von Raschîd gerade das Lager stürmte.

Es war lediglich seinem außergewöhnlichen Urteilsvermögen zu verdanken, dass Peruzo den ersten Reiter, den er sah, nicht gleich niederschoss. Stattdessen warf er das Gewehr zu Boden und befahl dem Rest der Kompanie, ihrem Beispiel zu folgen. Jericho sah den Lieutenant fassungslos an.

»Wir sind nicht hier, um gegen Araber zu kämpfen, Jericho«, rief Peruzo ihm zu. Der Mönch gab nach und legte das Gewehr zu seinen Füßen nieder. »Geben Sie ihnen keinen Grund, Ihnen etwas anzutun.«

Ein paar Minuten herrschte Chaos in dem Lager. Peruzo verfluchte die Araber insgeheim, als er sah, dass mehrere

Mönche zu Boden geschlagen und getreten wurden, obwohl sie die Waffen niedergelegt hatten. Bruder Filippo kam mit Angelo über der Schulter zu Peruzo und berichtete ihm, was vorgefallen war.

Die Miliz hatte sie bis zu den Ajaida verfolgt und im Schutz der Dunkelheit angegriffen, als sich die Gelegenheit bot. Aus unerfindlichen Gründen, Erschöpfung oder ungünstige Lichtverhältnisse, hatte keiner der Wachtposten die erste Angriffswelle der Miliz bemerkt, bis es zu spät war. Sie hatten Bruder Tore entwaffnet, zusammengeschlagen und seinen blutenden Körper ins Lager geworfen, wo Argento und Filippo ihn versorgten, während die anderen zusammengetrieben wurden. Vittore starb kurz nachdem die Miliz das Lager erstürmt hatte. Er hatte zwei Milizionäre getötet, diesen Fehler jedoch mit dem Leben bezahlen müssen. Alles war schnell und viel zu einfach über die Bühne gegangen.

Peruzo hörte sich alles mit zunehmender Verzweiflung an. Abermals verfluchte er die Miliz und das unselige Schicksal, das sie hierher geführt hatte. Er musste alle Selbstbeherrschung aufbieten, um seinen Captain nicht zu kritisieren, der ihnen befohlen hatte, das Lager hier oben auf der Kuppe aufzuschlagen. Das war ein Fehler, wie sich jetzt herausstellte, doch der größere Fehler war ihre leichtsinnige Annahme, dass die Bürgerwehr von Raschîd so schnell aufgeben würde.

VI

Der Mann, der mit enormer Zufriedenheit verfolgte, wie die Zelte brannten, war durch jahrelange disziplinierte Übungen sehnig und muskulös. Als er vom Pferd stieg, gelang ihm das wie einem Mann mit der Hälfte seiner

Jahre. Auf dem Rücken trug er kreuzförmig übereinander zwei Krummsäbel, gefährliche Waffen in der Hand eines jeden Mannes, aber tödlich in denen von Khalifa.

Während die Miliz das Lager plünderte, betrachtete Khalifa seine Gefangenen ungnädig, besonders Peruzo. Er lächelte triumphierend, während er auf Peruzo hinabsah. Peruzo erwiderte den Blick verächtlich, und mehr brauchte Khalifa nicht. Er trat Peruzo gegen den Kopf, sodass dieser der Länge nach in den Staub kippte.

»Das war für das Babel. Fesselt sie«, befahl Khalifa.

Der Anblick der brennenden Zelte erfüllte einen anderen Zuschauer, einen Mann mit Schmerbauch und teuren Gewändern, mit noch größerem Vergnügen. Dieser Mann hieß Haidar.

Ali hatte Haidar persönlich darum gebeten, Raschîd zu beschützen, ein Posten, der eines Prinzen würdig war. In Alis Abwesenheit behandelte man Haidar wie ein Mitglied der königlichen Familie, wohlhabende und hochrangige Männer buhlten um seine Gunst. Er hatte sich eine Braut und andere Frauen genommen (besonders im Babel) und seinen Status ausgekostet. Seit vielen Monaten war nichts Aufregendes mehr geschehen, abgesehen von den Fremden, die die Stadt mit ihrer Anwesenheit verpesteten.

Der Befehlshaber der Miliz sah den heranpreschenden Reitern entgegen, die unten von dem Lager zurückkehrten. Die Vorhut bildeten rund ein Dutzend berittene Männer, die wie Mameluken gekleidet waren, doch Haidar sah, dass sich noch mehr versammelten. In einem Lager wie diesem konnten sich mehrere hundert Beduinenreiter aufhalten. Er war in der Unterzahl.

Haidar wandte sich an Khalifa und winkte ihn zu sich.

»Wir haben die Zelte der Ungläubigen geplündert und die Mörder festgenommen«, verkündete Khalifa.

»Gut gemacht«, sagte Haidar. »Ihre Fähigkeiten sind grenzenlos, Khalifa. Dafür sollen Sie eine Belohnung erhalten.«

Khalifa verbeugte sich. »Was ist mit denen?« Er zeigte zu den näher kommenden Reitern.

»Ich werde gütig, aber forsch sein. Diese Wilden wagen gewiss keinen Krieg gegen Ali. Aber um ganz sicherzugehen, solltet Ihr einige meiner Männer mit den Neuigkeiten über unsere Gefangenen nach Bastet schicken. Wenn wir nicht ins Hauptlager zurückkehren, sollen sie nach Dumjat weiterreiten und von dem Aufstand berichten.«

Khalifa verbeugte sich erneut und galoppierte in aller Hast zu den Reitern oben auf der Kuppe, während Haidar mit seiner acht Mann starken Leibwache langsam den Weg entlangschritt und den heranpreschenden Beduinen eine erhobene Hand als Geste des Friedens zeigte. Er blieb stehen, ehe die Stammesreiter ganz herangekommen waren, und wartete, bis sie wenige Yards entfernt hielten.

»Ich bin Haidar, der Oberbefehlshaber der Miliz von Raschîd unter Ali«, grüßte Haidar.

»Ich bin Scheich Fahd von den Ajaida«, erwiderte der Scheich, dessen weißes Gewand unordentlich wirkte. »Was wollen Sie hier? Dies ist *unser* Land.«

»Dies ist das Land von Ali, mein Scheich«, verbesserte Haidar ihn.

»Nein, noch nicht«, entgegnete Scheich Fahd wütend.

Haidar bemerkte die Anspannung und lächelte. »Sie haben natürlich recht. Ich bitte um Entschuldigung.«

»Angenommen«, antwortete Scheich Fahd kühl. »So frage ich denn nochmals, was wollen Sie hier?«

»Sie beherbergen Flüchtlinge«, sagte Haidar.

»Wir haben nichts dergleichen getan«, gab Scheich Fahd zurück.

Haidar zeigte den Weg entlang. »Und wer sind die dann?«

»Nachbarn«, sagte Scheich Fahd. »Sie haben uns nichts zuleide getan, daher haben wir ihnen gestattet, hier zu lagern. Was geht Sie das an?«

»Diese Männer sind Mörder, Scheich Fahd. Das haben Sie doch gewiss gehört?«

»Wir kümmern uns nicht um die Angelegenheiten anderer«, antwortete Scheich Fahd.

»Natürlich nicht«, entgegnete Haidar verschmitzt. »Einerlei. Sie wurden auf Ihrem Land verhaftet und Sie sollten sich freuen, dass sie ergriffen wurden. Sie wollen doch gewiss nicht, dass man solche Leute mit Ihrem Stamm in Verbindung bringt, oder? Feinde des Volks von Ägypten?«

Scheich Fahd kniff die Augen zusammen und presste die Lippen aufeinander. Er wusste, was dieser Mann, dieser Haidar, damit sagen wollte. Er legte die Hand um den Schwertgriff.

»Es besteht kein Anlass zu Aggressionen, Scheich Fahd. Jeder Akt gegen die Miliz wäre ein Akt gegen Ali. Das wissen Sie.«

»Niemand wird je erfahren, was heute Nacht hier geschehen ist«, drohte der Scheich.

»Meine Kundschafter sind mit Neuigkeiten über die Festnahme in unser Lager zurückgekehrt. Sollten wir nicht umgehend ebenfalls dort erscheinen, wird man davon ausgehen, dass Ihr Volk meine Männer auf dem Gewissen hat. Das wäre höchst bedauerlich«, sagte Haidar. »Glauben Sie nicht, dass meine Armee die einzige in diesem Gebiet ist. Andere Milizen suchen nach diesen Mördern. Und *alle* folgen Ali.«

Fahd zögerte und ließ den Schwertgriff nach einem Moment los. »Wenn sie Ihre Gefangenen sind, dann nehmen Sie sie mit«, sagte er.

»Oh, das werden wir«, entgegnete Haidar, als stünde das

völlig außer Frage. »Und ich würde zu gern Ihr Lager nach weiteren Übeltätern durchsuchen.«

Scheich Fahd griff erneut zum Schwertgriff. »Und ich sage Ihnen, dass keine Fremden mehr dort sind.«

»Davon würde ich mich gern selbst überzeugen«, beharrte Haidar.

»Nennen Sie mich einen Lügner?«, fragte Scheich Fahd höflich. Augenblicklich richtete sich das Dutzend Beduinen hinter ihm auf, und Haidars Leibwachen taten es ihnen nach.

Haidar wusste, dass seine List durchschaut worden war und konnte nur lächeln. »Ich wollte Sie nicht beleidigen, Scheich. Wir werden Sie unbehelligt lassen.«

VII

William schnallte hastig sein Schwert um, sodass das Leder des Gürtels quietschte.

»Wohin gehen Sie?«, fragte Thomas benommen und noch im Halbschlaf.

»Ich habe Schüsse auf der Kuppe gehört.«

»Vampyre?«, fragte Thomas.

»Vampyre besitzen keine Musketen«, antwortete William und lief hastig aus dem Zelt. Im Lager wimmelte es von Männern; William lief schneller, bis er fast zu seinem Pferd rannte. Etwas Schlimmes war geschehen.

Als er sein Reittier erreichte, scharrte es bereits ungeduldig. Er löste den Zügel, schwang sich in den Sattel und brach im gestreckten Galopp Richtung Lager auf, war aber noch nicht allzu weit gekommen, da begegnete er Scheich Fahd und dessen Leibwächtern auf dem Rückweg. William wurde langsamer, und der Scheich stellte sich mit seinem Pferd quer und versperrte ihm den Weg.

»Gehen Sie nicht da rauf, Captain«, warnte er ihn.

William zuckte zusammen. »Was ist passiert?«

»Ihre Freunde von der Miliz haben Ihre Männer verhaftet«, antwortete Scheich Fahd ihm ernst.

»Alle?«

Scheich Fahd nickte. »Es tut mir leid, Captain. Ich konnte nichts tun. Von Ihnen, dem Jungen und dem Kaufmann habe ich ihnen nichts erzählt. Wenigsten *Sie* sind in Sicherheit. Aber wenn Sie da hinaufreiten, verhaften die Sie auch.«

William sank im Sattel zusammen und ließ verzweifelt die Arme an den Seiten herabhängen. »Was passiert jetzt mit ihnen?«

»Man wird sie wegen Mordes vor Gericht stellen, Captain Saxon. Wenn sie Glück haben«, sagte Scheich Fahd. »Wenn nicht ...«

»Dann richtet man sie einfach so hin«, sagte William.

Scheich Fahd legte William eine Hand auf die Schulter. »Sie können Ihre Mission dennoch erfolgreich beenden, Captain.«

»Ohne meine Männer sehe ich dazu keine Möglichkeit«, murmelte William.

»Sie haben mindestens einen Verbündeten, wissen Sie nicht mehr?«, beharrte Scheich Fahd.

William sah ihn an und merkte, wie ernst es ihm damit war. »Das sind nicht nur Mönche, Sir. Es sind die besten Soldaten, denen Sie je begegnen werden. Wenn wir die Vampyre und den Rassis-Kult besiegen wollen, dann *brauche* ich diese Männer unbedingt.«

Scheich Fahd schüttelte den Kopf. »Unmöglich. Ali braucht nur den geringsten Vorwand, um alle Stämme aus dem Sinai zu vertreiben. Wenn die Ajaida die Miliz angreifen, könnte das einen Krieg nach sich ziehen.«

»Verdammt, Sir!«, sagte William verzweifelt. »Begreifen Sie es denn nicht? Dieser Krieg hat längst begonnen!«

KAPITEL DREIZEHN

Eine gefährliche Befreiungsaktion

I

Lieutenant Vittores Augen blickten zur Dämmerung am Himmel, deren Licht seine leblosen Augen nur allzu kurz erhellte, als es über die Kuppe in das Tal fiel und die Schatten vertrieb. Dann wehte ein Stück verbrannte Zeltplane über sein Gesicht, und Vittore war verschwunden.

Williams Miene wurde hart.

Er hatte sich den größten Teil der Nacht zum Aufbruch gerüstet, und im Morgengrauen ritt er zu den rauchenden Überresten des Lagers hinauf, weil er mit eigenen Augen sehen musste, was noch übrig war. Schwerter und die Kanone waren fort. Alle Zelte, die sie nicht verbrannt hatten, hatten sie zerrissen. Töpfe und Pfannen lagen verstreut herum, Pferde waren über die Kleidungsstücke getrampelt. Inmitten dieser Verwüstungen lag nur ein Toter: Vittore. Doch auch das war ein Toter zu viel.

William zog den Gürtel straff und sah dabei auf das Leichentuch des Lieutenants hinab.

»Ich sehe, Sie haben Ihren Entschluss nicht geändert«, bemerkte Thomas. Der Engländer hatte William zu dem Lager begleitet, zusammen mit Hischam und mehreren Reitern, die auf der Seite standen und zusahen, wie William untröstlich zwischen den Trümmern herumlief.

»Sie haben alle Waffen gestohlen, und dann haben diese Mistkerle auch noch einen meiner Offiziere getötet!«

»Er ist gestorben, als er die Kompanie verteidigen wollte, Captain, da bin ich ganz sicher«, meinte Thomas zu ihm.

»Er hätte überhaupt nicht sterben sollen«, knurrte William und kickte eine verbeulte Blechdose über den Sand.

Nach mehreren Minuten des Schweigens sagte William: »Jemand muss mir helfen, Vittore zu meinem Pferd zu tragen.«

»Natürlich«, sagte Thomas und stieg ab.

Die beiden Männer mühten sich mit dem Leichnam des Lieutenants ab, und als William ihn über den Sattel seines Pferdes hievte, ging Thomas endlich das ganze Ausmaß seiner Entschlossenheit auf. »Ihr Tod nützt keinem etwas, Captain«, bemerkte er.

»Pardon?«, sagte William, der schroff auf die Feststellung reagierte.

»Die Reaktion auf den Tod dieses Mannes könnte Ihnen zum Verhängnis werden«, bemerkte Thomas und zuckte gleichmütig die Achseln.

»Es geht mir nicht um Rache, Thomas«, entgegnete William und betrachtete den verhüllten Leichnam Vittores vor sich. Er stieg auf sein Pferd. »Ich möchte nur meine Männer befreit haben.«

Unten im Lager der Ajaida erwartete sie Scheich Fahd mit mehreren anderen Beduinen. Marco trat hinzu und half William mit Vittore. Als der Leichnam des Lieutenants auf dem Boden lag, wandte sich Scheich Fahd an William.

»Ich bitte Sie nochmals, nicht zu gehen«, sagte er. »Es ist ein törichtes Unternehmen. Drei Mann gegen eine ganze Armee?«

»Ein Mann«, verbesserte William ihn. »Marco und Mr. Richmond bleiben hier, wenn ich Ihre Gastfreundschaft weiter in Anspruch nehmen darf?«

»Wie Sie wünschen, wir werden sie gut behandeln«, sagte Scheich Fahd. »Was ist mit Ihrem gefallenen Freund hier?«

»Es wäre mir eine große Ehre, wenn Sie ihn hier begraben würden. Lieutenant Vittore war ein Mann der Wüste«, antwortete William mit brechender Stimme. »Es wäre nur recht und billig, wenn er für immer hierbliebe.«

»So soll es geschehen«, versprach Scheich Fahd.

William holte eine Decke, mehrere Feldflaschen und einen langen Mantel aus dem Zelt. Das alles band er an seinem Sattel fest, während Marco ihn erwartungsvoll beobachtete. »Du bleibst unter dem Schutz des Scheichs hier«, sagte er zu ihm, während er packte.

»Aber ich will mit dir gehen.«

William packte ihn an den Schultern und schüttelte ihn wütend. »Nein, Marco! Nein! Du *bleibst* hier, bei Gott!«

Marco sah seinen Onkel flehend an.

»Wenn du unter meinem Kommando dienen willst, dann musst du meine Befehle befolgen. *Verstanden?*«, fragte William ihn.

Marco konnte sich nicht weigern. »Ich bleibe.«

»Beweise mir, dass du erwachsen wirst, Marco. Wenn du mir den Beweis erbringst, dann denke ich darüber nach, ob ich dich dem Orden beitreten lasse«, sagte William und schwang sich in den Sattel.

Marcos Miene hellte sich auf, aber nur ein wenig. Er war nicht so unbedarft und begriff, dass sich sein Onkel in große Gefahr begab und möglicherweise nicht zurückkehrte. Er wollte zu ihm und ihn in den Arm nehmen wie früher, als er noch kleiner war. Doch ein anderer Teil in ihm schrie, dass er sich wie ein Mann benehmen sollte, daher hielt er sich allen Zweifeln zum Trotz zurück.

William salutierte Thomas lässig und lächelte verhalten. Der Engländer schüttelte nur den Kopf, lächelte aber ebenfalls, obwohl er recht hoffnungslos dreinschaute.

»Viel Glück, Captain«, sagte Scheich Fahd. »Ich habe zu Allah gebetet, dass er Sie zu uns bringen würde, und jetzt bete ich erneut, dass Sie wohlbehalten zu uns zurückkehren mögen.«

William nickte, trieb sein Pferd an, galoppierte das Tal entlang und ließ alle hinter sich zurück, sodass ihnen nichts anderes übrig blieb, als zuzusehen, wie der Staub hinter ihm aufgewirbelt wurde und wieder zu Boden sank.

II

Es war ein Desaster.

Selbst wenn er die Ordensbrüder irgendwie befreien konnte – und William sah noch nicht, wie das möglich sein sollte –, müsste Scheich Fahd sie neu bewaffnen. Die Waffen der Kompanie waren ausnahmslos beschlagnahmt worden, und sie konnten den Vampyren und Rassis schlecht mit Stöcken und Steinen gegenübertreten (wenigstens hatten sie Engrins Schießpulver retten können, das in den Zelten der Ajaida versteckt war).

Während er überlegte, was das Zünglein an der Waage zwischen Erfolg und Scheitern sein könnte, folgte er ununterbrochen der Miliz, auch wenn die zunehmende Dunkelheit das Vorankommen erschwerte. Als die Dämmerung schließlich gekommen war, hörte er, wie jemand seinen Namen rief.

William brachte das Pferd zum Stehen, drehte sich um und erblickte zwei Reiter am Horizont. Als er mit einem zusammengekniffenen Auge durch das Fernrohr sah, verschwamm das Bild, so müde war er. Als er endlich klar sehen konnte, stöhnte er, lächelte aber innerlich.

»Thomas …«

»Sie hätten mir nicht folgen sollen«, sagte William, als er den Engländer begrüßt hatte.

»Wären Sie wirklich allein gegangen?«, fragte Thomas grinsend.

»Es ist nicht Ihr Risiko.«

»Aber wenn Sie scheitern und ums Leben kommen, was würde *ich* dann machen, Captain? Für immer in diesem gottverlassenen Lager bleiben?« Der Engländer lachte. »Ich bin ein Gentleman, kein Stammeskrieger. Ich betrachte Sie als meine Eskorte. Und darum hoffe ich, dass mir die Hilfe, die ich Ihnen anbiete, auch vergolten wird.«

William war nur zu dankbar für die Unterstützung, doch als er Thomas' Gefährten betrachtete, wurde er misstrauisch. Hammid ritt an der Seite von Thomas, allerdings widerwillig. Wenn der zaghafte Araber eine Wahl gehabt hätte, wäre er zweifellos lieber bei den Ajaida geblieben.

»Wir sollten weiter, meinen Sie nicht auch?«, fragte William schließlich, denn jede weitere Unterhaltung war nur Zeitverschwendung.

»Im Dunkeln?« Thomas sah besorgt aus. »Was ist mit diesen Vampyren?«

»Die sind unsere kleinste Sorge, Thomas«, sagte William grimmig. »So können wir unserem Feind wenigstens auf den Fersen bleiben und etwas von seinem Vorsprung aufholen. Sie sind uns fast einen Tag voraus.«

»Worauf warten wir dann?«, rief Thomas begeistert und spornte sein Pferd an.

III

Im Osten erwachte das Lager der Ajaida aus dem Schlaf, als die Sonne aufging. Marco erwachte, als die Stammeskrieger sich regten. Er setzte sich auf, schlang die Arme um die Beine und fühlte sich schrecklich allein. Sein Onkel war fort, der Kaufmann Thomas ihm wenig später gefolgt, und jetzt kannte er keinen mehr in dem Lager und niemand verstand ihn.

Marco schlurfte zur Zeltklappe und öffnete sie. Er fühlte sich wie ein Fußgänger auf einem sehr belebten Marktplatz, so distanziert von allem wie bei seinem Besuch in Rom mit seinen überfüllten Straßen. Niemand beachtete ihn, was nicht schlecht war, aber was würde passieren, wenn er Hunger oder Durst bekam? Was dann? Sollte er versuchen, diese dunkelhäutigen Männer anzusprechen? Oder musste er stehlen, um zu überleben?

Marco wandte sich wieder ins Zelt und suchte nach einer Feldflasche, aber sie waren alle leer. Sogar von dem Essen, das man am Abend zuvor in ihr Zelt geschickt hatte, waren nur noch Krümel übrig. Er stöhnte, setzte sich und dachte nach.

Kurz darauf wurde die Zeltklappe geöffnet und ein breitschultriger Mann trat ein. Er sah auf Marco hinab und musste bei dem Anblick lachen. Es war kein bedrohliches Gelächter, aber laut, und Marco fühlte sich gering geschätzt. Er sah finster zu dem Eindringling auf.

Der breitschultrige Mann klatschte in die Hände, bellte ein paar Worte, und ein weiterer Mann trat ein. Dieser hatte eine Narbe an der Schläfe. In einer Hand hielt er einen Sack, den er Marco zuwarf. Als der ihn misstrauisch betrachtete, lachte der breitschultrige Mann wieder und verließ das Zelt.

Marco öffnete den Sack und stellte zu seinem Entzücken fest, dass sich Essen darin befand, Brot, Fleisch und Käse, zu cremig für seinen Geschmack, aber er war hungrig und aß ihn dennoch mit Genuss. Als er fertig war, sah er den Wasserschlauch neben der Tür. Er trank gierig ein paar Schlucke, dann entspannte er sich, legte sich hin und sah zu, wie die Sonne durch die Plane über seinem Kopf schien.

Vielleicht war das Leben in dem Lager doch nicht so schlecht, dachte er. Doch so gut sie ihn auch behandeln mochten, er sehnte sich danach, bei seinem Onkel zu sein und an dessen Seite zu kämpfen.

Als er eine gute Stunde gedöst und das Essen in seinem Bauch sich gesetzt hatte, stand Marco auf und verließ das Zelt. Er ging davon aus, dass Wachen davorstanden, sah zu seiner Überraschung aber keine. Da ihm somit das ganze Lager offenstand und er die Freiheit hatte, beschloss er, auf Erkundungsreise zu gehen.

Die Ajaida im Lager waren beschäftigt, viel zu beschäftigt, um auf einen einzelnen Gast zu achten, der sich in ihrer Mitte aufhielt. Er roch Gewürze und Kochöl. Als er in die quadratischen Zelte sah, erblickte er eine Mutter beim Stillen und Männer, die Schafe häuteten. Kinder, die mit dem Vieh ihrer Eltern spielten. Aus jedem Heim schienen Lieder zu klingen; melancholische Lieder.

Marco verweilte in der Nähe des Eingangs zu einem vergleichsweise einfachen Zelt aus Ziegenleder und hörte zu, wie eine Mutter etwas sang, das sich anfangs traurig anhörte, doch nach und nach heiterer wurde. Sie trug ein langes schwarzes Gewand unter einer orangeroten Jacke, ein bestickter Schleier verbarg ihr Gesicht. Marco fragte sich, ob es sich um ein Klagelied handelte, ob diese Frau ihren Mann oder gar ein Kind verloren haben mochte.

Er stand gebannt und lauschte, bis sich die Frau umdrehte und ihr Lied beendete. Sie sah Marco an, dann verbeugte sie sich und bedeutete ihm, dass er eintreten sollte, doch plötzlich fühlte sich Marco unwohl in seiner Haut, weil diese Fremde ihn so bereitwillig in ihr Zelt einlud, und schämte sich, weil sie ihn beim Spionieren erwischt hatte. Marco lächelte zaghaft und schüttelte den Kopf. Als die Frau auf ihn zukam, verbeugte er sich höflich, drehte sich um und ging weg.

Nach dieser Begegnung ging er zu den Pferchen, wo sich die Pferde der Kompanie befanden. Er fand Bruder Jerichos Reittier und striegelte es; das Pferd reagierte dankbar auf die Bewegungen der Bürste. Hier fühlte sich Marco zu Hause, hier herrschte wenigstens ein gewisser Anschein von Normalität.

Vittores schwarzer Hengst scharrte mit den Hufen und machte den Eindruck, als wäre er aufgeregt; Marco fragte sich, ob das Tier spürte, dass sein Herr tot war. Er ging zu dem Pferd und beruhigte es. Anfangs schüttelte es den Kopf hin und her, doch dann senkte es lammfromm den Kopf unter Marcos Fingern. Er streichelte ihm die Mähne, bis er neuerliche Geräusche hörte, Schritte und keuchenden Atem hinter dem Pferch. Er erkannte das Geräusch.

Marco tätschelte dem Hengst die Flanke, um ihm zu sagen, dass er sich nicht allzu weit entfernen würde, und ging um den Pferch herum bis zur Rückseite, wo Zelte mit Vorräten standen. Zwischen den Zelten und dem Zaun lag eine mehrere Yards breite Lücke. In dieser Lücke entdeckte er die Quelle der Geräusche, die er gehört hatte: jemand, von Kopf bis Fuß schwarz gekleidet, schwang ein Schwert, rückte vor, wich zurück. Die Klinge war kurz und schmal; sie glänzte in den kunstfertigen Händen des Kämpfers.

Vier junge Frauen sahen dem Krieger zu und unterhielten sich mit Worten, die Marco nicht verstand. Sie wirkten geistesabwesend und schienen sich gar nicht auf die Darbietung mit dem Schwert zu konzentrieren; Marco fand es seltsam, dass sie nicht so fasziniert waren wie er vom Anblick des funkelnden Stahls, der durch die Luft sauste. Er merkte nicht, dass er aus den Schatten des Pferchs herausgetreten war und nur noch einen oder zwei Schritte von dem Spektakel entfernt stand.

Eines der Mädchen verstummte und zeigte erschrocken auf ihn.

Das reichte, damit der Krieger aufhörte. Er ließ das Schwert sinken und drehte sich halb zu Marco um. Die Augen über dem Schleier wirkten schmal, elegant und jung; einen Moment musste Marco an Marresca denken. Um den Kopf trug er ein schwarzes Tuch, das Haare, Nase, Wangen und Lippen verbarg. Als der Krieger sich ganz zu Marco umdrehte, löste er das Kopftuch und Marco sah, wie ihm langes, schwarzes Haar bis über die Schultern fiel. Der Krieger schüttelte die letzten Strähnen beiseite, zog das Tuch vollständig weg und schaute Marco an.

Marco war fassungslos. Vor ihm stand eine Frau; eine Frau, die das Schwert so anmutig führte, dass er ganz fasziniert davon gewesen war. Er kannte Frauen, die kämpfen konnten (Tante Adriana, zum Beispiel), aber so meisterlich ...

»Wunderschön«, murmelte er und war selbst überrascht, dass er seine Gefühle laut aussprach.

Die Mädchen hörten zu und fingen an zu kichern, manche schienen ihn eindeutig zu verspotten.

Die Frau kam zu Marco. Sie war ein wenig größer als er und vielleicht ein klein wenig älter. Ihre Augen waren dunkelbraun, ihre Haut makellos. Zuerst hatte ihr Umgang mit dem Schwert Marco gefesselt, jetzt fesselte ihn ihre Schönheit, und er ließ den Blick von ihrem Gesicht zu den Schultern und über die Rundungen der Brüste zu ihrer Taille schweifen.

Die Frau sagte etwas zu Marco und lächelte. Nicht das spöttische Lächeln ihrer Freundinnen, sondern freundlich, vielleicht etwas fragend. Sie wiederholte ihre Worte, doch er verstand sie nicht.

Dann zeigte sie auf Marco, zuckte die Achseln und hielt ihm die offene Hand hin.

Marco betrachtete die Hand sprachlos, fasziniert, und wusste nicht, was er tun sollte.

Ein Mädchen in der Nähe rief etwas; die Frau drehte sich um, als Schritte erklangen. Sie sah Marco an, schüttelte den Kopf und zeigte zu den Pferden. Dann gab sie ihm einen behutsamen Schubs, damit er sich entfernte; er gehorchte und schaffte es gerade noch, bevor die ersten Leibwächter von Scheich Fahd auftauchten.

Er versteckte sich hinter dem erstbesten Zaunpfosten und sah, wie der kräftige Mann, der ihn im Zelt ausgelacht hatte, mit lauter Stimme etwas zu der Kriegerin sagte. Es war ein hitziger Wortwechsel, nach dem die Frauen von anderen Wachen weggeführt wurden. Schließlich senkte die Kriegerin den Kopf, löste sich ungehalten aus dem Griff des Leibwächters und entfernte sich schließlich unter den wachsamen Blicken von Marcos morgendlichem Besucher.

Marco war nicht sicher, was gerade passiert war, und wusste nicht, um wen es sich bei dieser Kriegerin handelte. Vom Strom des lauten, wütenden Wortgefechts erinnerte er sich nur noch an ein einziges Wort; ein Wort, das er für einen Namen hielt. Möglicherweise sogar der Name der Frau in Schwarz.

Dschamillah.

IV

Hammid trank so viel er konnte aus dem Wasserschlauch, ehe Thomas ihn ihm wieder wegnahm. Niedergeschlagen sank er im Sattel zusammen, während ihm der Schweiß von den Schläfen lief.

Sie waren fast den ganzen Tag geritten und folgten den endlosen Spuren, die nicht einmal auf eine Rast hindeuteten. Die Milizionäre waren die ganze Nacht durchgeritten, genau wie sie selbst.

»Wenigstens sind die Hufspuren noch frisch«, sagte Thomas, der versuchte, die Stimmung etwas aufzubessern. »Vielleicht ist ihr Vorsprung doch nicht so groß.«

William nickte resigniert, obwohl er nicht glaubte, dass sie der Armee auch nur einen Schritt näher gekommen waren. Ringsum lag die Wüste; es schien, als hätte sich die ganze Welt in Sand verwandelt.

Hammid hielt eine flache Hand an die Stirn und murmelte etwas, zuerst leise, dann immer lauter, bis er im Sattel aufstand.

»Was ist?«, fragte William, während der Engländer sich mit dem Pferd drehte. Thomas ritt links an ihnen vorbei den Hang einer Düne hinab, die nächste hinauf und sah angestrengt in die Richtung, in die Hammid zeigte. William folgte etwas bedächtiger. Oben auf der Kuppe zeigte Thomas zu einem Umriss am Himmel.

»Sehen Sie?«, rief er. »Ein Vogel. Wir müssen in der Nähe eines Bauernhofs oder Dorfes sein …«

»Oder einer Oase?«, antwortete William eifrig.

Sie ritten zur Kuppe der nächsten Düne, wo William vor Erleichterung fast schluchzte. Der Vogel war tatsächlich von einer Oase emporgeflogen. Sie lag mehrere Meilen entfernt in einer von Felsen umgebenen Mulde zwischen gigantischen Dünen. Eine Gruppe Männer hatte am Ufer des Wasserlochs ihr Lager aufgeschlagen.

Soldaten.

»Die Miliz?«, mutmaßte Thomas.

William nahm das Fernrohr zur Hand und zwang sich, ruhiger zu atmen, richtete es auf das Lager und hoffte auf einen Hinweis, dass es sich tatsächlich um die Miliz handelte, die sie suchten. Als er mit Gewehren und Schwertern bewaffnete Wachtposten in staubiger Kleidung sah, fand er keine. Er ließ den Blick über das Lager schweifen und fand auch dort keine, nur ein Lager von Soldaten. Falls sie die Mönche gefangen hielten, waren sie jedenfalls nicht zu sehen.

Er wandte sich an Thomas. »Ich sehe sie nicht.«

»Es wird bald dunkel. Wir sollten das Lager jetzt durchsuchen«, sagte Thomas; der beim Gedanken, noch länger zu warten, unruhig wurde.

William ging nicht weiter auf den Vorschlag ein, sondern hob das Fernrohr und suchte alles noch einmal eingehender ab, jedes Pferd, jedes Zelt, sogar die Bündel und Rucksäcke, die halb verborgen im Schatten der Felsen lagen. Dann wandte er sich den Wachen zu, studierte ihre Kleidung, ihre Gesichter ihre …

»Gewehre«, sagte William, dessen Gesicht ein Lächeln erhellte.

»Gewehre?«, fragte Thomas.

»Könnte die Miliz an Gewehre wie die Baker-Rifles kommen?«, sagte er mehr zu sich selbst als zu Thomas.

Der Engländer strich sich über das Kinn. »Die Milizen sind für gewöhnlich schlecht bewaffnet. Wie soll ich es ausdrücken? Sie sind Kanonenfutter.« Klipp und klar, aber objektiv ausgedrückt.

William war erfreut. Die Milizionäre hatten sich große Mühe gegeben, die Anwesenheit der Ordensbrüder geheim zu halten, in ihrer Gier jedoch deren Waffen geplündert, und das war das Zeichen, das William brauchte. »Sie *sind* da«, sagte er und schob das Fernrohr zusammen.

V

Eine Mulde führte hinter einem Ausläufer der Düne in Richtung der Oase. William und Thomas stiegen ab und führten ihre Pferde hinunter. Hier ließen sie Hammid außer Sichtweite des Lagers zurück, da sie fürchteten, ein Feigling wie er könnte sie versehentlich verraten. Zerklüftete Felsen bildeten eine Art Ring um die Oase und boten hinreichend Deckung, doch dahinter lag offenes Gelände. Sie banden die Pferde im Schatten einiger Felsen fest und machten sich zu Fuß zum Rand der Oase auf. Dort versteckten sie sich im Schatten und warteten.

Thomas sah zum gleißenden Himmel und kniff die Augen zusammen, als die Sonne die Sandkörnchen wenige Zoll von den Spitzen ihrer Stiefel entfernt aufheizte. »Ich bewundere Ihre Hartnäckigkeit«, flüsterte er.

William antwortete nicht, da er im Geiste mit anderen Dingen beschäftigt war.

»Dass Sie hierherkommen, um Ihre Männer zu retten – das ist bewundernswert«, fuhr der Engländer fort. Er betrachtete den leeren Wasserschlauch zwischen ihnen. Den halbvollen hatten sie Hammid gelassen. William hoffte, dass er den leeren an der Oase füllen konnte.

»Glauben Sie, dass Hammid Reißaus nimmt?«, fragte William.

Thomas lächelte. »Hammid ist ein Feigling. Das ist eine Tatsache, die wir beide wissen. Aber er wird bleiben, weil ich es ihm befohlen habe.«

»Wenn man bedenkt, dass Sie ihm nicht vertrauen können, hört sich das sehr überzeugt an.«

»Oh, ich vertraue ihm, Captain«, sagte Thomas zuversichtlich. »Ich vertraue seiner Habgier. Die Aussicht auf eine Belohnung dürfte seine Treue gewährleisten.«

»Und warum lassen Sie ihn dann da draußen zurück?«, fragte William und zeigte zu den Dünen hinter sich.

»Weil er kreischt wie ein Mädchen, wann immer Gefahr droht, Captain. Ein Schrei, den man meilenweit hört.« Thomas' leises Lachen war ein hohles Geräusch, das William keinen Trost spendete.

»Kalt?«, fragte Thomas, der sah, wie sich William die Arme rieb.

»Im Schatten ist es kühler, und ich bin müde.«

»Sie sollten etwas schlafen«, schlug Thomas vor. »Unausgeschlafen sind Sie Ihren Männern keine Hilfe. Ich kann Wache halten.«

»Wenn Sie darauf bestehen«, antwortete William dankbar und griff nach dem leeren Wasserschlauch. »Vielleicht wenn ich den hier gefüllt habe.« Er blinzelte dem englischen Kaufmann zu, verließ ihr Versteck hinter dem Felsen, kroch um die andere Seite herum und folgte einem schmalen Trampelpfad zwischen kleinen Felsen und einigen verdorrten Büschen.

Thomas spähte mit einer Mischung aus Entzücken und Faszination um die Ecke und beobachtete, wie der Captain sich gleich einer Kobra zwischen zwei Wachtposten hindurchschlängelte. Sie sahen den Schatten nicht, der zwischen Felsen und Sand dahinglitt, und dann verlor auch Thomas ihn aus den Augen.

William kehrte fast eine Stunde später zurück; Sand rieselte aus seiner Kleidung, dicke Schweißperlen standen ihm auf der Stirn. Er lächelte breit und präsentierte den prallvollen Wasserschlauch.

»Das hätte ich nicht für möglich gehalten«, kommentierte Thomas und nahm ihm den vollen Schlauch aus der Hand. »Ich wurde allmählich schon nervös.«

»Eine leichte Aufgabe war es nicht; das Lager ist gut befestigt. Ich bin bis zu den Pferden gekommen. Als sie die zur Tränke führten, habe ich mich reingeschlichen«, sagte William. Er atmete tief durch und entspannte sich.

»Also haben Sie unseren Schlauch gefüllt, während die Pferde tranken?«

William schüttelte den Kopf. »Sehen Sie ihn an«, sagte er.

Thomas warf einen Blick auf den Schlauch und sah dann genauer hin. »Das ist nicht unserer«, sagte er schließlich.

»Ich habe unseren leeren gegen einen vollen ausgetauscht«, sagte William zufrieden. »Die werden sich nichts dabei denken. Vielleicht glauben sie, dass einer ihrer Männer nachlässig war, aber auf die Idee, dass ich im Lager gewesen bin, dürfte keiner kommen.«

»Was haben Sie noch gefunden?«

»Es sind rund hundertfünfzig Mann. Die meisten in Zelten, aber auch an die zwei Dutzend Wachtposten, ausnahmslos bewaffnet. Ich glaube, die Ordensbrüder sind auf der anderen Seite. Dort habe ich einige Käfige mit Männern darin gesehen.

Ihre Waffen werden mitten im Lager aufbewahrt, allerdings haben sie geplündert, was sie konnten.« William lachte leise. Thomas sah nicht, was daran komisch sein sollte. William hielt eine Hand hoch und lieferte die Erklärung. »Unsere Waffen überfordern sie, Thomas. Ich habe gesehen, wie sich ein Trottel mit einem Wurfstern selbst den Daumen aufgeschnitten hat.«

»Wurfstern?«, fragte Thomas bestürzt.

»Eine unserer spezielleren Waffen.«

Der Engländer seufzte. »Sie sind *wirklich* die merkwürdigsten Mönche, die mir je untergekommen sind.« Er reichte William das Wasser, doch der lehnte ab; Thomas fuhr fort. »Es mag mich ja nichts angehen, Captain, aber was für eine Mission haben Sie denn *genau*?«

William sah ihn an. »Es tut mir leid, aber das kann ich Ihnen nicht sagen. Nur eines, sollten wir heute Nacht erfolgreich sein, dann werde ich diese Männer mit Scheich Fahd mitten ins Herz des Sinai führen.«

»Sind Sie Schatzsucher, Captain?«

»Gewissermaßen ja.«

»Ich wusste es!« Thomas klatschte in die Hände.

William lehnte sich gegen einen Felsen und schmiedete Pläne zur Rettung der Ordensbrüder. Dann kam der kurze Wüstenabend, und er dachte an andere Dinge, nicht zuletzt an den immer noch unvollendeten Brief nach Hause. Er dachte an Adriana, an Marco, der im Lager der Beduinen festsaß, und zuletzt döste er ein. Die Augen fielen ihm zu, während die Sonne aus der Wüste floh und die kalte Nacht sich herniedersenkte.

VI

William erwachte mit dem Gefühl, dass Hände seinen Körper betasteten. Er wich unvermittelt zurück, stieß mit dem Rücken gegen den Fels und riss die Augen schlagartig auf.

»Ah … Wach, Captain?«, spöttelte Thomas, der ihm gegenübersaß. Über ihm leuchtete die Mondsichel. »Alptraum?«

Instinktiv tastete William mit den Händen an seiner Jacke hinab bis zur Hüfte. Er nickte benommen.

»Ich hätte sie demnächst selbst geweckt«, sagte Thomas. »Sie haben lange geschlafen.«

»Dann hätten Sie mich wecken *müssen*«, sagte William vorwurfsvoll und mit trockener Kehle. Er hustete, strich mit der Zunge über die rissigen, spröden Lippen und schmeckte Salz und Sand.

Thomas gab ihm den Wasserschlauch. Der war bereits halb leer, offenkundig hatte der Engländer seinen Durst gestillt. William nahm einen kräftigen Schluck und spritzte sich etwas ins Gesicht. Warum sollte er mit Wasser sparen, wenn er doch hellwach sein musste?

William entkrampfte die Nackenmuskeln und rieb sich über das nasse Gesicht, während die Reste seines Traums verblassten. Er rollte sich auf die Knie, stand auf und spähte um den Fels herum, hinter dem sie sich versteckten. In der Ferne kam Bewegung in die Wachtposten.

»Wachablösung«, murmelte er. »Das ist die Nachtwache.«

»Das macht es schwerer für uns, da reinzukommen, nicht?«, fragte Thomas.

William nickte. »Aber die Lücke in ihrem Panzer bleibt.«

Thomas' Schweigen lief auf eine Frage hinaus.

»Wo ich vorhin durchgekrochen bin ... Wenn ich es bis zu den Pferden schaffe, dann kann ich ihre Aufmerksamkeit ablenken«, sagte William.

»Und dann gehe ich zu den Käfigen, von denen Sie gesprochen haben?«

William drehte sich um. »Nein. Sie bleiben hier«, sagte er.

»Captain Saxon! Ich glaube, Sie verlangen von mir, dass ich ...«, begann er wütend.

»Ich verlange von Ihnen, dass Sie den Kopf unten halten. Ich brauche Sie wahrscheinlich, wenn ich es bis hierher zurück schaffe«, unterbrach ihn William. »Aber wenn man mich erwischt, werde ich mit Sicherheit hingerichtet, möglicherweise gefoltert. Sie sind Zivilist, Mr. Richmond. Ich kann Sie nicht in Gefahr bringen. Sie bleiben hier, bis ich zurückkehre.«

»In der Nacht?«

»In der Nacht«, bestätigte William.

»Bleiben Sie nicht zu lange weg, Captain. Ich erinnere

mich noch deutlich daran, welche Gefahren in der Nacht lauern«, sagte Thomas zu ihm, während William die Jacke aufknöpfte und auszog, sodass er im Hemd dastand. Er band sich das Schwert auf den Rücken.

»Nicht länger als nötig«, antwortete er und verschwand in den dunklen Schatten.

William kroch auf den Ellbogen am dunkleren Rand des schmalen Pfads zwischen Felsen und Sand. An der Stelle, wo sich der Sandboden an einem umgekippten Felsen nach unten neigte, kroch er auf dem Bauch bergab und drückte sich dabei mit der linken Seite an den Fels, dann kroch er für die Wachtposten über sich unsichtbar weiter in Richtung Oase. Im Schein der entfernten Lagerfeuer sah man ihre Umrisse, und William entging nicht, wie entspannt sie aussahen – wachsam, ja, aber mit Problemen rechneten sie nicht.

Sie sind zuversichtlich, dachte er. Warum auch nicht? Ihre Feinde standen unter bewaffneter Bewachung, was hatten sie zu fürchten? Ihre Überheblichkeit würde sie teuer zu stehen kommen, schwor sich William. Er würde ihnen nicht die Kehlen aufschlitzen – ein Meuchelmörder war er nicht –, doch sollte er seine Männer tatsächlich befreien können, würden sie ganz gewiss den Zorn von Mohammed Ali zu spüren bekommen, weil sie sie entkommen ließen.

Am Ende des Felsens verweilte er und sah den nächsten Felsen ein paar Yards entfernt. Mit zusammengebissenen Zähnen atmete er ein, lief lautlos darauf zu, warf sich rasch wieder zu Boden und kroch in einer flachen Vertiefung an diesem Felsen entlang.

Er kam zu einem Grasflecken, dick und grün am Ansatz, aber an den Spitzen verdorrt. Das Gras war rau; William nutzte es als Deckung, achtete aber sorgfältig darauf, dass er es nicht plattdrückte. Am Rand der Grasfläche verlief ein kurzer, sandiger Weg, danach folgte eine weitere Grasfläche, die zum Wasser hinabführte. An der lief er entlang, legte sich wieder flach hin und behielt den Kopf unter der Linie der niedrigsten Grashalme. Dort wartete er und lauschte den Geräuschen des Lagers. Er hörte Fröhlichkeit, Gelächter und Gesang.

Plötzlich eine Bewegung ganz in der Nähe. William kroch hinter das Gras zurück und hielt den Atem an, als er einen Milizionär sah, der auf die Stelle blickte, an der er eben noch gelegen hatte. Einen Moment befürchtete er, entdeckt worden zu sein, doch der Araber zog nur das weite Gewand beiseite und urinierte ins Gras. William regte sich nicht und konnte nur beten, dass der Bursche nicht auf ihn pisste. Er verzog das Gesicht wegen des Gestanks, doch als der Araber sich entfernte, grinste er. William sah ihm nach und atmete nicht mehr ganz so flach.

Während er durch das hohe Gras bis zum Seeufer kroch, betete er, dass ihm das Glück weiter hold bliebe. Das Wasser kräuselte sich in der nächtlichen Brise; bis zum Zentrum des Lagers waren es etwa fünfzig Yards. Auf der gegenüberliegenden Seite stand der Wagen mit den Waffen des Ordens und der halb durch eine Decke verborgenen Miniaturkanone unter einer Palmengruppe.

Wenn er um das Zelt herumging, würde ihn das an mehreren Zelten der Miliz, den Pferden und vier Wachtposten vorbeiführen, die aber nur beisammen standen und sich unterhielten. William kniff die Augen zusammen. Er wandte den Blick zum Himmel und sah den Mond, der auf das Lager herabschien. Von der anderen Seite würde sein Licht jede noch so kleine Welle im Wasser deutlich zeigen. Am See selbst herrschte etwas Bewegung, aber nicht genug. Er musste abwarten, bis eine versprengte Wolke den Mond bedeckte und das Wasser schwarz färbte.

Nach einer stummen Wartezeit kam die Wolke endlich. Lautlos und geschmeidig wie ein Krokodil auf der Jagd ließ er sich ins Wasser gleiten. In der Kälte erschauerte er, tauchte aber dennoch bis zum Kinn unter.

Während er mit langsamen, leisen Schlägen vom Ufer wegschwamm, blickte er sich um und stellte fest, dass niemand hersah. William holte tief Luft und tauchte vollständig unter; zurück blieb nur ein kleiner Wirbel in der Wasseroberfläche.

VII

Thomas saß da und wartete. Etwas anderes blieb ihm auch nicht übrig, obwohl er wusste, dass es vermutlich auch um ihn selbst geschehen wäre, sollte Captain Saxon scheitern.

Nicht weit entfernt erklang ein Geräusch; Thomas wich weiter in die Schatten zurück und machte sich so klein wie möglich, damit ein Passant nur Dunkelheit sehen würde, und sonst nichts.

»Verstecken wir uns, ja?«, ertönte eine Stimme.

Thomas erstarrte. Er schloss die Augen und fluchte.

... Und dann wurde sein Fluch zu einem Lachen, als er sich aufrichtete. »Sie haben lange gebraucht«, sagte er, als eine Gestalt ins Mondlicht trat. Ein recht großer Mann, ganz in schwarz gekleidet und mit langem rotem Haar. Seine Haut sah leichenblass aus, doch seine Miene wirkte auf grimmige Weise erheitert.

»Wo ist er?«, fragte Baron Horia beiläufig.

»Fort, seine Männer befreien«, antwortete Thomas.

»Und Sie finden es klug, ihn dabei zu begleiten?«

»Er wollte mich überreden, es nicht zu tun«, antwortete Thomas höhnisch.

Baron Horia strich die rote Mähne zurück, ging zu der

Stelle, wo der felsige Boden begann, und stellte einen Fuß auf einen der größeren Steine; so sah er in die Nacht und zur Oase, wo mehrere Lagerfeuer brannten.

»Er wird scheitern, oder nicht?«, fragte Thomas.

Baron Horia zuckte die Achseln. »Er ist Captain William Saxon, ein Mann unendlicher Überraschungen. Der Graf dachte schon viele Male, dass er scheitern würde, und doch hat er immer wieder überlebt, während viele meiner Brüder sterben mussten.« Der Vampyr kehrte zu Thomas zurück, sein Lächeln verzerrte sich. »Diesmal wollen wir aber, dass es ihm *gelingt.*«

»Und wenn ja, verläuft alles weiter nach Plan?«

»So ist es«, antwortete Baron Horia. »Dieser Mann und sein Pöbelhaufen sind kurz davor, den Schatz von Mhorrer zu finden, und dieses Ziel müssen wir ihn erreichen lassen. Ich handle erst, wenn der Rassis-Kult vernichtet wurde.«

Thomas nickte verstehend, hielt dann jedoch inne, runzelte die Stirn und dachte an etwas, woran noch keiner gedacht hatte. »Warum sollte ihm gelingen, was Ihnen nicht gelungen ist?«, wagte er zu fragen.

Baron Horia sah ihn böse an. »Weil sie vorbereitet sind«, fauchte er.

»Aber Sie sind ein Vampyr ...«

Baron Horia packte Thomas an der Kehle und hob ihn eine Elle über den Boden hoch. *»Und wir waren nicht vorbereitet!«,* knurrte er. »Als wir das Tal des Feuers angriffen, wussten die Rassis bereits, dass wir kommen. Meine Gruppe bestand aus neun Leuten, zwei davon wurden aus der Luft abgeschossen, als wir uns näherten, dann haben Rassis, die sich unten versteckten, ihnen die Schädel gespalten. Drei weitere starben, als wir den Gipfel gestürmt haben. Nicht einmal Zeit, einen Dämon auf sie loszulassen, hatten wir. Dahlquist hat es versucht und ist dabei umgekommen, und ich hätte fast eine Hand verloren, als ich den Scarimadaen zurückholte. Es war ein *Desaster.*« Baron Horia stellte fest, dass er Thomas langsam erwürgte, daher ließ er ihn los; der Engländer fiel auf die Knie und rang nach Luft.

»Sie zweifeln an mir, wie ich sehe. Aber soll ich Ihnen beweisen, *wie* tüchtig ich sein kann?«, warnte Baron Horia seinen keuchenden Handlanger. »Wie mit Charles Greynell? Wissen Sie, er ist uns eine Zeit lang ziemlich auf die Nerven gegangen.«

»Nicht ... nötig ...«, Thomas senkte den Kopf.

Der Vampyr ging ein paar Schritte und blieb stehen. »Nur Ileana, Racinet und ich sind noch übrig, Thomas Richmond. Allein können wir die Rassis nicht besiegen. Aber mit Saxon und seinen Mönchen, ganz zu schweigen von den Wilden, die ihm helfen, könnte es uns gelingen.«

»Haben Sie diese Mönche des Ordens *gesehen,* Baron?«, fragte Thomas, der gierig nach Luft rang. »Sie sind nur noch der Schatten einer Armee, hager und ausgezehrt. Sie hatten seit Tagen keine anständige Mahlzeit. Die könnten kaum Sie besiegen, von diesen Rassis, die Sie erwähnten, ganz zu schweigen.«

»Äußerlich mögen sie schwach sein; ihre Haut blass, ihre Leiber ausgemergelt, aber geistig sind sie in Hochform und bestehen nur aus Muskeln und Sehnen.« Horia leckte sich die Lippen und lächelte. »Sie sind viel stärker, als Sie ahnen. Und außerdem habe ich keine Wahl. Wenn Saxon die Rassis nicht besiegt, dann gelingt es keinem.«

»Und wenn es ihm gelingt?«, fragte Thomas und rieb sich den geschwollenen Hals.

»Wenn es ihm gelingt, Thomas, dann locken wir die Überlebenden in einen Hinterhalt und nehmen uns den Schatz selbst«, schwor Baron Horia. »Ich hätte es die ganze Zeit so planen sollen. Es war närrisch, dass ich dachte, wir könnten die Rassis selbst bezwingen. Das ist meinem Meister mehrfach misslungen. Nicht einmal diese fliegende Gefahr, die Dar'uka, konnten es. Sagt das nicht schon genug?«

»Sind die Rassis denn so mächtig?«, fragte Thomas.

Baron Horia wandte sich an den Engländer, und seine gelben Augen leuchteten. »Oh, ja, Mr. Richmond. Sie sind der Stoff, aus dem die Alpträume der Menschen sind.«

VIII

William war allein in dem schwarzen Abgrund. Manchmal berührte er mit den Füßen den Grund des Sees, hatte aber dabei stets das Gefühl, als würde er inmitten grenzenloser Schwärze stolpern und dann schweben. Abgesehen von vereinzelten Sandbänken war das Wasser der Oase tiefer als er gedacht hatte. Er bemühte sich, noch weiter zu schwimmen, aber nach wenigen Yards griff er mit den Händen nur noch ins Dunkel, und die Kälte schnürte ihm die Brust zusammen. Er tauchte auf und schwamm mit flachen Zügen, damit er keine allzu heftigen Wellen an der Oberfläche erzeugte.

Über ihm in der Stille war nichts. Da oben war Nacht, und nur ein gelegentliches Flackern auf beiden Seiten verriet ihm, dass er zwischen den Lagerfeuern am Seeufer schwamm.

William machte einen Moment Pause, holte Luft und sondierte seine Umgebung, dann tauchte er erneut.

Er schwamm zum gegenüberliegenden Ufer, wo der Feuerschein am schwächsten war und die Schatten überwogen. Niemand beobachtete den See; die Wachtposten, die er entdeckte, unterhielten sich arglos miteinander. Er erreichte das sandige Ufer und kniete im Schlick. Als er das Gewicht auf die Knie verlagerte, sanken sie ein und das Wasser reichte ihm wieder bis zum Kinn.

Auf beiden Seiten lagen Flecken hohen Grases mit Zelten. Rechts standen zwei Wachen bei einem Feuer. Sie lachten und scherzten mit ausholenden und verspielten Gesten, aber ihre Stimmen verrieten William, dass sie sich etwas Abscheuliches erzählten. Ein Mann machte Bewegungen, als würde er zustechen, dann, als würde er ein Opfer am Boden schlagen und treten.

Plötzlich überkam William Verzweiflung, als ihm klar wurde, dass sie die Folter seiner eigenen Männer schilderten. Er spürte, wie er wütend die Zähne fletschte und sich sein ganzer Körper anspannte.

Ein anderes Geräusch erweckte seine Aufmerksamkeit: Schritte direkt voraus. Vor ihm, nur wenige Yards entfernt, stand der Wagen mit Waffen und Munition. William wollte eigentlich für Ablenkung sorgen, indem er die Pferde scheu machte und durchgehen ließ, aber als er die Kanone sah, kam ihm eine bessere Idee.

Die Schritte, die er gehört hatte, stammten von einem anderen Wachsoldaten, der ein seltsam unmelodisches Lied sang, während er um den Wagen herumging. Dieser Mann war ihm im Weg.

William kam aus dem Wasser und kroch flach auf den Boden gepresst am Ufer hoch. Er wartete, bis der Wachtposten sich umgedreht hatte und den Weg in die andere Richtung zurücklegte, dann lief er hastig durch das hohe Gras zu dem Wagen. Er verspürte einen gewissen Trost, als er die Finger an die Holzplanke presste und ihn wieder berührte, so wichtig schien ihm dieser Wagen für ihre Mission. Wenn seine Mutmaßungen über die Rassis zutrafen, würde er alle Waffen brauchen, die sie in die Finger bekommen konnten, aber konnte er tatsächlich die Kanone wieder in ihren Besitz bringen und wäre es das Risiko wert?

Es standen keine Pferde in der Nähe, und es würde mehrere Minuten dauern, den Wagen anzuspannen – Minuten, die sie im Eifer der Rettungsaktion garantiert nicht hatten. Die Möglichkeiten der Auswahl schienen eindeutig: *Entweder die Männer oder die Kanone.*

Also gar keine Wahl.

Er wartete bis der Wachtposten abermals kehrtmachte und nach links ging. Droben am Himmel gaben die Wolken den Mond wieder frei und überzogen die Oase mit silbernem Licht. Es erwischte William ungeschützt. Er verfluchte seine Sorglosigkeit, ließ sich auf die Knie fallen und rollte sich unter den Wagen. Dort wartete er auf einen Alarmruf, doch das fröhliche Plaudern und der Gesang der Insekten, die in der Nacht zirpten, blieben unverändert.

William kroch zur hinteren Seite des Wagens. Der Wachtposten ging mit regelmäßigen und monotonen Schritten zur Vorderseite. William stand auf und drückte sich flach gegen den Wagen. Er horchte nach den gleichmäßigen Schritten, zog das Schwert und wartete.

Als der Wachtposten auftauchte schnellte William vor, schlug mit dem Schwert zu und erwischte den Mann mit dem Griff direkt am Kopf. William fing ihn auf, als er fiel, wälzte ihn unter den Wagen und schnappte sich seine Waffe, eine vernachlässigte und veraltete Muskete, die er sich über die Schulter schlang. Später würde er nachsehen, ob sie geladen war, aber vorher brauchte er ein Ablenkungsmanöver.

Er sah sich hastig um, erblickte keine weiteren Wachtposten, stieg auf den Wagen und duckte sich unter der Leinwandplane hindurch, die den Inhalt mehr schlecht als recht vor Blicken verbarg. Er sondierte den Boden des Wagens und suchte nach einer der kleinen Munitionskisten mit den Kugeln für die Kanone – was bei den ungünstigen Lichtverhältnissen nicht ganz einfach war.

Bei der Miniaturkanone handelte es sich um ein geniales Meisterstück aus dem Fernen Osten, das die Waffenbauer in Villeda noch verbessert hatten. Sie funktionierte auch mit Schießpulver und musste gestopft werden, doch dauerte es nur Sekunden, sie zu laden, nicht Minuten, und die Kugel im Lauf war so groß wie eine Faust und zerbarst wenige Yards aus dem Lauf in Schrapnellsplitter. Aus Lieutenant Vittores Schilderungen über Kampfeinsätze der Kanone wusste William, wie verheerend sie sein konnte, und dachte abermals daran, was sie den Milizionären antun konnte. Er drehte den Lauf so, dass er über das Wasser zeigte. So würde der Schuss harmlos über dem See verpuffen und keiner Menschenseele etwas zu Leide tun, aber diese schlafenden Narren vermutlich so erschrecken, dass sie vor Angst aus der Haut fuhren.

Schließlich fand er eine Munitionskiste und stemmte sie mit dem Schwertgriff auf. Die Kugeln darin waren in Sägespäne gebettet. Jede fühlte sich angesichts von Größe und Verwendungszweck leicht an; William musste sich vor Augen führen, dass die verheerende Wirkung der Kanone nicht auf der Reichweite, sondern auf dem Splittereffekt basierte. Er schob die Kiste mit dem Fuß zur Seite, blickte unter der Plane hervor und orientierte sich nochmals. Dann verschwand er wieder im Inneren und suchte nach Schießpulver und Stopfmaterial.

Er musste längere Zeit in der Dunkelheit herumtasten, bis er den Korb mit dem Stopfmaterial fand, danach suchte er nach dem Pulverfass. Die Zeit lief ihm davon. In seiner Hast schob er weitere Kisten zur Seite. Eine davon fiel mit lautem Knall um; William fluchte leise. Das Fass, das er suchte, war nicht da.

Er machte eine kurze Pause, um sich zu beruhigen, atmete tief durch und spähte verzweifelt in die Dunkelheit zu seinen Füßen. Ohne das Pulverfass wäre sein Plan nutzlos. Er fluchte erneut, richtete sich auf, schob die Plane ein klein wenig zurück und hoffte, dass das wenige Mondlicht ihm bei der Suche helfen könnte.

Als er die Plane hob, sah er den Lauf einer Muskete, die aus geringer Entfernung direkt auf ihn gerichtet war, und gleich daneben noch einen.

William erstarrte, als Steinschlösser gespannt wurden, und hörte seinen eigenen pochenden Herzschlag. Einen Moment machte er die Augen zu, dann schlug er die Plane langsam ganz zurück und hob die Arme über den Kopf. Plötzlich nahm er den süßlichen Geruch von etwas wahr, das nicht weit entfernt gekocht wurde, hörte Gelächter an einem Lagerfeuer und in der Ferne den Ruf eines Vogels. Er war hungrig, müde und hätte einen Schluck zu trinken vertragen können.

Sie zerrten William von dem Wagen herunter, er landete bäuchlings im Sand. Sie schnitten ihm den Gürtel weg, da ihm der Sturz den Atem geraubt hatte, und er nur wenig Gegenwehr leisten konnte, dann trat ihm jemand in den Bauch. Schmerzen rasten durch seinen ganzen Körper. Beim nächsten Tritt flog er ein kleines Stück über den Sand und spürte den Geschmack von Blut im Mund. Er hob die Hand zum Mund, doch jemand riss sie weg, dann zerrten sie ihn an den Haaren auf die Füße. Er stolperte, aber zahlreiche Hände zerrten ihn in entgegengesetzte Richtungen.

Schließlich übernahm ein Mann das Kommando und rammte William die Muskete in die Nieren; William schrie auf, dann bekam er einen Stoß und wurde weggezerrt.

IX

Nachdem sie William unter unablässigen Schlägen und Tritten durch das Lager geschleift hatten, stießen sie ihn schließlich in ein Zelt und warfen ihn zu Boden. Dort lag ein einfacher Teppich, der sich verglichen mit dem rauen Sand dennoch weich anfühlte; er strich mit den Fingern darüber, beruhigte sich und ließ die Schmerzen der Prügel abklingen.

Während er sich verbissen darauf konzentrierte, die Schmerzen in einen entlegenen Winkel seines Bewusstseins zu verdrängen, hörte er die spöttische Stimme von jemandem, der sich eindeutig über etwas freute. Er schaute auf und erblickte den Anführer der Miliz, einen Mann, der mehrere Jahre älter als William war. Er betrachtete William mit dunklen Augen, in denen man rote Äderchen sehen konnte, wie bei einem Trunkenbold, allerdings wirkten seine Miene und Haltung alles andere als berauscht.

Haidar betrachtete den Ungläubigen voller Abscheu. »Dummes Schwein«, knurrte er William auf Arabisch an. »Alle Ungläubigen sind dumm.«

Die Wachen, die William hergebracht hatten, nickten zustimmend.

»Das ist die Geißel unseres Volkes«, sagte Haidar und spuckte vor William auf den Boden. »Sie kommen aus Übersee, wollen uns unterwerfen und unsere Schätze stehlen und unsere Frauen, und dann wollen sie uns vernichten!«

»Töten wir ihn!«, fauchte eine der Wachen.

Haidar sah auf, war aber alles andere als wütend über den Einwurf, sondern sah zufrieden drein. »Ja. Ja. Das werden wir. Aber vorher möchte ich ein Exempel an dem hier statuieren. Er ist gekommen, um seine Leute zu befreien. War das dein Plan, Ungläubiger?«

William schaute auf. Die Worte verstand er nicht, aber der Tonfall war alles andere als freundlich.

»Mal sehen«, sagte Haidar und lächelte kalt. »Wir foltern ihn, dann finden wir die Wahrheit schon heraus. Und wenn wir die Wahrheit nicht erfahren, dann foltern wir eben seine Freunde noch ein bisschen!«

Die Wachen nickten und lachten kurz auf. William begriff ihre Absicht durchaus. Er steckte in ernsten Schwierigkeiten, und auch wenn er nicht gefesselt war, wusste er nicht, ob er die Kraft zur Flucht haben würde, zumal er es mit einer erdrückenden Übermacht zu tun hatte und unbewaffnet kämpfen musste. Er kniete auf dem weichen Teppich. Blut troff ihm von der geschwollenen Unterlippe, und ihm wurde klar, dass seine einzige Hoffnung, doch noch aus diesem Schlamassel zu entkommen, Thomas Richmond war.

KAPITEL VIERZEHN

Der Kampf bei Bastet

1

William sah zu Boden und wartete ruhig. Die Schmerzen der Tritte und Schläge waren einem Gefühl der Taubheit gewichen. Als sich der Rhythmus seines Herzschlags langsam wieder normalisierte, verspürte er ein Gefühl der Teilnahmslosigkeit. Er betrachtete sein Schicksal hellsichtig. Minuten vergingen, und ihm wurde klar, dass Thomas ihn nicht retten kommen würde. Wie sollte er auch? Was konnte ein Zivilist allein schon ausrichten?

Früher war ihnen stets das Glück hold gewesen; in den vergangenen Monaten bildete Marresca den ausschlaggebenden Faktor. »Wo sind Sie jetzt?«, fragte er laut. Im Augenblick hätte er alles für einen bloßen Bruchteil der Kräfte der Dar'uka gegeben.

Haidar sah geringschätzig auf William herab.

»Was sollen wir mit ihm machen?«, wollte eine der Wachen wissen.

Haidar band sich ein rotes Tuch um die Taille, dann strich er zärtlich über die Schwertklinge. »Wir statuieren noch heute Nacht ein Exempel an ihm. Die Europäer haben ihre Feinde einst zur Strafe gehängt, ihnen die Bäuche aufgeschlitzt und die Eingeweide herausgezogen. Ich denke, genau das machen wir mit dem hier. Und dann präsentieren wir seinen Freunden in einer Parade seinen Kopf.«

Die Wachen murmelten zustimmend und sahen William erwartungsvoll an. Sie wollten Blut sehen. Bis jetzt hatten sie sich damit zufrieden gegeben, die Männer in Grau zu verprügeln. Diesmal musste einer sterben.

»Holt ein Seil und bringt Khalifa her«, befahl Haidar. »Er besitzt die Hände eines Arztes. Soll Khalifa ihm die Eingeweide herausnehmen, während der Ungläubige noch atmet.«

Einer der Wachsoldaten verbeugte sich und verließ das Zelt. Die anderen bückten sich und hielten William am Boden fest. William schaute zu Haidar auf und spie dem Araber blutigen Speichel auf die Stiefel.

Haidar gab einen fast weibischen Aufschrei der Entrüstung von sich und führte die Hand zum Schwertgriff. »Ich durchbohre dich, du Hund!«, brüllte er. Doch ein unmenschliches Heulen der Wut, das einen Moment in weiter Ferne erklang, sich aber plötzlich direkt über dem Lager zu befinden schien, übertönte seine Worte. In der anschließenden unheilvollen Stille sahen sich die Wachen nervös um.

Ein paar Sekunden schien es, als hielte die gesamte Oase den Atem an ...

... *Und dann begann das Brüllen und Schreien.* Das Musketenfeuer, das Chaos, hektisches Getrampel, das Geschrei sterbender Männer ...

Die Wachen wirkten starr vor Schreck. Nur Haidar reagierte. Er packte William am Kragen, zerrte ihn hoch und brüllte ihm ins Gesicht, sodass ihm Speichel auf die Wangen spritzte. »Du bist dafür verantwortlich!«, schrie er. »Du hast Feuer auf meine Männer herabbeschworen. Sag mir, wer du bist?«

William sah ihn an und hielt seinem Blick resolut stand. Er hatte keine Angst und wusste genau, was da über sie gekommen war. »Der Teufel ist gekommen. Und ich bin bald tot«, sagte er dem Anführer der Miliz, »aber du auch ...«

Haidars Wut wuchs; er ließ William zu Boden fallen. Williams Worte hatte er nicht verstanden, den trotzigen Unterton dagegen sehr wohl. »Ich warte nicht länger«, brüllte er und zog den Krummsäbel. »Der Ungläubige stirbt sofort. Dreht ihm die Arme auf den Rücken und zeigt mir seinen Hals!«

William sah, wie Haidar das Schwert hob, senkte den Blick und dachte daran, was er verlieren würde: die Kompanie, Marco, Adriana. Einen Moment schien es unwichtig, als wäre dies das Schicksal, das ihm sein Glück so viele Jahre vorenthalten hatte.

Die Klinge sauste herab. Zeit zu sterben.

II

Die Miliz hatte keine Ahnung. Niemand sah, wie das Blut des Wachtpostens vergossen wurde. Niemand sah die Vampyre auf ihn herabstoßen und ihn festhalten, ehe sie ihm die Pulsadern aufschlitzten, damit sein Blut auf den Scarimadaen tropfen konnte, der vor ihm im Sand stand.

Der Geist des Dämons fuhr in den Körper des Wachtpostens und verzerrte Fleisch und Knochen bis zur Unkenntlichkeit; dann stapfte er aufbrüllend am Seeufer entlang, seine brennenden Hautfetzen schleiften durchs Wasser, sodass er eine Spur aus Dampf hinter sich herzog.

Da … *da* wussten die Milizionäre Bescheid. Ihnen blieb nichts anderes übrig, als dieser heulenden übernatürlichen Kreatur tatenlos entgegenzusehen. Mit jedem Schritt, den der Dämon zurücklegte, entfesselte er Chaos. Ein Zelt wurde zerrissen, Pferde losgeschnitten, worauf sie sofort durchgingen, Wachtposten ausgeweidet oder in Stücke gerissen. Ein Wachtposten sprang der Kreatur tapfer auf den Rücken, doch mit einem einzigen ausholenden

Hieb ihres schuppigen Arms schleuderte sie ihn durch die Luft ins nächste Lagerfeuer.

Ein paar Milizionäre legten die Musketen an, doch die Bleikugeln konnten der Bestie nichts anhaben. Die Überlebenden der ersten Minuten des Gemetzels flohen kopflos in die Wüste und schrien und schluchzten unartikuliert, während der Dämon hinter ihnen seine Verwüstungen anrichtete. Doch auch die Flucht rettete sie nicht; Racinet, der kahlköpfige Vampyr, streckte die Flüchtigen nieder und erntete mit seinem Sichelflegel Seelen in der Dunkelheit; erst tötete er einen, dann einen zweiten, dann einen dritten verzweifelten Flüchtigen, die ihre Posten verlassen hatten und jetzt mit dem Leben dafür bezahlten.

Ileana, die Vampyrin, stieß sich von der höchsten Düne ab und schwebte durch die Luft. Mit ausgestreckten Armen und zwei langen Dolchen in den Händen sauste sie durch die Luft und fügte den laufenden Soldaten mit einem Schnipp-schnapp-Geräusch tiefe Schnittwunden zu. Keiner verstand, was sich da abspielte, alle sahen nur, dass ihre Landsleute ohne ersichtlichen Grund zusammenbrachen und im Sand liegenblieben, wo ihnen Blut aus Schnittwunden am Hals oder Bauch strömte. Die Nacht war zu einem einzigen Totentanz geworden. Jeder Soldat, der fiel, jeder Mann, der sein Leben aushauchte, sah als Letztes einen Schleier der Nacht, der sich herabsenkte, gefolgt von dem feuchten, klatschenden Geräusch, mit dem Stahl durch Fleisch schneidet. Und im Zentrum von alledem setzte der Dämon sein Blutbad fort, zerfleischte alles, was sich ihm in den Weg stellte, schlitzte auf, zerriss und griff sich Mensch und Pferd, die er gleichermaßen wie Flickenpuppen durch die Luft wirbelte.

Baron Horia betrachtete dies alles mit Wohlgefallen. Die Niederlage durch die Rassis hatte seinen Appetit beeinträchtigt, doch jetzt, da erneut Blut floss, stellte sich auch der Durst wieder ein. Der Dämon verwüstete die gesamte Oase. Mit der Zeit würde er ausbrennen, doch bis dahin existierten William Saxons Widersacher ganz gewiss nicht mehr.

Der Kampf war blutig und schrecklich einseitig.

III

Thomas lief durch das Chaos und ging dabei dem Dämon so gut er konnte aus dem Weg. Er lief an mehreren Zelten vorbei, aus einem kamen Milizionäre und gingen mit Schwertern auf ihn los. Er mähte sie mühelos nieder. Voraus sah er Männer aus dem größten Zelt mitten im Lager strömen, da kam ihm der Gedanke, dass er möglicherweise zu spät gekommen und Captain Saxon bereits tot sein konnte.

Ein Milizionär stieß mit ihm zusammen, beide Männer stürzten. Als sich der Andere erhob, stieß Thomas ihm das Schwert in den Oberarm, packte ihn am Gewand und zerrte ihn zu sich. »Wo ist der Ungläubige?«, brüllte er.

Der Mann sah von Schmerzen und Angst gepeinigt zu ihm auf.

»Das Zelt, Haidars Zelt!«, brüllte Thomas und folgte dem ausgestreckten Finger, mit dem der Mann zu dem großen Zelt deutete.

»Besten Dank«, sagte er auf Englisch und bohrte dem Mann das Schwert in die Brust. Er setzte seinen Weg zu dem Zelt fort, während um ihn herum erneut Musketenfeuer laut wurde.

Es ist gut möglich, dass Thomas den Anblick, der sich ihm darbot, gar nicht in vollem Umfang erfasste, als er das Zelt betrat. Hätte er gezögert und überlegt, wäre möglicherweise alles verloren gewesen, sein Meisterplan eingeschlossen. Hätte er zu überstürzt gehandelt, kein Mönch der Kompanie wäre vermutlich entkommen.

Als er eintrat, sah er, wie Haidar sein Schwert auf William niedersausen ließ. Im selben Moment riss er sein Schwert hoch, ein funkelnder Bogen, mit dem er Haidar die Hand abhackte. Der Säbel fiel zu Boden und rasierte einige Haare von Williams gebeugtem Kopf, aber sonst nichts. Haidar taumelte rückwärts und sah, wie Blut aus dem Gelenkstumpf auf seinen kostbaren Teppich spritzte.

Sekunden waren verstrichen. Haidars Wachen drehten sich fassungslos zu Thomas um, doch er erledigte sie, indem er einem die Schwertklinge quer über das Gesicht zog und sie dem anderen dann in den Bauch rammte.

William schlug die Augen auf und blickte auf den großen Krummsäbel und die Hand, die den Griff noch umklammert hielt. Mit fester Hand fühlte er sich geschwind auf die Füße gezogen.

»Gut, Sie sind nicht tot«, grunzte Thomas und durchtrennte Williams Fesseln.

»Thomas?«, keuchte William. »Ich hatte gehofft ...«

»Genau wie ich, Captain. Genau wie ich«, antwortete Thomas und reichte William ein Schwert – einen Säbel der Ordensbrüder.

Haidar wälzte sich unter Schmerzen am Boden und verspritzte sein Blut im ganzen Zelt und auf sich selbst. Thomas ging zu ihm und drückte ihm die Schwertklinge an den Hals. »Soll ich den hier töten?«

Haidar verstummte und sah von Todesangst erfüllt zu den beiden Männern auf. Er gestikulierte heftig und bettelte um sein Leben.

William war zutiefst abgestoßen. Er wollte, dass der Dreckskerl leiden musste, weil er ihn geschlagen, Vittore getötet und seine Männer gefangengenommen hatte, doch der Kampfeslärm draußen rief ihm vordringlichere Aufgaben ins Gedächtnis zurück. »Nein, wir brauchen ihn lebend«, antwortete er.

Thomas sah keinen Grund dafür.

»Unsere Feinde haben uns gefunden«, erklärte William ihm. »Das sind Dämonenschreie.«

Thomas erschrak und zog das Schwert zurück, als hätte ihm allein die Erwähnung dieser Kreaturen jeden Mut genommen. Er trat von der Zeltklappe zurück. Haidar verkroch sich wimmernd in eine Ecke.

»Was haben Sie gesehen?«, wollte William wissen.

»Nur sehr wenig«, antwortete Thomas flüsternd und zitternd. »Ich war schon im Lager, als die ersten Schüsse abgefeuert wurden. Und dann brach der reine Wahnsinn aus.«

»Wir müssen meine Männer befreien, Thomas. Und der Kerl hier kann uns dabei helfen.« William zeigte mit dem Daumen zu dem wimmernden Haidar.

Schritte ertönten, dann stürmten drei bewaffnete Männer das Zelt. Sie erstarrten, als sie die Ungläubigen erblickten. Keiner bewegte sich, bis Haidar etwas rief, worauf der Älteste der Araber vortrat, ein behände aussehender Mann mit zwei Schwertern auf dem Rücken. Eines davon zog er und näherte sich William.

»Schnell, Thomas, sagen Sie es ihnen!«, befahl William und hob das Schwert zur Verteidigung. »Sagen Sie ihnen, dass wir wissen, wer sie angreift!«

Der älteste Mann hob das Schwert. Er sah William durchdringend an. William ging in Abwehrhaltung, aber er fühlte sich schwach, sein Schwertarm war schwer. Er konnte sich verteidigen, war aber nicht sicher, wie lange.

Als Thomas Williams Worte übersetzte, hielten die Milizionäre inne und schienen überrascht, dass ein Ungläubiger ihre Sprache sprach. Diese Pause wollte William nutzen. Er hätte angreifen, dem Mann das Schwert in den Leib stoßen können, doch es gab einen größeren und gemeinsamen Feind. »Sagen Sie ihnen, dass wir daran keine Schuld haben und ihnen helfen können.«

Einer der anderen Milizionäre bellte hastig etwas und zeigte dabei wütend auf William.

»Sagen Sie ihnen, wir haben das Babel nicht zerstört«, beharrte William, aus dem die nackte Verzweiflung sprach. »Das waren ...« Bevor er zu Ende sprechen konnte, ertönte ein katastrophales Brüllen, dann stürzte das Zelt um sie herum ein, was vom Knirschen brechender Stangen und ängstlichen Schreien begleitet wurde. William fiel zu Boden, wirbelte herum und sah, wie mehrere Klauen den Befehlshaber der Miliz durchbohrten. Haidar kreischte buchstäblich wie am Spieß, bis Blut in seinem Hals emporstieg und aus seinem Mund quoll.

William rollte sich weg von dem Dämon, der den Araber in Stücke riss und den Zeltstoff schwarz färbte. In Halbdunkel und Schatten bahnte sich William einen Weg aus der Zeltplane, schnappte sich einen weggeworfenen Speer und entkam ins Dunkel der Nacht.

Thomas kämpfte sich unter der Plane hervor, als William die Flucht ergriff. Auch er brachte sich hastig in Sicherheit, als sich der Dämon unter dem zerfetzten Stoff aufrichtete, der Feuer gefangen hatte und allmählich verbrannte. Dann kam die schwarze Hülle der Kreatur zum Vorschein, deren rauchende Haut von schwelenden Glutstücken übersät war.

Thomas und William sahen beide hin, Ersterer durch und durch entsetzt, Letzterer ehrfürchtig.

William war sicher, dass es sich um den Dämon handelte, der ihnen schon im Babel zugesetzt hatte, aber sein Kopf wirkte geschrumpft und aus dem klaffenden, herunterhängenden Maul rülpste er Rauch und Asche, die wie winzige Glühwürmchen durch die Luft schwebte. Er schüttelte die Überreste Haidars von den enormen Pranken, bückte sich und schob sich ins Zelt, um nach den anderen zu sehen. Als er eine Wache erwischte, die sich in einen Vorhang verwickelt hatte, schleuderte er den Mann hoch in die Luft, bis er nicht mehr zu sehen war. Der zweite Wachsoldat wollte gerade wegkriechen, als ihm der Dämon auf den Kopf trat und ein ekelerregendes Krachen ertönte.

Der letzte Mann, der älteste, zwängte sich aus den Trümmern von Zeltstangen und Stoff und sah zu dem Dämon auf, der ihm den Kopf entgegenbeugte. Als der Dämon das Maul aufriss, war der Mann von Rauch und dem Gestank von Schwefel umgeben.

Obwohl William am ganzen Körper Schmerzen verspürte, rannte er zu dem Milizionär. Er schwang den Speer in Hüfthöhe und rief dem Monster wenige Schritte bevor er es erreichte etwas zu. Der Dämon hob den Kopf, da stieß William ihm mit vollem Schwung den Speer ins Maul. Er schien zu würgen, doch der Speer verschwand in einer Gischt aus Funken und blauem Feuer. Der massige Leib der Kreatur verschwand einen Moment unter heiserem, missvergnügtem Grunzen in einem riesigen Trichter aus Rauch. In dem Durcheinander packte William den Milizionär am Kragen und zog ihn unter den zuckenden Klauen hervor.

Halb aufrecht und halb stolpernd schleppten sich die beiden Männer in den Schatten, wo Thomas wartete.

»Verdammt töricht!«, schimpfte der Engländer.

»Wir brauchen jeden Verbündeten, Thomas!«, rief William zurück. »Fragen Sie ihn nach seinem Namen.«

Thomas gehorchte, doch zuerst wollte der Mann nicht antworten, sondern sah William nur verständnislos an.

Schließlich sagte er etwas. »Sein Name ist Khalifa. Und er dankt Ihnen, dass Sie ihm das Leben gerettet haben.«

»Sagen Sie ihm, er kann mir später danken«, antwortete Willliam. »Meine Männer müssen befreit werden *und* brauchen ihre Waffen, andernfalls bringt uns diese Kreatur alle um!«

Khalifa nickte und richtete sich auf, das Erlebnis hatte kaum Spuren an ihm hinterlassen. Die alte, gefährliche Entschlossenheit leuchtete wieder in seinen Augen. Er zeigte zum hinteren Ende des Lagers, wo nicht so erbittert gekämpft wurde, und redete hektisch auf Thomas ein.

»Er schickt einen Mann, der sie befreit«, übersetzte Thomas, der von der Wendung der Ereignisse vollkommen überrascht zu sein schien. »Und er möchte wissen, was das für eine Kreatur ist und wie man sie töten kann.«

»Keine Zeit für Erklärungen«, antwortete William. »Wir sollten uns um die Vampyre kümmern, Thomas. Die haben den Dämon entfesselt und halten sich zweifellos nicht weit entfernt auf. Sagen Sie Khalifa, er soll seine Männer um sich scharen und auf alles schießen lassen, was zu Fuß oder aus der Luft auf sie zukommt. Wir kümmern uns um den Dämon.«

Als Khalifa sich hastig entfernte, bückte sich William und hob ein fallengelassenes Schwert vom Boden auf. Sein Vorbesitzer war geflohen und dabei vermutlich gestorben. Aber William würde nicht fliehen, würde sich nicht verstecken, er würde kämpfen bis zum Tod.

IV

Es waren drei Käfige. In jedem gab es kaum Platz genug für fünf oder sechs, und doch hatten sie mehr als ein Dutzend Ordensbrüder in jeden gezwängt. Als William zu ihnen kam, stieg die Wut erneut in ihm empor, und er lief die letzten paar Schritte, bis er sich an den Gitterstäben ihres Gefängnisses festhalten konnte. »Wir sind hier! Wir sind hier!«, versicherte er ihnen immer wieder. »Ist jemand verletzt? Wo steckt Peruzo?«

»Hier ...«, ertönte die leise Antwort aus dem dritten Käfig. William ging zu der Hand, die zwischen den Stäben hindurchgestreckt wurde. Er nahm sie und hielt sie fest.

»Sind Sie verletzt?«, fragte er.

»Ein paar Blutergüsse«, antwortete Peruzo. »Andere befinden sich in schlechterer Verfassung. Sie haben uns nichts zu essen und so gut wie kein Wasser gegeben.«

»Dreckskerle!«, knurrte William. »Ich befreie euch alle, ich verspreche es.«

»Sie ... Sie haben einige der Brüder verprügelt ... *Schlimm*«, begann Peruzo.

William brachte kein Wort heraus.

»Bruder Casper ist blind«, sagte Peruzo kläglich. »Sie haben ihm die Augen ausgebrannt, weil er nicht reden wollte.«

William umklammerte die Gitterstäbe noch fester, als könnte er sie in seiner Wut mit bloßen Händen herausreißen.

»Auch andere haben sie gefoltert. Ich glaube, Bruder Gregory ist gestorben. Wir bekommen ihn einfach nicht wach.«

William wandte sich ab, da ihm Tränen in die Augen traten. »Macht diese Käfige auf, ihr Dreckskerle! Macht sofort diese verdammten Käfige auf!«, schrie er in die Nacht.

Khalifa kam in Begleitung eines Milizionärs, der Schlüssel in der Hand hielt, aus dem Rauch gelaufen. Als sie näherkamen, fuhr William Khalifa erbost an, was diesen nicht weiter zu kümmern schien, dann riss er dem zitternden Soldaten die Schlüssel aus der Hand und schubste ihn zu Boden. Der Araber verkroch sich schleunigst in ein Versteck, während William einen Schlüssel nach dem anderen im Schloss von Peruzos Käfig ausprobierte und dabei lautstark in Italienisch, Englisch und jeder anderen Sprache fluchte, die ihm in den Sinn kam und in der man Schimpfworte äußerster Wut ausstoßen konnte.

Schließlich ging das Vorhängeschloss auf; William warf es weg und riss die Tür auf. Er half dem schwankenden Peruzo heraus. »Können Sie gehen?«

»Ich denke ja«, antwortete Peruzo.

»Helfen Sie den anderen«, sagte William und ging zum nächsten Käfig. Er öffnete ihn, ging weiter zum nächsten und sprach seinen Männern dabei die ganze Zeit Mut und Trost zu.

Hinter ihm sah Thomas ihm bewundernd zu und warf derweil verstohlene Blicke zu Khalifa, der zu befürchten schien, die befreiten Männer könnten sich umgehend an ihm rächen. William und die wenigen Mönche, die noch ausreichend bei Kräften waren, halfen den Verwundeten. Einer ging Wasser holen. Sechs Männer waren in so übler Verfassung, dass sie kaum gehen konnten, geschweige denn kämpfen.

Bruder Casper war zwar blind, wollte davon jedoch nichts hören. »Ich kann jederzeit kämpfen, wenn mir jemand sagt, wo der Feind steht!«, rief er gekränkt.

William versuchte, ihn zu beruhigen, verstand aber seine Frustration. »Meine Waffen!«, rief er Thomas zu, aber mehr zu dem Mann namens Khalifa. »Sagen Sie ihm, ich will meine Waffen zurück! *Sofort!*«

Khalifa zeigte zu dem Wagen, der direkt am Wasser stand. William erinnerte sich an die Miniaturkanone, aber nicht an andere Waffen.

»Was ist mit den Gewehren?«, wollte er wissen.

Khalifa zuckte die Achseln, als Thomas ihn fragte.

»Dreckskerl!«, fuhr William den Araber an. »Die Wurfsterne, die Messer ... sagen Sie ihm das, Thomas ... *Jetzt gleich!*« William schäumte vor Wut; das alles führte zu nichts. Er winkte Peruzo. »Schaffen Sie jeden Mann, der kämpfen kann, zu der Kanone. Sagen Sie ihnen, sie sollen die Oase nach Waffen durchsuchen. Was sie in die Finger bekommen können. Unsere eigenen Waffen suchen wir später.«

»Womit haben wir es zu tun?«, fragte Peruzo.

»Mit mindestens einem Dämon und fast sicher mit Vampyren.«

»Wird erledigt«, sagte Peruzo und stapfte zu den Mönchen zurück, die vor den Käfigen warteten.

»Thomas? Nehmen Sie diesen ...«, begann William, doch er fand kein angemessenes Schimpfwort für Khalifa und knurrte nur. »Schicken Sie ihn einfach zu seinen Leuten zurück. Soll er allein gegen die Vampyre kämpfen. Wir helfen ihm, wenn ich es für richtig halte.«

Thomas schickte Khalifa weg und wartete. »Wo soll ich hin?«

William sah den Engländer einen Moment an. Er konnte gut mit dem Schwert umgehen, aber immerhin hatten sie es hier mit einem Dämon zu tun. »Gehen Sie mit ihm.«

»Aber, Captain ...«

»Achten Sie darauf, dass die keine Dummheiten anstellen, Thomas. Wenn sie die Vampyre lang genug beschäftigt halten, verschafft uns das mehr Zeit«, erklärte William.

Thomas folgte Khalifa widerwillig zum Rand der Oase und sah über die Schulter zu den Männern, die sich für den Kampf bereitmachten.

William wandte sich an die Truppe. »Es war eine harte Zeit, und uns stehen noch mehr Härten bevor. Ihr alle habt leiden müssen, und ich würde nicht noch mehr von euch verlangen, wenn es für die Mission nicht dringend erforderlich wäre. Unsere Feinde haben uns zu einem Zeitpunkt angegriffen, den sie für unseren schwächsten halten. Wir müssen ihnen beweisen, dass sie sich irren. Wir müssen ihnen zeigen, dass es niemals einen geeigneten Zeitpunkt gibt, die Männer des heiligen Sallian anzugreifen. Wir sind Männer des Ordens. Dafür wurden wir ausgebildet.«

Die Mönche nickten und rappelten sich auf.

»Da draußen wütet ein Dämon, den *können* wir besiegen«, beharrte William. »Wir brauchen nur einen Plan. Und ich habe einen.«

V

Die Ordensbrüder Ricardo, Paldini und Adams kletterten in den Wagen und rissen die Plane weg, die die Kanone bedeckte. Als die Ordensbrüder auf der Pritsche die Blicke schweifen ließen, sahen sie überall im Lager Flammen emporlodern; ein Feuer schien völlig außer Kontrolle zu sein.

In den Schatten rannten Gestalten panisch herum, während etwas Riesiges und Abscheuliches in ihrer Mitte umherstapfte. Ein Schrei nach dem anderen zerriss die Luft, während Männer in Stücke gerissen wurden und der Unhold immer näher kam.

Die Ordensbrüder stellten sich in einem Halbkreis auf, der auf zwei Seiten unweit des Ufers entlang verlief und den Weg zum Wagen frei ließ. Peruzo befehligte die wenigen Männer, die Musketen gefunden hatten und vorn standen, während die mit Handwaffen dahinter warteten. Manche der Männer schienen vor Erschöpfung dem Zusammenbruch nahe; William ließ Wasser in weggeworfenen Feldflaschen und Schläuchen zu ihnen schaffen.

»Wer ist das Kaninchen?«, fragte Peruzo und sah den Weg zum Wasser entlang.

»Das mache ich«, antwortete William.

Peruzo schüttelte heftig den Kopf. »Sie können nicht …«

»Ich bin der Einzige von uns, der laufen kann, Lieutenant«, teilte William ihm mit. »Sie selbst sind nicht in der Verfassung, genauso wenig wie die anderen. Wenn ich die Wahl hätte, würde keiner von Ihnen kämpfen.«

»Wir haben aber keine Wahl, Captain«, erinnerte Peruzo ihn.

»Genau.« William lächelte resigniert. »Wir haben nur einen Versuch. Wenn es schiefgeht, verlieren wir beim Versuch, den Dämon zur Strecke zu bringen, noch viel mehr Männer. Und während dieser Mission habe ich schon mehr Männer verloren, als mir lieb ist. Wir sind ein armseliger Haufen, Peruzo.«

Der Lieutenant fügte sich.

»Feuern Sie die Kanone vier Yards von dem Dämon entfernt ab. Weiter weg hätte wenig Wirkung«, sagte William und steckte das Schwert in den Gürtel. Er bedauerte, dass er Engrins Schwert verloren hatte, doch jetzt blieb ihm keine Zeit, danach zu suchen.

»Achten Sie nur darauf, dass Sie aus dem Schussfeld kommen«, rief Peruzo hinter ihm her, während William zum Wasser stapfte.

William zögerte nicht. Weshalb das Unausweichliche hinausschieben? Er überlegte sich, dass der Plan bestenfalls verrückt und töricht war. Und schlimmstenfalls …? Stumm rannte er über den Sand.

Die Ordensbrüder sahen ihm bewundernd nach. Dies war nicht nur ihr Captain, sondern ein Mann, der bereit war, sich selbst zu opfern. Jeder betete im tiefsten Inneren, dass er es überleben würde.

Näher am Wasser fand William eine Muskete, die im

Sand lag. Sie war rostig, daher bezweifelte er, dass sie auch nur einen Schuss abfeuern würde. Aber es ging ihm auch nicht darum, auf den Dämon zu schießen. Er stieg bis zu den Knöcheln ins Wasser und schwenkte in einer Hand die Muskete, in der anderen das Schwert.

Der Dämon watete in dem Blutbad, das er anrichtete, doch seine blindwütige Zerstörung befriedigte ihn nicht: es konnte nie genug sein. Fetzen hingen von seinen Armen herab, vermutlich Überreste seiner Kleidung, möglicherweise auch Teile seiner Opfer. Das nekrotische Monstrum ließ erst von seiner hirnlosen Zerstörung des Lagers ab, als Williams Spottrufe es ablenkten. Der Dämon knurrte tief in der geschwollenen Kehle und nahm die Herausforderung dann brüllend an. Mit seinen klobigen Füßen watschelte er ins Wasser und schleppte seinen schwelenden Leib in Richtung der lockenden Beute.

»Komm schon, du Aas«, brüllte William. »Komm und hol mich.«

Die Kreatur watete weiter, bis ihr das Wasser zur Brust reichte und in das offene Maul lief, wo es kochte und zischend verdampfte. Anfangs war der Dämon langsam, das tiefe Wasser behinderte ihn, doch bald stieg das Bett des Sees wieder an; die Kreatur wurde schneller. Als es weiter aus dem Wasser ragte, öffnete es das tropfende Maul und stieß einen Schwall Schwefelatem aus, der dunkler war als die Nacht. Das feurige Lodern seiner schrägen Augen brannte wie Vulkankrater in dem rußgeschwärzten Schädel. Er gab ein urzeitliches Knurren von sich, während er weiter durch den See watete.

Die ungeschlachte Gestalt kam näher, Williams Herz schlug schneller. Der Dämon kam nicht mehr nur auf ihn zu, er *stürmte.*

»Oh, Pest und Hölle!« Die Worte kamen William über die Lippen, während er sich umdrehte und die Flucht ergriff. Er hatte nicht jeden Schritt des Plans vorher im Kopf durchgespielt, den Weg zum Schlund der Kanone. Es galt, Hindernisse zu überwinden: Trümmer, verstümmelte Leichen, weggeworfene Säcke …

Und einen Herzschlag hinter ihm trampelte der Dämon durch das Gras, dessen Spitzen an seiner Haut streiften.

William hatte das hohe Gras hinter sich gelassen und sprang über den Leichnam eines Milizionärs. Vor sich sah er verschwommen und verwackelt den Wagen im Schein eines Lagerfeuers in der Nähe. Er spürte die Erde unter den Schritten des Dämons erbeben, der ihn verfolgte; fast spürte er schon die Hitze im Nacken, und den Schwefel, der aus dem Maul drang, roch er eindeutig.

Er senkte den Kopf, rannte noch schneller und konzentrierte sich mit jedem Atemzug und jeder Bewegung auf die Selbsterhaltung. Ob er es schaffen würde oder es tatsächlich ein zu tollkühner Plan gewesen war, vermochte er noch nicht zu sagen. Der Tod war ihm in dieser Nacht schon einmal allzu nahe gekommen. Konnte er ihm ein zweites Mal ein Schnippchen schlagen?

Als die Kanone in Sichtweite kam, sah er Peruzo aufstehen und eine Muskete anlegen. Er sah seinen Captain einen Sekundenbruchteil an, dann schoss er über dessen Kopf; die Waffe gab einen kläglichen Knall von sich. Peruzo hatte gut gezielt, der Schuss traf den Dämon an der Schulter, aber nicht fest genug, ihn aufzuhalten. William sah nicht zurück, als er die Kanone erreichte und sich zu Boden warf …

… Und der Dämon gerade die Klauen nach ihm ausstreckte.

Peruzo ließ die leergeschossene Muskete fallen und rief: »FEUER!«

Die Kanone explodierte. Rauch quoll mit einem tiefen Grollen aus der Waffe, fast augenblicklich gefolgt von einem ohrenbetäubenden Knall, worauf die Kanonenkugel durch die Luft flog und einen Moment später in Splitter zerbarst. Die Schrapnellstücke zerfetzten dem Dämon den Kopf, der mit einen gedämpften Knirschen zerplatzte ...

... Aber noch in seinem enthaupteten Zustand stürmte der Dämon weiter und wurde von seinem eigenen Schwung auf den Wagen zugetragen. William rollte sich weg, als gerade ein hornhäutiger Fuß nur wenige Zoll von seinem Kopf entfernt auf den Boden stapfte, dann prallte der Leib mit voller Wucht gegen die Kanone. Der Wagen wurde in die Luft gewirbelt und überschlug sich bei der Landung; die drei Mönche wurden herausgeschleudert. Bruder Ricardo landete atemlos auf dem Boden, genau wie Bruder Paldini, der ein paar Yards entfernt zu liegen kam. Aber Bruder Adam – Vittores Stellvertreter – geriet unter den Wagen. Das linke Hinterrad zerquetschte ihm den Brustkorb und drückte die Leibesmitte ein. Als Bruder Ricardo fiel, sah er nur kurz den Strahl dunkler Flüssigkeit, der von Adam auf die Pritsche des Wagens spritzte, als die Miniaturkanone herausfiel, gefolgt von Pulver und Kugeln.

Der in Rauch und Flammen gehüllte enthauptete Dämon löste sich langsam auf, während er durch die Trümmer torkelte und mit seinem Gewicht auf den Wagen prallte.

Bruder Ricardo lag nur wenige Schritte von der brennenden Masse aus Fleisch und Knochen entfernt und betrachtete sie vollkommen fassungslos, derweil Bruder Paldini sich benommen erhob. Siegestrunken taumelte er näher, damit er einen Blick auf den brennenden Kadaver werfen konnte, und grinste triumphierend.

»Wir haben ihn getötet!«, rief er. »Er ist tot! Er ist tot!«

Mehrere Mönche lösten sich aus der Reihe und kamen ebenfalls näher. Auch William setzte sich lachend in Bewegung. Der Plan war unzureichend vorbereitet gewesen, aber er hatte funktioniert. Er hatte …

»Halt!«, rief Peruzo und winkte den Mönchen. »Er brennt noch! Das Schießpulver! Das …!«

Als der brennende Torso des Dämons das erste Pulverfass in Brand setzte, kam es zu einer unvermittelten Explosion. Sie riss den Wagen mitten entzwei; die fliegenden Splitter töteten Paldini auf der Stelle.

Das nächste Fass explodierte, als Bruder Jacques gerade fliehen wollte. Er wurde eingehüllt, sein Körper, der in Flammen stand, mehrere Yards davongeschleudert.

Auch William wirbelte davon, da die Explosion ihn von den Füßen riss und in den Sand warf. Grelles Licht füllte sein gesamtes Gesichtsfeld aus. So lag er taub auf dem Rücken, während rings um ihn herum die Oase in aller Stille niederbrannte.

VI

Baron Horia sah die leuchtende Wolke über der Oase aufsteigen; das Licht der Explosion spiegelte sich auf seiner blassen Haut. In dem Moment zitterte und bebte der Scarimadaen in seiner Hand heftig.

Die Männer der Kirche hatten den Dämon also vernichtet. Es wurde Zeit zu verschwinden.

VII

Bruder Casper, ein blinder Hüne von einem Mann, stand abseits der anderen Mönche und ruhte sich vor den Käfigen aus. Mit seinen ausgebrannten Augen sah er nur Schwärze; die Wunden waren offen, aber es hatte sich bereits eine heilende Kruste gebildet. Er hörte den Knall von Musketen in der Dunkelheit, und Kampfeslärm, der die Stille der Nacht störte.

Bruder Samuele saß auf dem Rand des Käfigs, da sein offenes Bein ihm Schmerzen bereitete. »He, Casper ...«, rief er. »Was machst du, Bruder?«

»Warten«, grunzte Casper zurück.

Auch die Brüder Stefano, Angelo und Geoffredo befanden sich in schlimmer Verfassung, Angelo hatte darüber hinaus hohes Fieber. Bruder Tore saß stumm rechts neben Samuele; Folter mit einer brennenden Fackel hatte sein Gesicht entstellt.

»Der Kampf kommt sicher nicht zu uns, meine Brüder«, versicherte Samuele ihnen.

»Der Captain siegt«, antwortete Tore hoffnungsvoll. »Er wird alles in Ordnung bringen, denkt an meine Worte.«

»Angelo geht es immer schlechter«, flüsterte Stefano leichenblass. Er hielt sich den Bauch, und alle hatten den dunklen Fleck an seiner Seite bemerkt. Stefano ertrug seine Verletzung mannhaft, doch das konnte nicht über seinen schlechten Gesundheitszustand hinwegtäuschen.

Tore stand auf, kam herüber, bückte sich und öffnete Angelos Hemd. Der Körper des Mönchs war vernarbt und von Blutergüssen und anderen Wunden übersät. Man sah Brandstellen, Schnitte und andere Anzeichen für Folter. Der Ordensbruder war besonders störrisch gewesen und hatte daher nach Gregorys Verhör und Ermordung durch die Milizionäre leiden müssen.

Samuele schaute verzweifelt auf.

»Er überlebt nicht mehr lange, Samuele«, sagte Tore.

»Er muss«, sagte Samuele flehentlich.

Plötzlich erhellte ein gewaltiger Lichtblitz das Lager, gefolgt von einer donnernden Explosion, die Casper zusammenzucken ließ.

»Herrje ...«, murmelte Bruder Samuele und hinkte von dem Käfig weg. Er blickte zum Himmel und sah dort einen Feuerball erblühen. Dann folgte ein anderes Licht, ein grelles, zyanfarbenes Leuchten, das schreiend vom Lager emporstieg, zickzackförmig am Nachthimmel hin und her schoss und verschwand.

Samuele riss die Fäuste hoch. »Hab ich's nicht gesagt? Ja?! Der Dämon ist besiegt!«, rief er und tanzte vor Freude auf seinem gesunden Bein.

Casper fuchtelte blind in der Luft herum und freute sich, dass sie einen Sieg errungen hatten.

Über ihnen kreiste die Vampyrin und nutzte die Aufwinde der Nacht so geschickt wie eine Schwalbe. Auch sie hatte gesehen, wie der Dämon vernichtet worden war, und das erboste sie. Unten feierten die verwundeten Männer der Kirche, und sie konnte nur an ihre im Tal des Feuers gefallenen Kameraden denken.

Und das machte sie so wütend ...

Voller Zorn und Blutgier stieß sie herab und heulte dabei wie eine Todesfee.

Bruder Casper hörte sie kommen, fiel auf die Knie und hörte dicht neben seinem Kopf ein Schnipp-schnapp-Geräusch in der Luft. Bruder Samuele wollte fliehen, doch wegen seines verletzten Beins gelang es ihm nicht. Die Vampyrin schwenkte nach links, streckte die Klingen aus und schlitzte dem Mönch die Seite auf. Samuele fiel schreiend zu Boden.

Bruder Tore machte einen Sprung und entfernte sich von Bruder Angelo, doch die Schmerzen seiner Verletzung zwangen ihn in die Knie, während die Vampyrin einen zweiten Angriff auf Samuele begann, der im Sand zappelte, während Blut aus seiner Wunde strömte.

»Samuele! Samuele!«, rief Tore verzweifelt.

Bruder Casper richtete sich auf. »Wo ist er?!«, rief er.

»Direkt hinter dir …«, antwortete Tore, »… drei Yards entfernt.«

Die Vampyrin kam aus der Dunkelheit und landete plötzlich, wobei sie durch ihren Schwung immer wieder kurz vom Sandboden abhob wie ein flacher Stein auf dem Wasser, bis sie endlich Halt fand und in unglaublich schnellem Lauf vorwärts stürmte. Sie erreichte Samuele, als der gerade aufstehen wollte. Die Mönche gaben wie aus einem Mund eine Warnung von sich, doch Samuele war nicht in der Verfassung, sich zu verteidigen. Sie packte ihn im Nacken, zog ihn hoch, damit er ihr von Grauen gepackt in die Augen sehen konnte, dann lachte sie, schlitzte ihn vom Hals bis zum Nabel auf und ließ das Blut auf sich spritzen.

Casper hörte Samuele sterben und nahm den Geruch des Todes um sich herum wahr. Er schnupperte wie ein blinder Hund, senkte den Kopf und bewegte sich mit ausgestreckten Händen und vor Wut verzerrtem Gesicht nach rechts.

Die Vampyrin hatte nicht gesehen, wie Casper sich ihr näherte, so sehr genoss sie den Triumph des Tötens, doch als sie ihn jetzt nur wenige Schritte entfernt erblickte, wich sie um ein Haar zurück, bevor sie merkte, dass der Mönch blind war. Sie lachte vor Freude auf das nächste Opfer, sprang über Casper hinweg und landete direkt hinter ihm, wo sie ihm mit einer raschen Bewegung der Klingen den Rücken aufschlitzen wollte. Casper gab ein Stöhnen von sich, drehte sich jedoch so rasch um, wie es seine Leibesfülle zuließ. Er tastete mit den großen Händen um sich, doch sie duckte sich verspielt und schnitt ihm den Daumen ab.

Casper heulte vor Schmerzen, ließ jedoch nicht locker, sondern griff immer und immer wieder nach ihr, wobei ihm ihr spöttisches Lachen als Orientierung diente.

»Du spielst mit mir!«, kicherte Ileana. »Ich kann auch spielen!« Sie duckte sich, schwang sich in die Lüfte und trat zielsicher mit dem rechten Fuß zu. Mit der Stiefelspitze traf sie Casper am Kinn, der Gigant stolperte rückwärts.

Bruder Tore suchte verzweifelt nach etwas, womit er Casper zu Hilfe kommen konnte, fand aber keine einzige Waffe. Er gab Stefano ein Zeichen, dass er die beiden anderen Mönche im Schatten verbergen sollte, dann musste er hilflos mit ansehen, wie Casper immer wieder und wieder verwundet wurde.

Ileana nahm beide Klingen zur Hand und sah über Caspers Schulter zu Tore. »Deine Freunde betteln darum, getötet zu werden«, sagte sie, zeigte zu den Ordensbrüdern dahinter und hoffte, der Mönch würde verstehen. »Den Gefallen kann ich ihnen gerne tun.«

»Nein!«, rief Bruder Casper und streckte die Hände nach ihr aus.

Sie duckte sich darunter weg und bohrte ihm beide Klingen in die Brust. Der Bär von Korsika, wie ihn alle im Orden nannten, brüllte vor Schmerzen, büßte jedoch nichts von seiner Kraft ein. Im Glauben, dass sie ihm den Todesstoß versetzt hatte, dachte Ileana nicht an die enorme Reichweite des Mönchs. Sie begriff ihren Fehler erst, als er durch Zufall gegen sie stieß und sie in einen eisernen Klammergriff nahm. Er presste ihr die Arme an die Seiten, sodass sie sich nicht bewegen konnte.

Ileana schrie zuerst vor Wut, dann vor Schmerzen und leistete erbitterte Gegenwehr. Casper klammerte sich so lange er konnte fest und hoffte, er würde ihr das Rückgrat brechen oder sie wenigstens so lange aufhalten können, dass die anderen Ordensbrüder fliehen konnten. Doch der hünenhafte Mönch wurde mit jedem Atemzug schwächer.

»Casper!«

»Muss festhalten …«,murmelte er mit Blut im Mund.

»Casper!«, ertönte die Stimme wieder. Er erkannte Lieutenant Peruzo.

Die Vampyrin kreischte erneut und wand sich in seinem Griff.

»Na los, Lieutenant!«, knurrte Casper durch das Blut, das ihm die Kehle hinabfloss.

Peruzo zögerte.

»Jetzt!«, flehte Casper, während sie sich langsam befreite.

Peruzo bohrte ihr das Schwert in die Brust. Die Klinge ging durch sie hindurch und spießte Bruder Casper mit auf, der seinen letzten Atemzug tat. Die beiden Kontrahenten taumelten einen Moment, dann fiel Casper vornüber und drückte die Vampyrin mit seinem Gewicht zu Boden.

Peruzo wich zurück, als ihn die schreckliche Erkenntnis übermannte. Er sah sich an, was er angerichtet hatte, und bemerkte William nicht, der mit vor Ruß nachtschwarzem Gesicht neben ihn getreten war. William hatte eine klaffende Wunde an der Stirn, aus der ihm Blut über das Gesicht lief.

»Fesselt sie!«, brüllte William hektisch.

»Wir sollten sie töten!«, rief Bruder Tore zurück.

William schüttelte den Kopf. »Nein, wir brauchen sie lebend. Fesselt sie, Peruzo. Wir binden sie im Osten fest, bei Gott.«

VIII

Die Ordensbrüder Jericho und King kehrten zu den Käfigen zurück, während William das Schlachtfeld inspizierte.

»Die Feinde sind geflohen«, teilte Jericho ihm mit. Er zeigte zu der Oase, wo es immer stiller wurde. »Wenn die Vampyre noch da draußen sind, dann warten sie ab.«

Peruzo lehnte sich erschöpft und traurig über die Verluste an einen Käfig. Er sah nicht auf, als William zu ihm kam.

»Wir haben gesiegt«, murmelte William traurig.

»Gregory, Paldini, Adams, Jacque, Samuele und Casper ...«, sagte Peruzo und zählte die Gefallenen auf. »Und sechs sind verwundet. Wir sind keine Sieger, Captain.«

William klopfte Peruzo auf die Schulter. »Wir hätten viel mehr verlieren können«, sagte er.

Peruzo antwortete nicht. Caspers Tod lag ihm schwer auf der Seele. Er hatte den letzten Atemzug des Mönchs gehört, dessen Leben er ihm genommen hatte. Ihm war keine andere Wahl geblieben, aber bisher hatte Peruzo noch nie einen Ordensbruder getötet, nicht einmal aus Barmherzigkeit.

»Ist der Vampyr festgezurrt?«, fragte William.

»Ist sie«, antwortete Peruzo.

»Sie?«

»Eine Frau, Captain.«

William zögerte. Das musste die Vampyrin sein, mit der sie es vor dem Babel zu tun gehabt hatten.

»Ich kenne diesen Gesichtsausdruck«, bemerkte Peruzo. »Sie gehört *dennoch* zu den Vampyren. Sie hat Samuele ermordet und Casper gefoltert.«

»Ich weiß, ich weiß«, stimmte William hastig zu, auch wenn ihn der Gedanke, einer Frau Gewalt anzutun, immer noch abstieß.

Peruzo erhob sich und strich die Jacke glatt. »Ich habe keine Gewissensbisse, wenn ich sie töte, Captain. Lassen Sie mich das tun.«

»Nein«, sagte William. »Ich bin der kommandierende Offizier. Ich muss sie verhören. Sorgen Sie nur dafür, dass Thomas und der Mann namens Khalifa dabei sind.«

»Ich habe gehört, was Sie sagen, aber wie kommen Sie darauf, dass sie *nicht* erneut angreifen?«, fragte Thomas, als William ihn zum Rand der Oase führte, wohin ihnen der Mann namens Khalifa in einiger Entfernung und mit mehreren bewaffneten Wachen folgte. Noch eine Stunde bis zur Dämmerung.

»Sicher nicht. Nicht einmal, um ihre Freundin hier zu retten«, antwortete William. »Ihnen wird die Zeit knapp.«

»Ja, ja, das haben Sie schon mal gesagt – ›Sonnenlicht vernichtet sie‹. Sie brauchen einen Unterschlupf ...«, wiederholte Thomas.

»Das ist unsere einzige Chance, Informationen zu sammeln«, fügte William hinzu. »Für einen Soldaten gibt es eine wichtige Regel: Man muss seinen Gegner kennen. Wir müssen herausfinden, womit wir es zu tun haben – Anzahl, Waffen, einfach alles.«

William sprach über die Schulter, während sie eine Düne erklommen, wo sich die Silhouetten der versammelten Mönche vor dem dämmerungsgrauen Himmel abzeichneten.

»Und wenn Sie dieses Tier foltern, erhalten Sie die Informationen?«, fragte Thomas naserümpfend.

William versuchte, sein eigenes Missfallen zu verbergen. »Sie wollten doch Rache, oder nicht? Sie hat Ihre gesamte Karawane vernichtet. Sämtliche Diener, Ihre Waren ...«

»Sie?«, sagte Thomas und blieb wie angewurzelt stehen. »Eine *Frau?*«

William konnte Thomas nicht in die Augen sehen. »Wir foltern sie nicht, Thomas. Wir brauchen nur ihre Informationen.«

Peruzo stand auf der Hügelkuppe und winkte Peruzo mit dem Schwert. Sie gingen hin; als sie näher kamen, hörten sie die Schreie der Kreatur nur zu deutlich.

»Dreckskerle! Schweine! Hurensöhne, allesamt! Ihr werdet sterben! IHR DRECKSKERLE WERDET *ALLE* STERBEN!«

Thomas sah William betroffen an. »Ihre Stimme …«, sagte er. »Schrecklich.«

»Ay«, antwortete William leise.

Thomas erschauerte und verzagte. »Ich bin nicht sicher, ob ich das kann, Captain Saxon.«

Der Mann namens Khalifa sah ebenso blass aus. Er hatte durch dieses Monster viele Männer verloren, doch ihre schrillen Schreie machten seine Entschlossenheit zunichte. William wandte sich an sie und bat Thomas, seine Worte zu übersetzen.

»Sagen Sie ihm, dass diese böse Kreatur seine Männer getötet hat, genau wie die Leute im Babel. Sie ist für den Tod seines Befehlshabers verantwortlich, sie hätte die gesamte Miliz mit dem größten Vergnügen ermordet.«

Thomas wartete, während sein Verstand auf Hochtouren arbeitete.

»Sagen Sie es ihm, *bitte*«, drängte William.

Thomas überlegte, ob er etwas anderes sagen sollte, aber was hätte es genutzt? Was geschehen war, ließ sich nicht ungeschehen machen. Sie hatten Ileana erwischt.

Thomas übersetzte, Khalifa nickte, und sein Zorn wog schwerer als der Wunsch, sich aus dem Staub zu machen.

Sie erklommen die Kuppe der Düne und ließen die Blicke schweifen. Unten lag die Vampyrin im Sand, von Lagerfeuern umgeben und an den gespreizten Armen und Beinen mit schweren Ketten gefesselt. Sie wand sich und zog, doch jedes Mal, wenn es schien, als könnte sie sich befreien, schlug ein Mönch der Kreatur auf den entsprechenden Arm oder das Bein und fügte ihr eine Verletzung zu, die sie schwächte, während sie versuchte, sich selbst zu heilen.

»Müssen Sie das tun?«, fragte Thomas.

»Ja«, beharrte William. »Wenn wir sie ungeschoren ließen, würde sie sich befreien.«

»Das ist Folter«, murmelte der Engländer.

»Aber unvermeidlich«, entgegnete William traurig und wandte sich ab. »Indem wir sie verwunden, rauben wir ihr die Kraft. Aber die Kreatur kann sich schnell selbst heilen, daher müssen wir ihr in regelmäßigen Abständen Verletzungen zufügen, damit sie nicht fliehen kann.«

»Sie leidet Höllenqualen«, murmelte Thomas.

»Das ist keine Frau«, erklärte William ihm. »Wir dürfen kein Mitleid zeigen. Sie hätte auch keines für uns gehabt.«

Die Vampyrin krümmte sich wimmernd. Sie drehte den Kopf, blickte hinter sich und sah William dort stehen; die beiden anderen Männer befanden sich gerade außer Sichtweite. Sie rief etwas in ihrer alten Sprache, dann auf Lateinisch, das William verstand.

»Bitte! Bitte lass mich frei! Ich tue nie wieder einem von euch etwas zuleide. Bitte, *es tut weh!* Es tut *so sehr* weh! Ich will nicht so sterben …«

William verzagte angesichts dieser flehentlichen Schreie, wandte sich jedoch fest entschlossen ab.

»Das kann nicht richtig sein«, sagte Thomas.

»Es *muss* sein«, antwortete William, doch auch seine Entschlossenheit geriet ins Wanken. »Ihre Freunde sind irgendwo da draußen, und sie greifen uns gnadenlos an, wenn wir Schwäche zeigen. Aber wenn sie angreifen, sind wir bereit.«

»Und wenn nicht, was dann?«

»Dann töten wir sie«, antwortete William.

»Keine weitere Folter?«, fragte Thomas.

»Nein.«

»Dann sagen Sie mir, wenn es vollbracht ist, Captain. Ich will damit nichts zu tun haben.« Der Engländer wandte sich ab und kehrte zum Lager zurück; William sah ihm nach. Er hatte Verständnis dafür, dass jemand Mitleid mit einer Frau empfand, aber nicht mit einer Vampyrin. Doch William kannte die Vampyre viel besser als Thomas Richmond. Ihre Worte waren Lügen, Mitgefühl war Schwäche. Man musste sie behandeln wie jedes gefährliche Raubtier.

Sogar eine Frau.

»Captain?« William wandte sich von der zuckenden Kreatur ab und ging zu seinem Lieutenant, der bei Jericho und einigen anderen Brüdern stand. »Es dämmert schnell hier«, sagte Peruzo und zeigte zum Horizont. Der dünne Lichtstreif wurde rasch breiter. Die Sonne würde früher als erwartet auf sie scheinen.

Auch der Vampyrin war das klar geworden.

»Bitte!« Sie wand sich. »Bitte tut das nicht!«

William versuchte, sie zu ignorieren. »Hat sie etwas über die Stärke unseres Gegners gesagt?«

Peruzo schüttelte den Kopf. »Sie plappert nur. Nichts Brauchbares.«

William nickte.

»Warum ist der Kaufmann gegangen?«, fragte Peruzo neugierig.

»Kann die Drecksarbeit nicht ertragen«, sagte William und kniete neben der Vampyrin nieder. Er studierte die Kreatur, ihr Äußeres, ihren Gestank, das Licht, das in ihren Augen loderte, aber schwächer wurde.

»Begreifst du, was mit dir geschieht?«, fragte er auf Lateinisch.

Die Vampyrin bäumte sich auf und sah ihn mit einer Mischung aus Hass und Schmerz an. »Wurm!«, schrie sie William an.

»Heißt das nein?«, fragte William höflich. *»Et si nous parlons français?«*

Die Vampyrin sah William an und nickte langsam.

William sprach nicht oft Französisch, und wenn, dann nur im Privaten mit Adriana. Daher hörte sich die Unterhaltung mit der Vampyrin gestelzt und falsch für ihn an, jetzt, wo er das Französische nicht mehr benutzte, um Zuneigung auszudrücken; es fiel ihm schwer, bedrohlich zu klingen.

»Hast du mich jetzt verstanden?«, fragte er. »Keine Spielchen mehr. Ich will Antworten. Wo sind deine Freunde?«

»Ich wurde in Paris geboren«, antwortete die Vampyrin, die mit keinem Wort auf die Frage einging. »Dort lebte ich als Mädchen mit meiner Familie am Flussufer. Damals war ich glücklich ... *So glücklich.*«

William versuchte, das sentimentale Geschwätz gar nicht zu hören. Sah darüber hinweg, wie zerbrechlich und menschlich sie ... *es* ... sich anhörte. »Deine Lebensgeschichte interessiert mich nicht. Wo sind die anderen Vampyre?«, herrschte er sie an.

Die Vampyrin weinte und wand sich erneut. »Lass mich frei! Lass mich sofort frei!«, flehte sie. »Die Sonne geht auf! Die Sonne!«

William nickte. »Ja, die Sonne. Wie ich sehe, hast du Angst davor. Manche deiner Art sind besonders anfällig für die Sonne. Ich habe gehört, sie verbrennt euch. Eure Haut. Euer Fleisch. Sogar eure Knochen?«

Die Vampyrin gab ihre vergebliche Gegenwehr auf und sah mit tränenverschmierten Wangen zu William hoch. »Das ist unser Fluch.«

»Nein«, sagte William und schüttelte den Kopf. »Euer Fluch ist, dass ihr den Rest der Menschheit gering schätzt. Wie viele hast du ermordet?«

»Meine Familie wurde ermordet«, stöhnte die Vampyrin. »Hast du je mit ansehen müssen, wie deine Familie vor deinen Augen getötet wurde?«

William erschauerte und dachte plötzlich an die

Familie, die er in England zurückgelassen hatte – Vater, Mutter, Elizabeth. Er wandte sich ab, weil er fürchtete, er könnte seine Schwäche zeigen. *Gott, wie sehr er sie vermisste.*

Er richtete sich auf und sah zum Horizont. »Du hast vermutlich mehr Menschen ermordet, als ich kenne. Andere Familien, vermute ich. Und du hast es genossen, richtig?«

»LASS MICH GEHEN!«

»Niemals«, antwortete William nervös. »Ich kann dich *niemals* gehen lassen.«

»AAAAH!«, schrie die Vampyrin und hob den rechten Arm immer höher, und damit auch die Kette und den schweren Stein, der sie am Boden hielt.

»Verletzen Sie sie!«, rief Peruzo.

Jericho stürzte hinzu, bohrte der Kreatur das Schwert in die Schulter und genoss das Gefühl der Rache für die Ordensbrüder Samuele und Casper. Die Vampyrin kreischte und sank schluchzend zu Boden.

»Behaltet sie im Auge, verdammt!«, bellte William. Schwer atmend trat er der Vampyrin ans Bein, damit sie sich wieder ihm zuwandte. »Wie viele sind noch hier?«, wollte er wissen. *»Wie viele von euch?«*

»Zur Hölle mit dir, du Hund!«, schrie die Vampyrin und spuckte in Williams Richtung.

Er sah über die Schulter zum Horizont und wieder zu der Vampyrin. *»Aber du zuerst.* Die Sonne geht auf.«

Sie sah auf und weinte wie ein Kind.

»Schluss mit den Spielchen!«, knurrte William und zückte Engrins Schwert. Es hatte ihn über eine Stunde gekostet, die Waffe auf dem Schlachtfeld zu finden, obwohl sie mit dem Löwenanteil der Waffen der Kompanie in einem Zelt versteckt gelegen hatte, das gänzlich unberührt von den Kampfhandlungen geblieben war. Wenn jemals eine Waffe eine verzauberte Existenz gehabt hatte, dann dieses

Schwert, eine Waffe, die William jetzt über die Vampyrin hielt. »Du sagst mir jetzt, wie viele ihr seid, sonst gibt es kein Pardon mehr.«

Sie schluchzte und verdrehte die Augen. »Sie kommen. Sie retten mich!«, drohte sie.

William dachte einen Moment darüber nach. Sie hatten sie schon seit Stunden hier festgebunden, und bis jetzt war kein Angriff erfolgt.

Noch nicht.

»Wo ist euer Lager, Vampyrin?«, fragte William.

Sie sah mit einer verzerrten Miene schrecklicher Angst zu William auf.

»Ja«, sagte William und begriff plötzlich. »Euer Lager ist so weit entfernt, dass du nicht mehr lange hierbleiben kannst. Deine Freunde sind fort, weil sie sonst vom Tageslicht überrascht werden würden. Sie haben dich im Stich gelassen.«

»Nein.« Die Vampyrin schüttelte den Kopf. »Nein. Niemals. Das können sie nicht!«

»Oh, doch«, widersprach William kalt. »Wenn du mir jetzt sagst, wie viele es sind, verspreche ich dir einen schnellen Tod.«

»Lass mich leben!«, schrie sie.

»Wie viele deiner Art waren heute Nacht hier?«, herrschte er sie wieder an. »Wie viele?«

Die Vampyrin stammelte ein wenig und sah William an und durch ihn hindurch. »Wir sind nur drei.«

»Lügen«, entgegnete William. »In Raschîd habe ich mehr gesehen ...«

»Nein! Nein!«, schluchzte sie. »Ich sage die Wahrheit. Inzwischen sind wir nur noch drei.«

»Wo sind die anderen?«, drängte William.

»Fort«, antwortete sie nach einer längeren Pause und sah sich hektisch um.

»Wohin?«, fragte William, den die ganze Prozedur allmählich abstieß und belastete.

»Fort«, wiederholte sie und fing wieder an zu schluchzen.

»Das genügt mir nicht«, knurrte William und ging weg.

»Mehr weiß ich nicht!«, schrie sie mit einer kläglichen, menschenähnlichen Stimme. William drehte sich um und war fast entschlossen, sie loszubinden, doch Peruzo wich nicht und sah seinen Captain fest an. Seine Miene sprach Bände.

»Glaubst du, er kann dir vertrauen?«, fragte Peruzo die Kreatur.

»Oh, ja!«, antwortete die Vampyrin und sah nervös zum Horizont, wo die ersten Sonnenstrahlen leuchteten. »Bitte lasst mich frei.«

William schüttelte den Kopf. »Du hast diese Menschen in Raschîd ermordet. Du hast eine ganze Kompanie meiner Freunde ermordet. Und du hast meine Männer ermordet«, sagte er. »Deine Bitte ist abgelehnt.«

»Nein!«

»Du würdest nur zurückkehren und uns alle töten«, fügte William hinzu und entfernte sich.

»Niemals! Niemals! Ich schwöre es!«

Einige Yards von der Vampyrin entfernt, die erneut zappelte und mit lauter Stimme flehte, dass man sie befreien sollte, trat Peruzo zu William, der sein Schwert zog. »Es wird Zeit, dem ein Ende zu machen.«

»Sie würden diese Kreatur von ihrem Elend erlösen?«, fragte Peruzo stirnrunzelnd.

»Wir müssen es nicht unnötig hinauszögern«, antwortete William.

»Es hat seinen Zweck, Captain«, teilte Peruzo ihm mit. »Eine Lektion für die anderen Kreaturen da draußen. Eine Lektion, mit wem sie es zu tun haben. Möglicherweise verleitet es sie sogar zu einem Fehler.«

»Wir sind Soldaten …«, wandte William ein.

»Und Soldaten müssen manchmal abscheuliche Taten am Feind begehen, Captain«, antwortete Peruzo.

»Ich habe in meinem ganzen Leben noch nie jemanden gefoltert, Lieutenant«, hauchte William.

»Das ist keine Folter, Captain. Es ist nur Gerechtigkeit. Nichts anderes hat sie verdient, wenn ich das sagen darf«, teilte Peruzo ihm mit. »Denken Sie nur an die Ordensbrüder, die sie getötet hat. Der arme Casper ist tot, und dieses Weibsbild hat ihn auf dem Gewissen. Wie viele andere hat sie abgeschlachtet? Als sie Samuele ermordete, hat sie gelacht. Sie ist schuldig wie die Hölle, Captain. Und genau dorthin sollten wir sie schicken.«

William seufzte verbittert. »Das ist sie«, antwortete er und steckte das Schwert weg. »Und so sehr mir diese Vorgehensweise widerstrebt, sie *hat* etwas für sich.« Er sah zum Horizont und verzog das Gesicht.

»Na gut, Peruzo. Soll die Sonne ihren Lauf nehmen und den Körper dieser elenden Kreatur holen.«

IX

William blieb nicht bis zum Ende.

Die Sonne ging nach und nach auf, der Sternenhimmel wurde Schritt für Schritt heller, bis man nur noch die leuchtendsten Sterne im Blau der Dämmerung erkennen konnte. Schließlich wechselten die wenigen Wolken am Himmel ihre Farbe von Schwarz zu Gold, mit rötlichen Unterseiten. Dicht auf den Fersen folgte ihnen die Sonne, deren erste Strahlen den Horizont in ein Licht tauchten, bei dessen Anblick die Vampyrin aufschrie.

Peruzo saß im Sand und wartete. Er wusste nicht, wie lange es dauern würde; vielleicht Minuten, möglicherweise eine Stunde oder länger. Aber es war fast immer ein brutales Ende. Die meisten der Ordensbrüder warteten mit ihm, weil sie sich vergewissern wollten, dass der Feind tatsächlich starb, möglicherweise aber auch, weil sie sich nach Vergeltung sehnten.

Khalifa, der neue Befehlshaber der Miliz, sah ebenfalls zu und schien wie gebannt vom Anblick der angeketteten Frau, die umso wilder zappelte, je heller es wurde. Auch er hatte Männer verloren, viel mehr als die Kompanie der Mönche. Sechsundvierzig Milizionäre waren bei dem Angriff gefallen, dreiundzwanzig weitere schwer verwundet.

Die Vampyrin sah auf; ihre Augen waren jetzt nur noch zusammengekniffene schwarze Schlitze, in denen kein Leuchten mehr funkelte. Die Kreatur hatte ihre Kraftreserven verbraucht; sie hatte keine Kraft mehr, sich zu heilen, keine Kraft mehr zu fliehen.

»Bitte helfen Sie mir«, flüsterte die Vampyrin Khalifa zu, der erschrocken zurückwich. »Sie *können* mich nicht so liegen lassen.«

»Achten Sie gar nicht darauf«, rief ihm Peruzo zu.

Khalifa sah zögernd auf. Ihm erschienen diese Männer in Grau gefährlicher als die Kreatur, die langsam in der aufgehenden Sonne geröstet wurde. Es war absurd, dass sie dieses jämmerliche Ding einfach in der Wüste verbrennen lassen sollten.

»Ich hatte einmal eine Familie, wissen Sie«, wimmerte die Vampyrin. »Ich hatte keine Wahl. Man hat mich gezwungen, so zu werden. Meine Familie wurde durch diesen *Fluch* ermordet. Bitte ... *Helfen Sie mir* ...«

Khalifa wich die Düne hinauf zurück und wartete dort ab.

Die Sonne stieg höher und trieb lange Schatten vor sich her. Die Vampyrin wich zurück und zog die Beine so hoch sie konnte, doch die Ketten hielten sie fest. Das Licht glitt langsam über sie hinweg, Stück für Stück; die Vampyrin hielt den Atem an, als könnte sie damit den Lauf des Gestirns aufhalten.

Ihre Haut fing an zu rauchen.

Khalifa ging weg, als die Schreie einsetzten. Ehe er die Kuppe der Düne hinter sich ließ, drehte er sich noch einmal um und sah Rauchfahnen von der Kleidung der Kreatur aufsteigen. Er hatte schon Menschen sterben sehen und selbst viele getötet. Aber dies war unheilig, grässlich, und Khalifa schien es erstmals, als wäre seine Seele besudelt, weil er daran beteiligt war.

Peruzo und die Brüder beobachteten, wie die Vampyrin sich wand und spuckte und Verwünschungen schrie, während die Sonne immer höher stieg und ihr jetzt bis zur Taille schien. Dann wanderte der Lichtschein weiter zur Brust, zum Hals.

»NEIN!«, kreischte sie. »NICHT MEIN GESICHT!«

Als die Sonne ihren Unterkiefer erreichte und ihn in Flammen setzte, verstummten die Schreie der Vampyrin. Blaue Flämmchen loderten überall empor und verzehrten Haut und Haare. Die Kopfhaut der Vampyrin fing Feuer, der Kopf, den sie heftig schüttelte, wurde zum Inferno, aber noch lebte sie. Blaue Flammen schlugen aus ihren Ohren, der Nase und dann der Zunge; sie züngelten heraus, als könnte der Leib der Kreatur sie nicht mehr im Inneren halten. Jetzt loderte Feuer aus jeder Pore ihres Körpers und verbrannte ihre Kleidung.

Der Kopf der Vampyrin war schwarz, ohne Augen oder Lippen, und von der Zunge drang röchelnd brauner, schaumiger Schleim, der ihr den Hals hinablief; sie löste sich in der zunehmenden Hitze einfach auf. Obwohl sie so gut wie tot war, bäumte sie sich ein letztes Mal auf und blieb dann reglos liegen, da die Muskeln zusammenschrumpften oder aufplatzten. Dann zerfiel das Gehirn in dem brennenden Schädel, gefolgt von Herz und Lungen, die nicht mehr ohne Unterstützung schlugen und atmeten, seit Graf Ordrane sie verwandelt hatte.

Doch auch damit war es noch nicht zu Ende, da die Knochen noch als eine Art Käfig für die halbe Seele im Inneren dienten, die danach trachtete, befreit zu werden und als lodernde, heftige Funken zyanfarbenen Lichts durch Brustkorb und Schädel zuckte, das alles Brennbare entfachte.

Der Gestank war abstoßend.

Peruzo verspürte Übelkeit, stand auf und ging weg. Die anderen Vampyre hatten nicht versucht, sie zu retten. Sie hatten sie sterben lassen, und Peruzo dämmerte, dass ihr langsamer, qualvoller Tod wirklich gar nichts genützt hatte.

»Wenn es fertig ist, begrabt ihre Überreste«, befahl er den verbliebenen Mönchen, und der Rauch der brennenden Vampyrin wurde in der Luft verweht, während die Sonne immer höher stieg.

KAPITEL FÜNFZEHN

Verbündete und Rächer

1

Drei Tage waren seit dem Kampf bei Bastet vergangen, so der Name der Oase, den keiner der Überlebenden jemals wieder vergessen würde. Jeder Mann hatte dort etwas zurückgelassen, einen Freund, seine Unschuld oder eine irrige Überzeugung. Für manche war es das blutigste Gefecht ihrer Laufbahn gewesen, für andere eine drastische Erinnerung daran, was auf dem Spiel stand, sollten sie unterliegen.

Peruzo ritt stiller als die meisten, da ihn Schuldgefühle wegen Bruder Caspers Tod quälten. Er hatte schon früher Männer verloren, aber Caspers Tod war *seine* Schuld. *Seine* Klinge. *Seine* Unbedachtheit. Sie hätten niemals in die Gefangenschaft der Miliz geraten dürfen. Er hätte es kommen sehen müssen.

Die Folterung der Vampyrin hatte ihn nicht berührt. Sie trug die Verantwortung für Caspers Tod, besser gesagt, sie hatte Peruzo gezwungen, beide zu töten. In seinen Augen war sie keine Frau. Und sie hatte den qualvollen Tod verdient.

William sah das anders. Verhör und Folterung der Vampyrin lagen ihm wie ein Makel auf dem Gewissen. Er wusste, er konnte Marco nie und nimmer erzählen, was geschehen war, geschweige denn Adriana. Niemals würde er darüber sprechen, nicht einmal mit denen, die als

Augenzeugen dabei gewesen waren. Und es hatte seiner Freundschaft mit Thomas geschadet.

Der englische Kaufmann hatte seit Bastet kein Wort mehr mit William gewechselt. Er hielt sich abseits und ritt allein mit Hammid. William verstand nicht, warum ihm Thomas so grollte. Immerhin hatten die Vampyre auch seine Leute ermordet, wieso schien ihm Rache dann etwas so Abscheuliches?

Obwohl William mahnte, dass die Vampyre jederzeit angreifen könnten, ritten Thomas und Hammid in einiger Entfernung von den Mönchen, manchmal voraus, manchmal dahinter.

William beschloss, den Grund für die Trauer des Engländers herauszufinden und ihre Freundschaft zu kitten, und sei es nur Thomas' Sicherheit wegen, löste sich aus der Kolonne und ritt langsamer, bis ihn die beiden einsamen Reiter eingeholt hatten.

Thomas warf ihm im Näherkommen einen beiläufigen Blick zu.

»Peruzo denkt, wir könnten uns verirrt haben«, sagte William zu ihm.

»Ich verstehe, Captain«, antwortete Thomas abweisend.

»Wir haben bestenfalls noch für zwei Tage Wasser«, sagte William. »Bis dahin müssen wir die Ajaida gefunden haben.«

»Wir hätten schon heute Morgen dort sein müssen«, bemerkte Thomas.

William konnte nicht erkennen, ob das eine Kritik war oder nicht. »Sie sind wütend auf mich, nicht wahr?«, fragte er.

Thomas sah überrascht auf. Er sah William einen Moment an und schien zu überlegen, ob er antworten sollte. Schließlich nickte er. »Ich kann mich nicht damit abfinden, was Sie und Ihre Männer getan haben.«

»In welcher Hinsicht, wenn ich fragen darf?«, drängte William.

Thomas leckte sich die trockenen Lippen und sah William stumm an.

»Sie war eine Vampyrin, Thomas«, sagte William. »Sie hat mitgeholfen bei der Ermordung Ihrer ...«

»Ich kenne ihre Verbrechen, Captain«, sagte Thomas unvermittelt. »Dennoch war sie eine Frau.«

»Ritterlich, Thomas, aber nicht vernünftig. In diesem Krieg sind Frauen ebenso tödlich«, antwortete William.

»Das ist mir auch schon aufgefallen«, bemerkte Thomas verbittert. »Sind Sie bis zuletzt geblieben?«

»Das musste ich nicht. Ich habe sie sterben gehört.«

»Wir *alle* haben sie sterben gehört, Captain Saxon. Jede Menschenseele in der Oase konnte sie hören.«

William warf Thomas einen vernichtenden Blick zu. Schlimm genug, dass er sich Vorwürfe machte, aber dass Thomas sich anmaßte, über ihn zu urteilen, erboste ihn. »Seien Sie froh, dass Sie nichts damit zu tun hatten«, fauchte er ihn an. »Wenn wir Sie bei den Ajaida lassen, können Sie das alles vergessen.«

Thomas runzelte die Stirn. »Wirklich? So einfach? Möchten Sie mich dort loswerden?«

»Ich denke, das war unsere Übereinkunft.«

»So ist es«, sagte Thomas, »aber andere Angelegenheiten haben alles verkompliziert. Ich glaube nicht, dass die Übereinkunft vorsah, dass ich mich an einer Rettungsaktion und einem Kampf beteilige.«

»Nein«, gab William zu. »Das sicher nicht.«

Thomas richtete sich im Sattel auf. »Und was das anbelangt, dass ich bei den Ajaida bleiben soll ... Glauben Sie wirklich, ein Mann kann seinem Schicksal so einfach entrinnen?«

Die Frage schien William zu verwirren.

»Ich wurde in Ihren Krieg hineingezogen, Captain Saxon«, erklärte Thomas. »Es war unvermeidlich, dass der Feind mich als *seinen* Feind betrachten würde, als ich Ihnen zur Flucht verholfen habe. Die haben schon meine Handelskarawane vernichtet, weil ich Ihnen im Babel geholfen habe. Und auch ich habe Blut an den Händen, Captain Saxon. Ihr Tod lastet auf allen, die sie sterben ließen. Ich bin mir durchaus bewusst, dass es für mich kein Entrinnen aus Ihrem Krieg gibt.«

William betrachtete Thomas. Das war brutal. Es war ehrlich. Und es stimmte. Die Vampyre würden keine Gnade kennen, wenn sie ihn erwischten.

»Was haben Sie vor?«, fragte er.

»Ich reise mit Ihnen«, sagte Thomas achselzuckend. »Vermutlich brauchen Sie auch zukünftig einen Übersetzer, der mit dem Schwert umgehen kann.«

»Vermutlich«, stimmte William zu. »Aber die Gefahren …«

»… Sind mir bewusst, Captain«, antwortete Thomas. »Es bleibt mir kaum eine Wahl. Vielleicht wäre es klug, wenn Sie mir von Ihrer Mission erzählen würden, jetzt, wo ich dazugehöre.«

William nickte widerwillig. Im Lauf der folgenden Stunde schilderte er die Einzelheiten. Wie es aussah, hing der Erfolg der Mission künftig von Thomas ab, der sämtliche Befehle Williams übersetzen musste, falls der Scheich im Kampf fiel. William wusste, die Rassis würden keine leichten Gegner sein. Über diese Frage dachte er nach, seit sie von Bastet aufgebrochen waren.

»Ich muss unseren ursprünglichen Auftrag eventuell modifizieren«, weihte er Thomas ein. »Ich habe mehr Männer verloren als erwartet. Und wenn ich ehrlich bin, werde ich vermutlich im Kampf mit den Rassis noch mehr verlieren. Mehr als ich mir leisten und dennoch sicher nach Rom zurückkehren kann.«

»Wie das?«, fragte Thomas.

»Die ursprüngliche Mission sah vor, dass ich den Schatz nach Rom bringe. Wenn die Vampyrin die Wahrheit gesagt hat, lauern immer noch mindestens zwei von ihnen da draußen, und die dürften uns bei der Rückkehr nach Raschîd mit Sicherheit angreifen. Sollte es uns also durch die Gnade Gottes gelingen, den Schatz von seinen Hütern zu erobern, könnten wir dennoch unterliegen, denn bisher haben nur wenige einen Kampf mit den Rassis überlebt. Aber es *gibt* eine Alternative.«

Thomas hörte aufmerksam zu.

»Wir könnten den Schatz im Tal des Feuers vernichten.«

»Aber Sie sagten, es gibt keine herkömmliche Methode, diese Artefakte zu vernichten«, sagte Thomas.

»Soweit ich weiß nicht. Aber ich habe einen ungewöhnlichen Sprengstoff bekommen, mit dem es vielleicht gelingen könnte.«

Thomas verbarg seinen Schrecken. »Sie würden den Schatz zerstören? Selbst auf die Gefahr hin, dass Sie die Befehle Ihrer Vorgesetzten missachten?«

»Damit er Graf Ordrane nicht in die Hände fällt?«, fragte William lächelnd. »Ja. Ohne zu zögern.«

11

Voraus wurde es dunkel am Himmel, kamen die ersten Sterne heraus, und immer noch keine Spur von den Ajaida. Dann sahen sie zur allgemeinen Erleichterung vier Reiter auf sich zukommen.

Zuerst dachten sie, es könnte die Miliz aus Dumjat sein, die noch auf der Suche nach William und dessen Kompanie war. Die Erleichterung, als sie die Garde von Scheich Fahd erkannten, war unbeschreiblich; William musste seine Gefühlsregungen unterdrücken, als sie ihnen entgegenritten.

Der Leibwächter wandte sich an sie, und Thomas übersetzte fröhlich; Gelächter und Erleichterung folgten auf die Worte: Sie waren nur zwei Meilen von der Siedlung entfernt.

Die Männer in Grau erlebten einen überwältigenden Empfang, als sie in das Tal zurückkehrten. Die Kundschafter hatten ihre Fährte zwanzig Meilen entfernt entdeckt und Reiter ausgeschickt, die die Kompanie leiten sollten, während andere Kundschafter mit der Botschaft, dass »der Mann namens Saxon am Leben ist« ins Lager zurückkehrten. Die Kunde verbreitete sich wie ein Lauffeuer, und Scheich Fahd legte seine prachtvollsten Gewänder an.

Und mit gutem Grund.

Er hatte an diesem Morgen noch andere Gäste bei sich, andere Scheichs, die in der Nacht zuvor als Verbündete zu ihm gekommen waren und ihm ihre Unterstützung im Kampf gegen die Rassis zugesagt hatten. Dass Saxon lebte und den Rachefeldzug gegen die Mörder seines Bruders anführen würde, bildete die Krönung eines wahrhaft triumphalen Tages. Doch zuerst musste der Scheich Saxons Verwandtem die Nachricht überbringen lassen, daher schickte er Hischam in Marcos Zelt.

Marco stand allein in der kühlen Abenddämmerung, während goldenes Licht eines weiteren Sonnenuntergangs das Tal überflutete. Zuerst sah er gar nichts, dann wurden orangerote Staubwölkchen am Eingang des Tals aufgewirbelt, die dem Verlauf des Tals folgten und wenig später den Blick auf die Kolonne der Reiter freigaben.

Er rannte, sprang über Abspannseile und Körbe, lief an Vieh und dessen Besitzern vorbei, kam zur Grenze des Lagers und rannte dennoch weiter. Er hatte viele Yards im

Dauerlauf zurückgelegt, bis er die hageren Mienen der Reiter erkannte. Lieutenant Peruzo, Jericho, der englische Kaufmann und ... Marco strahlte. Auch sein Onkel.

Als die Kompanie vorüberritt, würdigte ihn Peruzo, dessen Gesicht so grimmig und grau wirkte wie sein Haar, keines Blickes. Jericho winkte Marco kurz zu, aber auch er wirkte erschöpft. Als William ihn erreichte, hielt er das Pferd an und sah herab. »Geht es dir gut?«, fragte er.

Marco nickte und registrierte das Blut auf der Jacke seines Onkels, sein schmutziges Gesicht, den Staub im Haar.

»Komm«, sagte William und streckte ihm die Hand entgegen. Marco nahm sie; William zog ihn hinter sich auf das Pferd. Schweigend ritten sie unter Jubelrufen und Gesten der Stammeskrieger ins Lager der Ajaida. Für William kam das alles höchst unerwartet, bis Scheich Fahd in Begleitung einer Eskorte in ihren feinsten Gewändern eintraf.

William sehnte sich nach einem Bad und einer Rasur.

»Ich bin froh, dass Sie noch leben, Captain Saxon«, begrüßte ihn Scheich Fahd und verbeugte sich leicht.

»Ich ebenfalls, Sir«, entgegnete William trocken.

»Und die Milizen verfolgen Sie nicht?«, fügte er hinzu.

William schüttelte den Kopf. »Wir sind zu einer Einigung gekommen«, antwortete er und dachte an Khalifas Abschiedsworte. Die Miliz in Bastet hatte der Kompanie fast alle Waffen zurückgegeben, abgesehen von denen, die eingetauscht wurden, damit sie Williams Männer zu den Ajaida zurückbringen konnten. Khalifa hatte William versichert, er würde sämtliche Milizen in den umliegenden Dörfern informieren, dass den Männern in Grau kein Leid zugefügt werden dürfe. Und er hatte William versichert, dass, sollte der etwas in Raschîd brauchen, er es nur sagen müsste, und es würde ihm gehören. Khalifa glaubte, dass Allah Mitleid gezeigt hatte und William ein Freund Ägyptens und kein Ungläubiger war.

Diese Zusicherungen machten den schrecklichen Zustand und die Folter von Williams Männern fast wieder wett, und William hatte sich nach außen hin dankbar gezeigt wie ein guter Diplomat. Aber tief in seinem Innersten hasste er Khalifa und dessen Pöbel. Was sie den Mönchen angetan hatten, war unverzeihlich.

»Sie hatten große Verluste?«, fuhr Scheich Fahd fort.

»Zu hohe, ja«, sagte William leise. »Aber die Kompanie ist immer noch stark.«

»Später müssen Sie mir alles über Ihre Abenteuer erzählen«, beharrte Scheich Fahd. »Meine Gäste würden es bestimmt auch gern hören.«

William sah zu den Arabern, denen sein verwahrlostes Äußeres nicht entging. Im Vergleich mit ihrem Sonntagsstaat fühlte er sich unbehaglich. Alles andere als gesellschaftsfähig. Doch er brachte eine Verbeugung zustande, womit sich Scheich Fahd zufrieden gab; er und seine Gäste erwiderten die Verbeugung und wandten sich dann ab.

Als sie nicht mehr zu sehen waren, sank William im Sattel zusammen.

»Eine Feier mit Ihnen als Ehrengast, Captain? Höchst erfreulich«, spöttelte Thomas. »Ich beneide Sie.«

»Ich geh da nicht allein hin«, bekräftigte William und erwiderte den Blick.

Thomas' Lächeln verschwand, er betrachtete William einen Moment. Das neuerliche Lächeln wirkte verdrossen, aber dennoch herzlich. »Also gut. Wenn Sie wünschen, dass ich daran teilnehme, wäre mir das eine Ehre.«

Thomas und Hammid stiegen ab und führten die Pferde weg, derweil William Marco absitzen ließ und dann selbst aus dem Sattel sprang.

»Lager am Rand der Siedlung errichten«, wandte sich William an Peruzo. »Diesmal nicht so weit entfernt. Und behalten Sie Marco im Auge, wenn Sie können.«

Peruzo nickte stumm. Er hatte seit Stunden kein Wort mehr gesprochen.

»Stimmt etwas nicht?«, hakte William nach.

»Nein«, antwortete Peruzo, doch dann rückte er doch mit der Sprache raus. »Sie verbringen sehr viel Zeit mit dem Engländer.«

William hätte Peruzo fast zurechtgewiesen, da sein Tonfall für einen Offizier des Ordens zu aufsässig klang, doch die Ereignisse der vergangenen Tage hatten bei allen ihren Tribut gefordert. »Er ist ein Verbündeter, Lieutenant. Und er könnte uns nützlich sein«, erklärte William ruhig.

»Möglich«, entgegnete Peruzo, »aber ich mag seinen Diener nicht.«

»Hammid?«

»Ungepflegt. Unzuverlässig. Daraus kann nichts Gutes werden«, sagte Peruzo mürrisch.

»Lassen Sie mich das entscheiden, Lieutenant«, gab William zurück. »Sorgen Sie nur dafür, dass das Lager errichtet und unsere Verwundeten versorgt werden. Ich habe das Gefühl, dass uns hier nur eine kurze Ruhepause vergönnt sein wird.«

Das schien Peruzo etwas fröhlicher zu stimmen. »Wir rücken bald ab?«

»Wenn diese Gäste Verbündete des Scheichs sind, dann mit Sicherheit.« William sah an der Reihe der Mönche entlang, die sich nach dem Tagesritt streckten oder den Verwundeten halfen. »Was halten Sie von der Kompanie?«, murmelte er.

Peruzo sah sie an und strich sich über die Bartstoppeln der linken Wange. Er zuckte verhalten die Achseln, während er darüber nachdachte. »Ich würde sagen, ein Tag und eine Nacht Ruhe dürften ihren Zustand schon deutlich verbessern, Captain. Aber selbst dann dürften nur vierundzwanzig Mann kräftig genug sein, um reiten zu können.«

»Nur vierundzwanzig?« William wirkte betroffen. »Ich hatte gehofft, es wären mehr. Das ist nicht gerade die Streitmacht, die ich anführen wollte.«

»Sie glauben, wir haben nicht genügend Männer, oder?«

William sah Peruzo an. Nach allem, was sie durchgemacht hatten, konnte er ihn nicht anlügen. »Hatten wir nie, mein Freund. In einem Kampf Mann gegen Mann mit den Rassis hätten wir als vollzählige Kompanie vielleicht eine kleine Chance gehabt. Aber jetzt, da wir so viele verloren haben ...«

»Endet die Mission hier?«

»Das hängt von unseren Verbündeten ab. Die Beduinen sind unsere letzte Hoffnung.« William ging ein wenig auf und ab und schüttelte den Kopf. »Was ist mit unseren Verwundeten? Besteht die Möglichkeit, dass sie sich schnell genug erholen?«

»Manche erholen sich vielleicht nie wieder, Captain. Aber weitere Tagesritte wie dieser wären mit Sicherheit ihr Tod.«

William hörte den Zorn in Peruzos Stimme. »Sehen Sie zu, dass die anderen am Morgen bereit sind«, befahl er. »Und sammeln Sie die verbliebenen Waffen ein.«

»Was ist mit dem Schießpulver, das Engrin uns geschickt hat?«, fragte Peruzo aus heiterem Himmel.

»Hoffentlich haben die Ajaida es noch. Wenn ja, nehmen wir es mit.«

»Wir missachten Kardinal Devirus' Befehle?«

»Ja«, antwortete William. »Ich hatte gehofft, dass es nicht dazu kommen würde. Es wäre eine reife Leistung gewesen, mit zweihundertfünfzig Scarimadaen nach Rom zu reiten, was?«

»Aber wenn uns die Dar'uka zu Hilfe kommen ...«, sagte Peruzo.

William biss sich auf die Lippe. »Haben Sie sie in Bastet

gesehen, Peruzo?«, fragte er. »Sind sie gekommen, als wir sie so dringend gebraucht hätten?«

Peruzo schüttelte den Kopf.

»Auf sie dürfen wir uns nicht verlassen«, sagte William. »Vittore hatte recht. Wir müssen auf das vertrauen, woran wir glauben. Und ich kann nur glauben, dass wir hier in der Wüste Verbündete finden, die zuverlässiger sind als ›Engel‹.«

III

Er wusch sich, rasierte sich jedoch nicht. Obwohl er den Staub von Tagen abgewaschen hatte, kam es ihm immer noch so vor, als steckte ihm der Schmutz in jeder Pore. Ein langes, ausgiebiges Bad hätte er gebraucht.

Marco kleidete sich nervös an, da auch er zu dem abendlichen Festmahl eingeladen worden war. Mit zitternden Händen zog er das Männerhemd an, das Thomas ihm geliehen hatte. Er hoffte, dass ein spezieller Gast an dem Mahl teilnehmen würde – ein Gast, den er unbedingt wiedersehen wollte, obwohl er sich Sorgen machte, die anderen könnten ahnen, welche Gefühle er für die junge Frau empfand.

William entging Marcos Nervosität nicht. »Was hast du in meiner Abwesenheit getan?«, fragte er.

»Nicht viel. Eigentlich gar nichts«, stieß Marco hervor und wurde rot.

»Nur im Zelt geblieben?«

»Weitgehend«, murmelte Marco. Er log wirklich nicht gern, aber sein Onkel würde ihm die Hölle heißmachen, wenn er die Wahrheit erfuhr; genau wie der Scheich vermutlich wütend auf Dschamillah wäre, wenn er wüsste, dass sie die vergangenen zwei Nächte miteinander Schwertkampf trainiert hatten.

Dschamillah war Marco mehr als ebenbürtig, eine Meisterin im Umgang mit dem Schwert, die selbst seinen Onkel beeindrucken würde. Keiner verstand die Sprache des anderen, aber das machte nichts. Ihr Tanz mit dem Schwert genügte als Sprache voll und ganz, besonders bei einer Schönheit wie Dschamillah. Durch die Anstrengung, ihre anmutigen Schwerthiebe zu parieren, hatte er mehr gelernt als unter der Anleitung seiner Tante oder Peruzos. Er lernte Finten, wie man das Gleichgewicht nutzte, um den Gegner aus dem Rhythmus zu bringen, wie man sich nur halb so anmutig bewegte wie sie ...

Und mehr: Marco lernte, wie man sich verliebte.

Das alles verschwieg er seinem Onkel, als sie in Begleitung von Thomas das Zelt verließen und durch die Dämmerung zum Eingang des großen Pavillons schlenderten. Der Leibwächter namens Hischam stand vor ihnen. Er betrachtete sie nur kurz, bemerkte jedoch ihre schäbige Kleidung, aber nur Thomas fiel das unterschwellige Missfallen in seiner Miene auf.

Die Zeltklappen hatte man zurückgebunden, sodass Musik und Gelächter ungedämpft herausschallten. Als sie eintraten, kamen Männer mit Schüsseln voll Fleisch und Obst herein, derweil gleichzeitig leere Schalen aus dem Pavillon hinausgetragen wurden. In der Hauptkammer des Zelts lagen oder saßen die Gäste mit übergeschlagenen Beinen im Kreis auf großen Kissen oder Matten und bedienten sich an den Speisen.

Scheich Fahd saß gegenüber, zwei weitere Personen an seiner Seite, darunter eine Frau in Weiß und Gelb. Der Scheich gab ihnen zu verstehen, dass sie sich setzen sollten, worauf es sich die drei Männer links von ihm bequem machten, zwischen der Frau und einem älteren Mann in prachtvollen, mit Gold und Silber geschmückten Gewändern. Mit den Edelsteinen um seinen Hals hätte man vermutlich ein ganzes Dorf kaufen können; einen derartigen Reichtum hätte William bei einfachen Nomaden nie für möglich gehalten. Er fragte sich, welchen Ruf Scheich Fahd bei diesen Männern genießen mochte und ob sie seine Verbündeten oder seine Gebieter waren.

Mehr als eine Stunde lang sah William zu, wie der Scheich die anderen Scheichs bewirten ließ, Scheich Mazin (der neben Thomas saß), sowie einen zweiten Scheich, nicht viel älter als Marco, der Anwar hieß und an der Seite von Galal saß, dem dritten Scheich, ihnen direkt gegenüber. Anwar war ein kluger, munterer junger Mann, der unter enormem Gepränge und Aufhebens in dem Zelt Einzug hielt, was Thomas übersetzte als: »Ohne mich fängt hier niemand einen Krieg an!« Galal saß still und gleichmütig und höflich lächelnd da, während Mazin sich offenkundig nicht ganz wohl in seiner Haut fühlte und seine Nachbarn mit finsteren Blicken bedachte.

William hatte keinen Sinn für die feineren Aspekte des Abends. Bei jedem Lied, das angestimmt wurde, und jeder Tänzerin, die Scheich Fahd vor ihren Augen darbieten ließ, dachte er immer nur an Adriana und wie lange er schon wieder von ihr getrennt war. Er sehnte sich nach ihr und wollte diese Mission beenden.

Marco schwieg während des gesamten Festmahls. Bisher hatte er jeden Blickkontakt mit der verschleierten Dschamillah in ihrem gelben und weißen Gewand vermeiden können. Sie gab sich gleichgültig, genau wie Marco, sah stumm zu den anderen Scheichs, wenn sie etwas sagten, hörte ihrem Bruder zu, wenn er etwas verkündete. Doch die Augen verrieten sie. Hin und wieder spürte er ihren Blick auf sich. Angst und sein klopfendes Herz veranlassten ihn, diese Blicke nicht zu erwidern.

Als eine weitere Tänzerin ihre Darbietung beendet hatte, wurden die weiblichen Gäste aus dem Zelt geschickt.

Marco gab sich allergrößte Mühe, Dschamillah nicht nachzublicken, und riskierte lediglich ganz zuletzt einen Blick, als sie von Leibwachen flankiert das Zelt verließ. Dennoch verweilte sein Blick länger als ziemlich schien; William fluchte und hoffte, dass Scheich Fahd es nicht bemerkt hatte.

Für William konnte diese Frau nur die Gattin des Scheichs oder jemand ähnlich Wichtiges sein. Dass Marco von ihr gefesselt schien, war ebenso unerwartet wie gefährlich. William hoffte, dass es eine vorübergehende Leidenschaft wäre, doch ihm dämmerte, dass in seiner Abwesenheit mehr geschehen sein musste als Marco preisgeben wollte.

Thomas beugte sich zu William, als Scheich Fahd sich an die Gäste wandte. »Scheich Fahd verkündet seine Absichten und dass die Stammesältesten ihm gestattet haben, die Scheichs der benachbarten Stämme einzuladen, seine Verbündeten«, flüsterte Thomas. »Er sagt, es sei ein großer Fluch über dieses Land gekommen. Größer als das Gift, das Ali verbreitet. Denn dieser Fluch hat bereits Menschenleben gekostet, einschließlich das seines Bruders. In allen Legenden wird das Tal des Feuers genannte Gebiet als Ort der Geister und Gespenster beschrieben, die nur den Tod bringen. Aber jetzt sagt dieser Mann ...«

Scheich Fahd zeigte zu William, und die drei anderen Scheichs und ihre Begleiter sahen herüber. William erwiderte den Blick ein wenig nervös. »... Dieser Mann sagt, dass sie keine Gespenster sind, sondern aus Fleisch und Blut«, fuhr Thomas mit der Übersetzung fort. »Dieser Mann, der sich damit auskennt, sagt, dass man sie töten kann.«

Mazin, der ältere Scheich mit dem kurzen Bart, der an der Spitze schon grau wurde, und der Narbe auf der Stirn, fing an zu lachen.

»Was ist so komisch?«, flüsterte William Thomas zu.

»Er hält Sie für einen Lügner«, antwortete Thomas.

William errötete. »Sagen Sie ihm, dass ich die Wahrheit sage.«

»Vielleicht ist es nicht klug, jetzt schon zu sprechen, Captain«, ermahnte Thomas ihn. »Dies ist eine heikle Versammlung. Wir sollten uns nicht ungefragt zu Wort melden.«

William errötete noch mehr, nickte aber. »Natürlich.«

Scheich Fahd zeigte abermals auf William und sprach den alten Scheich direkt an.

»Er erklärt, warum sie aus Fleisch und Blut sind«, übersetzte Thomas und lächelte. »Er sagt dem Scheich, dass er ein Narr wäre, wenn er nicht auf Ihre Worte hört.«

Die Röte wich aus Williams Gesicht; er verschränkte die Arme und sah zu Scheich Mazin, der den Blick finster erwiderte.

»Jetzt denkt der ältere Scheich, Fahd sei verhext worden …«, sagte Thomas.

William schüttelte den Kopf, da ihn das Palaver mehr und mehr frustrierte. Marco fand es nur langweilig. Er vergaß sich und gähnte.

Scheich Fahd verstummte und lachte. »Ich sehe, unser jüngster Gast ist müde«, sagte er.

William stieß Marco an, worauf dieser sich gerade hinsetzte. »Wenn er entlassen werden möchte, lassen Sie ihn gehen, Captain Saxon. Dies ist eine Angelegenheit für Soldaten, nicht für Jungs«, sagte Scheich Fahd.

»Danke, Sir«, antwortete William, wandte sich an Marco und signalisierte ihm, dass er gehen könne.

Marco erhob sich und verließ die Versammlung. William sah ihm nach, und sein Misstrauen, was der Junge in seiner Abwesenheit angestellt haben könnte, wuchs. Er dachte an die Frau im weiß-gelben Kleid. Da fiel ihm ein, dass Scheich Fahd einmal von einer rebellischen Schwester erzählt hatte.

Dschamillah. Hieß sie nicht so?

Als Marco fort war, ergriff der jüngste Scheich das Wort.

»Captain Saxon«, sagte Scheich Fahd und zeigte zu Anwar. »Dies sind die Worte von Scheich Anwar. Er fragt, weshalb er Ihnen in das Tal des Feuers folgen sollte.«

»Bitte sagen Sie Scheich Anwar, Sir, sollte ich mit meiner Mission scheitern, das Böse in dem Tal zu vernichten, dann könnte sich dieses Böse wie eine Flutwelle auf dem gesamten Sinai ausbreiten. Und es würde alles zerstören, das sich ihm in den Weg stellt. Lange bevor dieses Böse mein Land heimsucht, würden der Sinai und ganz Ägypten brennen.«

Scheich Fahd machte eine Pause, bevor er übersetzte; der Schrecken angesichts dieser Vorstellung war ihm deutlich anzusehen. Er antwortete Scheich Anwar, dessen skeptischer Ausdruck verschwand, obwohl seine Frage blieb.

»Scheich Anwar fragt erneut, warum *Sie* diese Armee in die Schlacht führen sollten«, sagte Scheich Fahd; die anderen Scheichs nickten zustimmend.

»Ich kämpfe schon sehr lange in diesem Krieg, und doch stehe ich hier. Meine Männer sind kampferprobt. Vor drei Tagen haben wir einen Dämon getötet. Und die Zeit läuft uns davon, Scheich Fahd«, antwortete William.

Scheich Fahd leitete die Worte weiter, der junge Scheich reagierte. Er erhob sich und zeigte zum Himmel.

»Er schließt sich uns an«, ließ Scheich Fahd William wissen. »Sein Gefolge besteht aus zwanzig Kriegern, sechshundert weitere kann er mobilisieren. Für ihn ist es eine Ehre, gegen so einen Widersacher zu kämpfen.«

William verneigte sich vor Scheich Anwar.

Der zweite Scheich, der nicht viel älter als Fahd zu sein schien, hatte kurzes, lockiges Haar und trug das schlichteste Gewand der drei. Er stand auf und sagte hastig etwas. Scheich Fahd verneigte sich dankbar und sah zu William. »Scheich Galal steuert seine dreißig Mann hier und weitere fünfhundert Reiter bei.«

William nickte abermals und verbeugte sich auch vor Scheich Galal. »Und was ist mit Scheich Mazin?«, fragte er und sah zu dem ältesten Scheich, der scheinbar ungerührt blieb.

Scheich Fahd stellte eine Frage, auf die Mazin offenbar gar nicht einging, dann sagte Anwar etwas Brüskes zu dem älteren Scheich, das diesen in Wut brachte.

»Eine schöne Beleidigung«, kicherte Thomas an Williams Seite.

Scheich Mazin sprang auf, stieß eine Verwünschung aus, die Anwar offenkundig amüsierte, und sah dann wütend zu William.

»Scheich Mazin sagt sein Gefolge und weitere fünfhundertfünfzig Mann zu«, verkündete Scheich Fahd, »weigert sich jedoch, seine Kanone mitzubringen.«

»Kanone?«, sagte William ein wenig überrascht.

»Das Relikt eines alten Krieges, Captain Saxon. Ich bezweifle, dass sie überhaupt treffsicher schießen würde, doch die Suwarka hüten diese Antiquität seit Generationen«, sagte Scheich Fahd liebenswürdig und ohne einen Beigeschmack von Spott, der Mazin noch mehr erbost haben würde.

»Auch ohne seine Kanone ist er uns höchst willkommen«, versicherte William dem Scheich. »Das sind mehr als achtzehnhundert Mann.«

»Zweieinhalbtausend Mann«, verbesserte ihn Scheich Fahd, »meine Reiter eingeschlossen.«

»Ausgezeichnet«, sagte William und verneigte sich der Reihe nach vor jedem Scheich. Schließlich wandte er sich an Scheich Fahd. »Wir sollten morgen aufbrechen, Sir.«

Scheich Fahd klatschte in die Hände. »Einverstanden. Morgen *früh,* Captain«, beharrte er. »Warum sollten wir unsere Rache auf die lange Bank schieben?«

IV

Racinet tobte.

»Ich will Blut!«, fauchte er und sah aus dem Dunkel unter den Felsen auf die Ajaida hinab.

»Nein, Racinet. Das geht nicht«, antwortete Baron Horia.

»Sie haben Ileana ermordet! Sie haben sie gefoltert! Geben Sie mir wenigstens den mit dem silbernen Haar. Seinen Kopf muss ich *mindestens* haben!«, lamentierte Racinet.

»Du unternimmst gar nichts. Und wenn du mir nicht gehorchst, fordere ich stattdessen *deinen* Kopf, Racinet«, drohte Baron Horia wütend, dem die ständigen Drohungen und Verwünschungen des kahlköpfigen Vampyrs allmählich auf die Nerven gingen. Zwei Tage und Nächte mit Racinets Zornesausbrüchen hatten Baron Horia zermürbt. Hätte er den Störenfried nicht so dringend gebraucht, hätte er die lästige Kreatur schon längst enthauptet.

»Ileana hat mir nicht gehorcht und den Preis dafür bezahlt. Ich habe ihr verboten, den Mönchen etwas anzutun«, erklärte Horia. »Meine Befehle waren ganz einfach: Nur den Milizionären sollte etwas geschehen. Die Mönche brauchen wir lebend, damit sie für uns gegen die Rassis kämpfen, andernfalls geht mein Plan nicht auf. Ileana hat Saxons kleine Brigade zu sehr geschwächt. Ich hätte sie an der kürzeren Leine halten sollen, findest du nicht auch?«

Racinet fauchte erneut und kam näher, zauderte jedoch, als Horia mit der Hand zum Schwert fuhr.

»Du ermüdest mich, Racinet«, sagte Horia ergeben. »Und du langweilst mich. Ich bin nicht so weit gekommen, um jetzt Schiffbruch zu erleiden. Wenn du meine Geduld zu sehr strapazierst, so wie Ileana, dann lasse ich dich auch hier sterben. Ich würde nicht eine dunkle Stunde damit vergeuden, über dein Schicksal nachzudenken. Und es wäre unangenehm, Racinet – oh, ja, sehr unangenehm. Dies ist ein Land, das sehr wenig Schutz bietet, mit einer Sonne, die dir die Haut von den Knochen brennen würde, genau wie Ileana.«

Racinet biss sich mit den unebenmäßigen und faulen Zähnen auf die Lippe. Blut quoll daraus hervor, aber es war schwarz und dicklich, ein Schleim, der zähflüssig von der Lippe auf das weiße Kinn floss. »Wenn dies vorbei ist, Baron, gibt es eine Vergeltung«, versprach er. »Sie haben sie einfach sterben lassen.«

»Du hast Thomas Richmonds Warnung gehört, Racinet«, sagte Baron Horia. »Sie haben darauf gewartet, dass wir sie retten kommen. Es wäre reine Torheit gewesen.«

»Sie haben es nicht einmal versucht«, klagte Racinet.

»Ich weiß, du hast sie geliebt. Deine Lust nach Ileana ist mir nicht entgangen. Aber vergiss nicht unsere Belohnung: *Eine Welt für uns allein, über die wir für alle Zeiten herrschen können.* Als Beherrscher *aller* Menschen, Racinet. Diese Belohnung rechtfertigt die Trauer um eine Liebste. Zu gegebener Zeit darfst du dich auf sie stürzen, aber rechtfertigt der endgültige Triumph nicht eine kurze Wartezeit?« Baron Horia warf das lange, rote Haar zurück. Seine Augen blitzten blau in der Dunkelheit; er strahlte Selbstbewusstsein aus. Doch in seiner Arroganz bemerkte er Racinets hasserfüllte Miene nicht. Hätte Racinet eine Chance gesehen, hätte er gehandelt.

»Komm, die Sonne geht in wenigen Stunden auf, und wir müssen zu unserer Karawane zurückkehren«, sagte

Horia und stand mit geschmeidigen Bewegungen seiner langen Gliedmaßen von dem Felsvorsprung auf. Viele Meilen entfernt lag die Zuflucht des sicheren Hafens ihres Planwagens in der tiefsten Wüste, vor allen neugierigen Blicken abgeschirmt. Sie brauchten Stunden dorthin, doch es gab keine Alternative. In dieser Wüste konnte nichts ohne Schutz überleben, ganz gleich ob Mensch oder Unsterblicher.

Horia wandte sich ab und verschwand in der Nacht, weg von dem Lager, weg von den Feuern und den Regungen des Lebens. Racinet verweilte noch, als sein Herr und Gebieter in die Schatten schritt; seine Wut kannte keine Grenzen mehr. Er grub die langen Fingernägel tief in das tote Fleisch seiner Hände und ließ dasselbe dickliche schwarze Blut fließen. Seine Augen loderten wild, und er hätte gewiss Tränen vergossen, wären sie nicht schon vor vielen, vielen Jahren versiegt.

Horias Fehler war, dass er sich tatsächlich einbildete, er könnte eine Kreatur wie Racinet, der so tolldreist, so anfällig für irrationale und heftige Emotionen war, auf Dauer kontrollieren. Racinets Handeln wurde nicht ausschließlich von Lust bestimmt. Ihm lag etwas an Ileana und ihr an ihm.

Er hatte sie *wahrhaftig* geliebt.

Als Racinet den Felsvorsprung verließ, hielt er den Griff des Sichelflegels in den Fingerspitzen. »Manchmal, mein Baron, ist Rache wichtiger«, murmelte er und stahl sich durch die Nacht zum Lager der Ajaida.

V

Marco wartete bis sich die letzten Leibwächter entfernt hatten, dann schlich er sich aus dem Zelt. Er wusste nicht, wie lange sein Onkel abwesend sein würde, doch das Risiko ging er ein, um Dschamillah wiederzusehen. Mit klopfendem Herzen und wachen Sinnen kroch er durch das Halbdunkel und hielt sich wenn möglich in den Schatten, falls noch ein Wächter oder Beduine wach war, bis er schließlich lautlos über Abspannseile kletterte und Teppiche, die sich im nächtlichen Wind wiegten, festgezurrte Ziegen und Körbe voller Getreide passierte.

Das Abendessen mit dem Scheich und seinen Gästen hatte sich als harte Geduldsprobe für ihn erwiesen, erst recht, weil Dschamillah ebenfalls da gewesen war. Da sie zur Familie des Scheichs gehörte, waren Marcos Gefühle für sie vermutlich verboten, doch das kümmerte ihn nicht.

Er verspürte Gefühle für Dschamillah, die wesentlich tiefer gingen als jedes Verlangen, das er jemals nach einem Mädchen in Villeda verspürt hatte. Einmal hatte er ein Mädchen namens Helena in die Scheune der Maldinis gelockt, und sie hatten aneinander herumgespielt und ihre intimen Stellen berührt, bis das Mädchen beim Geräusch von Tustio Maldinis Schritten die Flucht ergriff. Aber mit Dschamillah wollte er etwas anderes. Bei Dschamillah verspürte er Emotionen, die tief ins Innerste reichten, die ihm regelrecht den Hals zuschnürten vor Erregung. Er wollte sie nicht nur anfassen, war nicht nur neugierig, was sich unter diesen weiten Gewändern oder dem dunklen Schleier verbarg. Er wollte sie in die Arme nehmen, mit ihr reden und sie zuletzt zärtlich auf den Mund küssen. Mehr nicht.

Wie bei den letzten Malen wartete Marco bei dem Pferch ab, ob noch irgendwelche Leibwächter des Scheichs dort warteten. Er glaubte nicht, dass ihm das Glück ewig gewogen sein würde; irgendwann würde jemand Wind von diesen heimlichen Treffen bekommen.

Doch das kümmerte Marco nicht weiter, so wenig es einen Falter kümmerte, der von einer Kerzenflamme angelockt wurde.

Er ging zwischen zwei Pferden in die Hocke, wartete und streichelte die Tiere beruhigend, die nervös mit den Hufen scharrten. Er hörte Schritte. Marco richtete sich etwas auf und ging dicht neben dem nächsten Pferd entlang. Am Rand des Pferchs blieb er stehen, weil er ganz sicher sein wollte. Dann kam die Frau in Weiß und Gelb mit ihren Zofen im Gefolge aus dem Halbdunkel.

Marco grinste und richtete sich zu voller Größe auf. Er strich mit der Hand über die Kleidungsstücke, die Thomas ihm gegeben hatte, fuhr sich mit den Fingern durch das Haar und setzte sich in Bewegung.

»Marco ...«, ertönte ein Flüstern.

Marco erstarrte in der Bewegung. Das war nicht Dschamillahs Stimme.

»Marco!« Erneut, diesmal zischend.

Marco drehte sich langsam um, da packte ihn jemand am Kragen.

»Was hast du hier zu suchen?«, herrschte der Mann ihn flüsternd an, und da erkannte Marco, wer ihn da festhielt.

Lieutenant Peruzo sah den Jungen ernst an, dann warf er einen Blick zu Dschamillah und ihren beiden Anstandsdamen. Zum Glück standen er und Marco noch in den Schatten.

»Sprich! Was machst du hier?«, drängte Peruzo.

»Nnn ... nichts!«, wehrte Marco ab.

»Dein Onkel hat mir gesagt, dass ich dich im Auge behalten soll«, sagte Peruzo. »Ich konnte mir gar nicht erklären, warum!«

»Er weiß von nichts«, antwortete Marco und drückte hoffnungsvoll die Hände zusammen. »Bitte ... Sagen Sie es ihm nicht.«

Peruzo betrachtete Marco mit dem Blick eines älteren Bruders. Es widerstrebte ihm, Marcos Geheimnis zu decken, er wusste aber, dass es, verglichen mit den anderen Problemen, die die Mission belasteten, belanglos war.

»Sind Sie mir gefolgt?«, flüsterte Marco gekränkt.

Peruzo schüttelte den Kopf. »Ich habe nach den Pferden gesehen. Möglicherweise brechen wir morgen auf. Der Captain möchte, dass alle bereit sind.«

»Ich eingeschlossen?«, fragte Marco hoffnungsvoll.

Peruzo zuckte die Achseln. »Hat er nicht gesagt. Allerdings dürfte er es sich nach heute Nacht zweimal überlegen.«

»Bitte!«, flehte Marco mit erhobener Stimme. »Bitte sagen Sie es ihm nicht, Peruzo! Er muss es doch nicht wissen!«

Marco vergaß sich, oder besser gesagt ihre Situation; seine erhobene Stimme weckte die Aufmerksamkeit der Frauen. Sie riefen, und als sie keine Antwort bekamen, näherten sich Dschamillah und ihre Begleiterinnen den Pferden.

»Verflucht«, schäumte Peruzo und hielt dem jungen Mann die Hand auf den Mund.

Das ließ sich Marco nicht gefallen. Er befreite sich aus dem Griff des Lieutenants, trat aus dem Schatten des Pferchs, winkte Dschamillah mit einem jungenhaften Lächeln und hoffte, dass die Schatten seine Nervosität verbergen würden.

Als Dschamillah bis auf wenige Schritte herangekommen war, tauchte Peruzo neben Marco auf; sie erstarrte.

Ihre Kleidung und die beiden Begleiterinnen verrieten ihm, dass es sich um eine wichtige Persönlichkeit handeln musste – und eine gefährliche. Daher legte er Marco nur fest eine Hand auf die Schulter und sagte ruhig: »Wir müssen gehen.«

Marco fühlte sich hin und her gerissen. Er wusste, Peruzo hatte recht, doch wie konnte er Dschamillah den Rücken kehren, wo sie ihn doch mit so funkelnden Augen anstrahlte und sich auf den Tanz der Schwerter freute? Er wollte bei ihr sein und wusste, wusste einfach, dass sie das auch wollte.

»Sag gute Nacht zu deiner Freundin«, beharrte Peruzo mit befehlsgewohnter Stimme.

Marco seufzte und lächelte Dschamillah niedergeschlagen zu. »Es tut mir leid …«, begann er.

Der Rest des Satzes blieb unausgesprochen, denn etwas kam heulend durch die Luft geflogen. Peruzo hörte es einen Sekundenbruchteil früher, und ehe Marco auch nur an eine Gefahr dachte, hatte ihn der ältere Lieutenant an den Schultern gepackt und zu Boden geworfen, während pfeifende und zischende Geräusche ringsum ertönten, als würde Stoff entzwei gerissen werden.

Marco, der unter Peruzos Masse begraben lag, hörte Schreie.

»Dschamillah!«, rief er.

Peruzo schaute auf und erblickte eine der Begleiterinnen, die zur Seite taumelte; sie sah in die Dunkelheit, während Blut über ihre Lippen quoll und die Vorderseite ihres Gewands feucht und dunkelrot glänzte. Die andere Begleiterin stand nur starr da und schrie mit vor den Mund geschlagenen Händen, derweil die erste mit dem Gesicht nach unten in den Staub fiel.

Dschamillah verstand nicht, was vor sich ging, und schien starr vor Fassungslosigkeit zu sein. Peruzo sprang auf und ergriff ihre Hand, als der Sichelflegel erneut aufheulte. Die halbmondförmigen Klingen pfiffen an der Stelle durch die Luft, wo sie gerade einen Herzschlag zuvor noch gestanden hatte, erwischten die zweite Anstandsdame, trennten ihr vier Finger der linken Hand ab und fügten ihr eine klaffende Wunde an der Schulter zu.

Neuerliche Schreie und Schluchzen; Marco richtete sich auf die Knie auf.

»Unten bleiben!«, brüllte Peruzo.

Marco hielt in der Bewegung inne, was gerade ausreichte, dass der Vampyr ihn um wenige Zoll verfehlte und einige Schritte hinter ihm im Sand landete. Racinet betrachtete die Anstandsdamen; die erste lag tot in einer wachsenden Blutlache, die andere kroch mit ersticktem Schluchzen davon, während der Vampyr den Sichelflegel erneut kreisen ließ. Peruzo war unbewaffnet; ihm blieb nichts anderes übrig, als sich mit bloßen Händen auf den Vampyr zu stürzen. Es gelang ihm, einen Arm festzuhalten, ehe die Kreatur den Flegel schleudern konnte, doch der Nahkampf gestaltete sich einseitig. Racinet brüllte Peruzo seinen ganzen Trotz und seine Wut ins Gesicht, hob ihn mit übermenschlichen Kräften in die Luft und schleuderte ihn gegen einen Pfosten des Pferchs. Er stieß mit einem Krachen dagegen, das sowohl Peruzo wie auch den Pfosten zu Fall brachte. In dem Pferch scheuten mehrere Pferde und verfehlten Peruzo nur knapp mit den Hufen.

Auf den Lärm folgten aufgeschreckte Schreie aus dem gesamten Lager.

»Rache!«, brüllte Racinet, der sich dem liegenden Peruzo näherte und nicht auf die wachsende Gefahr achtete. Der Lieutenant bewegte sich nicht ... er war entweder bewusstlos oder tot.

Als der Vampyr näher kam, ertönte ein weiterer Schrei, diesmal von Marco.

»Dschamillah! Nein!«, brüllte er.

Ihr Angriff kam für den Vampyr völlig unerwartet. Dschamillahs Klinge sauste an seiner Wange vorbei; er stolperte zurück und sah fassungslos auf das Schwert, das mit erstaunlicher Geschwindigkeit Figuren um ihn herum beschrieb. Im ersten Moment glaubte Racinet, es wäre der Geist von Ileana. Doch als Dschamillah erneut angriff, verriet ihm das Leben in ihren Augen etwas anderes.

Dschamillah ließ auf ihre hastige Finte einen Vorstoß folgen, bei dem sie den Ärmel des Vampyrs zerschnitt und ihm eine Schnittwunde am Arm zufügte. Racinet kam wieder zur Vernunft und sprang hoch in die Luft, was Dschamillah so verblüffte, dass sie vor lauter Staunen über diese Leistung ihre Deckung vergaß. Mitten in der Luft wirbelte er herum, zog einen Dolch und stieß ihn ihr in die Schulter. Marco lief zu ihr und fing sie auf, ehe sie in den Staub fallen konnte.

Am Pferch regte sich Peruzo. Racinet wandte sich wieder dem Lieutenant zu. »Jetzt musst du dafür büßen, was du Ileana angetan hast ...«, zischte er und ließ die Sichel wieder kreisen.

Hinter ihm zog Marco das Messer aus Dschamillahs Schulter. Sie schrie vor Schmerzen auf und verlor das Bewusstsein; Blut spritzte aus der Schulterverletzung auf seine Hand – so viel Blut. Dschamillah lag bestimmt im Sterben, was Marco mit einer rasenden Wut erfüllte und seine Tränen versiegen ließ. Alle Farbe war aus ihrem Gesicht gewichen: Er verlor sie.

Wegen dieser Kreatur.

Rasend vor Wut drehte sich Marco zu dem Vampyr um und sah ihn mit verschwommenem Blick an. Im Mahlstrom seines Zorns und seiner Angst fielen ihm Bruchstücke der Vampyrlegenden ein: ihre Stärken, ihre Schwächen. In diesem Augenblick zählte ausschließlich seine eigene Rache. Rache für seine Familie in Tresta, Rache für die verlorene Dschamillah. Peruzo wollte er nicht auch noch verlieren.

Mit einem Aufschrei sprang Marco auf die Füße und schleuderte den Dolch nach dem Vampyr. Es war ein ungezielter Wurf, ein gefährlicher Wurf, wie sie ihm später erzählten, aber er hatte Glück. Die Klinge fand ihr Ziel mitten im Rücken, der Vampyr heulte auf.

Der drehte sich mit einem fassungslosen Gesichtsausdruck um. Wie konnte dieser Knabe es wagen, ihn anzugreifen, wo er seine Vergeltung üben musste? Wusste der Junge nicht, was er war? *Wer* er war? Er war Racinet von den Crags. Racinet, dritter Abkömmling des Geschlechts des Herzogtums …

Mit einer fließenden Bewegung nahm Marco Dschamillahs Schwert und griff an. Das hatte Racinet nicht von einem Knaben erwartet, daher reagierte er zu langsam, als die Klinge bereits ihre Bahn zog.

Peruzo sah vage, was als Nächstes geschah; sah Metall aufblitzen und den Kopf des Vampyrs davonfliegen und Flammen aus dem Hals lodern, gefolgt von zyanfarbenen Rauchwolken, die sich in der Luft drehten. Unheilige Schreie ertönten, das Kreischen der Verdammten und die Rufe der Lebenden, als die Überlebenden versuchten, das grelle Leuchten zu deuten, das verrückte Feuerwerk, in dem die Kreatur verbrannte.

Peruzo bemühte sich, wach und aufmerksam zu bleiben. Schmerz raste durch seinen ganzen Körper und pochte im Schädel. Er sah, wie das Feuer den Vampyr verzehrte.

Und dann nur noch Dunkelheit.

VI

William rannte so schnell er konnte, dicht gefolgt von Thomas. Der Aufruhr hatte begonnen, als die Gäste des Scheichs gerade das Zelt verließen. Zuerst schenkte kaum jemand den fernen Schreien Beachtung – möglicherweise der Lärm von Kindern, die länger als erlaubt aufgeblieben waren und einander erschreckten. Doch dann liefen die Leibwächter vorbei.

Wurde das Lager angegriffen?

William stapfte heftiger auf, als das Heulen ertönte, ein Schrei wie der eines gequälten Tieres, der heisere Schrei eines Vampyrs. William zog das Schwert und folgte mehreren Beduinen, die ebenfalls schon auf dem Weg zu den Pferchen waren. Das Durcheinander wurde immer größer, schließlich erstrahlte Licht, eine Säule aus Licht, über den erschreckt wiehernden Pferden.

»Vampyre!«, rief er Thomas zu, der sich bemühte, mit ihm Schritt zu halten.

So viele Erwartungen und Ängste erfüllten William in diesen Augenblicken: Ein Angriff … jemand hatte den Vampyr besiegt, aber um welchen Preis?

Und zuletzt: *Wo steckte Peruzo? Und wo war Marco?*

Als sie den Pferch erreichten und sich langsamer den Weg zwischen panischen Pferden hindurchbahnten, verzweifelte William bei dem Anblick. Vor ihm stand Marco, ängstlich geduckt, während der Leibwächter namens Hischam über ihm stand und ihm den Säbel an den Nacken hielt.

»Nein!«, rief William, ohne nachzudenken. Sofort sprangen die anderen Leibwächter hinzu, zückten die Säbel und stellten sich William drohend entgegen. Thomas blieb wie angewurzelt stehen und hob die Hände in die Luft.

William sah den Beduinen an; beiden stand die blanke Mordlust in den Augen. Der leiseste Befehl konnte aus diesen vorübergehenden Verbündeten seine Henker machen. Sie steckten in ernsten Schwierigkeiten. Als er Peruzo ebenfalls auf den Knien sah, rechnete William insgeheim mit dem Schlimmsten, bis ihm auffiel, dass sein Lieutenant nicht unter Bewachung stand, aber ziemlich erschüttert wirkte.

»Captain ...«, sagte er und bemühte sich aufzustehen. William kam ihm zu Hilfe.

»Was ist passiert?«

»Ein Vampyr ...«

»Und Marco?«

»Ich weiß nicht«, antwortete Peruzo. »Ich war einen Moment bewusstlos. Als ich zu mir kam, stand der Vampyr in Flammen.« Der Lieutenant zeigte zu dem Haufen brennender Fäulnis, den alle anderen furchtsam mieden. Der Gestank von verwesendem Fleisch und Schwefel war übelkeiterregend.

Thomas trat vor und betrachtete Racinets Überreste. Mit verzerrter Miene wandte er sich ab.

»Warum bedrohen sie Marco?«, fragte William drängend.

»Er hielt das Mädchen in den Armen, als ich zu mir kam«, sagte Peruzo und nickte zu einer schlanken Gestalt, die reglos am Boden lag und deren weiß-gelbes Gewand sich inzwischen fast gänzlich rot verfärbt hatte.

»Dschamillah ...«, flüsterte William; die prekäre Situation wurde mit jedem Moment schlimmer. Seine Gedanken rasten, während er seinen Lieutenant auf die Füße zog. »Gehen Sie zu Bruder Filippo. Sagen Sie ihm, er soll auf der Stelle herkommen. Und wenn er schon dabei ist, kann er auch gleich Sie untersuchen. Sie sehen nicht gut aus, alter Freund.«

»Nur benommen ...«, grunzte Peruzo und stolperte davon.

»Thomas«, rief William von der Wendung der Ereignisse bestürzt. Der Engländer trat neben ihn. »Ich kann das nicht zulassen.«

»Wir haben keine Wahl, Captain«, sagte Thomas. »Sie geben dem Jungen die Schuld an ihrer Verletzung.«

»Er war es nicht«, wandte William ein.

»Das spielt keine Rolle für sie«, sagte Thomas. »Er hat ihr Blut an den Händen.«

Dann ertönten weitere Schreie aus der Ferne, ein Aufruhr, der sich schrecklich anhörte, doch in erleichtertes Schluchzen überging, als ein Leibwächter mit einem Bündel erschien.

Noch ein Opfer?, dachte William furchtsam.

Der Mann ließ das Bündel behutsam zu Boden sinken und schlug die blutigen Fetzen des Gewands beiseite, worauf man sah, dass es sich um eine weitere junge Frau handelte, die schlotterte und weinte. Sie plapperte blitzschnell drauflos und zeigte mit einer Hand, der die Finger fehlten, zu Scheich Fahds Schwester. Dann zeigte sie hektisch auf Marco, und William gefror das Blut in den Adern. In seiner Unwissenheit hielt er die Geste für eine Anklage: diese Frau mit der verstümmelten Hand verurteilte den Jungen zum Tode. Er würde seinen Neffen verlieren, und das konnte William auf gar keinen Fall zulassen, ganz gleich mit welchen Folgen.

Der Leibwächter hob das Schwert, und William wappnete sich, als Thomas ihn mit stahlhartem Griff an der Schulter packte. »Halt, Captain«, sagte er streng.

William sah starr mit an, wie der Leibwächter das Schwert in die Scheide steckte und Marco auf die Füße zog.

»Was ...?«

Thomas lachte, ein kaltes, bitteres Lachen, das William nicht verstand. »Marco hat den Vampyr getötet«, sagte Thomas. »Er hat die Schwester des Scheichs gerettet.«

William riss den Mund auf. *Marco hatte den Vampyr getötet? Konnte das wahr sein?*

Die Beduinen senkten die Schwerter, William steckte sein eigenes weg und lief zu Marco. Er nahm den Jungen in die Arme und hielt ihn fest.

»Bei Gott, Marco!«, hauchte er mit geschlossenen Augen. »Deinetwegen bin ich um Jahre gealtert, Junge!«

Marco erwiderte die Umarmung seines Onkels. »Ich musste sie retten«, rief er. »Ich musste es tun, Onkel.«

»Ich weiß«, murmelte William und ließ ihn los. »Aber du hättest selbst sterben können.«

»Mir egal«, antwortete Marco aufrichtig. Und sah auf Dschamillah hinab. Tränen liefen ihm über das jugendliche Gesicht, als er die blasse Hautfarbe der Schwester des Scheichs erblickte. »Sie ist tot, nicht?«

William konnte es nicht sagen. »Bruder Filippo kümmert sich um sie«, versprach er und hoffte, dass der Mönch schon unterwegs wäre.

VII

Es trafen immer mehr Leute ein, doch der Mönch war nicht darunter. Stattdessen kam Scheich Fahd. Er warf sich zu Boden, nahm die reglose Dschamillah einem der Leibwächter ab und stieß den Mann weg. Fahd war außer sich und fluchte in jeder Sprache, die er kannte und zeigte stöhnend und schluchzend zum Himmel und zur Erde. In den Armen des kräftigen Arabers sah seine Schwester schlaff und leblos aus.

Als Bruder Filippo endlich eintraf, dicht gefolgt von Peruzo, winkte William zu Dschamillah. Zuerst sah Scheich Fahd den Mönch nur voll Verachtung und Wut an, worauf Filippo und William gleichermaßen zurückwichen.

»Sir, Bruder Filippo ist Arzt. Einer der besten«, erklärte William. »Lassen Sie ihn nach ihr sehen, *bitte.*«

Scheich Fahd zögerte, aber Bruder Filippo sah ungefährlich aus. Mit einem Blick auf seine bedauernswerte Schwester stöhnte er kurz auf; seine befehlsgewohnte Miene war verschwunden. Dann gab er sie widerwillig in die Obhut von Bruder Filippo, der sie behutsam in den Sand legte.

Viele Minuten, zu viele für diese ungeduldigen Männer, beteten die Ajaida zu Allah, dass er Dschamillah verschonen möge, während Bruder Filippo nicht auf Gott, sondern auf seine eigenen Fähigkeiten als Arzt vertraute. Erste Erleichterung verspürten die meisten Anwesenden, als der Mönch ihr eine Phiole unter die Nase hielt, sie weckte und so allen zeigte, dass sie noch am Leben war. Doch ihr blasses Gesicht und das viele Blut auf ihrem Gewand waren keine guten Zeichen.

Bruder Filippo winkte Marco, der zuerst zögerte, dann jedoch zu ihm ging. Er sagte ein paar Worte, worauf Marco sie in die Arme nahm. »Wir müssen sie in ein Zelt bringen«, sagte Filippo zu William.

William fragte den Scheich, worauf sie Hischam zu einem der Haremszelte folgen durften; Scheich Fahd blieb zitternd in der kalten Nacht stehen.

»Überlebt sie?«, fragte er William.

»Bruder Filippo ist ihre einzige Hoffnung«, antwortete er.

»Das ist keine Antwort, Captain Saxon«, schäumte Scheich Fahd.

»Ich weiß nichts über ihren Zustand, außer dass sie schwer verletzt wurde«, gab William zu. »Es tut mir leid.«

Scheich Fahd schüttelte den Kopf. »Dazu besteht keine Veranlassung. Ich stehe in Ihrer Schuld«, sagte er. »Und in der Ihres Neffen. Er hat ihr das Leben gerettet.«

Dem konnte William nur zustimmen. Marco war ein Held. Am Morgen würden alle das wissen. Und am Morgen würde William keine andere Wahl bleiben, als den furchtlosen jungen Vampyrkiller mit ins Tal des Feuers zu nehmen, obwohl all seine Instinkte ihm davon abrieten. Marco hatte es sich verdient.

Scheich Fahd zog sich zurück, die Leibwächter folgten ihm wie bei einer Prozession. Falls die Beduinen eine Meinung zu den nächtlichen Ereignissen hatten, behielten sie sie für sich. William wünschte sich, er wüsste, was sie alle dachten, sowohl über seine Kompanie als auch über den Krieg, in den er sie mit hineingezogen hatte. Würden sie in ihrem Zorn noch mehr Männer bereitstellen? Oder würden sie William und der Kompanie die Schuld an dem Angriff geben, genau wie an der Verwundung und dem möglichen Tod der geliebten Schwester des Scheichs?

Ein Teil von ihm glaubte, dass er die Schuld trug, genau wie an dem Überfall der Vampyre auf Thomas' Karawane, der Ermordung vieler Milizionäre in der Oase und der Tatsache, dass Marco um ein Haar hingerichtet worden wäre, obwohl er Dschamillah das Leben gerettet hatte. William hatte sie alle in seinen kleinen Krieg mit Graf Ordrane von Draak verwickelt.

»Ein finsteres Geschäft«, murmelte William vor sich hin, während seine Gedanken auf Wanderschaft gingen. Nur Peruzo und Thomas standen noch in der Nähe des Pferchs.

»Sie sollten sich etwas ausruhen, Lieutenant«, schlug William vor, dem Peruzos Erschöpfung nicht entging.

Der Lieutenant war zu müde für Widerworte und stimmte zu, erhob sich zitternd, schlurfte wieder in die Dunkelheit und zu den Zelten der Kompanie am Rand des Lagers.

Thomas betrachtete abermals die Stofffetzen und die Asche, die die zahlreichen zum Tatort geströmten Ajaida zertreten und verstreut hatten. Die Überreste des Vampyrs waren über eine größere Fläche verteilt, über die schon am Morgen die Pferde mit ihren Hufen trampeln würden. Selbst seine verbrannte Kleidung lag überall herum. Der Sichelflegel steckte ein Stück entfernt halb vergraben im Sand.

»Nur ein Vampyr«, sagte William zu ihm. »Die Gefangene in der Oase sagte, es wären zwei.«

»Ja«, antwortete Thomas zerstreut.

»Ich sehe, Sie sind genauso verwundert wie ich«, flüsterte William. »Warum hat nur ein Vampyr angegriffen, und was ist aus dem anderen geworden?« William klopfte Thomas tröstend auf die Schulter, dann folgte er Peruzo und bückte sich auf dem Weg zum Zelt nur kurz, um die Waffe des Vampyrs aufzuheben.

Thomas sah William nach, bis er hinter den Pavillons und ihren Schatten verschwunden war. Er erschauerte in der Kälte und blickte zum Horizont. Thomas fragte sich tatsächlich, weshalb nur dieser eine Vampyr angegriffen, ja, warum er diesen Angriff überhaupt riskiert hatte.

Aber nicht aus denselben Gründen wie William.

KAPITEL SECHZEHN

Mythen des Feuers

1

Wie jeder Junge seines Alters, jeder Junge mit einer unvollständig ausgeformten Vorstellung von Hingabe und Verantwortung, beschloss Marco, die ganze Nacht vor Dschamillahs Zelt Wache zu stehen, und das hätte er auch, wäre William nicht gewesen. William musste dem Jungen versprechen, dass er sie ins Tal des Feuers begleiten durfte, um ihn von seiner Nachtwache wegzulocken. Dennoch schlief Marco so gut wie gar nicht, ging vor dem Zelt auf und ab oder sah zu den Sternen, als würde ihm dort ein Einblick in Dschamillahs Schicksal offenbart werden.

Bruder Filippo kümmerte sich mehrere Stunden um sie. Er nähte ihre Verletzung, trug einige der besten Wundsalben aus Villeda auf und brühte ihr einen Kräutertee gegen das Fieber. Als ihre Wangen schließlich wieder etwas Farbe bekamen, konnte man die Erleichterung im ganzen Lager spüren.

»Darf ich zu ihr?«, fragte Marco am Morgen.

Bruder Filippo, selbst der Erschöpfung nahe, scheuchte den Jungen weg. »Sie muss ausruhen«, antwortete er und unterdrückte ein Gähnen.

»Ich will mit ihr reden.«

Bruder Filippo zeigte zu Hischam, der den Weg versperrte. »Diese Leute haben ihre Bräuche. Du hast vielleicht ihr Leben gerettet, doch diese Entscheidung obliegt nicht dir, sondern ihnen. Sie sind Ajaida und du nur ein Knabe aus Villeda. Komm später wieder.«

Marco sah über Bruder Filippos Schulter; der Wunsch, sie zu sehen, war fast übermächtig.

»Marco«, sagte der Mönch und hielt ihn an der Schulter fest, »du hast gestern Nacht Großartiges vollbracht. Du bist ein Held. Aber bald verlassen wir diesen Ort für immer. Tröste dich damit, dass du ein Leben gerettet hast, und sei dankbar dafür.«

Marco ließ die Schultern hängen, hatte jedoch Verständnis. Wenn sie zurückkehrten, würde er sie sehen. Wenn sie zurückkehrten, würde er bei ihr sein und schwor sich, er würde ein so tapferer Mann werden, dass nicht einmal Scheich Fahd ihn ablehnen konnte.

William weckte die Brüder im ersten Licht des Morgengrauens, das das Tal erwärmte. Obwohl die Milizionäre sie teils stark misshandelt hatten, machten sie sich eilig bereit und nahmen ihre Baker-Rifles wieder an sich, die sie im Kampf bei Bastet so schmerzlich vermisst hatten. Viele Ordensbrüder sahen nach der durchgeschlafenen Nacht und mit reichlich Essen und Trinken in den Bäuchen sichtlich erfrischt aus.

William besuchte die Brüder, die aufgrund ihrer Verletzungen und ihrer schlechten körperlichen Verfassung nicht mitreiten konnten. Manche erhoben Einwände und bestanden darauf, dass sie kräftig genug wären. William blieb eisern und bot ihnen eine andere Möglichkeit an, zu Helden zu werden: Sie sollten in Abwesenheit der Mehrzahl der Krieger die Ajaida mit beschützen. Immerhin trieb »noch ein Vampyr in der Wüste sein Unwesen«.

Da Dschamillahs Genesung gesichert schien, gab sich auch Scheich Fahd wieder zielstrebig und selbstbewusst. Am frühen Morgen hatte er ein Treffen mit den Stammesältesten anberaumt, die ihm für die bevorstehende Schlacht ihren Segen gaben. Für Fahd waren die Rassis und die Vampyre ein und dasselbe. Wurden die Rassis vernichtet, existierte auch die Gefahr für die Ajaida nicht mehr, besonders für seine Schwester, und er konnte seinen Rachedurst stillen. Er zögerte nicht, seine Männer zu wecken; die siebenhundert waren so schnell marschbereit wie Williams Mönche.

Als die Sonne ein Viertel des Weges am blauen Himmel zurückgelegt hatte, verließ die lange Reihe der Beduinen und Mönche das Lager. Die meisten waren in Gedanken bei dem, was sie erwarten mochte. Marco sah durch die aufgewirbelten Staubwolken zurück zum Harem in der Mitte des Lagers und der Frau, die dort lag.

II

Am Ende des ersten Tages hatte die Armee die sandfarbene Wüste von Bir Gifgafa hinter sich gelassen. Am zweiten Tag trafen die zusätzlichen Reiter, die Anwar und Galal versprochen hatten, endlich ein; eine breite Staubwolke verhieß ihre Ankunft, als Hunderte Pferde sich auf der Ebene von Yalliq vor dem Hintergrund der Sand- und Kalksteinberge aufreihten, die in der Mittagshitze flimmerten.

Die Suwarka trafen kurz nach den Tarabin und Aquila-Beduinen ein; die sechshundert Reiter galoppierten durch den Pass Ain-Heim und brachten mehrere Wagen und drei Kanonen mit. Scheich Mazin galoppierte an der Reihe entlang, jedoch nicht, um wie Galal und Anwar seine Männer zu begrüßen, sondern um seinen ältesten Sohn dafür auszuschimpfen, dass er die Artillerie des Stammes mitgebracht hatte.

William hielt sich mit Thomas im Hintergrund, aber beide lachten, als Mazin seinen Sohn hoch zu Ross herumjagte, während Ersterer Verwünschungen ausstieß und Letzterer sich im Sattel duckte.

»Mazin hat also doch seine Kanone dabei«, sagte Scheich Fahd recht erfreut.

»Wenn ich mich recht erinnere, sagten Sie, dass sie vermutlich nicht einmal geradeaus schießt«, bemerkte William.

»Das ist richtig«, entgegnete Scheich Fahd, »aber wenigstens kann sie den gebotenen Lärm für so eine Begegnung machen. Was wäre eine Schlacht ohne eine Kanone, Captain Saxon?«

»Solange Mazin nicht auf *uns* schießt, könnte sie tatsächlich einigermaßen nützlich sein«, sagte William.

»Dann lassen wir die Suwarka auf jeden Fall vorne reiten, Captain Saxon«, antwortete Scheich Fahd lachend, während sie zusahen, wie sich die Suwarka in die lange Kolonne der Beduinen einreihten.

Die Verbündeten der Ajaida wurden von Scheich Fahds Männern begeistert begrüßt und erfüllten die Kompanie der bewaffneten Mönche mit großer Hoffnung; jetzt hatten sie tatsächlich eine richtige Armee, und William konnte die lange Reise, die vor ihnen lag, mit neu erstarkter Zuversicht antreten.

Die folgenden Tage mit den stundenlangen Ritten durch Trümmerlandschaften riesiger Felsbrocken und Ebenen glühend heißer Wüste glichen einer dem anderen. Nur die kalten Nächte geboten Rast auf dem eilfertigen Ritt ins Herz des Sinai; dann blieb Zeit, mit Thomas über andere Themen als die Mission zu sprechen, über die Vorzüge des Kaufmannslebens zum Beispiel. Die Freundschaft mit Thomas erquickte William und erinnerte ihn daran, wie viel es außerhalb des geheimen Krieges zwischen Himmel und Hölle noch gab. In England wartete ein Leben auf ihn. In der Unwissenheit der restlichen Welt lag die Chance auf ein kleines Glück, auf Errungenschaften, Ziele, Klatsch und Tratsch und vielleicht sogar etwas Müßiggang.

Als er sich wieder dem schwierigen Brief an seinen Vater, seine Mutter und Lizzy in Fairway Hall zuwandte, ging ihm das Schreiben erstaunlich leicht von der Hand, eine wahre Sturzflut verschleierter Tatsachen und glaubwürdiger Erfindungen. Der Brief enthielt Lügen, gewiss, aber nur, weil William selbst sie glaubte, weil er *wollte,* dass sie zutrafen. In der dritten Nacht, als der Brief fast vollendet war, fiel William auf, dass er den Geschmack am Krieg verloren hatte. Er wollte zu seiner Familie in England zurückkehren und mit Adriana ein neues Leben anfangen.

Falls er diese Mission überlebte.

III

Nach vier Tagen ließ Scheich Fahd William wissen, dass sie die Hochebene von El Tih erreicht hatten und die verborgenen Straßen zum Fuß des Gebel Musa und dem St.-Katharinen-Kloster einschlugen.

Obwohl sie gut vorankamen, wurden die äußeren Umstände immer schwieriger. Der letzte verbliebene Wagen der Ordensbrüder war arg mitgenommen, aber weitgehend unversehrt. Anders dagegen Mazins Wagen. Von seinen vier Fahrzeugen kippte eines an einem Felshang in das Tal darunter, bei einem anderen brachen zweimal die Räder auf den schmalen, unebenen und felsigen Wegen. Ohne das handwerkliche Geschick der Ordensbrüder hätten die Suwarka ihren Karren nebst Kanone schon am Ende der ersten Tagesetappe durch das Hochland verloren.

Am fünften Tag nahm die Hitze auf der Hochebene zu, und das Wasser der Ordensmönche wurde knapp. Selbst die Beduinen, die es im Wassersparen zu wahrer Meisterschaft brachten, hatten Probleme. In der sechsten Nacht machte Scheich Fahd einen ungewöhnlich bedrückten Eindruck, als er William zum Essen in sein großes Zelt einlud, das eines der Kamele in der Mitte seiner Armee trug.

»Wir müssen eine Oase finden«, gestand er, während der Wind ringsum anschwoll, durch die Schluchten zwischen den Berggipfeln und die Pässe herunterpfiff, sodass sich die Zeltwände bauschten und die Lampen unstet flackerten. »Es gibt kleinere Brunnen in diesen Bergen, doch würde es einen ganzen Tag dauern, wenn wir eine andere Richtung einschlagen und danach suchen würden.«

»Einen zusätzlichen Tag?«, sagte William. »Zeit ist ein entscheidender Faktor, Sir.«

»Das Überleben ebenfalls, Captain Saxon«, erinnerte Scheich Fahd ihn.

»Gibt es Alternativen?«

»Zum Sterben?« Scheich Fahd lachte humorlos. »Wir könnten den Weg nach Ain Umm Ahmed einschlagen.«

William runzelte die Stirn.

»Das ist eine Oase. Eine der größten in dieser Region. Aber auch andere Beduinenstämme nutzen sie. Stämme, die uns häufig feindlich gesinnt sind.«

»Feindlich gegen zweieinhalbtausend Mann?«

»Selbst dann«, gab Scheich Fahd zu. »Sie würden unsere Armee als Invasionsstreitmacht ansehen. Und sie würden uns nicht dulden.«

»Das ist ein Risiko«, gab William zu. »Aber ein kalkulierbares.«

»Zugegeben«, entgegnete Scheich Fahd. »Also schlagen wir morgen den Weg nach Osten und zum Wadi el-Ain ein. Dort gibt es Wasser und Nahrung. Ich bin nicht sicher, wann wir danach wieder einen Platz zum Ausruhen finden. Dieses Land hat ein Herz aus Stein. Und es verrät uns mit Durst und Hunger. Ich bete zu Allah, dass wir das Tal des Feuers bald finden, Captain Saxon.«

»Was ist mit diesem Kloster?«, fragte William.

»Das St.-Katharinen-Kloster?«, entgegnete der Scheich. »Weshalb sollten Sie dorthin wollen?«

»Sie sagten, auch Charles Greynell hätte dieses St.-Katharinen-Kloster besucht«, meinte William. Scheich Fahd nickte. »Dann liegt es nicht sehr weit vom Tal des Feuers entfernt?«

»Wir brauchen keine Wegweiser zum Tal, Captain«, wandte Scheich Fahd ein.

»Nein«, stimmte William ihm zu, »aber wir brauchen einen Ort zum Ausruhen, bevor wir die Rassis angreifen. Und ich hätte gern Informationen. Vielleicht können die Bewohner des Klosters uns mehr über den Rassis-Kult sagen.«

»Was gäbe es denn noch zu wissen?«

»Ein Freund sagte mir einst, dass die Rassis listig und stark sind. Ein guter Soldat versucht immer, alles über den Gegner herauszufinden, bevor er in die Schlacht zieht. Mich interessiert nur, ob sie verzweifelte Männer oder kaltblütige Killer sind.«

»Ist es denn so wichtig, was sie sind?«, fragte Scheich Fahd.

»Wenn sie verzweifelt sind, dann kämpfen sie bis zum letzten Atemzug und kennen keine Gnade, weil sie glauben, dass sie auch keine erhalten. Und wenn sie kaltblütige Killer sind, dann schlachten sie uns alle ab, wenn es in ihrer Macht steht.«

Scheich Fahd lachte auf. »Wie ich schon sagte, das spielt keine große Rolle! Sie wären so oder so unser Verhängnis, mein Freund.«

William lächelte, dann wurde er wieder ernst.

»Fürchten Sie sie, Captain Saxon?«, fragte Scheich Fahd, dem Williams besorgte Miene nicht entging.

»Ich fürchte die Rassis nicht, Sir. Aber ich fürchte die Folgen, falls wir scheitern«, antwortete William und schlang die Arme um den Oberkörper, als der Wind draußen noch kräftiger heulte.

IV

Der Weg zum Wadi el-Ain war schmal und wand sich zwischen zerklüfteten Bergen und riesigen rostroten Felsen hindurch. Er war übersät mit Findlingen und kleinen Geröllltrümmern, die das Vorankommen erschwerten. Fast eine Meile lang war der Pfad so schlecht, dass die Wagen um ein Haar den Berghang hinabrutschten, sodass die Männer nur langsam, fast im Schneckentempo vorankamen. Inmitten der Wüstenlandschaft sahen sie aber auch grüne Flecken, aber nur wenig nennenswerte Vegetation, nur gelbe Halme und braunen Fels mit vereinzelten Grasbüscheln, die in der lebensfeindlichen Umgebung aus Ritzen und Spalten hervorzulugen wagten.

Den Ordensbrüdern wurden die Münder trocken. Ihre Jacken zeigten nicht mehr das Grau des Ordens, sondern die Farbe von Staub und Gestein ringsum; ihre Gesichter wirkten rau und hager, als hätte die wenige Tage dauernde Reise sie vorzeitig altern lassen. Selbst die Beduinen, in deren Land sie sich befanden, wirkten erleichtert, als sie die Oase Ain Umm Ahmed vor Sonnenuntergang erreichten. Die ersten Reiter sprangen von den Pferden und rannten lachend zum Ufer, wo sie tranken und die Wasserschläuche füllten, dann aber rasch Platz für jene machten, die nachrückten.

Bei so vielen durstigen Männern zeigte sich William beeindruckt von der Disziplin. Er ließ die Mönche trinken, danach stieg er ab und führte sein Pferd zum Wasser, wo er seinen Schlauch füllte. Marco kniete neben ihm, folgte seinem Beispiel und nahm die Wartezeit ebenso gelassen hin wie die Härten der Reise. William war stolz auf ihn. Unterwegs hatte er jeden Rest seiner knabenhaften Übellaunigkeit abgelegt. Marco litt wie die anderen und beschwerte sich mit keinem Wort darüber.

»Langsam«, ermahnte William ihn, als der Junge große Schlucke aus dem Wasserschlauch trank. »Trink nicht so hastig. Du könntest ersticken. Kleine Schlucke, so etwa ...«

Marco sah hin, nickte und trank bedächtig, wie sein Onkel.

Thomas blieb im Sattel sitzen, während Hammid ihre beiden Wasserschläuche füllte, dabei aber Abstand zu den anderen Beduinen und den Mönchen hielt. Er reichte Thomas einen Wasserschlauch hinauf, setzte sich in den Schatten und trank aus seinem.

William ging zu Thomas. »Wasser hätten wir jetzt«, sagte er.

»Aber es gibt einen Preis?«, fragte Thomas.

»Zwei oder drei Tagesreisen. Ich fürchte, wir werden das St.-Katharinen-Kloster erst in drei Tagen erreichen.«

»Noch drei Tage lang?«, antwortete Thomas bestürzt. »Vielleicht hätte ich doch im Lager der Ajaida bleiben sollen.«

William ging nicht darauf ein. Schließlich hatte Thomas die Entscheidung, dass er sie begleiten wollte, aus freien Stücken getroffen. »Wenn wir St. Katharina erreichen, können Sie bis zu unserer Rückkehr dort bleiben. Im Kloster gibt es gewiss eine Art Unterkunft.«

Thomas strahlte und streckte die schmerzenden Arme. »Das ist verlockend. Und doch denke ich, dass ich Sie weiter zum Tal des Feuers begleite.«

»Wenn das Ihr Wunsch ist«, sagte William, war aber insgeheim dankbar.

»Ist es, Captain. Ist es«, beharrte Thomas, worauf sie zu dem Kreis der Zelte gingen.

V

Nach zwei weiteren Tagen des anstrengenden Ritts erblickten sie das St.-Katharinen-Kloster. Die Armee zog durch ein Tal, das Scheich Fahd als »Ebene von el-Raha« bezeichnete, eine ungeheure Weite aus braunen Steinen und Sand, die sich von einer Gebirgsformation zur nächsten erstreckte, wo gigantische, zerklüftete Felswände die Ebene begrenzten. Das Tal war vollkommen leblos. Der Anblick des Außenpostens der Zivilisation in dieser Wildnis erfüllte alle Männer mit Erleichterung.

Scheich Fahds Männer unterhielten sich immer angeregter, je näher sie den Klostermauern kamen. William wusste aus Schilderungen des Scheichs, dass in dem Kloster griechisch-orthodoxe Priester lebten, dennoch hoffte er, dass diese eine Armee Araber mit besten Absichten nicht abweisen würden.

Dennoch schien ihm Vorsicht geboten, als sie nur noch eine halbe Meile von dem Kloster entfernt waren. Er gab den Mönchen ein Zeichen, dass sie anhalten sollten, und die Männer von Scheich Fahd folgten ihrem Beispiel.

»Stimmt etwas nicht, Captain?«, fragte Scheich Fahd.

»Eine Armee dieser Größe könnte bedrohlich wirken«, teilte William ihm mit. »Wenn die Mönche des St.-Katharinen-Klosters sehen, dass zweieinhalbtausend Beduinenkrieger anrücken, könnten sie die Tore vor uns verschließen. Oder die Wachen auf den Mauern könnten uns unter Beschuss nehmen.«

Scheich Fahd sah zu den Soldaten, von denen William sprach, hochgewachsene Gestalten, die in regelmäßigen Abständen auf der Mauer standen. Einige rannten zwischen Wachtürmen hin und her. »Wenn ich diese grandiose Armee sähe, würde auch mich die Angst packen. Das Kloster wurde im Lauf der Jahre mehrfach von Banditen überfallen. Es wäre ein Verbrechen gegen Allah, sollte es wegen eines Missverständnisses zum Kampf zwischen uns kommen.«

»Ich reite mit einigen wenigen Mönchen voraus. Wir ebnen den Weg. Warten Sie bitte auf mich«, schlug William vor.

»Ich begleite Sie«, sagte Scheich Fahd zu ihm.

»Vertrauen Sie mir nicht?«

»Gewiss doch«, antwortete Scheich Fahd. »Ich bin nur neugierig.«

William wählte fünf Männer aus, die ihn begleiten sollten, und übergab Peruzo das Kommando. Scheich Fahd nahm Hischam und zwei Leibwächter mit. Während sie näher kamen, ließ William die Soldaten hoch oben auf der Klostermauer nicht aus den Augen. Sie waren mit Gewehren bewaffnet, und der Weg zum Kloster selbst bot so gut wie keine Deckung; gut ausgebildete Wachsoldaten hätten sie alle mühelos erledigen können.

Etwa vierzig Yards von der Klostermauer entfernt verlangsamten sie das Tempo. »Wir sollten uns gemächlich nähern, damit sie sehen können, wer wir sind. Dass wir ihnen nichts Böses antun wollen.« Je höher die dicken Mauern aufragten, desto mulmiger war William zu Mute. »Hoffentlich sprechen diese Männer Lateinisch«, murmelte er bei sich.

»Das sind Griechen«, rief ihm Scheich Fahd ins Gedächtnis. »Sprechen Sie Griechisch?«

»Nein. Sie?«, entgegnete William, der ein größeres Problem auf sie zukommen sah.

Scheich Fahd schüttelte den Kopf und lachte.

»Jetzt ist es jedenfalls zu spät, um noch umzukehren. Das Haupttor muss links von hier liegen.« William dirigierte sein Pferd zu einer Öffnung in einer kleinen, fünfzig Schritte von der Hauptmauer entfernten Fassade. Sie passierten den Durchgang und bemerkten, dass sich dahinter auf einer schmalen Treppe ein paar Männer gesammelt hatten, manche mit Gewehren bewaffnet, andere in langen, schwarzen Roben und mit langen, grauen Bärten.

Bruder Jericho zeigte auf sie. »Mönche?«

William nickte und spornte sein Pferd zum Trab an. Er hielt eine Hand in die Luft und lächelte nervös. *Jetzt gilt es,* dachte er bei sich, während er sich der Treppe näherte und hoffte, dass sie Latein sprachen.

»Ich bin William Saxon. Vom Orden des heiligen Sallian in Villeda. Der Papst hat mich hierher geschickt. An wen muss ich mich wenden?«, rief er.

Zunächst erfolgte keine Antwort, lediglich Gemurmel, dann schlurfende Schritte, schließlich kam ein Mann mit einem längeren grauen Bart als die anderen näher. »Ich bin Bruder Stephanos«, rief er, »vom Orden der heiligen Katharina. Nennen Sie mir Ihr Begehr, Bruder, denn Sie kommen bewaffnet, und das wirft ein schiefes Licht auf Ihre Behauptung.«

»Ich muss mich für mein Äußeres entschuldigen, Bruder Stephanos. Wir sind Mönche einer unkonventionellen Art«, rief William zurück.

»Verstehe. Und von einem Orden, von dem niemand hier je etwas gehört hat«, entgegnete der griechische Mönch argwöhnisch.

»Ich will gern glauben, dass Sie bis zum heutigen Tag nichts vom Orden des heiligen Sallian gehört haben. Das dürften die Wenigsten. Aber es gibt einen guten Grund dafür, den ich Ihnen gern näher erläutern werde, wenn Sie uns Zuflucht gewähren oder wenigstens gestatten, dass wir unser Lager auf dem Gelände des Klosters aufschlagen.«

Der griechische Mönch sah zu ihnen herab, dann hielt er die flache Hand an die Stirn und ließ den Blick über die Ebene und zu den Tausenden Kriegern schweifen, die dort warteten. »Welche Beweise haben Sie dafür, dass Sie die Wahrheit sagen?«, rief er zurück.

»Beweise?«, murmelte Bruder Jericho an der Seite seines Captains.

William runzelte die Stirn. Dann fiel ihm das päpstliche Siegel ein, das er um den Hals trug. Er berührte es mit der Hand. »Wartet hier«, befahl er den Ordensbrüdern und ritt allein weiter.

Bruder Jericho hielt den Atem an, als die Soldaten auf der Klostermauer die Waffen auf den Captain richteten, und auch Scheich Fahd schien zu befürchten, dass sie William ohne ein Wort der Warnung vom Pferd schießen könnten.

Als William sich der Treppe näherte, nahm er die Kette mit dem daran befestigten Siegel zur Hand. »Dies weist mich als Botschafter der römisch-katholischen Kirche aus, Bruder Stephanos«, rief er wenige Yards von der Treppe entfernt aus.

Der griechische Mönch kam die Treppe herunter und blieb vor Williams Pferd stehen. William nahm die Kette ab und reichte sie ihm.

»Papst Pius«, bemerkte Bruder Stephanos, der das Siegel eingehend betrachtete. »Das scheint echt zu sein, und dennoch führen Sie eine Armee an.«

»Ja«, gab William zu, »aber ausschließlich für einen heiligen Feldzug, Bruder.«

»Am Krieg ist nichts heilig«, widersprach der Mönch.

»Das sehen Sie vielleicht anders, wenn ich Ihnen erzähle, wem unser Feldzug gilt«, antwortete William. »Wir suchen nach den Rassis im Tal des Feuers.«

Plötzlich veränderte sich der Gesichtsausdruck des Mönchs so schlagartig, als hätte ihm eine unsichtbare Hand einen Schlag versetzt. »Nicht viele würden es wagen, vom Tal des Feuers zu sprechen, oder von den Gespenstern, die dort hausen. Jagt Ihr gar den Teufel höchstpersönlich?«

William grinste ironisch. »So ist es, Bruder. Genauso ist es.«

»Nun gut. Sie dürfen sich innerhalb der Mauern aufhalten. Aber Ihre Armee bleibt, wo sie ist«, antwortete er, worauf jemand das Haupttor weiter öffnete, damit die zehn Neuankömmlinge es passieren konnten.

VI

»Setzen wir uns«, schlug Bruder Stephanos vor und nahm auf einem alten und recht wackeligen Stuhl hinter einem schlichten Holztisch Platz. William setzte sich ihm gegenüber und spürte, wie auch dieser Stuhl unter seinem Gewicht nachgab. Scheich Fahd setzte sich neben ihn; offenbar fand er das Erlebnis ganz amüsant, wagte jedoch nicht, dem wackeligen Stuhl sein ganzes Gewicht anzuvertrauen.

Bruder Stephanos rief, dass man seinen Gästen Wasser bringen möge, während William zuerst die Mönche und dann Scheich Fahd vorstellte.

»Ein Beduinenscheich?«, sagte Bruder Stephanos. »Also sind das seine Männer dort draußen?«

»Nicht nur seine, sondern auch die dreier weiterer Scheichs reiten mit uns«, erklärte William ihm.

»Dann *sind* Sie Soldaten und dies *ist* eine Armee«, schlussfolgerte Bruder Stephanos.

»Diese Bezeichnung tut meiner Mission unrecht, Bruder Stephanos«, wandte William ein. »Sie sagen das, als wären wir Invasoren oder gewöhnliche Eroberer. Beides trifft nicht zu.«

»Dann erklären Sie mir, wer Sie sind«, sagte Bruder Stephanos, als mehrere Mönche in schwarzen Kutten Wasserkrüge brachten. »Etwas zu trinken?«

William nickte und nahm einen randvoll gefüllten Holzbecher. »Besten Dank.«

»Danken Sie Gott«, verbesserte ihn Bruder Stephanos. »Dies ist Sein Wille, Bruder Saxon. Die Jahreszeit ist trockener als gewöhnlich, doch unser Brunnen führt noch Wasser.«

»Ein Wunder, Bruder Stephanos«, entgegnete William förmlich und trank. Er schmeckte angenehm kühles Wasser, reiner als alles, was er bisher in den Oasen getrunken hatte, daher trank er erneut und leerte sehr zu seiner eigenen Verlegenheit den ganzen Becher durstig.

»Wie ich sehe, haben Sie eine weite Reise hinter sich, Bruder«, sagte Bruder Stephanos mit einem Anflug von Überraschung, als er Williams leeren Becher sah.

»Ja«, stimmte William zu und ergänzte dann: »Ich muss allerdings zugeben, dass ich kein Mönch bin.«

»Sie sagten, Sie wären ...«

»Ich sagte ich handle im Auftrag der Kirche, und die Männer, die ich anführe, sind Mönche. Ein weit verbreiteter Trugschluss«, erklärte William. »Ich bin Captain William Saxon. Vor sieben Jahren stand ich im Dienst der britischen Armee, als ich vom Vatikan rekrutiert wurde.«

»Ein Soldat?«

»Ein Offizier«, verbesserte William ihn.

»Das erklärt die Art Ihrer Kleidung«, sagte Bruder Stephanos und zeigte auf Williams Sachen. »Und was sehe ich da an Ihrem Ärmel? Blut? Sie haben etwas von Banditen an sich.«

»Der Orden des heiligen Sallian ist ein Orden mit einer etwas anderen Aufgabe«, teilte William Stephanos mit. »Seit wir Rom vor einigen Wochen verlassen haben, sind elf Mönche gefallen. Vier weitere wurden schwer verwundet und genesen im Lager des Scheichs.«

»Wie kam es dazu?«

»Durch das Infernalische, Bruder Stephanos«, antwortete William unverblümt. Er sah keine Veranlassung, Spielchen mit diesem Mann zu spielen. Entweder wussten die Ordensbrüder des St.-Katharinen-Klosters über das Infernalische Bescheid oder nicht. Die Zeit wurde knapp. Er brauchte schnellstens Antworten.

»Sie sprechen von bösen Menschen«, parierte Bruder Stephanos.

William sah ein trügerisches Leuchten in den Augen des Mannes. Er kniff seine zusammen und beugte sich vor. »Nicht Menschen. Das sind Monster, Bruder Stephanos. Kreaturen ohne Seele.«

Bruder Stephanos lehnte sich zurück und schüttelte verhalten den Kopf.

»Heucheln Sie keine Unwissenheit«, warnte William ihn. »Ich sehe es in Ihren Augen.«

»Ich weiß nur von Gespenstern, Offizier Saxon«, wehrte der Mönch ab.

William erinnerte sich an dieselbe Unterhaltung mit Scheich Fahd. »Natürlich. Und sie sind von Kopf bis Fuß in Dunkelblau gekleidet? Und sie morden?«

Bruder Stephanos nickte. »Es kursieren Geschichten über solche Schrecken.«

»Und was für Geschichten haben Sie gehört?« William bemühte sich, seine Ungeduld zu zügeln.

Bruder Stephanos verschränkte die Finger ineinander und warf William einen misstrauischen Blick zu. »Die Geschichte, die ich gehört habe, erzählen sich die Nomaden im Süden. Sie sprechen von lautlosen Gespenstern, die von den Bergen herunterkommen und die Lager überfallen. Sie töten die Männer, vergewaltigen die Frauen und verschwinden wieder in der Nacht. Nach mehreren Jahren kehren die Gespenster zurück.«

»Warum?«, hakte William nach.

»Um ihre Nachkommen zu holen«, antwortete Bruder Stephanos. »Diese Gespenster holen sich ihre Kinder, die nicht nach der Geburt von wütenden Stammeskriegern getötet wurden. Von den Kindern sieht oder hört man nie wieder etwas.«

»Aber wie das? Gespenster können keine Kinder zeugen.«

»Das ist der Fehler in der Geschichte«, stimmte der Mönch zu.

»Glauben Sie, dass diese ›Gespenster‹ aus Fleisch und Blut sind?«, fragte William.

»Ich glaube, dass sie *Menschen* sind«, antwortete Bruder Stephanos.

»Und diese Kinder ... Woher wissen die Gespenster, welche ihre sind?«

»Weil sie Geburtsmale tragen.«

»Geburtsmale?«, wiederholte William.

Bruder Stephanos wurde zappelig. »Ich habe bislang nur ein angebliches Bankert dieser ›Gespenster‹ gesehen. Sie sind kleiner als die anderen Beduinenkinder, ihre Haut ist heller, wie Sand, und ihr Haar pechschwarz. Aber ihre Augen verraten alles – lang und schmal, wie Messer. Sie sind keine Araber.«

»Von wo stammen sie dann?«

»Das weiß ich nicht. Von weither, nehme ich an«, sagte Bruder Stephanos. »Was will ein Soldat des Vatikans von diesen Gespenstern?«

»Sie hüten etwas Schreckliches, Bruder Stephanos«, antwortete William. *»Das Infernalische.«*

Der Mönch verschränkte missfällig die Arme. »Sie benutzen dieses Wort im Übermaß, Offizier Saxon. Dürfte ich fragen, was *genau* sie verstecken?«

»Zweihundertfünfzig Artefakte direkt aus der Hölle selbst«, sagte William offen heraus. »Der Ausdruck Scarimadaen sagt Ihnen vielleicht nichts, aber glauben Sie mir, Sie können sich glücklich schätzen, wenn Sie dieses Wort nie wieder hören. Wenn wir diese ›Gespenster‹ und was sie hüten nicht vernichten – versuchen Sie sich vorzustellen, was geschehen würde, sollte der Teufel höchstpersönlich mit zweihundertfünfzig seiner Handlanger durch unsere Straßen ziehen.«

»Sie sprechen von der Apokalypse«, antwortete Bruder Stephanos erschrocken.

»So ist es«, bestätigte William. »Und sie könnte hier im Sinai beginnen, wenn unsere Mission nicht erfolgreich ist.«

Bruder Stephanos machte ein entsetztes Gesicht. Er erhob sich langsam und strich sich mit den gichtigen Fingern durch den Bart. »Wären Sie ein Mann, den wir einfach in der Wüste aufgelesen haben, würde ich Sie günstigstenfalls für einen Schwindler, schlimmstenfalls für einen Wahnsinnigen halten. Doch das sind Sie nicht.«

»Nein«, entgegnete William traurig. »Das bin ich nicht.«

Der griechische Mönch wandte sich an die anderen hinter ihm und sprach hektisch flüsternd auf sie ein.

»Glauben Sie, Sie haben ihn überzeugt, Captain Saxon?«, murmelte Scheich Fahd William auf Englisch zu.

»Hoffentlich, Sir«, antwortete William. »Unser Wasser und unsere Nahrung werden knapp. Und eine sichere Unterkunft wäre auch nicht schlecht.«

Bruder Stephanos sagte etwas in einer Sprache, die William nicht kannte, aber für Griechisch hielt, worauf sich die orthodoxen Mönche demütig entfernten. Der alte Mönch wandte sich wieder an ihn.

»Die Araber dürfen ihr Lager innerhalb unserer Außenmauer aufschlagen, wenn sie möchten«, sagte er. »Wir haben Unterkünfte für dreißig Mann. Genügt das für Ihren Orden?«

»Durchaus. Danke«, sagte William und stand vom Tisch auf. »Außerdem befindet sich ein englischer Kaufmann bei uns, den wir in der Wüste gerettet haben, und sein Diener. Auch sie sind Opfer dieses Schreckens geworden.«

»Ich bin sicher, wir finden auch für sie eine Unterkunft«, sagte Bruder Stephanos. »Aber es werden ziemlich einfache Räumlichkeiten sein.«

»Wenn wir uns nur etwas ausruhen können, genügt das schon«, sagte William sichtlich erleichtert.

VII

Als William sich gewaschen und umgezogen hatte, betrat er den Innenhof des St.-Katharinen-Klosters. Es war still, die Sonne ging unter, der Himmel nahm eine dunkelblaue Farbe an. Die hellsten Sterne wagten sich hervor, ein Dreiviertelmond schwebte über den fernen Bergen. Es war kühl, aber nicht kalt, daher trug William nur ein Hemd; seine Jacke war gewaschen und zusammen mit den Jacken der anderen Ordensbrüder zum Trocknen aufgehängt worden. Er hatte sich rasiert; als er mit Marco an seiner Seite in der Abendkühle stand, strich er sich mit einer rauen Hand über das Kinn und war zufrieden. Es war schön, zum ersten Mal seit der überstürzten Abreise aus Raschîd wieder ein Dach über dem Kopf zu haben.

Peruzo kam mit einem breiten Lächeln zu ihnen auf den Hof, dem ersten seit Bastet.

»Sie sehen erfrischt aus, Lieutenant«, bemerkte William.

»Bei dem vielen Staub hätte ich zwei Bäder vertragen können, Captain.«

»Und die Kompanie?«

»Ruht sich aus. Die Männer reden. Essen und trinken«, antwortete Peruzo vergnügt. »Sollen wir unseren Gastgeber suchen, Bruder ...«

»Bruder Stephanos«, sagte William. »Das sollten wir wohl.«

»Was ist mit dem Engländer?«, fragte Peruzo, während sie zu dritt über den Innenhof schlenderten.

»Thomas wollte in seinem Zimmer bleiben«, antwortete William. »Er freut sich auf ein langes Bad.«

»Er wäscht sich nicht gern in Gegenwart der anderen«, stellte Peruzo fest.

»Er schätzt eben seine Privatsphäre«, entgegnete William. »Ich war auch einmal wie Thomas. Die meisten Kaufleute sind so. Aber in der Armee erledigt man solche Dinge anders. Da käme es einem nie in den Sinn, beim Baden schüchtern zu sein.«

Diese Feststellung erheiterte Peruzo, der kicherte, als sie sich einem großen Gebäude an der Nordmauer des Klosters näherten. Mit seinen unversehrten Mauern und Fenstern sah es prachtvoll aus, ein Neubau zwischen den älteren Gebäuden ringsum.

Sie betraten eine Diele, die auf den ersten Blick schlicht wirkte, doch als sich ihre Augen an das Halbdunkel im Schein der wenigen Kerzen und noch weniger Laternen gewöhnt hatten, bemerkten sie elegante Fresken und Gemälde an den Wänden.

Peruzo bewunderte sie einige Minuten, bis einer der orthodoxen Mönche eintrat und ihnen zu verstehen gab, dass sie an dem großen Tisch Platz nehmen konnten. »Beeindruckend«, murmelte Peruzo und winkte Marco, dass er nach oben sehen sollte, als sie sich setzten. Die Augen des Jungen wurden groß, als er Gestalten in historischer Umgebung erblickte, Darstellungen von Heiligen und deren Schicksalen.

»Das ist noch gar nichts, meine Freunde«, sagte Bruder Stephanos hinter ihnen. Er trat vorsichtigen Schrittes hinter sie und wirkte auf William plötzlich viel älter als er anfangs geschätzt hatte. Unter der dicken schwarzen Kutte verbarg sich ein vom Alter gebrechlicher Körper. Er setzte sich ganz langsam und offenkundig unter enormer Anstrengung.

»Morgen zeige ich Ihnen unsere Basilika, dort werden Sie wahrhafte Schönheit erblicken. Ein betörender Anblick selbst für jene, die den Vatikan schon gesehen haben.«

»Zu meinem großen Bedauern dürfte das nicht möglich sein«, sagte William. »Wir müssen morgen bei Tagesanbruch aufbrechen.«

»Schade«, antwortete Bruder Stephanos. »Dann werde ich Ihre Anwesenheit eben heute Abend genießen.«

Die Unterhaltungen an diesem Abend verliefen gedämpft. Für William war es eine willkommene Abwechslung, dass sie sich über weltliche und zuletzt sogar persönliche Angelegenheiten unterhielten, nachdem er seinen Status als Verbannter preisgegeben hatte.

Als der Abend allmählich in die Nacht überging und sie Bruder Stephanos eine gute Nacht wünschten, nahm dieser William beiseite.

»Sie folgen einem Pfad der Gewalt, Captain Saxon«, sagte er.

»Ein Weg, dem ich folgen muss, Bruder Stephanos. Ich habe ihn nicht freiwillig gewählt.«

Der Mönch ergriff Williams Arm trotz seines hohen Alters erstaunlich fest. »Eines Tages müssen Sie dieser Gewalt abschwören.«

»Die Gewalt dient ausschließlich dem Wohle des Christentums«, antwortete William. »Wie soll ich einer gerechten Sache abschwören?«

»Weil mich verwirrt, dass die Kirche eine solche Sache überhaupt unterstützt«, lamentierte Bruder Stephanos. »Ganz gleich, ob Dämonen in dieser Welt existieren, wir dürfen unsere Brüder nicht töten. Wir müssen uns auf Gebete und Vertrauen in Gott beschränken.«

»Gebete halten diese Kreaturen nicht auf«, sagte William ihm unverhohlen ins Gesicht. »Gewehre und Schwerter dagegen sehr wohl.«

»Sie sprechen wie ein wahrer Soldat«, bemerkte Bruder Stephanos niedergeschlagen.

»Ich bitte Sie um Verzeihung«, sagte William und verbeugte sich, »aber manchmal muss man eben Opfer bringen. Ich kämpfe mit Zähnen und Klauen, damit Männer wie Sie es nicht tun müssen. Was würden Sie tun, wenn zweihundertfünfzig Kreaturen, größer als Menschen und mit nichts als Gewalt in den Herzen, an Ihre Tore klopfen würden? Würden Sie sie mit der Heiligen Schrift angreifen?«

»Ich würde alles tun, worauf ich vorbereitet bin. Aber ich würde nicht die Hand gegen sie erheben«, antwortete Bruder Stephanos.

»Dann seien Sie froh, dass es andere Männer gibt, die das übernehmen«, sagte William. »Männer, die große Opfer für jene bringen, die die andere Wange hinhalten. Manchmal, Bruder Stephanos, reicht es eben doch nicht, einfach nur diese Wange hinzuhalten.«

KAPITEL SIEBZEHN

Lügen in der Wüste

1

Hammid sah in der Dämmerung hinab auf das Beduinenlager und fühlte sich zwischen seinen Verpflichtungen hin und her gerissen. Er hatte schwarze Ringe unter den Augen, die darüber hinaus so blutunterlaufen aussahen, als wären sie permanent entzündet. Aber die schlimmsten Schmerzen verspürte er im Inneren, diese schreckliche Masse, die in ihm wuchs, sich schmerzhaft einen Weg durch die Organe fraß, sodass er sich manchmal unkontrolliert entleeren und manchmal vor Qualen krümmen musste. Nur Thomas Richmond hatte ihm ein klein wenig Erleichterung verschafft, und ein Ziel im Leben.

Der Engländer kam zu ihm.

»Möchtest du bei ihnen bleiben?«, fragte Thomas.

Hammid schüttelte den Kopf. »Sie stellen zu viele Fragen«, entgegnete er unbeholfen.

»Und welche Antworten gibst du ihnen?«

»Nur die, die Sie wünschen«, antwortete Hammid ihm.

»Gut«, sagte Thomas und lächelte, ein humorloses Grinsen. »Vor uns liegt eine lange Reise, Hammid. Haben wir gepackt?«

»Ja.« Hammid verbeugte sich.

»Dann zaudere nicht hier, sondern bring meine Habseligkeiten in den Innenhof.«

Hammid verbeugte sich abermals und entfernte sich

hastig. Thomas blieb auf dem Turm und blickte erwartungsvoll zu den Bergen in der Ferne.

II

Der Abschied verlief bestenfalls oberflächlich. William hatte von den orthodoxen Mönchen bekommen, was er brauchte, die Griechen wiederum wollten die Beduinenarmee schnellstens vom St.-Katharinen-Kloster fort haben. Bruder Stephanos waren Gespenster, Dämonen und Vampyre einerlei, doch wenn eine Tausende zählende Armee vor seinen Toren eintraf, die obendrein von jemandem befehligt wurde, der für den Vatikan sprach, dann saß der Schrecken tief. Der Captain aus Rom beunruhigte ihn nicht wenig, genau wie die Richtung, die die römisch-katholische Kirche einschlug, und er beschloss, dass er in Bälde an den Vatikan schreiben und diese Besorgnis in Worte kleiden würde.

William seinerseits hatte gleich befürchtet, dass aus seinem Besuch im St.-Katharinen-Kloster nichts Gutes erwachsen würde. Am Abend nach dem Essen weihte er Peruzo ein, welche Schwierigkeiten sich ergeben könnten.

»Aber er hält uns doch sicher nicht auf?«, entgegnete Peruzo.

»Nein«, antwortete William, »aber er könnte unseren Vorgesetzten Fragen stellen. Vergessen Sie nicht, dass Geheimhaltung zu unseren Pflichten gehört. Wir sollen keine Hinweise auf den Krieg geben. Und im Namen eben dieses Krieges habe ich gerade eine riesige Beduinenarmee vor die Tore dieses Klosters geführt. Ich habe die Vorschriften gebrochen.«

»Sie unternehmen bestimmt nichts«, sagte Peruzo achselzuckend. »Was könnten sie schon tun?«

William lächelte. »Nichts, das ich bedauern müsste«, sagte er. »Wenn sie mich bitten, den Orden zu verlassen, würde ich mit Freuden gehorchen.«

»Sicher nicht ...«, sagte Peruzo erschrocken.

William nickte. »Gewiss doch, mein Freund. Das würde ich. Adriana hat mich schon darum gebeten.« Einen Moment wirkte er ernst, fast verloren. »Alles hat sich verändert. Ich fühle mich längst nicht mehr im Recht. Die Gründe, weshalb ich kämpfe, sind mir nicht mehr so klar, Peruzo. Was seit unserer Ankunft in Raschîd geschehen ist, der Tod der Ordensbrüder ... Und was wir dieser Frau in Bastet angetan haben ...«

»Sie war eine Vampyrin«, beharrte Peruzo. »Sie hatten keine Wahl. Es wäre ein herber Rückschlag für die Sache, wenn Sie aus falsch verstandenen Schuldgefühlen Ihren Abschied nehmen würden.«

»Wenn wir mit dieser Mission Erfolg haben, Peruzo, dürfte es keine nennenswerte Mission mehr geben«, sagte William niedergeschlagen. »Und wenn wir scheitern ...«

»Wir scheitern nicht«, versicherte Peruzo ihm, »weil Sie noch hier sind und uns anführen.«

III

Der Tag verging mit endlosen Stunden auf staubigen Wegen, manchmal im Schatten, manchmal in der grellen Sonne. Marco wischte sich das Gesicht mit dem Hemdsärmel ab, da ihm der Schweiß nur so in Strömen lief; er griff wieder nach dem Wasserschlauch.

»Langsam«, sagte Jericho neben ihm. »Trink nicht alles auf einmal. Noch hat niemand gesagt, wo die nächste Oase ist.«

»Haben Sie das schon einmal gemacht? Die Wüste

durchquert?«, fragte Marco nach einem kleinen Schluck, der kaum mehr als seine Lippen benetzte.

Jericho schüttelte den Kopf. »Meine erste Mission war in Wien«, sagte er. »Die anderen Brüder waren schon in Spanien und an anderen kargen Orten. Mir sagt das nicht besonders zu. Ich mag weder die Hitze noch den Sand.«

Dem konnte Marco nur zustimmen. Auch ihm missfielen die endlosen, freudlosen Ritte und die Gluthitze des offenen Geländes. Bislang erlebte er nicht die Abenteuer, von denen er geträumt hatte. Keine Heldentaten, keine Ehre, nur kleine Handgemenge in der Dunkelheit, bei denen Männer schreiend und blutig fielen.

Es war eine hässliche Angelegenheit gewesen, den Vampyr zu töten, chaotisch und längst nicht so heroisch wie die Mönche glaubten. Es war plötzlich und blind geschehen, und Marco konnte nur an Dschamillah denken – Dschamillah, die jedes Mal, wenn er den Zwischenfall erneut im Geiste durchspielte, getötet wurde. In seinen Träumen erwischten die Vampyre sie jedes Mal, und ihm blieb nichts anderes übrig, als hemmungslos zu schluchzen.

Manchmal wachte er auf und dachte im ersten Moment, es wäre wahr; erst gänzlich erwacht fiel ihm dann wieder ein, dass Dschamillah noch lebte. Dass er ihr das Leben gerettet hatte.

Die Sonne ging erneut unter und glitt auf dem Rücken der Welt hinab, bis der Horizont sie unter die goldenen Felsen zog. Marco zitterte, blieb jedoch stumm, bis sie in einer stillen und unheimlichen Dämmerung am Fuß der Berge Rast machten.

Selbst die Beduinen schienen ungewöhnlich friedlich, ihre Pferde ruhig zu sein.

Marco stieg ab und sah seinem Onkel nach, wie er zu Thomas ging, der Hammid gerade vom Pferd half. »Wieder eine Nacht unter den Sternen, Captain«, begrüßte Thomas ihn, als er selbst aus dem Sattel sprang und auf dem staubigen Boden landete.

William zuckte die Achseln. »Heute Nacht kommt mir anders vor.«

»Ist das die Vorfreude?«, hakte Thomas ungewöhnlich enthusiastisch nach.

»Vielleicht. *Sie* scheinen ja bester Laune zu sein.«

Thomas' Lächeln wurde breiter. »Vielleicht sollte ich dieses aufregende Leben beibehalten. Vielleicht sollte ich mit Ihnen nach Rom zurückkehren«, antwortete er.

Davon hatte Thomas früher schon gesprochen, dass er den Kaufmannsberuf für etwas Edleres an den Nagel hängen könnte, worauf William ihm versicherte, dass er nach ihrer Rückkehr im Vatikan ein gutes Wort für den Engländer einlegen würde. Aber William hegte auch Bedenken, und ein Teil von ihm wünschte sich, er könnte Thomas von diesem Vorhaben abbringen. Durch die Gespräche im Lauf der zurückliegenden Tagesritte war er mehr und mehr zur Überzeugung gelangt, dass er nicht im Orden des heiligen Sallian bleiben sollte. Dass es an der Zeit war, Abschied zu nehmen. Wie aber sollte er den Engländer für eine Laufbahn begeistern, die für ihn längst jede Faszination verloren hatte?

Marco stand ein Stück abseits der Unterhaltung, sah aber zu. Er wusste nicht, warum, aber er hatte kein gutes Gefühl bei Thomas Richmond. Vielleicht war alles nur Einbildung, doch nach und nach, schien ihm, kam das wahres Gesicht dieses Mannes zum Vorschein, wie bei einer Frucht, deren Schale Schicht um Schicht abgeschält wurde.

Und sein Diener, dieser Hammid, sah zunehmend kränker aus.

Ja, dachte Marco bei sich, irgendetwas stimmte da ganz eindeutig nicht.

IV

Am nächsten Tag wurde das Land, das bis dahin weitgehend flach gewesen war, mit einem Mal steil und schwierig. Die Berghänge bestanden aus fast lotrechten Felsen, die niemand erklimmen konnte und durch die kein Weg führte. Vielleicht lag es an der Hitze, vielleicht an der grellen Sonne, aber William hatte manchmal den Eindruck, als würden die Berghänge zusammenrücken, sie bedrängen und in ein ewiges Gefängnis aus rotem Staub und braunem Fels einsperren. Das alles drückte die Stimmung sichtlich; die Mienen der Reiter wurden noch verhärmter, und auf nicht wenigen Gesichter lagen furchtsame Mienen, während die Beduinen schneller als üblich durch die ausgetrockneten Flussbetten und Wadis ritten.

Im Laufe des Tages erhielt William die Nachricht, dass es ein Problem mit Mazins Männern gab. Die Suwarka waren eine Meile oder so zurückgefallen, weil einer ihrer Wagen abermals ein Rad verloren hatte, worauf sich eine der Kanonen gelöst hatte und in ein Geröllbett gerutscht war. Mazins Streitkraft zerbrach daraufhin fast buchstäblich in zwei Hälften, dreihundert Mann blieben zurück und halfen, die Kanone zu bergen, dreihundert ritten unter Mazins Führung weiter. Der Sohn des Scheichs musste zur Strafe bei der Kanone bleiben.

Weder Scheich Fahd noch William nahmen diese Neuigkeit gnädig auf; beide waren sich darin einig, dass sie ohne die Männer zum Tal des Feuers reiten mussten.

Nach diesen schlechten Nachrichten brachte der Spätnachmittag dafür eine Erleichterung, als die Armee die Böschung eines Wadis erklomm und oben Bäume und grünes Gras erblickte.

»Die Oase Amin Dahir«, sagte Scheich Fahd und zeigte hin.

William ritt zu ihm, dicht gefolgt von den drei Scheichs Anwar, Galal und Mazin. »Es heißt, dass sie sich alle vier Jahre mit Wasser füllt«, bemerkte Fahd, »und danach wieder drei nur Staub herrscht.«

»Offenbar haben wir Glück«, sagte William.

»Glück, Captain Saxon? Nein, das grenzt an ein Wunder. In dieser Zeit der Dürre ist uns Allah gnädig«, sagte Fahd. Der Scheich sagte etwas zu Anwar, Galal und Mazin, alle drei murmelten zustimmend.

»Sie glauben, dass Sie für dieses Wunder verantwortlich sind, Captain Saxon«, sagte Scheich Fahd. »Ein Beweis, dass Allah Wohlgefallen an unserer Mission hat.«

William nickte. »Dann wollen wir hoffen, dass dies nicht unser letztes Wunder gewesen ist.«

Alles Gerede über ein Wunder war vergessen, als sie sich den ersten Bäumen bis auf hundert Yards genähert hatten. Die Reiter der Vorhut hielten an und ließen Rufe erschallen. Sofort ritt William in Begleitung von zwei mit Baker-Rifles bewaffneten Ordensbrüdern an der Reihe entlang. Marco sah, wie sein Onkel nach vorn galoppierte und schirmte die Augen mit der Hand ab. Thomas wollte sich in Bewegung setzen, doch Peruzo signalisierte ihm zu bleiben. Dann sah der Lieutenant zu Marco, und seine Miene ließ keinen Raum für Zweifel: Er traute dem Kaufmann und seinem Diener genauso wenig wie Marco.

William hielt am Anfang der Kolonne an, wo Scheich Fahd und sein Leibwächter Hischam einen in den Sandboden gerammten Gegenstand umkreisten. Es handelte sich um einen Pfosten, eine Art Nachricht; William näherte sich vorsichtig.

Das Schild war sieben Fuß hoch und aus einer Holzkiste

geschnitzt, die von Innen heraus so von Insekten zerfressen worden war, dass sie wie verwester Knochen aussah. Ein Stück Schiefer war daran festgenagelt, gekrönt wurde das Ganze von einem vergilbten Totenschädel, den ein in die Augenhöhle gebohrter Speer für alle Zeiten dort festhielt.

»Eine Warnung?«, mutmaßte Scheich Fahd.

William beugte sich näher hin und untersuchte den Schädel. Er streckte den Arm aus und berührte ihn mit dem Schwertgriff. Zum Schrecken der Reiter zerfiel der Kieferknochen zu Staub und rieselte in den Staub am Boden.

»Er ist alt«, meinte William. »Wer immer das war, ist vor sehr langer Zeit gestorben.«

»Und diese Symbole?«, fragte Scheich Fahd und zeigte zu der am Holz festgenagelten Schiefertafel.

William sah genauer hin. Das waren keine Buchstaben, die er lesen konnte, mehr winzige Bilder mit Linien und Kästchen, Wellen und anderen Symbolen. Sie erinnerten ihn an die Tätowierungen, mit denen die Kafalas sich entstellten, Rangabzeichen in der Armee des Grafen: drei Wellen bedeuteten, man war noch eine Stufe davon entfernt, in einen Vampyr verwandelt zu werden.

William betrachtete ein Symbol nach dem anderen und rieb sich die Stirn, als die Erinnerungen kamen. Etwas daran schien ihm vertraut.

»Ich habe solche Symbole schon einmal gesehen«, sagte er schließlich.

»Wo?«

»Einer der Lehrmeister meines Ordens, Meister Yu, schreibt ähnliche Symbole. Das sind Worte«, sagte William und zeigte darauf. »Worte aus dem Osten.«

Scheich Fahd strich mit den Fingern über die Linien, was die anderen Reiter zutiefst beunruhigte, da sie befürchteten, er könnte einen Fluch auf sich laden. »Diese Männer des Ostens, wie sind die?«, fragte er.

»Sie sind tapfere Krieger«, antwortete William. »Sie kämpfen anders als alle anderen Völker. Und sie sind sehr, *sehr* gefährlich.«

Scheich Fahd bemerkte seinen zaghaften Unterton.

»Wenn die Rassis Männer aus dem Osten oder wenigstens in deren Kampfkünsten unterrichtet sind, dann steht uns ein schwerer Kampf bevor«, sagte William. »Die Männer aus dem Osten trainieren die Kunst des Kampfes. Sie nennen es Kampfsport. Auch ich wurde in den Grundkenntnissen dieser Art des Kämpfens unterrichtet, muss freilich gestehen, dass ich nur die Grundlagen beherrsche.«

Scheich Fahd lachte. »Wir haben eine Armee. Sie machen sich unnötig Gedanken.«

»Hoffentlich haben Sie recht, Sir«, antwortete William.

William befahl seinen Männern, die Umgebung hinter dem Schild auf eine Meile auszukundschaften, während Scheich Fahd einige seiner eigenen Leute unter Hischams Kommando losschickte, damit sie die steilen Berghänge erklommen. Diese Vorsichtsmaßnahme kostete sie zwei Stunden, aber William wusste, dass die Gegend hervorragend für einen Hinterhalt geeignet wäre. Das Tal des Feuers lag nicht mehr weit entfernt, ebenso der Ort, an dem Scheich Fahds Bruder in Schwierigkeiten geraten war.

Im Abendrot kehrten die meisten Kundschafter zurück, und William beriet sich mit den Scheichs. In unmittelbarer Nähe der Rassis hielt William einen Angriff nicht für ausgeschlossen. Das Tal des Feuers lag keinen Tagesritt entfernt, doch die Scheichs waren arrogant und müde. Für sie schien die Oase der perfekte Ort, um vor der Schlacht auszuruhen. Selbst Scheich Fahd fügte sich, obwohl er insgeheim Williams Bedenken teilte. Sie begriffen nicht, in welcher Gefahr sie schwebten; William konnte sie nur überreden, Wachtposten auf den Felswänden zu postieren und dafür zu sorgen, dass generell eine gewisse Wachsamkeit vorherrschte.

Als die Armee ruhte und speiste, wurde die Oase mit einem Mal zu einer blühenden Gemeinschaft. Man baute Zelte auf, Wasser floss in Strömen, die Männer stärkten sich mit Nahrung für den bevorstehenden Kampf. Anfangs herrschte eine etwas gedämpfte Stimmung, doch die Aussicht auf eine Schlacht spornte die Beduinen offenbar an; sie sangen Lieder und erzählten sich Geschichten am Lagerfeuer.

Die Mönche gaben sich etwas zurückhaltender als ihre Verbündeten, meditierten vereinzelt oder unterhielten sich leise. Mit Ausnahme von Marco und Jericho konnten alle Ordensbrüder langjährige Kampferfahrung vorweisen, daher hatte jeder sein eigenes Rezept, wie er sich auf den kommenden Tag vorbereitete.

William gab eine Zeit lang sein Wissen weiter, dann strich er in der Abgeschiedenheit seines Zelts eine Sandfläche glatt und zeichnete auf, was er von der bevorstehenden Schlacht erwartete. Mit dem Auge eines Strategen kalkulierte er die Möglichkeiten des Gegners. Konnte er sie aushungern? Die Zeit sagte ihm, dass das nicht möglich wäre, ebenso wenig wie eine Armee mit weniger als fünftausend Mann die Rassis belagern könnte. Nicht zu vergessen Mazins Kanonen, die noch auf der Straße lagen. Seit Mittag hatte niemand mehr die Männer gesehen; William fragte sich, ob sie überhaupt noch kommen würden. Allem Spötteln Fahds zum Trotz wäre die Kanone ein nützliches Hilfsmittel für die Armee gewesen. Sie hätten feindliche Stellungen über größere Entfernung hinweg unter Beschuss nehmen können – um sie für einen

Angriff der Kavallerie mürbe zu machen. Aber selbst William war nicht sicher, ob Kanonen ausreichen würden.

Unterschätze den Kult der Rassis nicht. Sie sind arglistig. Sie sind stark. Sie kämpfen schon länger als du in diesem Krieg.

Kieran hatte nur wenig gesagt, doch es reichte aus, dass sich William gründlich Gedanken über die Strategie machte. Auf die Dar'uka durfte er nicht bauen. William hatte keine Ahnung, ob die »Engel« kommen würden, wie Peruzo und die anderen Ordensbrüder hofften. Schon häufig hatte er festgestellt, dass die Dar'uka nicht eingriffen, wenn man sie darum bat, sondern nur, wenn es ihnen in den Kram passte.

Doch seinem Stolz zum Trotz, allen Zweifeln in seiner Seele, die ihn warnten, zum Trotz faltete William die Hände zu einem stummen Gebet. Und er betete, dass sie von den Rassis erlöst werden würden.

V

Marco saß in ihrem Zelt und schliff sein Schwert. Seine Schwertkampflektionen mit Peruzo waren vor einer halben Stunde zu Ende gewesen; er hatte einen leichten Bluterguss über der rechten Augenbraue.

William lachte. »Peruzo hat dich also mit seinem Rückwärtsschwinger erwischt, richtig?«

Marco verzog beschämt das Gesicht.

»Damit hat er mich auch einmal kalt erwischt«, gestand Willliam und legte sich auf seine Matte. Er drehte sich auf die Seite und sah Marco an. »Du musst dich ducken, wenn er dich angreift. Wenn sich dein Gegner dir so nähert, musst du wissen, dass er mit dem Rücken zu dir nach dir schlägt. Er nutzt seinen Schwung aus, um sich zu drehen und seinen Schlag zu landen. Also duck dich und stoß zu. Triff ihn in die Rippen oder beug dich zur Seite und triff ihn tief. Achte aber stets darauf, dass er in hohem Bogen nach dir schlägt, bis sein Schwung und Gleichgewicht ihm keine andere Möglichkeit mehr lassen.«

Marco nickte und überlegte sich, wie die Lektion ausgegangen sein könnte, hätte er den Rat seines Onkels schon vorher berücksichtigen können. »Er hätte mich verfehlt. Er hätte ins Leere geschlagen«, sagte er, bewegte die Hand, als hielte er ein imaginäres Schwert darin, mit dem er herumfuchtelte, parierte und zustieß.

William sah ihm einen Moment zu, dann fiel ihm auf, dass ein Mann in ihrem Zelt fehlte. »Wo ist Thomas?«

»Nimmt ein Bad«, antwortete Marco.

»Schon wieder?« William war erstaunt. »Wie oft pro Tag badet dieser Mann denn?«

»Nur einmal, Onkel«, sagte Marco. »Mit uns hat er nicht gebadet.«

Der Engländer hatte noch nie zusammen mit den anderen Mönchen gebadet, und William respektierte seine Privatsphäre. Doch dann dachte er an ihre gefährliche Umgebung und stand auf. »Hat er eine Eskorte mitgenommen?«, fragte er hastig.

Marco sah auf, da ihn Williams panischer Unterton erstaunte. »Nein, Onkel.«

»Er sollte nicht allein in dieser Oase herumlaufen. Nicht jetzt. Wir könnten jeden Moment überfallen werden, und dann wüsste Thomas bestimmt nicht, was er tun soll«, überlegte William.

»Ich könnte ihn suchen«, schlug Marco vor, »und bitten, dass er zurück kommt.«

William nickte. »Vortrefflich. Nimm zwei von den Ordensbrüdern mit«, sagte er.

VI

Bruder Jericho willigte ein, Marco zu begleiten, Bruder Lucas wollte sich die Beine vertreten und schlenderte hinter ihnen her, als sie sich vom Rand des Lagers entfernten und der dichten Mauer aus Hecken und Felsen näherten, die den See auf einer Seite begrenzten. Die beiden Mönche diskutierten über etwas, wovon Marco kaum etwas verstand, einen Ort namens Karpaten und eine große Festung dort. Und während sie sich über Namen und Orte unterhielten, die Marco nicht kannte und die ihm auch herzlich egal waren, dachte er an Dschamillah.

»Wenn der Orden die Festung Draak angreifen würde, dann würden wir aus der Kirche ausgestoßen werden«, sagte Bruder Lucas zu Jericho; die Unterhaltung wurde zunehmend hitziger.

Bruder Jericho war anderer Meinung und seufzte. Er bemerkte nicht einmal, dass Marco am Rand des Dickichts stehengeblieben war. Fast stieß er mit ihm zusammen, dann drehte er sich um und sah Bruder Lucas böse an. »Wenigstens wäre dann dieser Krieg vorbei.«

Bruder Lucas keifte zurück. »Sei nicht albern, Jericho. Dieser Krieg endet zu unseren Lebzeiten nicht mehr.«

Marco hielt eine Hand hoch, beide Männer verstummten. Sie hörten Geplätscher in der Nähe, Leute beim Schwimmen. Marco sah die beiden Mönche an. Jericho hatte die Arme verschränkt und schüttelte den Kopf. »Ich verstehe dieses Zögern seitens der Kirche nicht, du, Marco?«

Marco zuckte nur die Achseln.

»Ich finde, du solltest mal mit Engrin reden«, meinte Bruder Lucas. »Er kann einem die Dinge prima erklären.«

»Engrin?«, fragte Jericho. »Dieser alte Mann?«

»Dieser *große* Mann«, verbesserte ihn Bruder Lucas, sah zu Marco und dachte wieder daran, weshalb sie eigentlich hier waren. »Sieh du doch nach dem Engländer, Marco. Ich muss Bruder Jericho ein wenig Vernunft beibringen.«

Bruder Jericho lachte laut auf. »Versuch's doch!«, spöttelte er. »Dann sag mir doch ...«

Marco schenkte beiden keine Beachtung mehr, sondern ging durch hüfthohes Unkraut zu den Felsen, die das Ufer vom Lager abschirmten. Auf dem schmalen Weg pieksten ihn die Zweige der Sträucher durch den dünnen Stoff der Hose hindurch in die Beine.

Als er zu den Felsen kam, zwängte er sich zwischen zweien hindurch, erklomm einen dritten, sprang herunter und landete in neuerlichem Unkraut darunter. Von da konnte er über die Oase zu der kleinen Baumreihe am gegenüberliegenden Ufer sehen. Darunter schwamm Thomas Richmonds rosa Umriss im Wasser. Marco ging zum Ufer hinunter, passierte das Bündel Kleidungsstücke am Ufer und rief nach ihm.

Zuerst bemerkte Thomas ihn nicht. Doch dann stand er im Wasser auf. Marco rief erneut, da wurde eine Hand auf seinen Mund gepresst und brachte ihn zum Schweigen. Es geschah plötzlich, doch der Griff war schwach; Marco reagierte instinktiv, wie es ihn sein Onkel gelehrt hatte, und stieß dem Angreifer den Ellbogen in die Magengrube.

Die Hand wurde mit einem Schmerzensschrei weggezogen; Marco wirbelte mit erhobener Faust herum und erblickte Hammid, der sich stöhnend krümmte.

»Genug!«, brüllte Thomas; Marco drehte sich um. Der Engländer stand nackt und mit vor Wut blitzenden Augen im Wasser und bedeckte die rechte Schulter mit der linken Hand. Mit einem erbosten Gesichtsausdruck lief er ans Ufer; Wasser tropfte ihm von Brusthaar und Bart.

Hammid richtete sich mühsam auf und musste sich beinahe übergeben. Er rieb sich den Bauch und winselte.

»Jämmerlicher kleiner Mann.« Thomas warf seinem Diener einen giftigen Blick zu, nahm sein Hemd von dem Kleiderstapel und zog es hastig über, ohne sich vorher abzutrocknen, sodass das weiße Hemd augenblicklich durchnässt war.

»Junge, du machst nichts als Ärger!«, knurrte Thomas Marco an, während er sich anzog. »Dein Onkel sollte dich zur Ordnung rufen.«

Marco bekam es mit der Angst. Er wusste nicht, ob er weglaufen oder bleiben sollte.

»Komm mit!«, sagte Thomas und stapfte auf Marco zu, obwohl er das Hemd noch nicht halb in die Hose gesteckt hatte. Hammid, der sich immer noch den Bauch hielt, folgte ihm unbeholfen. Marco blieb so ruhig stehen, wie er konnte, zuckte aber zusammen, als Thomas ihn am Arm packte und zu sich zog.

»Du spionierst mir nach, ja?«, fauchte er in Williams Sprache, doch es klang kein vertrautes Mitgefühl aus den Worten, nur ein kalter, bedrohlicher Unterton. Thomas zerrte Marco am Arm mit sich durch das Gestrüpp und um die Felsen herum. Marco stolperte ein paar Mal und fiel einmal sogar auf die Knie, wurde jedoch sofort wieder hochgerissen.

Er stolperte noch einmal, blieb jedoch auf den Beinen, und diesmal riss er sich aus Thomas' Griff los und wich vor ihm zurück. »Ich habe nichts Unrechtes getan!«, rief er trotzig.

Thomas sah Marco an, und seine Augen brannten regelrecht vor Wut. Marco wich zurück und erstarrte, als er gegen jemanden stieß. Jemand legte ihm behutsam zwei Hände auf die Schultern, dann hörte er dicht neben seinem Ohr: »Stimmt etwas nicht, Marco?«

Marco drehte sich um und sah Bruder Jericho. Der Mönch sah den Engländer, der sich allmählich wieder zusammenriss, misstrauisch an. Bruder Lucas stand nicht weit entfernt und verfolgte alles interessiert.

Der Engländer steckte den Saum des Hemds in die Hose und schenkte ihnen ein strahlendes Lächeln. »Ich nehme an, keiner von Ihnen versteht ein Wort von mir?«, sagte er sarkastisch.

Die Mönche blieben stumm.

»Nein. Natürlich nicht. Nur die Sprache der römisch-katholischen Kirche. Wie jämmerlich«, fügte Thomas hinzu. Das strahlende Lächeln wurde noch breiter, er zeigte auf Marco, dann auf seine eigenen Augen, und nickte.

Marco zuckte zusammen. Was Thomas gerade getan hatte, war nicht witzig. Der Engländer sagte etwas zu dem gepeinigten Hammid, dann entfernten sie sich beide.

»Was sollte das denn, Marco?«, fragte Bruder Jericho.

Marco antwortete nicht, sondern sah Thomas nach, der die Oase verließ und zu dem rund fünfzig Yards entfernten Ring der Zelte ging.

»Ich mag ihn nicht«, gestand Bruder Jericho Marco und spürte, wie der Junge unter seinen Händen die Schultern verkrampfte. »Bist du sicher, dass alles in Ordnung ist?«

Marco nickte. »Mir geht es gut«, versicherte er.

»Wir sollten zurück«, sagte Bruder Lucas.

Sie gingen schweigend zum Lager zurück, Marco rieb sich den Arm, wo Thomas ihn festgehalten hatte. Was hatte er nur getan? Hatte er etwas gesehen? Er rieb sich den Arm weiter, und langsam fiel ihm etwas ein, eine plötzliche Geste … Marco dachte stirnrunzelnd etwas eingehender darüber nach. Bruder Jericho ging vor ihm, Bruder Lucas hinter ihm und sah zum dunklen Himmel und den Vögeln, die dort kreisten, da er seine Diskussion mit dem streitsüchtigen Jericho nicht fortsetzen wollte.

Marco war so in Gedanken darüber versunken, was der Engländer verheimlicht hatte, dass er das ferne Surren gar nicht mitbekam. Nach einem Klatschen und einem Aufschrei wirbelten Marco und Jericho herum und sahen, dass Bruder Lucas einen Pfeil in der Seite stecken hatte.

Bruder Jericho blieb wie angewurzelt stehen und sah, wie der Mönch mit schmerzverzerrtem Gesicht im Unkraut auf die Knie sank, nach hinten kippte und zwischen den hohen gelben Stängeln verschwand.

»Lucas?«, rief Bruder Jericho bestürzt aus. Er machte einen Schritt nach vorn, als Marco ein erneutes Pfeifen hörte. Instinktiv stieß er Jericho beiseite, beide fielen hin und rollten ein Stück weg, Marco nach rechts, Jericho nach links. Der Pfeil landete fünfzehn Zoll von ihnen entfernt auf dem Boden und verschwand im Unkraut.

Bruder Jericho fluchte mit dem Gesicht nach unten im Sand, sein erster richtiger Fluch seit Jahren. Ein weiterer Pfeil sauste an ihren Köpfen vorbei und bohrte sich ein Yard entfernt in den Boden, während Marco versuchte, sich wieder aufzurichten.

»Unten bleiben, verdammt!«, schrie Jericho ihn an. »Wir werden beschossen!«

Er streckte über den staubigen Boden hinweg die Hände nach Marco aus; er nahm den Geruch in der Luft wahr und sog ihn ein – ein moschusartiger, beißender Gestank. Marco sah es nicht und verkroch sich hinter einem Felsen, der kaum größer war als er selbst. Er lehnte mit dem Rücken dagegen und atmete keuchend, als ein weiterer Pfeil zwischen ihnen hindurchpfiff und Jerichos Finger nur knapp verfehlte. Der Mönch zog die Hand im letzten Moment zurück und spürte den Lufthauch noch an den Fingerspitzen. Er rollte sich panisch davon und wurde dabei von einer ganzen Salve von Pfeilen verfolgt, die nach jeder Umdrehung nur wenige Zoll von ihm entfernt in den

Boden einschlugen, bis er in ein kleines Wadi rollte. Dort drückte er sich flach auf den Boden, während Pfeile in die Böschung gegenüber einschlugen und jedes Mal eine Staubwolke aufwirbelten.

Er drehte sich auf den Bauch und hob den Kopf. »Angriff!«, brüllte er. »ANGRIFF!« Er hoffte, dass sein Ruf weit genug zu hören war und hätte es noch einmal versucht, doch neuerliches Surren zwang ihn, sich wieder zu ducken. Mehrere Pfeile landeten auf dem Boden, einer durchbohrte seinen Ärmel. Die Pfeilspitze streifte Haut und Haare, verfehlte den Arm jedoch. Jericho zog den Pfeil heraus, wälzte sich herum und brüllte erneut. »GEBT ALARM! ANGRIFF! ANGRIFF!«

Am Rand des Lagers sah er mehrere Beduinen aus den Zelten kommen. Einer trat vor und schirmte die Augen mit einer Hand ab. Jericho rief ihnen etwas zu, doch dann zischten schon aus dem Nichts die ersten Pfeile herbei, und die Beduinen fielen mit erstickten Schreien zu Boden.

»Nein!«, schrie Jericho verzweifelt, da er fürchtete, sie wären alle tot oder lägen im Sterben.

Doch ein Überlebender stand mit einem Pfeil in der Schulter auf und sah den Stab so bestürzt an, als könne er unmöglich da sein. Dann schleppte er sich langsam davon und rief dabei ununterbrochen etwas. Jericho hörte, wie sich Unruhe fortpflanzte, als wäre ein Bienenstock aufgescheucht worden, dann kamen Männer aus ihren Zelten, griffen nach ihren Waffen und riefen Fragen oder Befehle. Das Lager war geweckt. Jetzt konnte er sich dankbar zurücklehnen. Schritte von rechts. »Sieh nach rechts, Marco, sie kommen!«, rief er dem Jungen zu, der sich immer noch an den schützenden Felsen lehnte.

Jericho rief lauter. »Lucas? Bruder Lucas?«

Bruder Lucas wollte etwas sagen, brachte jedoch nur ein Husten und einen hohen, wimmernden Schmerzenslaut heraus. Ein Pfeil bohrte sich zu nahe in den Boden. »Marco, wir müssen hier weg!«, rief Jericho. »Ich muss dich ins Lager zurückbringen!«

»Aber Bruder Lucas ...!«, rief Marco zurück.

»Bruder Lucas versteht das, Marco. Du bist der Neffe meines Captains.«

Marco schüttelte den Kopf, rollte sich auf die Knie und wandte sich von ihm ab.

»Halt! Marco, lass das!«, brüllte Jericho, als er sah, was der Junge vorhatte. »Du schaffst es nie ...«, aber Marco war schon aus seiner Deckung gesprungen und hechtete in das Unkraut davor. Jericho stand auf, um ihm zu folgen, da kam ein weiterer Pfeil in seine Richtung geflogen. Er streifte den Absatz von Jerichos Stiefel, aber es gelang dem Mönch, sich wieder auf den Boden zu werfen, wo die Staubwolke seiner Landung ihn vor den Blicken der unsichtbaren Bogenschützen verbarg. Als die nächste Salve ihm den Weg zu Marcos Fels versperrte, warf er sich herum und rannte im Zickzack in die entgegengesetzte Richtung zu den Zelten, wo er sich Kopf voraus in einen Graben warf, der unweit der Zelte verlief, wenige Schritte von den verwundeten oder toten Beduinen entfernt.

VII

William rannte mit der Schwertscheide in der Hand, deren Gürtel ihm an den Oberschenkel klatschte, wenn er über Zeltseile sprang, um zum Wagen der Graujacken zu gelangen, die sich dort versammelt hatten und in dessen Deckung ihre Baker-Rifles luden. Peruzo winkte ihn zu sich; William kam im Staub schlitternd zum Stehen und duckte sich, als ein weiterer Pfeil angeflogen kam.

»Sie sind auf der Kuppe«, knurrte Peruzo.

William sah dem ausgestreckten Arm des Lieutenants nach, der auf den Berghang rechts des Lagers zeigte. Der Grat war zerklüftet, felsig, mit vielen Nischen und Vorsprüngen, wo ein Schütze sich verstecken konnte.

»Nageln Sie sie so gut es geht fest. Schießen Sie in die Schatten. Vielleicht haben wir Glück«, befahl William und wollte weiter.

»Und Sie?«, fragte Peruzo verblüfft, dass William sie jetzt verlassen wollte.

»Ich muss zu Scheich Fahd«, sagte William und entfernte sich hastig und ging an einem schluchzenden Beduinen vorbei, der jedes Mal schrie, wenn sein Freund versuchte, den langen, dicken Pfeil aus einer Wunde am Oberschenkel zu ziehen. Blut spritzte in den Sand.

Scheich Fahd marschierte mit Hischam an seiner Seite zielstrebig durch das Lager. William rannte schneller und schaffte es bis zu dem Scheich, ehe der die Pferde erreicht hatte.

»Sie hatten recht, mein Freund«, gab Fahd zu. »Es *ist* eine Falle. Sie schießen von den Bergen herunter. Meine Kundschafter haben sie gesehen, Captain. Scheich Mazins Männer sind schon auf dem Weg hinauf, sehen Sie ...«

William drehte sich um und sah die Suwarka, die sich am Fuß der Felswand sammelten. Ein Pfeilhagel ging über ihnen nieder, einige Männer fielen schreiend.

»Die werden abgeschossen!«, rief William aus. »Sie planen doch sicher keinen Frontalangriff? Der Hang ist zu steil, und der Gegner sieht sie kommen.«

Scheich Fahd zuckte die Achseln. »Die Suwarka machen, was sie wollen, Captain Saxon. Mazin hat keine Kontrolle mehr über sie. Sie folgen seinem Sohn. Mazin hat kein Gespür für den Kampf.«

»Wir *müssen* sie aufhalten«, flehte William.

»Das ist unmöglich. Jetzt greift Scheich Anwar an, und

er ist ein Hitzkopf, genau wie Ihr Neffe, fürchte ich«, stellte Scheich Fahd fest.

William stöhnte laut auf. In dem Chaos hatte er Marco ganz vergessen.

... *Marco, den er losgeschickt hatte, um Thomas zu suchen.*

Er versuchte nicht einmal mehr, Scheich Fahd aufzuhalten, sondern rannte umso schneller davon, als er jetzt daran dachte, dass sich Marco im offenen Gelände befand, genau wie Thomas. Mit klopfendem Herzen versuchte er, seine Angst um Marco einzudämmen, doch sein Weg führte ihn stolpernd durch ein einziges Chaos. Im Lager herrschte Panik. Ab und zu schlugen Pfeile zwischen den Zelten ein. Hin und wieder fand einer ein fliehendes Ziel.

William kehrte zu Peruzo zurück. »Wir können sie nicht sehen, Captain, und diese armen Teufel, die der junge Scheich befehligt, kommen uns in die Quere«, rief Lieutenant Peruzo und zeigte zu den Kriegern der Tarabin.

William hörte ihm nur mit halbem Ohr zu.

»Captain?«

»Marco ist da draußen, Peruzo. Verdammt, ich habe ihn Thomas suchen geschickt«, antwortete William.

»Überlassen Sie ihn Jericho und Lucas.« Peruzo nahm Williams Arm und rüttelte ihn wach. »Was sollen wir tun?«

Williams Gedanken rasten – doch dann wurde er ruhig. Er fühlte sich seltsam unbeteiligt und fluchte laut, damit er sich konzentrieren konnte. »Wegen Anwars und Mazins Männern können wir nicht angreifen ... also übernehmen wir die rechte Flanke. Wir greifen sie von der Seite an. Wer kann von den Männern am besten klettern und ist im Nahkampf versiert?«

Peruzo rief Namen; die Genannten hörten auf zu schießen und reihten sich hinter dem Wagen auf.

»Schicken Sie sie den Hang hinauf, damit sie sich um die

Schützen aus dem Hinterhalt kümmern können«, rief William. »Aber vorsichtig ... Dies ist die Heimat der Rassis.«

Peruzo nickte. »Wird gemacht.«

Eine anstrengende Kletterpartie würde sie zum Geröll und den verstreuten Felsbrocken auf der rechten Seite bringen, aber dort hatten sie mehr Deckung als links. In der Mitte drängten sich immer mehr Männer, die versuchten, an der Felswand hinaufzuklettern und gezielten Pfeilsalven zum Opfer fielen.

Als Anwars Männer den Rückzug antraten, warf sich eine zweite Angriffswelle der Suwarka dem Berghang entgegen, obwohl Scheich Mazin sie anbrüllte, dass sie sich zurückziehen sollten. Zur Antwort regnete es noch mehr Pfeile vom Himmel. William sah mehrere Männer schreiend fallen.

Als Peruzo und die halbe Kompanie plötzlich hinter dem Wagen hervor und über den Sand zur Bergflanke rannten, ließ William die anderen in die schattigen Nischen schießen, die ihm als beste Deckung für die Bogenschützen erschienen: ein Felsvorsprung, der einen geschützten Sims auf halber Höhe der Bergwand bildete. Mehr konnte er von hier aus nicht tun. William machte sich in Richtung See davon.

VIII

Marco kroch zu der Stelle, wo Bruder Lucas lag. Er schob sich durch das Gras, bis er den Stiefel des Mönchs ertastete, dann robbte er auf den Ellbogen hoch zu ihm und riss dabei büschelweise Gras aus.

Bruder Lucas war kaum noch bei sich, schaffte es aber, die Augen zu öffnen und den Kopf ein wenig in Marcos Richtung zu drehen.

»Was machst du denn hier, Junge?«, fragte er matt.

»Sie sind getroffen worden«, flüsterte Marco.

Fast schien es, als würde Bruder Lucas lächeln. »Oh, ja. Ja, da hast du recht«, sagte er und hörte sich aufrichtig überrascht an, als er den Pfeil betrachtete, der in seiner Seite steckte. Seine Augen schienen wieder von Leben erfüllt zu sein. »Und was kannst du dagegen tun?«

»Ich ... ich weiß nicht«, gestand Marco.

Bruder Lucas verzog das Gesicht. »Ich verstehe ein klein wenig von der Wundbehandlung, mein Junge.«

»Aber Sie bluten ...«

Bruder Lucas hustete und schnitt eine Grimasse. »Ja ... *Ja.* Ich glaube ... so ist es.«

»Wie soll ich die Blutung stillen?«, fragte Marco flehentlich.

Bruder Lucas streckte die rechte Hand mit gespreizten Fingern nach Marcos Hand aus. Er hielt sie fest. »Das kannst du nicht. Nicht allein. Aber du kannst bei mir bleiben. Bis zum Ende, wenn es denn sein muss. Kannst du das?«

Marco nickte, blieb bei Lucas im Gras liegen und hielt seine Hand.

William sah Jericho durch das Lager laufen, der offenbar nicht so recht wusste, wohin er sich wenden sollte.

»Jericho! Wo ist mein Neffe?«, rief William ihm zu und packte den Mönch an den Schultern.

Jericho reagierte verstört auf sein Drängen und sah ihn einen Moment mit leerem Blick an. Dann zeigte er hinter sich zu Schilfgras und Felsen, die zwischen dem Lager und dem See lagen. »Ich kam nicht zu ihm. Er versteckt sich dort im Schilfgras. Mit Bruder Lucas.«

»Verwundet?«

Jericho schüttelte den Kopf. »Nein. *Nein.* Bruder Lucas wurde getroffen. Ich konnte nicht zu ihnen. Ein Pfeilhagel hat mir den Weg abgeschnitten ... ich musste in Deckung ... habe sie dort zurückgelassen. Ich ...«

»Sie haben getan, was Sie konnten«, versicherte William ihm.

»Ja«, sagte Bruder Jericho, schämte sich aber dennoch. »Ich muss zurück. Wir brauchen Bruder Filippo.«

»Filippo ist auf dem Berg«, antwortete William hastig. »Wir müssen ohne ihn zurechtkommen.«

Sie erreichten den Rand des Lagers und warteten auf Pfeile. Als keine kamen, schlug William Bruder Jericho auf die Schulter, und sie rannten los; Sand wirbelte hinter ihnen auf, als sie durch den Sand liefen und über natürliche Hindernisse wie Gräben, Löcher und Grasbüschel sprangen. Jericho ging mit gesenktem Kopf voran.

Sie wären direkt bis in die Deckung der größten Felsbrocken gelaufen, wäre William nicht förmlich über Marco gestolpert, während sich Jericho ins Gras warf und auf die Seite rollte. William registrierte erleichtert, dass der Junge unversehrt war, und wandte sich Bruder Lucas zu, derweil Jericho an seine Seite gekrochen kam.

»Noch am Leben?«, fragte Jericho den Mönch und betrachtete stirnrunzelnd den Pfeil, der zwischen seinen Rippen herausragte.

»Noch? Gerade so«, flüsterte Bruder Lucas.

Jericho betrachtete die Wunde und das Blut, das wie Rotwein aussah. Er wandte sich an William. »Ich brauche etwas Wasser.«

»Aber schnell«, antwortete William. Er bedeutete Marco, dass er Platz machen sollte. Erst da ließ Marco Lucas' reglose Hand los; William nahm seine Stelle ein und hielt die Hand zwischen seinen Händen.

»Captain ...«

»Nicht reden«, flüsterte William ihm zu. »Schonen Sie Ihre Kräfte.«

»Ich habe kaum noch welche ...«, sagte er mit schwacher Stimme. Er beugte den Kopf, sein Gesicht sah grau aus. Als er versuchte, die Augen aufzuschlagen, lief ihm ein dünnes Rinnsal Blut über die blassen Lippen. William wusste, dass er ihn verlor.

»Versprechen Sie mir ... dass Sie ... den Schatz finden ... Versprechen Sie es ... Vernichten Sie einen für mich ...«, keuchte Bruder Lucas mit kaum hörbarer Stimme.

»Ich verspreche es, Bruder«, sagte William und drückte die Hand des Mönchs noch fester, als wollte er ihn so in dieser Welt festhalten. Doch alle Anstrengung blieb vergebens. William sah, wie das Licht in den Augen des Mönchs erlosch, sein Griff erschlaffte.

»Finde Frieden, Bruder«, sagte William schließlich und schloss dem Mönch die Augen.

Tränen liefen über Marcos staubige Wangen. Er wischte sich die Augen mit dem Handrücken ab.

»Ich konnte nicht ...!«, ertönte Jerichos Stimme von vorn, »... konnte nichts finden, um das Wasser zu holen!«

Der Mönch ließ sich hastig auf die Knie fallen und kam mit seinem tropfnassen Hemd näher. »Ich wollte es hiermit befördern, aber die verdammte Baumwolle saugt nicht genügend auf. Ich brauche einen Wasserschlauch, Captain. Ich muss ...«

William hielt die Hand hoch. Jericho verstummte und betrachtete Bruder Lucas. Der atmete nicht mehr. Jericho ließ verzweifelt den Kopf sinken und legte dem Mönch eine zitternde Hand auf die reglose Brust.

»Ganz ruhig, Jericho«, tröstete William ihn. »Sie haben getan, was Sie konnten.«

»Es war nicht genug«, seufzte Jericho.

William hob den Kopf und hörte den veränderten Kampfeslärm. Anscheinend wurde kaum noch gekämpft. Als er sich aufrichtete sah er, dass die Beduinen zum Lager zurückkehrten und die Verwundeten und Toten trugen. Im Licht der untergehenden Sonne schirmte er die Augen ab und sah die grauen Gestalten auf dem Sims in halber Höhe der Felswand. Peruzo und seine Mönche. Sie hatten ihr Ziel erreicht und suchten nach Überlebenden.

»Wir sollten gehen«, sagte William. »Wir tragen Bruder Lucas zusammen.«

Schweigend schob Jericho die Hände unter die Schultern des Mönchs und hob ihn hoch. William nahm Bruder Lucas' Knöchel, Marco stützte seinen Rücken mit den Händen, und so trugen sie ihren gefallenen Kameraden stumm zum Lager zurück.

IX

Scheich Fahd machte einen erstaunlich ruhigen Eindruck. »Wir haben acht Männer verloren, vier wurden verwundet«, sagte er zu William, als sie Bruder Lucas' Leichnam bei der Kompanie abgelegt hatten.

»Das betrübt mich zu hören«, antwortete William.

»Und Scheich Mazin hat zweiunddreißig seiner Reiter eingebüßt, Captain, ein Dutzend wurden verwundet.«

William sah Scheich Fahd an. »So viele?«

»Sie hatten recht. Die Suwarka haben den Berghang unüberlegt frontal gestürmt.« Scheich Fahd sah das Blut an Williams Hand – Bruder Lucas' Blut. »Wie viele Ihrer tapferen Mönche sind gestorben?«

»Ein Toter, keine Verwundeten«, sagte William.

Scheich Fahd sah ihn überrascht an. »Einer? Das ist nur ein Kratzer, Captain Saxon«, sagte er.

»Für mich nicht, Sir«, wies William ihn zurecht. »Reden wir später darüber.« Er ging weg.

Peruzo und die Mönche standen wenige Yards entfernt und sahen auf Bruder Lucas' Leichnam hinab.

»Lucas war ein guter Mann«, sagte William.

»Was haben Sie da oben gefunden?«, fragte Peruzo, der nicht weiter über den Verlust nachdenken wollte.

»Einen Toten.«

»Nur einen?«

»Es könnten mehr gewesen sein«, mutmaßte Peruzo. »Vielleicht haben sie ihre Gefallenen mitgenommen. Der Leichnam, den wir gefunden haben, war von seiner Position in eine schmale Schlucht gestürzt. Er klemmte unten fest.«

»Wo ist er?«

Peruzo führte William zum Wagen und zog die Plane zurück, die einst die Waffen verborgen hatte. Der Tote trug ein dunkelblaues Gewand bis zu den Knöcheln und eine schwarze Kapuze auf dem Kopf. Unter dieser Kapuze befand sich eine wie das Antlitz eines Drachen geformte weiß glasierte Keramikmaske mit einem flammenden Zyklopenauge in der Stirn; Staub, Blut und Sand verunzierten sie.

William schob die Finger unter die Maske. Das Blut klebte sie an dem Gesicht darunter fest, sodass sie sich mit einem Geräusch ablöste, als würde Stoff zerreißen.

Das Gesicht war ruhig. Es gehörte einem Mann, der ohne Angst gestorben war und eine so verklärte und gleichmütige Miene hatte, dass einigen der Mönche Stoßseufzer des Erstaunens entfuhren. Peruzo kam näher und nahm den Feind in Augenschein.

»Wie Meister Yu«, bemerkte er, als er die Farbe der Haut und die schlitzförmigen Augen sah.

»Ja«, sagte William, der seinen Verdacht bestätigt sah. »Diese Sekte dürfte stärker sein als ich befürchtet habe.«

»Captain, ich habe gehört, dass Sie einen Gefangenen

haben«, ertönte eine Stimme hinter ihnen. Die Brüder gaben den Weg frei, Thomas kam mit Hammid im Schlepptau daher. Marco fiel auf, dass der Engländer vollständig angekleidet war.

»Freut mich, dass Sie unversehrt sind, mein Freund«, begrüßte William ihn herzlich.

Thomas, der die Hand am Schwertgriff hatte, deutete eine Verbeugung an. »Vorwiegend durch Zufall«, sagte er und warf Marco einen Blick zu. Es war ein kurzer, aber dennoch beängstigender Blick. Marco wich zurück und stellte sich neben Jericho.

Peruzo entging dieser flüchtige Blickwechsel nicht. Er trat zu dem Jungen, während William weitersprach.

»Ich habe schon befürchtet, es hätte Sie dasselbe Schicksal ereilt wie Bruder Lucas«, sagte William und zeigte zu dem Toten am Boden.

»Keineswegs, Captain«, sagte Thomas. »Ihre Männer haben mir das Leben gerettet. Ich war schon im Lager in Deckung, als die ersten Pfeile geflogen kamen. Es freut mich von Herzen, dass Ihr Neffe überlebt hat.«

»Captain?«, rief Peruzo.

William sah zu ihm. Sein Lieutenant stand neben Marco, doch seine ganze Haltung drückte nervöse Anspannung aus.

»Entschuldigen Sie mich bitte, Thomas?«, sagte William.

Der Engländer nickte mit einem Anflug von Unbehagen.

Peruzo lächelte, aber es war ein falsches Lächeln: es maskierte finsterere Beweggründe, die nur ein alter Weggefährte ahnen konnte.

»Was ist los?«, fragte William ihn unverzüglich.

»Marco hat etwas gesehen«, flüsterte Peruzo.

»Etwas?« William sah von Peruzo zu Marco.

»Als Marco ihn im Wasser gefunden hat, hatte Richmond

es auffällig eilig, die Schulter zu bedecken. Sag ihm, was du gesehen hast, Marco.«

»Ich bin nicht sicher«, antwortete Marco. »Ich hielt es für eine Verletzung. Aber ich glaube, es war etwas anderes. Ein Zeichen.«

»Was für ein Zeichen?«

»Wie das Meer. Wellen. Drei schwarze Wellenlinien auf seiner Schulter.«

Peruzo wartete, dass dem Captain ein Licht aufging.

»Das kann nicht sein«, murmelte William. »Du hast dich geirrt.«

»Und wenn nicht?«, konterte Peruzo.

»Gewiss ein Zufall.«

»Bei dieser Mission, Captain? Wo Graf Ordrane alle erdenklichen Spione gegen uns ins Feld schickt?«

William wippte auf den Füßen.

»Wir müssen es herausfinden«, beharrte Peruzo.

William nickte und versuchte, seine Fassung wiederzuerlangen. Das war starker Tobak. Und doch erfüllten auch ihn Zweifel ... Ein Körnchen Zweifel und die Furcht, dass er sich zu leicht hatte hinters Licht führen lassen. Der Junge musste sich irren, sagte er sich. Ein Irrtum in der Hitze des Gefechts. Nichts weiter.

Scheich Fahd kam mit den anderen Scheichs zum Wagen, weil er wissen wollte, was die Mönche gefunden hatten. Die Neuigkeit von dem toten Rassis hatte sich wie ein Lauffeuer im Lager verbreitet; jeder wollte den Feind sehen. Doch als Scheich Fahd näher kam, sah er einen sichtlich erschütterten William vor sich. Der Captain des Ordens ging mit einer zerknirschten Miene zu Thomas.

»Ich weiß nicht, was ich sagen soll, Thomas«, gestand Willliam und sah verlegen drein. »Aber offenbar verbergen Sie ein Geheimnis vor mir.«

»Pardon?«, entgegnete Thomas.

»Sind Sie verwundet?«, fragte William liebenswürdig.

»Nein, Sir, keineswegs.«

»Dürfte ich dann Ihre Schulter sehen?«

»Natürlich«, sagte Thomas, zog die Jacke aus und knöpfte das Hemd auf. Er entblößte die linke Schulter, auf der nichts zu sehen war. »Sehen Sie?«

William lächelte und sagte gequält: »Tut mir leid, Thomas. Ich meinte die *rechte* Schulter.«

Thomas sah William an, dann Marco. »Die rechte?«

William nickte.

»Warum?«

»Weil ich Sie darum bitte. Ja?«

Thomas lächelte, doch das Lächeln verschwand wieder.

»*Bitte,* Thomas?« William machte eine Geste und griff mit der anderen Hand nach dem Schwert.

»Die rechte Schulter«, sagte Thomas. »Gewiss.«

Als er mit der linken Hand nach der rechten Schulter seines Hemds griff, packte er mit der rechten den Schwertgriff und riss das Schwert hoch, doch Peruzo war schneller. Thomas hatte nicht mitbekommen, wie sich Peruzo angeschlichen hatte. Die Klinge traf klirrend auf die von Peruzo und fiel zu Boden, da versetzte der Lieutenant dem Engländer auch schon einen Schlag mitten ins Gesicht. Die Männer des Scheichs zückten die Schwerter.

Thomas richtete sich auf und berührte die blutende Lippe mit der Hand. Er spie auf den Boden.

Peruzo kickte das heruntergefallene Schwert weg, riss Thomas' Hemd auf und entblößte die drei schwarzen Wellen, die Marco in der Oase gesehen hatte: das Zeichen der Kafalas, der Diener des Grafen Ordrane von Draak.

William wich zurück und erstickte fast an der Welle der Trostlosigkeit, die aus seinem tiefsten Inneren in ihm emporstieg.

Peruzo sah Williams Seelenqual und schlug Thomas erbost mit der flachen Hand auf die Wange. Thomas' Kopf wurde zur Seite geschleudert; einen Moment bemühte sich der Engländer trotzig, das Gleichgewicht zu wahren, dann ging er stöhnend auf die Knie. »Das werden Sie mir büßen«, fauchte er Peruzo an.

Peruzo erwiderte seinen Blick, ohne mit der Wimper zu zucken.

William wirbelte herum. »Jericho«, knurrte er. Bruder Jericho sprang hinzu, als wäre er mit einer Schwertspitze gepiekst worden, und wirkte nervös angesichts von Williams Zorn. »Räumen Sie den Wagen leer und veranlassen Sie, dass die Ordensbrüder einen Käfig bauen. Ich möchte, dass dieser Mann in Ketten gelegt und eingesperrt wird.«

»Wir sollten ihn gleich hinrichten ...«, ereiferte sich Peruzo.

»Sofort, Jericho!«, bellte William. Niedergeschlagen und blass zwängte er sich zwischen den versammelten Mönchen und Arabern hindurch und ging zu seinem Zelt, wobei er vor sich hinmurmelte: »Heute keine Hinrichtungen. Es sind schon zu viele gestorben.«

KAPITEL ACHTZEHN

Die Reise zum Ende

1

Als alle Gebete gesprochen, jedem Kummer Ausdruck verliehen und alle Schwüre erneuert worden waren, zogen sich die Mönche von Bruder Lucas' Grab zurück, das nur wenige Yards von der Stelle entfernt lag, wo er gefallen war. Peruzo führte William weg, da er seinen Captain möglichst schnell von der traurigen Stelle fortbringen wollte. Er geleitete ihn zu einem Feuer, wo mehrere Männer von Scheich Fahd saßen. Sie sahen zu den Europäern auf; Hischam nickte ihnen zu und gab ihnen damit zu verstehen, dass sie sich setzen konnten. Auch hier herrschte wie überall eine ernste Atmosphäre.

»Wie konnte ich mich in Richmond nur so irren, Peruzo?«, fragte William laut, da er wusste, die Beduinen ringsum konnten ihn nicht verstehen.

»So etwas kommt nicht oft vor, Captain«, meinte Peruzo unbekümmert dazu.

»Haben *Sie* es kommen sehen?«

Der Lieutenant zuckte die Achseln und stocherte in dem Feuer vor sich; die Holzscheite glühten mit jedem Stoß heller als vorher, Funken flogen in die Nacht. »Es spielt keine Rolle, was ich gedacht habe«, sagte er wenige Augenblicke später.

»Für mich schon«, beharrte William.

Peruzo blickte zum Himmel, als könnten die Sterne ihm

Weisheit und ein gewisses Maß an Glaubwürdigkeit schenken. Niemals würde er sich anmaßen, seinen Captain zu kritisieren, aber eine Antwort konnte er ihm auch nicht verweigern. »Mir kam Richmond immer ein bisschen verdächtig vor. Es war seltsam, dass er nie zusammen mit den anderen badete. Aber da war nichts, was darauf hingedeutet hätte, dass er zum Feind gehörte.«

»Das ist mir nicht einmal aufgefallen«, sagte William ernüchtert. »Meine Menschenkenntnis hat mich verlassen. Ich habe der Kompanie geschadet.«

»Sie waren abgelenkt«, antwortete Peruzo. »Zum einen von der Mission. Zum anderen von Marco.«

»Ja, Marco ... Der Junge gerät ständig in Schwierigkeiten.«

Peruzo schüttelte den Kopf. »Verzeihen Sie mir die Kühnheit, Captain, aber ich glaube, Marco kann auf sich selbst aufpassen.«

»Sie kennen ihn nicht so gut wie ich«, antwortete William.

»Ich kenne ihn gut genug. Er hatte keine elterliche Führung, abgesehen von Ihnen und Adriana. Er verlor seine Eltern in einem Alter, wo ein Junge sie am meisten braucht. Und er hat sie durch unsere Feinde verloren. Seither kennt Marco nichts anderes als die Verteidigung des Lichts. Er weiß nur von Ihrem Kampf gegen die Mächte der Hölle. Ihrem Heldentum. Ihrer Führerschaft.«

»Wollen Sie damit sagen, er möchte wie ich sein?«

»Nein, ich will damit sagen, dass er Ihnen *folgen* möchte. Wie wir alle. Und wenn die vergangene Woche Sie eines gelehrt haben sollte, dann, dass Marco bereit ist. Er ist tapfer, er ist willig ... Und er *ist* alt genug.«

»Und doch fanden Sie Marresca auch zu jung«, bemerkte William.

»Bei Marresca habe ich mich geirrt«, gab Peruzo zu. »Der

Lieutenant kam ganz gut zurecht. Meine einzige Sorge war ...«

»Ja, Lieutenant?«, fragte William.

Peruzo verschränkte nachdenklich die Hände ineinander und sah ins Feuer. »Ich habe Marresca für einen allzu kaltblütigen Killer gehalten. Die Statue eines Kriegers, ohne Herz. Ohne Seele. Ich hatte Angst, der Krieg würde ihm alles Menschliche rauben, Captain.«

William verstand solche Gedankengänge nur zu gut. Der Junge konnte ohne zu zögern töten, ohne auch nur einen Gedanken darauf zu verschwenden. Nicht einmal William fand, seiner jahrelangen Kampferfahrung zum Trotz, Gefallen daran, ein Leben zu nehmen, sei es das eines Vampyrs, eines Dämons oder eines Sterblichen. Töten war notwendig, aus und Schluss. Aber Marresca war geboren, um zu töten, und das erledigte er zu effizient für einen bloßen Menschen. So gesehen schien es richtig, vielleicht sogar vorherbestimmt, dass er zu einem Dar'uka geworden war: ein unnatürlicher junger Killer wurde zum unsterblichen Krieger.

»Und Sie glauben, dass Marco nicht so werden würde?«, fragte William.

»Sie haben gesehen, was im Lager der Ajaida geschehen ist«, sagte Peruzo. »Ihm lag mehr daran, was aus der Tochter des Scheichs wird, als daran, den Vampyr zu töten. Er unterscheidet sich in vielerlei Hinsicht von Marresca. Er besitzt mehr Gefühl. Mehr Liebe.«

»Mag sein«, gab William zu und seufzte. »Aber im Augenblick könnten wir ein Dutzend Marrescas brauchen, Peruzo, nicht meinen Neffen. Eine Schar kaltblütiger Killer wäre gegen die Rassis durchaus von Vorteil.«

»Ob die Rassis die Scarimadaen im Kampf einsetzen?«, fragte Peruzo.

Das war ein Gedanke, vor dem William graute. »Ehrlich?

Ich weiß es nicht. Es steht geschrieben, dass die Rassis den Schatz für einen bestimmten Zeitpunkt hüten. Niemand weiß genau, wann das ist. Möglicherweise haben sie den Befehl, die Dämonen nur dann freizulassen, wenn dieser Zeitpunkt gekommen ist.«

»Nicht einmal als letztes Mittel?«

William wurde blass. »Ay, als letztes Mittel, das wäre gut möglich. Ich hoffe, Sie erwähnen das den anderen gegenüber nicht? Nicht einmal diese Armee könnte gegen zweihundertfünfzig Dämonen bestehen. Scheich Mazin ist auch so schon nervös genug. Also was alle anderen angeht, werden die Rassis den Schatz *nicht* gegen uns einsetzen.«

Das Gespräch verstummte, da beide Männer über die Bedeutung des Gesagten nachdachten. Die Vorstellung, dass sie es mit den Rassis und deren Dämonen zu tun bekommen könnten, war grauenhaft.

»Besteht die Hoffnung, dass die Dar'uka uns unterstützen?«, fragte Peruzo schließlich.

»Ich habe darum gebetet«, gab William zu. »Vielleicht hören sie meine Worte. Vielleicht auch nicht. Die Dar'uka behaupten, sie wüssten alles. Ich frage mich, ob das stimmt. Wenn ja, dann wissen sie auch, wie nahe wir unserem Ziel sind und helfen uns.«

»Und wenn nicht?«

»Dann müssen wir uns auf unseren Mut und unsere Verbündeten verlassen. Das Glück ist uns in letzter Zeit wohlgesinnt. Vielleicht ist es uns noch etwas gewogener, wenn wir den Rassis gegenüberstehen.« William stand auf und streckte sich. »Wo ist Hammid?«

»Er ist Gefangener von Scheich Fahd. Sie wollen ihn am Morgen hinrichten.«

»Ich muss mit ihm reden.«

»Warum? Ich bin sicher, er wird Ihnen nichts erzählen.«

»Thomas Richmond ist ein Lügner. Ein Betrüger höchster Ordnung. Ein Mann, der bereit war, gegen die Miliz von Raschîd alles zu riskieren, um sich in unsere Kompanie einzuschleichen. Er hat mir das Leben gerettet, aber weshalb? Welchen Vorteil hat ihm das gebracht?«

»Sie glauben, Richmond hatte einen Plan?«

»Ich bin ganz sicher. Wenn Hammid sterben muss, wird er um Gnade winseln, oder nicht? Er wird uns alles sagen, um seine Haut zu retten.« William schickte sich an zu gehen und verbeugte sich vor den Männern am Feuer.

»Was? *Jetzt?*«, fragte Peruzo.

»Die Zeit wartet nicht auf uns, mein Freund«, antwortete William.

II

Vier Männer bewachten Hammid, zwei weitere standen in der Nähe. Scheich Fahd hatte sie handverlesen, eine Geste, die William zeigen sollte, wie gefährlich er diesen Mann einschätzte.

William beriet sich zuerst mit Scheich Fahd, der sich bereit erklärte, dem Verhör beizuwohnen, obwohl es schon spät in der Nacht war. Hischam stand in der Nähe, die kräftigen Arme vor der Brust verschränkt, als Hammid von vier Leibwächtern in Scheich Fahds Zelt geschleift und zu Boden geworfen wurde.

Hammid winselte, blieb aber stumm.

»Steh auf«, sagte William und zeigte mit dem Schwert auf ihn.

Hammid richtete sich auf die Knie auf, sah William jedoch nicht an.

»Sir«, sagte William, »vielleicht können Sie ihm sagen, dass wir *alles* über Thomas Richmond wissen müssen.«

Scheich Fahd stimmte zu und sah von seinem erhobenen Stuhl auf Hammid hinab. Er brüllte ihn an, aber mehr drängend als wütend. Hammid wandte sich an Scheich Fahd; er war nervös, aber William sah Resignation in seinen Augen. Er wusste, dass er sterben und alles Flehen ihn nicht retten würde.

Hammid fasste sich einen Moment oder zwei, dann redete er und Scheich Fahd übersetzte:

»Er sagt, dass sie sich vor Monaten in Raschîd begegnet sind. Richmond erzählte ihm, dass er der Freund eines europäischen Grafen sei, eines mächtigen Mannes, der nach einer unvorstellbar kostbaren Beute suchte. Richmond wollte zweierlei: einen Führer, der sich in Ägypten auskannte, und den Aufenthaltsort von Charles Greynell herausfinden. Hammid wusste nichts über Charles Greynell, willigte aber ein, Richmond unter der Bedingung als Führer zur Verfügung zu stehen, dass der ein Heilmittel für seine Krankheit findet.«

»Was für eine Krankheit?«, fragte William.

»Er stirbt, Captain Saxon«, antwortete Scheich Fahd über Hammids zaghaftes Geplapper hinweg. »Er hat ein schweres Leiden, das ihn innerlich auffrisst. Er scheidet jeden Tag und jede Nacht Blut aus und weiß, dass das Leben mit jedem Sonnenuntergang schneller aus ihm hinausströmt. Richmond hat ihm versprochen, dass er seine Krankheit heilen würde. Und ... *ihn unsterblich macht?*« Scheich Fahd lachte traurig. »Törichter kleiner Mann. Wie konnte er solche Lügen glauben?«

»Vielleicht nicht ganz zu Unrecht«, entgegnete William. »Richmonds Gebieter könnte ihm diesen Wunsch tatsächlich erfüllen.«

Scheich Fahd runzelte die Stirn. »Nicht möglich. Nur die Götter besitzen so eine Macht.«

»Dann ist Graf Ordrane von Draak wohl ein Halbgott«, murmelte William resigniert, »denn er ist selbst unsterblich und kann andere ebenso machen. Wenn Richmond mit seiner Mission Erfolg gehabt hätte, hätte die Unsterblichkeit durchaus seine Belohnung sein können. Allerdings bezweifle ich, dass Graf Ordrane diesem armen Teufel so ein Geschenk gemacht hätte.«

Scheich Fahd stand von seinem Stuhl auf. »Dieser Narr tut mir zwar leid, aber er *wird* morgen in aller Frühe hingerichtet, Captain.«

William sah wieder auf Hammid hinab. »Sir, dürfte ich, bevor Sie gehen, um einen weiteren Gefallen bitten?«, fragte er. »Könnten Sie herausfinden, ob er etwas über die Vampyre weiß? Speziell über die Pläne, die sie haben?«

Scheich Fahd sah William an und schien der Bitten ein wenig überdrüssig zu sein. »Für Sie jederzeit, Captain«, erwiderte er geduldig.

Er wandte sich erneut an Hammid, ein weiteres Gespräch begann. »Er sagt, er weiß nur, dass sich Richmond mehrmals mit den ›Kreaturen der Nacht‹ getroffen hat.«

»Wann?«, fragte William.

»Das letzte Mal vor vier Nächten. Er sagt, der letzte Vampyr floh nach Norden, um eine Armee zu finden«, sagte Scheich Fahd und verstummte. Er sagte etwas zu Hammid und schien wütend über die Antwort des Mannes zu sein. Hammid plapperte furchtsam weiter.

»Diese Armee, von der er spricht ... er weiß wenig, aber sie wird kommen«, übersetzte Scheich Fahd.

Hammid redete ständig weiter, jetzt wieder langsamer, und ballte mit wütender Miene die Fäuste.

»Was sagt er jetzt?«

»Er fleht.«

»Er fleht zornig?«, hakte William überrascht nach, da ihn überraschte, wie wagemutig sich Hammid plötzlich gab, als wäre er bereit, gegen jemanden oder etwas vorzugehen.

Scheich Fahd blieb unbeeindruckt. »Er sagt, er hätte

Richmond nicht vertrauen sollen. Aber Richmond hat ihn bedroht. Er sagt, er hätte Richmond einen Dolch in den Rücken stoßen sollen, als er die Möglichkeit dazu hatte, aber er war ein Feigling.«

William hörte die Verachtung in Scheich Fahds Stimme, doch die passte nicht zu Hammids Wut. William kam näher und stellte sich selbst vor den Diener. Er bückte sich und sah ihm in die Augen.

»Wonach suchen Sie, Captain Saxon?«, fragte Scheich Fahd und gähnte. »Es ist spät. Ich bin müde, und morgen ziehen wir in eine Schlacht.«

»Bitte haben Sie Nachsicht mit mir, Sir«, antwortete er, »aber ich denke, wegen diesem Mann könnte uns noch ein Kampf bevorstehen.«

»Ich begreife nicht, wie.«

»Wenn eine andere Armee von Norden gegen uns vorrückt, könnte Hammid uns von Nutzen sein. Sagen Sie ihm, dass ich ihn nicht retten kann und seine Krankheit ihn umbringt. Ich biete ihm keine Unsterblichkeit, sondern Sühne«, sagte William.

Scheich Fahd gab das weiter. Hammid ließ einen Moment den Kopf hängen, und möglicherweise sollte sein verzerrter Gesichtsausdruck Resignation andeuten. Dann rollte eine Träne seine Wange hinab, und er streckte die Hand aus. Er sagte etwas sehr sanft, aber bestimmt, und lächelte. Scheich Fahd übersetzte es nicht gleich, sondern sah Hammid lange an.

»Er sagt, er möchte Buße dafür tun, dass er sich mit einem Teufel wie Richmond eingelassen hat. Er sagt, ›das Blut seiner Landsleute klebt an meinen Händen‹, weil die Krankheit ihn schwach gemacht hat.«

»Was würde er als Buße tun?«, fragte William.

»Er sagt, alles, was Sie von ihm verlangen«, antwortete Scheich Fahd.

William lächelte, aber ohne Mitgefühl. »Dann richten Sie diesen Mann nicht hin.«

Scheich Fahd sah ihn wütend an. »Das ist nicht Ihre Entscheidung, mein englischer Freund.«

»Ich bitte um einen Gefallen«, sagte William und half Hammid auf die Füße. »Dieser Mann hätte schweigen können, aber hat er gelogen? Nein, er hatte Angst, und Männer, die Angst haben, können nützlich sein.«

»Erklären Sie das!«, verlangte Scheich Fahd, der wütend darüber war, dass kein Blut fließen sollte.

»Er ist die einzige Verbindung zu unserem Gegner, die einzige Verbindung zu Richmond. Sollte eine Armee von Kafalas über diese Hügel reiten oder uns in einen Hinterhalt locken, wenn wir im Tal des Feuers gewesen sind, dann unterliegen wir, Sir, und der Schatz von Mhorrer wird freigesetzt. Wollen Sie das etwa?«

Scheich Fahd machte den Mund auf und wollte antworten, blieb aber stumm. Stattdessen verschränkte er die Arme und sah auf Hammid hinab. »Was könnte diese elende Kreatur bieten, um so einen Hinterhalt zu verhindern?«

»Wir könnten ihn benutzen, um etwas über Richmonds Pläne zu erfahren. Hammid ist der Einzige, dem er trauen kann.«

»Dieser Mann ist kein Narr, Captain Saxon. Er würde die Arglist spüren. Dass ihm dieser Feigling treu geblieben ist, dürfte er wohl kaum glauben«, murrte Scheich Fahd.

»Möglich«, entgegnete William, »vielleicht *ist* Hammid Richmond aber noch treu ergeben. Die Verlockung der Unsterblichkeit ist stark.«

»Sie glauben, dass er wieder zu Richmond überlaufen würde? Dass er uns in diesem Moment täuscht?«

»Mit Sicherheit kann ich es nicht sagen. Aber wir können dafür sorgen, dass es dazu kommt. Wenn Hammid alles über Richmonds Pläne weiß, kann ich ihn so oder so zum Reden bringen. Wir lassen die Ratte frei und sehen zu, wohin sie kriecht.«

Scheich Fahd lächelte. »Ich verstehe Ihre Denkweise. Aber ich halte ihn an der kurzen Leine, Captain.«

»Wie es Ihnen gefällt«, sagte William, entfernte sich von Hammid und verließ das Zelt.

Draußen spürte er die Kälte der Nacht durch das dünne Hemd; auch Peruzo schlang die Arme um den Oberkörper. »Können Sie mir verraten, was da drin passiert ist, Captain?«

»Ich habe Hammid das Leben gerettet.«

Peruzo missbilligte das.

»Nur, damit wir mehr über Richmond erfahren«, erläuterte William. »Ich will wissen, warum er das alles auf sich genommen hat, nur um uns zu täuschen. Die Vampyre hätten uns jederzeit vernichten können, Peruzo. Sie hätten uns nur der Miliz aus Raschîd überlassen müssen. Aber das haben sie nicht. Ich vermute, sie haben sogar bei unserer Befreiung mitgeholfen.«

»Das ergibt doch keinen Sinn, Captain.«

»Ich weiß. Was wäre aber, wenn sie nicht stark genug waren, den Schatz selbst zu erobern? Vielleicht sind die Rassis den Vampyren überlegen, die der Graf hierher geschickt hat. Und das muss ich wissen: Wie stark sind die Rassis? Hammid kann diese Antworten herausfinden, wenn Richmond glaubt, dass er ihm immer noch treu ergeben ist.«

»Das ist ein enormes Risiko«, sagte Peruzo skeptisch. »Wenn Hammid Richmond zur Flucht verhilft …«

»Sicher nicht. Er wird an der kurzen Leine gehalten.«

Sie gingen schweigend zum Zelt zurück; das Gespräch war beendet. William hatte seine Entscheidung getroffen. Peruzo hoffte nur, dass sie sie nicht bedauern mussten.

III

Am nächsten Morgen kam ein leichter Sandsturm auf, fegte durch das Tal, erschreckte die Pferde und sorgte für ein allgemeines Durcheinander, als die ersten Sonnenstrahlen über die Berghänge fielen. Das genügte als Ansporn; die Ordensmönche bauten hastig ihre Zelte ab.

Marco saß auf Richmonds Pferd und sah zu dem Engländer, der mit gefesselten Händen und bis zu den Ohren hochgezogenen Knien in seinem Käfig saß. Er hatte dunkle Ringe unter den Augen und blickte böse um sich. Traurigkeit sah man nicht darin, nur geringschätzige Verachtung für alle, und blanken Hass, wann immer sein Blick auf Marco fiel.

Der Junge wandte sich erschrocken ab und wagte nicht, noch mal hinzusehen. Jericho kam angeritten und tätschelte ihn am Arm. »Mach dir keine Sorgen. Er ist harmlos. Siehst du? In einen Käfig eingesperrt, wie es sich für so ein Tier gehört.«

»Was machen die mit ihm?«, fragte Marco.

Jericho machte einen enthusiastischen Eindruck. »Wenn möglich nehmen wir ihn mit nach Rom. Dort wird man ihn verhören und danach wahrscheinlich hängen.«

Marco sah doch wieder zu Richmond und dachte an die Massen der Toten in der Oase, die Fliegen, die scharenweise um Blutlachen herumschwirrten und die Geier, die sich an den toten Dienern gütlich taten. Das alles hatte der Engländer eingefädelt. Und wer weiß, was er den Ordensbrüdern angetan hätte oder ihm, vielleicht sogar seinem Onkel?

»Jetzt bist du in doppelter Hinsicht ein Held, Marco«, sagte Jericho, als würde er die Gedanken des Jungen lesen. »Genieß es. Wir stehen alle in deiner Schuld.«

Marco nickte zurückhaltend. Er fühlte sich freilich mehr unbehaglich als heldenhaft und hatte den Eindruck, dass die Zahl seiner Feinde immer größer wurde und niemand kam, um ihn zu retten. Er nahm den Zügel seines Pferdes fester in die Hand, bis die Knöchel weiß hervortraten. Niemand durfte merken, dass er Todesangst hatte.

Thomas' Gefangenschaft war zu einem Ärgernis geworden. Viele Leute, Araber wie Italiener, hatten die halbe Nacht arbeiten und eine Menge Holzkisten, sowie einige der wenigen kostbaren Bäume der Oase opfern müssen, um seinen Käfig zu bauen. Auch konnten sie jetzt den Wagen nicht mehr nutzen, sodass die Mönche die restlichen Waffen nebst Munition selbst tragen mussten, die sie so gut es ging über die Sättel oder auf den Rücken schnallten. Scheich Fahd hatte sich bereit erklärt, Engrins spezielles Schießpulver zu transportieren, und ließ die Fässer auf Kamele binden. Das waren seltsame Tiere, schlaksig und alles andere als elegant, aber robust und sehr viel kräftiger als die Pferde. Die Kamele hätten Tag und Nacht ohne Ruhepause marschieren können.

Während sich William mit Scheich Fahd darüber unterhielt, welchen Weg die Armee einschlagen sollte, kam Hischam zu Fahd geritten und verbeugte sich. Die beiden Männer wechselten ein paar Worte, und William erkannte an der wütenden Miene des Scheichs, dass etwas nicht stimmte. Fahd war aufgebracht. Er zeigte an der Reihe der Mönche und Araber hinab zu den Zelten, die noch nicht abgebaut worden waren. Scheich Mazins Zelten.

»Was ist passiert?«, fragte William.

»Er kommt nicht mit«, knurrte Scheich Fahd. »Der Feigling bleibt hier.«

»Mazin?«, antwortete William und drehte sich im Sattel um. »Doch nicht …«

»Er sagt, er wartet, bis ihm seine Kanone gebracht wird«,

sagte Scheich Fahd und spuckte auf den Boden. »Und obendrein ist er zu feige, mir das ins Gesicht zu sagen. Er hat den Geschmack am Kampf verloren. Er hat den Glauben an seine eigenen Männer verloren. Sie folgen seinem Sohn, nicht ihm, und das weiß er.«

»Schließt sich sein Sohn uns an?«

»Sein Sohn ist nicht hier, Captain Saxon. Vermutlich ist er in den Bergen verschollen«, sagte Scheich Fahd und winkte mit beiden Händen zu den Hängen hinter ihnen.

»Also haben wir die Kanone und sechshundert Mann verloren«, murmelte William. Er blies die Backen auf. »Das ist ein herber Schlag, Sir.«

»Wir sind Ajaida. Wir sind Tarabin. Und wir sind Aquila«, prahlte Scheich Fahd stolz. »Wir brauchen die Suwarka nicht. Wir können die Rassis auch ohne sie zerschmettern.«

William widersprach ihm nicht, doch der Verlust so vieler Männer war ein schwerer Schlag. »Ich muss meine Kompanie informieren«, sagte er und versuchte, ein tapferes Gesicht zu machen.

Auf dem Rückweg zu Peruzo hielt William vor dem Wagen mit Richmonds Käfig an. Richmond hielt sich an den Stäben fest; das Holz quietschte ein wenig. Trotz der allgemeinen Anstrengung war der Käfig hastig zusammengeschustert und ließ sich mit genügend Zeit bestimmt aufbrechen. Richmond stand unter ständiger Bewachung; wenn er zu fest an den Gitterstäben zog, schlug man ihm mit Gewehrkolben auf die Finger, bis sie schwarz und blau aussahen. Er hatte die Botschaft schnell begriffen, fand jedoch andere Möglichkeiten, William zu quälen.

»Glauben Sie allen Ernstes, Sie könnten den Schatz von Mhorrer erobern?«, zischte er ihn an.

William warf ihm einen abfälligen Blick zu. »Natürlich«, antwortete er. »Und wir werden erfolgreich sein, wo Sie gescheitert sind.«

»Gescheitert! Pah!« Richmond lachte und zeigte auf die Zeltreihen. »Wie ich sehe, folgen einige Ihrer Freunde Ihnen nicht. Sie haben Angst vor den Rassis, was? Und mit gutem Grund, William. Die Rassis werden Ihre klägliche kleine Bande von Wilden abschlachten. Ihre Niederlage ist nur aufgeschoben.«

»Ihre Meinung interessiert mich nicht«, antwortete William. »Schließlich sind Sie derjenige, der in einem Käfig eingesperrt ist, Thomas Richmond.«

»Noch, William, *noch*«, sagte der Engländer verschmitzt.

William lächelte. »Falls Sie auf Ihren Diener Hammid anspielen ... Er hat sich von Ihnen losgesagt und dient jetzt Allah, nicht mehr Graf Ordrane.«

Plötzlich wurde Richmond still. »Hammid würde nie die Seiten wechseln.«

»Oh, das hat er längst«, antwortete William rasch und beugte sich zu Thomas. »Er hatte Angst vor Ihnen, wissen Sie. Aber jetzt zieht er die Gesellschaft *guter* Menschen vor.«

»Und Sie halten sich für einen guten Menschen, ja, William?«, knurrte Richmond, hielt sich an den Stäben des Käfigs fest und rüttelte sachte daran. »Ich habe Sie gesehen, als Sie diese Frau in Bastet gefoltert haben. Ich habe Ihr Gesicht gesehen. Sie dürsteten nach ihrem Schmerz. Und Sie haben Freude empfunden, als sie unter der sengenden Sonne zu Asche verbrannte. Handelt so ein guter Mensch? Wir beide unterscheiden uns nicht so sehr voneinander. Wir sind beide Soldaten von Licht und Schatten. Wir verbrennen in unserer Schuld. Wir sind eins.«

Dieser Vorwurf traf William tief. Er wandte sich ab.

»Ich sage die Wahrheit, oder nicht?«, fragte Richmond und lachte.

»Sagen Sie mir, Thomas, warum sind Sie zum Verräter an Ihren Mitmenschen geworden?«

Richmond lehnte sich zurück und sah William lange an. »Tod, Captain Saxon. Nur Tod. Ich musste mitansehen, wie alle, die ich liebte, an Altersschwäche oder Krankheit gestorben sind. Als mir klar wurde, dass unser Leben auf dieser Welt nichts weiter ist als eine Kerze, die herunterbrennt, wusste ich, dass das viel zu wenig ist. Ich wollte mehr.«

William sagte nichts.

»Sie halten sich für so rechtschaffen, aber Sie sind blind«, fuhr Richmond fort. »Es gibt keinen Himmel. Es gibt kein ›zur Rechten Gottes‹. Nur die Leere. Unsterblichkeit ist die einzige ewige Existenz, die es gibt, und dafür kämpfen Menschen. Menschen wie Sie und ich.«

»Ich nicht«, konterte William. »Ich glaube, man hat nur ein Leben und muss in dieser kurzen Spanne tun, was man tun muss. Sie haben Ihres vergeudet, Thomas Richmond. Und ich werde dafür sorgen, dass Sie nie in den Genuss Ihrer Belohnung kommen werden. Sie werden niemals – *niemals* – unsterblich sein.«

Richmond bleckte die Zähne und lächelte verkniffen. »Wir werden sehen. Wir werden sehen.«

William ritt wütend weiter und galoppierte zu Peruzo und Marco, die hinter Fahds Reitern warteten.

»Stimmt etwas mit unseren Verbündeten nicht?«, fragte Peruzo und zeigte zu Mazins Männern, die vor ihren Zelten standen und zusahen, wie der Rest der Armee zusammenpackte und aufsaß.

»Die Suwarka kommen nicht weiter mit«, sagte William traurig.

Peruzo nickte. Er sah fast philosophisch abgeklärt drein.

»Sie scheinen mir nicht allzu besorgt zu sein«, kommentierte William.

»Sie haben die Suwarka nicht im Einsatz erlebt, Captain«, antwortete Peruzo. »Sie waren ein Sauhaufen. Ich schwöre, die haben sich gegenseitig niedergetrampelt, so eilig hatten sie es, auf den Berg zu gelangen. Sie wären uns nur im Weg.«

William lachte. »Na gut, in dem Fall ist der Schaden vielleicht nicht so groß …«, sagte er, verstummte aber, als Thomas Richmond ihn auf seinem Wagen verspottete.

»Beachten Sie ihn nicht, Captain«, riet Peruzo. »Er verbreitet nur Lügen.«

»Aber der Ärger lohnt sich«, antwortete William. »Er besitzt Informationen über die Vampyre und die Rassis. Wenn wir diese Informationen bekommen, können wir den Verlust von Mazin und seinen Männern verschmerzen.«

»Und Sie glauben wirklich, Hammid kann uns dabei helfen?«, fragte Peruzo.

William hatte sein Abkommen mit Hammid schon am frühen Morgen getroffen: Wenn der Araber die Wahrheit über den Rassis-Kult erfuhr, und wo die Armee der Kafalas angreifen wollte, dann würde er Hammid für die Zeit, die ihm noch blieb, auf freien Fuß setzen. Der schwache kleine Mann befand sich nicht in der Position, andere Forderungen zu stellen – die einzige Alternative wäre seine Hinrichtung gewesen. Der Araber hatte zwar mehr als bereitwillig zugestimmt, aber William traute dem plötzlichen Stimmungsumschwung nicht rückhaltlos, blieb vorsichtig und sorgte dafür, dass einige von Scheich Galals Männern sich immer in seiner Nähe aufhielten.

»Alles ist ein Risiko, Lieutenant«, entgegnete William. »Von Hammids Freilassung bis zum Ritt ins Tal des Feuers, auf dem uns weniger Männer als am Anfang begleiten. Ich kann nicht sagen, was uns heute erwartet, ob Sieg oder Niederlage. Doch dies ist unser Schicksal, und ob bitter oder süß, wir stehen es bis zum Ende durch.«

Die lange Kolonne der Beduinen und Mönche setzte

sich in Bewegung; William hob die Hand, ließ sie wieder sinken und wies den Weg. Die Brüder folgten im Trab und verließen die Oase in Richtung der Berge im Südosten; der Wagen folgte klappernd als Nachhut, und die Suwarka bildeten unbehagliche Zuschauer, als ihre Verbündeten sie verließen.

Richmond sah aus seinem behelfsmäßigen Käfig und zog mit den Fingern unauffällig an den Stäben, bis der erste sich mit einem leisen Knirschen löste.

IV

Um die Mittagszeit überquerten sie einen Pass zwischen zwei Bergen und kamen nur langsam voran, da die Straße immer schmaler wurde, bis nur noch zwei Pferde nebeneinander passieren konnten. Scheich Fahd hatte Hischam und mehrere andere Reiter vorausgeschickt, damit sie den Weg auskundschafteten, während die Mönche die Berghänge im Auge behielten und nach Anzeichen für einen Hinterhalt Ausschau hielten. Nach dem Überfall gestern Abend wollte niemand mehr ein Risiko eingehen.

Auf der Kuppe führte die Straße steil bergab und gabelte sich in eine schmale und eine breitere Spur. Die breite Straße führte nach links und verlief steiler, dann ebnete sie sich aus und führte in einer Kurve zu der schmalen Straße zurück, die rechts lag und schräg den Hang hinabführte. Peruzo wies William darauf hin und zeigte zu dem Gefährt. »Der Wagen ist zu breit für die schmale Straße«, sagte er zu ihm.

William stellte sich in die Steigbügel und sah zu, wie Scheich Fahds Reiter ihre Pferde langsam die schmale Straße hinabführten; keiner hatte sich für die breite entschieden.

»Wissen die etwas, das wir nicht wissen?«, fragte William seinen Lieutenant.

»Die breitere Straße bietet keine Deckung«, entgegnete Peruzo und zeigte zu den Felsen, die eine Mauer an der Seite der schmaleren Straße bildeten, die nicht ganz so steil von der Kuppe hinabführte.

»Deckung hin oder her, das schaffen wir mit dem Wagen nicht«, sagte William. »Und wir können die Entscheidung nicht weiter auf die lange Bank schieben. Die anderen Scheichs werden ungeduldig.«

Peruzo nickte und sah zu den Hunderten von rastlosen Reitern, die hinter ihnen immer noch den Pass erklommen; die ersten beschwerten sich bereits lautstark hinter dem Wagen.

»Die Pferde nehmen den rechten Weg, der Wagen den linken«, sagte William und ritt mit Marco die schmale Straße hinab. Auf halber Höhe stieg er ab und band sein Pferd an einem Felsen neben einem der wenigen Büsche fest, die in diesem kargen Land wuchsen. Marco wollte seinem Beispiel folgen, doch William schüttelte den Kopf und wies ihm den Weg die Straße hinab. Murrend und widerstrebend ritt Marco weiter und ließ seinen Onkel im Schatten des Felsens zurück.

William fühlte sich nicht wohl in seiner Haut. Er war nicht sicher, ob es an Richmonds Worten lag oder ihm etwas an der Straßengabelung nicht gefiel. Er verließ den Schatten, lief zwischen zwei Ordensbrüdern auf Pferden hindurch, die vorüberkamen, und kletterte über eine mit Felstrümmern übersäte Geröllhalde zu dem breiteren Weg hinauf. Als William sich umsah, fiel ihm auf, dass die Felsen nicht verwittert waren, die Vegetation darunter feucht, wie man an abgebrochenen Stängeln erkennen konnte. Pflanzen gab es reichlich hier, genau wie am Wegesrand der schmalen Straße; häufig hielten die Wurzeln solcher Pflanzen das lose Geröll zusammen. Aber als sich William bückte und den abgebrochenen Zweig eines Buschs berührte, war der so klebrig wie alle anderen und hatte kaum Staub auf sich. Dies war nicht vor Monaten oder Wochen geschehen, sondern erst kürzlich.

Ein Felsrutsch?, dachte William. Er sah zu ihrem Wagen, der mit knirschenden Rädern nur wenige Schritte von dem Steilhang entfernt langsam über den staubigen Felsboden rollte. Und da wusste William – *wusste* einfach –, dass dies ein Fehler war.

»Eine Falle«, murmelte er, brachte die Worte jedoch kaum über die Lippen. Obwohl ihn die Beine kaum noch trugen, mobilisierte er dennoch genügend Kraftreserven und rief: »HALT! DAS IST EINE FALLE!«

Die Ordensbrüder auf dem Wagen hörten ihn nicht, und darüber hinaus auch nur die Mönche, die unmittelbar hinter ihm folgten. Sie sahen hastig zu dem Wagen, der gleichmäßig weiterrollte, ohne dass jemand auf ihn hörte, als hätte der Captain den Verstand verloren und würde durch eine Staubwolke hindurch brüllend vor einer Gefahr warnen, die nur in seiner Einbildung existierte.

Und dann erfolgten ein Beben und ein Krach, als würde eine Kraft ihnen den Boden unter den Füßen wegziehen, und der Wagen wurde von einer riesigen Staubwolke verschluckt. William kletterte über die Felsen zur breiten Straße, als ein zweiter Knall den Boden erbeben ließ.

Er sprang auf die Straße und stolperte, als ein Riss, fast eine Elle breit, auf ihn zugerast kam und die Straße spaltete. Die Druckwelle warf ihn um, er wälzte sich zur Seite, während Trümmer und Geröll in die zunehmend breitere Kluft in der Erde rutschten. Ein weiteres Beben wehte Staub über William hinweg; seine Augen brannten.

Desorientiert, hustend und keuchend arbeitete sich William blindlings dorthin vor, woher die erschrockenen

Schreie von Männern und Pferden kamen. Er kroch auf den Knien, Geröllstücke schnitten ihm in die Hände, bis er zum Rand der Spalte kam. Hier stand der schwankende Wagen, und nur die Wurzeln abgestorbener Vegetation verhinderten, dass der gesamte Erdboden wegbrach und das Gefährt in den klaffenden Abgrund darunter stürzte.

Bruder Michael, der vom Sitz des Kutschers gesprungen war, hing am Rand der Spalte. Von Bruder Eric, dem zweiten Kutscher, war nichts zu sehen.

»Festhalten!«, rief William und streckte die Hand nach dem Arm des Mönchs aus. Er hielt ihn fest und zog.

»Ich rutsche ab!«, brüllte Bruder Michael, doch William ließ nicht locker und zog mit aller Kraft. Langsam verzog sich die Staubwolke, und er sah den Wagen wieder ... und dessen Fracht. Thomas Richmond kauerte in seinem Gefängnis und streckte die Hand durch eine Lücke, wo sich ein Gitterstab gelöst hatte. Im Augenblick suchte er jedoch nicht nach einer Fluchtmöglichkeit, sondern starrte nur in den Abgrund, der sich unter ihm auftat.

William verzagte. Er sah Bruder Michael vor sich, wollte aber auch Thomas retten. Er zögerte so lange, bis Bruder Michaels Hand abrutschte. Doch im selben Augenblick war ein anderer zur Stelle und packte Bruder Michael am Ärmel. Es war Peruzo, wie immer im rechten Augenblick zur Stelle, der den Mönch in die Höhe zog, derweil William ihn an der anderen Hand ergriff. Sie zogen ihn rasch hoch, bis er keuchend am Straßenrand lag.

William rannte zu dem Wagen. Der neigte sich langsam nach links und löste sich Stück für Stück aus dem Netz der Wurzeln, die ihn über der tiefen Schlucht hielten. Die Wurzeln ächzten; der Wagen kippte noch ein Stück.

»Thomas!«, rief William.

Der englische Kaufmann schaute auf. William sah ihm an, wie sehr er sich fürchtete.

»Um Gottes willen, Mann, rühren Sie keinen Muskel«, rief William und suchte nach einem Halt an der Felskante.

Thomas verfolgte Williams Heldentat und sah erneut in den Abgrund.

Peruzo flehte seinen Captain an, nicht zu gehen.

»Ich muss«, rief William zurück und hustete im Staub. »Wir brauchen ihn. Er kann uns helfen.«

Thomas sah zu, wie sich William an der Felsplatte entlangtastete, die bisher noch nicht in den Abgrund gestürzt war, sich aber langsam löste.

»Was haben Sie vor, William?«, fragte Thomas furchtsam und machte keinen Mucks, als der Wagen erneut erbebte. Die Wurzeln lösten sich.

»Geben Sie mir die Hand«, antwortete William. »Strecken Sie sie noch ein Stück weiter aus.«

Thomas betrachtete Williams ausgestreckten Arm. Williams Hand war nur wenige Zoll von seinem Kopf entfernt, daher dachte er einen Moment, er könnte die Finger des Captains zu fassen bekommen. Er lockerte noch einen Gitterstab, doch das brachte den Wagen noch mehr in Schieflage; ein schreckliches Knirschen ertönte.

»Schnell, Thomas!«, brüllte William. »Meine Hand! Meine Hand!«

Thomas streckte die Hand aus, doch dann zog er sie wieder zurück. »Was für eine Zukunft habe ich bei Ihnen, William?«, fragte er. »Wenn ich das Tal des Feuers überlebe, werde ich mit Sicherheit in Rom gefoltert und hingerichtet.«

William sah ihn fassungslos an. »Verdammt, Mann, greifen Sie nach meiner Hand, ehe es zu spät ist.«

Thomas sah von William zu Peruzo und wieder in den Abgrund.

»Bitte!«, flehte William.

Thomas sah von Grauen gepackt nach unten, als das

Material des Wagens selbst knirschte. Er wandte sich wieder William zu und streckte die Arme aus.

Es war zu spät.

In dem Moment rissen die Wurzeln. Der Wagen schien eine Ewigkeit in der Luft zu hängen, dann kippte er endgültig und fiel sich überschlagend in den Abgrund darunter. Einen Herzschlag lang sah William Thomas voll Bedauern und Todesangst aufblicken – ein Gesichtsausdruck, den man nicht so leicht wieder vergaß.

Der Wagen prallte gegen die Felswand und explodierte in einer Wolke von Gestein, Staub und Holzsplittern. Der Käfig verschwand. Teile davon fielen weiter in die Tiefe.

»Thomas«, murmelte William traurig.

Peruzo streckte aschfahl die Arme aus und zog William hoch. »Sie hätten sterben können.«

»Das war mir das Risiko wert«, antwortete William. »Richmond wusste so viel. *Was für ein Jammer.*«

»Bruder Eric ist tot«, sagte Peruzo wütend. »Er hatte den Zügel um das Handgelenk gewickelt. Michael sagt, die Pferde haben ihn mit in die Tiefe gerissen, als das Geschirr gerissen ist.«

William ließ den Kopf hängen. »Verdammt, Peruzo. Der Teufel soll diese Dreckskerle holen.«

»Wen?«, antwortete Peruzo.

»Die Rassis natürlich«, sagte William und erhob sich. »Das ist das Werk der Rassis. Sehen Sie sich das an, Peruzo. Die haben eine Falle unter der Straße gegraben.«

Peruzo blickte in die Staubwolke, die langsam verwehte, und sah die Geröllaufschüttung fast dreißig Yards tiefer. Als die Luft wieder klar war, sah man auch den zerschellten Wagen, dessen Trümmer über den gesamten Hang verstreut lagen.

»Der Wagen ist dahin«, sagte der Lieutenant.

»Genau wie der Engländer«, antwortete William.

»Niemand hätte diesen Sturz überleben können, Captain«, versicherte Peruzo ihm.

»Wir sollten seinen Leichnam suchen …«, schlug William vor.

»Haben wir die Zeit?«, entgegnete Peruzo.

William ließ die Schultern hängen und fügte sich. »Nein. Sie haben recht.«

Peruzo sah den Mönch an seiner Seite an, von dessen Stirnwunde Blut über das staub- und schweißverschmierte Gesicht lief. »Sind Sie schwer verletzt?«, fragte der Lieutenant.

Bruder Michael schüttelte den Kopf und schien immer noch völlig benommen zu sein. »Reiten Sie mit einem der Ordensbrüder«, befahl Peruzo ihm und klopfte dem ernsten Mönch auf die Schulter. »Wir können später um Bruder Eric trauern. Oder nicht, Captain?«

William sah immer noch in den Abgrund.

»Captain?«, wiederholte Peruzo. »Was sehen Sie?«

»Eine verpasste Gelegenheit«, antwortete William traurig und wandte Thomas Richmonds Grab den Rücken zu.

V

Sie fanden Hischams Kopf eine Meile entfernt am Straßenrand, wo er inmitten der Köpfe fünf weiterer Kundschafter auf einen Pfahl aufgespießt worden war. Fliegen tummelten sich bereits auf dem langsam gerinnenden Blut, das an dem Pfahl hinablief.

Scheich Fahd war außer sich vor Wut und brüllte mit von den Bergen widerhallender Stimme Verwünschungen zum Himmel.

William ritt zum Ende der Kolonne zurück. Die Reiter

hatten angehalten, streitendes Murmeln war zu hören. »Was ist passiert?«, fragte Peruzo, als William näher kam.

William scheuchte eine Fliege von seinem Gesicht. »Der persönliche Leibwächter des Scheichs ist tot. Sie haben ihn und die anderen Kundschafter in einen Hinterhalt gelockt, während wir uns mit dem Wagen abgemüht haben.«

Peruzo neigte den Kopf. »Sie waren Narren, Captain.«

»Nein, Peruzo, sie waren keine Narren«, widersprach William. »Sie gehörten zu den engsten Vertrauten unseres Scheichs. Ich glaube, dass Hischam Scheich Fahd sehr nahestand. Ihn bekümmert sein Tod so sehr wie der seines Bruders. Nein, sie waren keine Narren. Unser Gegner ist arglistig. Sie haben die Falle an der Weggabelung nur als Ablenkungsmanöver benutzt.« William trank einen Schluck Wasser. »Sie schwächen uns, Peruzo. Kaufen uns Stück für Stück den Schneid ab.«

»Dann ist das eine gute Strategie. Sehen Sie …«, sagte Peruzo und nickte zu den Beduinenreitern um sie herum.

William betrachtete die Gesichter und sah Furcht und Zweifel. Die Angriffe untergruben ihre Moral. »Wir müssen dieses Tal des Feuers vor der Dämmerung erreichen. Die Schlacht *muss* heute stattfinden«, beharrte William und trank noch einen Schluck Wasser. Er wendete das Pferd und trat ihm in die Flanken, weil er wieder zum Anfang der Kolonne reiten wollte; Scheich Fahd hatte sich ein paar Schritte entfernt und trauerte in aller Abgeschiedenheit.

William hielt sich mit den beiden anderen Scheichs, die ernste Mienen aufgesetzt hatten, etwas abseits. Er hatte Verständnis für die Trauer des Scheichs, aber keine Zeit für Taktgefühl. Sehr zum Verdruss der Beduinen ritt er mit seinem Pferd zu Scheich Fahd.

Scheich Fahd drehte sich erbost im Sattel um. Einen Augenblick schien es, als würde seine Wut die Oberhand gewinnen, doch dann hob er die Hand und hinderte seine Leibwächter daran, William abzudrängen. »Was ist?«, fragte er unwirsch und rieb sich die Augen. »Sie stören mich in diesem Augenblick?«

»Wir müssen weiter, Scheich Fahd. Uns bleibt keine Zeit mehr für Trauer. Liegt das Tal weit von hier?«, fragte William.

»Hinter der nächsten Anhöhe. Die geht in die Schlucht über. Und dahinter liegt das Tal«, bestätigte Scheich Fahd. »Wir könnten in zwei Stunden oder weniger dort sein.«

»Lieber in weniger, Sir«, sagte William, der sich bemühte, den Scheich aufzumuntern. »Der Feind kennt unsere Schwächen und wird uns weiter demoralisieren, wenn wir uns zu lange Zeit lassen. Überraschen wir ihn stattdessen. Wir haben den Wagen nicht mehr, der uns aufhält, und es ist eine Weile her, seit die Pferde galoppieren konnten.«

Scheich Fahd sah bestürzt drein. »Diese Pässe taugen nicht zum Galoppieren, mein Freund.«

»Dann sind wir eben *vorsichtig.* Wir dürfen nicht noch eine Nacht riskieren, in der uns die Rassis angreifen können, wie es ihnen beliebt.«

Scheich Fahd überlegte. »Ich hätte meine Rache *auch* gern heute.«

»Und ich würde gern meine Mission zu Ende bringen«, bekräftigte William.

»Dann machen wir jetzt ein Ende«, verkündete Scheich Fahd unbeschwert. Lächelnd wandte er sich an die Reiter. »Heute nehme ich Rache für Hischam, für Dschamillah und für meinen Bruder.«

»Und ich ziehe mein Schwert an Ihrer Seite, Sir«, versicherte William ihm. »Als Verbündeter.«

»Als *Freund*«, verbesserte Scheich Fahd ihn, streckte den Arm aus und schüttelte William die Hand.

VI

Die Sonne hatte ihren höchsten Stand überschritten und ging westlich des Tals des Feuers unter. Das Tal selbst lag im Schatten. Am Morgen würde die aufgehende Sonne es überfluten, die roten und orangefarbenen Felsen leuchten und funkeln, ein dickes Hitzeflimmern Himmel und Horizont miteinander verschmelzen und die Temperatur zwischen diesen hohen Felswänden sprunghaft ansteigen.

Doch am Spätnachmittag wirkte das Tal nicht ganz so furchteinflößend, als wäre es nichts Besonderes, abgesehen von dem einsamen Berggipfel, der am Ende der Schlucht aufragte, dessen steile Hänge sich bis zu einem Punkt verjüngten, auf dem ein Tempel aus ebenholzfarbenem Stein stand. Ein Weg führte über die Talsohle zum Fuß dieses Bergs; dort endete er unvermittelt und nur geheime Pfade wanden sich weiter nach oben.

Und es war still. So totenstill, dass man sogar das Geräusch des Sands hören konnte, den die leichte Brise verwehte.

Als dunklere nachmittägliche Schatten das Tal erfüllten, hörte man plötzlich das dumpfe Grollen von Tausenden von Hufen. Die Beduinenarmee traf ein und verteilte sich in dem Tal, Hunderte breit und in Viererreihen.

Als sie sich formierten, erschienen dunkle Schatten auf dem Berg am Ende des Tals. Schatten, die zum Leben zu erwachen schienen. William wusste, wer diese Schatten waren, und wusste auch, es handelte sich nicht um Gespenster, sondern Krieger einer Art, die ihn beim Gedanken an den Kampf vor Grauen erzittern ließen.

Sie waren der Rassis-Kult.

KAPITEL NEUNZEHN

Durch das Feuer

1

»Mazins Kanone könnten wir gut gebrauchen«, sagte Peruzo, der mit zusammengekniffenen Augen zu dem Berg sah, dessen unförmige Masse einen langen, eindrucksvollen Schatten über das Tal warf. Er entdeckte Bewegungen in den Vorgebirgen; einige der jüngeren Mönche mit besseren Augen spürten sogar hin und wieder eine dunkle Gestalt auf, die sich zwischen den Felsen sehen ließ.

Langsam, aber sicher bildeten diese Gestalten eine schmale Linie am Fuß des Bergs.

»Was meinen Sie, wie groß ist ihre Reichweite?«, fragte William, der alles geduldig beobachtete.

»Mit den Bögen? Ich würde sagen, bis zu hundertachtzig Yards, wenn man den gestrigen Angriff auf das Lager als Maßstab nehmen kann ...« Peruzo grinste. »Unsere Baker-Rifles reichen weiter.«

Scheich Fahd galoppierte mit den drei Scheichs die Reihen ab; alle brannten darauf zu kämpfen. »Wir stürmen und greifen sie frontal an!«, verkündete Scheich Fahd triumphierend und schwenkte unter dem tosenden Jubel der Beduinen das Schwert über dem Kopf.

William hielt die Hand hoch. »Verzeihen Sie mir, Sir, aber Schlachten gewinnt man nicht durch übereiltes Handeln. Wenn wir jetzt angreifen, würden wir eine Festung erstürmen. Wir würden viele Männer verlieren.«

»Sie sterben für Allah!«, fuhr Scheich Fahd ihn an. »Wir haben keine Angst!«

»An Ihrer Tapferkeit zweifle ich nicht«, drängte William. »Die Rassis sind stark, wenn es um Verteidigungspositionen geht. Das haben wir beim Hinterhalt in der Oase gelernt. Und aus dem Grund dürfte ihre Verteidigung überragend sein. Wir würden niedergemäht werden, ehe wir uns ihnen auch nur auf ein Dutzend Yards genähert haben, so wie Mazins Männer in der Oase, nur viel, viel schlimmer.«

»Mazins Männer waren Narren. Der Stahl der Ajaida kennt keine Schwäche, Captain Saxon«, versicherte Scheich Fahd ihm.

»Gewiss, Sir, sicher nicht. Aber die Feinde haben Bögen. Sie haben bereits Dutzende Beduinen in einem einzigen simplen Hinterhalt getötet. Wenn wir blindlings stürmen, könnten wir ein Viertel dieser Armee durch eine einzige Salve verlieren. Und dann wäre ein Sieg nicht mehr möglich.«

Scheich Fahd machte eine verkniffene Miene und strich über den Hals seines Pferdes. Er entspannte sich ein wenig und steckte den Säbel wieder in die Scheide. »Was schlagen Sie vor?«

»Ich kann mit den Gewehren Deckung geben lassen. Wenn den Rassis klar wird, dass sie nicht unsere Reichweite haben, kommen sie näher, und dann können Sie auf mein Signal hin stürmen«, erklärte William.

Scheich Fahd schien zufrieden. »Wir locken sie aus ihrem sicheren Versteck«, sagte er nachdenklich. »Und sie bekommen nicht so viel Zeit, um zurückzuschießen. Der Plan gefällt mir.«

»Wir gehen voran, Sie begeben sich hinter uns in Formation«, sagte William. »Sobald Sie an meinen Männern vorbeiziehen, beteiligen wir uns an dem Sturmangriff.«

»So soll es geschehen!«, rief Scheich Fahd und galoppierte weg, um sich mit Anwar und Galal zu beraten.

Peruzo wartete geduldig, denn seine Ordensbrüder waren sehr viel vorsichtiger als die heißblütigen Beduinen. »Wie lauten Ihre Befehle, Captain?«, fragte der Lieutenant.

»Wie viele versierte Schützen haben wir in der Kompanie?«, fragte William ihn.

»Hm, da wären Garibaldi, Argento, Cristiano, Donato ...«, antwortete Peruzo und betete eine Liste herunter. »Die anderen sind ganz gut, aber nur bis etwa hundertfünfzig Yards einigermaßen treffsicher, möglicherweise weniger. Alles in allem also vierzehn Mann.«

»*Sechzehn* Mann«, verbesserte William ihn. »Sie und ich ebenfalls. Die anderen halten wir in Reserve.«

»Was ist mit Marco?«, fragte Peruzo.

»Er reiht sich mit den restlichen Ordensbrüdern hinter den Kamelen des Scheichs ein.«

»Da dürfte er nicht sehr erfreut sein«, spöttelte Peruzo.

»Erfreut oder nicht, das sind meine Befehle«, gab William zurück.

11

Die Pferde wurden mit einem Höllenlärm in Position gebracht. Vor den drei Kolonnen der Reiter befanden sich sechzehn berittene Schützen, die Baker-Rifles über die Schultern geschlungen und weitere Waffen an den Sätteln befestigt hatten. William hatte die Männer in vier Gruppen zu jeweils vier Personen eingeteilt, die das Zentrum der Linie bildeten. Die Beduinen hatten Lücken gelassen, damit sie beim Sturmangriff an den Ordensbrüdern vorbeiziehen konnten. William ritt mit den Brüdern Argento, Vincent und Donato in der Mitte dieser Gruppen. Peruzo übernahm zusammen mit drei weiteren Ordensbrüdern, darunter Bruder Filippo, dem Arzt, die linke Flanke.

Die Pferde machten Tempo, als William die Mönche bis auf eine Distanz von vierhundert Metern an den Berg herantrieb. Er hoffte, dass Peruzos Kalkulationen korrekt waren. Sollte der Feind weiter als zweihundertfünfzig Yards schießen können, würde ihm nichts anderes übrigbleiben, als doch den Sturmangriff zu befehlen.

Voraus sah William die in dunkelblaue Gewänder und Rüstungen gekleideten Gestalten. Sie sahen schmal aus, wie dünne Schatten, und tauchten unzeremoniell am Fuß des Berges auf, während weitere in den Klüften der Felshänge Stellung bezogen.

Der Rhythmus des Pferdes steckte William an, er spürte das Herz in der Brust klopfen. Ein paar Augenblicke dachte er an Adriana, ihr Gesicht, ihre Lippen, den Duft ihres Haares ... Und dann dachte er an Marco bei der Nachhut. Er hatte nichts zu ihm gesagt, ehe er den Angriff befehligen ging; weder ein Wort des Trostes noch des Abschieds. Er hoffte, er würde den Jungen wiedersehen.

Es ging zweihundert Yards bergauf. William rechnete halb mit einem Pfeilhagel, doch es kam kein einziger Pfeil. Das ermutigte ihn; er hielt die Hand hoch und zog am Zügel. Das Pferd kam in einer Staubwolke zum Stillstand. Die anderen Mönche hielten fast auf der Stelle an; die Beduinen hinter ihnen brauchten etwas länger, bis sie erkannten, dass Halt befohlen worden war, doch auch sie hielten, obwohl ihre Tiere damit nicht einverstanden schienen.

William sprang vom Pferd, nahm das Gewehr zur Hand und rückte den Patronengurt an der Hüfte zurecht. Bruder Argento folgte ihm dichtauf und kam dann an seine Seite und lud im Laufen die Flinte. Die beiden anderen Mönche folgten in kurzer Entfernung mit den Waffen im Anschlag. In einer Entfernung von einhundertneunzig Yards blieben sie stehen, hoben die Gewehre und zielten auf die dunkelblauen Gestalten. William sah einmal kurz nach rechts und links und vergewisserte sich, dass die Ordensbrüder auf die Rassis angelegt hatten.

Eine zweite Rückversicherung war nicht nötig; er wusste, dass sie bereit waren. »FEUER!«, brüllte er.

Die Schüsse der sechzehn Gewehre hallten durch das Tal wie winzige Geröllawinen; sie spuckten Rauch und Feuer.

William konnte nicht erkennen, ob sie ihre Ziele getroffen hatten, doch dann ertönten Jubelrufe der Reiter hinter ihnen. William drehte sich um und sah, wie Scheich Fahd das Schwert in die Höhe hielt und ihm einen triumphierenden Blick zuwarf. Als sich der Rauch verzog, sahen sie das Ergebnis: neun Männer, vielleicht mehr, waren gefallen. Nicht viele, aber immerhin ein Anfang.

»Nach eigenem Gutdünken feuern!«, rief William den Mönchen zu.

Jeder Ordensbruder lud nach und feuerte einen Schuss nach dem anderen ab. Ihre Schnelligkeit war beeindruckend, sie brauchten weniger als zehn Sekunden zum Laden und Abdrücken. Die meisten Schüsse trafen ihr Ziel; eine nach der anderen fielen die dunkelblau gekleideten Gestalten. Nach einer Minute zählte William bereits fast drei Dutzend Tote.

Wie im Rausch feuerte er seine Männer an und war bestürzt, dass der Feind sich offenbar nicht zurückziehen konnte. Er lud erneut, rammte die Kugel in den Lauf, hob die Flinte und zielte. Als er gerade den Finger um den Abzug krümmte, erstarrte er fassungslos. Vor ihm erhob sich eines der scheinbaren Opfer wieder auf die Füße – *wie ein Gespenst.*

Und dann erhoben sich unglaublicherweise mehr »tote« Krieger. Manche blieben zwar im Staub liegen, aber binnen weniger Sekunden war die Hälfte der Gefallenen wieder auf den Füßen.

Bruder Argento verzweifelte. Niedergeschlagen blickte er William an.

»Verdammt, Argento!«, rief William. »Feuern Sie weiter!«

Argento hob das Gewehr und zielte. Im letzten Moment hielt er sich zurück, hielt den Lauf etwas höher und legte auf den dunkelblauen Fleck des Kopfes eines Kriegers an. Er sprach ein kurzes Gebet und drückte ab. Durch den Rauch sah er einen scharlachroten Fächer, der die Schultern des Kriegers wie eine Wolke umgab, dann sackte die Gestalt in sich zusammen.

»Zielt auf die Köpfe! Die Köpfe!«, schrie sich Argento durch den Rauch heiser.

Nach einer weiteren Salve fielen noch mehr der geisterhaften Krieger; manche standen wieder auf, andere blieben liegen. Von den Hängen glitten Schatten aus den Felsspalten und stiegen lautlos ins untere Viertel des Berges hinab. Sie tauchten wenig später wieder auf, bezogen auf anderen Simsen Stellung, und da sah William die Bewegungen ihrer Waffen …

… Bogenschützen.

Er hob den Arm und winkte Scheich Fahd, der verfolgte, wie die Männer der Kirche in die Reihen der Rassis feuerten und das Signal um ein Haar übersehen hätte. Mit einer Hand hielt er das Schwert in die Höhe, mit der anderen packte er den Zügel und rief den Reitern des Sinai zu: »Für Allah!« Er gab seinem Tier die Sporen, als die erste Pfeilsalve von dem Berghang herabregnete.

William sah, wie fast im Einklang Gewehrläufe hochgehoben und gleich wieder gesenkt wurden. Er gab das Signal zum Rückzug, das alle befolgten, außer Donato, der von allen im Orden stets am schnellsten nachladen konnte. Er hatte einen Schuss abgefeuert, als William dem

Scheich das Zeichen gab, und fast wieder nachgeladen, als William den Befehl zum Rückzug gab.

Donato hob die Flinte, als die Araber vorbeigaloppierten; kurz bevor einer davon ihm die Sicht nahm, drückte er ab.

Vielleicht hätte er sein Ziel in den Sand stürzen sehen und vielleicht hätte er den Triumphschrei der Beduinen hören können, mit dem sie auf den Feind zustürmten, doch der Pfeilhagel erwischte ihn zu früh.

Die Ordensbrüder befanden sich auf halbem Weg zu den Pferden, als die Pfeile niedergingen. Sie schlugen da, wo die Schützen eben noch gestanden hatten, in den Boden ein. Jeder Beduine, der diese Stelle erreicht hatte, wurde zur Zielscheibe; viele Araber gingen zu Boden, als sie oder ihre Reittiere von den dicken schwarzen Pfeilen durchbohrt wurden. Einige Reittiere stießen mit Pfeilen in den Hälsen Todesschreie aus, scheuten und stürzten gegen andere Pferde und deren Reiter. Eines fiel vor zwei Reiter, beide kamen zu Fall und rollten mit gebrochenen Knochen über den Boden.

Bruder Donato wurde zweimal getroffen; ein Pfeil bohrte sich in seinen Oberschenkel, der andere einen Sekundenbruchteil später in seinen Hals. Blut spritzte ihm aus dem Mund; er blieb einen Moment stehen und zog mit einer Hand an dem Pfeil im Schenkel, während er mit der anderen nach dem in seinem Hals griff. William sah ihn straucheln, ehe die Staubwolke der galoppierenden Pferde ihn einhüllte, dann verschwand er.

William wirbelte herum und lief zu seinem Pferd. Bruder Argento war vor ihm da und ebnete seinem Befehlshaber den Weg.

»Noch eine Salve!«, rief Argento, als sich William in den Sattel schwang. Beide sahen, wie der Himmel über den Reitern grau wurde und der Pfeilregen auf die Beduinen niederging.

»Hundert Pfeile«, schätzte William. »Nur hundert. Aber sie töten mit jeder Salve viele.« Zwischen ihnen und dem hinteren Teil der stürmenden Masse von Reitern lagen tote oder sterbende Beduinen und deren Pferde zu Dutzenden. Der Zeitpunkt für die erste Salve war geschickt gewählt worden.

William ließ das Gewehr zu Boden fallen und zog das Schwert: Engrins Waffe – die Klinge, die ihm der alte Mann vor so vielen Wochen anvertraut hatte. »Der Tag, auf den wir gewartet haben, ist gekommen, meine Herren«, sagte William. »Heute erobern wir den Schatz von Mhorrer!«

Die Mönche zogen ihre Waffen. Peruzo zeigte mit der Klinge seines Kurzschwerts zu den angreifenden Beduinen.

»Für die Kirche! Für Gott! Für die ganze Menschheit!«, rief William und gab seinem Pferd die Sporen.

Marco saß bei den verbliebenen fünf Ordensbrüdern und sah, wie die Schlacht ihren Lauf nahm. Jericho wartete in der Nähe und spannte die Finger am Zügel.

»Donato ist gefallen«, sagte Bruder Michael.

Bruder Jericho nickte traurig.

»Wir sollten angreifen!«, antwortete Marco ungeduldig. *»Warum warten wir hier?«*

»Um auf dich aufzupassen, Junge«, entgegnete ein brummiger Mönch hinter ihnen. Marco kannte seinen Namen nicht; nur einer von vielen, mit denen sie reisten.

»So lautet der Befehl deines Onkels, Marco. Wir sollen hierbleiben und warten«, sagte Bruder Jericho, aber auch er verspürte die Unruhe und sehnte sich nach dem Kampf.

»Worauf?«, fragte Marco.

»Auf den nächsten Kampf«, antwortete Jericho, doch auch er schien nicht sicher zu sein.

»Glaubst du, die lassen uns ein paar übrig?«, fragte Bruder Michael.

Jericho wusste es nicht und sah, wie ein weiterer Pfeilhagel auf die anstürmenden Beduinen fiel, denen die Linie der Grauröcke dichtauf folgte.

III

Es war, als würde man auf einem Erdbeben reiten. Bei jedem Ansturm dasselbe: Chaos in der einen Richtung, jede Menge Tote dahinter. William sah Beduinen vor sich stürzen und fürchtete, ihre rollenden Leiber könnten sein Pferd zu Fall bringen, doch das Tier wich instinktiv hierhin und dorthin aus und mied die Gefallenen.

Vor ihm wurden zwei Beduinen getötet, einer durch mehrere Pfeile in die Brust, ein anderer, als er mit dem Pferd des Reiters zusammenstieß. Williams Pferd sprang und streifte mit dem Huf das zuckende Bein eines anderen Reittiers. Das Krachen hörte sich schrecklich an, und William glaubte, dass sein Pferd gewiss fallen müsste, doch es galoppierte weiter und hatte sich bei dem Zusammenprall offenbar nur das Bein gestoßen.

William sah die Pfeilhagel nicht mehr. Die Brüder Argento und Paolo verschwanden in dem Chaos galoppierender Pferde und Beduinen; von Peruzo und dem Rest der Kompanie war nichts mehr zu sehen.

Ein weiterer Araber fiel an Williams Seite und rollte davon, ehe die anstürmende Meute anpreschte; William riss am Zügel und wäre beinahe über den Hals des Tiers nach vorn gestürzt. Jetzt war der weitere Verlauf des Kampfes auf niederschmetternde Weise klar. William wendete sein Reittier und sah mit an, wie eine Welle Beduinen nach der anderen von den blauen Gespenstern niedergemäht wurde, die über sie kamen und mit blitzschnellen Klingen zuschlugen. William sah fünf Beduinen mit hoch erhobenen Schwertern stürmen; einer der Rassis wurde niedergetrampelt, doch die anderen wichen zur Seite aus, sprangen in die Höhe und ließen die Klingen im Bogen wirbeln. Einer nach dem anderen kippten die Beduinen mit blutenden Verletzungen oder abgetrennten Gliedmaßen von ihren Reittieren. Die Gespensterkrieger rückten entschlossen vor und griffen die nächste Welle der Ajaida an, die sie scheinbar *mühelos* durchbohrten und aufschlitzten.

William sprang vom Pferd, als ihm klar wurde, dass die erhöhte Position im Kampf mit dem Kult keinerlei Vorteile brachte. Er zog ein langes Messer aus dem Gürtel und hielt es so, dass die Schneide nach hinten zeigte. Dann stürzte er sich, Engrins Schwert ausgestreckt, in den Nahkampf.

Sofort sah er sich einem blau gekleideten Krieger gegenüber, der mit wehendem Mantel und rasend schnellen Bewegungen auf ihn zukam. Als der Kultist sich ihm näherte, sah William einen Panzer am Oberkörper, der Schultern und Taille bedeckte. William erblickte die höhnische Drachenmaske des Rassis, der über mit dem Gesicht nach unten im Sand liegende Tote tänzelte. Er sprang über einen letzten Leichnam und stürmte dann mit dem gezückten Langschwert näher.

Als die lange Klinge nahe genug war, riss William das Messer von links hoch und parierte den Hieb. Durch den eigenen Schwung wurde die Klinge nach rechts abgelenkt, dann sprang William und schwang Engrins Stahl, den er über den Kopf erhoben hatte, nach der Maske. Die Klinge teilte die Maske in zwei Hälften; Blut spritzte wie Gischt empor, als sie den Schädel spaltete. Der Krieger sackte zusammen, William stolperte und musste das Schwert loslassen.

Als er sich aufrichtete, stürzte sich ein weiterer Rassis auf ihn. Das Langschwert sauste auf William zu, der wieder mit dem Messer parierte, aber sogleich einen Faustschlag mitten ins Gesicht bekam. Er wirbelte rückwärts, obwohl er nur noch Sterne sah, und spürte den Luftzug, als das Schwert herniederfuhr. Er rollte sich ab, doch die Klinge bohrte sich in seine linke Hand. Er schrie und rollte weiter, hielt sich die verletzte linke Hand mit der rechten und spürte, wie das Blut zwischen den Handflächen hervorströmte.

Der Krieger schlug erneut nach William, aber zwei Kämpfer gerieten zwischen sie. Die Klinge des Rassis durchbohrte einen Beduinen, der sich im Nahkampf mit einem anderen Anhänger des Kultes befand; beide Männer fielen in das Gemenge aus Sand und Blut zu ihren Füßen.

In dem Chaos griff William nach einem Schwert, *irgendeinem,* während sich der Kultist erholte und erneut angriff. Mit der blutigen und fast tauben Hand ertastete er das Schwert eines Tarabin, hielt es quer über den Körper und parierte so den ersten Hieb. William schlug mit dem Fuß aus und traf etwas Hartes: das Knie des Rassis. Der Kultist verlor den Halt und ging so heftig zu Boden, dass er benommen war. William schwang das Tarabinschwert nach dem entblößten Hals. Mit einem Knirschen trennte er den Kopf von den Schultern ab.

Benommen und mit übelkeiterregenden Schmerzen richtete sich William auf die Knie auf und ließ das Schwert los. Blut floss aus seiner verletzten Hand. Er lehnte sich an ein sterbendes Pferd und untersuchte die Wunde.

Die Klinge des Rassis hatte ihm den ganzen kleinen Finger und die ersten beiden Gelenke des nächsten abgetrennt. Er blutete stark und fühlte sich schwindelig. Um ihn herum tobte der Kampf, die Toten türmten sich auf dem Sand. Zwar lagen vereinzelt Gestalten in dunkelblauen Gewändern zwischen den Gefallenen, doch die meisten Opfer waren Beduinen.

Williams Übelkeit wuchs. Er sah, dass sie den Kampf verloren.

IV

Peruzo lieferte sich ein Gefecht mit einem Kultisten. Der Mann war acht Zoll kleiner als Peruzo, aber schnell, und Peruzo hatte schon eine Verletzung an der rechten Schulter; ein unbedeutender Treffer, aber doch schwerwiegend genug, um ihm die Kräfte zu rauben. Doch was Peruzo an Jugend und Behändigkeit fehlte, machte er durch Erfahrung wieder wett. Als er eine Finte mit dem Schwert in der linken Hand ausführte, spürte er das Adrenalin durch den tauben rechten Arm fließen. Der dunkelblaue Krieger – dessen Rüstung von Beduinenblut getränkt war – versuchte sein Glück auf Peruzos vermeintlich schwächerer Seite. Er schlug nach der blutenden Schulter, doch Peruzo parierte mit der rechten Hand, was seinen Gegner aus der Fassung brachte. Mit der linken Hand schlug Peruzo dem Mann so fest er konnte gegen die Luftröhre, sodass dieser keuchend rückwärts taumelte und Peruzo das Kurzschwert hochreißen und es dem Krieger ein, zwei, drei Mal in den Oberkörper stoßen konnte, wobei jeder Treffer für sich schon tödlich gewesen wäre.

Der Lieutenant erhob sich und rief die Ordensbrüder Cristiano und Garibaldi zu sich. Garibaldi schlurfte von links her und hielt sich die Rippen mit einer Hand. Er blutete stark und hielt sich ausschließlich durch reine Willenskraft aufrecht.

»Noch mal!«, rief Peruzo halb, halb keuchte er es, worauf sich alle drei wieder in den Nahkampf stürzten und mit den Füßen den blutigen Sand aufwirbelten.

V

William verband seine Hand mit einem Stoffstreifen, den er vom Burnus eines Beduinen abriss, und seine graue Jacke hatte längst eine rostrote Farbe. Die Blutung hatte aufgehört, aber die Hand pochte schmerzhaft. Zwischen den Toten hatte er Engrins Schwert wiedergefunden, und keinen Augenblick zu früh. Ein Kultist taumelte aus dem Kampfgetümmel; seine Rüstung war gespalten, Blut lief ihm in Strömen aus der offenen Wunde, und dennoch kämpfte er weiter. Es schien, als wollte dieser Krieger auf dem ganzen weiten Schlachtfeld mit William kämpfen, und ausschließlich mit William. Er marschierte direkt auf ihn zu, wehrte Beduinenschwerter ab und wich hüpfend Gefallenen aus, die mit letzter Kraft zu kämpfen versuchten, während das Blut ringsum den Boden in einen aufgeweichten Morast verwandelte. William erhob sich und erwartete ihn, worauf es zu einem blitzschnellen Schwertkampf kam. Trotz seines geschwächten Zustands gelang es William am Ende, dem Mann die Hand abzuhacken, dann stieß er dem Angreifer die Schwertspitze ins Brustbein. Und immer noch leistete der Krieger erbittert Gegenwehr; William zog das Schwert aus seinem Körper und schwang es ungestüm, da ihn allmählich die Geduld verließ. Durch einen glücklichen Zufall prallte seine Klinge von der Rüstung des Kriegers ab und fuhr ihm zwei Zoll unter der Maske in den Hals.

Abermals sank William erschöpft auf die Knie. Er glaubte nicht, dass er noch einmal die Kraft aufbringen konnte, sich zu erheben. Es erforderte viel, diese Derwische des Todes zu töten, diese Gespenster des Tals. William wusste nicht, mit wie vielen sie es noch zu tun hatten, doch der Höhepunkt des Gemetzels schien überschritten zu sein.

Wie viel Zeit war verstrichen? Auch das wusste er nicht. Auch nicht, ob die anderen Ordensbrüder noch am Leben waren oder ob Peruzo es überstanden hatte. Oder die Scheichs.

William widerstand der Versuchung, nach hinten zu sehen, wo hoffentlich sein Neffe wartete. Noch war nicht über Sieg oder Niederlage entschieden. Er senkte den Kopf, stand vom Boden auf und zwang seine Beine, ihn zu tragen.

Er stand da, schwankte ein wenig, bückte sich, hustete hastig und schmeckte Sand und Blut auf den Lippen. Durch rudernde Arme und um sich tretende Beine bahnte er sich einen Weg; zwischen Pferden hindurch, die mit Pfeilen in den Flanken auf der Seite lagen und versuchten, wieder hochzukommen; Blut bedeckte jeden Quadratzoll des Bodens ... Durch das alles stolperte William ohne die Kraft, es mit jemandem aufzunehmen, und machte sich auf die Suche nach seinen Männern.

VI

Marco sah sie als Erster. Er zeigte zur rechten Seite jenseits des Kampfgeschehens und rief.

»Da! Da drüben! Seht ihr sie?«

Bruder Ettore kam mit dem Pferd näher, da seine Augen nicht mehr so scharf waren wie die Marcos. Er blinzelte unter der abschirmenden Hand und erblickte jetzt auch die Gestalten: sie kamen, wie es aussah, aus einer zerklüfteten Öffnung in dem Fels, aber eine eingehendere Sondierung ergab, dass es sich um eine Öffnung handelte, wenn nicht gar eine geheime Treppe.

»Der Junge hat recht!«, rief Bruder Ettore aus und wendete das Pferd. »Da unten sind Männer!«

Bruder Jericho sah genau hin und hielt den Atem an,

als er mehrere Gestalten aus der Lücke kommen sah; weitere folgten.

Bruder Ettore galoppierte zu Jericho. »Du siehst sie so gut wie ich«, knurrte er.

»Ich sehe Gestalten, mehr nicht«, antwortete Jericho, spürte jedoch Ettores Ungeduld. »Soll ich gegen meine Befehle verstoßen?«

»Siehst du lieber zu, wie unsere Männer abgeschlachtet werden?«

»Unser Befehl lautet, hierzubleiben und uns um den Jungen zu kümmern«, sagte Jericho und sah an Ettore vorbei zu Marco, der im Sattel hin und her rutschte. »Meine Augen sind jung, Marco. Aber deine sind jünger. Welche Farbe tragen sie?«

Marco stellte sich im Sattel auf und runzelte die Stirn. »Sie sind blau, glaube ich«, antwortete er und trieb sein Pferd an. »Wir müssen meinem Onkel helfen!«

»Marco!«, rief Jericho zurück. »Du sollst hierbleiben! Das sind die Befehle deines Onkels!«

»Wenn er stirbt, nützen die auch nichts mehr!«, rief Marco und gab dem Pferd die Sporen.

Die Mönche verfolgten entsetzt, wie Marco nach rechts galoppierte und vom Schwung des Pferdes fast aus dem Sattel geworfen wurde.

»Ich denke, die Entscheidung ist getroffen«, stöhnte Jericho. Er zog das Schwert und sah zu Bruder Ettore. »Bist du dabei?«

Bruder Ettore grinste. »Natürlich!«, sagte er, drückte dem Pferd die Stiefel in die Flanken und trieb es zum Galopp an. Die restlichen Mönche des Ordens jagten ihre Reittiere hinter Marco durch das Tal, der vom Staub der Schlacht geschützt immer weitergaloppierte, bis sie hinter den Kampfhandlungen herauskamen und direkt auf die ahnungslosen Rassis zuhielten.

Marco ritt schnurgerade auf den Ersten zu, konnte jedoch nicht das Schwert ziehen, da das Pferd wie wild bockte und sich so gar nicht wie das fügsame Tier verhielt, das er seit Raschîd geritten hatte. Es trampelte einen der Krieger nieder und brach ihm sämtliche Knochen unter der Rüstung. Die dahinterstehenden Kultisten hechteten zur Seite, doch einer wurde von dem vorbeigaloppierenden Pferd erfasst und mit tödlicher Wucht gegen einen Felsen geschleudert. Ein dritter Rassis duckte sich, winkelte die Knie an und schlug Marcos Pferd die Beine unter dem Rumpf weg. Marco ließ den Zügel los, wurde aus dem Sattel geschleudert und flog über den Hals des Tiers hinweg; die Welt versank in einem grellen weißen Blitz aus Schmerz.

Eine unbekannte Zeitspanne lang spürte und hörte Marco kaum etwas. Er hatte nur das Gefühl, dass er endlos über weichen Boden purzelte, bis er gegen etwas Hartes stieß und zum Stillstand kam. Er schlug die Augen auf und versuchte, sich auf jemanden zu konzentrieren, der vor ihm lief, etwas hob, hart und keuchend atmete ... Und dann fiel ein breiterer Schatten auf Marco und etwas sauste heulend durch die Luft. Nach einem knirschenden Geräusch spritzte warmes Blut auf Marcos Brust, Kinn und Wangen.

»Marco! Marco!«, sagte jemand. »Steh auf! *Steh auf, Marco!*«

Marco wischte sich Blut aus den Augen, blickte auf und konzentrierte sich auf den Schatten. Mit zitternden Beinen stand er auf.

»Komm zu dir!«, forderte die Stimme.

»Jericho?«

»Dein Schwert! Nimm dein ...«, sagte Jericho hoch zu Ross, als einer der Rassis in die Luft sprang und nach dem Tier schlug.

Der Mönch schützte die Flanke des Tiers mit zwei geschwinden Parrés, dann zerrte er das Pferd herum, sodass es ausschlug und den Rassis an der Brust traf. Der beschlagene Huf zerstörte den Panzer des Kriegers und zertrümmerte ihm den Brustkorb; Blut quoll hinter der Maske hervor. Der Kultist taumelte herum und erstickte an seinem eigenen Blut, bis er neben dem Leichnam von Bruder Ettore zusammenbrach.

»Marco!«, schrie Jericho wieder, als der Junge kopflos am Sattel seines sterbenden Pferdes nach dem Schwert tastete. Er sah nicht, wie ein Rassis bei dem Felsen den Bogen hob. Jericho nahm ein Wurfmesser zur Hand. Die wirbelnde Klinge bohrte sich ins Handgelenk des Schützen, sodass der Pfeil fehlging. Marco fand sein Schwert, erfuhr aber nie, wie knapp er dem Tode entronnen war.

Jericho drehte das Pferd so, dass es dem Jungen vorübergehend Deckung gab, sprang herunter und versetzte dem Tier einen Klaps auf das Hinterteil, damit es aus dem Kampfgeschehen verschwand. »Jemand muss doch dafür sorgen, dass du nicht in Schwierigkeiten gerätst!«, sagte er halb brüllend, halb hysterisch lachend und zerrte Marco von Bruder Michael weg, der einem weiteren Kultisten im Nahkampf zusetzte.

»Was soll ich tun?«, rief Marco, während der Kampf immer erbitterter um sie herum tobte und ein weiterer Mönch durch das Schwert eines Rassis fiel. Es war Bruder Michael.

»Folge mir einfach und töte jeden, der in deine Nähe kommt!«, rief Jericho zurück, dann rannten sie ohne zu zögern zum nächsten Gefecht.

VII

Scheich Fahd sah Anwar fallen. Er sah Scheich Galal den blutigen Leichnam zum Rand des Schlachtfelds zerren, wo das Getümmel nicht ganz so schlimm war und ein Ring von Kämpfern der Aquila sie abschirmte, während Galal sich des jungen Scheichs annahm. Scheich Fahd selbst blutete aus einer Stirnwunde und hatte Blut auf der Kleidung, das seiner Männer wie auch das des Feindes. Fünf Rassis hatte er mit seinem Schwert zur Strecke gebracht. Er wollte noch mehr.

Erschöpft, mit bleischweren Armen, in denen das große Schwert fast behindernd wirkte, schleppte er sich wieder ins Kampfgetümmel, als er sah, wie mehrere Tarabin binnen weniger Augenblicke von zwei Kultisten niedergestreckt wurden. Die gepanzerten Kämpfer tänzelten scheinbar leichtfüßig von Mann zu Mann und brachten mit ihren langen Schwertern den Tod. Jeder Beduine fiel mit aufgeschlitzter Brust, abgetrenntem Kopf oder abgeschlagenen Gliedmaßen. Ein Gemetzel in einem Ausmaß, wie es Scheich Fahd für unvorstellbar gehalten hatte. Das Tal glich einem Schlachthaus, doch bei den meisten Toten handelte es sich um Ajaida, Aquila und Tarabin. Den Hunden der Rassis hatten sie noch kaum etwas anhaben können.

Die Vorstellung, man könne ihn um die Rache für seinen Bruder bringen, erboste Scheich Fahd so sehr, dass er sich, den Säbel über dem Kopf schwingend, auf zwei Gegner gleichzeitig stürzte. Der erste Kultist sprang zurück, der zweite wäre möglicherweise entkommen, doch ein taumelnder Beduine stieß von hinten gegen ihn. Durch den Zusammenprall kam er aus dem Rhythmus; er riss das Schwert zu spät hoch, als Scheich Fahd seines schon heruntersausen ließ und ihm die Schulter spaltete.

Der andere stürzte sich sofort auf Scheich Fahd, und nur die Tatsache, dass der Scheich das Gleichgewicht verlor, rettete ihn vor einem Stich mitten ins Herz. Die Klinge erwischte ihn nur einen Zoll unter den Rippen. Er schrie auf und stolperte. Der Rassis warf das Langschwert weg und zog einen Dolch aus dem Gürtel. Dann sprang er über seinen toten Kollegen, um dem am Boden liegenden Scheich den Dolch ins Herz zu stoßen. Der Scheich sah auf und wusste, sein Leben war zu Ende – doch als der Rassis die Klinge herniederstieß, wurde sie abgelenkt. Ein Mann in weißem Gewand packte den maskierten Kultisten und zog ihm ein Messer über die Kehle. Der Rassis bekam seinen Angreifer zu fassen, sie rangen miteinander, bis beide blutüberströmt waren. Schließlich verließen den Kultisten die Kräfte, seine Gegenwehr wurde schwächer, und er sank im Griff seines Angreifers zu Boden.

Scheich Fahd hielt die Augen allein durch Willenskraft offen und blieb bei Bewusstsein, damit er den Mann ansehen konnte, der ihm das Leben gerettet hatte. Sein Retter war kleinwüchsig, blutüberströmt und zeigte eine benommene Miene; er betrachtete sein Messer, mit dem er die Tat begangen hatte, als könne er es nicht glauben, und seine Hände zitterten. Er sah dem Scheich in die Augen, worauf der nur stöhnen konnte.

»Hammid?«, stieß er hervor.

Hammid nickte. »Sie sind verwundet«, sagte er und sah auf den Scheich hinab.

Scheich Fahd stöhnte, als er versuchte, sich zu bewegen. Hammid kniete neben ihm nieder, hielt den Dolch immer noch in der Hand, und Scheich Fahd fürchtete trotz allem, was sich gerade zugetragen hatte, dass Hammid ihn ihm in die Brust rammen und die Arbeit des Rassis vollenden würde.

Doch als Hammid den Dolch in den blutigen Sand legte, schämte sich Scheich Fahd, dass er diesem Mann misstraut hatte. Dass er ihn hingerichtet hätte, hätte Captain Saxon nicht eingegriffen.

Diesen Mann, *seinen Retter.*

Hammid blickte furchtsam in das Durcheinander ringsum. Er wollte gehen, doch Scheich Fahd hielt ihn am Arm fest. »Ich gehe nicht«, sagte Hammid widerwillig, aber mit einem mitfühlenden Lächeln. Beide Männer blieben den Rest der Schlacht, wo sie waren.

VIII

William fand Peruzo, der an der Seite einiger zahlenmäßig unterlegener Beduinen um sein Leben kämpfte. Er kam von der blinden Seite der Rassis, die sich ganz auf ihre Gegner konzentrierten. Es schien, als hätten die Kämpfe auch sie ermüdet.

William nahm alle Kraft zusammen und zog das Schwert. Er nutzte seinen Schwung und durchbohrte einen Rassis damit von hinten.

»Captain!«, jubelte Peruzo, wehrte sich mit neuerlicher Hoffnung gegen seinen Angreifer, versetzte dem Mann zwei Hiebe, dann trat er ihm zwischen die Beine und schnitt ihm mit einer knappen Bewegung des Kurzschwerts die Halsschlagader auf. Der Kultist fiel, dann schrie Peruzo wie im Delirium auf und stürzte sich auf den nächsten; seine Wut spornte auch den Mut der Beduinen wieder an.

Die Rassis wichen zurück.

Ihre Reihen waren jetzt doch deutlich gelichtet, ihre Kräfte schwanden. Sie traten auf breiter Front den Rückzug an und wandten sich von ihren Gegnern ab, die meist zu erschöpft waren, um sie zu verfolgen. Die wenigen, die doch die Verfolgung aufnahmen – die Araber, die noch den Blutrausch in sich spürten –, schafften es zu Fuß bis zu den Felsen, wo ein Pfeilhagel sie in die Flucht schlug.

William keuchte wie ein kranker Hund, als Peruzo zu ihm gestolpert kam.

Mit blutüberströmtem Gesicht blickte William auf. »Sie leben, mein Freund?«, keuchte er.

Peruzo grinste. »Ich bin kein Gespenst«, sagte er, sackte aber ein wenig zusammen. »Sie ziehen sich zurück ... ich kann es nicht glauben ... Wir haben sie geschlagen ...«

William nickte, verspürte jedoch kaum Erleichterung. Sie hatten die Rassis in die Flucht geschlagen, aber für wie lange? Der Kampfeslärm ließ nach, und als William die Augen schloss und sich sammelte, fragte er sich, wie viele dieser erbitterten Gegner noch übrig sein mochten.

Auf dem Schlachtfeld herrschte Stille. Wer noch stand, atmete keuchend oder schlotterte vor Erschöpfung; niemand wagte auch nur ansatzweise, die Toten zu zählen. Zwei Gestalten kamen aus der Staubwolke, beide in arg mitgenommenen grauen Uniformen voller Blut und Sand. William war sicher, dass es sich um Mönche handelte, doch als sie näher kamen, sah er, dass einer groß war, der andere schmal. Fast wie ein Junge.

»Marco?«, sagte William.

Marco stolperte zu ihm und fiel in Williams Arme. William verspürte grenzenlose Erleichterung und drückte ihn an sich. *Dem Jungen war nichts geschehen.*

Marco hielt ihn noch fester, und William dachte einen Moment, dass er den Jungen schluchzen hörte. Doch als der Junge zurücktrat, bemerkte William eine erstaunliche Veränderung an ihm. Ob es an dem verkrusteten Blut an seiner Stirn oder dem Blick der dunklen und ernsten Augen lag, wusste er nicht, fest stand aber, dass William keinen Knaben mehr vor sich sah, sondern einen Mann.

Die Verwandlung verblüffte William. Verblüffte und erboste ihn. »Ich hatte befohlen, dass du zurückbleiben solltest«, sagte er und warf Jericho einen vorwurfsvollen Blick zu. Zuerst sagte Jericho nichts, sondern sah Marco nur stolz an.

»Ihr Neffe hat gesehen, wie sie uns von der Flanke in die Zange nehmen wollten, Captain. Er hat Ihr Leben gerettet. Er hat allen das Leben gerettet«, berichtete Jericho William und schilderte, was sie in den Kampf geführt hatte. Es waren schlimme Neuigkeiten, da so viele Ordensbrüder gefallen waren, aber William war gegen seinen Willen doch dankbar. Sie hatten den Kampf gegen den Rassis-Kult überlebt …

Aber die Schlacht war noch nicht vorüber.

KAPITEL ZWANZIG

Das letzte Gefecht des Kults

1

Peruzo ließ die Überlebenden am größten Felsen vor der Bergflanke antreten. Die Sonne versank hinter den Hügeln, die Schatten ringsum wurden dunkler. Seit dem Ende der Schlacht war fast eine Stunde vergangen, doch die Rassis kämpften verbissen weiter. Ein Pfeilhagel regnete herab und tötete zwölf Beduinen, die sich um die Verwundeten kümmerten. Eine Warnung an alle, dass die Rassis längst noch nicht besiegt waren.

»Wie hoch sind unsere Verluste?«, fragte William.

»Fünfzehn Tote, sieben Überlebende«, sagte Peruzo tonlos. »Bei den Verlusten, die unsere Verbündeten erlitten haben, wäre jeder Angriff auf den Berg verheerend. Wir hätten keine Chance zu siegen.«

Falls William dem zustimmte, behielt er es für sich. Von den Scheichs war nur Galal unverletzt, Anwar tot und Scheich Fahd nicht mehr kampftauglich. Nur ein Drittel der Beduinenarmee schien überhaupt noch einsatzbereit. Die Tarabin hatten verheerende Verluste hinnehmen müssen, von den Ajaida und Aquila hatten nur weniger als die Hälfte überlebt.

»Wir können nicht umkehren. Wir müssen den Berg vor Einbruch der Nacht angreifen. Morgen früh wären wir so oder so tot«, sagte William.

»Wir haben nur noch sechshundert Beduinen und einen Scheich, der sie befehligen kann. Ob sie uns folgen?«, fragte Peruzo.

Daran hatte William gar nicht gedacht. Scheich Galal kannte er kaum. Der Anführer der Aquila hatte während der Reise vom Lager der Ajaida bis zum Tal des Feuers kaum ein Wort gesprochen, doch Scheich Fahd hatte, anders als bei Mazin, seinen Mut nie in Frage gestellt. Würde Galal umfallen und abrücken? Oder würde er kämpfen?

Von den verbliebenen Mönchen kannte William fünf: die Brüder Jericho, Filippo und Vincent waren bei ihm, die Brüder Neil und Orlando hatte er auf das Schlachtfeld geschickt, damit sie die Gewehre der Kompanie bargen; die überlebenden Mönche Rocco und Mattia waren die Letzten von Vittores spanischer Kompanie.

Und zu guter Letzt Marco. William hätte gezögert, den Jungen auf eine Mission mitzunehmen, die einem Selbstmordkommando gleichkam, doch Marco hatte Mut und Ausdauer bewiesen, während sein jugendlicher Eifer die anderen anspornte. Und wenn die zurückliegende Schlacht William etwas gelehrt hatte, dann war es, dass Marco unbeaufsichtigt in schlimmere Schwierigkeiten geraten würde.

»Captain?«, wandte sich Bruder Jericho an ihn, während er das Schwert am Saum eines Rassis-Gewands abwischte. Der Mönch sah ausgelaugt und mitgenommen aus, seine Jacke hing in Fetzen, und an einer Wange hatte er einen Schnitt, der bis auf den Knochen reichte. Doch trotz Blut und Erschöpfung wirkte Jericho hellwach. »Marco und ich haben fünfzig Yards rechts von hier einen verborgenen Weg den Berg hinauf entdeckt.«

William sah zu Marco, der nickte.

»Einen *verborgenen* Weg?«, mischte sich Peruzo ein.

»Wir haben ihn erst entdeckt, als die Rassis versucht haben, eure Flanke anzugreifen«, erklärte Jericho. »Wenn es sich um eine geheime Treppe handelt, könnten wir den Berg schneller erklimmen, oder?«

William nickte. »Überprüfen Sie das für mich, Jericho. Und halten Sie den Kopf unten.«

Jericho nickte, grinste und entfernte sich.

»Alle anderen machen sich bereit«, befahl William. »Wir müssen den Berg angreifen und diesen Tempel auf dem Gipfel erobern. Ich bin sicher, da oben wartet der Schatz von Mhorrer auf uns. Wenn wir jetzt umkehren, scheitern wir mit unserer Mission und unsere gefallenen Freunde sind umsonst gestorben.

Also, kehren wir um und fliehen? Oder holen wir uns, was uns gehört?«

Die Antwort erfolgte einstimmig und begeistert.

»Ich rede mit Scheich Fahd. Vielleicht kann er die Stämme für uns aufrütteln«, sagte William zu Peruzo und überließ die Männer ihren Vorbereitungen.

II

In Scheich Anwars Stamm herrschte Trauer. Die überlebenden Tarabin schluchzten stumm und ließen die Blicke schweigend über die Hunderten von Toten und tödlich Verwundeten schweifen. Die Schreie der Sterbenden hallten durch das Tal und wurden vom Wind verweht. William wollte, dass das Wehklagen aufhörte, als er sich einen Weg zwischen den Scharen der ruhenden Araber bahnte, von denen so viele blutig und verlassen wirkten und in Gedanken bei Freunden und Verwandten waren, die noch im Sand lagen, wo sie gefallen waren.

William fand Scheich Fahd an einen Fels gelehnt; ein Bündel Decken diente ihm als Sitz. Sein weißes Gewand war an einer Stelle gerötet, wo man unter dem langen Riss einen Verband erkennen konnte. Er sah blass aus, hatte jedoch im Lauf der zurückliegenden halben Stunde schon wieder etwas Farbe bekommen. Und seinen Humor wiedergefunden.

»Ich glaube, ich kämpfe weiter, Captain Saxon«, sagte er leise lachend.

»Wahrlich, Sir«, entgegnete William. »In Ihrem Zustand könnten Sie einen jungen Stier bezwingen.«

Scheich Fahd lachte wieder, dann hustete er. »Vielleicht nicht«, sagte er und hielt sich stöhnend die Seite. »Wo ist Hammid?«

William zuckte die Achseln.

»Suchen Sie ihn, Captain«, bat der Scheich.

»Warum? Hat Hammid Ihnen das angetan, Sir?«, fragte William unbehaglich.

Scheich Fahd schüttelte den Kopf. »Er hat mir das Leben gerettet, Captain.«

William war erstaunt.

»Suchen Sie ihn. Sorgen Sie für seine Sicherheit. Er hat sich meine Dankbarkeit verdient.«

»Ich versuche es. Im Augenblick ist es schwierig, irgendwen zu finden. Möglicherweise wurde er getötet«, sagte William und sah die Reihe der Beduinen entlang, die hinter Felsen in der Nähe ausruhten, wo die Bogenschützen sie nicht sehen konnten.

»Ich bete zu Allah, dass er noch lebt«, verkündete Scheich Fahd. Er setzte sich etwas anders hin und sah an den Berghängen hinauf. »Wie sehen Ihre Pläne aus?«

»Sollen wir uns zurückziehen, Sir?«, fragte William ihn. »Wir haben schwere Verluste erlitten und Ihre Verbündeten wirken demoralisiert.«

Scheich Fahd sah ihn wütend an. »Sie stehen auf und kämpfen, andernfalls erkläre ich sie alle zu Feiglingen!«

»Und was ist mit Scheich Galal? Er kann die Männer als Einziger führen. Was wird er tun?«, fragte William.

»Galal wird tun, was ihm für die Aquila das Beste scheint. Möchten Sie noch angreifen, falls er zustimmt?«

William nickte. »Wir haben es nur noch mit der Hälfte unserer Feinde zu tun und könnten immer noch siegen. Aber wir müssen bald zuschlagen.«

Scheich Fahd nickte. »Meine Männer folgen Ihnen. Genau wie die Aquila und der Rest der Tarabin, das verspreche ich. Ich wünschte nur, ich könnte an Ihrer Seite kämpfen.« Er streckte William die Hand hin.

William ergriff sie mit der rechten Hand – die Fingerstümpfe seiner linken waren mittlerweile mit Stofffetzen verbunden worden. Sie schüttelten einander die Hände, William lächelte. »Wenn wir es schaffen, lasse ich Sie zur Stätte unseres Sieges tragen.«

Scheich Fahd grinste. »Sehr gut, Captain. Möge Allah Sie und Ihre Männer segnen und beschützen.«

William verabschiedete sich und kehrte zu den Mönchen zurück. Die Brüder Neil und Orlando hatten inzwischen das Schlachtfeld nach den Gewehren abgesucht und verteilten sie bereits, als William dazukam. Neil überreichte William ein Gewehr. Der reinigte und überprüfte die Schusswaffe methodisch, entfernte Sand und vergewisserte sich, dass das Steinschloss unversehrt war. Dann band er sich zwei Munitionsbeutel an den Gürtel, während die Kompanie auf ihren Captain wartete.

Bruder Jericho kehrte zurück; er sah noch unordentlicher als zuvor aus und war von Kopf bis Fuß mit Staub bedeckt, doch sein Grinsen war breiter denn je. »Wir hatten recht, Captain. Es gibt tatsächlich eine schmale Treppe in einer Felsspalte etwa vierzig Yards rechts von hier. Sie führt den Berghang hinauf zu der Treppenflucht links. Aber ich kann nicht sagen, ob die Rassis dort auf der Lauer liegen.«

»Das haben Sie gut gemacht, Jericho«, versicherte William ihm.

»Kämpfen wir?«, fragte Bruder Jericho.

»Jawohl«, sagte William ruhig und gab ihm eines der Gewehre der Kompanie. Seines hängte er sich über die Schulter und winkte den Männern. »Wir warten auf Scheich Galal, dann erstürmen wir die Treppe.«

III

Scheich Galal kehrte von seinem Treffen mit Scheich Fahd zurück. Nach der Schlacht war er niedergeschlagen und mutlos, doch Scheich Fahds Worte trafen ihn wie ein Schlag. »Wenn wir jetzt umkehren, sind alle Gefallenen umsonst gestorben.«

Scheich Galal fragte den Scheich, wofür sie eigentlich kämpften. Worauf Scheich Fahd antwortete: »Weil dieser ehrliche Mann Allahs uns vor einer gewaltigen Katastrophe gewarnt hat. Weil dieser Prophet des Untergangs bereit ist, sich und seine Männer zu opfern, um zu verhindern, dass eine Finsternis sich über *unser* Land senkt. Und wenn wir nichts unternehmen, werden diese ›Gespenster‹ des Sinai unsere Stämme vernichten. Wir Männer des Sinai sind keine Feiglinge!«

Es war eine wackere Rede, doch, wie Galal wusste, auch gewagt. Der größte Teil ihrer Armee war gefallen, die Streitmacht, die sie befehligt hatten, verstreut. Was diese Männer Allahs anging, auch sie waren mehrheitlich gefallen, und doch …

… *Und doch* hatte der Anblick ihres Kampfes bewirkt, dass Galal kaum noch einen Gedanken an den Rückzug aus dem Tal verschwendete. Er hatte mehrere dieser Europäer an der Seite der Aquila kämpfen sehen. Beispiellos tapfer zogen sie mit ihren grauen Uniformen und seltsamen Waffen in den Kampf. Sie stürzten sich ins dichteste Kampfgetümmel, brachten den Tod und starben selbst dabei. Und ganz gleich, wie sehr sie leiden mochten, sie kämpften weiter, bis sie kein Fünkchen Leben mehr in sich hatten. Und wenn der Tod kam, sanken sie nicht auf die Knie und flehten um Gnade. Sie verzagten selbst im Angesicht einer scharfen Klinge nicht.

Scheich Galal stand am Fuß des Berges und sah lange und angestrengt zu dem Mann namens Saxon und seiner arg dezimierten Armee. Dann nickte er nachdenklich und wandte sich an die Beduinen ringsum.

»Krieger der Aquila, Ajaida und Tarabin! Zieht mit mir die Schwerter und denkt an Fahd und Anwar. Wir folgen dem Mann in Grau«, sagte er. »Und wir folgen ihm mit Allah im Herzen. Vergesst nicht: Unsere Gegner kennen keine Gnade. Und bei Allah, sie werden keine bekommen. Dies ist ein Kampf bis zum Tod!«

Die Nachricht verbreitete sich in Windeseile auf beiden Seiten und brachte eine Welle frischer Energie. William sah es und blickte bestürzt drein. »Was meinen Sie, hat das zu bedeuten?«, fragte Peruzo.

William wollte gerade den Kopf schütteln, da sah er, dass die Beduinen mit einer Hand die Schwerter zogen und sich mit der anderen zum Klettern bereit am Fels festhielten.

Mit einem breiten Grinsen wandte sich William an Peruzo. *»Es bedeutet, wir kämpfen.«*

»Gut«, sagte Peruzo mürrisch. »Dann bin ich wenigstens nicht umsonst durch die Wüste gereist.«

»Sind wir bereit?«, fragte William seine Kompanie. Sie nickten. »Marco?«, fragte er, um das Leben seines Neffen besorgter als um sein eigenes.

Marco lächelte. Er sah nicht ängstlich aus und hielt das

Schwert wie einen alten Freund. »Bleib dicht bei Peruzo«, sagte William augenzwinkernd, »dann passiert dir nichts.«

Ein Aufschrei ging durch die Reihen der Beduinen, und William holte tief Luft. »Viel Glück, meine Herren«, sagte er und machte sich auf den Weg zu der verborgenen Treppe.

IV

Eine Zeit lang ging der Aufstieg leicht vonstatten. Eine halbe Stunde, in der sich kein Rassis sehen ließ und kein einziger Pfeil flog. Die Treppe, die Jericho entdeckt hatte, führte sie auf der rechten Seite der Hauptangriffsfront nach oben, und obwohl der Aufstieg steil und anstrengend war – da sie ständig glaubten, sie würden jeden Moment auf Widerstand der Rassis stoßen –, hatten sie die halbe Höhe des Berges erklommen, bis sie auf erste Spuren des Feindes stießen. Es herrschte eine seltsame Stimmung, nur die Beduinen unter ihnen, deren Stimmen optimistisch anschwollen, da der Feind geflohen und der Berg ungeschützt schien, durchbrachen die Stille.

Als die Kompanie ein paar Minuten ausruhte, sah William von den Stufen hoch oben, wie mehrere Ajaida sich ganz langsam aus der Deckung herauswagten, manche sich ungedeckt auf Felsen setzten und Luft holten, und offenbar etwas leichtsinnig wurden, weil alles so glatt lief. Manche beglückwünschten einander ganz unverhohlen.

Williams Mönche waren so misstrauisch, dass sie diese Pause nicht als ein Omen werteten, und blieben in Deckung. »Runter, Marco …«, zischte Peruzo und stieß dem Jungen den Schwertgriff in den Rücken, bis auch er den Kopf wieder einzog.

»Wo sind sie?«, zischte Marco zurück. »Warum schießen sie nicht auf uns?«

»Sie warten nur ab«, versicherte Peruzo ihm. »Heb auf keinen Fall den Kopf, verstanden?«

Der Himmel über ihnen schien noch hell, doch die Spätnachmittagssonne verbarg sich bereits hinter den Bergen des Tals, daher sanken die Temperaturen rapide. Unter ihnen tauchten die ersten Beduinen auf einem langen Geröllhang auf, der sich sanft ansteigend bis zu einer Reihe von Felsen erstreckte, die die Treppe abschirmten. Zwei Dutzend Araber erlagen der Verlockung der Treppe, die einen leichten Aufstieg verhieß, kletterten den Hang hinauf, zogen einander, wenn sie bis zu den Knöcheln in das Geröll einsanken, und scherzten in der unheimlichen Stille miteinander.

Als die ersten drei Beduinen sich der Treppe bis auf wenige Schritte genähert hatten, erfüllte plötzlich ein seltsames Pfeifen die Luft ... und dann durchbrachen Geräusche wie »Tschak! Tschak! Tschak!« die Stille. Die drei Männer blieben stehen, rutschten im lockeren Geröll ab und rollten dann von Pfeilen in der Brust getroffen den Hang hinab.

Neuerliches Pfeifen ertönte, neuerliche Treffer, mehrere Beduinen sanken nieder. Die anderen Ajaida erstarrten einen Moment, als sie die Toten sahen – Zeit genug für eine weitere Salve, die die restlichen Araber traf, die sich hervorgewagt hatten, und auf der Stelle niedermähte.

William beobachtete verzweifelt, wie eine neuerliche Pfeilsalve aus der Luft auf die ungeschützten Beduinen herabregnete und Schreie und Rufe, sowie das Klirren von Metall auf Stein erklangen. »Unten bleiben!«, warnte er die Mönche. Er drängte sie weiter bis zu einer Stelle, wo die Stufen an einer Bruchstelle im Gestein schmaler wurden und nur vereinzelte Pfeile von der Felswand abprallten. Kurz danach ließen sie sich auf Hände und Knie nieder, und Marco kroch blindlings und mit klopfendem Herzen voran; als ein Pfeil keine Elle von seinem Kopf entfernt abprallte, stieß er einen kurzen Schrei aus und wäre um ein Haar mit seinem Onkel zusammengestoßen.

William führte sie zu der Stelle, wo die Treppe aus der Deckung hinausführte. Dort gingen die Stufen zu einem Sims hinab, der bis zur Fortsetzung der Treppe reichte, die von dort ununterbrochen nach oben verlief.

»Macht euch bereit«, begann er, »und lauft hinter mir ... Drückt euch an die Felswand gegenüber. Peruzo, Sie gehen nach rechts und behalten unseren Rücken im Auge ... Die anderen ... folgen mir schnell und geduckt ...«

Und dann rannte William los und sprang zu der Felswand auf der anderen Seite des ungeschützten Simses. Peruzo lief wie befohlen nach rechts. Dann kam Marco, gefolgt von den Mönchen, Bruder Filippo sprang einen Moment bevor Pfeile in die Felsspalte zischten. Unter ihnen wurden die Beduinen gnadenlos abgeschossen.

»Wir müssen zu diesen Bogenschützen«, sagte Jericho.

»Sie sind über uns«, antwortete Peruzo. »Wir könnten sie nicht einmal mit den Gewehren treffen. Sie haben den Vorteil der Höhe und besseren Deckung.«

»Trotzdem hat Jericho recht: wir müssen es versuchen«, sagte William. In dem Moment ertönten hastige Schritte hinter ihnen, nicht weit von Peruzo entfernt. Ein Rassis stürzte sich scheinbar aus dem Nichts auf Peruzo, doch der ältere Mann hatte noch scharfe Ohren, daher hörte er das Zischen des durch die Luft sausenden Stahls rechtzeitig. Er duckte sich, das Langschwert traf klirrend den Fels, und dann rammte er dem Kultisten den Gewehrkolben zwischen die Beine. Der Krieger stöhnte vor Schmerzen und fiel auf die Knie.

Als sich der Krieger hilflos am Boden wand, erkannte William eine Gelegenheit. Er hinderte Peruzo daran, dem Mann die Kehle aufzuschlitzen, sondern schleifte den

Mann zum Rand des Felsvorsprungs und warf ihn darüber, sodass er den Berghang hinabflog und mit brechenden Knochen nicht weit von der Stelle entfernt landete, wo die Beduinen von den Bogenschützen der Rassis erledigt wurden.

Der gewünschte Effekt stellte sich ein. Die Beduinen jubelten augenblicklich, erhoben trotzig die Schwerter und setzten ihren Angriff auf den Hang mit neuer Hoffnung fort, während andere zu dem liegenden Kultisten liefen und ihm die Schwerter immer wieder in den Körper rammten.

William freute sich über die erzielte Wirkung und die Tatsache, dass die Beduinen ihren Aufstieg fortsetzten, und gab das Zeichen, weiter die Treppe zu stürmen. Immer noch schossen Pfeilsalven herab, pfählten kletternde Männer und bohrten sich durch Fleisch und Knochen. Es war eine blutige Angelegenheit, manchmal ein regelrechtes Gemetzel, doch die Beduinen kämpften sich weiter den Hang hinauf, während William und seine Mönche die Treppe eroberten.

Vor ihnen wand sich die Treppe durch einen weiteren Riss im Fels und anschließend nach links, ehe sie erneut steiler anstieg. Nach einem weiteren hastigen Aufstieg führte die Treppe abermals aus der Deckung hinaus; auf der einen Seite befand sich ein tiefer Abgrund, auf der anderen ein schräger Hang, der in Sichtweite der Stellungen der Rassis hoch droben lag. William sprintete über den offenen Bereich, und die Mönche folgten ihm dichtauf. Die Rassis feuerten zu spät, die Pfeile prallten harmlos von den Stufen ab.

»Wir können nicht davon ausgehen, dass wir die Gewehre einsetzen können, daher sollten Sie sich auf einen Nahkampf gefasst machen«, befahl William. »Achten Sie darauf, dass Sie mit dem Rücken zur Felswand kämpfen. Lassen Sie sich nicht davon weglocken. Und kämpfen Sie im Einklang. Wir müssen sie ermüden und am Unterleib, den Armen oder dem Hals treffen.«

Sein Rat kam gerade noch rechtzeitig, denn schon rannten drei Rassis die Treppe herunter und kamen stumm und mit glänzenden Drachenmasken auf sie zu. William bewahrte einen kühlen Kopf, wo andere vielleicht in Panik geraten wären, Peruzo stand unmittelbar neben ihm, und als der erste Rassis ihn ansprang, machte der Captain eine Finte nach links und schlug das Langschwert des Angreifers in die Höhe, während Peruzo hinzutrat und den Gegner mit dem Kurzschwert durchbohrte. Der Lieutenant zog das Schwert heraus und duckte sich in dem Moment unter dem Hieb des zweiten Rassis weg, als ein anderer Ordensbruder gerade das Schwert in den Bauch des Kultisten stieß. William schlug mit dem Schwert auf den verwundeten Rassis ein und spaltete ihm den Schädel vom Scheitel bis zum Kinn. Als Jericho und Neil den dritten Kultisten ausgeschaltet hatten, winkte William die Mönche weiter.

Marco achtete sorgsam darauf, nicht bei jedem abrupten Halt wieder mit seinem Onkel zusammenzustoßen, wenn die Kompanie Pfeilen auswich oder sich kurz vergewisserte, welche Fortschritte die Verbündeten machten, die inzwischen weit unter ihnen waren. Er sah Peruzo und Jericho, besonders deren Entschlossenheit, und begriff eines: er musste so entschlossen wie sie sein, wenn er diesen Einsatz überleben wollte, und darauf konzentrierte er sich verbissen.

Ein weiterer Rassis sprang aus einer Nische in der Felswand über ihnen. Jericho duckte sich unter dem Angreifer in Blau weg, doch ein anderer Bruder hatte dieses Glück nicht. Der Kultist stieß Bruder Vincent das Schwert in die

Brust, doch der Mönch umschlang seinen Mörder und riss ihn mit sich von der Treppe. Beide Männer stürzten in die Tiefe und den sicheren Tod.

William sah in die immer dunkleren Schatten hinab und verfolgte Vincent mit den Blicken, bis er ihn nicht mehr erkennen konnte. Die Nacht kam. Es blieb keine Zeit für Trauer, nicht einmal für eine Pause, daher scheuchte er seine Kompanie weiter die Treppe hinauf. Als die Treppe eine Biegung machte, sprangen zwei Rassis hervor, die dort auf der Lauer gelegen hatten. Peruzo ließ sich auf die Knie sinken und feuerte aus nächster Nähe auf den ersten. Der Schuss riss ein Loch in die Rüstung, der Krieger fiel.

Der zweite Rassis schlug heftig nach William, der das Schwert mit dem Gewehr abwehrte, herumwirbelte und dem Krieger den Kolben auf den Kopf schlug. Jericho schrie, als er dem Kultisten das Schwert in den Bauch stieß, dann sprangen Orlando und Neil hinzu und stachen auf den Krieger ein, bis er sich nicht mehr bewegte.

William lud das Gewehr gründlich und sah die Männer nacheinander an. »Wir nähern uns dem Herzen der Verteidigung der Rassis«, sagte er. »Laden Sie die Waffen und schießen Sie so treffsicher wie der Lieutenant. Zielen Sie wenn möglich auf die Köpfe.«

Oben auf der Treppe ertönten hastige Schritte und erschrockene Rufe. Die Rassis wussten, dass die Männer in Grau kamen.

V

Die Sonne ging gerade unter, als Peruzo als Erster den Gipfel erreichte. Mehrere Angreifer kamen ihm entgegen, doch da er die gleißende Sonne im Rücken hatte, wurden die Rassis geblendet und sahen das Gewehr nicht. Als er den Lauf auf einer Höhe mit der ersten Drachenmaske hatte, drückte er ab; der Kopf des Kriegers explodierte.

Die anderen stürmten weiter, doch Peruzo blieb stehen und nahm das eigene Gewehr zur Hand. Statt dem nächsten Rassis in den Kopf zu schießen, zielte er auf die Beine. Die Kugel zertrümmerte eine Kniescheibe, der Krieger sackte vor seinen Kameraden zusammen. Zwei fielen über ihn, ein anderer sprang über die zappelnden Gestalten, als sich William gerade in Bewegung setzte. Der Kultist lief ungebremst in das Schwert hinein, doch William wurde von der Wucht des Zusammenstoßes zu Boden geworfen.

Das erwies sich als Glücksfall, denn eine weitere Angriffswelle kam über den langen Absatz am oberen Ende der Treppe gelaufen. Hinter William warteten die Ordensbrüder Neil, Mattia und Orlando, die gleichzeitig eine Salve abfeuerten und damit drei weitere Rassis niederstreckten. Inzwischen hatten sowohl Peruzo als auch Jericho nachgeladen. Auf diese Reichweite konnten sie nicht daneben schießen; zwei weitere Feinde fielen. Einer der Verwundeten wollte aufstehen, doch Bruder Rocco bückte sich und brach ihm das Genick.

Mit der dunkelorangeroten Sonne im Rücken stellte William die Mönche in einer Reihe am oberen Ende der Treppe auf, wo sie hastig nachluden und dabei den Raum vor ihnen nicht aus dem Auge ließen. Die Treppe endete unvermittelt an einer breiten Felsfläche, die rund ein Dutzend Yards in der Breite und an die hundert in der Länge maß, sodass sie einen langen Sandsteinsims im Berg bildete, der sich sanft aufwärts neigte. Auf diesem erhabenen Sims befanden sich Höhlen und Schuppen, aus denen die Rassis jetzt stürmten; sie hatten die Schwerter gezückt, machten aber einen desorganisierten Eindruck. Sie hatten nicht damit gerechnet, dass jemand so schnell so weit den Berg hinauf vordringen könnte.

Zwischen ihnen und Williams Männern standen die feindlichen Bogenschützen. Die Position war perfekt, um die Beduinen unten auszuschalten, da sie die Brustwehr der Felsen als Stütze nutzen konnten, aber gegen Beschuss von der rechten Flanke waren sie so gut wie ungeschützt – und genau damit begannen die Ordensbrüder jetzt und feuerten aus dem gleißenden Sonnenlicht Salven in die Reihen der Rassis.

Als die Mönche feuerten und die Bogenschützen starben, gab William Marco ein Zeichen, dass er den Kopf unten halten sollte. Trotz der peitschenden Schüsse und dem Qualm, der sich vor ihnen ausbreitete, juckte es Marco in den Fingern, selbst einzugreifen. Er wog das Schwert in den Händen und verfolgte konzentriert, wie die verzweifelten Rassis auf die Mönche zustürmten. Als sie noch zehn Yards von den Ordensbrüdern entfernt waren, befahl William der Kompanie, erneut zu feuern. Jeder Schuss traf sein Ziel; acht weitere Rassis fielen. Binnen weniger Minuten lagen an die zwanzig Rassis tot oder verwundet am Boden.

Als die Mönche nachluden, wand sich Marco an seinem Onkel vorbei und ging an der Felswand unmittelbar links in die Hocke. Darüber lag ein Hang und eine schmale Treppe, die zur Bergspitze und dem Tempel führte. Der funkelte in der untergehenden Sonne wie ein trüber Edelstein. William konnte es kaum erwarten, das Ende ihrer Mission zu erreichen.

Der Schatz von Mhorrer war *so* nah.

Im allgemeinen Durcheinander und dem Rauch der Gewehre gelang es den Rassis, einige Bogenschützen vor der schmalen Treppe zum Tempel in Stellung zu bringen. Dort konnten sie schießen, und schon regnete ein Pfeilhagel auf die Mönche herab.

»Auf die Knie!«, rief William aus.

Die Ordensbrüder duckten sich, aber Bruder Rocco war zu langsam. Zwei Pfeile trafen ihn in den Bauch; vor Schmerzen brüllend brach er zusammen.

Als sie sich erhoben, um abermals zu schießen, flog ihnen ein zweiter Pfeilhagel entgegen; die Kompanie hechtete in Sicherheit. Peruzo zog drei Ordensbrüder die Treppe hinunter, als Pfeile die Stelle trafen, wo sie gerade noch gekniet hatten, während Mattia, Jericho und William sich gegen die Felswand links warfen, wo Marco kauerte.

Peruzo nutzte die Treppe als Deckung, hob das Gewehr und erwiderte das Feuer. Der Schuss prallte harmlos von der Tempeltreppe ab; er lud nach, während sich Bruder Rocco immer noch mit den beiden Pfeilen im Bauch vor ihm im Sand wälzte. Bruder Filippo streckte die Hand nach ihm aus, doch Peruzo zog den Feldarzt wieder in die Deckung zurück.

»Durchhalten, Bruder!«, rief Filippo. Verzweifelt lud er die Flinte, hob sie und schoss auf die Bogenschützen über ihnen, doch in seiner Hast traf er nur den Fels.

William packte Marco am Kragen und zog ihn in die Höhe, als gerade ein einzelner Kultist von der Felswand zu der Stelle herabsprang, wo sie standen. William hielt Marcos Jacke noch mit der linken Hand fest, während er mit der rechten versuchte, die Hiebe zu parieren, die auf ihn herabregneten, doch der Krieger entwaffnete ihn innerhalb von Sekunden. Jericho handelte instinktiv: Er stieß dem Kultisten das Schwert so fest in den Bauch, dass es in der Wirbelsäule steckenblieb. Als der Krieger rückwärts taumelte, riss er das Schwert mit. Jericho hätte vielleicht versucht, es zu fassen zu bekommen, doch William zerrte ihn zusammen mit Marco zurück zur Treppe und in relative Sicherheit.

Bruder Mattia verteidigte ihre Rückseite gegen mehrere angreifende Rassis und bezahlte den Preis dafür: er erledigte drei Rassis, aber der vierte spießte ihn auf. Mit einem wütenden Aufschrei feuerte Bruder Orlando mit seiner Baker-Rifle nach Mattias Mörder. Doch ein weiterer Pfeilhagel kam in ihre Richtung; William konnte sich und seinen Neffen gerade noch in Sicherheit bringen, als mehrere auf der obersten Stufe landeten. Zwei Pfeile schossen eine Handbreit über Bruder Neils Scheitel dahin, einer bohrte sich in die Brust des liegenden Bruder Rocco, dessen Schmerzensschreie verstummten.

»Wir sitzen fest«, rief Peruzo, »und uns geht rapide die Munition aus, Captain.«

Die Rassis schossen willkürlich drauflos, Pfeile zischten durch die Luft und störten die Mönche, wenn sie mit den Baker-Rifles zielen wollten. Plötzlich schrie Bruder Filippo auf und taumelte rückwärts, als ein Pfeil seine Wange durchbohrte. Er ruderte mit den Armen und trat blind über den Rand der Treppe hinaus. William streckte den Arm aus und wollte verhindern, dass der Mönch abstürzte. »Filippo!«, schrie er, verstummte jedoch, als der Feldarzt in den Abgrund stürzte.

William fühlte sich geschlagen. Dabei war der Sieg so nahe gewesen. Er hatte ihn gekostet, wenn auch nur kurz – hatte gestaunt, weil sie aller Wahrscheinlichkeit zum Trotz so weit gekommen waren. Aber jetzt befand sich der Schatz ganz gewiss außerhalb ihrer Reichweite. Sie waren zu wenige, die Beduinen am Fuß des Berges waren so gut wie abgeschlachtet worden, und seine Kompanie wurde jetzt Mann für Mann dezimiert, während die Rassis wieder die Oberhand gewannen.

Hätten die Dar'uka sie unterstützt, wäre alles so einfach gewesen. Aber das hatten sie nicht. Anders als in der Schlacht auf der *Iberer* und bei Aosta waren sie nicht in letzter Minute aufgetaucht, und das erboste William. Er fühlte sich verraten – von ihnen und von seinem besten

Freund. Und jetzt würden sie seinetwegen alle sterben. Die Ordensbrüder, Peruzo ... Und Marco.

»Der Teufel soll dich holen, Kieran«, murmelte William, als eine weitere Salve Pfeile um sie herum niederprasselte.

VI

Während die Bogenschützen eine weitere Salve auf den Feind abfeuerten (diese Soldaten in Grau, die es auf wundersame Weise so weit den Berg herauf geschafft hatten), sangen die Rassis am anderen Ende der Felsfläche: »Egori ratas Ifer! Egori ratas Ifer!« Es waren Worte einer uralten Sprache, mit denen sich der Kult jetzt selbst Mut machte.

Übersetzt lauteten die Worte: »Der Held des Verräters tritt vor! Der Held des Verräters tritt vor!« Und so geschah es. Der Held war größer als die anderen Rassis, über zwei Meter groß. Er hatte breite Schultern und trug eine Rüstung aus Leder und Gusseisen, die seine Brust und die Taille schützte. Über der Rüstung trug er ein dunkelblaues Gewand mit goldenen Verzierungen, das ihm bis zu den Knöcheln reichte. Anders als seine Brüder, hatte dieser Krieger keine Maske vor dem Gesicht, sondern ein Stirnband, in das ein einzelnes brennendes Auge eingestickt war. Seine Haut sah dunkler als der rostrote Sand aus, sein Haar war pechschwarz, die Augen tückisch zusammengekniffen.

Unter anschwellendem Gesang trat der Held des Verräters aus einer Höhle ins kupferfarbene Sonnenlicht und hob die Waffe seiner Wahl: einen Eisenstab, so schwer, dass es zwei seiner Kameraden gebraucht hätte, um ihn zu halten. Er wandte sich zu den Rassis ringsum und schwang den Stab in der Luft. Der Gesang der Rassis ging in Jubelrufe über, die vom Berggipfel widerhallten; hinter dem Helden setzten sie sich in Bewegung.

Der Feind auf der Treppe war geschwächt – es wurde Zeit, dass die Rassis ihn endgültig vernichteten.

VII

Die Mönche luden nach und feuerten. Über den Lärm der Schüsse hinweg hörte die Kompanie das Mantra der Rassis. Es war ein grässliches Geräusch, unheimlich und rachsüchtig. Das entschlossene Heulen schwächte die Moral; William bemühte sich, die Angst zu unterdrücken, als die Schritte im Marschrhythmus immer näher kamen.

Marco verzagte und duckte sich auf den Stufen.

Nach einer weiteren Pfeilsalve, die wenig Zoll über ihren Köpfen dahinzischte, rief William Peruzo zu: »Was tut sich da oben?«

Peruzo ließ die Flinte einen Moment ruhen und spähte durch den Rauch. Die Rassis rückten wieder vor, aber sie folgten etwas oder jemandem, der sie alle zwergenhaft erscheinen ließ.

»Peruzo?«, rief William erneut.

»Ich schwöre bei Gott ...«, stöhnte Peruzo und sah zu Willliam. *»Wir müssen uns zurückziehen.«*

William sah ihn fassungslos an. »Was reden Sie da?«

Peruzo griff nach unten und zog William in seine Position hoch. Es wurde eng auf der obersten Stufe, aber Orlando und Neil rückten bereits ab, da sie ebenso erschrocken waren wie Peruzo. William sah durch den abziehenden Rauch und erkannte den Grund dafür. Dutzende und Aberdutzende Rassis marschierten mit über den Kopf erhobenen Schwertern Richtung Treppe. Doch die massierten Reihen der Krieger mit ihren Drachenmasken verbreiteten längst nicht so viel Angst und Schrecken wie der Gigant, der sie anführte. Er war riesig, die Waffe in seiner Hand ein Pendel des Todes.

»Ich habe keine Munition mehr«, sagte Orlando zu William.

»Zurück«, sagte William widerwillig. »Alle ... *Sofort zurück.*«

Die Mönche zogen sich zurück, Peruzo lud die Flinte, um den Rückzug zu decken. Da ihre Munition so gut wie aufgebraucht war, genügte das Auftauchen des Giganten, um William endgültig davon zu überzeugen, dass sie die Mission abbrechen mussten. Marco und Jericho gingen voran, er selbst verweilte mit seinem Lieutenant und deckte den langsamen Rückzug die Treppe hinab. Als die ersten Rassis am oberen Ende der Treppe erschienen, schossen sie beide; zwei Kultisten brachen zusammen und fielen die Treppe herunter.

William lud nach. »Rückzug! Rückzug!«, rief er und ging eine weitere Stufe hinab. Ein Kultist tauchte auf und warf sich auf sie, und nur der blitzschnelle und beherzte Stoß Peruzos mit der Baker-Rifle verhinderte, dass einer der Männer verletzt wurde. Doch die Flinte zerbrach; Peruzo warf sie resigniert zu Boden und zog verzweifelt das Schwert, als William seinen letzten Schuss abgab und einen weiteren blau gekleideten Krieger erledigte, der die Treppe herunterstolperte und sich die Wunde an der Brust hielt.

Dann folgte William Peruzos Beispiel, warf die Flinte zu Boden und zog Engrins Schwert. Seine linke Hand fühlte sich kalt und taub an, die rechte zitterte, während er sah, wie die Rassis am oberen Ende der Treppe zögerten. Er und Peruzo hatten die ersten Angreifer so schnell ausgeschaltet, dass die anderen nicht mehr ganz so überstürzt folgten. Aber ewig würden sie bestimmt nicht warten, und es konnte nicht mehr lange dauern, bis die Bogenschützen oder gar der Hüne selbst auftauchten. William wartete nicht ab, wer zuerst kommen würde; er trieb seine

Überlebenden förmlich um die Biegung. Als sich der letzte Mann in Sicherheit gebracht hatte, prallten Pfeile gegen Treppe und Felswand.

»So können wir sie nicht besiegen«, gab William zu. »Wir haben keine Wahl. Wir müssen uns zu den Beduinen zurückziehen ... Vielleicht können wir die Rassis gemeinsam aufhalten. Vielleicht haben wir eine andere Möglichkeit, zu ...« Er verstummte und sah seinen Männern in die Gesichter.

Selbst im Halbdunkel sah Peruzo die Verzweiflung in den Augen seines Captains. »Wir haben getan, was wir konnten, Captain«, sagte er. William antwortete nicht, sondern winkte sie weiter die Treppe hinunter.

Jericho ging wieder voran, blieb jedoch mit einem Aufschrei der Warnung stehen. Konsternierte, dann drängende Stimmen wurden im Kampfgetümmel laut. *Beduinenstimmen.*

William drängte sich an Orlando und Neil vorbei und ging um Marco herum, der unschlüssig zwischen den Rassis oben und den Männern unten stand, die herbeigeströmt kamen. Er sah Jericho, der mit erhobenen Händen dastand; mehrere Schwertspitzen zeigten auf ihn. Die Krieger sahen auf, als William dazutrat. Mehrere dunkelhäutige Gesichter blickten ihn an.

»Sie«, sagte William und zeigte auf den jüngsten der Krieger. »Sie sind Mazins Sohn.«

Als der Name fiel, nickte der junge Beduine und lächelte. »Mazin«, antwortete er und schlug sich auf die Brust. Er ließ das Schwert sinken, trat vor und schüttelte William die Hand.

»Wie kommen Sie hierher?«, fragte William und vergaß beinahe die Rassis am oberen Ende der Treppe. Mazins Sohn lächelte immer weiter, da er kein Wort von William verstand. Er grinste und zeigte ins Tal unter ihnen.

»Mazin«, wiederholte er.

William kniff die Augen zusammen und sah durch das trübe Licht. Er bemerkte dunkle Gestalten da unten, mehr als vorher da gewesen waren. *Mit Wagen und noch etwas …*

»Die Kanone?«, fragte William. Anscheinend verstand Mazins Sohn wenigstens dieses Wort, denn sein Lächeln wurde noch breiter.

»Captain, sie kommen!«, warnte Peruzo, als die Rassis im Schutz ihrer Bogenschützen die Treppe herunterstürmten.

Die Suwarka drängten sich mit Schwertern und Keulen an den belagerten Mönchen vorbei. Als die Rassis um die Ecke kamen, griffen die Suwarka an. Was ihnen an Geschick fehlte, machten sie an Frische und Anzahl wett. Die Rassis töteten mehrere Suwarka, doch die Beduinen stießen unerbittlich vor und drängten die Rassis einfach von der Treppe. Die Kultisten stürzten entweder in den Abgrund oder zogen sich unter den Jubelrufen der Mönche zurück.

Als die erste Angriffswelle der Rassis ausgeschaltet worden war, feuerten die Bogenschützen eine Salve Pfeile ab, die auf die jubelnden Beduinen herabregneten. William musste mit ansehen, wie die tapferen Araber den Berghang hinabstürzten oder von dicken Pfeilen durchbohrt auf die Knie sanken, wo ihre Schreie über den Sims hallten, die anderen Suwarka erschreckten und zum Elend der Kompanie beitrugen. Da die Bogenschützen der Rassis das obere Ende der Treppe hielten, hatte sich die Position von Williams Leuten nicht nennenswert verbessert.

Mazins Sohn sprach hastig mit einem der Beduinenkrieger, der zum Rand der Treppe sprang und zwei große Flaggen, eine orange und eine gelb, aus dem Gewand zog. Damit winkte er ins Tal hinab, während die Suwarka sich an die Felswand drückten.

William blieben nur Sekunden, um zu begreifen, was geschah, und er hörte im Geiste Scheich Fahds Warnung vor der Kanone. »Pest und Hölle!«, rief er seinen Männern zu. »Alle Mann ... in Deckung!«

Flammen schossen aus jeder Waffe im Tal. Ein Heulen erfüllte die Luft, William kniff die Augen zusammen. Sie hatten nicht einmal genügend Zeit für ein Gebet ...

Der erste Schuss schlug unter ihnen ein, nur ein Dutzend Schritte entfernt. Er explodierte harmlos am Berghang und ließ die Treppe erbeben, auf der sie knieten. Der zweite ging auf der linken Seite ins Leere, nicht weit von der Treppe entfernt, die zu dem Felsplateau hinaufführte; allein diese Nähe hatte William Anlass zu den schlimmsten Befürchtungen gegeben, wäre nicht der dritte Schuss mehrere Yards über ihnen eingeschlagen. Der Lärm war ohrenbetäubend und erschütterte sie bis ins Innerste; Gesteinstrümmer und Staub regneten auf sie herab. William hielt die Hände auf die Ohren gedrückt und fürchtete, wenn er die Augen aufschlug, würde er eine Unzahl von Opfern ringsum zu sehen bekommen. Zu seiner Erleichterung waren jedoch alle zwar bestürzt, aber unverletzt. Marco sah zu Tode verängstigt aus.

»Die elenden Narren bringen uns um, Captain!«, rief Peruzo.

William konnte nur zustimmen, doch schienen sie mit ihrem Zweifel, was die Treffsicherheit der Kanonen betraf, ziemlich allein dazustehen, denn der Beduinenkrieger stand wieder auf und winkte erneut mit den Flaggen. Er hob die Arme dreimal in die Höhe und hielt die gelbe Flagge nach links. Dann legte er die Flaggen auf den Boden und zog sich wieder in den kümmerlichen Schutz der Felswand zurück.

»Unten bleiben«, rief William. »Gleich kommt die nächste Salve ...«

Die Kanonen sprachen erneut, drei weitere Schüsse kamen heulend in ihre Richtung. William hörte Bruder Neil hinter sich ein Gebet murmeln, doch der Mönch brachte es nicht einmal zu Ende, da erbebte die Treppe schon wieder. Diesmal trafen die Schüsse den Absatz über ihnen. Die Felsen am Rand wurden in Stücke gesprengt und zerrissen die feindlichen Bogenschützen, die sich dort versteckt hatten. Manche wurden mit gebrochenen Knochen über das Plateau geschleudert. Andere verloren Arme und Beine, wurden in die Luft gewirbelt und stürzten den Berghang hinab. Ein Toter fiel sogar zwischen die Suwarka.

Als sich Rauch und Staub verzogen, nahm der Beduine die Flaggen wieder zur Hand. Als er das Signal gab, traf ihn ein Pfeil in den Rücken, er fiel zu Boden. Mazins Sohn lief hin und nahm ihm die Flaggen aus der Hand. Er winkte in einer direkten Linie über seinem Kopf damit, dann rannte er von dem Sims und warf sich neben William in Deckung.

William schützte den Kopf mit den Händen, als eine dritte Kanonensalve auf die Rassis über ihnen herabregnete. Marco schrie verzweifelt auf, da er glaubte, dass jede Explosion seine letzte wäre, während Jericho einfach nur hysterisch lachte, als Felstrümmer, Splitter von Rüstungen und Fetzen menschlichen Fleischs herabregneten.

Und dann hörte das Bombardement auf.

Hustend und johlend erhoben sich die Suwarka und stürmten die Treppe hinauf. William musste seine Männer nicht erst anspornen: trotz ihrer Erschöpfung folgten sie ihren Verbündeten in den Kampf.

VIII

Die Suwarka stürmten über die oberste Stufe und wurden von mehreren Bogenschützen begrüßt. In dem Chaos nach dem letzten Kanonenbeschuss waren sie jedoch nicht so treffsicher wie gewohnt, daher fielen nur drei Suwarka. Die anderen rannten eilfertig über Trümmer und sterbende Kultisten und stürzten sich in den Nahkampf.

Der Held des Verräters war weitgehend unverletzt geblieben, allerdings hatte eine der Explosionen ihm teilweise die Rüstung weggerissen und man sah eine Verletzung an der Wange. Seine Kraft schien davon jedoch nicht beeinträchtigt zu sein; er erwartete die Suwarka mit seinem Eisenstab, den er im Kreis schwang. Mit dem ersten Hieb traf er zwei Beduinen, schlug ihnen die Schädel ein und stieß sie mit der Wucht seines Schlags über den Klippenrand. Als er den Stab in die Gegenrichtung schwang, zertrümmerte er einem weiteren Beduinen den Brustkorb. In dem allgemeinen Durcheinander hatten die Beduinen diesen vortrefflichen Krieger nicht richtig eingeschätzt und stürzten sich ohne jede Vorsicht auf ihn. Der Gigant schwang den Stab erneut, schlug Schädel ein, brach Arme und Beine und wehrte jeden Suwarka ab, der sich ihm näherte.

Mazins Sohn befand sich unter den ersten Angreifern. Er sah den Stab auf seine Männer niedersausen und landete einen Treffer am Arm des Riesen. Der Gigant sah das Schwert auf sich zukommen, ließ den Stab in den Händen kreisen und stieß ihn Mazins Sohn ins Gesicht. Der Hieb zertrümmerte ihm den Schädel an der Stirn, der junge Krieger taumelte rückwärts in die Arme seines Stammesgefährten.

William sah ihn sterben und erkannte, dass der Angriff

der Suwarka ins Stocken geriet. Verzweifelt befahl er die Ordensbrüder Jericho und Neil mit ihren Flinten nach vorn. Sie zielten im Halbdunkel und feuerten. Bruder Jericho verfehlte den Giganten nur um wenige Zoll, aber Neils Schuss traf ihn in den Magen. Der Held taumelte rückwärts und hielt sich mit einer Hand den Bauch. Dadurch kam der Stab aus dem Gleichgewicht, ein Ende krachte klirrend auf den Boden. Bruder Neil lud nach, zielte … doch ein Krieger sprang herbei und versetzte ihm einen Stich ins Herz. Während sich Jericho mit der letzten Kugel zu schaffen machte, wehrte William die Rassis ab, brachte einen zu Fall, und dann noch einen, damit der Mönch freies Schussfeld zu dem Giganten hatte, der sich derweil offenbar wieder erholt hatte und den Stab schwang. Jericho schoss erneut; die Kugel durchbohrte die Brust des Hünen, hielt ihn jedoch nicht auf – er rückte weiter vor.

Mehreren Suwarka, die im Angesicht des Giganten zurückwichen, war der Fluchtweg abgeschnitten; der Eisenstab beschrieb abermals seine Bahn, nicht mehr ganz so schwungvoll wie vorher, aber immer noch mit verheerender Wucht; Beduinen fielen schreiend und verstümmelt zu Boden. Während der Schlächter unerbittlich näherrückte, bückte sich William und zog die Flinte unter Bruder Neils Leichnam hervor. Als er aufblickte, stürzten sich mehrere Rassis auf ihn, und er ging zu Boden. Um ihn herum wurde es schwarz, und er spürte die Krieger auf sich und rechnete jeden Moment damit, dass ein Schwertstreich seinem Leben ein Ende setzen würde.

Als die Last von ihm genommen wurde und William sich wieder bewegen konnte, stand Peruzo mit blutigem Schwert über ihm. »Schießen Sie, Captain!«, rief er verzweifelt.

William hielt die Flinte an die Schulter und sah dem Giganten entgegen, der auf ihn zugestapft kam. Der schlug mit dem Eisenstab nach Williams Kopf; William ließ sich rückwärts fallen und feuerte fast blindlings. Bei knapp einem Yard Entfernung konnte er nicht daneben schießen, doch es wurde ein zusätzlicher Glückstreffer: die Kugel bohrte sich mitten zwischen die leuchtenden Augen. Das Stirnband flog in Fetzen davon, der Hinterkopf in einer Wolke von Knochensplittern und Blut. Der Gigant taumelte, aber bevor er der Länge nach umfallen und William zerquetschen konnte, sackte er unter den Jubelrufen der Beduinen in sich zusammen und rührte sich nicht mehr.

Die Suwarka stürmten vom Wunsch nach Rache getrieben wieder los. Und hinter ihnen kamen die Ajaida, die Aquila und die Überlebenden der Tarabin. Dem Sturmangriff hielten die organisierten Reihen der Rassis nicht stand. Die schiere Anzahl und Wucht der Beduinen, die das Plateau erstürmten, zwangen die Rassis zum Rückzug zu den Felswänden oder drängten sie einfach über den Rand des Simses hinaus, wo sie sich überschlagend die Hänge hinabstürzten. Manche retteten sich die Stufen zum Tempel hinauf, doch auch dort wurden sie von den blutgierigen Suwarka abgeschlachtet, die den Tod des Sohnes ihres Anführers und alle davor gefallenen Kameraden rächen wollten – Generationen der Schreckensherrschaft, Jahrhunderte des Todes.

Unter den Kämpfern befanden sich auch die letzten der Kompanie, die sich von neu erstarktem Kampfgeist beseelt aufrafften und die Stufen zur letzten Zuflucht der Rassis hinaufstürmten. Als sie die zweite Treppenflucht erobert hatten, kämpften Peruzo, Jericho und Orlando Rücken an Rücken mit den Suwarka und nutzten die erhöhte Position zu ihrem Vorteil. William stach mehrere Gegner nieder, indem er mit Engrins Schwert nach jeder Drachenmaske hieb, die ihm in die Quere kam. Inzwischen waren die

Rassis verzweifelt, und je mehr den Schwertern der Beduinen zum Opfer fielen, desto unausweichlicher schien ihre Niederlage. Sie vergaßen ihren Mut, vergaßen ihre Überlegenheit, und noch wichtiger, ihr kostbarstes Gut: den Schatz von Mhorrer.

Doch bei aller Demoralisierung vergaßen sie nicht, um ihr Leben zu kämpfen: die letzten verbliebenen Rassis wehrten sich mit aller Verbissenheit gegen ihre Widersacher. Sie hatten es immer noch auf William und seine Mönche abgesehen, und viele der Suwarka fielen; Bruder Orlando verlor eine Hand, und jeder Mann trug eine Verletzung davon. Selbst Marco.

Williams Neffe hatte sich im letzten Moment in den Kampf gestürzt, als William Engrins Schwert fallen ließ, da seine Fingerstümpfe erneut zu bluten anfingen und den Griff rutschig machten. Nur Marcos Eingreifen war es zu verdanken, dass ein Kultist William keine schwerwiegende Verletzung zufügte. Marco sprang vor und bohrte dem wehrhaften Krieger das Schwert unter der Achselhöhle in den Leib. Obwohl das Schwert in seiner Lunge steckte, schlug der Kultist um sich und schlug Marco so ins Gesicht, dass der Junge zu Boden ging. William fing sich wieder und zog Marco mit der blutenden Hand zurück, während er mit der anderen das Schwert schwang und dem Rassis den Schädel spaltete.

Als der Gegner ausgeschaltet war, half William seinem benommenen Neffen auf die Beine. Blut lief aus Marcos gebrochener Nase, er konnte nur unter Schmerzen grunzen. William führte ihn zu der Treppe hinter ihnen und aus dem Kampfgeschehen hinaus.

»Meine Nase tut weh«, stöhnte Marco.

»Die heilt wieder«, versprach William und versuchte, sich zu beherrschen. Er war so stolz, dass er alle Anstrengung aufbieten musste, um Marco nicht an sich zu drücken und wie im Fieberwahn zu lachen. »Du hast genug getan. Bleib in Deckung bis der Kampf zu Ende ist.«

Marco widersprach nicht und hielt sich die schmerzende Nase. Einen Moment schaute er auf und sah seinem Onkel in die Augen.

»Du hast mir das Leben gerettet«, sagte William.

Marco lächelte mit Tränen des Stolzes in den Augen. William schlug ihm mit der Hand auf die Schulter und unterdrückte alle rasch wechselnden Gefühle, von Angst und Schrecken über Mordlust bis hin zu reiner Liebe und Glückseligkeit.

Doch der Kampf dauerte noch an, und William stürzte sich wieder hinein. Auf dem Plateau vor ihnen wimmelte es von Beduinenkriegern, bis man nur noch wenige Rassis sehen konnte und auch die letzte Drachenmaske überwältigt wurde.

»Es ist vorbei«, sagte William und fühlte, wie seine Arme kraftlos herunterfielen. Er sah den blutüberströmten Peruzo an. »Wir haben es geschafft, Peruzo. Bei Gott, wir haben gesiegt.«

Peruzo war zu erschöpft, um Freude zu empfinden, daher nickte er nur und ließ sich neben dem vor Blutverlust leichenblassen Orlando auf die Stufen sinken. Jericho ließ sich in der Nähe auf ein Knie fallen, dann verließen ihn die Kräfte. Er schloss die Augen, sprach ein kurzes Gebet zu jedwedem Gott, der zuhören mochte, und dankte ihm für ihren Sieg.

Die Schlacht war vorbei. Sie hatten die Rassis vernichtet.

IX

Scheich Mazins Schreie schallten durch das ganze Tal. Sie hallten schrill durch die rauchschwangere Stille des Schlachtfelds, und keine anderen kamen ihnen an Verzweiflung gleich.

Scheich Fahd hörte sie voll Trauer. »So sehr er auch immer mit Abdullah geschimpft hat, er hat seinen Sohn von Herzen geliebt«, sagte er zu William, der an Marco dachte.

»Er ist sehr tapfer gestorben«, antwortete William.

»Das dürfte Mazin kaum ein Trost sein«, sagte Scheich Fahd. »Seine letzten Worte an ihn waren zweifellos geringschätzig.«

William ließ den Blick über das Tal schweifen. »Wir alle haben heute jemanden verloren«, sagte er nachdenklich.

Scheich Fahd nickte. Dann ließ William ihn wie versprochen den Berg hinauf zur Stätte des Sieges tragen. Suwarka und Ajaida trugen die Sänfte unter Williams Aufsicht. Es war eine anstrengende Aufgabe, besonders in der Dämmerung, doch ein Versprechen war ein Versprechen. Sie würden den Scheich in Kürze zurückbringen, aber erst wenn er den Ort des letzten Gefechts der Rassis mit eigenen Augen gesehen hatte.

»Wie viele Ihrer tapferen Männer haben überlebt?«, fragte Scheich Fahd.

»Drei«, antwortete William. »Und mein Neffe.«

»Ein schwerer Verlust, Captain Saxon«, bemerkte Scheich Fahd. »Ich selbst habe über fünfhundert Mann verloren.«

»Das tut mir leid«, murmelte William. »Ich wünschte …«

»Wünschen macht sie nicht wieder lebendig, Captain«, sagte Scheich Fahd sanft. »Aber sie sind tapfer gestorben, genau wie Mazins Sohn. Man wird Lieder von ihnen singen und Geschichten über sie erzählen.«

Lieutenant Peruzo kam zu ihnen. »Sir«, begrüßte er William und deutete vor dem Scheich eine Verbeugung an.

»Sprechen Sie, Lieutenant.«

»Bruder Orlandos Zustand verschlechtert sich. Die Blutung ist zwar gestillt, aber er ist sehr schwach und die Reise zum Lager der Ajaida lang. Möglicherweise überlebt er sie nicht.«

»Sorgen Sie dafür, dass er es bequem hat, dann warten wir ab, was der Morgen bringt«, antwortete William. »Was ist mit Fahds Doktor?«

»Er ist kein Filippo, aber tüchtig. Dafür danke ich dem Scheich.« Der Lieutenant überließ die beiden Männer wieder ihrer Unterhaltung; als er sich entfernte, wurden auch Scheich Mazins Schreie leiser.

»Mazin kommt mit seinem Kummer zurecht«, merkte Scheich Fahd an. »Aber nur mit dem über den Tod seines Sohnes. Wenn der Morgen anbricht, dürfte es noch mehr zu beklagen geben.«

»Wie viele wurden getötet, was meinen Sie?«, fragte William.

»Das weiß niemand, Captain«, entgegnete Scheich Fahd. »Die Tarabin sind fast alle gefallen. Galal hat überlebt, aber wer weiß, wie viele der Aquila gestorben sind. Und es liegen viele tote Suwarka auf diesem Berg.«

William blies die Backen auf. Er seufzte und versuchte, sich ein Bild von der Lage zu machen. Gestern hatten sie herbe Verluste hinnehmen müssen. Heute war die Armee so gut wie aufgerieben.

»War es das wert?«, fragte William laut.

»Mein Bruder ist gerächt, Captain«, sagte Fahd achselzuckend. In der Dunkelheit konnte William sein Lächeln nicht sehen, wohl aber das Funkeln in seinen Augen. »Der Ruf der Ajaida dürfte legendär werden. Möglicherweise rüttelt er die Stämme sogar so sehr auf, dass sie sich gegen Ali vereinigen.«

»Das würde mich freuen«, murmelte William, aber es war ein schwacher Trost.

»Was ist mit Ihnen? Hat sich Ihr Opfer gelohnt, Captain Saxon? Haben Sie gefunden, weshalb Sie gekommen sind?« fragte Fahd.

William sah über seinen Kopf hinweg zum Schatten des Tempels auf dem Berggipfel. »Noch nicht«, antwortete er. »Aber das werde ich.«

KAPITEL EINUNDZWANZIG

Der Schatz von Mhorrer

1

Sie stiegen die steilen und schmalen Stufen empor, als die Sonne den Himmel verließ. Das Tageslicht blieb hinter der Welt zurück, die sich weiterdrehte, als der Captain und der Lieutenant den Gipfel erreichten. Vom Gipfel ließ William den Blick über den Sinai schweifen, sah die Hügel und Berge in der Ferne im roten Feuer der Dämmerung. Ein wunderbarer Anblick, doch beide Männer waren zu erschöpft, ihn zu genießen.

»Ich bin froh, dass Sie mich nicht da runtergeschickt haben, das Schießpulver holen«, sagte Peruzo schwer atmend. »Sie hätten mich tragen müssen, wie Scheich Fahd.«

»Sie sehen alt aus«, sagte William.

»Nicht die Jahre lassen einen Mann altern, Captain, sondern die *Erfahrung*«, antwortete Peruzo und lachte. »Was macht die Hand?«

»Sie tut weh, wenn ich gehe«, antwortete William und fing ebenfalls an zu lachen. »Adriana wird mich ausschimpfen, Peruzo. Das war meine *beste* Hand.«

Peruzo lachte noch lauter und ein paar Minuten spielten Dienstgrade, der Orden und die Mission keine Rolle. Sie hatten es bis zum Tempel geschafft – entgegen aller Hoffnungen standen sie vor dem Haus aus Stein, in dem der Schatz von Mhorrer wartete, und hatten damit etwas vollbracht, das den Vampyren nicht gelungen war;

das Graf Ordrane nicht gelungen war. Nicht einmal den Dar'uka. Und es war eine gesegnete Erleichterung, dass sie einmal an etwas anderes als den Tod des größten Teils ihrer Freunde und Kameraden und das Gemetzel unten im Tal denken konnten.

Als ihre Heiterkeit sich legte, sahen beide zu dem Tempel vor ihnen hinauf. Vom Tal aus hatte das Gebäude wie ein gedrungener Bunker aus Stein mit einer großen Tür in der Fassade ausgesehen, doch aus der Nähe sah man, dass es komplexer war. Die große Doppeltür, die William aus der Ferne gesehen hatte, wurde von vier massiven und gleichermaßen eindrucksvollen Säulen gestützt, viele Ellen dicke Obelisken aus Granit. Rauchfarbener Staub bedeckte sie, doch die Schnörkel erweckten in William den Eindruck, als wäre dieser Staub absichtlich aufgetragen worden.

Auch die Türen waren aus Granit geschnitzt und mit grauem Staub bedeckt, und er fragte sich, weshalb die Rassis diese Mühe auf sich genommen hatten. Im trüben Licht, ohne Sonnenschein, der direkt darauf fiel, sah das marmorne Schwarz wie Schatten aus, fast wie der Nachthimmel.

»Eine Fassade«, sagte er und legte eine Hand auf den kühlen Stein, »damit niemand weiß, was das ist.«

»Können wir rein?«

»Wissen Sie, darüber habe ich noch gar nicht nachgedacht«, gab William zu. Er suchte nach einer Klinke oder einem Griff, fand aber nichts. Im Halbdunkel konnte man kaum etwas erkennen. William ertastete mit den Fingern eine Gravur im Scharnier und beugte sich näher hin.

»Sehen Sie sich das an.«

Peruzo sah genauer hin. »Ein Schloss?«

»Fühlt sich nicht so an«, entgegnete William. »Ein Symbol? Ich kann es in diesem Licht nicht sagen.«

»Wenn Bruder Jericho seine fünf Sinne noch beisammen hat, bringt er eine Fackel von da unten mit«, sagte Peruzo.

»Ich hoffe es, Lieutenant. In einer Stunde dürften wir auf diesem Berggipfel vollkommen blind sein.«

»Was meinen Sie, wie lange brauchen die?«, fragte Peruzo und stapfte müde zum Rand des Plateaus. Seine Stiefelspitzen ragten über den Rand hinaus, als er zu den Beduinen weit unten hinunterblickte. Die Festung der Rassis wurde bereits geplündert, die Beduinen hatten auf sämtlichen Wegen und Treppen Fackeln entzündet und suchten nach Überlebenden und gefallenen Freunden.

»Je nachdem, ob die Kamele von Scheich Fahd die Treppen hochsteigen können, eine gute Stunde, wenn nicht zwei«, antwortete William. »Vielleicht sogar mehr.«

Peruzo grunzte und entfernte sich vom Rand. Er setzte sich in der Nähe des Eingangs hin und blickte zu William auf.

»Was denken Sie, Lieutenant?«

»Wenn Sie verzeihen, ich habe mich gefragt, wie Sie sich nach unserem Sieg fühlen müssen«, sagte Peruzo.

»Ich wäre recht zufrieden, wenn wir in diesen verdammten Tempel reinkämen«, sagte William und drückte seufzend wieder gegen die Tür.

»Und was ist mit Ihrer Zukunft im Orden?« Peruzo hörte sich fast flehentlich an.

»Meiner Zukunft?«

»Sie haben einmal erwähnt, dass Sie ihn vielleicht verlassen wollen«, erinnerte Peruzo ihn. »Trifft das immer noch zu, jetzt wo wir diesen Berg erklommen und die Rassis besiegt haben?«

William kam herüber und setzte sich neben den Lieutenant. »Offen gestanden habe ich seither nicht mehr darüber nachgedacht.«

»Darf ich ganz offen sprechen?«, fragte Peruzo.

William nickte.

»Thomas Richmond hat Sie nicht grundlos auf diese Idee gebracht, William. Täuschung war sein Lebenselixier. Er wollte Sie mit seinen Worten vergiften. Sie sind der größte Soldat des Ordens. Wenn Sie fortgehen, existiert der Orden nicht mehr. Das wusste Richmond. Er wollte Ihre Überzeugung erschüttern. Er hat uns belogen. Er hat uns benutzt. Vergessen Sie, was er Ihnen gesagt hat«, bat Peruzo.

William seufzte. »Wenn ich das nur könnte. Aber es war nicht nur Thomas, der mich auf diese Gedanken gebracht hat. Adriana graut vor jedem neuen Abschied. Und ich bin des Kämpfens überdrüssig. Sie nicht, Peruzo?«

Peruzo lachte. »Aber natürlich bin ich das, allerdings bin ich auch älter als Sie.«

»Haben Sie jemals daran gedacht, den Orden zu verlassen? In einem hübschen Häuschen in Villeda den Ruhestand zu genießen?«

»Ja«, gab Peruzo zu. »Aber was sollte ich machen? Ich bin Soldat. Immer gewesen. Als Bauer wäre ich schrecklich. Ebenso als Ehemann. Und ich habe keine Kinder, die sich meiner annehmen könnten.«

»Ich bin sicher, Sie würden eine schöne Witwe oder sonst jemanden finden, der mit den Fingern durch Ihren Bart streicht«, scherzte William.

Peruzo lachte mit ihm. »Ah, das hört sich herrlich an, Captain … Aber ich sehe es nicht als echte Möglichkeit«, fügte er mit trauriger Miene hinzu. »Ich habe mein ganzes Leben dieser Sache gewidmet. Und ich denke, die Sache dürfte es ziemlich bald fordern.«

»Nicht, wenn Sie sich nach dieser Mission aufs Altenteil zurückziehen«, sagte William. »Sie könnten Novizen des Klosters ausbilden. Sie zu besseren Soldaten machen.«

Peruzo wirkte interessiert. »Glauben Sie, das Sekretariat würde das zulassen?«

»Bei einem Helden aus dem Tal des Feuers, warum nicht?«, entgegnete William.

II

Jemand stieß Peruzo mit dem Zeh an. Der Lieutenant schrak hoch und sah sich mit verschlafenen Augen um. Um ihn herum herrschte eine seltsame Helligkeit, die ihm in den Augen brannte. »Habe ich geschlafen?«, murmelte er; als er klarer sehen konnte, erblickte er Bruder Jericho, der mit einer Fackel in der Hand grinsend zu ihm heruntersah. Auch Marco trug eine Fackel und stand neben zwei Maultieren. »Du hast dir Zeit gelassen«, bemerkte Peruzo und stieß sich vom Boden ab.

Jericho sah betroffen drein. »Hast du jemals versucht, vier schwere Fässer Schießpulver auf einen hohen Berg zu transportieren?«

»Fahd hat uns die Esel gegeben, Onkel«, erläuterte Marco William, während Jericho dem Lieutenant auf die Füße half. »Ich glaube nicht, dass es diese merkwürdigen Tiere mit Pfoten statt Hufen die Stufen hinauf geschafft hätten.«

»Kamele, Marco, man nennt sie Kamele, aber ich muss dir zustimmen, sie sind zu schlaksig für diese Stufen«, sagte William, als sie die Fässer losbanden. »Hoffentlich hast du dich beim Scheich bedankt.«

»Haben wir, ich glaube aber nicht, dass er uns verstanden hat«, sagte Jericho.

»Ich bin sicher, er hat Sie *voll und ganz* verstanden«, sagte William und legte die Fässer auf den Boden. »Was ist mit Bruder Orlando?«

»Sieht immer noch nicht gut aus, Captain«, antwortete Jericho. »Fahds Arzt hat das Handgelenk ausgebrannt, aber jetzt hat er Fieber. Wir hätten ihn nicht in den Händen dieser Araber lassen dürfen.«

»Der einzige Mann, den man wenigstens annähernd noch als einen Mediziner bezeichnen könnte, ist Fahds Arzt, Jericho«, entgegnete William. »Mir ist klar, dass er kein Filippo ist, aber er hat alle erforderlichen Prozeduren durchgeführt. Wenn die Wunde brandig wird, muss Orlando mit Sicherheit sterben.«

»Möglicherweise stirbt er so oder so, Onkel«, sagte Marco. »Er sieht *krank* aus.«

Die Neuigkeiten über Bruder Orlando waren niederschmetternd; William musste sich alle Mühe geben, damit er sich seine Verzweiflung nicht anmerken ließ. Doch sie hatten an diesem Tag so viele Männer verloren, dass Orlandos Zustand dagegen nicht besonders schwer wog. Er senkte den Kopf, hob ein Fass auf die Schulter und ging zu dem Tor. »Überlassen wir Bruder Orlando Fahds Leuten – wir haben eine Mission zu vollenden«, sagte er zu ihnen. »Und wir müssen eine Möglichkeit finden, diese Tür aufzubekommen.«

Er stellte das Pulverfass neben dem Eingang ab und legte die Hände auf das Gestein.

»Möchten Sie sie aufsprengen?«, fragte Peruzo und nahm Marco die Fackel ab. Er blieb einige Schritte von dem Fass entfernt stehen, als hätte er Respekt davor, was passieren könnte, sollte es Feuer fangen.

»Das wäre eine Idee«, antwortete William. »Wir haben keinen Schlüssel.«

»Dieses Symbol könnte ein Schloss sein«, schlug Peruzo vor.

»Symbol?«, fragte Jericho und kam näher. William zeigte nach rechts, zum Scharnier der Tür; Jericho hob die Fackel und betrachtete die Gravierung. Als er die Fackel in ummittelbare Nähe hielt, leuchtete das Symbol plötzlich auf. Jericho murmelte überrascht etwas und hielt die Fackel noch näher hin; durch die Bewegung erstrahlte das Symbol noch heller. »Captain, sehen Sie sich das an …«, flüsterte er.

Sie scharten sich um Jericho, der die Fackel über das leuchtende Zeichen hielt: Es war das Symbol des Rassis-Kults und leuchtete wie Eisen in einem Schmelztiegel.

»Unglaublich«, murmelte Peruzo.

»Wahrlich«, stimmte William zu, ließ sich von dem Wunder aber nicht blenden. »Dies ist das Tal des Feuers, und diese Sekte ist das Auge des Feuers. Vielleicht braucht man Feuer, um diesen Tempel aufzuschließen …« Er nahm Jericho die Fackel aus der Hand und drückte die Spitze auf das Symbol. Es war eine reine Vermutung, eine abwegige Vermutung, doch William fand es logisch, dass sich die Tür mit Feuer öffnen ließ.

Die Gravur bestand aus einem leitenden Element, das rasch heiß wurde und sich in das Metallschloss in dem Stein ergoss. Als es sich ausdehnte, drückten die Vertiefungen um das Auge herum auf den Mechanismus und die Steintür schwang knirschend auf.

»Es funktioniert! Es funktioniert!«, rief Marco, dessen Stimme über den Berg hallte.

Alle wichen zurück, ausgenommen William, der die Fackel auf das Schloss gedrückt hielt, sodass die Flammen darum loderten und die Hitze zunahm, bis der Stein rot glühte und die Fackel nur noch schwelte.

Die Tür ächzte und knirschte, glitt über den Felsboden und gab ein leises Grollen von sich, als Stein auf Stein schabte. Funken flogen und schwebten über dem Boden wie Glühwürmchen. Die Tür stieß das Pulverfass um, das William dagegen gestellt hatte; Jericho lief hastig hin und schaffte es weg, damit es nicht zerquetscht wurde oder einer der Funken es entzündete.

William, der nach wie vor die Fackel hielt, wartete, bis sich die Tür ganz geöffnet hatte. Als er die erstaunten Gesichter der drei Männer vor der Tür sah, fragte er sich, was sie sahen.

Die Tür kam knirschend zum Stillstand, das Quietschen der Scharniere verstummte. William ließ die ausgebrannte Fackel fallen, kam um den Türflügel herum und gesellte sich zu seinen Freunden. »Der Tempel ...«, flüsterte Peruzo und zeigte mit der Hand ins Innere.

Williams Augen passten sich an, er verstummte. In der angrenzenden Kammer gab es keine Fenster, keine Lampen, keine Fackeln. Sie wäre vollkommen leer gewesen, hätte nicht ein unstetes blaues Licht über Decke, Wände und Stufen im Inneren gespielt. Das Licht blieb nie an einer Stelle und flackerte wie der Vollmond, der sich in der Oberfläche eines aufgewühlten Sees spiegelt.

Und da war noch etwas: ein Geräusch wie von Insekten oder möglicherweise ein Chor von Stimmen in der Ferne. Ein Summen, das wie in Vorfreude anschwoll, als William einen Schritt auf den Eingang zuging. Peruzo legte ihm eine Hand auf die Schulter.

»Dieses Geräusch ...«, sagte er und schüttelte den Kopf. »Das habe ich schon gehört.«

William nickte.

»Was ist dafür verantwortlich?«, fragte Marco mit so gedämpfter Stimme wie die anderen.

»Scarimadaen«, antwortete Peruzo, dessen Hand von Williams Schulter glitt. »*Viele* Scarimadaen.«

»Deswegen sind wir hier«, rief ihnen William ins Gedächtnis zurück, nahm Marco die verbliebene Fackel ab und betrat das Tempelinnere. Jericho folgte ihm, dann Marco, während Peruzo sich noch einmal umsah und dann ebenfalls eintrat, derweil der furchtsame Chor immer lauter anschwoll.

III

Scheich Fahd betrachtete die beiden Toten. »Wann?« fragte er.

Die beiden Ajaida zuckten die Achseln, dann sahen sie ihn demütig an. »Noch nicht lange. Innerhalb der letzten Stunde«, antwortete einer.

Scheich Fahd untersuchte ihre Verletzungen, die klaffenden Risse in der Brust, die Schnitte in den Gesichtern. »Ganz sicher, dass sie nicht im Kampf getötet wurden?«

Die Ajaida nickten einhellig. »Basam und Iqbal gehörten zu Scheich Mazins Leibwache«, erklärten sie. »Sie standen während des Kampfes bei den Kanonen. Wahrscheinlich hat er sie auf den Berg geschickt, um seinen Sohn zu holen. Aber da sind sie nie angekommen.«

»Sie sind abgestürzt?«, fragte Scheich Fahd und sah zum Gipfel, der sich vor den Sternen abzeichnete. Fackeln säumten die Treppe, und einen Moment schien ein Licht auf dem Gipfel zu leuchten, verschwand jedoch gleich wieder.

»Nein«, sagte einer der Ajaida. »Ich glaube« – sein Bruder versetzte ihm hastig einen Stoß in die Rippen – »*wir* glauben, dass sie ermordet wurden.«

»Die Rassis!«, knurrte Scheich Fahd und spie auf den Boden »Sie müssten *alle* tot sein. Doch falls welche entkommen sind ...« Er sah wieder zum Berggipfel hinauf. »Wo sind meine Wachen? Ruft sie sofort! Und schickt sie auf den Berg, sonst werden Captain Saxon und seine Freunde abgeschlachtet!«

IV

Das Innere des Tempels war recht breit und lang: vierzig Yards tief und ebenso lang – eine quadratische Kammer mit gewaltigen Steinsäulen in jeder Ecke. Von diesen Säulen stieg das Dach empor und verjüngte sich hoch oben zu einer Spitze, die die Geometrie des Berggipfels widerspiegelte. Darunter führten von allen vier Wänden Stufen abwärts, wie bei einem quadratischen Amphitheater. Diese Stufen erstreckten sich über rund zwanzig Reihen und endeten unvermittelt an einem Abgrund, der zwanzig Yards im Quadrat maß.

Über diesem Abgrund hing die Lichtquelle. Sie stand auf einer Plattform auf einer enormen Säule aus Felsgestein, die bis in unauslotbar dunkle Tiefen hinabreichte. Zu dieser Säule führte eine Brücke aus Holz, die an jedem Ende von schwarzem Gestein gehalten wurde.

Und auf der Plattform lagen die zweihundertfünfzig Scarimadaen: der Schatz von Mhorrer. Jeder unterschied sich vom anderen. Jeder bestand aus einem speziellen, einmalig geformten Element und einzigartigem Material. Es gab Steinscarimadaen aus Marmor, Granit und Basalt; Scarimadaen aus Diamant, Gold, Platin und Blei ... Sie sahen Scarimadaen aus Eichenholz, aus Sand, aus Glas ... und so unmöglich es auch schien, sie sahen einige Pyramiden aus buntem Rauch, die kurz die Form zu verlieren schienen und sich dann wieder festigten. Oben befand sich eine Pyramide aus Wasser, die wie die Oberfläche eines Sees wogte und in schimmerndem Licht erstrahlte. Es gab sogar eine Pyramide, die wie ein Herz schlug und anscheinend aus über Knochen gespanntem Fleisch bestand ...

Das Geräusch der Stimmen wurde lauter, als würde eine

Armee an den Wänden des Abgrunds emporklettern. Peruzo hätte sich die Hände auf die Ohren gehalten, wäre das Licht der zweihundertfünfzig Scarimadaen nicht so grell gewesen, dass er die Augen abschirmen musste.

»Mein Gott«, murmelte Jericho zitternd.

Auch William war fassungslos vor Staunen und einem gewissen Grauen. Er stand am oberen Ende der Treppe und wollte näher hin, fürchtete sich jedoch zu sehr. Das Licht der Scarimadaen blitzte und flackerte und beseelte Schatten in dem Tempel, sodass es schien, als würden Gespenster an den Wänden und der Decke tanzen.

Er wich zurück und sah die anderen an, die ebenso eingeschüchtert wirkten. Die Stimmen von unten zerstreuten und reformierten sich anscheinend, stiegen an und hüllten die Plattform ein, wo das infernalische Licht knisternd über den Pyramiden flackerte.

»Was jetzt?«, flüsterte Jericho mit trockenem Mund.

William blickte sie an und sah Fackeln an jeder Ecke. »Es sind nur Scarimadaen, meine Herren«, versicherte er ihnen. »Die Stimmen, die Sie hören, sind nichts weiter als die Furcht in Ihren Herzen. Wir erliegen ihr nicht, *haben Sie mich verstanden?*«

Sie murmelten zustimmend, allerdings nicht sonderlich überzeugend. »Das ist nur ein Taschenspielertrick«, fügte William hinzu und ging zur ersten Ecke des Raums, wo eine ausgehöhlte, mit ölgetränktem Gras gefüllte Holzsäule stand. Er hob die Fackel und zündete das Gras an, das sofort entflammte; dann ging er zur zweiten und zündete auch dort das Gras an. Als er schließlich zu seinen Männern zurückkehrte, brannten alle vier Fackeln lichterloh, und das blaue Licht spielte ihnen keine Streiche mehr. Das Tempelinnere war hell erleuchtet.

Sie entspannten sich und konzentrierten sich auf ihre Aufgaben. »Wir müssen den ganzen Raum und den Schatz vernichten«, sagte William zu ihnen. »Das Loch in der Mitte ... Was meinen Sie, wie tief es ist?«

Jericho holte tief Luft und schritt zaghaft die Stufen hinunter, konzentrierte sich im Licht der vier Fackeln ganz darauf, wohin er trat, und blendete das Tosen in unmittelbarer Nähe aus. Er schenkte dem Schatz einen Augenblick keine Beachtung und sah in das klaffende Loch hinab. Man sah keinen Grund, es schien bis in endlose Tiefen zu reichen; Jericho verspürte ein Kribbeln auf dem Rücken, und ein leichter Schwindel erfasste ihn. Er wich zurück und lachte nervös. »Sehr tief, Captain«, rief er. »Tief genug, dass der Schatz darin untergehen könnte.«

William verspürte Erleichterung. »Jericho, binden Sie ein Pulverfass an die Stütze der Plattform da unten und ziehen Sie eine Zündschnur unter der Brücke hindurch. Dann verstreuen Sie und ich etwas Pulver um die Säulen hier und stellen die beiden restlichen Fässer in entgegengesetzte Ecken. Das müsste den Schatz zerstören und den Tempel zum Einsturz bringen«, sagte er zu dem Lieutenant.

»Nur wenn der Sprengstoff stark genug ist«, antwortete Peruzo ihm leise.

»Engrin hat mich noch nie im Stich gelassen«, antwortete William. »Jericho, verbinden Sie Ihre Verletzung. Achten Sie darauf, dass nicht ein Blutstropfen von Ihnen einen Scarimadaen berührt.«

Jericho nickte und betrachtete die Schnittwunden an seinen Armen und Wangen.

»Was ist mit mir?«, fragte Marco.

»Du kannst Jericho helfen. Aber halte dich von den Scarimadaen fern, verstanden?«

Die Sterne von Milliarden von Meilen entfernten Welten begannen heller über dem Berg zu funkeln, doch in diesen bangen Minuten schien das ganze Universum nicht so wichtig zu sein, wie das, was sich gerade im Tempel abspielte. Die Männer im Inneren mühten sich nach Kräften ab, und die Opfer, die an diesem Tag bereits gebracht worden waren, dienten ihnen als Ansporn. Sie mobilisierten neue Kraftreserven und führten die Aufgaben aus, die William ihnen gab.

Peruzo öffnete das erste Fass, füllte die Fugen zwischen den Steinplatten rund um die Säulen des Tempels herum und legte eine Spur bis zu einem Stück Zündschnur, das William so befestigt hatte, dass es aus dem Tempeleingang hinausführte. Sie würde nur rund zehn Minuten brennen, und William hoffte inbrünstig, dass er genug Kraft in den Beinen hatte, um die Stufen hinunterzulaufen, ehe der Tempel explodierte.

Während Peruzo bei den Säulen arbeitete, band William zwei Stränge der Zündschnur zusammen und führte einen die Stufen zum Sims des Felsplateaus hinunter. Er gab Marco das Ende der Zündschnur und zeigte ihm, wie er sie mit dem Stück verbinden musste, das Jericho trug, der sich vorsichtig über die Brücke vorarbeitete.

Mit einer Länge Seil um die Taille und einer weiteren, die er sich über die Schulter geschlungen hatte, trat Jericho tapfer von der Brücke und auf die Plattform. Unter dem linken Arm trug er ein Pulverfass und in der rechten Hand eine Zündschnur, die er über den Rand hängen ließ, als er das Ende der Brücke überquerte. Das Fass war schwer, der Weg um den Schatz herum gefährlich, doch er kniff die Augen zusammen, bis er kaum noch etwas sehen konnte, und riss Streifen von seinem Hemd ab, die er sich um die Ohren band, um den Chor der Scarimadaen zu dämpfen. Er würde die Pyramiden nicht ansehen; *er würde nicht hinhören.* Er würde nur die Befehle seines Captains ausführen.

Als er um die Scarimadaen herumging, schlang er das erste Seil um den Schatz. Dann zog er einmal kurz und heftig daran und prüfte so, ob das Seil halten würde. Beim ersten Ziehen passierte nichts. Beim zweiten auch nicht, und da sah er mit zusammengekniffenen Augen über die Brücke zu Marco, der das andere Ende des Seils hielt. Marco, dem der Schweiß von der Stirn troff, nickte einmal nervös.

Jericho erwiderte das Nicken und seilte sich mit dem Fass unter dem linken Arm von der Plattform ab. Vom anderen Ende des Abgrunds hatte er einen kleinen natürlichen Sims vier Ellen unter der Plattform erspäht. Der war sein Ziel. Er baumelte eine Weile prekär über dem Abgrund, während er sich hinabließ und mit den Füßen nach Halt an der Felswand suchte. Als er den Sims berührte, hangelte er sich näher hin, ließ das Seil mit der rechten Hand los und suchte Halt an der Säule.

Marco spürte, wie das Seil schlaff wurde, und atmete zischend aus. Schweißperlen fielen ihm vom Kinn auf die Arme, denn er hatte mit einer Katastrophe gerechnet. Doch Jericho stürzte nicht ab, sondern hielt sich an der Säule fest, als wäre seine Hand daran festgeleimt.

Etwa zwei Schritte rechts von Jericho wies die unregelmäßige Oberfläche der Säule einen breiten Spalt auf. Es handelte sich um eine vertikale Höhlung, am oberen und unteren Ende flach, aber breit und tief in der Mitte. Jericho drehte sich um und presste sich mit dem Rücken an die Säule. Er tastete sich Zoll für Zoll zur Seite, beugte sich über die Vertiefung und schob das Pulverfass langsam hinein. Danach band er das zweite Seil, das er dabeihatte, um das Pulverfass und die Kalksteinsäule. Mit dem Seil, das Marco hielt, schwang er sich einmal im Kreis um die Säule herum, bis das zweite Seil straff um Fass und Säule gespannt war und das Fass unverrückbar festhielt.

Jericho gab sich alle Mühe, weder auf den unauslotbaren Abgrund unter sich noch auf den unheiligen Chor des Schatzes über sich zu achten, kletterte an dem Seil hinauf und griff nach der Zündschnur, die vom Rand der Brücke herabhing. Nach zwei Versuchen bekam er das Ende zu fassen, zog es zu sich, dann ließ er sich langsam wieder an dem Seil hinab zu dem Sims. Dort angekommen steckte er die Zündschnur in das Fass und sicherte sie.

Derweil sah er die ganze Zeit zu Marco und vergewisserte sich, dass der Junge sich konzentrierte. Obwohl die ganze schwere Arbeit getan war – das Fass gesichert, die Zündschnur zur anderen Seite des Abgrunds gespannt – sah Jericho, dass die Scarimadaen ihre Wirkung auf Marco nicht verfehlten. Obwohl er sich bemühte, Jericho nicht aus den Augen zu lassen, ließ er den Blick immer wieder zu ihrer Beute schweifen.

Und was für einer Beute …

… Die Scarimadaen waren so hoch aufgeschichtet, dass sie fast miteinander verschmolzen. Das Summen, das so konstant klang, als sie hereingekommen waren, hatte sich in etwas anderes verwandelt, ein Lied, ein Wimmern gequälter Seelen und abgehackten Flüsterns.

Marco.

Sein Mund stand offen. Sein Geist schweifte ab und öffnete sich, seine Gedanken wirbelten durcheinander wie in einem Sturm.

Marco. Marco. Marco. Marco …

Er schüttelte den Kopf und rieb sich die Augen. Sie redeten zu ihm. Diese seltsamen kleinen Pyramiden aus Metall, aus Stein, aus Dampf und Blut und Scheiße und Wasser und Sand …

Marco. Marco. Marco. Marco. Komm zu uns …

Marco trat näher, das Seil rutschte ihm durch die Hände, das Lied hallte in seinen Ohren, erfüllte sie, floss seine

Kehle hinab wie süßer Honig. Vor ihm spiegelten die Scarimadaen sein Gesicht, seinen Heldenmut, seine Begierden. Er ging noch einen Schritt näher hin, bis er sich in der Pyramide aus Wasser sehen konnte, die in sich selbst strömte und wirbelte. Das Seil glitt ihm noch weiter durch die Finger.

Jericho ergriff das Seil, als er sah, wie Marco dem Einfluss erlag. Panisch kletterte er so schnell er konnte daran empor und atmete keuchend in seiner Hast, während Marco schwankte.

Marco. Komm …

Marco streckte den Arm aus, das Seil fiel ihm aus der Hand. Jericho hechtete auf den Rand der Plattform, als das Seil gerade schlaff herunterfiel und über dem Abgrund baumelte. Das Ende des Seils rutschte von der Brücke in den Abgrund darunter. Fluchend schwang Jericho den Fuß über den Rand und streifte dabei mit der Schuhspitze einen Scarimadaen. Sofort schoss blaues Licht hervor, strömte über das Leder, zog sich jedoch enttäuscht von der toten Haut zurück. Jericho zog sich hinauf, während der Chor immer lauter wurde und die Stimmen durch den Stoff über seinen Ohren kreischten.

William hörte es ebenfalls, sah von den Stufen auf und erblickte seinen Neffen, der sich auf der Brücke dem Licht näherte. Die Stimmen beschworen Marco einhellig, als wäre ein ganzer Chor Kastraten in den Pyramiden gefangen. Marco war wie hypnotisiert und konnte nur die Hand nach dem ersten Scarimadaen ausstrecken, der aus Rauch bestand.

»Halt!«, warnte Jericho und warf sich nach vorn. Er kam aus dem Gleichgewicht und wäre um ein Haar von der Brücke gestürzt, als er Marco wegzog. »Götter, Junge! Was zum Teufel tust du da?«

Marco sah ihn mit leerem Blick an. »Die Stimmen …«

»Hör nicht auf sie, Marco. Mach diesen Fehler nicht«, sagte Jericho und führte ihn weg.

Marco verspürte den Wunsch, sich loszureißen und wieder zu diesen seltsamen singenden Pyramiden zu gehen, die so wunderbar leuchteten, doch je weiter sie sich entfernten, desto schlechter wurde ihm, vor seinen Augen drehte sich alles, und als sie wieder bei den Stufen droben anlangten, erbrach er sich in eine Ecke.

»Alles in Ordnung?«, flüsterte Jericho.

»Sie versprachen mir ...«, sagte er und schüttelte den Kopf.

»Sie versprachen dir die ganze Welt, da bin ich sicher«, sagte Jericho und schnaubte. Aber auch er fühlte sich zermürbt und hatte Angst vor der Macht des Schatzes. Sie hatten auch ihm viel versprochen, als er sich ihnen das erste Mal näherte. Ein Königreich für die Ewigkeit, unvorstellbare Macht. Einen Platz zur Rechten des Verräters. Des Fürsten der Hölle höchstpersönlich.

Jericho sah zu William. »Alles fertig, Sir«, sagte er ein wenig erleichtert. »Das Fass ist sicher unter der Plattform befestigt, die Zündschnur verläuft direkt unter der Brücke. Wenn es explodiert, müsste es die ganze Plattform mit sich reißen.«

»Gut«, antwortete William, dann sah er Marco an. »Was ist mit ihm geschehen? Wurde er verletzt?«

»Nur überwältigt. Es ist ein höchst verlockender Schatz, Captain.«

»Ein *tödlicher*«, antwortete William. »Bringen Sie ihn hinaus. Er soll etwas frische Luft schnappen ... und dann können Sie beide den Berg hinuntergehen. Sorgen Sie dafür, dass sich die Beduinen so schnell wie möglich zurückziehen.«

Jericho nickte und warf einen letzten Blick auf den Schatz. »Müssen wir sie vernichten?«, hörte er sich sagen.

»Können wir nicht wenigstens einen mit nach Rom nehmen?«

»Nicht einen einzigen«, entgegnete William nachdrücklich und dachte an den letzten verbliebenen Vampyr. »Gehen Sie jetzt. Warnen Sie unsere Verbündeten, dass sie fort müssen. Ich warte nicht lange.«

Jericho half Marco auf die Füße; der leistete gerade lange genug Widerstand, um seinen Onkel noch anzusehen. »Jetzt begreife ich es«, sagte er zu ihm. »Jetzt begreife ich, warum sie zerstört werden müssen, Onkel.«

William lächelte und klopfte ihm auf die Schulter. »Dann lernst du dazu«, sagte er. »Es gibt kein größeres Übel auf dieser Welt als das, was du hier vor dir siehst. Warte am Fuß des Berges auf mich.«

Marco nickte und ließ sich wegführen.

V

Peruzo klopfte gegen das Fass. Es war halb voll, und er stellte es in der Nähe des Tempeleingangs ab. Er setzte sich darauf, worauf das Holz mit einem leisen Knirschen reagierte, als William, der die Zündschnüre inspiziert hatte, die Treppe heraufkam. Trotz der Kälte schwitzte er heftig; die Intensität der vielen Scarimadaen wirkte erdrückend.

»Was ist mit Marco passiert?«, fragte Peruzo.

»Ein wenig verängstigt, mehr nicht«, antwortete William.

»Haben die Scarimadaen ihn verführt?«

»Nur einen Augenblick«, sagte William. »Dafür kann ich ihm keine Schuld geben. Seine erste Begegnung mit Scarimadaen, und dann sind es gleich Hunderte.«

Peruzo stand von dem Pulverfass auf und streckte sich. »Aber nicht mehr lange. Ich …« Er verstummte und griff hastig zum Schwert. *»Haben Sie das gehört?«*

»Das war vermutlich Jericho«, sagte William und blickte über die Schulter.

»Nein …«, flüsterte Peruzo. »Es ist noch jemand da draußen. Auf der Lauer …«

William drehte sich um und spürte, wie sich seine Nackenhaare aufrichteten, als er einen weiteren Schritt hörte; einen vorsichtigen. Er griff mit der rechten Hand nach Engrins Schwert, während Peruzo leise zur Wand neben dem Eingang schlich. William flankierte ihn auf der anderen Seite.

Peruzo sah einen vagen Schatten, der auf sie zuglitt, und setzte sich in Bewegung. Er packte ein Stück Stoff und zog verzweifelt daran. Ein Aufschrei ertönte, als er das Gewand, das er gepackt hielt, zu sich zog und dabei das Gleichgewicht verlor; er und die Person, die er ergriffen hatte, fielen in den Tempel.

William zückte das Schwert und zog den Mann von seinem Lieutenant. Dann richtete er das Schwert auf den Angreifer und zerrte ihn ins Licht.

»Hammid?«, keuchte William.

Der Araber hatte Todesangst.

»Was zum Teufel machen Sie denn hier?«, fragte William, wohl wissend, dass er keine Antwort bekommen würde.

Peruzo stand wütend auf. »Verräterischer, verlogener …!«, begann er und drückte dem Araber die Schwertspitze an den Hals.

William war zu müde, Peruzo Einhalt zu gebieten, und zu verwirrt von Hammids plötzlichem Erscheinen.

»Er ist uns gefolgt, Captain«, sagte Peruzo, während Hammid wimmerte. »Wusste ich's doch, dass man ihm nicht trauen kann!«

William trat in die kalte Nacht außerhalb des Tempels hinaus, Peruzo zerrte Hammid mit sich. »Was sollen wir mit ihm machen?«, fragte William.

»Ich würde ihn gern von diesem Berg runterwerfen«, sagte Peruzo wütend.

»Vielleicht gibt es eine einfache Erklärung«, antwortete William. »Er hat Scheich Fahd das Leben gerettet.«

Peruzo schien sich ein wenig zu beruhigen, hielt das Schwert jedoch weiter in Richtung von Hammid, der wimmerte wie ein Baby. »Dieser Abschaum ist ein Verräter und Lügner, Captain. Können wir ihm wirklich vertr ...« Peruzo verstummte mitten im Wort. Er ließ Hammids Hemd los und dann das Schwert fallen. Mit einem verzweifelten Blick zu William fiel er vornüber.

»Peruzo!«, rief William aus und fing ihn, ehe er zu Boden fiel.

Hinter dem Lieutenant und hinter Hammid tauchte im Licht des Halbmonds eine weitere Gestalt aus den Schatten auf. Sie stieß Hammid behutsam zur Seite und blickte William an.

Es handelte sich um einen Mann, groß, aber leicht vornübergebeugt und mit einem Arm in einer behelfsmäßigen Schlinge. Sein Haar war verfilzt und blutig, sein Gesicht mit Schmutz und Staub verschmiert. Die Kleidung sah zerrissen aus, ein Ärmel fehlte vollkommen, und doch konnte kein Zweifel daran bestehen, wer hier vor William stand.

»Thomas«, keuchte William.

»Captain Saxon«, begrüßte Thomas Richmond ihn und deutete eine Verbeugung an.

William beugte sich zu seinem Lieutenant hinab und spürte eine feuchte und blutige Wunde an Peruzos Rücken. Er musste nicht raten, wer das getan hatte, und wie: Thomas hielt ein Schwert in der unversehrten Hand, auf dessen Spitze Peruzos Blut glänzte. »Dreckskerl ...«, zischte William.

»Das war ich ihm schuldig, Captain«, antwortete Thomas und berührte die Narbe auf seiner Wange.

»Wir konnten Sie überleben?«, fragte William, um ihn hinzuhalten.

»Dieser jämmerliche Käfig, den Sie bauen ließen, hatte mehr als eine lose Stange. Ich ging das Risiko ein und griff nach den Wurzeln, die den Wagen hielten, ehe sie rissen. Das hätte *beinahe* geklappt«, antwortete Thomas und sah an sich hinab. »Abgesehen von meinem Arm hatte ich großes Glück. Ich landete auf einer Stelle mit weichem Sand, nicht auf dem Fels, auf dem mein Gefängnis zerschellte.«

William spürte den Atem des Lieutenants auf der Hand. Peruzo lebte noch, was aber nicht bedeutete, dass er kämpfen konnte. »Was haben Sie vor, Thomas?«, wollte William wissen.

»Den Schatz für mich nehmen«, antwortete Thomas.

William lachte laut auf, aber seine Kehle war so trocken, dass es nur wie ein brüchiges Krächzen herauskam. »Mit einer Beduinenarmee da unten, ganz zu schweigen von meinen Männern auf diesem Berggipfel? Ihre Arroganz reicht doch sicher nicht so weit, dass Sie das Unmögliche für denkbar halten?«

Thomas lächelte. »Nein, Captain. Keineswegs. Aber durch die Tatsache, dass Sie es bis hierher geschafft haben, haben Sie schon bewiesen, dass *nichts* unmöglich ist.«

Hammid kroch davon und versteckte sich beim Eingang. Mit furchtsamen Blicken schaute er zu Thomas, zu William, dann zu Peruzo.

»Wenn Sie sterben, Captain, genügt mir das«, fuhr Thomas fort.

William verzog das Gesicht. »Dann ist das also Rache? Wofür? Warum mich jetzt töten? Das hätten Sie die Miliz in Bastet erledigen lassen können.«

»Hätte ich«, antwortete Thomas. Er schien zögerlich.

»Sie wollen mich nicht töten, oder?«

»Wenn ich die Wahl hätte, dann nicht«, entgegnete Thomas und lächelte tückisch. »Aber diese Wahl habe ich nicht. Sie haben Ihre Befehle, ich meine. Meine lauteten, dafür zu sorgen, dass *Sie* die Rassis vernichten und den Schatz erobern. Danach sollte *ich* Sie und den Lieutenant töten. Wenn Sie beide tot sind, werden Ihre Leute versuchen, die Mission wie befohlen zu Ende zu bringen und den Schatz nach Rom zu schaffen. Und ohne Anführer sind die Überreste Ihrer armen, armen Kompanie kein Gegner für Baron Horia. Eine Armee von einhundert Kafalas ist in Dumjat gelandet, Captain Saxon. Sie zieht nach Süden und soll jede Kamelkarawane abfangen, die den Schatz von Mhorrer nach Raschîd befördern könnte. Gegen sie dürfte Ihre führerlose Kompanie nichts ausrichten können. Horia wird keinen verschonen.«

William hustete, sein Hals war wund und verstopft. »Und was bekommen Sie für diese Dienste, Thomas?«, krächzte er. »Die Unsterblichkeit?«

»Natürlich«, sagte Thomas lächelnd.

»Und Hammid? Bekommt er sie auch?«

Thomas sah lächelnd zu dem Araber, der in den Schatten wartete. »Leider wird er an dem schwarzen Gift in seinem Bauch sterben. Etwas frisst ihn innerlich auf, doch sein Krebs ist gar nichts im Vergleich zu seiner Feigheit. Ich konnte ihn leicht wieder auf meine Seite ziehen, Captain. *Ganz leicht.*«

William zog Peruzo in den Tempel, lehnte ihn an eine der Säulen und zog das Schwert. »Bei mir wird das nicht so leicht, Thomas«, sagte er. »Wissen Sie, ich kämpfe bis zum Tod.«

»Ja«, gab Thomas zu. »Das weiß ich. Es macht mir keine Freude, Captain Saxon. Ich mochte Sie. Aber jede Freundschaft muss einmal enden«, sagte er und kam auf William zu.

VI

Jericho fiel es schwer, die Beduinen davon zu überzeugen, dass sie sich in Gefahr befanden. Er verständigte sich, so gut er konnte, durch Gesten mit den Arabern, die die Quartiere der Rassis plünderten, und wollte ihnen begreiflich machen, dass der Tempel explodieren würde, überzeugte sie jedoch offenbar nicht. Auch Marco konnte nur brüllen, bis er heiser war und hilflos die Achseln zuckte.

»Ich weiß«, sagte Jericho zu ihm. »Auf mich hören sie auch nicht. Wie heißt ›großer Knall‹ auf Arabisch?«

Mehrere Suwarka warfen den beiden Europäern Blicke zu, einer lachte sogar und zeigte auf Jerichos abgerissene Kleidung. Sein Hemd war in Fetzen, die Streifen, die er um die Ohren gebunden hatte, hingen ihm noch auf die Schultern herab.

Während Marco noch versuchte, sie zum Gehen zu bewegen, als würde er eine Gänseschar über einen Bauernhof scheuchen, gab es plötzlich Tumulte am ersten Treppenaufgang, und ein paar Ajaida erschienen, die es eiliger zu haben schienen als die plündernden Suwarka. Sie hatten die Schwerter gezückt und kam auf Jericho zu. Der unbewaffnete Jericho erstarrte. Einen schrecklichen Moment schoss ihm durch den Kopf, dass die Beduinen die Allianz aufgekündigt haben und den Schatz für sich beanspruchen könnten. Doch als sie näher kamen, ließen sie die Waffen sinken und der erste Krieger reichte Jericho einen Zettel. Er warf einen Blick darauf und schüttelte den Kopf. Die Sprache verstand er nicht, abgesehen von dem Namen ganz oben, »William Saxon«, und der Signatur ganz unten, »Scheich Fahd«.

»Was ist das?«, fragte er laut und gab Marco den Zettel.

»Die Sprache meines Onkels. Englisch«, antwortete er.

»Kannst du das lesen?«

Marco schüttelte den Kopf.

Jericho sah frustriert drein. »Warum können denn nicht alle Latein sprechen?«, fragte er und fluchte. »Was soll ich tun? Ich kann diese Männer nicht von dem Berg wegbringen, und ich kann nicht lesen, was der Scheich will!«

Er sah zu den Kriegern vor sich, die die Schwerter immer noch in den Händen hielten. »Ich fürchte, es ist etwas geschehen, dass diese Männer so zu mir kommen. Wir müssen den Captain warnen.«

»Er hat uns gesagt, dass wir hierbleiben sollen«, sagte Marco. »Was ist mit der Explosion?«

»Wir müssen sie verschieben«, sagte Jericho ernst. »Wenn der Scheich so dringend an den Captain schreibt, muss es wichtig sein.«

VII

»Ich hatte gehofft, es würde nicht dazu kommen«, sagte Thomas, schwang das Schwert und schlug nach William.

William hob Engrins Waffe, Thomas' Klinge prallte von seiner ab, doch durch die Wucht stolperte er rückwärts bis an die schwarze Wand des Tempels. »Ich sehe die Mordlust in Ihren Augen«, sagte William. »Sie haben mich *immer* töten wollen.«

»Das stimmt nicht«, antwortete Thomas und wich atemlos einen Schritt zurück. Sie duellierten sich seit fünfzehn Minuten, obwohl keiner der beiden Männer in der Verfassung war zu kämpfen. »Ich hatte gehofft, einer der Vampyre würde Sie töten. Oder vielleicht die Rassis. Selbst wollte ich nie Ihr Henker sein.«

»Sie sind verloren!«, brüllte William ihn an. »Sie geben jedes Quäntchen Ihrer Menschlichkeit für etwas auf, das

nichts ist. Weder Dämon noch Mensch! Das ist ein Vampyr, Thomas. Ein Bankert, weder dies noch das. Verflucht. Abstoßend. Verachtet. Und von beiden Seiten gehasst. Hat Ihr Meister Ihnen das nicht gesagt?«

»Mir was gesagt?«, antwortete Thomas, der sich gleichgültig anhörte.

»Dass sich die Hölle von Graf Ordrane von Draak abgewendet hat«, sagte William. »Ordrane kämpft nicht für den Teufel. Er kämpft nur für sich selbst. Darum haben die Rassis die Vampyre vernichtet, weil sie etwas Abscheulicheres als die Dämonen selbst darstellen. Wünschen Sie sich das, Thomas? Etwas, das von Gut und Böse gleichermaßen verabscheut wird?«

Thomas lachte und hob das Schwert. »Ich will nur die Unsterblichkeit, William. Mehr nicht«, sagte er und stieß nach Williams Linker. William riss hastig den Arm hoch und schwang das Schwert so, dass er auf die Oberseite von Thomas' Klinge schlug. Dann drängte er ihn gegen die Felswand und versetzte ihm mit der linken Faust einen Schlag in die Nieren. Dabei hatte er jedoch seine eigene Verletzung vergessen, und schrie auf, während Thomas stöhnte. Blut strömte aus den Stümpfen seiner Finger; William taumelte unter Schmerzen rückwärts und konnte kaum noch Engrins Schwert halten. Thomas seinerseits stolperte herum und griff vergeblich mit dem verletzten Arm nach dem Rücken. Wütend stürzte er sich auf William, rempelte ihn mit der Schulter an, doch dem Stoß fehlte es an Wucht, daher taumelte William nur durch den Tempel zu den Stufen. Fast wäre er gestürzt, rappelte sich jedoch wieder auf, hob das Schwert mit der rechten Hand und achtete nicht auf die schrecklichen Schmerzen in der linken, von der Blut auf den Tempelboden tropfte.

Thomas lehnte sich schwer atmend an eine Säule. »Wir sind in einer schlimmen Verfassung, Sie und ich«, sagte er und betrachtete Williams Hand. »Allerdings fürchte ich, ist Ihre noch schlechter als meine.«

»Sie täuschen sich, Thomas«, knurrte William zurück. »Ich bin der bessere Schwertkämpfer.«

»Wir werden sehen«, murmelte Thomas lächelnd. Er griff wieder an, hielt das Schwert hoch, machte eine Finte nach links, wirbelte dann aber nach rechts und zielte mit der Klinge nach Williams Brustbein. William reagierte schnell, konnte aber nicht verhindern, dass ihm die Spitze der Klinge die Wange aufschlitzte; Blut strömte aus dem Schnitt über Williams Kinn und Hals.

»Ich glaube, ich habe das erste Blut fließen lassen«, verkündete Thomas, während William zu der Stelle zurückwich, wo Peruzo lag. Der Lieutenant hatte sich nicht gerührt, seit Thomas ihn verwundet hatte. Wenn William je Peruzos Hilfe gebraucht hätte, dann jetzt, doch sein Offizier und Vertrauter war entweder bewusstlos oder …

»Er ist tot, William«, rief Thomas ihm zu. »Ich habe Peruzo eine tödliche Verletzung zugefügt. Noch ein Toter für *Ihre* Sache. Kommt sie Ihnen nicht auch allmählich hoffnungslos vor?«

William brüllte trotzig auf und fühlte sich angespornt durch die Wut darüber, dass Thomas alles ruinieren wollte, wofür sie Opfer gebracht hatten. »Sie. Schaffen. Es. *Nicht!*«, schrie William und ließ einen Hieb nach dem anderen auf Thomas' Schwert herniedersausen. Die unbarmherzigen Angriffe zwangen Richmond auf die Knie. William stieß Thomas' Waffe beiseite, durchtrennte die behelfsmäßige Schlinge und bohrte die Klinge in den Unterarm.

»Verflucht, Saxon!«, schrie Thomas gequält auf.

»Nicht ich, Thomas, nicht ich«, zischte William. *»Sie sind verflucht!«*

Thomas sah mit blutunterlaufenen Augen auf, aus denen der blanke Hass blitzte. »Sie bringen mich nicht um meinen Sieg!«, verkündete er und trat nach William. Er traf Williams Knie mit der Stiefelspitze; der stieß einen Schmerzensschrei aus und fiel zur Seite. Thomas hechtete ihm mit blutendem Arm hinterher, hielt das Schwert aber fest umklammert. Sie rangen auf den oberen Stufen miteinander und schlugen mit den Griffen ihrer Klingen aufeinander ein. Thomas traf William an der Wange, die noch weiter aufplatzte, worauf William in seiner Verzweiflung mit dem Schwert herumfuchtelte, Thomas aber verfehlte und die Waffe nicht mehr halten konnte. Sie flog durch den Tempel und landete klirrend neben dem Eingang an der Wand.

Thomas verlagerte wie im Rausch das Gewicht, drückte William zu Boden und versuchte, das Schwert wie einen langen Dolch einzusetzen. William packte Thomas am Arm, als der das Schwert mit aller Macht in Williams Brust rammen wollte. Aber William spürte, wie ihn die Kräfte verließen, daher rammte er Thomas das Knie zwischen die Beine, dass seinem Gegner die Luft wegblieb. Er packte Thomas am Hals, und so taumelten sie die Stufen zu der Plattform hinunter, jede Umdrehung schmerzhafter als die vorhergehende.

Thomas fiel das Schwert aus der Hand, rutschte über den Boden davon und blieb unmittelbar vor der Brücke zum Schatz liegen.

William befreite sich und schlug wieder auf Thomas ein. Der Verräter schlug unsanft auf dem Boden auf, trat jedoch erneut um sich und traf diesmal Williams Schienbein. Rasende Schmerzen fuhren durch Williams Knie, er fiel nach hinten und schürfte sich an einer der Stufen den Rücken auf. Die Schmerzen wurden fast unerträglich.

Thomas kroch weg, setzte sich auf der anderen Seite der Stufen hin und hielt sich den blutenden Arm. Er sah voller Verachtung zu William.

William dagegen verspürte nur Traurigkeit und Verlust. »Warum, Thomas?«, murmelte er. »Warum musste es so weit kommen?«

»Weil der Schatz mir gehört«, antwortete Thomas und richtete sich auf den Stufen auf. »Das können Sie nicht verhindern.«

»Ich kann und ich werde«, antwortete William benommen und schaffte es ebenfalls, sich aufzurichten; er hielt sich die verstümmelte linke Hand und würgte vor Schmerz. Übermannt vom Schwindel und mit verschwommenem Blick registrierte er, wie das Licht der Scarimadaen die Schatten flackern ließ. *Die Scarimadaen,* dachte er plötzlich und spürte das Blut von seinem Kinn tropfen. Der Schatz war nur wenige Schritte von den zwei Männern entfernt, und beide bluteten heftig. Es grenzte an ein Wunder, dass noch kein Tropfen auf eine der Pyramiden gespritzt war und den Dämon darin befreit hatte.

Er kroch von der Plattform weg die Stufen hinauf und hoffte, dass Thomas ihm folgen würde. *Kennt er die Gefahr?,* fragte sich William. Wenn ja, fürchtete er sie offenbar nicht. Stattdessen sah Thomas aus, als wäre er weiter bereit zu kämpfen, und grinste albern durch Schmutz und Blut, die sein Gesicht verunzierten.

William hob die rechte Faust und nahm eine drohende Haltung ein. Er brauchte eine Waffe, aber die lag außer Reichweite auf den Stufen.

Was Thomas' Schwert anging ... William sah sich um und entdeckte es gefährlich nahe am Rand des Abgrunds. Er warf einen Blick zu Thomas, doch auch der hatte es zwischen ihnen liegen sehen. William hätte sofort zu dem Schwert laufen können, als er es sah, doch die Schmerzen in seiner Hand waren zu groß, die Bedrohung durch die Scarimadaen nur allzu real. Er sah Thomas an und wartete darauf, dass der den ersten Zug machen würde, während der Chor des Schatzes lauter wurde: Der Schatz spürte einen Sieger. Er spürte Blut.

»Also …«, stieß Thomas nuschelnd hervor, „… läuft es darauf hinaus.«

»Nehmen Sie es«, forderte William ihn heraus. »Holen Sie sich das Schwert, Thomas. Ich halte Sie nicht auf.«

Thomas sah William lange und durchdringend an. »Warum haben Sie es so eilig zu sterben, William?«

»Ich habe dem Tod schon öfter ins Antlitz gesehen, als Sie je ahnen werden«, antwortete William und machte sich bereit, dass er sich in dem Moment auf Thomas stürzen konnte, wenn der nach dem Schwert griff. Nur ein kurzer Rempler mit der Schulter, wenn der Dreckskerl sich bückte, um das Schwert aufzuheben; wenn er ihn in den Abgrund stoßen könnte, wäre alles vorbei.

Die beiden Männer belauerten einander, und keiner schien bereit, den ersten Schritt zu machen, doch sie bemerkten nicht, dass ein anderer Mann die Bühne betrat, bis er gelassen zwischen ihnen hindurchspazierte, sich bückte und Thomas' Schwert aufhob.

»Hammid?«, sagte William stöhnend.

»Hammid!«, wiederholte Thomas hämisch.

»Geben Sie mir das Schwert, Hammid«, rief William ihm zu.

»Warum sollte er?«, fragte Thomas kichernd. »Ich habe ihm viel versprochen. Mehr als Sie je könnten. Mit mir können Sie nicht konkurrieren, William.«

Hammid sah zum Captain des Ordens. »Hammid … Nicht … Er hat Sie belogen. Er hat uns alle belogen …«, flehte William und schüttelte den Kopf.

Hammid wog Thomas' Schwert in der Hand, sah William an und entfernte sich von ihm.

»Hammid, *bitte!*«, sagte William hoffnungslos, während der Araber sich Thomas näherte.

»Er versteht Sie nicht, William«, spottete Thomas und breitete die Arme für Hammid aus. »Geben Sie es zu, Sie haben verloren! Es gibt Sachen, für die lohnt es sich zu kämpfen. Hat es sich gelohnt, für Ihre zu sterben, Captain William Saxon?«

William sank mutlos in sich zusammen, als er mit ansehen musste, wie Hammid Thomas das Schwert brachte, der triumphierend lachte und die Hand ausstreckte, um die Waffe zu nehmen. Hammid bot sie dar ... dann drehte er sie um und bohrte sie Thomas in die Brust. Der ächzte, als der kalte Stahl ihm durch Rippen und Lunge fuhr und auf der anderen Seite wieder herauskam.

»Ha ... *mmmid* ...«

»LÜGNER!«, schrie Hammid auf Arabisch, hielt den Schwertgriff fest und stieß es noch tiefer in sein Opfer.

Blut quoll aus jedem Mundwinkel über Thomas Richmonds Lippen, er taumelte einen Moment und sah dem Araber verständnislos in die Augen. Dann packte er Hammid am Hals und drängte ihn mit angestrengten und linkischen Bewegungen rückwärts. Hammid verlor den Halt, seine triumphierende Miene verwandelte sich in eine des Entsetzens, als er hilflos mit den Armen um sich griff und in den Abgrund stürzte. William konnte nichts tun, nur zusehen, wie Hammid abstürzte, und seinen Schreien zuhören, die aus der dunklen Kluft emporhallten.

Als Hammids Schreie endlich verstummten, stand Thomas schwankend am Rand, und es sah aus, als würde er Hammid jeden Moment in die Dunkelheit folgen. Mehr Blut lief ihm aus dem Mund, als er die letzten Stufen hinabstolperte, aber an der letzten bekam er doch noch die Kurve und stolperte über die Brücke zum Schatz von Mhorrer. Die Stimmen der Scarimadaen erklangen plötzlich schrecklich laut und misstönend, ein Durcheinander von Gemurmel und flehentlichem Schreien stieg von jeder einzelnen der zweihundertfünfzig Pyramiden empor. In ihrem Verlangen nach einem Wirtskörper huschte Licht über die Oberfläche jeder einzelnen.

»Nein, Thomas!«, flehte William, als ihm die Absicht des Mannes klar wurde.

Peruzo öffnete die Augen einen Spalt weit. Vage hörte er den Lärm eines Tumults in der Nähe, hörte die Häme und die Qual. Er hörte sogar einen Todesschrei, konnte aber nicht sagen, wer ihn ausgestoßen hatte.

Und jetzt vernahm er neue Stimmen, die ihn riefen, nicht die der Scarimadaen, sondern von draußen. Laute Stimmen, die seinen und Williams Namen riefen. Er öffnete die blutigen Lippen, bekam aber mit dem kläglichen Atem seiner durchbohrten Lunge kaum einen Ton heraus. Er stöhnte, drehte den Kopf und sah zum Eingang, als unten Williams Ruf ertönte.

»Es gibt eine andere Möglichkeit, Thomas!«, rief William ihm zu.

Thomas Richmond sah über die Schulter und schüttelte den Kopf. Er stand nur wenige Schritte von den Scarimadaen entfernt, die jetzt um Aufmerksamkeit heischend zu kreischen schienen, eine Woge aufgeregter Stimmen, die mit ihrer Vorfreude den Tempel zum Erbeben brachten, als Thomas das Schwert packte, das in seiner Brust steckte. Er wusste, es gab keinen Sieg mehr für ihn, aber William wollte er ihn auch nicht gönnen. Mit einem triumphierenden und trotzigen Gesichtsausdruck zog Thomas das Schwert heraus. Sein Blut spritzte über die Scarimadaen vor ihm.

William wandte sich ab und stürzte so schnell er konnte hinkend die Stufen hinauf, getrieben von dem grauenvollen Schrei hinter ihm. William hatte schon genügend

Besessene gesehen und wusste, dass ein Scarimadaen in sein Opfer fuhr und dessen Seele verbrannte, doch bei der Vielzahl der Pyramiden in diesem Raum konnte William nicht vorhersagen, was so viele befreite Scarimadaen bewirken würden.

Er gelangte zur obersten Stufe und schleppte sich zu Peruzo. Als er sich über ihn beugte, wimmelte es am Eingang des Tempels plötzlich von Beduinen, die von Jericho und Marco angeführt wurden.

»Onkel!«, rief Marco und rannte zu William.

Jericho sah zu den Schreien und Lichtblitzen in der Mitte des Tempels hinüber und wurde aschfahl im Gesicht. Er erblickte ein Natternnest von Strängen azurblauen Lichts, die sich in Thomas Richmond wanden. An den Stellen, wo sein Blut auf den Schatz gespritzt war, sog das Licht die warmen Perlen gierig in sich auf und Hunderte gieriger Tentakel suchten nach mehr. Thomas schien zur Seite zu fallen, da fast jedes Leben aus seinem Körper gewichen war, doch die Lichtstränge schlangen sich um seinen Torso, hielten ihn auf der Brücke und versengten sein Fleisch. Thomas' Kleidung fing Feuer, wenig später brannte er lichterloh, während die Tentakel sich weiter um ihn krümmten, bis ein Strang gleißender und leuchtender aussah als alle anderen und sich von den anderen Tentakeln abwandte. Das Licht krümmte sich und bohrte sich tief in Thomas' Hals hinab, was die Scarimadaen mit einem freudigen Jubelruf begrüßten.

Jericho wandte sich angewidert ab, während William nur dankbar war, dass Thomas' Schreie endlich verstummten, als seine Seele zu Asche verbrannt war. Er empfand nichts mehr für Thomas Richmond, aber einst war es Freundschaft gewesen – eine Zuneigung, die William nicht ganz so einfach abstreifen konnte wie Thomas. Eben diese Empfindungen zwangen William, sich von der schrecklichen

Folter abzuwenden, als Thomas' Fleisch und Knochen zerrissen wurden. Er sah nicht mehr zu, wie Thomas' Körper bis zur Unkenntlichkeit gestreckt und gedehnt wurde und zu einer grauenhaften, doppelt so großen und unendlich schrecklicheren Gestalt aufgebläht wurde.

Peruzo richtete sich in dem Getöse auf und flüsterte William zu: *»Die Zündschnur …«*

William richtete sich auf und nahm Marcos Schwert an sich. Er stolperte die Stufen hinab, schlug die Zündschnur durch und warf ein Ende in den Abgrund hinab, ehe die Flammen des brennenden Leibes sie vorzeitig entzünden konnten. Dann sah er auf und wurde aschfahl im Gesicht, als er das Monster erblickte, zu dem Thomas Richmond geworden war.

Es stand aufrecht und gigantisch, eine fast vier Yards große Bestie. Adern und Sehnen waren durch den Wachstumsprozess aufgerissen und als schwarze und schwelende Masse von Fleisch und Muskeln neu zusammengesetzt worden, sodass die Beine wie Pflöcke aus mattem Knorpel aussahen und doppelt so lang waren wie vorher; die Arme sahen dünn und zierlich aus und zu knotigen Strängen von Knochen und Gewebe verschweißt. Der Kopf hatte eine Verwandlung hinter sich, die ihn ebenso abstoßend machte wie den Rest des Körpers. Der Schädel war aufgeplatzt und wie ein Stehkragen abgespreizt, der auf einem wulstförmigen Hals saß, und nur das Gewicht des aufgedunsenen Gesichts und grotesken Kiefers verhinderten, dass er ganz nach hinten kippte. Die Wangen hingen herab und schlackerten lose inmitten von Rauch und Funken blauen Lichts. Feuer leckte über die einstigen Zähne und loderten über den Mund hinaus und die rauchenden Überreste von Thomas' Bart. Das Licht flackerte weiter über die zerrissene und offenen Nasenhöhlung, während über der Nase feurige Tränen aus den blutigen Augenhöhlen rannen, die beide faustgroß waren. Das Feuer brannte aus, ehe es den Boden berührte, und verwandelte sich zu verwehenden Rauchwölkchen.

William wandte sich ab und schleppte sich mit letzten mobilisierten Kraftreserven die Treppe hinauf. »Wir müssen gehen«, sagte er und zeigte auf Peruzo. »Helft mir, ihn zu tragen.«

Peruzo schüttelte den Kopf und winkte William näher. William hielt das Ohr dicht an Peruzos Lippen und versuchte, ihn über das Kreischen grässlicher Folterqualen von der Grube zu hören.

»Ich muss bleiben«, murmelte der Lieutenant.

»Wir können Sie tragen«, wehrte William ab.

»Hier ist ein Dämon ...«

»Ja, darum müssen wir ja weg.«

»Das Schießpulver um die Säulen herum, William ... Wir können sie immer noch vernichten – alle. Geben Sie mir eine Fackel ...«

»Keine Zeit, mein Freund. Der Tempel würde zusammen mit Ihnen zerstört werden.«

»Aber ... der Dämon auch ...«

William drehte sich um und sah Peruzo in die Augen. Es war kaum noch ein Fünkchen Leben darin, doch auf dem grauen Gesicht des Lieutenant lag ein zufriedenes Lächeln. Es wirkte zerbrechlich, aber er hatte sich offenbar damit abgefunden, zu sterben.

»Ich muss ... ich muss ...«

William schluckte den Kloß in seiner Kehle hinunter, Tränen liefen ihm über die Wangen. »Ich weiß«, antwortete er.

»Ich gebe Ihnen ... genügend Zeit ... Sie müssen gehen ... *Sofort.*«

William nickte und nahm Peruzos Hand. Er sah zu den anderen auf. »Jericho, schaffen Sie sie hier raus.«

Jericho hörte William kaum, denn er betrachtete das

Monstrum, das einmal Thomas Richmond gewesen war. Der Dämon riss das Maul weiter auf als menschenmöglich schien, bis ihm der Unterkiefer auf den Bauch herabhing und Rauch und Asche spie.

Und dann sagte er: »DUMMDARRRR …«

Die Silben waren sinnlos, aber allein der Schock, dass der Dämon sich an sie alle wandte, erschütterte Jericho bis ins Mark. In der ganzen Geschichte des Krieges hatte noch nie ein Dämon durch seinen Wirtskörper gesprochen. Dies war nicht nur ein Teufel, den ein paar Taschenspielertricks heraufbeschworen hatten, sondern etwas Größeres. Etwas Mächtigeres als einer von ihnen jemals zuvor gesehen hatte.

»Jericho!«, rief William, diesmal wütend. Marco zog Jericho am Arm, hatte aber zu große Angst davor, den Dämon selbst anzusehen. »Schaffen Sie sie hier raus!«, befahl sein Onkel.

Jericho stolperte halb aus eigenem Antrieb und ließ sich halb von Marco ziehen, der es kaum erwarten konnte, dem Schrecken des Abgrunds zu entkommen. Die Ajaida, die noch nicht vor den infernalischen Schreien geflohen waren, schüttelten ihre Lähmung ab und warfen in ihrer panischen Flucht vor dem Dämon, der von unten die Stufen erklomm, die Schwerter und Fackeln weg. Jericho und Marco folgten ihnen.

William hob eine der weggeworfenen Fackeln vom Boden auf. Er gab sie seinem Lieutenant und blickte ihn voller Stolz an. »Ich spreche ein Gebet für Sie, mein Freund.«

»Sprechen Sie mehrere, William Saxon«, antwortete Peruzo und lächelte kläglich. »Es war mir eine Ehre …«

»Die Ehre ist ganz meinerseits«, antwortete William, richtete sich auf, trat zurück und warf einen letzten Blick auf den Dämon, dieses Zerrbild, das einmal Thomas Richmond gewesen war.

Thomas' Körper wurde nicht mit der Essenz des Dämons fertig. Es sah ganz danach aus, als würde die unheilige Vereinigung von sterblichem Fleisch und unsterblichem Geist jeden Moment in einem Geysir aus Asche und Licht zerplatzen, und doch kam der Dämon von Rauchwolken umflort elegant näher. Er streckte die schwarzen, dünnen Arme nach William aus und rief erneut: »DUMMDARRRR ...«

William wich zurück. Er blieb nur noch einmal stehen, um Engrins Schwert aufzuheben, dann floh er aus dem Tempel.

VIII

Die Flucht der Beduinen wirkte ansteckend. Die Panik der ersten fliehenden Ajaida griff rasch auf die anderen Beduinen über, die die toten Rassis plünderten; wenig später flohen auch sie. Einige der erschöpften Aquila und Tarabin folgten ihnen mit langsameren, unsichereren Schritten, doch die ausgeruhteren Suwarka gaben sich zögerlicher und schlugen die Warnungen teilweise sogar in den Wind: »Der Teufel kommt! Der Teufel kommt!«

Das ging so, bis Marco und Jericho und die restlichen Ajaida aus dem Tempel heraus und die Treppenstufen zu ihnen heruntergerannt kamen. Da wurden *auch* die Suwarka besorgt und gerieten in Panik, als sie das schreckliche Heulen von oben hörten. Sie fürchteten, der Teufel könnte doch noch über sie kommen, packten ihre Beute und machten sich aus dem Staub; manche ließen in ihrer Hast Rassis-Masken oder Schwerter fallen.

In dem Chaos blieb Marco unvermittelt stehen und sah die Stufen hinauf.

»Marco!«, rief Jericho ihm zu, bevor er die nächste Treppenflucht hinunterlief und den Beduinen folgte.

»Ich gehe nicht ohne ihn!«, rief Marco zurück.

»Verflucht!«, schimpfte Jericho und packte den Jungen am Arm. Er gab nicht nach, doch erst als William hinkend und schnaufend die Treppe herunterkam, fügte sich Marco, und sie versuchten zu dritt, die Flucht anzutreten.

IX

Peruzo bemühte sich, bei Bewusstsein zu bleiben. Er spürte kaum etwas, abgesehen von der Hitze der Fackel an der Wange. Ihr Licht war grell, doch er sah trotzdem den Schatten, der die Stufen im Tempel heraufgeschlurft und mit einem zunehmenden Gestank von Schwefel immer näher gestapft kam.

Peruzo öffnete die Augen so weit er konnte, damit er das Monstrum besser sehen konnte. Er brannte darauf, diesen, seinen letzten Gegner zu sehen.

Der Dämon tauchte über der obersten Stufe auf, als seine Füße die Treppe noch nicht einmal halb erklommen hatten. Er sah auf Peruzo und die Flamme in dessen Hand herunter und blickte mit triumphierenden Augen in den aufgerissenen Höhlen um sich. Mit jedem Schritt kam der Dämon ein Stück höher, riss das Maul auf und rülpste einen Funkenschwarm über den Boden, der das Ende der abgeschnittenen Zündschnur nur um wenige Zoll verfehlte. Dem folgte ein Rülpser schwefelhaltigen Rauchs, der Peruzo husten ließ.

Er lächelte zufrieden, als er die Kreatur vor sich sah. Noch nie hatte er einen derartigen Gegner gesehen, und vor ihm vermutlich auch noch niemand.

»Der Stoff, aus dem Legenden sind …«, murmelte Peruzo, dessen Blick zunehmend trüber wurde. Seine Hand sank ein wenig herab, dann fiel ihm die Fackel aus der

Hand, als er starb. Sie landete an seiner Seite, nahe der dünnen Spur Schießpulver, die zu den Fugen der Steinplatten rund um die Säule führte. Die Flammen züngelten einen Moment, dann zündete das Schießpulver.

X

Sie rannten gerade die zweite Treppenflucht hinunter, als die erste Explosion erfolgte. Sie grollte über ihnen wie ein fernes Erdbeben, dem ein greller Lichtblitz vorangegangen war. William machte eine kurze Pause und sah sich um, doch dann drängte er Jericho und Marco weiter die im Dunkeln unsicheren Stufen hinab.

Die nächsten beiden Explosionen ließen Augenblicke später die Erde erbeben; William stürzte. Marco hörte ihn fallen, drehte sich um, rannte die Stufen hinauf und nahm ihn am Arm. Sie liefen die schwankende Treppe hinab, während ringsum Trümmer des Tempels herabregneten. Größere Trümmerteile landeten manchmal direkt vor ihren Füßen; es grenzte an ein Wunder, dass keiner am Kopf getroffen wurde: die Bruchstücke hätten ihnen die Schädel eingeschlagen.

Nach der zweiten und dritten folgte umgehend eine vierte Explosion. Sie schien, sofern das überhaupt möglich war, näher als die vorherigen zu sein, und ging mit einem grellen Blitz einher, der einen Moment die ganze Treppe taghell erleuchtete. Der Lärm war ungeheuer, und Jericho stolperte und fiel gegen die Wand der Treppe. Er schützte den Kopf mit den Händen, als noch mehr Splitter und Staub herabregneten; William machte in seiner Benommenheit keine Bewegung, und Marco hielt sich nur erschrocken fest.

Die letzten Detonationen waren die schlimmsten. Die

Überreste des Tempels erstrahlten in einem weißen Licht, greller als die aufgehende Sonne; über dem Gipfel wurde die Nacht für ein paar Augenblicke zum hellen Tag. Dann erbebte die Erde und schwankte, als würde sich die Hand eines Riesen darunter zusammenballen. Die Treppe brach entzwei. Riesige Risse taten sich in der bebenden Felswand auf; die Flüchtlinge rannten blindlings weiter und verloren in dem Sturm aus Felsstaub und Trümmern völlig die Orientierung. Irgendwann einmal glaubte William, er könnte einfach blind über den Rand hinausstürzen. Er hatte keine Ahnung, wohin er ging, und doch führte Jericho sie unerschrocken weiter.

Als sie zu schwach waren, um weiterzugehen, und die Risse in der Treppe immer breiter wurden, brachen sie einfach auf den Stufen zusammen, drückten sich an die Felswand und hofften, dass sie die schlimmsten Beben einfach aussitzen könnten. Jericho hielt sich so gut es ging fest, William lehnte sich zurück und legte einen Arm um Marco, der sich wiederum an seinem Onkel festklammerte und an die Treppe drückte, die unter ihm schwankte. William machte die Augen zu und wartete darauf, dass die Erde sich auftun und sie verschlingen würde.

Wenig später stürzte der Tempel über ihnen ein. Er kippte nach innen, da die Säulen ihn nicht mehr stützten. Der Schatz von Mhorrer und das letzte, an der Plattform festgebundene Pulverfass wurden in die Tiefe gerissen.

Ihnen folgte der zerfetzte Körper des Dämonenprinzen, den schon die ersten Explosionen zerrissen hatten. Sein flammender Körper trudelte an den Scarimadaen und Trümmern vorbei und stieß mit dem Pulverfass zusammen. Das Fass explodierte augenblicklich und anschließend die Bergspitze mit einem katastrophalen Donnern.

KAPITEL ZWEIUNDZWANZIG

Gräber aus Stein

1

Am nächsten Morgen erzählte man sich Geschichten von Heldentaten. Geschichten von Söhnen und Vätern, die sich gegenseitig halfen, der Felslawine zu entrinnen. Geschichten von Männern, die Verwundete trugen, sogar Geschichten von selbstlosen Opfern. Aber einige Geschichten waren unglaublicher als andere.

Die Ajaida, die den Dämon mit eigenen Augen gesehen hatten, gaben die lebhaftesten Schilderungen. Dieser Dämon, behaupteten sie, habe den Berg einstürzen lassen. Scheich Fahd vermutete etwas anderes, erhielt jedoch erst eine Bestätigung, als man drei Männer zu ihm trug; drei weißes Gespenster voller Staub, der sie von Kopf bis Fuß bedeckte.

»Haben Sie das getan?«, fragte er William, den Marco und Jericho stützten. William hatte sich bei der halsbrecherischen Flucht bergab den Knöchel verstaucht, der immer noch ziemlich schmerzte – ganz abgesehen von den Verletzungen an Hand und Wange.

William lächelte zaghaft. »Es war nicht allein meine Schuld.«

»Mein Volk glaubt, dass der Teufel den Berg zum Einsturz gebracht hat«, sagte Fahd.

»Das dürfte der Wahrheit eher entsprechen, Sir«, antwortete William.

Scheich Fahd verschränkte die Arme ein wenig skeptisch, aber seine Erfahrungen mit den Vampyren und den Rassis überzeugten ihn davon, dass es vielleicht *doch* der Wahrheit entsprach. »Was ist mit Ihrer Beute?«

»Zerstört«, sagte William erschöpft. Jericho ließ ihn zu Boden sinken, wo William das verletzte Bein von sich streckte. Er rieb sich behutsam den Knöchel und sah zu Fahd auf. »Danke, dass Sie versucht haben, mich zu warnen.«

»Ah ... der Brief«, antwortete Fahd.

»Leider kam er ein wenig zu spät«, gab William zu. »Aber ich danke Ihnen trotzdem.«

»Ich dachte, die Rassis hätten Mazins Männer getötet. Hatte ich recht?«

»Nein. Das war Thomas Richmond«, antwortete William.

»Aber Richmond war doch ...«

»Leider nicht. Aber jetzt ist er tot. Genau wie Hammid«, sagte William traurig und dachte an Hammids Heldentat. »Und mein Lieutenant.«

»Sie haben Ihre Beute und Ihre Männer verloren«, bemerkte Scheich Fahd. »Das tut mir leid.«

»Muss es nicht«, murmelte William und sah über die Schulter. »Die Mission war ein Erfolg. Der Schatz existiert nicht mehr.« Doch als er zu dem Berg sah, von dem nur noch ein Hügel übrig geblieben war, der an einen erloschenen Vulkan erinnerte, verspürte er stechend den Schmerz um Peruzo. Er hatte nicht damit gerechnet, dass er den Lieutenant auf diesem Berg zurücklassen würde. Das war ein Opfer zu viel gewesen.

»Wenigstens sind Sie am Leben, Captain Saxon«, sagte Scheich Fahd, als hätte er Williams Gedanken gelesen, »wie Ihr Neffe und einige Ihrer Männer.«

William sah erst Marco und dann Jericho an, die neben ihrem Captain saßen. Er war ungeheuer stolz auf beide. Sie hatten die Mission gegen jede Chance überlebt.

11

Die restliche Armee – die Armee der Ajaida, Tarabin, Aquila und Suwarka, sowie der in Grau gekleideten Europäer – verließ das Tal des Feuers erst zwei Tage später. In dieser Zeit hoben sie ein Massengrab für die Toten aus, für die viele ernste und wehklagende Gebete gesprochen wurden.

William wusch sich so gut es ging und nahm an den Begräbnissen der Beduinen teil, besonders an dem von Scheich Anwar und Mazins Sohn. Für sie gab es eine feierliche Feuerbestattung abseits der Massengräber der Hunderten anderer Beduinen, die in dem Kampf ihr Leben gelassen hatten.

Schließlich kehrte William zum Grab der Ordensmönche zurück, das Fahds dankbare Männer ausgehoben hatten. Es handelte sich um einen langen Graben, in dem die Ordensbrüder nebeneinander lagen, wie sie gekämpft hatten. Jericho hatte für eine Art von Grabsteinen gesorgt, eine Waffe des Ordens, die neben jedem Bruder in den Boden gesteckt wurde. Man schüttete Öl über jeden Mann, wie bei den Stammeskriegern, und Scheich Fahd gab William eine Fackel, die selbst am Nachmittag hell brannte. Sie sprachen Gebete, und William hörte sich unendlich traurig das Klagelied eines Beduinen an, der an dem Begräbnis teilnahm.

Dann warf William die Fackel in das Grab und äscherte die Leichen ein.

Später stand Jericho traurig mit Marco am Rande des Geschehens. Auf der Reise von Raschîd hierher hatte er jeden der Mönche kennengelernt. Sie hatten wie wahre Brüder zusammengehalten, und Jericho hatte viel gelernt. Keines der Gesichter würde er je wieder vergessen, von dem witzigen Ettore bis zum galanten Donato.

Einige Tote hatten sie nicht finden können, darunter die Brüder Filippo und Vincent, und natürlich Lieutenant Peruzo. Marco und Jericho hatten eigenhändig leere Gräber angelegt und mit etwas versehen, das an die drei verlorenen Männer erinnern sollte.

William sah schweigend zu dem Grab. Ihm fielen weder ein angemessenes Gebet noch ein Psalm ein, und zum Teil war er auch zu wütend, eines davon aufzusagen. Er fühlte sich verraten, von Gottes Wächtern verraten: den Dar'uka. Sie hatten die Männer und ihre Mission vergessen. William und seine Kompanie hatten ihre Leben riskiert und geopfert für etwas, bei dem die Dar'uka sie unbedingt hätten unterstützen müssen. Es gab keine Entschuldigung für ihren Verrat, und das erboste William nur noch mehr.

Er biss die Zähne zusammen, verdrängte diese Empfindungen und sah zur Sonne hinauf. »Bei so einem Anlass kann ein einzelner Überlebender nur wenig sagen«, begann er. Seine Stimme drang zu Marco und Jericho, die aufrecht standen und sich erst rührten, als sie die Scheichs Fahd, Galal und Mazin hinter William auftauchen sahen. Die Beduinenführer standen schweigend hinter William, der seinen Gottesdienst fortsetzte.

»Ein Krieger zieht in die Schlacht und weiß, dass er sterben kann. Ein Captain zieht in die Schlacht und weiß, dass alle, die unter seinem Kommando stehen, sterben können. Und doch, wenn Kameraden fallen, kann kein Sieg dieser Welt ihren Tod rechtfertigen«, sagte William mit brechender Stimme. »Unsere Mission mag die wichtigste Mission jedes Kriegers dieser Erde gewesen sein, und dennoch sind für mich tausend Scarimadaen nicht eines der Leben wert, das jeder dieser Männer unter meinem Kommando lassen musste. Es waren die besten Soldaten ... die besten *Männer,* die ich je befehligen durfte. Und sie hatten den besten Lieutenant, den man sich wünschen kann.

Ein Mann mit grenzenlosem Mut, Ehre und Freundschaft. Ich werde Lieutenant Carlo Peruzo so sehr vermissen wie alle hier.

Gott gebe euch Frieden ...«

Marco wischte sich die Augen ab und ließ sich von Jericho trösten. Er kannte Peruzo fast so lange wie seinen Onkel, und jetzt würde es keinen geheimen Fechtunterricht oder Diskussionen über Taktik mehr geben. Und der silberhaarige Lieutenant des Ordens würde ihm keine Geschichten von den Heldentaten seines Onkels mehr erzählen.

William senkte den Kopf zu einem stummen Gebet und wandte sich von dem Grab ab. Es überraschte ihn sehr, dass die drei Scheichs hinter ihm standen und sich demütig verbeugten. William verbeugte sich ebenfalls ernst vor ihnen.

»Es ist vollbracht, Captain Saxon«, sagte Scheich Fahd.

»So ist es«, bekräftigte William. Er entfernte sich von dem Grab; Scheich Fahd begleitete ihn ein Stück. »Wie ich gehört habe, erholt sich Bruder Orlando prächtig.«

»Überrascht es Sie, dass mein Arzt Ihren Mann so gut versorgen konnte?«

»Ich bin nur dankbar«, log William. Er hatte fest damit gerechnet, dass Bruder Orlando seiner Verletzung erliegen würde, doch der Mönch hatte an diesem Morgen mit William gesprochen und trank ordentlich Wasser, nachdem das Fieber abgeklungen war. »Es könnte noch ein Kampf vor uns liegen. Ich brauche jeden Mann, der sich auf den Füßen halten kann.«

»Sie sprechen von diesem Vampyr?«, sagte Scheich Fahd. William nickte. »Sie können sich darauf verlassen, dass die Ajaida Ihnen helfen, William Saxon.«

»Ihr Volk hat genug getan, Sir. Ich kann nicht noch mehr verlangen«, antwortete William.

»Ich bin sicher, nach dem gestrigen Tag würden sie Ihnen folgen, genau wie ich. Vielleicht sogar die Aquila und Tarabin. Und möglicherweise sogar Mazins Volk. In ihren Augen sind Sie eine Legende, und sie werden sich noch auf Generationen hinaus Geschichten über Sie erzählen«, sagte Scheich Fahd. »*Der Mann, der eine Armee von Gespenstern besiegte und einen Berg einstürzen ließ.* So eine Geschichte hat es noch nie gegeben. Sie würden sterben, um diese Legende am Leben zu erhalten. Wenn Sie so wollen, können Sie es eine Verpflichtung nennen.«

William dachte darüber nach, dann wirbelte er rasch herum. Er ging ein paar Schritte, blieb stehen und schüttelte den Kopf. »Das müssen sie nicht«, sagte er geistesabwesend. »Sie können vielleicht *doch* noch etwas für mich tun.«

»Sprechen Sie«, forderte Scheich Fahd ihn auf.

»Ich muss zwei Briefe schreiben ... Könnte Ihr schnellster Reiter sie für mich zustellen?«

Fahd nickte.

»Der erste Brief ist für einen Mann namens Andreas, der sich im britischen Konsulat in Alexandria aufhält. Er ist unser einziger Kontaktmann in Ägypten und muss über die Lage informiert werden.«

»Und der andere?«

»Der andere Brief dürfte schwieriger werden, denke ich, denn er geht an den Feind – den Befehlshaber der Miliz in Raschîd, einen Mann namens Khalifa. Und ich brauche Ihre Hilfe bei der Niederschrift, denn der Mann versteht weder Latein noch Englisch.«

»Wenn er überhaupt lesen kann ...«, spottete Fahd. »Warum Khalifa?«

»Er hat ein ähnliches Versprechen abgelegt wie Sie, allerdings nicht so sehr gelitten wie die Ajaida, und ich denke, diese Verpflichtung würde ihm gefallen. Wenn er zustimmt, dann sind der Vampyr und seine Armee von Kafalas kein Problem mehr.«

»Und wenn nicht?«

»Dann brauche ich mehr als Glück, um heil nach Rom zurückzukehren«, lachte William freudlos.

»Sobald Sie Ihre Briefe geschrieben haben, verlassen wir diesen Ort«, verkündete Scheich Fahd.

»Ich kann sie auf dem Weg zu Ihrem Lager schreiben«, sagte William. Er sah zu dem eingestürzten Berg und den brennenden Gräbern an dessen Fuß. »Wir sollten uns nicht mehr allzu lange in diesem Tal aufhalten.«

»Aber es besteht keine Gefahr mehr, Captain Saxon«, bemerkte Fahd fröhlich. »Die Gespenster sind besiegt.«

»Nein, Scheich Fahd«, wiedersprach William. »Es sind mehr Gespenster hier als je zuvor.«

Epilog

Marco beobachtete geduldig, wie die Mönche das Lager abbauten. Die Überlebenden der Kompanie – die Brüder, die bei den Ajaida geblieben waren, um sich zu erholen – plagten sich mit alten und verheilenden Wunden herum, arbeiteten jedoch so tüchtig wie immer. Sie ließen für den Morgen kaum etwas übrig, abgesehen von Zelten, Decken und einer Kleinigkeit zu essen. Außer den Flinten, die sie bei sich tragen wollten, wurden sämtliche Waffen verstaut. Es war die letzte einer langen Liste von Aktionen an ihren letzten Tagen auf dem Sinai, und obwohl sie sich in den vergangenen Wochen recht gut mit der Beduinenkultur angefreundet hatten, schienen doch alle froh darüber zu sein, dass sie wieder nach Hause konnten. Auch der Mann, der neben Marco stand und an den Mönchen vorbei zum Horizont sah.

Man hätte ihn für einen Beduinen halten können. Er trug ihr dunkles Gewand und das traditionelle Kopftuch, das Kufiya, das von einem Band festgehalten wurde. Sein Gesicht war braungebrannt, aber dennoch heller als das der meisten Araber, und er war glattrasiert. Er gab sich ernst, aber ruhig.

Als ein sanfter Windhauch die Enden des Kufiya bauschte, machte William Saxon seufzend die Augen zu. Der Aufenthalt bei den Ajaida hatte ihm gefallen. Ihre Gastfreundschaft wurde nur noch von den Bewohnern Villedas übertroffen, und besonders mit Scheich Fahd verband ihn mittlerweile eine enge Freundschaft. Häufig gingen sie miteinander jagen oder ritten durch die Wüstenpässe. Abends leistete William Fahd oft Gesellschaft, dann unterhielten sie sich über Themen wie das britische Weltreich oder das Leben in Rom. Nicht ein Mal erwähnten sie dabei das Tal des Feuers. Das überließen sie den Geschichtenerzählern des Stammes, die Legenden und Lieder über ihre Abenteuer dichteten.

(Jericho informierte die restlichen Mönche über die ganze Geschichte des Kampfes, da er ihn von der ersten Erstürmung bis zum Auftauchen des Dämonenprinzen und den anschließenden Explosionen miterlebt hatte. Peruzos Tod schmückte er aus, da er sich vorstellen konnte, was der Lieutenant in den letzten Augenblicken seines Lebens durchgemacht hatte: seinen tapferen Trotz und das Gefühl des Sieges. Es war eine Geschichte, die über die Beduinenzelte hinaus weiterleben würde, bis über das große Wasser, nach Rom und in den Kopfsteinpflasterstraßen von Villeda.)

Doch es kam die Zeit, Abschied zu nehmen; nach über einer Woche Aufenthalt bei den Ajaida eröffnete William Scheich Fahd, dass sie nach Hause zurückkehren würden. Der Scheich zeigte sich enttäuscht, aber auch verständnisvoll. Ihm schien, als verlöre er einen Freund, doch William versprach ihm das Gegenteil.

Marco war ebenfalls traurig, dass sie fort mussten. Seit ihrer Rückkehr aus dem Tal des Feuers stand er im Mittelpunkt des Interesses. Dschamillah war von ihrer Verletzung genesen, und sie verbrachten viel Zeit miteinander – natürlich stets in Gegenwart einer Anstandsdame. William hatte Marco deswegen ein kleines bisschen aufgezogen und gemeint, dass sie vermutlich im Handumdrehen verheiratet sein würden.

»Nein, nein!«, wehrte Marco ab. »Ich kann sie unmöglich heiraten!«

»Ich dachte, du liebst sie«, bemerkte William.

»Das stimmt«, sagte Marco, »… aber ich will mit dir nach Hause zurück.«

»Nach Villeda?«, antwortete William sehnsüchtig und seufzte, als ihm einfiel, dass immer noch ein Vampyr und eine Armee von Kafalas zwischen ihnen stand. »Ich auch.«

»Wenn ich Dschamillah heirate, kann ich nicht mehr nach Hause. Wenn ich Dschamillah heirate, kann ich nicht dem Orden beitreten«, fügte Marco kess hinzu.

William sah ihn an und verschränkte die Arme. »Nach allem, was wir durchgemacht haben, willst du immer noch Novize werden?«

Marco nickte fröhlich.

»Verstehe«, meinte William.

»Ich habe so viel gelernt«, erläuterte Marco. »Und du hast es versprochen.«

»Kann sein«, antwortete William.

»Mit mehr Ausbildung kann ich ein besserer Mönch werden«, sagte Marco. »Ich enttäusche dich nicht.«

William lächelte traurig. »Das hast du nie«, gab er zu und umarmte seinen Neffen. »Du hast immer und immer wieder bewiesen, was in dir steckt, Marco. Wenn du das wirklich willst, stelle ich mich dir nicht in den Weg.«

»Dann kann ich beitreten?«

»Der Orden wäre ohne dich ärmer dran.«

Marco umarmte seinen Onkel ebenfalls, dann nahm er Haltung an. »Sie werden es nicht bedauern, Captain.«

Am Abend packten die Ordensbrüder weiter ihre Sachen, was William aus der Nähe verfolgte, als Scheich Fahd aus der Gruppe der Beduinenzelte herauskam. Marco verbeugte sich vor ihm, wie es der Brauch verlangte, doch der Scheich winkte mit einer spielerischen Geste ab. »Bitte, Marco, sei nicht so demütig«, sagte er auf Englisch, und

Marco runzelte die Stirn, weil er kein Wort verstand. Wie immer musste Scheich Fahd herzlich darüber lachen. »Ihr Neffe muss noch eine Sprache lernen, William.«

»In Villeda wird er jede Menge lernen, mein Freund«, entgegnete William und klopfte Marco auf die Schulter.

»Ich kann Sie also immer noch nicht überreden zu bleiben?«, murrte Scheich Fahd

»Leider nein«, antwortete William.

»Das stimmt mich traurig«, sagte Fahd und zuckte die Achseln. »Aber wenigstens können wir Ihren Aufenthalt hier feiern. Heute Abend soll ein großes Fest stattfinden.«

»Für uns?«

»Natürlich«, sagte Scheich Fahd. »Lieder, Tanz und neue Geschichten. Und natürlich gutes Essen.«

»Es ist mir eine Ehre«, sagte William höflich, doch nach den Festivitäten bei ihrer Rückkehr aus dem Tal des Feuers vor wenigen Tagen glaubte er nicht, dass der Ausdruck »Fest« den Feierlichkeiten gerecht werden könnte.

»Und ich habe Neuigkeiten, die Sie interessieren dürften«, sagte Fahd. »Vor einer Weile kehrte ein Reiter aus dem Süden zurück, aus Dumjat. Es hat ein Kampf zwischen einer ausländischen Armee und den Milizen von Raschîd und Dumjat stattgefunden.«

»Einer ausländischen Armee?«, fragte William hoffnungsvoll. »Wer waren sie?«

»Das weiß ich nicht. Nur, dass die Ungläubigen illegal in der Nähe von Dumjat an Land gegangen sind und in der Nacht die Wüste durchquerten. Die Milizen lockten sie in den Pässen in einen Hinterhalt. Viele fanden den Tod.«

»Wurde ein Vampyr erwähnt?«

Fahd schüttelte den Kopf.

»Ich kann mir keine anderen ausländischen Invasoren vorstellen, die so nahe am Sinai an Land gehen würden«, erklärte William, »*und* ich bin überaus optimistisch.«

»Ein Vampyr wurde in den Berichten nicht erwähnt«, sagte Fahd traurig. »Aber da das Schicksal Ihnen bisher so hold gewesen ist, könnte das wieder so sein. Wenn es sich um diese Kafalas handelt, von denen Sie mir erzählt haben, dann dürfte Ihr Rückweg nach Raschîd sicher sein. Ich werde zu Allah beten, dass es so ist. Und in letzter Zeit hat Allah meine Gebete fast immer erhört, William Saxon.« Gut gelaunt stemmte er die Hände an die Hüften und grinste. »Ich verlasse Sie jetzt. Ich habe ein großes Fest vorzubereiten und muss mich dem Anlass entsprechend kleiden. Ich glaube, Ihre Uniformen wurden gewaschen. Würden Sie dem Anlass entsprechend die Insignien Ihres Ordens tragen?«

»Wenn es Ihnen nichts ausmacht, würde ich gern weiter die Gewänder tragen, die Sie mir gegeben haben, Hoheit«, entgegnete William unbekümmert.

»Prachtvoll, old boy«, scherzte Scheich Fahd. Aus dem Mund des Beduinen hörte sich der englische Ausdruck seltsam an, doch er sprach ihn überzeugend aus – ein Testament für seine Lehrmeister in Raschîd, und für William, der zusah, wie der hochgewachsene Araber zu seinem Zelt zurückmarschierte.

»Du kannst meine Jacke anziehen, wenn du willst«, sagte William zu Marco. Der nickte begeistert. »Du solltest dich bereit machen zu gehen. Zieh dir für Dschamillah etwas Hübsches an. Es wird euer letzter gemeinsamer Abend.«

Plötzlich wirkte Marco niedergeschlagen, als ihm wieder einfiel, dass dies die Nacht des Abschieds war. Er ging schweren Schrittes davon, und William versuchte, sich zu erinnern, wie es war, in diesem Alter verliebt zu sein. Dann dachte er an Adriana und begriff, dass junge Liebe vermutlich gar nichts war verglichen mit dem, was er für sie empfand.

William dachte die nächsten zehn Minuten an Adriana

und was sie wohl in diesem Moment gerade tat. Auf der Veranda sitzen, Brot backen, durch die Felder reiten oder entspannt im Bett liegen. Als er sie im Geiste vor sich sah, sehnte er sich nach ihrer Gesellschaft, ihrer Umarmung, ihrer Berührung. Und er wusste, es war höchste Zeit, nach Hause zu gehen.

»Onkel?«

William wurde aus seinen Gedanken gerissen. »Ich dachte, du wolltest dich umziehen gehen?«

Marco sah ängstlich drein. Er warf einen nervösen Blick über die Schulter in die Wüste jenseits des Lagers.

»Was ist?«, sagte William.

»Da ist jemand, der dich sprechen möchte.« Marco zeigte in die Wüste, deren Sand im Licht des Sonnenuntergangs funkelte. Es dauerte eine Weile, aber als William die Augen abschirmte, sah er einen Schatten vor dem Licht.

»Wer ist es?«

Marco schüttelte den Kopf.

»Bleib bei den Brüdern.«

William ging durch den Sand und ließ die rechte Hand am Griff von Engrins Schwert. Es fühlte sich so beruhigend wie immer an, auch wenn ihm zwei Finger der linken Hand fehlten. Er musste erneut mit dem Schwert trainieren und sein Gleichgewicht wiederfinden, oder hoffen, dass ihm die Kunsthandwerker in Villeda Fingerprothesen für die anfertigen konnten, die ihm die Rassis genommen hatten.

Als er die letzten Zelte der Ajaida passierte, blieb William stehen und sah wieder zu dem mehr als fünfzig Yards entfernten Schatten. Die Gestalt hatte sich ein kleines Stück zurückgezogen, blieb jedoch in der Nähe des Lagers. William blies die Backen auf und fragte sich, um wen oder was es sich handeln könnte. Wenn es der Vampyr war, dann wäre sein Vorgehen riskant, um nicht zu sagen selbstmörderisch. Aber normalerweise verbrannten Vampyre im Sonnenlicht.

William schlenderte in die Wüste hinaus und sah blinzelnd ins Licht. Erst als er näher kam sah er ein anderes Gleißen als das der Sonne. Blaues Licht umflackerte den Schatten, schimmerte an Schultern, Armen und Beinen, sowie dem wallenden schwarzen Umhang der Gestalt. Dann erkannte William, wen er vor sich hatte, schritt entschlossener aus und nahm die Hand vom Griff von Engrins Schwert, obwohl sein Herz schneller schlug. Und Wut ihn überkam.

Als er wenige Schritte von der Gestalt entfernt stehen blieb, sprach er.

»Wo warst du, Kieran?«, knurrte er. »Als allwissendes Wesen musst du doch wissen, wie oft ich dich und die Dar'uka verflucht habe. Mich überrascht, dass du den Mut gefunden hast, mir unter die Augen zu treten.«

Kieran sah William so gleichgültig wie immer an. »Wir hatten stets die Absicht, dich gegen die Rassis zu unterstützen, William«, entgegnete er mit diesen zahlreich widerhallenden Zungen. Doch die Myriaden Stimmen klangen nicht so laut oder kapriziös wie zuvor. Sie klangen alles andere als einheitlich und seltsam zurückhaltend.

»Die *Absicht?*«, spöttelte William und stieß ein verbittertes Lachen aus. »Weißt du, wie viele Männer ich im Tal des Feuers verloren habe? Eure Absichten haben nichts zu unserer Sache beigetragen, Kieran. *Nichts.* Der Schatz ist zerstört, weil *wir* ihn zerstört haben, nicht die Dar'uka. Wir hätten euch gebraucht, und ihr habt eure Pflicht, die Menschheit zu beschützen, vernachlässigt. Verdammt, Kieran. Wir sind Verbündete, und doch behandelt ihr uns wie Fremde.«

William ging auf und ab und versuchte, sich zu beruhigen. Schließlich blieb er stehen und sah über die Schulter.

»Ich dachte, ich könnte auf dich und unsere Freundschaft zählen. Ich habe mich geirrt und musste teuer dafür bezahlen: Lieutenant Peruzo, viele Mönche des Ordens, eine Vielzahl tapferer Beduinen. Die Ordensbrüder haben fest geglaubt, dass ihr sie rettet, selbst als klar war, dass ihr nicht erscheinen würdet. Begreifst du nicht? Dieser Verrat reicht tiefer als der unserer Freundschaft.«

Kieran reagierte nicht auf diesen Kommentar, sondern stand nur da und hörte sich Williams wütende Tirade an. »Warum bist du überhaupt hier? Um dich zu entschuldigen? Um zu sagen, dass es dir leid tut, dass du die wichtigste Schlacht in diesem Krieg verpasst hast?«

Kierans Augen blitzten, das azurblaue Licht flackerte über sein Gesicht.

»Ich bin hier, um dich zu warnen.«

»Mich zu warnen?«, tobte William. »Ist das eine Drohung? Was meinst du damit?«

»Marresca hat die Dar'uka verraten«, sagte Kieran kalt.

William traute seinen Ohren kaum. War das eine List, ein Manöver, um einen Fehler zu vertuschen, den sie begangen hatten? Er konnte nur murmeln: *»Unmöglich.«*

»Das dachten wir auch, aber wir haben uns geirrt«, sagte Kieran nachdrücklich.

»Aber wie konnte das passieren?«, fragte William fassungslos.

»Das können wir nicht sagen«, antwortete Kieran. »Als er zum Dar'uka wurde, glaubten wir, wir könnten seine wahren Gedanken spüren. Doch er verbarg sie vor uns. Er verbarg die Wahrheit.«

»Aber ich war sein Captain. Er hat Vampyre mit mir vernichtet. Er hat sogar Dämonen vernichtet«, bemerkte William außer sich. »Ich kann nicht glauben, dass er abtrünnig geworden sein soll.«

»Er hat uns alle getäuscht, William. Dich eingeschlossen.«

William schüttelte wie gelähmt den Kopf. »Das kann nicht richtig sein …«

»Zweifle nicht daran«, beharrte Kieran. »Er verriet die Dar'uka vor dem Tor der Hölle auf Gran-Terra. Es kann kein Zweifel mehr an seinen Absichten bestehen.« Kieran verstummte wieder, und William registrierte die Sorge in dem sonst so emotionslosen Gesicht. »Jetzt sind wir nur noch drei. Wir wissen nicht, wann oder wo Marresca wieder zuschlagen wird. Aber wir sind sicher, dass er nicht allein gehandelt hat.«

»Du vermutest einen Mittäter?«

»Ja. Einen Verräter im Vatikan«, sagte Kieran.

»Kardinal Issias ist vor sieben Jahren gestorben«, rief William ihm ins Gedächtnis zurück. »Der Verräter ist tot.«

»Es gibt noch einen. Darum bin ich zu dir gekommen. Nicht, um dich vor Marresca zu warnen, sondern vor dem Verräter in Rom. Da Marresca entlarvt wurde, dürfte dieser Verräter mit Sicherheit gegen dich und das Sekretariat vorgehen.«

William begriff nicht, was das bedeuten sollte. Die Enthüllung über Marrescas Verrat hatte ihn so aus der Fassung gebracht, dass er die Theorie über einen verborgenen Feind in Rom nicht akzeptieren konnte.

»Der Schatz wurde vernichtet, doch der Krieg ist noch nicht zu Ende«, sagte Kieran zu William. »Es gibt weitere Schlachten zu schlagen. Und sollten wir sie verlieren, dann verlieren wir auch diesen Krieg. Sei wachsam, William, und vergiss nicht, was Engrin dir gesagt hat.«

»Vertrauen Sie niemandem«, murmelte William.

Kieran nickte, drehte sich um und ging in die Wüste zurück.

»Warte!«, rief William ihm nach. Der Dar'uka blieb stehen und sah sich um. »Kann ich … kann ich wenigstens *dir* vertrauen?«

Zu Williams grenzenloser Überraschung lächelte Kieran. Für diesen eiskalten Krieger war das etwas so Unerhörtes, dass die Verwandlung Williams Laune schlagartig hob. Der Dar'uka kehrte zu William zurück und lächelte weiter, wenn auch etwas linkisch. »Ja, du kannst mir vertrauen«, sagte er. »Du und ich, wir sind immer Freunde gewesen ... und werden es immer bleiben.«

William nickte und unterdrückte seine Gefühlsregungen. Der Kieran, den er kannte, war zurückgekehrt, wenn auch nur für einen Moment.

»Gib auf dich Acht, William. Und pass auf alle um dich herum auf«, fügte Kieran hinzu, als er sich abwandte.

»Wird gemacht. Leb wohl, Kieran«, sagte William und sah dem Dar'uka nach, der sich zum zweiten und letzten Mal verabschiedete.

Er erzählte Marco kaum etwas von der Begegnung, den Ordensbrüdern gar nichts. Als Marco sich anzog, starrte William in die Dunkelheit. Ihre Leistung erfüllte ihn nicht mehr mit Freude. Die Vernichtung des Schatzes von Mhorrer verblasste zur Nebensächlichkeit, nachdem Marresca als Verräter entlarvt worden war. Der Krieg gegen die Hölle hatte eine unerwartete und schreckliche Wendung genommen.

William fühlte sich besiegt und ernüchtert von den geheimen Ambitionen der Leute in seiner nächsten Umgebung. Erst hatte Thomas ihn verraten, jetzt Marresca. Der Mann, den er als Verräter an *sich* betrachtet hatte, war immer noch sein Freund, aber William fühlte sich verwundbarer denn je. Die Dar'uka würden sich darauf konzentrieren, Marresca zu finden, wo immer er auch sein mochte. Sie konnten nicht mehr gegen die Dämonen auf Erden kämpfen.

Und es blieb eine weitere Angelegenheit, so gravierend

wie die anderen, die William bis jetzt ignoriert hatte. Was würde passieren, wenn er nach Rom zurückkehrte? Er hatte gegen den Befehl von Kardinal Devirus gehandelt. Er hatte den Schatz vernichtet, und auch wenn ihm in der gegebenen Situation keine andere Wahl geblieben war, bezweifelte er, dass der Kardinal das ebenso sehen würde, zumal William die Beduinen in einen legendären Kampf hatte mit hineinziehen müssen. Die Miliz hatte ihn gefangengenommen und er selbst so viele Vorschriften übertreten, dass es William nicht überrascht hätte, wenn man ihn exkommunizieren würde. Bedachte man darüber hinaus, dass der Pater des St.-Katharinen-Klosters vermutlich ebenfalls ein Wespennest aufscheuchen würde, schätzte William seine Chancen daheim bestenfalls minimal ein.

Und da er darüber hinaus jetzt wusste, dass noch ein Verräter im Vatikan arbeitete, veranlasste ihn einzig und allein der Gedanke an Adriana, auf die Gastfreundschaft von Scheich Fahd zu verzichten.

»Woran denkst du?«, fragte Marco.

»Was? Oh, gar nichts.«

»Doch, das sehe ich dir an. Die letzte Viertelstunde bist du Meilen entfernt gewesen.«

»Es ist nichts weiter, wirklich. Bist du bereit?«

Marco nickte stolz und betrachtete die graue Jacke und das Hemd. Sie waren ihm beide immer noch zu groß, aber in den vergangenen Monaten war Marco ziemlich gewachsen und würde die Uniform sicher bald ausfüllen.

Vor dem Zelt ertönten die typischen Klänge eines Festes. Sie hörten Musik und Geplauder, und der Duft von gebratenem Fleisch an den Feuern war bereits höchst verlockend. Marco führte William in die kalte Nacht hinaus, wo William lang und tief durchatmete. Über ihnen funkelten majestätisch die Sterne, doch sie spendeten William kaum Trost. Einst hatte er sich vorgestellt, dass Kieran und die Dar'uka zwischen ihnen dahinschwebten und für die Erlösung eines jeden Mannes, jeder Frau, jeden Kindes auf dieser Welt kämpften. Doch jetzt kämpften diese Engel um ihr eigenes Überleben.

Und die Menschheit? William wurde klar, dass die Menschen eine Zeit lang auf sich selbst aufpassen mussten. Solange der Orden existierte, würden sie in diesem Krieg kämpfen, würden für die Dar'uka kämpfen, und William würde ihr Anführer sein – jetzt durfte er nicht einmal mehr daran denken, dem Orden den Rücken zu kehren.

Während Marco ihn zu den Festivitäten führte, wurde ihm klar, dass Lieutenant Peruzo die ganze Zeit recht gehabt hatte: Für Captain William Saxon gab es kein Entkommen aus diesem geheimen Krieg ...

Besonderer Dank des Autors

Dieses Buch und *Wächter der Schatten* wären ohne die Mithilfe folgender Personen nicht möglich gewesen:

Will Atkins, Mike Barnard, Julie Crisp, Sophie Portas und das ganze Team von Macmillan New Writing und Pan Macmillan. Louise Curran und Lee Harris danke ich für ihre Hilfe bei der Überarbeitung des Manuskripts. Mel Hudson danke ich für *MFWCurran.com*. Familie Curran, Familie Hind und den Leuten bei Macmillan New Writers (*macmillannewwriters.blogspot.com*) für ihre unerschütterliche Begeisterung und Unterstützung. Und ich danke vergangenen wie gegenwärtigen Freunden, die immer gesagt haben, dass ich es schaffen könnte, auch wenn ich selbst gezweifelt habe – eure Stimmen haben mit dazu beigetragen, meinen inneren Kritiker zum Schweigen zu bringen.

Und nicht zuletzt danke ich Sarah L. Curran – meiner Muse, meiner Inspiration und meiner besten Freundin.

M. F. W. Curran

Sheffield, 7. April 2008